U0926298

浮瑾 著

上 册

青岛出版集团 | 青岛出版社

图书在版编目（CIP）数据

上北大还是上清华/浮瑾著.—青岛:青岛出版社,2023.7
ISBN 978-7-5736-0193-3

Ⅰ.①上… Ⅱ.①浮… Ⅲ.①长篇小说—中国—当代 Ⅳ.①I247.5

中国版本图书馆CIP数据核字（2022）第201217号

SHANG BEIDA HAISHI SHANG QINGHUA
书　　名　上北大还是上清华
作　　者　浮　瑾
出版发行　青岛出版社（青岛市崂山区海尔路182号）
本社网址　http://www.qdpub.com
邮购电话　18613853563
责任编辑　郭红霞
特约编辑　崔　悦
校　　对　郭金乔
装帧设计　千　千
照　　排　王晶璎
印　　刷　三河市良远印务有限公司
出版日期　2023年7月第1版　2025年5月第3次印刷
开　　本　32开（880mm×1230mm）
印　　张　18
字　　数　501千
书　　号　ISBN 978-7-5736-0193-3
定　　价　65.00元（全2册）
编校印装质量、盗版监督服务电话　4006532017　0532-68068050

目录

目录

第一章

初　遇

纪汀早上一觉醒来，外面正在下着淅淅沥沥的小雨。刚过完年，玻璃窗上的“福”字还是明艳的红色，与灰蒙蒙的雨幕一前一后，形成了鲜明的对比。纪汀打着哈欠走到客厅里，打算给自己倒一杯温水。柴犬阿胖摇着尾巴跑了过来，围着她的脚转来转去。

纪仁亮正坐在餐桌前看报纸，颦着眉对苏悦容说道：“最近经济形势不太好，咱家的工厂收入没有之前可观了。”

“是啊，”苏悦容无奈地摇头，“做生意不就是这样？起起落落的。”

“爸、妈，你们在说什么？”纪琛从厨房里拿了煎蛋出来，一屁股在椅子上坐下。

当着孩子的面，纪仁亮把担忧的语气压了几分：“没什么，就说这个国际局势啊，有点紧张，消费品市场也受到了影响。”

纪汀揉了揉眼睛，终于清醒了点：“爸，你们公司是不是可以考虑把更多的生产线投入日用品而非化妆品的生产上？毕竟日用品是必需消费品。”

纪琛揉了一下她的头，“啧”了一声，说道：“你还挺有想法的。”

纪仁亮显然也认为这个提议不错，赶忙起身打电话去了。

苏悦容笑道："汀汀以后可以去学金融，然后帮你爸管理公司。"

纪琛挑了挑眉："妈，你当时怎么不这么劝我，还让我选了化学？难道你不想让我继承家业？"

纪汀淡定地喝了一口牛奶："怎么会呢？妈的意思是，以后你就是工厂的头头，我是管理层的领导，咱们兄妹二人还是可以携手叱咤风云。"

纪琛："……"

就在他准备火力全开地回击时，手机忽然响了。纪琛给了纪汀一个"先留你一命"的表情，走到一边去接电话了。餐桌上顿时安静不少，只剩下纪汀咀嚼面包的声音。

阿胖闻到了香味，凑上来用软软的狗爪肉垫扒住餐桌的边缘，讨食的意图十分明显。她笑了一声，撕了一小块边角料丢给它。

过了一会儿，苏悦容问："汀汀，你们学校什么时候开学？"

"二月中旬吧，今年比较早。"

"高二下学期应该还蛮重要的吧？我听说学校会根据成绩来选拔去清华、北大暑期班的同学。"

"嗯，对。"纪汀笑了笑，"我觉得我应该没什么问题。"

听她这么一说，苏悦容心里就有了底——这小丫头从小便懂事又有条理，在学习上基本就没让苏悦容操过心，不像纪汀那混账哥哥似的。他大三快保研了，还这么让人不省心。苏悦容摸摸女儿的脑袋："行，好好努力，爸妈给你加油！"

纪汀眨眨眼睛："妈妈，你就放心吧。"

她们正说着，打完电话的两个人都回来了，纪琛先开口道："爸、妈，跟你们说个事。"

"你说。"

纪汀插嘴道："哥你是不是又想买限量版跑鞋？"

"不是，"纪琛丢给她一个轻飘飘的威胁的眼神，挠挠后脑勺儿，"是这样，我有个高中同学，温砚，你们之前开家长会见过很多次的。他正好来深圳实习，现在天天住在酒店里。"

苏悦容一下子就猜到了他的意图："想让他来咱家住？"

"嗯。"

纪汀眼睛一亮："好！咱们这个别墅这么大，保姆阿姨又回家过年了，咱们四个人冷冷清清的，多个大姐姐还可以陪我玩！"瞅瞅爸爸的眼神，她改口道，"陪我学习。"

纪琛"扑哧"一声笑道："我这个同学是个男的。"

"啊？"纪汀傻眼了，她以为那个字是"艳"呢。

纪琛全然不知妹妹的心中所想，得意地一笑："这个哥哥你肯定喜欢。"

纪汀问："为什么？"

纪琛说："因为他长得好看。"

纪琛对纪汀的"颜控"属性了如指掌，着重强调道："比你房间里的墙上贴的那些海报上的明星还要好看。"

纪汀本来有些感兴趣，结果一听后半句立马不乐意了："嘁，怎么可能？我的偶像可帅了！"

纪琛说："哎呀，不都是小男生吗？花里胡哨的，都长得一个样。"

眼看兄妹俩要进入干架模式，苏悦容及时打断两个人的话："小砚是吧？就是你那个关系很好的朋友？他们家是不是在惠州？好像以前高中的时候，他每星期都要坐一小时车来深圳上学。"

纪琛说："是啊。"

苏悦容问："不过，他要来咱家住的话，他父母没意见？"

纪琛摸着鼻子笑了一声："他爸妈都不在国内，华尔街精英，忙着呢。"

苏悦容说："那让这孩子一个人住也不太好。他来就来吧，反正我们家也大，多一个人总还是养得起的。"

纪琛的脸上露出了一丝喜悦之意——马上就有人陪他一起打游戏了。他赶忙说："那就这么说定喽！我马上让他过来。"

事情已有了定论，纪汀吃完早餐后就回了房间里刷题，边写边回想哥哥说的话——"比明星还要好看。"哼，哥哥肯定是虚假营销。她嘀咕着，下意识地噘起了嘴：你同学要是真有那么好看，我把头卸下来给你当球踢！

整个上午纪汀都有些漫不经心，本应该用两个小时做完数学卷子，她竟然破天荒地超时了。不过，望着自己批改后新鲜出炉的148分，她满意地眯了眯眼。幸好还是她一贯的水准。

中午快到饭点的时候，外面突然响起大门合上的落锁声。

纪汀很敏锐地竖起了耳朵，听到爸妈寒暄的话语声和哥哥爽朗的大笑声，其中还夹杂着阿胖“汪汪”的叫声，似乎很是热闹。是……那个“温 yan”来了？她犹豫半晌，还是决定先刺探一下军情。

顺着弯曲的楼梯下来，纪汀躲在自家的三角钢琴后面，悄悄地露出一个脑袋往门口看，入目的是一个颀长的身影。

男人正背对着她，一手握着行李箱的拉杆，一手拎着几个大袋子，看上去带了不少东西。他身着墨绿色的大衣，身材挺拔高大，双腿修长，纪汀甚至能从他的衣服绒料的形状看出他优美的肌肉曲线。

光凭这一个背影，纪汀已下意识地在心里打了个 80 分。

“叔叔阿姨，冒昧前来打扰，真的很不好意思，这是我给你们带的一点新年礼物。”

入耳是低沉动听的磁性嗓音，仿佛……作文中常用的形容声音的语句恰如其分——仿佛一汪暖泉缓缓地流淌。

纪汀在心中的分到 90 分了。

苏悦容笑得合不拢嘴：“小砚真懂事，来就来吧，还给我们带这么多礼物……”她瞥到行踪诡异的纪汀，“在那儿站着干什么呢？快过来跟哥哥打声招呼！”

男人闻言回过头来。

纪汀抬头的瞬间，脚步被钉在了原地。她紧抿着嘴唇，无意识地眨了眨眼。

男人的鼻梁高挺，睫毛卷翘，眉眼间荡漾出几分风流。三七分的刘海儿乖顺地搭在额头上，乍一看干净又温柔，但他的头发和瞳孔都是纯粹的黑色，被他专注地凝视时她有种深陷进去的危险的错觉。

在纪汀看来，他完全就是一个“美”的综合体，矛盾又自洽，像数学竞赛题一样精致。他大概是 100 分本人了吧。

在她死死地盯着温砚的同时，男人也在打量着她。他早就听说纪琛家有个“团宠”妹妹，如今终于见到她了——小姑娘正睁着大眼睛望着他，眼神清澈，一副探究的模样。她长得挺好看的，不过这个头，好像还没有一米六？小胳膊小腿上微微地有点肉，她倒是圆润得可爱。

纪琛介绍道：“阿砚，这就是我妹，纪汀，现在在上高二。”

他又转头对纪汀道：“这是之前我跟你说过的温砚哥哥，叫人。”看着她目不转睛的神情，纪琛仿佛明白了什么，轻轻地嗤笑一声。

纪汀张了张嘴，有些惊恐地发现自己竟然发不出声音了。

气氛略显尴尬，片刻，还是温砚先走过去，微俯下身子，弯了弯唇：“汀汀，你好，叫我阿砚哥哥就行了。”

他的笑容和煦又温柔，像羽毛一样轻轻地拂过纪汀的心。

纪汀僵了片刻——她的头大概真的要被卸下来当球踢了：“阿……阿砚哥哥。”她咽了口口水，捏了捏手指，伸出胳膊，“很高兴认识你。”

她像个小大人似的。嘴角的弧度扩大，温砚伸出手与她握了握手，眉眼舒展，说道：“嗯，哥哥也是。”

短暂的介绍之后，苏悦容和纪仁亮赶紧把人带到二楼的客房里：“小砚，你以后就住这间吧，采光好又通风。洗手间就在隔壁，健身房和文娱厅在三楼……”

纪琛拉过温砚的行李箱：“哎呀，我来跟阿砚说就可以，你们歇着去吧。”

温砚也彬彬有礼地颔首：“谢谢叔叔阿姨了。”

待两人走后，纪琛关了房门，跳上床舒服地喟叹一声：“你来了就是好啊，不然接下来的一两个月我都不知道怎么过了，待在家里多无聊。”

温砚轻笑道：“我看你们家还挺热闹的。”

纪琛不置可否地“哼哼”两声，转而问道：“话说你怎么不在北京实习？”

“哦，”温砚垂下眼眸，“这边有一个不错的投行，想来学习一下。”

纪琛对金融行业不太了解，但知道他这兄弟一向优秀，温砚去的肯定都是些顶尖的大公司。

他像是想到了什么，“嗤”了一声：“对了，在我家里的这段时间，你一定要帮我管管纪汀那个小鬼头。她成天就知道气我，可烦人了。”

温砚轻挑了挑眉：“小孩不都这样？”

“不，她尤其烦人。”纪琛翻了个白眼，“关键是她口齿伶俐，啥事都要和你掰扯掰扯，专业的坑哥玩意儿。”

温砚没忍住笑了一声。他问道：“你妹妹的成绩怎么样？”

“还不错。”提起这个，纪琛下意识地又有点自豪，“回回月考年级第一，超出第二名二三十分，听说那个第二名经常去找年级主任哭鼻子呢。”

温砚回道：“嗯，这么聪明？”

纪琛拍拍胸口："那是，也不看看是谁家的基因。"

温砚"啧"了一声，想了想还是没挤对他："那她以后打算考哪所大学？"

"肯定是北大了。"纪琛说，一副理所当然的表情。

温砚双手抱臂，不紧不慢地说："凭什么不是清华？"

"嘁，清华有什么……"纪琛开了个头才想起来面前这主儿就是清华的，顿时有点㞞地放低声音，"在北大有我带着她，可以少走点弯路。"

闻言，男人意味不明地笑了一声："是吗？"

纪汀自从见过温砚，学习效率肉眼可见地变低了。她抬头看了看墙上五花八门的海报，总觉得它们有些黯然失色。此时的心情紧张不安又兴奋激动，她开始畅想未来这一个月和漂亮哥哥朝夕相处的种种细节。

想了不一会儿就觉得口干舌燥，纪汀给自己灌了一大杯水，继续攻克遗传系谱图题。好在作为一个学霸，她还是有基本素质的，很快便静下心来，开始专心致志地奋笔疾书。

一个小时后，她搞定了生物作业，站起身活动了一下，出门左转，动作流畅地推开洗手间的门。

听说人在受到惊吓时，脑细胞会大量死亡，纪汀觉得眼前的这个景象，已经让她听到了大量核膜破裂的声音。

男人将长衫脱到一半，双臂高举，露出窄瘦紧实的腰身。六块形状完美的腹肌，从正面准确地命中了她的红心。

温砚看到她，微微一愣，下意识地把衣服取下来挡在身前。而小姑娘反应更快，"砰"的一声重重地关上了门，然后门外传来她小跑离开的慌乱的脚步声。

男人的喉结滑了一下，半晌，他无奈地笑了笑。

纪汀端端正正地坐在课桌前，极力平复剧烈的心跳。

"今天需要我答疑解惑吗？"她吓了一跳，转头看见纪琛抱着手臂靠在门边，他一副懒洋洋的模样。

"不……不用了。"

"全做对了？"

“对啊。”

他走过去，果然看见一排红钩钩，摸了摸她的头：“不错。”过了一会儿，他定睛一看，差点“扑哧”笑出来，“纪汀，这个语文阅读主观题，你给自己批的分数也太不要脸了吧？”

纪汀看着卷子上的那一排满分，理直气壮地说道：“我都答上了，有什么问题？”

“很多问题。”纪琛指着某一处冷笑道，“题目问你送项链这一情节有什么作用，你就写了十二个字——突出人物性格，为后文做铺垫。”

他扯过答案，把一篇洋洋洒洒的小作文念了出来：“突出什么人物性格，铺垫什么后续情节，渲染什么气氛，形成什么对比，要详细地阐述，懂？”

“我……我都知道，我就是懒得写嘛。”纪汀似乎也觉得自己的脸皮有点厚，拿起红笔给自己扣了1分，“这样可以了吧？”

纪琛看了她半晌，翻了个白眼：“我要是阅卷老师，就全给你扣光。”

好不容易才把烦人的哥哥轰了出去，纪汀开始做明天一整天的计划表。门口传来一阵响动声，她不耐烦地说道：“又怎么啦？”

“汀汀，哥哥想跟你商量一下，把刚刚的事情忘掉好不好？”这是完全不同的悦耳的声音。

纪汀忽地扭过头，看见双眼含着浅笑的温砚。

他刚洗完澡，头发还湿漉漉地滴着水，眸间集聚了些雾气。不过他的脸色极好，身上穿着一件藏蓝色的真丝睡衣，领口的第一颗扣子没扣，这让他微微地露出点锁骨，有点莫名地撩人。

她也不知道自己怎么一眼扫过去就能看到这么多细节，抿着唇没说话。

温砚以为她生气了，向前走了两步，道歉道：“对不起，哥哥以为门已经锁上了，没想吓你。”见纪汀的表情有些松动，他轻挑眼角，语气多了一分调笑，“哥哥不是故意要流氓的。”

“没事，”她强装镇定地干咳一下，想回应些什么，但话到嘴边就成了，“其实这对我来说已经是家常便饭了。”

“嗯？”这个非常出人意料的答案让温砚一时没反应过来。

害怕他把自己当成变态，纪汀赶紧指指墙上的海报：“哥哥你看，露个腹肌没什么的。”

温砚这才注意到她房间的内部格局——整体色调是淡紫色，房间里有雕饰繁复的大床，颇有些宫廷的感觉，墙上挂着一幅现代主义的油画，书架上罗列着一些外国小说，桌上整齐地摆放着华丽精巧的手工艺品。这风格和她本人相比，倒有些成熟。唯一和房间的风格不太搭的是满墙的海报，海报有十来幅，上面都是不同的男艺人，他们的造型各异，有的甚至还有些前卫。

小姑娘耳朵尖粉嫩，双眼却亮晶晶的："哥哥，你别害羞。"

温砚失笑。也对，现在的小孩都早熟，估计也不觉得这是什么稀奇事。他随意地指了一张海报问道："这是谁？"

纪汀陷入沉思，表情困惑："我也不是很清楚。"

温砚低笑一声："这不是你的偶像吗？"

"也不全是。"

"那为什么贴在墙上？"

纪汀认真地为他解惑："因为长得好看。"她顿了一下，补充道，"我有一个颜值排行榜，只有上了榜的人才有资格上墙，而且这个榜每个月会定期更新一次。所以我这个海报都是用海绵胶带贴的，很好撕。"

这下温砚是真的忍不住了。他以手抵唇，双眼笑得弯起来，胸腔微微地振动："那汀汀，你看……哥哥有没有资格上墙？"

他本想逗逗小姑娘，没想到她的眼睛亮了起来。她脱口而出："哇，哥哥，咱们真的是心有灵犀啊，我第一眼见到你时也有这个想法！"纪汀兴致勃勃地说，"要不我现在给你拍个照？我们家有印刷机，一会儿就能打出来。"

她望着墙上的海报，自言自语道："换掉哪一个比较好呢？"

纪琛双手插着裤兜走进来，挑着眉道："阿砚，等你半天了，你们干吗呢？"

"在聊上墙的事情。"温砚转身，眉目间皆是闲散的笑意。

纪琛"呵"了一声，丝毫不感兴趣地扭头走了："赶紧在睡觉前来一把，泽宇已经在线上等着了。"

"等我一会儿。"温砚把手撑在纪汀的书桌上，微微地凑近她，"汀汀，照片的事情哥哥觉得要不就算了吧，虽然你夸哥哥好看哥哥很高兴，但是这样有点——"他动了动眼睛，"怪不好意思的。"

从他的表情倒是没看出来这些，纪汀沉默了一下，想着反正自己能在很长的一段时间内欣赏到活人，照片什么的也就不重要了。她点点头："好啊，没问题。”

“谢谢汀汀。”他弯了弯嘴角，很是温柔。

第二天一大早，纪汀是在狗叫声中醒来的。

阿胖似乎对这个突然到访的客人还不太熟悉，见到温砚总是叫个不停。苏悦容弯下腰，耐心地说道：“胖胖，这是哥哥的朋友，不是坏人，你别叫了。”

听了这话，阿胖弓起背，龇着牙，姿态戒备地仰头打量着他。

温砚垂眸凝视了阿胖片刻，轻笑一声，蹲下来，说道：“阿胖，要不要来握个手？”

纪汀下楼看到的就是这个场景——男人眉眼含笑地看着面前的黄色肉球，缓缓地伸出自己指节分明的手，带着温柔的试探。

阿胖静默下来，浑身仍是紧绷着的，踟蹰着后退半步。

一人一狗陷入了静态的拉锯战中，谁也没有先动作。

苏悦容笑道：“小砚你别介意，这小家伙见到陌生人就是这样的，估计过几天就跟你比跟谁都亲了。”

温砚动了动眼睛，从容地微笑着起身：“阿姨，阿琛还没起来，需要我去叫他吗？”

“不用了，你先吃饭。”苏悦容招呼站在楼梯口的纪汀，“刷牙没有？赶紧洗完手坐过来。”她顿了一下，又嗔道，“这孩子，下来吃饭还穿着睡衣，也不怕被人笑话……”

纪汀这才反应过来，家里多了个外人，她怕是不能再像以前那样恣意行事了。

这时，温砚抬起头看了她一眼。纪汀蓦地有些窘迫——胸前空荡荡的，她好像忘穿“那个”了，顿时有种他可以X光透视自己的错觉。她三两步地跑回房间里，换了一套更加正式的休闲服出来。

四个人在餐桌前坐下，纪汀环视一圈，最后转向温砚：“阿砚哥哥，你知不知道我哥昨晚干什么了，现在这个点还不起，他又熬夜了吧？”

他瞥了她一眼，唇线平直，但眼里莫名地有了些笑意：“哥哥不知道呢，兴许他在学习吧。”

“哈？”纪汀像是听到了什么好笑的事情，笃定地说，“他肯定是在打游戏。”

“为什么？”温砚很感兴趣地问道。

“因为他昨晚两点钟的时候去上厕所，开门的时候把我吵醒了。”她一脸“真相只有一个”的表情，“他一般只有晚睡的时候才会起夜，只有打游戏时才会晚睡，所以……”

温砚看着她，嘴角不由得勾了起来——阿琛这个妹妹好像挺有意思。

“竟然还有这种事？！”纪仁亮皱起眉头，“这小子不是说他已经戒掉那什么鸡呀黑呀的了吗？他之前都是骗我们的？”

纪汀很无辜地眨了眨眼，低头开始喝自己的麦片粥。

“等小琛下来再问问他吧。”苏悦容一句话按住了纪仁亮，扯开话题，“小砚，你现在是在清华上学吗？”

瞥见小姑娘明亮的目光，温砚优雅斯文地放下筷子，颔首道：“是的阿姨，我在经济管理学院。”

“小砚当年的高考分数很高呢，听说是省前十吧？汀汀，你要跟哥哥多学习学习。”

啊？按年份计算，纪琛和温砚现在都在上大三，当时高考还没改革，他们应该考的是广东卷……那他的成绩得在700分以上了吧？

纪汀着实惊讶，心里不禁涌上一丝敬佩之情——没想到阿砚哥哥不仅长得好看，成绩还这么好！

而温砚的表情没有太多变化，他只是略微敛目，谦虚道：“运气好罢了。”

“哎，那怎么能叫运气好呢？实力就是实力啊。”纪仁亮拍拍他的肩，“我还记得高中开家长会的时候，你和小琛都是老师重点表扬的对象呢。”

不知怎么，纪汀观察到男人的眉峰动了动，他眸光里的温度似乎冷了些。

半晌，温砚说道：“阿琛和我不一样，我是努力型选手，他不用学也能考高分，以前我总是很羡慕他。”他抬起头笑了一下，“现在总算知道了，是叔叔阿姨的基因好。”

两个人被他的一句话哄得开心：“哪里哪里，当时我们就看得出来。你啊，聪明着呢，比小琛懂事多了，性格又沉稳，将来肯定是有出息的！”

温砚弯了弯唇角：“谢谢叔叔阿姨，那就借你们吉言了。”

过了一会儿，苏悦容问道：“小砚，你有女朋友了吗？”

纪汀竖起耳朵，听到他说：“没有。”她的心里蹿上了一丝微末的喜意——这感觉就跟追星一样，谁也不希望自己的偶像年纪轻轻就谈了恋爱。

“哦。”苏悦容八卦道，“那学校里喜欢你的女孩子一定很多吧？”

温砚垂眸，淡淡地笑了笑：“还好。”直到两年后，纪汀才明白他这个“还好”到底是个什么“量级”的。

席间话题一直没停过，气氛颇为和谐。

等到大家都吃完了，温砚站起身，主动地收拾碗碟：“我来洗碗吧。”

苏悦容制止道：“不用不用，你是客人，回房休息去吧。”

温砚动作一顿，语气带了些揶揄：“阿姨，我都这么不客气地住进来了，您还当我是客人哪？怎么说我也算家里可以征用的劳力吧，往后一个月您要是不让我干活儿，我会良心不安的。”

纪汀抬头看他染了笑意的眉眼，心微微地动了动。以前她和爸爸赴宴时，那些叔叔伯伯也都是这样把话说得婉转又漂亮。她不是什么都不懂的小孩了，能理解他们的用意，可自己又做不到这样。她脸皮薄，无法通过示弱来博取好感，也拿捏不好那个度，做不到温砚这么游刃有余、熟稔从容。

像他这样的人，应该没什么达不到的目的吧。

果然，他们一番争抢之后，苏悦容松了口：“好吧，辛苦你了。”她转而对纪仁亮夸道：“这孩子真是太懂事了。”

厨房里传来“哗啦啦”的水声，男人身形挺拔地立在水池前，手上戴着橡胶手套，正拿着一个盘子认真地刷洗着。他垂眸的时候眼睫在脸颊上投下一层薄薄的阴影，神色让人看不真切。

纪汀走过去：“阿砚哥哥，我来帮你吧。”

他的嘴角这才有了淡淡的弧度。他低头看她，声音柔和：“不用，哥哥很快就洗完了。”

纪汀知道，成人的世界里，多多少少有些口是心非。阿砚哥哥虽然年轻，但早些时候在餐桌前展现出来的世故让她不由得怀疑他说的不是真话。她试探着问道：“真的不需要我帮忙吗？”

“真的。”温砚低笑一声，“不过你要是愿意，可以陪哥哥说会儿话。”

“好啊！”纪汀转了转眼珠，想起刚才妈妈的话，清华啊，那是她的梦想。

纪汀本着多汲取经验的想法，开始了采访，“哥哥，你高中的时候是怎样学习的，很忙吗？”

“嗯，有点。”温砚回忆片刻，“当时和现在估计差不多，都是成堆的卷子，数不清的习题。”

“是啊，我们也是这样，都寒假了老师还不让人休息。”说到这里，纪汀的小嘴噘了起来，脸颊鼓鼓的，表情可爱，“每一科老师都说，‘哎呀我布置给你们的作业一点也不多’，殊不知，所有科目的作业加起来那是要人命啊！”

她惟妙惟肖的模仿逗笑了他，气氛一下子热闹起来。温砚道：“那汀汀写完寒假作业了没有啊？”

“写完啦！这都放假十几天了……”

他声音温柔地说：“不是还有一个月吗？怎么不留着慢慢写呢？”

“这个，还是尽快完成比较好吧，可以给自己多留一点掌控的空间。”

“这样啊。”温砚笑了笑，低着头微微出神，似乎是陷入了思索。

半晌，纪汀问道：“哥哥，你平常会主动做别的课外补充习题吗？”

“会啊。”

她说出自己的苦恼：“那要是老师布置的作业太多了怎么办？这样就没其他时间了，但是我又觉得我自己找的那本习题册更好些。”

“那就少做点老师留的作业。”温砚将碗筷放进消毒碗柜里，摘下并挂好手套，慢条斯理地洗着手，“去做那些你认为有益的事情，总归是没错的。”

“可老师上课会检查啊。”

他转过身，眼神里闪过一丝促狭：“作业后面有答案吗？”

“你……你是让我抄？”纪汀很快反应过来，为难地说，“这样不太好吧？”

温砚弯弯嘴角：“那些作业题对你来说一定不难，对吗？”

“嗯……是这样，没错。”

“你把你一眼扫过就知道怎么解的题目统统跳过，应该可以省不少时间。那叫作‘大量低水平重复’，没什么意义。”他揉了揉她的脑袋，双眼含笑，“不必过于循规蹈矩。”

温砚笑的时候眼尾会微微地上挑，露出漫不经心的意味，很有几分诱惑人的功力。

纪汀愣了愣，低下头没说话，几秒钟后才发现男人已经开始抬脚往客厅里走，于是匆匆地追上去："那……我就试试吧。"

"嗯。"他停下脚步回身，把食指放在唇边，压低声音笑道，"不许告哥哥的状。"

要是爸妈知道了，说不定会觉得阿砚哥哥教坏了她。纪汀眯着眼笑道："你放心吧，我不会的。"

直到晌午，纪琛才睡眼惺忪地出现在楼下，这时大家已经准备开始吃午饭了。

纪仁亮冷笑一声："你要是再不起床，我怕是要忘了我还有一个儿子呢。"

纪琛讪笑道："哎呀，这不是忘了定闹钟吗？"

"我看不是吧。你小子说实话，昨晚是不是又偷偷熬夜打游戏了？！"

纪琛提起的嘴角僵住，他努力维持着表情，第一反应是看向温砚。对方很平静，没有任何心虚的感觉。也对，好友不是这么多管闲事的人。纪琛这么想着，目光又落在纪汀的身上。这臭小孩不敢看他，肯定是她搞的鬼！他一个念头还没转完，耳边就传来纪仁亮含着怒气的声音："看什么看？先回答我。"

"哎呀爸，我这……我承认昨晚是打了那么一小会儿游戏，但是没有熬夜，我十一点钟就睡了。"纪琛挠挠后脑勺儿，表情很真诚，"不信你问阿砚。"

纪仁亮看着他，"哼"了一声："别装了，我知道你昨晚玩到凌晨两点。"

纪琛的眉头狠狠地一跳——不是吧，爸爸这都知道？他是千里眼还是顺风耳？这房门都锁死了，他是怎么知道的？！

"我……"

"还想狡辩？"

对方辩手咄咄逼人，纪琛情急之下脱口而出："是阿砚想玩！非拉着我一起还让我保密，我这是迫不得已呀爸爸！"

温砚："……"OK，fine（那好吧）。他还没开口，就听到纪汀嘲笑道："哥哥，你怎么敢做不敢当？"

她的声音脆生生的，犹如琉璃相撞。她虽带着点稚气，但把一字一句咬得很清晰："这可不是男子汉大丈夫的所为啊。"

纪琛悄悄地瞪了纪汀一眼，她装作没看到他的眼色。

纪仁亮沉声道："就是，为了这个还骗我们！"

苏悦容适时地加入进来："小琛，我们并不是不让你玩游戏，只是不想你沉迷进去。”

“我……”纪琛抿着唇没说话，不自觉地瞥了桌前端坐着的温砚一眼。

许是瞧出了他的尴尬和难堪，温砚起身道：“叔叔阿姨，我去厨房给你们盛汤。”

等他走开后，纪琛才深吸了一口气，低声道：“确实是我拉着阿砚玩游戏，昨晚他去睡觉后我自己又忍不住多打了几个小时。爸、妈，对不起，我不该打破之前的承诺，也不该说谎。我应该管好我自己的，是我没做好，我知错了。”

纪仁亮的表情缓和了一点。苏悦容对纪琛招招手：“行了，来吃饭吧。不过下次别再这样了。”

纪琛悬着的心落下些，他讨好地笑道：“好嘞。”

有个人还没回来，纪汀站起来：“我去帮阿砚哥哥端碗。”

她推开厨房的玻璃门，看见冒着热气的汤碗已经被整齐地排好，顿时甜甜地笑道：“哥哥，辛苦你啦。”

温砚望着门外，神色还有些发怔，这一下他回过神来，温和地说：“应该的。”

纪汀发现，吃完饭后纪琛就对她一副爱搭不理的模样，他懒洋洋的，像是不想用正眼瞧她。

嘁，他真是个小气鬼，她不就是在餐桌上怼了他一句吗？她心想，他很快就会忘了这件事。本以为过一会儿他的气就该消了，没想到晚上的时候纪琛竟然拒绝给她讲题，理由是——“不会。”

他不至于这么记仇吧？他为了泄愤甚至不惜贬低自己？

纪汀问：“你真不会？”

这回纪琛直接不理她了，跷起二郎腿，装模作样地看着书。

她盯了他半晌，怒而拂袖道：“你会为今日的所作所为付出代价！”

纪琛飞快地直起身，语气警惕地问：“你又要告状？”他干咳一下，冷笑道，“只有无能的人才会遇事就找别人哭诉，你要是有种就别老狐假虎威。”

纪汀磨了磨后槽牙，深呼吸了几次，扭头回了房间。他这是很明显的激将法，不过，纪琛还真是找准了她的弱点。她这人什么都不怕，但就是怕输，从小就养成了好强的性子。他那么一放话，纪汀确实觉得再找爸妈出头有点没面子。

冷静了一会儿，她抱着卷子走出房间，拐了个弯，停在温砚的房间门口。这个，她问几个问题而已，应该不算是狐假虎威吧?

“咚咚咚。”

屋内很快响起男人低沉动听的声音：“请进。”

纪汀推开门，看到温砚坐在电脑桌前，正对着键盘在敲打着什么。他的东西不多，客房里较之前空置的时候没什么变化，透出一种清冷的感觉。

“阿砚哥哥，我想请教你几个问题，可以吗?”

温砚朝她招了招手。走近之后，纪汀才发现他戴着一副银丝框的眼镜，眼镜衬得他鼻梁高挺，侧颜十分好看，而且整个人的气质也沉稳内敛起来。

稍微被这张脸迷到了片刻，她愣在一旁。

温砚抬眉，给她找了把椅子，微微地笑道：“坐吧，慢慢说。”

“哦。”纪汀在他的身边坐下，把做错的几道题推过去，“那个……我想先问问这道物理题，为什么小球在磁场下的运行轨迹是这样的啊?”

“高中的内容，我不能保证还记得很多，先帮你看看。”

嘴上虽这么说，温砚垂眸看了一会儿题干，很快就拿过笔在草稿纸上写写画画。纪汀凑过去一看，发现他在分析小球的受力情况。

“啊，我好像忘记在斜坡上的摩擦力了。”她吐了吐舌头，把那张卷子抽出来，小声地说道，“有失水准。”

他边摇头边低笑了一声：“下一题。”

纪汀又问了几道理科题，温砚都一一地把题解答出来，而且讲解得非常条理清晰。他边说她边修正，两个人一来一回的，效率竟然出奇地高。

纪汀心里暗暗地欣喜——没想到阿砚哥哥这么厉害，比哥哥强多了！哥哥那家伙连老本行化学都有偶尔答不上来的时候呢。这么想着，她笑道：“阿砚哥哥，这是最后一道啦。圆锥曲线题，超级难，没有确切的系数，只有 a、b、c 等字母，我推了好多遍都推不出答案。”

“这种题一般都是‘暴算’，没有捷径可走的。”温砚看了小姑娘一眼，似乎是读懂了她的神情，挑眉道，“你想让我帮你算?”

纪汀双手合十，眨巴着大眼睛：“求求你了。”

“好吧。”他弯了弯唇角，逗她，“不过哥哥做这些事可不是免费的。”

“啊？要钱吗？”

“嗯。”温砚一本正经地点点头。

他答个疑居然要钱！纪汀的表情有点僵硬：“那……多少钱啊？”

“你能给多少？”

她在心里默算了一下——微信、支付宝加上银行卡，所有的钱林林总总得有两三万吧。妈妈说过，不要轻易露财。纪汀斟酌了一下：“两三百块。”

温砚眼中的笑意越发浓厚：“可以。”

纪汀震惊了——他这是要她把钱全给了吗？！虽然这只是几百块，但她总觉得为了几道题花掉几百块有点不划算呢！她清了清嗓子：“那个……阿砚哥哥，你早上不是还说自己是家里的劳力吗？我知道，你不干活儿会良心不安的，所以我其实也是为了你的心理健康着想啊。”

纪汀一脸“看我多体贴”的表情。温砚不由得失笑，轻轻地刮了一下她的鼻尖：“你这小丫头。”

看他的表情有松动的迹象，她趁热打铁，揪揪他的袖子可怜巴巴地央求道：“求求你了，哥哥。”

温砚觉得，这小姑娘无论脸上是怎样的表情，最吸引人的还是那一双大眼睛。她的大眼睛像澄澈又干净的清泉，水汪汪的，十分讨人喜欢。他含笑地看她一眼，又拿出一张草稿纸。

钢笔和纸面摩擦的“沙沙”声在屋内响起，纪汀的脸上露出得逞的笑意。她坐得离他近了一些，仔细地观摩解题的过程。虽然只是一些字母符号，但他写起字来行云流水、遒劲有力，仿佛正在完成一幅书法大作。墨水在纸上晕染开，纪汀看着看着就出了神，思绪逐渐地飘远。

人在无事可做时容易生出杂念，同时感知会变得异常敏锐。她似乎嗅到了一阵清香，很难说清那是什么味道，非要形容的话，可以说是刚洗净的衣服晾晒后的味道——带着洗衣粉、清风和太阳的气息。

纪汀悄悄地打量着专注于解题的男人，他侧颜清秀，皱眉的时候神态也是温和的。她在心里叹息一声——这个人怎么连身上的气味也这么好闻呢？

就在这时，温砚回过头来，视线与她的视线撞上。纪汀下意识地睁大了眼，但目光没有闪躲，她半晌笑道：“哥哥写完了吗？”

“嗯，你看看。”

那张纸上已整整齐齐地布满各种等式，纪汀将之与自己推导的步骤比对，不一会儿就恍然大悟地道：“我知道我哪里算错了！”她拿出错题本，一笔一画地将思路认真地记下来。

温砚扫了一眼，喉间不自觉地溢出一声轻笑——小姑娘的字体圆滚滚的，和本人一样，很可爱。

所有的错题温砚都已解答完毕，纪汀却有些不想离开。她磨磨蹭蹭地收拾东西，目光却还黏在温砚的身上。

他似有所感，弯唇问道：“还有什么事吗？”

“阿砚哥哥……”纪汀抿了抿唇，小心翼翼地问，“明天，我还能来找你吗？”

明天。她知道自己问的不只是明天，还有后天、大后天、大大后天……他一定也能听懂。

空气陷入了片刻静默，纪汀感到期盼和紧张的心情交织在一起——她想更多地看见他，却又害怕被他拒绝。怀着这样的心情，她稍稍地抬起头，迎着温砚的目光看过去。

“没关系，如果你忙的话，我找哥哥也是一样的。”如果他不同意的话，她就这么说好了……

“当然没问题。”

纪汀眨了眨眼，看到温砚表情温柔，说道：“哥哥随时欢迎你来。”

俗话说，一回生二回熟。

有了第一次答疑解题之后，接下来的日子里，纪汀往温砚的房间里跑的频率越来越高。

已经许久没有在晚上看见妹妹来找他问题的纪琛非常迷惑——难道现在这臭小孩已经这么强了？她完全不需要他了？又或者……难道她还在和他冷战？可之前吃饭的时候他们不是已经和好了吗？没有她在身旁“叽叽喳喳”的声音，他感到有些不习惯，纠结半天还是起身去了纪汀的房间：“喂，作业写完没？”

课桌前居然没人。纪琛愣了一下，下楼去客厅里找了纪汀一圈。苏悦容和纪仁亮正在看综艺，两个人抱着枕头哈哈直笑，看到他下来，苏悦容想起了什么似的说：“小琛，那边切了三盘水果，你们一人一盘。帮妈妈端上去吧。”

纪琛边端盘子上楼边皱眉沉思——活生生的人怎么不见了？莫不是……时空穿梭？空间传送？“古娜拉”黑暗的力量？！乱七八糟的想法依次跳出，他深吸一口气，推开了温砚的房门。

“阿砚哥哥，你怎么这么聪明，这种方法都能想得出来？！”

屋内是一片欢声笑语，明亮的灯光下，一大一小的两个身影挨在一起，看上去很和谐。纪琛忽然觉得自己成了一道分界线，把彩色的世界和灰白的空间割裂开来，一分为二。一阵心酸涌上胸腔，他大步地走进屋。

纪汀刚弄懂一道题，非常高兴，正想拉着温砚再说几句话，面前突然投下一层阴影。她抬起头，看见纪琛一言不发地盯着自己，他的眼神沉沉的。他重重地放下两盘水果，语气不善：“慢用！”

纪汀被吓了一跳，蒙蒙地问：“哥，你这是怎么了？”

纪琛“哼”了一声，清清嗓子：“看见你们两个相处得这么融洽，我也就放心了。”

他离开后，纪汀捧着脸陷入了思索——这人怎么这么不正常啊？难道……她灵光一闪——哥哥该不会是看她和阿砚哥哥走得近，心理不平衡了？不至于吧？纪汀觉得自己有点自作多情，但这又好像是唯一的解释。她决定用自己的方法试探他一下。

第二天晚上，纪汀敲响了纪琛的房门，探头道：“哥哥，你现在有空吗？”

看到是她，纪琛目光微动，语气却还是不耐烦：“什么事？”

“我有几道化学题不太会，你能帮我解答一下吗？”

纪汀清晰地观察到，哥哥的眼神亮了起来，语气中细微的欣喜笋尖般冒出：“拿来我看看。”

他还真是这样啊！幼稚鬼。她在心里偷笑，面上却不动声色，拎着错题本走进房间里。

改完错题后，纪汀又去找了温砚。男人似乎在小憩，将脑袋枕在自己的手臂上，那副银丝框的眼镜被随意地放在桌上。听到声响，他直起身来：“汀汀来了？”

纪汀发现，温砚的目光很清明，并没有睡醒之后的惺忪。她熟练地拉过椅子，在他的身边坐下：“阿砚哥哥，你是……碰上什么难题了吗？”

“嗯？”他打量她片刻，神情有些意外，勾起嘴唇，“为什么这么问？”

“因为感觉你刚刚好像在沉思。”

这小孩的感知可真是敏锐。温砚轻笑了一声，坦然地点头道：“哥哥是遇到了一些困难。”

“什么啊？能告诉我吗？或许我可以帮忙解决呢……”

纪汀的话刚说出口，男人的面上就带了一点似笑非笑的表情。纪汀蓦然感到有些不好意思——他的问题肯定都很难很难，估计她也帮不上什么忙。他是觉得她不自量力吧。纪汀抿了抿唇，低下头：“我……”

“好啊，那你就帮哥哥看看，好不好？”

“啊？”她惊讶地看向温砚，发现他的眼里有笑意，目光中并没有她以为的讥讽。

温砚揉了揉纪汀仰起的小脑袋，把电脑推到她的面前。上面是一张 Excel 表（电子表格），满屏都是密密麻麻的数字，还有“Revenue（收入）”“WACC（加权平均资本成本）”“DCF（现金流折现法）”等字样。

这一看就是超出自己知识范畴的东西，纪汀心虚起来，眼神有点闪烁。

温砚端详着她的表情，戏谑道：“刚刚不还信誓旦旦地说要帮哥哥的忙吗？这会儿打退堂鼓了？”

纪汀心想：是有点。她咽了口口水，强装镇定地说道：“哥哥，你有什么问题？”

温砚说：“哥哥在用一种财务模型对公司进行估值，但是最终得出来的结果不太理想。”

她疑惑地问道：“可这不是一种预测吗？得到什么就是什么，怎么会有不理想一说呢？”

他没有立刻开口回答，只是凝视着发亮的电脑屏幕，用修长的手指有一下没一下地敲着桌子。半晌，他垂眸说道：“有时候，没人关心真相是什么，人们只愿意相信他们希望看到的事情。”

纪汀默然——她觉得阿砚哥哥的话突然变得好深奥，他的话仿佛脱离了他们正在讨论的范畴。她感到自己能够隐约地明白他想要表达的东西，但又不是特别确定。

“哥哥，你的意思是不是……你得到的这个结果虽说在理论上是正确的，有些人却不希望看到？”

温砚淡笑道：“这么理解没错。”

纪汀试探着问：“你和那些人的立场不能相悖吗？”

他看了她一眼，眼尾上挑：“算是吧。”

纪汀虽然不懂为什么有人会不喜欢正确的结论，但还是想方设法地出谋划策：“那……还是按照他们的意愿修改一下吧。”她笑起来，双眼月牙儿似的弯着，“我知道，这对于哥哥你来说肯定不难！”

温砚也勾起了嘴角：“这么看得起哥哥？”

本来这确实不是什么难题，他只要稍微地更改一下模型中的假设，很快就能得出预期的结果。他只是感觉有点微妙——投行的研究部出具推荐评级，看起来是个独立的过程，但有时因为复杂的利益纠葛，会受到一些外部的干扰。

如果他们知道结论再去推导过程，之前那些基于事实的严谨的分析不就没有意义了吗？

“阿砚哥哥，你大概是希望这个模型所得出来的结论就是他们想看到的目标，这样就可以皆大欢喜了。”纪汀歪着脑袋，感叹般地说，“可人生就是这样，没有十全十美的事情，有时候必须妥协，反正尽力而为就好啦。”

温砚蓦地转向她，半眯起眼睛：“你……”他欲言又止。

纪汀觉得他的眼神好像变得有些锐利，他的眼神像是在审视又仿佛在探究，但那只持续了一瞬间，气氛转眼间就恢复了正常。一切快得像错觉，她抿了抿唇，紧张地问道：“怎么了哥哥？我说得不对吗？”

“没有，”温砚的眼里重新漾开笑意，他倾身过去，轻轻地摸了摸她的发顶，“汀汀说得很对。”

温砚的气息铺天盖地地袭来，纪汀忘了言语也忘了动作，眼睛看着近在咫尺的这张脸。

毋庸置疑，阿砚哥哥很爱笑。他长了一双很好看的桃花眼，笑的时候眼尾微扬，眸中有莹润的水光，勾得人挪不开目光。拥有这样的外貌的人，一般是爱戏弄人的性格，可他偏偏很温柔，又有十足的风度。

纪汀的心乱了一拍，她往后退了些，借笑意掩盖情绪：“阿砚哥哥，那我这算是解决了你的问题吗？”

“嗯，当然。”温砚说，含笑的目光从她的脸上移至她的臂弯处，“今天没有什么问题要问我吗？”

“啊，这个……”说起这个纪汀就头痛——哥哥那个小心眼，怕是不愿意自己一直找阿砚哥哥答疑讲题。她不知道该怎么说，只是支吾着：“今天……没什么问题。”

温砚端详着她，了然地弯起唇：“那……哥哥等你明晚过来。”

纪汀原本打算把错题分成两半，她向两个哥哥分别各问一半错题，但纪琛仿佛跟她对着干似的，一到晚上就揪着她激情昂扬地讲解错题，错题连一点渣都没剩下。纪汀简直欲哭无泪——阿砚哥哥除了晚饭时间会下楼，其他时间待在自己的房间里，这下她完全没有再去打扰他的由头了。

她打开微信，点进闺密田佳慧的聊天框：写完今日份的卷子了吗？

对方秒回：什么？！你已经写完了？我又输了？

一个星期前，两人开始比拼刷课外题的速度，截至现在，田佳慧就没赢过。

纪汀：嘿嘿嘿。

田佳慧：拜拜！

纪汀：哎，等一下！

田佳慧：干啥？

田佳慧：你是想跟我更新你家阿砚哥哥的事情？洗耳恭听。

知道温砚的真名后，纪汀才知道自己最初犯了一个多大的错误。唯一的误会被解除之后，温砚在纪汀心里的形象越发完美。不知道是随了她爸还是她妈，她十分喜欢八卦，没过几天，所有玩得好的小姐妹都知道了她家里多了这么一号人物。

通过纪汀描述，大家都对这位帅哥倍感兴趣——毕竟高中生活这么无聊，她们也就这点乐子了。她们对纪汀的审美是完全信得过的，吵着要看真人的照片，可纪汀非常吝啬，小姐妹们只好自行想象，用她分享的故事持续为想象赋能。在大家的认知中，“阿砚哥哥”大概是个“只应天上有”的神仙男人。

田佳慧兴致勃勃地发消息道：糖糖，今天又有什么好玩的事了？

纪汀盯着屏幕，叹息一声，发消息道：我今天不是来讲故事的，今天是来求救的！

田佳慧：怎么了？？

纪汀把这几天发生的事情娓娓道来，田佳慧听罢发来一个嘲笑的表情包：心疼你哈哈哈哈哈！叫你不给我们看照片，现在遭报应了？！

纪汀：是朋友就告诉我接下来该怎么办!

田佳慧想了一会儿：不如你再随便找两道题去问他?

纪汀：我会做的题为什么要再问一遍，太矫情了吧？还浪费时间……

田佳慧：Fine。［微笑］恕臣无能为力。

纪汀：你再好好想想!

大概是微信里最传神的表情，在成年人的世界里它代表友好和善意，但在年轻人的眼中它却象征着满满的威胁。不知是不是因为这个，田佳慧𡒄了一些：那……你就提一提别的东西呗，比如他平常做的事情，说不定可以找找共同话题。

纪汀思索片刻，觉得这个建议可行——其实之前她也是这么打算的，只是一直没有采取实际行动。她说走就走，几乎没怎么犹豫地出门拐弯，在温砚的房门上敲了敲。

“请进。”他的嗓音一如既往地温和。

纪汀推门进去的时候，在男人的眼中看到了熟悉的笑意。二人对视，这次他率先开口：“哥哥还以为你以后不打算来了呢。”

纪汀顿住了。这句话让她突然意识到他早已猜到她没再过来的缘由。这同时也解释了——为什么接连几天过去，他连问都没问她一句。心情蓦地有些复杂，纪汀避重就轻，扬起一个笑：“阿砚哥哥，你在做什么啊？”

“互联网行业研究。”

她探头探脑地蹭到了电脑桌前，发现他正在做PPT（演示文稿），上面也尽是一些经济与金融的术语。

温砚看她颇感兴趣的样子，解释道：“哥哥在对某些特定行业进行研究分析，具体可能还要给头部公司进行估值，预测它们未来的股票价格。”

纪汀恍然大悟：“哦，就像你那天晚上做的那个表一样吗？”

“对。”

“那，你如果再给别的公司估值，到时候能不能叫我一下？”

温砚挑了挑眉：“为什么？”

“我觉得挺有意思的，想观摩观摩。”纪汀觉得自己简直是个小机灵鬼，这样一来她可以多往他这边跑，二来她还能多学点新东西。

小姑娘的眼神还挺期待的，温砚自然没有拒绝她的理由，轻笑一声："好，下次叫你。"

"阿砚哥哥，"纪汀又挑起别的话题，"清华平常会不会开设网课啊？"

他点点头："有的，种类还挺广泛的。放假的时候，哥哥也会有选择性地听一听这些课。"

纪汀道："那我也想一起听，行不行啊？"

这回温砚没有立即答应，而是似笑非笑地看着她，目光里带着点戏谑之意。

纪汀被他看得心虚，"此地无银三百两"似的补充道："主要是跟你接触之后，我感觉金融这个专业还不错，就想多了解一下……"

"是吗？"温砚又笑起来，"那挺好的，不过——"他话锋一转，"小姑娘，你们现在的课业压力应该很重吧，还有时间来听大学的课程？"

"这个……"纪汀咽了口口水，梗着脖子道，"我学习好嘛，没问题的。"她噘着嘴补充道，"而且，我有空才来，又不是天天都来。"

温砚将食指屈起，敲了敲她的额头："这个，有待商榷。"

"不要嘛，阿砚哥哥……"纪汀抓住他的袖子来回地摇了摇，眨着眼睛说，"我保证不会影响自己的学业的，你就同意吧！"

"你这丫头。"温砚的语气带上一层无奈的笑意，他沉思半晌，终于点头，"好吧，哥哥会定期检查你的学业的，你可要信守承诺。"

她用力地点点头，笑得双眼弯起："遵命！"

一周过去了，纪汀所幻想的旁听生活还没有开始。一来是因为温砚由于实习开始忙了起来，二来是因为她自己发现了一个很"宝藏"的系列习题册，叫作《高考必刷卷》。里面的题目实在太过新颖，再加上习题的呈现方式干净简洁，纪汀一上手做题就极度沉迷、无法自拔。十几天的时间里，她把数学和物理的模拟题全部刷完了。

这天晚上，纪汀刚做完一张卷子，正想伸个懒腰，阿胖就跑了进来："汪汪！"它仰着头，睁着亮晶晶的大眼睛望着她，讨好地摇着尾巴。

纪汀笑眯眯地把它抱起来："胖胖，这么久没有带你去楼下散步，你好像重了。"

阿胖伸着舌头舔她，小肉爪在她的肩上胡乱地扒拉："汪汪！"

"好吧好吧，你没重，我们胖胖是最苗条的小可爱了！"纪汀摸着它的小脑袋，又使坏地捏了捏它圆滚滚的脸。

阿胖突然刺溜一下从她的怀里蹿出去，如风一般朝门口奔去。

"怎么了？"纪汀吓了一跳，转头看见站在走廊上微笑的温砚，"阿砚哥哥……"

阿胖围着温砚直打转，亲近之意分外明显。

纪汀突然忆起他刚来的时候阿胖那凶巴巴的态度，没想到转眼间就已经过去一个月了，时间过得可真快。

温砚穿着一件纯白色的长袖衣，整个人看上去居家又柔和。他礼节性地敲了敲房门："汀汀，一会儿有事吗？"

本来是打算多做一套高考必刷卷的纪汀镇定地摇摇头："没有，哥哥找我有事吗？"

"嗯，过来。"温砚噙着笑意向她招招手，嗓音里带着慵懒的气音。

纪汀情不自禁地露出一个灿烂的笑容，飞快地起身，跟着他往客房里走去。看到电脑屏幕上是不知哪家公司的财务报表，纪汀感觉福至心灵，问："阿砚哥哥，你是不是要开始估值了？"

温砚看了她一眼，唇角弯起："嗯，真聪明。"

预测三张表、搭建 DCF 模型、计算 WACC 等一系列操作对于纪汀来说太过复杂，但她依旧看得很认真，偶尔好奇地发问，温砚也会耐心地给她解释："只有企业未来现金流相对稳定和可预测的时候，我们才会用 DCF 模型。"

纪汀从来没有见人把 Excel 用得这么熟练过，他指节分明的手指在键盘上灵活地敲打着，一串串数字和公式倾泻而出，她几乎恍了神。原来，他专注地做一件事的神态是这样的。这个人好像有魔力，她只要见识过他的某一面，就越发想要深入地挖掘他潜藏的其他面。

纪汀的心里忽然涌上一股淡淡的失落——她到现在才恍然地发觉原来他这么久以来展现出的是同一个模样：温柔和煦、谦卑有礼、从容不迫……这样的面貌下，他没有变过的是那近乎苛刻的冷静自持。

纪汀觉得自己有点摸不透他。但这个念头也只是迅速地在脑海中闪过，她的目光很快就被其他事物吸引："哥哥，你算出来了？这家公司的目标股价是 46 块吗？”

温砚颔首道：“嗯，这是初步结果。”

纪汀一看表，发现时间不知不觉地过了一个多小时了，不由得感叹道：“好神奇啊，那以后人们不是只要这样算一算，就能判断未来股价的走势了吗？”

温砚笑起来：“市场价格受诸多复杂的因素影响，模型只是给出一个参考罢了。”

纪汀还要说什么，温砚伸手拨弄了一下她的马尾辫，语气亲昵地说道：“好了，时间不早了，小朋友该回去睡觉了。”

纪汀晚上翻来覆去地睡不着觉，直勾勾地盯着天花板下的水晶吊灯发愣。温砚的一句“小朋友”叫得她心里发痒，她到现在还没缓过劲儿来。她蹑手蹑脚地爬起来，想去洗手间，没想到在走廊上碰到了穿着睡衣游荡的纪琛。

纪琛早就听说了纪汀言之凿凿的“起夜理论”，一时间有点无所遁形。两个人大眼瞪小眼，在昏暗中面面相觑。

纪汀压低声音问：“哥哥，你又熬夜玩游戏？”

“没有没有，别瞎说！”爸妈的房间就在不远处，纪琛赶紧捂住她的嘴，压低声音予以警告，“我赶作业呢，你别血口喷人。”

“不是玩游戏，你紧张什么？”纪汀上下打量他一眼，哼笑一声，“有没有人告诉过你，你真的很不擅长撒谎？”在纪琛愤怒起来之前，她抢先道，“想让我不告诉爸妈呢，也可以，不过我有一个条件。”

纪琛眯起眼睛，深吸一口气，说道：“说。”

“以后我想去找阿砚哥哥答疑讲题。”纪汀一脸诚恳地说，“哥哥你讲解得也很清晰明了，只是阿砚哥哥是外人，我总不好明显地冷落他。”

她的一番话说得妥帖至极，纪琛沉思片刻，觉得她所言有理，应承道：“行吧。不过，你也别忘了你答应我的事情。”

“没问题。”

达成交易的兄妹俩悄然地分开，纪汀动作缓慢地去完洗手间，又放轻脚步回来。拐弯时，她下意识地朝温砚的房间扫了一眼，意外地发现门口有细碎的光洒落，地上投射出一道阴影。阿砚哥哥还没睡吗？纪汀迟疑片刻，朝光源处轻轻地挪动。

房门开了一条缝，刚好可以让她看清屋内的状况——昏黄的壁灯半亮着，男人靠在床头上，屈起一条腿，伏首在撑在膝盖上的臂弯中，让人看不见他的神情。

纪汀蹲下来，调整了一下姿势。温砚的耳中塞着一只耳机，他似乎在与谁打电话，手无意识地捏着白色的耳机线，轻轻地摩挲着它。空气里寂静得很，纪汀感到腿都麻了，屋内才传来低低的一声："嗯，知道了。"

她从短短的几个音节中觉出了不同寻常的情绪，还想凝神倾听的时候，温砚抬起了脸。纪汀吓得缩了一下，所幸他没有看向她。他只是低垂眼帘，默默地望着床单上的一处出神。半晌，男人又低声应道："好。"

这回纪汀看清了，温砚的眼中有着浓重的疲惫。白天才暗道完他单一的面目，晚上就看到如此不同寻常的景象，她都不知该说什么好了。

房间里，温砚眉头微皱，语气略显冷硬地说："我知道了。"他顿了一下，又说，"很晚了，我要睡了。"他动了动眼睫毛，掏出手机按了一个键，而后取下耳机。

看见他准备下床，纪汀连忙屏着气移到一旁的角落里。少顷，房门被轻轻地关上，走廊里彻底暗下来，只剩下她细微的呼吸声。

纪汀回到自己的房间里，翻来覆去，脑海里全是刚刚看到的那一幕——阿砚哥哥是在和谁通话呢？他的语气那样陌生，他仿佛在谈论什么他不愿提及的事情。还有他刚刚的表情很寡淡，没有一丝笑意。虽然这完全可以理解为他的心情不好，但纪汀莫名地有种直觉——真实的他本来就是这个样子，冷清又疏离。他平日里如春风般和煦的模样不过是一副专门示人的面具罢了。

这个认知使她的心"怦怦"直跳，她觉出一丝强烈的反差感来。胸腔里有一种奇怪的情绪在生长，她翻了个身，将被子往上拉了些，缓缓地闭上了眼。

翌日早晨，纪汀很好心地把呼呼大睡的纪琛揪了起来："起床了，懒猪。"

"谁啊……"纪琛含糊地推搡着她，"让我多睡一会儿。"

她提着纪琛的耳朵，威胁道："难道你想重复之前的悲剧吗？你要是被爸妈知道了……"

听到"爸妈"两个字，某人瞬间清醒，像弹簧一样从床上蹦了起来。他揉了揉眼，看到纪汀的时候眉开眼笑："哦哟，我的好妹儿，看来哥哥没白疼你！"

他恶心死了，纪汀抖了抖不存在的鸡皮疙瘩，心里暗道：我才不是为了你呢。

今天的早餐做得格外丰盛，有糯米鸡、小笼包和牛肉肠粉，这些都是纪汀喜欢吃的。她路过温砚的房间，看见里面空无一人，下楼之后才发现他早已起床，正在帮忙摆碟和分碗筷。

看到纪汀，温砚脸上现出些笑意："早上好，汀汀。"

目光在他的唇边逗留了一会儿，她也勾起嘴角："早啊，哥哥。"

五个人围着饭桌坐下，边吃饭边聊天。纪仁亮问道："汀汀，你现在学习还顺利吗？有没有什么不会的？"

"挺好的，没什么问题。再说了，如果我有问题的话，不是还有两个学霸哥哥吗？"纪汀眨了眨眼，"爸爸妈妈，这段时间我特别感谢阿砚哥哥，他教会了我不少东西。"

"是吗？"苏悦容很惊喜地说，"那真是要谢谢小砚了。"

纪琛看到纪汀的目光和温砚的在空中碰撞了一下，他俩的笑容有些心照不宣，让他没来由地一阵胸闷气短。

纪仁亮问："小砚，你应该和小琛一样也要读研吧？"

温砚点头。

"保研面试你准备得怎么样了？"

"专业课的知识复习了几遍，应该没什么问题。"

"小琛，你看看人家。"苏悦容现在俨然把温砚当成自己的半个儿子，说话的语气都是含笑的，"未雨绸缪，多好。"

纪琛深吸一口气，微笑道："妈，你就不能对你儿子有点信心？人家的爸妈就不这样啰啰唆唆的。"

提起这茬儿，苏悦容关心地问了一句："小砚，你父母在美国工作对吧？一般什么时候回国啊？"

闻言，纪汀下意识地抬眼。她看到温砚的嘴角勾起的弧度明显小了些，他一贯温和的脸上出现一丝罅隙，但很快归于平静："他们一般过年的时候回来。"

苏悦容“啊”了一声——这孩子岂不是一年只能见自己的父母一次？他怪可怜的。她连忙扯开话题：“小砚，你怎么吃得这么少啊？汀汀，快给你阿砚哥哥添点菜。”

纪汀乖巧地应了一声，用公筷把一个小笼包夹到温砚的碗里：“哥哥，多吃点。”

温砚的目光从她的脸上缓缓地下移，聚焦在碗里。半晌，他勾起嘴角，说道：“谢谢汀汀。”

饱饭过后，纪汀瘫在沙发上看了几集电视剧，又和闺密聊了会儿天。

田佳慧给她发消息：糖糖，你知不知道，程楚明最近开始疯狂地学习了？他还扬言要在月考超过你！

程楚明就是那个每次都考不过纪汀的悲惨的第二名，听说有一次他的总分差她 0.5 分，他直接被气哭了，还去找了年级主任哭诉。

纪汀虽然觉得不太好，但还是忍不住笑了：他每次都是这么说的。

田佳慧：这次不一样！我能感觉他这次是动真格的了！他说如果考不过你的话，就要请全班同学吃夜宵！

纪汀几人所在的班是全年级顶尖的班级，基本上年级所有的学霸和风云人物都集聚在此。班里总共四十五个人，食堂的夜宵一份 7 元，这么一算的话，程楚明如果输了，不仅信心备受打击，还净亏 300 多块——简直是赔了夫人又折兵。

纪汀：这么刚？［狗头］。

田佳慧：毕竟他都输了那么多次，估计都快把你当成他的执念了［发抖］。

纪汀：［发抖］那看来我要严阵以待了！［龇牙］卷子刷起来！题目做起来！［奋斗］。

田佳慧：哇哈哈哈哈，那我先心疼程楚明三秒钟［龇牙］。

田佳慧：哎，不过话说回来，你不觉得程楚明挺帅的吗？［坏笑］。

默默地回想了一下对方的模样，纪汀一脸蒙，缓缓地回复道：你确定你没瞎吗？

田佳慧：我知道他是黑了一点，但胜在五官周正啊！

纪汀：岂止是黑了一点？！我从来没看清过他长什么样子，每次他迎面走来，我都以为是一排牙飘了过来……［发抖］。

田佳慧：哈哈哈哈哈，多损哪！但是我不得不说，这个比喻太精妙了！

田佳慧：以后都无法直视程楚明了哈哈哈哈。

田佳慧：［不愧是你］。

嘴贫了好一会儿，纪汀决定回房学习——她的危机意识一向很强，特别是对于这种关乎尊严的挑战。她能忍吗？绝不。

她路过纪仁亮的书房，看到他正对着手机长吁短叹，不由得问道："老爸，你怎么了？"

"股票又被套住了。"纪仁亮摇了摇头，心疼地说道，"少了好几万呢。"

"什么股票啊？"纪汀凑过去一看，"哎？这不是阿砚哥哥昨晚估值的那个公司吗？"这是一只电信龙头股，现在的股价为32元，而她依稀记得温砚算出来的是46元，"爸，你可千万别卖啊，他算过预计价格的，比这个要高十几块呢！"

纪仁亮怀疑地问："是吗？可不可靠啊？"

纪汀挺直腰板："阿砚哥哥很厉害的，肯定没问题！"

纪仁亮纠结了一会儿，答应下来："好吧。"他开玩笑似的说道，"爸爸要是亏了，就全算在你的头上。"

纪汀吐了吐舌头："不跟你讲了，我去学习了！"

看着她一溜烟儿跑掉的背影，纪仁亮失笑，摇了摇头。

和纪琛的"深夜交易"达成后，纪汀恢复了每天晚上去找温砚问题的习惯。虽说和他接触的时间增多了不少，但她还是没能成功地蹭到一门清华的网课，总是时机不好。

又是一个周日的晚上，纪汀写完了卷子，看到纪琛和温砚从房间的门口路过，他们似乎是要上楼。这样的机会实属难得，她感觉敏锐，抓住机会发问："哥哥，你们要去干什么啊？"

纪琛顿住脚步，懒懒地抬眼："看电影。"

纪汀蓦地想起，家里的文娱厅已经闲置很久了，当初装修的时候，爸爸是想打造一个家庭影院来着，所以观影的设施齐全。

她的眼睛亮了起来，她几步小跑到他们的面前："我也想去！"

“随便你。”纪琛耸耸肩，“反正我是去完成作业的。”

“啊？”

纪琛边走边说：“我选修了影视欣赏课，老师要求看一部电影，写观后感。”

“看电影就能上课啊，大学生活居然这么美好！”纪汀瞪大了眼，感到非常震惊。

前方传来一声低低的轻笑，她抬头看去，男人清隽的侧颜陷入半明半暗的光影中，他上挑唇角。

纪汀暗暗地加快了步伐，和温砚肩并肩地走着：“阿砚哥哥，你也选了这门课吗？”

“没有。”他温和地说道，“只是今天正好没什么事。”

虽说纪汀本人已经好几个月没进过文娱厅了，但看着纪琛熟练地摆弄投影仪的样子，她有充分的理由怀疑这家伙瞒着她偷偷地看了不少电影。

正前方是一个长约三米的大屏幕，对面则是柔软而宽敞的赭色的真皮沙发。纪汀瞄准了中间的位置，抢先冲过去坐了下来。

纪琛“哼”了一声：“跑得挺快。”

纪汀窝在沙发里，试探着抬眼看他，生怕听到什么要换座位的话。好在纪琛还没开口，她左侧的沙发已然陷落下去。鼻间嗅到好闻的气息，纪汀悄悄地弯起嘴角。她不动声色地问道：“哥哥，你要看什么电影啊？”

纪琛在她的右边落座：“《罗马假日》。”

室内的灯光暗下来，开场音乐响起，纪汀突然想到什么：“哎？听说这个电影是个黑白片……”

纪琛说：“不想看就出去，废话怎么那么多？”

她乖乖地闭了嘴。刚开始纪汀还记着温砚坐在自己的旁边，坐姿端端正正的，后面她是真的被情节吸引了，不由自主地向前倾身。

厌烦宫中烦琐礼节的欧洲公主逃出行宫游玩，无意中碰见正为生计发愁的美国记者。两个人携手共游罗马，赏尽城内的风光，共度了浪漫美好的一日。他骑着摩托车疾驰，她坐在后座欣喜地欢呼；他带她去喝咖啡、逛商店，让她体会新奇的民间玩乐；他与她在河边参加水上舞会，与前来寻人的皇宫的侍卫玩起了一场斗智斗勇的游戏……混乱之中，他们跳河逃脱抓捕，在岸边一同取暖。

隐秘的爱情悄然地萌芽，破土而出。但公主心里明白，他们是不可能有任何结果的，她身上肩负着对国家的使命和责任，没有随心所欲、一晌贪欢的自由。一天的游玩过后，记者驱车送她回宫，两个人终究到了告别的时刻。

纪汀怔怔地望着公主哭泣的脸庞，感到心里针扎似的疼。为什么相爱的人囿于世俗不能够在一起呢？他们不过相处了短短的一天，就要分别，这是多么令人扼腕叹息的爱情啊！

直到一旁响起纪琛轻微的鼾声，纪汀才猛然回过神来，发觉脸上一片温热。她看得这么动情，纪琛居然睡着了！

“小姑娘，怎么哭了？”

耳边传来低沉含笑的声音，她吸着鼻子扭头，目光对上温砚如墨般漆黑的双眼。纪汀此时大睁着眼，眼睛水汪汪的，圆乎乎的小脸上挂着泪珠，可爱的小鼻子泛着粉红，她一副小可怜的模样。这个模样都被阿砚哥哥看了去，纪汀觉得非常尴尬。她正要低头抹眼泪，肩膀却被男人握住了。他倾身过来，用纸巾一点一点地擦着她脸上的泪痕。

半边脸上覆盖了一层薄薄的阴影，纪汀茫然地抬头看向温砚。他神色专注而认真，动作也柔和无比，像是在哄她：“不哭了，眼泪都被哥哥擦掉了。”温砚的声音又染上笑意。

纪汀噘起嘴，委屈地说：“我……不是故意要哭的。”

“哦？”他亲昵地用指腹蹭蹭她的脸颊，“那能跟哥哥说说是为什么吗？”

“我……我就是觉得可惜，他们明明是相爱的，却不能在一起……”纪汀皱着眉，耷拉着嘴角，低落地叹了一口气，“为什么公主不能跟着记者一走了之呢？”

“可他们注定不是同路之人。与其自欺欺人地放纵自己，不如早日面对现实。”温砚看着她，“人是不能凭借一腔热血去生活的。冲动或许可以给人带来短暂的欢乐，却会埋下长久的祸患，因为这些不过是假象罢了，终有一天，公主也会后悔自己当初的决定。”

他唇边有了一丝细微的弧度，说出来的话却冷酷无比：“这世上没有谁离了谁就活不下去，人生在世就是不断孤独地行走。重要的东西有很多，爱情是最微不足道的一环。”自始至终，温砚的表情一直透着一种漫不经心的淡然。

纪汀竟觉得，此刻的他像极了那晚她无意中撞见的模样——冷漠的、寡情的、理智的，那个真实的他。原来他的心里竟是这样想的吗？对于人人歌颂的美好的爱情，他不憧憬、不期许，不能与大家产生共鸣，反而觉得它幼稚、虚幻、可笑至极。

纪汀讷讷地说不出话来，温砚重新弯起嘴角，摸了摸她的头："瞧，哥哥只顾着自己说了，汀汀如果看法不同，千万别放在心上。"

电影的片尾曲奏响，头顶的吊灯逐渐亮起，纪琛揉着眼坐起来："哎？这就放完了？"

温砚笑了一声："阿琛，这是你自己的作业，结果我们看得比你还认真。"

纪琛伸了个懒腰，站起来往外走："没事，到时候在网上找几篇影评就行。"

"小声点。"温砚把手搭在他的肩膀上，挑着眉压低声音，"你妹妹还在呢，别教坏了孩子。"

纪汀默默地跟在两个人的后面，慢吞吞地走着，脑子里却还想着温砚刚刚的那一番话。对于他的态度，她实在百思不得其解。阿砚哥哥……是不是曾经经历过什么事情？想了许久之后，她呼了口气——算了，还有时间，以后她或许能找到答案吧。

时间过得飞快，二月已经过去了一半，纪汀迎来了开学。

下学期伊始，各科老师都在不断地加码，作业量更多了，讲课速度比之前还要快上许多。更要命的是，每周多加了一天的上课时间，之后的一年半里，学生们可供个人支配的休息时间大大减少。

学校把第一次月考安排在周五、周六，为的是测试各位同学假期里有没有认真学习。

想到程楚明的宣言，纪汀铆足了劲儿学习，到了真正考试的这两天，她全神贯注、颇为顺利地完成了所有题目，心里的大石也终于落下。

以往每次考完试之后的时间是颇为轻松的，这天回到家里，纪汀也给自己放了假，点开她感兴趣的综艺和网剧。她正看得入迷，纪仁亮冲了进来，一把将她抱起来："哦哟，我的乖女儿，爹真的太爱你了！"

"怎么了？！"纪汀在空中胡乱地挥舞手臂，"哎呀呀呀，你先放我下来！"

"好嘞！哈哈哈哈哈！"

“……”纪汀默默地想，她不过住校了一个星期，爸爸怎么好像变傻了？

纪仁亮笑得合不拢嘴：“幸亏我没把那支股票抛掉，它现在已经涨到48块了！”

“啊，真的？！那你岂不是赚了……”她在脑子里开始速算，过了会儿还是选择放弃，“好多好多钱？！”

“可不是嘛！哎哟，我真的太激动了！”

纪汀笑眯眯地说道：“爸爸，你是不是也应该去感谢一下阿砚哥哥？这是他的成果，我只是代为传达而已。”

“那当然，爸爸这就去！”迈出两步之后，纪仁亮饶有兴致地回头，“不过小砚这孩子真的是各方面都优秀，我之前在网上看到，他在清华那什么校园歌手大赛上还取得了名次呢！”

纪汀难以置信——阿砚哥哥居然还很会唱歌？她赶紧上网站去搜索，结果发现，果真如爸爸所说，她搜索到了一条“温砚——清华‘校歌赛’冠军”。热度最高的是他在“校歌赛”上的歌曲合集，包括《消愁》《动物世界》《肆意的河》，点击量是40.4万，评论有3869条。

她点开其中的一首歌。小调的旋律随着钢琴的弹奏缓缓地流泻而出，神秘变幻的紫色灯光下，温砚站在舞台的中央，低垂眼帘，调了一下麦。他穿着一身朋克风格的黑色皮衣，头发也做成了后梳露额的造型，舞台妆给他平添了几分成熟和不驯的气息，俊美的五官更加直击人心。

纪汀猛然想起当下非常流行的一句话——“太帅了！”她的脑海里反复地播放着几条人工直播屏幕上的字幕——啊我死了！他怎么可以这么帅？！啊啊啊啊哥哥！

纪汀呆呆地望着手机屏幕，看着温砚神色疏淡地笑了笑，他在鼓点落下的那一刹那准确地进拍：

我们都是被规矩吓破了胆 / 爱上了什么都不敢不敢

他一开口就让人佩服得五体投地。

他今晚喝醉了 / 躁动着故乡的欢乐

…………

他低沉磁性的嗓音像拨弄心弦的手，让人的身体不由自主地从尾椎骨泛起一阵酥麻。

我想睁开眼 / 睁开眼 / 睁开眼
思念的河好像会动了
终于睡醒了 / 睡醒了 / 睡醒了
但我好似被人忘了

他漂亮的转音驶入云霄，纪汀的心也如一叶扁舟，随着音浪上下地翻飞起伏。

温砚把麦从麦架上取下，架子鼓击打节拍，电贝斯和鸣间奏，他逆着流转的深蓝色光芒，缓缓地抬眸。那双漆黑的眼睛像是有魔力的旋涡，仿佛要把她的灵魂吸进去。

你要说出口 / 说出口 / 说出口
憋在心底的事会发臭
求你不要走 / 不要走 / 不要走
你说过永远的

他弯下腰去，一个铿锵有力的高音在纪汀的耳畔炸裂，那种感觉如同看到盛大的烟花自河岸边绽放。五彩斑斓的灯光狂舞，全场的观众摇着荧光棒，齐声呼喊着他的名字。温砚站在万众瞩目的舞台上，唇角勾起微乎其微的弧度，他欣赏着属于他的繁华。

半晌，霓虹乍熄，重新汇聚成一束追光打在他的身上。半明半暗中，他低声地吟唱：

疼痛在长着 / 汇成肆意的河

音乐放完后，纪汀的心情久久不能平静。这个人到底有多少面哪？怎么她越探索他就越发不可自拔呢？阿砚哥哥，纪汀默念着他的名字。有什么东西在生长着，带着张力攀上她的心脏，随着心脏每一下的鼓动越发清晰。

敲门声唤回了她的思绪，一个声音传来：“小姑娘，我好像听到熟悉的声音了。”

纪汀只见正主半倚在门口，那双桃花眼似笑非笑地看着她。“我……”纪汀后知后觉地感到热意，第一反应是捂住两边的脸颊，只露出大大的眼睛，“哥哥？”

温砚走进来，扫了一眼她的手机，半抱着臂，勾起唇，带着坏笑说：“自己一个人悄悄地看哥哥的视频？”

“哪儿有？我明明是光明正大地看的！”她不动声色地离热源远了些，暗暗地深吸了口气，镇定心绪，说道，“哥哥，我从来不知道你唱歌这么好听呢！真是帅爆了！”

“是吗？”温砚仿佛被取悦了似的，掩唇轻笑，“谢谢汀汀。”

她咬着唇，眼睛里忽然生出一丝狡黠：“我想听哥哥的现场。”

他弯起眼睛：“这儿没有音响也没有麦克风，怎么唱？”

纪汀从没有哪一刻像现在这么感谢文娱厅的存在，笑得像只小狐狸似的：“楼上有啊。”

温砚失笑——纪叔叔家的设备还挺齐全的。他挑起眼尾，眸中映出窗外的点点星光：“真想听哥哥唱啊？”

“想！”

温砚捏了捏纪汀软乎乎的小脸，压低声音，笑道：“好，哥哥给你唱。”

文娱厅可以在影院和 K 歌室之间互相切换，纪汀把系统打开，将话筒递到温砚的手里：“您请。”

她的模样虔诚得可爱，他忍不住拨了拨她的马尾：“想听哪一首？”

“嗯……”纪汀思索片刻，眼神亮起来，“《陪你度过漫长岁月》。”

温砚挑了挑眉：“为什么想听这一首？”

“因为……”她转了转眼珠，半是撒娇半是胁迫地说，“我就是想听！哥哥你到底会不会唱？”

“既然是汀汀点的曲子，那哥哥肯定得会。”他轻笑一声，把目光投向点歌机的屏幕，“如你所愿。”

温柔的吉他和弦声响起，入耳的是他如美酒一样醇厚的嗓音：

走过了人来人往 / 不喜欢也得欣赏

我是沉默的存在 / 不当你的世界 / 只做你肩膀

…………

五颜六色的光从纪汀的脸上扫过，她把手机背在身后，手机屏幕上显示的录音的红点在黑暗中微弱地闪烁。

陪你把沿路感想活出了答案 / 陪你把独自孤单变成了勇敢

一次次失去 / 又重来 / 我没离开 / 陪伴是最长情的告白

温砚看着屏幕上的 MV，侧脸沉浸在光影里，这一切美好得如同一场幻梦。

让我们静静分享 / 此刻难得的坦白

只是无声地交谈 / 都感觉幸福 / 感觉不孤单

纪汀感到他的歌声轻轻地包裹着她，一种甜蜜又酸涩的情绪自心底溢出，但是她无意去分辨那是什么，只是静静地聆听歌声。

陪你把想念的酸拥抱成温暖 / 陪你把彷徨写出情节来

未来多漫长 / 再漫长 / 还有期待

…………

温砚的目光忽然转向她，不同于“校歌赛”舞台上的那样，此刻他的眼睛是含笑的。这让纪汀几乎有种错觉——站在她面前的这个生动鲜活的阿砚哥哥只会把温暖给她一个人。他慢慢地向她走近，每一步都好似踏在她的心尖上：

陪伴你 / 一直到 / 这故事说完

纪汀再也忍不住，猛地扑进了温砚的怀里：“哥哥！”

男人被撞了个满怀，身体僵了一瞬，但他很快就笑着把手放在小姑娘的后脑勺儿上，温柔地道：“怎么了？”

“哥哥，你对我真好……”纪汀抽抽噎噎地说，“但是，你有一天也要走……那天看完电影之后，你说的话我想了很久……确实所有人都在往前走……”文娱厅的屏幕暗下来，室内重归寂静，只剩下她的哽咽声，“他们都会离开的……没有人陪着我……”

纪汀说得断断续续，他却能从只言片语中读懂她的心声。温砚低垂眼眸，目光里浮现一丝怜惜——原来这才是她想听这首歌的原因，她还是个孩子呢。他揽着她坐下，一下下轻柔地拍着她的背，哄她：“汀汀不哭了，再哭眼睛要肿成核桃了。”

这话起了些效果，温砚笑着给她擦眼泪：“其实，哥哥之前说的话并不全对。”

“什么意思？”纪汀泪眼蒙眬地抬头。

“并不是所有人都会离开，只有那些没有缘分的人才会渐行渐远。”

她壮着胆子问道：“那……我们呢？算有缘分吗？”

温砚没有立即回答，反而问了她另外一个问题：“汀汀，你以后想考哪所大学？”

纪汀低下头，缓缓地说道：“北大或者清华吧。”

“都可以吗？”

“嗯。”

“这样啊。”他逗弄似的钩钩她的小拇指，“如果哥哥说，希望你来清华呢？”

纪汀猛地抬起眼睑，睫毛上的水珠因震颤落下，她的声音不自觉地带了点欣喜：“真的？”

“真的。”温砚弯起嘴角，“清华的校园很美，春天杨柳成荫，秋天红枫满地，小桥流水、荷花碧池，随手一拍都是盛景；饭堂里的饭也很好吃，东南西北、五湖四海的美味佳肴，应有尽有；那里的人也很好，都是有趣的灵魂，在尽情地发光发热。”

“清华园很大，大到能承载所有的梦想。”他顿了顿，亲昵地点了点她的额头，“最适合你这样活泼可爱的小姑娘去施展才能。”

“这么好？！”纪汀已经被他生动的描述深深地吸引了，“比北大还好吗？”

“嗯，”温砚笑，刻意地压低声音，“哥哥觉得，比北大还好。”

“那我想去清华！”

“所以汀汀要好好学习，今后才能去自己想去的地方。”到最后，他终于回答了那个问题，“有缘还是无缘，全靠你说了算。哥哥在北京，等你过来。”

因为温砚的那些话，纪汀晚上睡得极为香甜——她似乎正身处美丽的清华园，红色的枫叶簌簌地落下，停留在她的掌心。脉络清晰的纹理延续着，她走向梦的尽头。

不知是什么时间，纪汀在床上迷迷糊糊地醒来。楼下阿胖的叫声格外响亮，玄关处人声嘈杂，情景似曾相识。心里“咯噔”一下，她披上外衣冲了下去，蓦地停在楼梯口的旋转处——温砚身穿来时的那件墨绿色大衣，一手提着行李箱，正微笑着与纪仁亮和苏悦容说着什么。

“阿砚哥哥，”纪汀两步小跑到他的跟前，气息不匀地问，“你这是……？”

“今天周日，怎么不多休息一会儿？”温砚转头看她，拨了拨她没梳齐的头发，轻声道，“这儿乱了。”

纪汀没接话，反而仰头盯着他：“你要走？”

“是，哥哥马上就要开学了，也得回去了。”

喉头一哽，她用力地睁大眼睛：“你……都没有跟我说过。”

“啊，不想早上吵醒你，就没告诉你。”温砚的语气不甚在意，仿佛这不过是一件小事，“哥哥觉得你平常学习辛苦……”

纪汀不敢置信地看着他，咬着唇不让自己发出声音，泪水却在眼眶里渐渐地聚起。

他和她朝夕相处这么久，却觉得送别没有丝毫意义吗？她原以为他们已经足够亲近，到现在才发现，她根本不曾窥见他心中的任何一隅。他们之间的距离以往都被他的温柔和笑容所掩盖，但其实一分也不曾减少过。他昨天还信誓旦旦地说些什么有缘无缘的话，其实在他的心里她只不过是人生中的一个过客吧。他连目光中都没有任何留恋。

“怎么又哭了？”温砚笑着向她伸出手，语气有几分无奈，“好，是哥哥错了，哥哥给你赔不是。”

这回纪汀却没有再容他靠近，像一只浑身带刺的小刺猬，拍掉了他的手，转身“噔噔噔”地跑上楼。

温砚默然地站在原地，神情有几分错愕。

苏悦容看到这个场景，忙过来解释：“小砚，汀汀这是不想跟你分开呢，小孩子脾气，你别放在心上。”

“是啊，”纪仁亮接话，“太不像话了，叔叔一会儿去教育她。”

“叔叔阿姨，不用了，我明白的。”温砚回过神来，温和地笑笑，“我上去看看她。”

他上楼的时候，纪琛刚起床，拍了拍他的肩：“兄弟，今天走？”

“嗯，十点半的飞机。”

“那行，慢走不送。”纪琛道，“北京见。”

“嗯，谢谢这一个月的收留。”温砚笑道。

纪琛摆摆手：“跟我还客气什么？”

温砚没再说什么，越过他，走到纪汀的房间的门口——紧闭的房门昭示着小姑娘很生气。

“汀汀？”他试着敲了敲门，没有回应。

“哥哥跟你道歉还不行吗？你要怎样才肯原谅哥哥？”

屋外是以玩笑般的口吻说话的他，纪汀窝在床上无声地流泪：大骗子。你不懂，你什么都不懂。你不懂我为什么难过，不懂我那些小心翼翼的憧憬，更不懂我无法宣之于口的那些隐秘的心事。

门外安静了好一会儿，空气沉闷下来。半晌，温砚的声音才又响起，这回是低沉而缓慢的："哥哥来得匆忙，本不想打搅你们的生活。很感谢汀汀，让我在这段时间里有了许多宝贵的回忆。"

心被扯了一下，纪汀迟疑着起身，又强迫自己冷冷地缩了回去。

他好似叹息一声："既然你不愿意出来，哥哥就走了。有个东西想给你，哥哥放在门口了。"

过了几十秒钟，走廊里响起温砚逐渐远去的脚步声。所有的喧嚣如潮水般退去，余下是彻底的寂静。过了好一会儿，纪汀颤抖着打开房门——房子里空空荡荡，没有一丝人气。他真的离开了。

视线机械地下移，她看到地上躺着一枚小小的银色优盘。纪汀把它插入电脑中，点开看到"中级金融理论""管理会计""期货市场实务"……这是到目前为止他选的所有网课的视频回放。

她趴在电脑上，眼泪终于决堤而出。这个人怎么能这样？！他看似毫不吝啬地向她赠予他的温柔，体贴又周到，心肠却又比谁都冷，像是永远都无法融化的寒冰。

窗外的阳光柔和，鸟儿"啾啾"地啼鸣，纪汀觉得讽刺，拉上窗帘关了门，蜷缩在无光的房间里，哭得昏天黑地。她像一只被困的小兽，默默地舔舐自己的伤口。温砚，温砚……这个名字每在舌尖回转一次，都伴随着轻微的阵痛，刺疼着她的心。

她的脑海里倏忽闪过很多画面。他弯腰摸她的脑袋，宠溺地捏她的脸，低头对着她笑，温柔地说话，低声地唱歌，专注地工作……漂亮的眼睛、清隽的眉目像印在了她的脑海里，她怎么都挥之不去。

也许，阿砚哥哥是上天赐给她的一个美好的梦。现在梦碎了。她是时候醒过来，继续自己的生活了。

温砚走了之后，纪汀才发现自己根本没有留他的联系方式，虽说可以立刻找哥哥要到它，但是她迟迟地迈不出那一步。也好吧，这样她就可以彻底放下那些乱七八糟的心思，专心地完成学业了。

其实大概没什么伤痛是不能用时间来治愈的，更何况她这种只能叫作青春期的小毛病的，无须多日她也能慢慢地释然。

起初，她想到他的时候还会感到有些无能为力的难过，后来却感到一种如水般的恬淡。渐渐地，那个人的背影在她脑海中出现的次数越来越少了。而那首歌——那首他专门为她唱的、被她偷偷地录下来的歌，一直被珍藏在记忆的最深处。她没再去翻找它。

第二章
乌云皎月开

三月初，第一次月考的成绩公布，纪汀又是当之无愧的第一名，成绩比程楚明的足足高了18分。成绩被公布的时候正是晚自习，全班都在，教室里最为清晰的便是程楚明那一声失意的哀号。

田佳慧落井下石："哎哟，某人不是说要请全班吃夜宵吗？这结果出来了，不会赖账吧？"

纪汀抿着唇笑，程楚明愤愤地看了她一眼："不是我考得差，是这个人考得太高了！"

这话倒是没说错，他比上一次进步了10分，本以为很多了，没想到纪汀竟然进步了20分。俗话说——人比人，气死人。

大家哄然大笑："请夜宵！请夜宵！"

"行了，男子汉大丈夫，又不会欠你们的。"程楚明没好气地扫了大家一眼，叫了另一个同学一起下楼。晚自习结束后，他们搬了一大篮子的塑料饭盒回来。

程楚明说道："今天是我愿赌服输，不过……"

他话锋一转，看向坐在第一排的纪汀："哼，我是不会放松追逐你的步伐的！你给我等着瞧！"

同学们又开始起哄："程哥这是在表白吗？哈哈哈！"

"哎哟哎哟！宣战现场啊，刺激！"

田佳慧拱了拱纪汀，"嘁"了一声，小声道："这人，你得说点什么。"

纪汀站起来，带着笑意看了程楚明一眼："楚明，我一直觉得你特别优秀，希望我们能一起加油。"

话说出口的瞬间，她突然发现自己变得有点像某个人。他总是有涵养地遣词造句，从不说伤人的话语，却往往能够占到上风，从而达成他的目的。这是耳濡目染的缘故吗？

纪汀微笑起来，让自己别再想他，只是凝视着台上愣住的程楚明："好吗？"

"呃，那什么……当然没问题！"男孩的声音明显有些局促，他低下头，开始分发夜宵。

所有人蜂拥而上，欢声笑语响起，教室里洋溢着青春的气息。

第二天的数学课上，余老师特地表扬了纪汀和程楚明："他们二位是年级并列的数学最高分，148 分，恭喜！"

纪汀笑眯眯地说："那余老师，请问能不能减免今天的作业当作奖励啊？"

"当然……"余老师笑道，"不行。"

老余原来是带数学竞赛省队的，本来几年前就要退休，经过学校苦苦央求，他才答应带完现在教的这一届学生。他平常虽然在教学上严格，但私下说话挺冷幽默的，所以纪汀对他一直都是持一种既敬重又亲近的态度，又因为她是他最器重的学生，所以她才多了几分肆无忌惮。

老余的答案在她的预料之中，不过纪汀还是收获了贫嘴的快乐和同学们的笑声。

"好，那我们现在开始上课，继续讲这次月考的试卷。最后的导数题，按照昨天的方法整理到一边去……上下一消，是不是立刻干净了很多？后面的问题就迎刃而解了。"老余拿着粉笔在黑板上飞快地板书，"那么我现在来拓展一下，换一种方法——其实你们有没有发现，这道题可以用洛必达法则？两分钟就能做完。"

"哇……"讲台下不少同学都发出恍然大悟的声音。

老余眯起眼睛"嘿嘿"一笑，夸张地说道："这就是数学的魅力。"

田佳慧撑着脑袋，昏昏欲睡，在纪汀的耳边嘀咕："让人沉睡的魅力。"

课间休息的时候，教室里重归嘈杂，纪汀拿着本子向老余请教："老师，我觉得这里用函数的单调性也能解决问题。"

"嗯，确实。"老余夸奖道，"不错，多思考是好事。"

她回到座位上，田佳慧惊恐地抓住她的袖子："我不过是眯了一小会儿，他怎么就拓展了两黑板了！"

"哦，那个是另外的解法，你看一眼就会了。"纪汀收拾着课本，轻描淡写地说。

"那是对你来说吧？"田佳慧哀号一声，崩溃地说道，"我再也不敢在数学课上走神了！"

纪汀笑道："行了，等会儿再忏悔吧，晚了食堂又要排长队了。"

学校里只有一个食堂，每天中午十二点下课铃一响，就有"千军万马"浩浩荡荡地汇聚于此。只要她们晚上两分钟，队伍就排到几十米开外了，到时候不仅要耗费更多时间站着干等，好菜也会被抢光。两个人铆足了劲儿，在吃饭大军中艰难地行进。

"学校当初为什么要把食堂修在坡上呢？"田佳慧上气不接下气地说，"累死我了！"

"可能是想让你吃得更香吧——"纪汀光顾着跟她说话，没注意看路，脚下一打滑，眼看她就要摔倒了。

"糖糖！"田佳慧伸手去捞她，但人流太密集，大家相互推搡着，田佳慧没有抓住纪汀。

一切都发生得太快，纪汀来不及呼喊出声，身体就往下沉，混乱中不知是谁伸手拽了她一把，才让她幸免于难。那只手还停留在她的腰上，心里一"咯噔"，纪汀立即站直身体，抬眼望向那只手的主人。

"是你？"她太过惊讶，但在形势的逼迫下，她只能匆匆地道了谢。田佳慧终于靠过来，抓住她的手臂，带她上了食堂的二楼。纪汀站在队伍中回望的时候，刚才的男生已不见踪影。

"你没事吧？"

纪汀摇摇头："没事。"

"刚刚那是谁啊？你认识？"田佳慧忽然很感兴趣地凑过来，"好帅啊！"

纪汀笑了一声："解晰啊，你没听说过？"

那是传闻中大名鼎鼎的校霸。

解晰与她们同届但非同班，平常她见他见得不多，偶尔在教学楼的走廊里跟他打个照面。在纪汀看来，他还真不算什么校霸——他顶多就是个玩世不恭的少年，爱调皮捣蛋，但又凭着一副好看的皮囊受人追捧，从而声名远扬。关键是他的成绩并不差，能排到年级第五十名左右。他长得又帅，成绩又还不错，这种人只要站在那儿，就有一大群追随者蜂拥而上，很难不恃宠生骄。纪汀听说他收到过许多情书，情书摞起来足足可以堆满一箱。

“你和他熟吗？”田佳慧终于找到了比程楚明还好看的人，两眼放光。

“不熟，只是互相知道对方而已。”

纪汀和解晰两个人在年级里都是名人，只不过出名的方式就像南北两极，一个是老师的座上客，另一个则是让老师头痛的对象。但很神奇的是，每次解晰遇到她都仿佛有所收敛。他明明是见到女生就会捉弄的性格，对她也不过是调侃两句：“哎哟，大学霸这次考试只超出第二名 0.5 分，要小心了。”纪汀把这种情况解释为——对知识的敬畏。

田佳慧还想说些什么，队伍却已经排到窗口了，食堂大叔亲切地笑道：“小姑娘，要什么？”

“嗯！今天有卤鸡腿！我要这个，还有爆炒猪肝、蒜蓉通菜！”

大叔道：“好嘞！”

两个人端着盘子晃悠了一会儿，便找到空位坐下了。田佳慧说道：“糖糖，你说，是这个解晰帅，还是你家阿砚哥哥帅？”

纪汀正低头喝汤，听到这个问题，猝不及防地僵住了。她没有把和温砚后面发生的事情告诉任何人，因此大家都以为他们的关系还如原来一般。“这个没法比较啊……”纪汀勉强笑道，“类型都不同。”

“胡说，你明明是个一定要把颜值分出排名先后的女人！”田佳慧撑着脑袋，一脸“我早知道”的表情，“肯定是觉得你家阿砚哥哥帅吧？别不好意思嘛。”

纪汀含糊地说道：“嗯，是吧……”

“什么帅不帅的？”一个开朗的声音从身侧传来，二人同时抬头，瞪圆了眼，一脸疑惑。

被讨论的对象单手插兜，一脸闲适地望着她俩：“不介意我坐你们旁边吧？”说完他也不等她们的首肯，便坐了下来。

“你……你是解晰？”纪汀清晰地听到了对面的田佳慧咽口水的声音。

解晰吊儿郎当地说：“正是在下。”

“那个……我，我是田佳慧，你好……”

解晰歪了歪头，没有让田佳慧难堪，伸出手与她的手相握：“你好。”

纪汀侧过脸去看他——说实话，在她遇到温砚之前，这个人的颜值确实是她心中的现实 No.1（第一名）。嗯，赏心悦目。

这时解晰扬起一个无懈可击的笑容：“你们刚刚是在夸我帅吗？”

纪汀无言以对。就是他这浑身上下的自恋阻断了她荷尔蒙的产生。

没人回答他，解晰也不尴尬：“对于这种肉眼可见的事实，我早就心知肚明了。”

纪汀翻了个白眼，继续啃鸡腿。

“大学霸，怎么不说话？”解晰拱了拱她的手臂，“对你的救命恩人就是这个态度？”

纪汀一脸疑惑。她抬起头，尽量平静地说道：“刚才非常感谢你。”

“一个‘谢’字就完了？人家小说里不都这样写吗？得以身……”

纪汀终于忍无可忍，弯起眼，皮笑肉不笑：“以身相许？可以啊。”

解晰本来期待着面前的人生气，却没想到她竟然反套路出牌，有些意外：“啊？”

纪汀飞快地说完后半句：“我把田佳慧赔给你。”她起身收拾碗碟，“我吃饱了，你们慢慢聊。”

教学楼下有一个排名墙，上面是每次阶段考各年级前十的照片，摄影社的学长通知纪汀午饭后去学校的小花园里照相。

“纪汀，又是你第一啊。”学长端起单反相机，笑眯眯地道，“还给不给其他同学活路了？”

“运气好罢了。”纪汀挺直身板看向镜头，眨着眼睛，“学长，你可要把我拍得好看一点。”

他开玩笑道：“那很难说，我尽力。”

纪汀"嘁"了一声，脑子里却突然想到——她好像是胖了一些。她的个子只有一米五八，体重却已经突破五十千克大关，怪不得温……怪不得那个人每次都喜欢捏她的脸玩。她看上去肯定肉嘟嘟的。纪汀不自觉地有一些羞赧。

等拍完了照，沿着花路往宿舍走的时候，纪汀迎面碰到了薛婉怡，薛婉怡是这次的年级第三。二人一向不太对付，对方看到她连声招呼也没打，仰着头就过去了。纪汀也没放在心上，回到宿舍里，爬上床准备午睡。

田佳慧却还处于兴奋之中："糖糖！我可爱死你了！"

纪汀问道："怎么了？"

"因为你的那句话，解晰加我的微信了！"

刚刚躺下的另外两个室友从床上跳起来问："什么什么？！你加到'校草'的微信了？！"

纪汀也不太清楚那家伙的想法，但还是忍不住弯起唇来："恭喜田娘娘！"

"免礼免礼！"田佳慧在上铺上笑得春风得意，"本宫今天心情好，晚上请你们吃外卖！"

"啊啊啊！我要吃炸鸡！"

"我要吃桂林米粉！"

"没问题，"田佳慧转向纪汀，"糖大功臣呢？"

"糖大功臣想吃……"纪汀想起刚刚学长揶揄的话，收住话头，"糖大功臣决定洗心革面，不再放纵自己。"

但舍友就是这样一群"邪恶"的生物，无论如何也要把负隅顽抗的人拉下水。到了晚上，三个人轮番端着美食在纪汀的面前走过，发出夸张的咀嚼声。

"天哪，真是百年一遇的美味！"

"哦哟，我这个粉，香香滑滑，十分可口……"

"这个炸鸡酥脆得令人难以置信！太好吃了吧……"

纪汀引以为傲的自制力土崩瓦解，她终是没忍住，遂同流合污，收获了罪恶的快乐。

晚上十点钟下了自习课后，纪汀去小卖部买文具，挑挑拣拣了半天，目光忍不住飘向一旁的零食柜。那里有咖喱鱼丸、香煎小鱼干、卤鹌鹑蛋、上汤牛肉面……她咽了口口水。非礼勿视，非礼勿视，纪汀在心里默念紧箍咒——

今天的营养摄入量已经超标了，再吃她就胖成球了！但她的目光还是无法从那些花花绿绿的美食上移开。那个鹌鹑蛋真的很好吃的，她就吃四个，应该不会怎么样吧……

像是知晓她的心意，一只手将那个小包装袋从货架上取下来，丢到收银台前："多少钱？"

"两块五。"

"好。"解晰从口袋中掏出纸币，扔钱的架势像是甩了几百大洋，然后他优哉游哉地拿起卤鹌鹑蛋，晃到纪汀的面前。

"你是不是想吃这个？刚刚就一直看你盯着它。"

"是……"纪汀弱弱地发声，脑中灵光一现，"你该不会是……"你该不会是给我买的吧？下一秒，她就看到解晰撕开包装，他毫不顾及形象地把鹌鹑蛋往嘴里倒，四个鹌鹑蛋挨个儿滚出来，把他的腮帮子塞得满满的。

"嗯，"他大快朵颐，末了，中肯地评价道，"挺好吃。"

纪汀面无表情地绕过他，转身就走。

解晰叫住她："等等。"

她语气不善地回头："干吗？"

"今天我可是救了你一命……"

他到底要提这件事提到什么时候？！纪汀深吸一口气："那您想怎么样呢，大哥？"

"哎对，就是这样。"解晰满意地点点头，"我想让你当我的小弟。"

她忍住想打人的冲动："那你怕是无福消受。"

"嗯，让年级第一给我当小弟，好像是有点太自以为是了。"

纪汀白了他一眼——您就是"窜天猴"本猴好吗？！

解晰摩挲了一下下巴，亮出一口雪白整齐的牙齿："那如果我在月考时考过你，你就给我当小弟怎么样？"

"咝。"纪汀因为太震惊而倒吸了一口冷气，简直不知该说他是无所畏惧还是自不量力。大家最近是怎么回事，怎么一个两个的都扬言要挑战她？他这一脚踩在了纪汀的逆鳞上，她眯起了眼："好啊，恭候。"

"哎呀，你不愿意就算了，何必发火呢？"解晰嬉皮笑脸地说，"请我吃夜宵吧！"

纪汀一时无言以对。好吧，她收回之前的话——这人不仅是校霸，还是个无赖。她问：“凭什么？”

“凭我是你的救命恩人。”

纪汀瞪了他一眼：“刚吃了鹌鹑蛋，又吃夜宵，不肥死你才怪！”

“我就是吃不胖，怎么，羡慕吗？”

羡慕你个大头鬼！纪汀已经没脾气了，下了楼梯，转到食堂卖夜宵的地方：“叔叔，我要一份扬州炒饭。”

周围人声鼎沸，她一手握拳，掩唇道：“请加变态辣。”

不一会儿，纪汀提上饭盒，走到人少的地方，郑重地把饭盒双手交给解晰。此刻她笑得有些真心实意：“给你，救命恩人，咱们江湖再见。”

解晰心满意足地端着夜宵回到宿舍，室友好奇地问道：“你不是晚上不吃东西的吗？”

“哎哟，这可是年级第一给我买的，我怎么着也得赏个脸不是？”

室友吹了一声口哨，凑过来：“纪汀啊？她对你有意思？”

“那倒还没有。”解晰跷起二郎腿，“不过呢，像我这种人，学习好的女生一般都招架不住。”

“呵。”室友早就习惯了他的自恋，冷笑一声，“说不定人家根本不吃你这套呢？”

“怎么会？”解晰不甚在意地“哼”了一声，边说边掀开饭盒盖子，毫无防备地舀了一大口炒饭放进嘴里。

晚上十一点，男寝传出一阵惊天地泣鬼神的叫声：“纪汀，你个天杀的！”

第二天下午放学后，纪汀准备去操场锻炼。田佳慧活像见了鬼：“你不是从来不运动的吗？”

纪汀瞄了一眼她的细胳膊细腿，摇头叹气道：“胖子的忧伤你不懂。”

“你也不是很胖啊？”

“你这是瘦汉不知胖汉愁。”纪汀摩拳擦掌，“我要在两个月内减到四十八公斤！”

田佳慧大嘲特嘲：“哟，这 flag（目标）立的，我赌绝对会倒。”

“嘁，不跟你废话了，朕下去了。”

纪汀来到操场上，拿出耳机戴上，边听音乐边绕着跑道跑步。果然好久没有运动了，仅仅跑了两圈，她就气喘吁吁的了，想偷个懒，但她咬咬牙，还是坚持了下去。旁边的足球场上正在进行一场激烈的比赛，她边看边跑，最终竟也跑完了三公里。之后的几天，纪汀雷打不动地坚持在下午长跑。几周过后，她的体重有了明显的变化。

运动之后的感觉确实美好，纪汀擦了擦额头上的汗，在单杠上进行腿部拉伸。这时手机响起视频电话的铃声。纪汀一看，居然是一去北京就没了音讯的纪琛。纪汀接起视频通话，那边的杂音很多，纪琛的大脸盘子出现在屏幕中间：“老妹，一切都还好吗？”

鸡皮疙瘩掉了一地，她用同样的语调恶心他：“哦哟老哥，我这边一切都超好，你呢？”

“行了行了，好好说话。”纪琛干咳一下，说，“没什么事，就是听说你又考了年级第一，恭喜啊！”

月考都过去多久了？而且他这敷衍的语气，一听她就知道是妈妈要求他打电话的。纪汀看破不说破，甜甜地笑了笑：“谢谢哥哥！”

纪琛沉默了一会儿，突然道：“你后面……怎么有个男的一直虎视眈眈地盯着你？”

她吓了一跳，回头一看——解晰正站在榕树下，用非常不善的目光望过来。

“嗐，”纪汀回想起之前的恶意捉弄，有点心虚，说，“没事，一个脑回路不太正常的同学罢了。”她扯开话题，问，“你们怎么样啊？”

“挺好的，刚刚弄完保研面试，应该没问题。”

提到保研，纪汀立即又想到了那个人，很想问问他的情况怎么样，可又说不出口——但有时候天意就是这么神奇，想什么来什么。纪琛道：“对了，我们晚上有个高中同学的聚会，阿砚顺道和我一起，你要不要和他讲话？”

一瞬间，纪汀的大脑一片空白，完全失去了思考的能力，手指猛地一抖——她点了挂断。这这这？她急忙打字补救：“哥哥，我马上有个社团活动，现在没有时间，你帮我和阿砚哥哥说一声，抱歉啦！”

被莫名其妙地挂掉电话的纪琛有点蒙，冷哼一声：“小兔崽子。”

温砚在一旁不动声色地扫了一眼屏幕：“她不方便？”

“说是社团有事。”纪琛收起手机，问，“泽宇什么时候来？”

“他一会儿就下课了，马上过来。”温砚像是想起什么似的，“你刚刚说有个男的……一直在看汀汀？”

纪琛说：“啊，是啊，她说没事，估计是什么恶作剧的同学吧。”

温砚颦起了眉：“你确定吗？学校里什么人都有，让汀汀自己注意安全。”

“行。”纪琛一边发了条微信给纪汀，一边打趣温砚道，“你怎么跟个老妈子似的？比我这个哥哥还操心。”

另一头的纪汀正因挂断了阿砚哥哥的视频通话而瑟瑟发抖，解晰瞅准时机走了过来：“同学，我们来聊一聊吧？”

她有些心虚，讪讪地一笑：“呵呵……有什么好聊的？”

解晰平静地微笑：“就聊聊你往我的夜宵里加了一碗辣椒油的事情。”他之前一直想找她算账，但总找不到人，这回终于逮到她了。

“这个……扬州炒饭就是要加辣椒才好吃嘛，我自己就很喜欢吃辣的。”纪汀咽了口口水，“我呢，这是想把好东西分享给你。”

“是吗？”解晰眯了眯眼睛，像拎小鸡崽儿一样提起她的后衣领，“礼尚往来，我也有好东西给你。”

纪汀不得已跟着他往小卖部走：“是……是什么啊？”一路上收获了同学们的目光，她不禁抗议，“我好歹也是年级第一，你能不能放尊重点？！”

“那天坑我的时候，你怎么没想过尊重？”解晰把几包香辣金针菇和泡椒竹笋从货架上拿下来，笑眯眯地说，“你不是喜欢吃辣吗？今天让你吃个够。”

纪汀无语，亏她还以为他有什么大招呢。他真幼稚。她粲然一笑：“这些都是你请我的吗？谢谢啦！”

这女人居然又不按常理出牌。解晰愣住了，同时感到有点挫败——正常的女生不应该娇羞而又嗔怪地说“讨厌”吗？明明上次薛婉怡就是这么干的，怎么到了纪汀这儿它就不适用了呢？他还在纳闷儿，纪汀已经凑了过来：“要不我们打个赌吧？”

“什么？”

“游园会看咱俩谁卖出去的东西多，卖得少的那个人要答应对方一件事情。”纪汀的想法很简单——她觉得自己被解晰盯上了，想借机让他承诺不再纠缠她。她现在只想学习，对和“校草”互怼这件事没什么兴趣。

游园会就是跳蚤市场的文艺的名字，解晰勾起嘴角——比号召力，他还从来没怕过。他说：“好啊，比就比！要是输了，你可千万别耍赖。”他的想法也很简单——到时候他一定要让纪汀亲口答应做他的小弟。

两个心怀鬼胎的人以睥睨的姿态互相看了对方一眼：“哼。”然后他们各走各的。

晚自习的时候纪汀很快写完了作业，开始做《高考必刷卷》。她翻到先前做过的某一页时忽然停住，目光落在一道错题旁——“注意相对摩擦力”。

这是一行红笔批注的清隽的小楷。他是什么时候写的？她竟然都不知道。纪汀情不自禁地开始想象温砚写这句话时的神态——他一定是嘴角淡淡地勾起，双眼含着笑意，心里想着，这个小家伙又粗心大意……

哎呀，打住打住！正逢这时，课间的铃声奏响，紧接着是眼保健操的音乐和轻柔的女声：“第一节，揉天应穴……”教室里的灯暗下来，田佳慧边按穴位边小声地对纪汀说道：“快看你左边！秦晓又趁着黑灯瞎火和陆文涛在一起了！”

纪汀向窗边看去，果然瞥见两个纠缠的人影正难舍难分。

高中就连尖子班的学生都难以抵抗青春期的悸动，让班主任老黎颇为头痛。他已经就此事发表过多次语重心长的讲话，可效果微乎其微。

纪汀还没说话，田佳慧又压低声音说道：“我怎么觉得每次一做眼保健操，程楚明就开始偷偷地看你啊？”

“你又瞎扯什么？”虽说田佳慧的八卦嗅觉是蛮灵敏的，但纪汀偶尔觉得她有点太过敏感了，她听到一丁点风吹草动就夸大其词。田佳慧再次看向程楚明的时候，对方已经在认真地“按太阳穴，轮刮眼眶”了。

“好吧，也可能是我多心了。”

两节晚自习的中间有二十分钟的休息时间，一般这个时候走廊里就会人声鼎沸——去小卖部的，串班的，找朋友玩的，约异性一起去操场散步的……

楼下是露天的羽毛球场，男生们照常玩起 Aruba（阿鲁巴）的游戏，起哄声、欢笑声、喧闹声不绝于耳。纪汀喜欢靠在栏杆上看月亮，每到这样的时刻，她都会感到心里十分平静，一整天久坐产生的躁郁的情绪也烟消云散。

田佳慧走到她的身边，有一搭没一搭地跟她聊着天：“你知不知道九班的许若纭喜欢解晰啊？”

“不知道，”纪汀惊讶地说道，“我以为她喜欢郭浩峰。”她顿了一下，“不过许若纭挺漂亮的，应该……算是年级里数一数二的吧？”

“还行吧，”田佳慧对品鉴美女没什么兴趣，“不过是我的话，我也选解晰。郭浩峰的鼻子好看，但是眼睛小了点，你觉得呢？”

纪汀道：“我觉得……沈晋初最好看。”在她墙上那么多张艺人的海报中，他可是荣登第一位呢。

“废话，我还觉得姜厉桓帅呢。”田佳慧翻了个白眼，“能不能说点现实中的人物，别扯你那些‘偶像’？”

“现实中的啊……”纪汀的目光定在楼下欢闹的人群上，嘴角边不经意地露出一抹笑意。

“你这表情有点不对劲儿啊。”田佳慧道，“很像春心萌动的样子。”她眼珠一转，“又想起你的阿砚哥哥了？”寒假的前两个月，纪汀几乎是每三句话夹一个“温砚”，但是一开学就突然不说了，倒是有些奇怪。

听见这话，纪汀不自觉地用手指扣紧了栏杆，沉默下来。就在这时，她倏忽感觉到自己的心里起了一丝涟漪——好像那种细密的、渗入肌理的涩麻感，就叫作想念。

“你不是一直想知道……他长什么样吗？”纪汀抿了抿唇，“我给你看。”也许人面对这样温柔的月色，内心的防备便会情不自禁地减弱些，这让人想要把最隐秘的好东西拿出来，让别人也见识见识。

“哇，你终于舍得让我看了！”田佳慧很激动，“快来快来！”

纪汀掏出手机，点进相册，找到一张她偷拍的侧颜照——温砚正安安静静地帮她看题，低垂眼眸，睫毛卷翘，鼻梁挺拔，十分俊朗。纪汀看着看着，忽然之间，又有点不想分享了。她想把他所有美好的样子都偷偷地藏起来。然而，田佳慧已经手疾眼快地把她的手机抢了过去。

老黎坐在办公桌前，脸上乌云密布。纪汀和田佳慧两个人乖乖地站在一旁，聆听他恨铁不成钢的教育。

“学校三令五申，不准把手机带到教室里，你们俩真是……”找不出合适的形容词来描述面前的优等生，他只好重重地叹了口气，“老师这么信任你们，你们就是这样带坏学校风气的？”

“对不起，黎老师。”田佳慧乖乖地说，“下次我们绝不在您路过的时候拿出手机。”

老黎瞪着她：“你！”

纪汀在一旁差点没憋住笑——田佳慧气人的功夫真的是一流的。说起来也是奇了，平常课间老黎从不在走廊里转悠，她们今天算比较倒霉，正好被他撞见了。

“还有你，笑什么笑？”老黎转向纪汀，举起手机扬了扬，“这是你的吧？你知道被我发现是什么后果吗？”

按规矩，手机要被没收三个月。纪汀立刻不笑了，站直身体，表情诚恳地说：“黎老师，我知道错了，您就原谅我这次吧。”

田佳慧也附和：“是呀是呀，老师，我们知道错了！”

两个小姑娘一脸哀求地看着他，老黎干咳一下：“下次千万记得。”

田佳慧表情一喜：“老师，那纪汀的手机？”

若不是她非要抢着看温砚的照片，她们也不会落到这个地步，所以她其实蛮愧疚的，想尽力挽回事态。

老黎说：“佳慧，你先出去。”

“啊？”田佳慧迅速地和纪汀交换了眼神，一步三回头地离开了。

“纪汀啊，”老黎对着自己的这个得意门生，神情柔和了些，“下一次的大考准备得怎么样了？”

“挺好的，今晚我还自己刷了一套化学卷呢，一道错题都没有！”

“是吗？这么厉害？”

老黎是教化学的，这时候可劲儿地拍他的马屁总没错，纪汀笑嘻嘻地说道：“还不是因为您教得好？”

“你呀你，就会贫嘴。”老黎笑着摇了摇头，“行，看到你这样子我就放心了，好好加油！”

“是，黎老师，我一定不会辜负您对我的期望的！”

老黎把手机递还给她，悄悄地眨眨眼：“下次就没这么好运了。”

“谢谢黎老师！”纪汀大喜过望，连忙承诺，“您放心，没有下次了！”

回教室的路上，她总算松了一口气——要是手机真被没收三个月，传出去她还不得被人笑死？说不准第二天哪个大嘴巴就会在走廊里喊：“年级第

—偷偷玩手机被年级主任罚了！”

“还以为尖子生和咱们有什么不同呢，结果犯了错还不是一样被罚？”

“啊哈哈哈老黎可真是铁面无私啊！”

她想想都觉得窒息。

此时大家都已经在各自的座位上安静地学习了，田佳慧悄悄地问她：“怎么样？拿回来了没有？”

纪汀点点头。

“我就说老黎是不会对你下狠手的，果然宝贝学生就是能得到更多的偏爱啊。”

“嘘……”纪汀看了看四周，小声说，“这件事别说出去了，免得到时候别的同学觉得黎老师不公平。”

“好啦好啦，我知道的。”

有了课间的这一出，接下来的两个小时里，两个人都十分专心地学习。等回了宿舍，纪汀才敢拿出手机，查看未回复的微信消息。

“话说能不能再让我看看刚刚那张照片哪？”田佳慧双眼放光，“之前没看得特别仔细，不过实在让人惊艳哪！”

这回纪汀有理由拒绝她了：“还说呢，要不是你拿着我的手机在老黎的面前嚣张地晃来晃去，咱们能被他逮住吗？！”

“新的朋友”右上角有个红色的“+1”，纪汀边说边点了进去。

“哎呀，我错了嘛……”田佳慧没有发现纪汀突然的异样，双手合十道，“你就再给我看一眼嘛，就一眼。”

“汀汀，我是阿砚哥哥。”微信名就一个“砚”字，头像是他自己的照片，露出他在霓虹的光影下的侧脸，似乎是一张舞台照。

纪汀来不及分辨突然涌上心头的复杂的情绪，只听到心脏“怦怦”跳动的响声——他就是那种只要出现在她身边，就会把她的全部注意力吸引过去的人。她一旦按下这个绿色的按钮，就代表接受他再次进入自己的生活，代表本来趋于稳态的系统会无限地熵增。这一刻，她突然觉得自己像是一只飞蛾，明知他危险如炬，仍凭着本能靠近他。

“你想什么呢？都出神了。”田佳慧终于觉出不对劲儿，“我刚跟你说的话你在听吗？”

“听到了。”

纪汀鼓足勇气一般，用力地点了“接受”，然后转头看向她：“想看他的照片？”

“嗯嗯！”田佳慧点头如捣蒜。

纪汀叹息一声，终是妥协道：“上网站去搜吧，清华‘校歌赛’。”

她再低头看手机的时候，温砚的聊天框里已经蹦出了两句话。

“汀汀，最近在学校怎么样？”

“一切都还顺利吗？［龇牙］。”

他的语气熟稔得仿佛他们一直保持着联系。

纪汀默然地垂眸，打字：我很好，谢谢阿砚哥哥关心。你呢？保研怎么样？

他很快回道：嗯，保上了，不用担心。

纪汀：哇，恭喜阿砚哥哥！［庆祝］。

她早就猜到，像他这样优秀的人，理应是不会有任何问题的。

砚：谢谢汀汀。［太阳］。

她对着聊天框踟蹰许久，不知道下一句应该发什么。好像也没什么可说的了，纪汀把手机放在桌上，端着牙刷和杯子去卫生间里洗漱。等到回来的时候，纪汀一推门就发现田佳慧坐在上铺目光幽幽地盯着她，吓了一跳：“干吗啊？”

“我羡慕了。”田佳慧缓缓地摇了摇头，“温砚是什么‘人间仙子’？真的，想说脏话。”

第二次月考，纪汀仍旧稳居年级第一，获得了老师们的一致夸赞。她感觉自己的状态越来越好，无论做什么题都游刃有余。唯一美中不足的就是——两个月以来，解晰仍然时不时地骚扰她一下，令她很不耐烦。所幸，游园会定在六月初。

这是阳光明媚的一天，各班级和社团组织沿着操场的跑道摆摊。不知是谁无意中走漏了消息，现在全年级都知道解晰和纪汀有一个赌约。本来论吸引力，肯定是解晰这种人更接地气，尤其招女生喜欢。但是纪汀作为年级第一，一向是神话般的存在，如今突然“下坠凡尘”，倒也成了一个卖点。再加上他们都在各自的班级摊位，因此这场对决成为二班和六班之间的竞争。大家都想知道，这次游园会最终是以“学院派”的成功结束，还是以“在野派”

的胜利收场。

解晰作为校园里的名人，卖的都是自己喜欢的一些手办、海报、玩偶等；而纪汀就比较“可怕”了，把珍藏多年的“王后雄”和“五三”拿出来卖，还有各科的知识总结。

田佳慧站在椅子上拿着小喇叭吼：“走过路过不要错过啊！学霸的珍贵考试秘籍！”

人流朝二班的摊位涌去，不一会儿解晰那头也喊道：“‘校草’的宝贝二次元收藏，大家都来看看哪！过了这个村就没这个店啦！”

偌大的操场上，人群以二班和六班的摊位所在地为圆心，向外散开。一个小时过去，“战争”已然进入白热化阶段。双方的比分咬得很紧，只有 50 块的差距。

甚至有人开始下注：“我赌解晰赢！”

“‘校草’怎么可能赢过学霸？我押纪汀！”

话音刚落，解晰就双手做喇叭状大声喊了一句十分惊人的话。

田佳慧目瞪口呆：“操场上还有老师呢，他这是疯了吧？”

纪汀冷笑一声：“这是狗急了跳墙。”她立刻拿起桌上的纸笔，“唰唰”地写下一行字，递给田佳慧，“念”。

田佳慧扫了一眼，竖起了大拇指：“妙啊。”

作为纪汀忠实的拥趸，她用喇叭毫不示弱地扩声：“谁出钱超过 200 块，就可以让纪汀单独辅导，保证期末考试排名上升！”

人群里立即响起了窃窃私语声：“亲自教吗？这么好？”

“还有不到一个月就考试了，正好有点虚呢……”

看着络绎不绝地过来交钱的同学，纪汀得意地扬起了头，“人们往往会厌恶未知事物。他们不能肯定自己在解晰那里交的钱是不是最多，因而也不敢花大价钱去赌。而在我这里，付出和回报都是板上钉钉的，他们自然更愿意过来。”

“Risk Averse（风险规避）”，这个词好像曾在温砚的专业课的 PPT 上出现过。当时她只是瞄了它一眼，却印象深刻。纪汀发现经济金融的知识真的很神奇，她一旦了解了它，在生活中就会不假思索地运用它。

“而且，把价格定在 200 块，和外面补习班一节课的价格差不多，我们正好踩在他们的支付意愿边界上，能够将利润最大化。”

田佳慧默默地听完，缓缓地鼓起了掌：“终于明白我和学霸之间的差距在哪里了。”

最后的结果毫无悬念——纪汀以2280元获胜，比解晰足足多了600元。有八个同学交了200块，希望能找她答疑，纪汀也信守承诺，挨个儿加了他们的微信。其实这么做对她来说有百利而无一害。临近期末，她可以在帮同学解答问题的时候，巩固自己的知识体系，并且还能刷一波好感，实在是一举两得。

晚上去食堂吃饭的时候，纪汀远远地看见一个女生含笑地挽着解晰的手走过，而他的脸色苦得像黄连。她回想起他“做一天女朋友”的承诺，忍不住“扑哧”一声笑了出来。而巧的是，解晰正好望了过来，凶狠的眼神像是要把她撕咬入腹。

解晰转头和那个女生说了些什么，对方一开始还有些不乐意，后面就蹦蹦跳跳地走了。他的目光再度投过来，纪汀装作没看到，在窗口打了饭，七绕八拐地找了一个角落坐下。今天的无锡排骨味道偏甜，她吃了两口就不想吃了，三两下地啃完了一个苹果，端起盘子准备出去。

一只手忽然抓住她的脖颈。似乎有什么液体顺着她的领子后面流了下去，带点凉意，纪汀打了个哆嗦，条件反射地跳到一旁，发现身后果然是解晰。

“你也老大不小了，居然还喜欢捉弄女生。”纪汀鄙夷地看了他一眼，将盘子放到餐具回收处，洗了手后目不斜视地走出食堂。

解晰追了上来，似乎想说什么却没开口。好半天，他才说道：“赌约的事情……”

纪汀揣摩他的神态，觉得他大概是有点难堪——毕竟他是学校的“风云人物”，当众丢了这么大的脸面，心理难免会不平衡。念头在脑子里转了一圈，她抿唇半晌，突然勾了勾嘴角：“其实我想让你答应的事情很简单……”

解晰一脸英勇就义的表情：“说吧！”不管是当牛还是做马，他都认了！

“我想让你认真学习，在期末考试时进年级前三十名。”

“哈？”什么鬼？解晰带着怀疑的眼神问道，“你有病吧？”

纪汀看他半晌，笑着耸了耸肩：“这确实就是我想要你做的事情，男子汉大丈夫，要记得信守承诺。”她说完便转身离去，徒留少年眉头轻皱地留在原地，他似乎陷入了沉思。

游园会是期末考前最后的狂欢，同学们很快都进入了紧张的复习阶段。

采纳温砚“不做大量低水平重复”的建议后，纪汀每天晚上都有刷课外习题的时间。

一天忙碌的学习下来，她回到寝室就想睡觉。睡前她将未读信息浏览了一遍，发现一个紫色的头像混迹其中。心重重地跳了一下，她很快点进去。

砚：汀汀，你们是不是很快就要报名暑期学校了？

上一次的聊天记录还是刚加他的那会儿的，纪汀按捺住欣喜，弯起唇回复：是啊！

暑期学校是针对全国优秀的高中生开设的暑期项目，为期一周，旨在让学生切身感受在大学里的生活，最后会进行综合选拔测评，如果顺利的话她还可以获得高考加分。

砚：想去清华还是北大？

纪汀的心里早有答案，可不知出于什么心思，她慢吞吞地敲下几个字：还没想好呢。

砚：这样啊。本来想说，如果你来清华，哥哥可以带你在校园里转转呢。

他暑期在北京实习，就住在学校里，纪琛上次和她打电话时好像提过这件事。

纪汀：［嗯嗯］。

她凝视着屏幕，但是上方没有再出现“对方正在输入……”的字样。心里闷闷的，纪汀把手机锁屏压在了枕头底下。什么嘛，之前他还会客套地说一句想让她来云云，现在就已经是这样一副无所谓的态度了？他好歹也表示一下呀……实在是太累了，纪汀想着想着就迷迷糊糊地睡着了，第二天起床的时候查看手机，果然什么也没有收到。她虽然没抱多大期望，但还是有些失落。算了，她自嘲地笑了一声。

下午的时候，老师通知纪汀，说清北的暑期学校名额下来了。学校根据近几次大考的综合排名来决定选择顺序，纪汀是第一个。她把自己选清华的想法跟爸妈说了，他们很开明，表示不会干涉她的任何选择。相反的是，纪琛对这件事表示非常痛心，颇有微词。不过纪汀从小就没怎么听过他的话，愉快地跟老师确定选择之后，拿到了邀请码。

最后的结果显示，一起去清华的共有三个同学——纪汀、田佳慧还有程楚明。

两个小姑娘平日里玩得来，又是室友，得知这个消息非常高兴，“叽叽喳喳”地说了好几天，甚至做好了到北京之后的规划。

“我觉得我们可以提早去几天，顺便把附近的景点给玩了。”

“好啊！晚上也可以出去转悠一下。”

纪汀问：“会不会不安全？”

“在大首都，会有什么不安全的？”田佳慧道，“再说，不是还有程楚明吗？多好的工具人。”

“你这个想法很妙。”纪汀捂着嘴笑，“不过我听说，到时候每天的行程都安排得很满，估计没什么时间。”

“哎呀，挤挤总是有的啦。”田佳慧像是想起什么，突然一拍脑袋，“‘人间仙子’也是清华的呀，是不是意味着到时候你能带我去见他本人了？！”

纪汀下意识地咬住了唇，含糊地说道：“应该……可以吧。”

“啊啊啊太好了！”田佳慧一把抱住她，“糖糖我爱你！”

“先说好，我不确定他有没有空……”

然而田佳慧已经痴了，什么都听不进去，一直“嘿嘿”地傻笑：“我是世界上最幸福的女人！”

纪汀：“……”

晚自习的课间，纪汀照例靠在走廊的栏杆上看月亮，没注意到旁边突然来了一个人。那人推了她一下，纪汀以为自己挡住别人的道了，往边上挪了一点：“抱歉。”

“你是纪汀？”

听到语气清冷的质问，她意外地抬头，看到一个微扬着下巴的漂亮女生：“许若纭？”

“是我。”许若纭开门见山，“纪汀，你是不是和解晰有点什么啊？”

她长得很美，却带着明显的攻击性，乍一看给人嚣张的感觉，再加上她那咄咄逼人的口吻，显得来势汹汹。纪汀皱眉，不明白眼前的人怎么会有这样的误解，摇头道："你为什么会这么认为？"

许若纭听到她的否认，脸色好看了些，但她还是"哼"了一声："我听说解晰为了你，特别努力地学习，球也不打了，街舞也不练了，天天在试卷堆里刷题。"

纪汀没想到他果真遵守诺言："是吗？"

"你们果然是有点什么。"许若纭眯起眼打量着她，"我告诉你，纪汀，你别妄想能够得到他，我……"

"打住！"您以为您是什么言情小说里的女主人公吗？！纪汀深吸一口气，"我对解晰没有任何兴趣。"

"你这种人我见得多了，口口声声说着不喜欢，暗地里不知道使什么小手段呢。"许若纭不屑地笑了一声。

这话听得纪汀一阵反感——世界上就是有这么一种人，总是自以为是地揣度他人。她没兴趣继续周旋，不耐烦地说道："爱信不信，你占用我做'五三'的时间了，再见。"

越过许若纭走回教室，纪汀发现薛婉怡正抱臂靠在门边，表情玩味地看着她。

"这是……被'情敌'找上门了？"

纪汀淡淡地瞥了她一眼——薛婉怡因为第一次大考没考好，与清北的暑期学校失之交臂，想必心里正郁闷，说话都有些阴阳怪气。纪汀笑了笑："我想，许若纭在某种程度上应该算是你的'情敌'吧？"

"你！"隐秘的小心思被纪汀直接说了出来，薛婉怡的表情极度不自然，"你胡说！"

纪汀耸了耸肩，回到自己的座位。薛婉怡仍看着她离去的方向，脸色变幻不定。半晌，她不甘地轻喃："总有一天，我会把你踩在脚下的。"

期末考试定在六月的二十九号和三十号。

前一天晚上，大家都在马不停蹄地复习，教室里的气氛肃穆凝重——听说这次期末考会是高三重新分班的凭据，他们要是一个不慎，很有可能会跌出尖子班。晚自习结束之后，破天荒地，没有一个人冲出去买夜宵，大家都在座位上安安静静地看书做题。

纪汀倒觉得自己已经掌握得差不多了，从容地背上书包下楼。在回宿舍之前，她先折去了小卖部。她脑力劳动了这么久，肚子都饿得“咕咕”叫了。本着好好犒劳自己的原则，她买了好些平常只敢看不敢吃的小零食，高高兴兴地提着塑料袋晃悠回去。她正吃着卤鹌鹑蛋，电话突然响了，纪汀也没看来电提示，顺手接了起来：“喂？”

耳边先是浅浅的呼吸，再是男人含笑的气音：“喂，汀汀。”

“阿……阿砚哥哥？”差点被蛋黄噎住，纪汀呛得咳了起来。

“慢点吃。”

她隔着电话似乎都能想象出他的嘴角上扬的弧度。她好不容易才缓了过来，脸上还残留着一丝剧烈咳嗽引起的潮红：“你怎么知道我在吃东西？”

“听到你捏塑料袋的声音了，小馋猫。”

纪汀心里突地跳了一下，做贼心虚般抬手捂住半边的脸颊：“哦。”

她问道：“哥哥，你给我打电话，是有事吗？”

温砚说：“没事就不能给你打电话吗？”

纪汀张了张嘴：“不……不是。”一时之间无人说话，她感觉自己陷入了一种微妙的磁场中，绞尽脑汁地想着下面的说辞，“我……”

男人适时地轻笑一声：“哥哥确实有事。”

纪汀问：“啊？”

“今天是你的生日啊，哥哥来祝你生日快乐。”

温砚的嗓音低沉，有点缱绻的意味，纪汀觉得耳朵仿佛被烫了一下：“啊。”她恍然大悟——今天确实是自己的阳历生日，爸妈和哥哥都已经在微信上送过红包和祝福了，但因为准备考试，她的注意力没怎么放在这上面。不过，纪汀没料到温砚竟然知道她生日的具体日期，想必……又是哥哥告诉他的吧。即便他们已经好几个星期没联系，他也还是妥帖又到位地送上自己的祝福。这大概就是他的为人处世之道，叫人挑不出一点过错。纪汀控制不住自己，开始胡思乱想。

温砚继续说道：“祝汀汀万事胜意，心想事成，快快长高长大。”

快快长高长大？他是不是在说她矮？纪汀鼓了鼓腮帮子，低头道：“谢谢阿砚哥哥。”末了她说道，“你也是。”

他又笑了，低低的声音像是羽毛在心尖来回地拂过，让她痒痒的。

“听阿琛说，你明天考试是吗？”

“嗯。”

“好好加油，哥哥相信你。”温砚说，“今天别熬太晚，早点休息。”

纪汀不自觉地攥紧手机：“嗯。”

“好了，剩下的就留到七月份你来清华的时候慢慢说吧。”他的呼吸声在静谧的夜里尤为明显，让人的心绪也安宁下来，“晚安，汀汀。”

“晚安，哥哥。”纪汀挂了电话，感觉如处云雾之中，她好像又回到了几个月前，答疑讲题后他们互道晚安，一切都是那么自然而然。

考完试的这个周末，苏悦容和纪仁亮驱车来学校接纪汀。纪仁亮接过她手中的行李，把它放到后备厢里：“考得怎么样？”

纪汀思索了一下：“题目有点难度，不过我都做出来了，唯一的问题就是正好卡着点交卷的。”

“速度不够快？”

“对。”她做题时喜欢瞻前顾后地考虑很久，一般情况下不会出错，但就是效率低了些。

“没事。”苏悦容安慰道，“好歹是做完了，暑假多练习练习。”

“嗯。”纪汀这才发现在车后座躁动不安地扑腾的阿胖，顿时眉开眼笑，“胖胖也来了？”

纪仁亮笑道：“是啊，带它来接你，开不开心哪？”

“开心！”纪汀上了车，狠狠地捋了一下阿胖蓬松的毛，“胖胖，姐姐好想你啊！”

阿胖：“汪汪！”胖胖也想你！

“我们回家吧！”

三人一狗在欢快的音乐声中回了家，一路上纪汀分享了好多学校里发生的趣事，逗得苏悦容和纪仁亮捧腹大笑。

“那个男孩真的当众跟你打赌？”

“是啊，最后我赢了，比他多赚了几百块。”纪汀得意地说道，“我是不是特别厉害？”

苏悦容含笑：“我们汀汀最厉害。”

纪仁亮附和了一声："不过呢，也别和这些坏学生走得太近了。"

"你爸说得对，这些人平常打打交道可以，朋友就算了。要是碰上个有心眼的……"

苏悦容还在说，纪汀却沉默下来。她从来不认为解晰是坏学生，也许他做事是不着调了一点，但那只是因为他小孩子心性罢了，本质并不坏。他不仅不坏，纪汀想，他甚至单纯得有些可爱。

苏悦容和纪仁亮已经算是很开明的父母，这也是她愿意和他们分享自己的生活的原因，但即便如此，有些时候她还是能够感觉到他们根深蒂固的刻板印象和那些细微的隔阂。纪汀应了一声，没有继续这个话题，而是扯了些别的："哥哥暑假回家吗？"

"回来一周，剩下的时间去山东实习。"仿佛这个儿子不是亲生的，夫妇俩并不怎么遗憾，"这样一来，咱们家里可就清静多了。"

纪汀："……"她第一次发自真心地同情起纪琛。

"不过汀汀，你七月底还要去北京呢。可惜爸爸妈妈有工作，不然就能陪你一起去了。"

纪汀倒也没有特别失落，挽着他们撒娇："没事，到时候我给你们多讲讲好玩的故事啊。"

假期的头一个月，别的同学都在放飞自我地玩耍，纪汀却在准备暑期学校最后的选拔考试的内容。清华的考试偏竞赛难度，同时考验解题功力和速度，三个字总结就是"快""准""狠"。学校拓展过数学竞赛的知识，她也自学过物理竞赛的知识，因此算有点基础，不过心里头仍然有些虚。人一旦有了清晰的目标，做事就特别有动力。纪汀在课桌前雷打不动地学习，不知不觉时间就到七月下旬了。

商量来商量去，纪汀、田佳慧和程楚明决定坐动车去北京，晚上在卧铺上睡一觉就到了，非常方便。

出发这天，家长们一起来北站送行，紧着时间叮嘱："要注意安全，出去的时候结伴而行……"

"知道啦知道啦！"三个人挥挥手，身影很快就没入了人流之中。

苏悦容感觉眼眶有些湿润，伏首在纪仁亮的肩头上："咱们的女儿长大了。”

他喃喃地回道：“是啊，孩子们都大了，可以独当一面了。”

动车开始缓慢地向前移动，纪汀坐在下铺上，望着窗外的月色，感觉心情也微微地激荡起来。好像只有上了这列车，她才清晰地感觉到——她是真的要去北京了。一切梦想的起点如今等待着她的到来。纪汀躺在床上平复许久，胸中却始终如擂鼓般作响。一旁的田佳慧也翻来覆去，怎么都睡不着觉。

程楚明从上铺探出一个头：“喂，不如我们聊聊天吧，反正还早。”

“好啊。”

程楚明问：“你们以后想报什么系啊？”

田佳慧思考了一下：“新闻吧，我比较喜欢说话。你呢？”

程楚明说：“计算机或者电子吧。”

田佳慧问：“糖糖呢？”

纪汀抿了抿唇：“金融吧。”

“倒也挺符合你的。”田佳慧笑了一声，挤眉弄眼起来，“我看网上说，‘人间仙子’也是学这个的，你该不会……是跟着他去的吧？”

“才不是！”纪汀嘴硬道，“我就是觉得有意思……”

“不是就不是呗，那么大反应干吗？”田佳慧打趣她。

憨憨的程楚明完全不知道发生了什么：“‘人间仙子’是谁？”

田佳慧嘴快地说：“就糖糖的一个哥哥，现在在清华经济管理学院。”

程楚明惊讶道：“纪汀，你还有个哥哥？我们好像都没听你提起过。”

“是啊。”纪汀含糊地应着，拿出自己装水果的盒子，“谁要吃葡萄吗？”

田佳慧说：“我我我！”

这时，自始至终没动的另外一个上铺的人突然发出了些声音，三个人不约而同地望去，一个年轻的男人坐了起来，嘴角扬起一抹笑容：“纪汀？”

男人留着寸头，身材魁梧，满身的腱子肉，特别像大学里的那种篮球队的队长，是阳光型酷小子。

“你认识我吗？”纪汀微皱起眉，有些讶异——她似乎以前没见过这个人。

男人答非所问：“你哥哥，是不是叫纪琛？”

他真的知道她。纪汀一下子瞪圆了眼：“你认识我哥哥？”

男人摇了摇头，似乎也在感叹缘分的奇妙：“我是你哥的高中同学，我叫方泽宇，他跟我讲起过你。”

纪汀张了张嘴：“啊，我知道你，你是不是总跟我哥哥连线打游戏的那个……泽宇哥？”

“对。”方泽宇靠着墙，一副混混儿的姿态，“这是要去北京干吗呢？”

同一个车厢里都是认识的人，让纪汀感到自在许多，语调也欢快起来：“去参加清华暑期学校。”

“你哥不送送你？”

“哥哥他才没空呢，他去山东实习去了。”纪汀做了个鬼脸，“而且我才不稀罕他来。”

方泽宇笑道：“看来阿砚说得没错，你们两兄妹真挺有意思的。”

田佳慧敏锐地抓住了主语，正想说话，被纪汀的一个眼神摁了回去。

“你们是她的同学？”方泽宇的目光转向一旁的两个人。

田佳慧很自来熟，点点头，并做了自我介绍：“泽宇哥，你是哪个学校的啊？”

“我就是清华的，而且，我还是你们暑期学校的辅导员呢。”

他说得轻描淡写，却在三个人的心中掀起了惊涛骇浪，小家伙们的眼里顿时充满了崇敬。方泽宇有点想笑，掏出手机：“都加个微信吧。”

纪汀了解到，方泽宇是体育特长生，靠降分上的清华，最后去了女生众多的人文学院。他还挺幽默的，喜欢插科打诨，但并不让人反感。一番深聊之后，三个人知道了很多清华园里的事情，兴奋得不行，“叽叽喳喳”地说到半夜。

临睡前，纪汀问：“泽宇哥，明天要不要一起去学校？我们已经预订好了专车。”

“好啊，谢谢了。”方泽宇关了灯，大家都躺下来，互道了“晚安”。

没过两分钟，他戏谑的声音自上方响起：“话说，你们之前提起的这个‘人间仙子’，是温砚吧？”

纪汀十分震惊，强装镇定地问：“谁说的？”

“我寻思着啊，仙子嘛，肯定长得特好看，然后又在清华经济管理学院，那可不就是阿砚吗？”

他的逻辑很完美。都怪猪队友，纪汀在下铺隔空踢了田佳慧一脚，黑暗中响起一声惨烈的杀猪般的声音。

方泽宇说道："啧，阿砚要知道你们这么形容他，不知是什么反应呢。"

纪汀干巴巴地威胁他："泽宇哥，你不准把这件事告诉阿砚哥哥！"

"哦哟，怎么在我这儿就是泽宇哥，在温砚那儿就是阿砚哥哥了？"方泽宇觉得纪琛这妹妹真可爱，忍不住揶揄她，"小朋友，你是不是喜欢阿砚哪？"

听到这句话，纪汀感觉全身的血液都凝固了，一动也不能动。所幸动车行进的声音掩盖了她"怦怦"的心跳声，像有一口闷气凝滞在胸口，她暗暗地较着劲儿，脱口而出："你不要胡说！"纪汀说完这句话，瞬间就后悔了——其实有很多种从容地应对的办法，她却偏偏选了最没有说服力的一种。

她应该笑着回他"那要不我也叫你泽宇哥哥？"或者说，"是温砚哥要求我这么叫的。""你不要胡说"是个什么鬼啊？这实在太逊了，啊啊啊！

在方泽宇这头，他倒是觉得自己的这个玩笑或许开得过于莽撞，气到人家小姑娘了。若她真的喜欢温砚还好，若不喜欢，谁愿意被莫名其妙地扣上这种帽子呢？现在的年轻人自我意识都很强。他装作什么也没听见："都睡着了？行吧，今天也晚了，明早咱再起来掰扯掰扯。"然后就真的没有人发出声音了。

第三章
不可磨灭的盛夏记忆

纪汀一觉睡到天亮，在乘务员报站的声音中迷迷糊糊地醒来："各位旅客，列车即将到达北京西站，请拿好您的行李和贵重物品……"

田佳慧已经在收拾东西了，上铺的两个人不见踪影，估计是去洗漱。

纪汀麻利地下床，简单地收拾了一下自己，她刚打包好行李，方泽宇搭着程楚明的肩膀回来了："哟，小妹妹的动作挺快啊。"

纪汀生怕他再提温砚的事情，尽量自然地笑了笑。幸好方泽宇什么都没说，反而担起了学长的责任，领着他们下了动车，然后联系了纪汀预订的专车。

司机是地道的北京人，见到他们几个很是热情。他们有一搭没一搭地聊着天，四十多分钟后，车停在了清华大学的南门处。

"文津酒店，到嘞！"

方泽宇帮忙从后备厢里拿行李，叮嘱三个人说："你们提早了一周过来，现在还不能入住学校宿舍，我要进行辅导员培训，这几天也不能照看你们，你们自己注意安全。"

"好的，谢谢泽宇哥！"

方泽宇咧嘴笑了笑："没事。"

他帮纪汀三人办了酒店入住，又亲自把他们护送到房间。时间还早，方泽宇看了看表，提议：“要不要去清华食堂吃早餐？”

“好呀好呀！”大家都振奋起来。

田佳慧问：“咱们走路去吗？”

“呵，那样会饿死的。”方泽宇佯装无奈地摊了摊手，“扫共享单车吧。”

清华大学。纪汀仰起头，看着南门上的几个笔锋刚劲饱满的题字。自行车的链条发出并不悦耳的“咔嗒”声，配合着骑行带来的风声和树叶响动的“沙沙”声，她竟觉得自己的整个夏天也鲜活了起来。她脑中无数次模拟的情景，如今就发生在眼前。

他们四个沿着学堂路一直往北骑，时而并排时而错开，两旁的翠色不断地倒退。暑期学校里的人并不多，三三两两的学生、上了年纪的教授或是穿着西装的业界人士偶尔会闯入视线。

方泽宇给他们介绍沿途的建筑：“这个很恢宏的圆形红色建筑是新清华学堂，平常在里面举办各类讲座、表演活动，还可以放电影。这是蒙民伟音乐厅……这是六教……这是人文社科图书馆……”生动精彩的大学生活在他们的眼前徐徐地展开。

方泽宇带着几个人停在一栋很像砖头的长方形楼房前：“到了。”

“清芬园？”

踏进大门的那一刹那，纪汀就闻到了饭菜的香，不由得多吸了几下鼻子，方泽宇笑着说：“这儿是我最喜欢的饭堂之一，足有三层，种类多得挑不过来，又占据中心地段，每次下完课大家都往这里跑。”方泽宇带着他们去了地上一层，指着一连串的窗口说，“想吃什么就随便拿，学长我请客。”

“哇，太感谢泽宇哥了！”

各式各样的点心吃食摆在五颜六色的盘子里，看得人目不暇接、食欲猛增。纪汀本来有点不好意思让他破费，但在刷了几次卡之后，她就放下心来——这里是真的便宜，这精确到几毛的价钱，是真实的吗？

不一会儿，纪汀就端着好几盘东西回到了位置上。煎饼馃子、生煎包、鸡蛋卷、锅贴、皮蛋瘦肉粥……这么多东西，也不过十元出头。

方泽宇拿来几个白色的长方形袋子，一脸神秘地说：“一定要试试这个。”这是清华自制的酸奶。

纪汀咬开袋子的一角，喝了一小口酸奶："好好喝！"

田佳慧一脸幸福地说："没想到清华食堂这么好吃！"

喝完酸奶后，纪汀又夹起一个生煎包，方泽宇神色一紧："小心点。"

她不解其意，毫无防备地咬了一口生煎包。

"扑哧！"汤汁瞬间溅了田佳慧一脸。田佳慧一脸疑惑：你这是干什么？

纪汀有点狼狈，赶紧接过程楚明递来的纸巾，边憋笑边帮田佳慧擦脸："对……对不起……"

"相信我，你不是第一个这样的人。"方泽宇笑得脸都变形了，"我有个哥们，第一次吃这玩意儿，裤子都湿了。"

饶是以程楚明的笑点之高，他也没绷住，四个人笑作一团。

吃完早餐，方泽宇就要去培训了，他和几人道别，并给了他们游园的建议。

纪汀笑道："泽宇哥，谢谢你这么照顾我们，哪天晚上等你有空了，我们请你吃饭哪！"

方泽宇还挺喜欢纪琛的这个妹妹的，爽快地答应："好，你们好好玩，多感受一下。"他走了两步，又回头，狡黠地眨眨眼，"'人间仙子'的事情，我会保密的。"

等方泽宇走了之后，田佳慧才感叹道："泽宇哥人挺不错的。"

"是啊。"纪汀喃喃地说道。

田佳慧拱了拱她的肩："对了！我们什么时候能见到'人间仙子'啊？"

"他啊……"纪汀现在提起温砚就有种没来由的心虚感，"他在投行里实习，每天都工作到晚上一两点，可能周末比较有空吧。"

今天正好是星期一，而周六就开营了。"这样啊。"田佳慧有点遗憾，"那到时候一定要约他出来见一面。"

"知道啦。"

三个人按照方泽宇规划的路线，先从学堂路向西去了大礼堂。大礼堂前面有一块好大好大的草坪，草叶青葱，生机勃勃。星星点点的旅客在这座圆形的拱顶建筑前合影。清华的建筑都特别宏伟，有一种厚重的历史感，需要人用力地仰头才能观清全貌。三个人又找到著名的日晷，一路摸索到二校门。二校门算是最有代表性的地标了，游人如织。纪汀也瞅准机会，在人少的时候上前去拍照留念。然后他们沿着清华路骑车到了西门，参观了圆明园。他们中午在附近随便地吃了点，下午游览了其他的几处景点，晚上去五道口吃了一顿粤菜，高高兴兴地回到了酒店。到时候辅导员会带大家参观校园，因此他们也不急着去荷塘月色、水木清华那些打卡点。

五天下来，三人去了不少景色怡人的名胜古迹游玩，到了晚上，美食、KTV 和电影则成了主题。纪汀还从来没有这样恣意潇洒过，觉得快活极了。

报到这天，纪汀三人坐着紫色的校巴到紫荆操场，一眼扫过去，草皮上已经搭起了好多顶大帐篷，分为 T、S、I、N、G、H、U、A 共八个大班，每个大班则分为十个小班。全暑期学校约两千五百人，打乱省份编排，因此一个高中来的同学很难被分到同班。

当天晚上举行了小班的破冰仪式。纪汀在 H8 班，同学们围坐成一圈，好奇又胆怯地打量着其他人。班上的两个辅导员是大二的学长、学姐，亲切地做了自我介绍。然后大家一起玩了一个互相记名字的小游戏，一轮下来，纪汀对班上的同学有了基本的了解。

和她住在同一间寝室的女生叫作崔蕊雪，是北京本地人，性格挺好相处的，她一上来就拉着纪汀谈天说地。两个人都是第一次参加这样的活动，非常兴奋地聊到深夜。

第二天早上举行开营典礼，几千人浩浩荡荡地拥入综合体育馆，聆听招生办负责人、暑期学校校长等领导讲话。

“你们都是全国各省市最优秀的学生，清华大学欢迎你们的到来！”

典礼结束，全场爆发出热烈的掌声和欢呼声，看着大家透着期盼的明亮的眼神，纪汀突然觉得有点想流泪——这对无数个和她一样前来求学的学子来说，是一场虔诚的朝圣之旅。能够拥有这个珍贵的机会，他们比绝大多数人幸运。

下午去大礼堂里听讲座，纪汀第一次走进这栋庄严的建筑，由衷地感叹其内部结构的精巧。讲座内容大多是各类的学术科普，内容复杂深奥却引人入胜。

讲座结束后，两个辅导员带着 H8 班的同学游览了校园里的各处名胜。

经济管理学院楼是一栋很有设计感的方形建筑，两旁是一排茂盛的白杨。

不时有学生骑着自行车在小道上驶过，耀眼的阳光透过绿叶的缝隙洒下来，仿佛细碎的金子落在他们的身上。

这里就是那个人生活学习的地方吗？纪汀站在树荫里，默默地凝视着门口石碑上的题字，好像这样就能和他产生一丝更加微妙的联系。微热的夏风拂面而来，她定了定心神，和自己做了一个约定——明年的这个时候，希望我还能够站在这里。

“纪汀，快跟上大部队啦！”崔蕊雪在前方的不远处喊她，纪汀蓦然收回目光，转头扬起笑容：“来啦！”

选拔考试在第二天进行，纪汀保持平常心，把这个暑假的所学尽数施展了出来。一出六教，她就听到不少同学在讨论考试的内容。

“这次的物理好难哪，竞赛的内容我都没学过，好多题空着没写……”

“嗐，别说了，我英语都没写完，题量是真的大。”

巧的是，田佳慧的考场就在纪汀的旁边，二人碰巧在门外遇到。田佳慧兴奋地冲她招手：“糖糖，你也在这里啊？”她顿了一下，“你考得怎么样？”

“正常发挥吧。”

田佳慧摇着头感叹一声——上一次纪汀这么说的时候，纪汀实实在在地教了第二名怎么做人。她估计纪汀这次肯定能获得加分。不过她的确也是心服口服，闻言笑着说道：“那挺好的。”

纪汀问：“你呢？”

“我一般般吧，幸运的话可能可以混个通过。”

“没事，后面还有机会。”

两个人说说笑笑，田佳慧问道：“‘人间仙子’最近一直没空吗？”

纪汀顿了一下步伐：“是啊，估计要周末了吧。”

“哦。”田佳慧没再说什么，“我饿了，咱们一起去吃饭呗？”

“好啊。”纪汀心里悄悄地松了口气。

其实，来北京之后，她根本没有联系过温砚。那一个多月相处的情景一直藏在心底的最深处，她不敢随意地触碰。第一次喜欢上一个人，第一次为他惶惶不安，第一次感受到患得患失——这段记忆又酸又涩，滋味着实不算美妙。然而温砚也并没有主动地联系她。知道他是真的忙，但纪汀还是不可避免地觉得失落。他总是嘴上说得很好听。

一周的暑期学校生活很快就过去了。从一开始的陌生和胆怯，到现在的熟稔和从容，纪汀觉得自己似乎和这个美丽的园子也缔结了某种羁绊。实验室探究、趣味运动会、各色的科技比赛，以及对特殊场馆的参观……这几天的经历可谓是丰富多彩，让人大开眼界。

到了他们临走的前一天晚上，官方举办了一场文艺晚会。晚会的节目是通过层层选拔确定的，纪汀所在的班级有幸登台进行一场乐曲合奏表演。纪汀负责钢琴演奏部分，这几天她一直在刻苦练习，每天晚上都排练到凌晨。真正到了表演的时候，她还是挺紧张的，手心都微微地出了汗。

综合体育馆中人山人海，到处都是五颜六色的荧光棒，它们随着音乐节奏摇摆起舞。纪汀和其他四位同学一起上了台，站在舞台中间鞠躬。她在琴凳上坐下，一道追光立即打在她的身上。雪白的谱面反射着亮光，晃得人眼都看不清。

纪汀略微地慌乱了一下，暗暗地深吸了几口气，将纤细的手指放在琴键上。别紧张，她告诉自己。下一秒，轻快的乐曲悠扬地流淌，弦乐和管乐的伴奏跟上，节拍踩得恰到好处，场中的气氛一下子就热络起来。

纪汀越弹越稳，在没有耳返的情况下，几个同学的配合仍旧天衣无缝。一曲终了，喝彩声此起彼伏。纪汀弯起嘴角，朝着台下再次鞠躬。

晚会一结束大家就围过来，“叽叽喳喳”地说道：“纪汀你好厉害，钢琴怎么弹得那么好？”

“刘德的小提琴也拉得好！你们今天真是给咱们班争光了！”

趁着气氛正好，辅导员们提议道：“咱们去紫荆操场吃夜宵怎么样？”

“好！”

“紫荆操场夜聊”是清华的传统。

晚上接近十二点钟的时候，人群三三两两地围成圈坐在紫荆操场上，喝酒、吃东西、玩游戏。辅导员们很给力，买了烧烤和饮料，大家一边玩真心话大冒险，一边传着吃的喝的。一开始他们分享各自生活里的趣事，后面话题则渐渐地向某些八卦的方向转移，他们互相询问起感情状况。辅导员们不过是大了他们几届的学姐学长，几天下来也跟他们打成了一片，所以同学们都没有太过避讳，大大方方地讲述自己的经历。

一男生语出惊人：“我交过六个女朋友，初恋在小学。”

男辅导员暴起：“你忍心在单身二十年的人面前说这个吗？！”

有人看热闹不嫌事大：“周导，揍他！”

众人一阵哄笑。

轮到纪汀的时候，全班人都饶有兴致地看着她。这姑娘长得好看，多才多艺，性格还挺开朗，班上的男同学对她或多或少都有些好感。

女辅导员率先发问：“脱单了吗？”

纪汀摇摇头。相比起那些谈过十次八次恋爱的，她的感情经历简直称得上是一张白纸，干干净净的，只一个温砚罢了，还是单相思，她想想都觉得自己有点悲催。

“我来我来！”崔蕊雪不怀好意地笑道，“上一次和喜欢的人见面都干了什么？”

同学们发出很夸张的一声“噢！”——这其实是变相地问了三个问题。一、有没有喜欢的人？二、上一次见面是什么时候？三、在一起都做了什么？高，实在是高！

纪汀知道自己可以选择随意地敷衍回答，但本着诚信的原则和契约精神，她还是如实地回答：“上一次是在我家，他是我哥哥的朋友，过来住了一段时间。”

“哇哦！”八卦的女孩子们眼睛一下亮了，男生们则表情微妙起来。这都“登堂入室”了！

“其实日常相处都是些琐碎的事情。最后一次见面是他离开的时候，给我唱了首歌。”纪汀像是陷入了某种回忆，嘴角情不自禁地露出一丝弧度。她和温砚相处的那段时间里，最棒的回忆大概就是他给她唱那首《陪你度过漫长岁月》了吧。那是她给自己争取来的。

女生们发出感叹和羡慕的声音：“好甜哪！”这个年纪的孩子就是这样，喜欢一切美好的事物，也热衷于幻想。

有人追问：“他已经上大学了吗？”

自认已经展现出了足够的诚意，纪汀微微一笑：“这个，恕在下不能奉告。”

大家的注意力很快就转移到了下一位同学的身上，她悄悄地起身，跟辅导员打了声招呼：“周导，我想去上个厕所。”

“去吧。”

她其实只是想透口气，把一直埋藏在心里的秘密讲出来，好像也没有想象中的如释重负，反而心里更加沉甸甸了。她好想见他啊。心底开始弥漫出黏稠的思念，纪汀赌气地踢了一下脚下的石子，它立刻骨碌碌地向前滚去。害怕不小心误伤到别人，她连忙往前追逐着那颗石子，一时之间没来得及看路。

“砰！”脑袋像是撞到了什么坚硬的物体，纪汀捂着额头低呼一声。

电光石火间，她抬起眼眸，目光猝不及防地陷入一双漆黑的眸子里。纪汀蓦地瞪大眼睛，不敢置信地凝视着那人——这样漂亮的容颜，这样潋滟的瞳仁，除了他，谁都不可能会有。失去平衡的一瞬间，风的气息将她环绕。有人伸出手臂从后面揽住她的腰，带着她一起倒向柔软的草地。

纪汀的脸在他的身上磕得生疼，冲力太强，那人也发出了一声极为克制的闷哼。她晕乎乎地爬起来，还没站起来就又不小心地跌回了他的怀里。微微起伏的胸膛，和缓悠长的呼吸，这样鲜活的阿砚哥哥就在眼前，纪汀觉得一切都像是梦，很灵的一个梦——刚刚她许愿了的。

“小迷糊，怎么走路不看路啊？”

温砚含笑的声音在她的耳边悠然地响起，低沉又磁性，震得她的头皮都发了麻。

“阿砚哥哥！”纪汀一个激灵，连忙起身，紧张地低头看他，“有没有撞到哪里？疼不疼？”

温砚不紧不慢地坐起来，随意地拍了拍身上的衣服，勾起唇角：“好像有点疼。”

“那我……”她又不能帮他揉揉，一时之间语塞，“我……”

“好了，哥哥开玩笑的。”温砚拍了拍身旁的位置，“坐吧。”

纪汀听话地挨着他坐下，眼神不由自主地飘过去：“阿砚哥哥，你怎么在这里啊？”

“刚工作完回来，想去超市里买点吃的，就正好看到了你。”借着橘黄色的路灯，温砚抬眸打量起几月未见的少女——她化了淡妆，一双大眼睛灵动有神，小鼻子俏挺可爱，脸上的婴儿肥减去了些，尖下巴的形状被灯光勾勒出来。

“怎么瘦了？”他轻笑一声。

纪汀的目光看向别处：“啊，因为一直在锻炼，每天跑两公里。”

“嗯，这样挺好的。”

和他相处的那种熟悉的感觉又回来了，纪汀佯装微怒：“阿砚哥哥，你说等着我过来，结果暑期学校都快结束了，你连一个电话都没打给我！”

“对不起。”温砚的眼神里染上一层歉意，“哥哥最近太忙了，一下子就记混了，还以为暑期学校是在八月下旬呢。”

“好吧。”纪汀勉强地接受他这个解释，噘起嘴不说话。

一看她这个样子，温砚就觉得可爱。他摸了摸她的小脑袋，低声地笑起来：“是哥哥疏忽了，给你道歉，好不好？”

纪汀的眸子黑白分明：“那我要说不好呢？”

“啊，这可就麻烦了。”他只当她是小孩子脾气，耐心地哄道，“汀汀想要哥哥怎么做才肯消气？”

纪汀很小便懂得凡事适可而止的道理。她弯起唇来：“哥哥要请我和我朋友吃饭。”

“小事。”温砚笑，“明天是周末，你们应该也要结营了，晚上哥哥请你们吃大餐。”

纪汀冲他甜甜地一笑：“谢谢阿砚哥哥！”

纪汀刚坐下来，手机便振动起来，是辅导员给她发了信息：我们要走了，你在哪里？我在操场西北角等你。

纪汀：周导，我和高中同学一起呢。[龇牙]你先回去吧，不用管我。

哥哥的高中同学，四舍五入——嗯，也算她的。

周导：好的，你自己注意安全，早点回寝室。

纪汀：好的。

温砚见状问道：“现在不方便吗？”

“没有没有。”纪汀收起手机，“辅导员跟我说班里的同学都已经回去了。”她顿了一下说道，“哥哥要是愿意的话，就陪我看看星星吧。”其实北京的夜空哪儿有星星？纪汀说完下意识地抬头瞄了一眼天空，只见几朵暗色的云轻柔地飘过，连月亮也不见踪影。

但温砚没有点破，笑道：“好。”

紫荆操场上仍然很热闹，他们挑了一处人少的空地。温砚不知从哪掏出一瓶 RIO（鸡尾酒），纪汀眼睛一亮：“啊，我也要！”

他低头捣鼓着瓶盖，悠悠地说道："小孩子不能喝酒。"

"鸡尾酒根本就不算是酒！"她皱起小鼻子，"这个我哥都给我喝过，你要是不同意的话……"

纪汀的威胁落在他的耳中根本就不算回事，温砚漫不经心地抬眼："嗯，就怎么？"

她一个冲动，说道："你就是我爸！"

温砚一脸疑惑。他懒懒地挑了挑眼尾："小姑娘，解释一下？"

"那个，我是说……"纪汀结结巴巴，"只有像我爸这样顽固保守的人才会这不让那不让，你作为二十一世纪的新青年，不应该循规蹈矩……"她好像越解释越不对劲儿了。

温砚握拳掩唇，喉间溢出低沉悦耳的笑声："你说叔叔顽固保守？"

"不，我什么也没说！"纪汀连忙否认，很快换了一个路数，撒娇道，"阿砚哥哥，我想喝酒，你就给我喝嘛！"

他眼神遗憾地说："啊，可惜就只有这一瓶。"

"胡说！我都看见了，就在你的书包里！"纪汀急得都快哭了——这人怎么这样啊！她扑过去想抢，却被温砚手疾眼快地挡住，于是她整个人不受控制地往旁边倒去。

温砚长臂一捞："小心！"

他的身上有种淡淡的松木香味，很好闻。天知道纪汀有多贪恋这个怀抱带来的温暖，但是此刻，理智告诉她不能任由这暧昧的气氛发酵——再多待一秒钟，他就会警觉了。她飞快地从他的怀里出来，哭丧着脸说道："头痛。"接着她委屈巴巴地看了温砚一眼，"哥哥，都怪你。"

得，她又怪到他的头上来了。温砚失笑，摇了摇头："真拿你没办法。"他问，"想喝什么口味的？"

纪汀眉开眼笑："荔枝味的！"

"没有荔枝味的，水蜜桃味的可以吗？"

纪汀点点头，看着他拿出一瓶粉红色的RIO。喜欢一个人，无论他做什么都会感觉赏心悦目——就譬如纪汀现在，觉得温砚连开瓶的动作都帅爆了。

他眉目低垂，修长的手指握住启瓶器，手腕微微地下压，"砰"的一声，气泡上涌。口中是蜜桃甘美的气息，纪汀抿着唇看着温砚笑："甜。"

“嗯。”他与她轻碰瓶身，弯起嘴角，“干杯。”

纪汀观察到他的眉眼间不经意地流露出疲倦。她听纪琛说过，温砚所在的实习单位是一家顶级的外资投行，年薪九十万起。

她不禁问道：“阿砚哥哥，你现在每天都干什么啊？为什么会这么忙？”

“我们主要帮助企业上市，给客户尽调、估值、写招股书等。”温砚道，“都是些比较琐碎细致的事情，偶尔会有点费神。”他的笑容未变，但纪汀就是莫名地有种直觉——阿砚哥哥恐怕并不喜欢这份工作。

“哥哥，为什么你不去做你想做的事情呢？”

温砚愣了一下，勾了勾唇：“你怎么知道这不是我想做的？”

纪汀眨眨眼：“就是感觉。”

温砚不置可否地垂眸——他不止一次地发现，她的所谓的“感觉”非常敏锐，她似乎总是能观察到那些细枝末节。沉默半晌，他用一种意味不明的语气道：“你还挺了解我的。”温砚说这话的时候，神情冷淡，睫毛投下的阴影带着一种不真切的漠然。

纪汀的心里突地一跳。

面具仅仅被她撕开了一丝罅隙，就被他再度妥帖地缝合回去。他重新扬起笑容，晃了晃酒瓶：“这么快就喝完了？还要不要？”

“不要了。”纪汀怔怔地看着他。

温砚把未喝完的酒放在一边，就那么枕着手臂躺下来，专注地凝望着夜空。“你看到过星星吗？”他问，“就是那种一大片一大片像萤火虫一样的。”

纪汀回忆了一下：“几乎没有。”

片刻，温砚的声音自一旁传来，很轻很轻：“那我们都没看过。”

今晚的阿砚哥哥似乎有些不同，纪汀抿着唇没说话，模仿着他的姿势躺在草坪上，仰望着夜空。两个人谁都没再言语。暖风轻轻地拂过脸庞，带走了之前那点隐晦的不安，静谧祥和的夜逐渐地沁出一丝温馨。

许久后，纪汀转头：“阿砚哥哥……”

她蓦地顿住——微风的拂动中，温砚闭着眼睛，纤长的睫毛轻轻地颤动，在墨色的夜的渲染之下，他的侧颜显得俊逸又柔和。他是白天太辛苦，所以不知不觉地就睡着了吗？

他竟然在她的面前这般毫无防备。心里生出一点甜蜜，纪汀调整了一下姿势，改为俯卧在草坪上，撑着脑袋歪头端详着他。阿砚哥哥真是生得极为好看，每一处都精致得如同雕塑一般，浑然天成。

她的目光从他漂亮的眉眼上滑到高挺的鼻梁上，再落于玉色润泽的唇瓣上。然后她盯着那处，半晌没动。她好想……纪汀拼命地抑制着那些旖旎的念头，可它们就像失控了似的，疯狂地生长着、缠绕着，将她的思绪全部占满。

她的脑子里有两个小人，黑的那个叫嚣："就一下，说不定这是最后的机会了。"白的那个连忙制止："不可以，你要是被发现的话，他永远都不会再理你了。"

温砚如果知道了她的心思，会立即疏远她吧——以她对他浅薄的了解，他一定会的。纪汀感到心里有些酸涩，明明他们此时的距离这样近，她却又觉得他无比遥远。

"阿砚哥哥……"她情不自禁地呢喃，伸出手去轻抚他根根分明的睫毛。

他的呼吸带着一丝温热袭上她的手心，纪汀像被烫到了一般猛地缩回手去。她慌忙地低垂目光——自己明明是个很自信的人，怎么遇见了他便这般怯懦了？她喜欢他又不是什么错事，只是比喜欢其他人要辛苦一些罢了。纪汀，你怎么还没开始就退缩了呢？虽然现在并不是好的时机，但是一年以后，你就不再是小孩子了。你为何不试试？只有努力过的人才有资格说放弃啊。

纷乱的思绪充盈着她的脑海，纪汀凝视着温砚的侧脸，表情逐渐地温柔下来。她轻轻地抬手，拍了拍他的肩膀："阿砚哥哥。"

纪汀叫了两声，温砚颤了颤眼睫毛，缓缓地睁开眼睛，目光中有一丝短暂的茫然。片刻后，他坐了起来，用手捂住额头，哑声地说道："啊，我竟然睡着了。"

"哥哥，你就是太累了。"纪汀笑起来，"一定要注意休息。"

"嗯，谢谢汀汀关心。"温砚双眼含笑，"抱歉，哥哥耽误你的时间了，你明天结营还要早起。"

她善解人意地说道："没事的，我没觉得特别困。"

"快夜里一点了。"温砚看了一眼手表，把纪汀从草坪上拉了起来，"走，哥哥送你回寝室。"

"我的寝室很近的，就在那边。"纪汀指了指西北方向，"不到一百米的距离，阿砚哥哥，你回去吧。"

“不行。”他的拒绝虽温柔却不容置疑，“太晚了，女孩子一个人不安全，哥哥送你。”

纪汀不再推托，乖巧地笑道：“好。”

来的时候温砚骑着电动摩托车，把它停在了紫荆操场的旁边。因为纪汀的宿舍比较近，二人就直接步行过去。

“哥哥，明天晚上……”

温砚知道她想说什么，嘴角边显出一丝笑意：“放心吧，不会忘了请我们汀汀的那顿饭的。”他沉吟片刻，问道，“你什么时候回去？”

“明晚十点的动车。”

“好。”温砚摸了摸她的脑袋，语气亲昵地说，“明天联系。”

他们说着说着就到了宿舍的大门口，门口的登记处早已空无一人。纪汀压住心里的那点不舍，轻快地说道：“阿砚哥哥，我先上去啦。”

他低头笑道：“嗯，去吧。”

温砚本想等到她的身影完全消失再离开，没想到女孩沿着楼梯走了两步后又弯下腰，目光穿过铁门的缝隙，她望着他：“晚安，好梦。”

她的眼睛明亮清澈，如同夜空中最美的星星。温砚怔了一下，看着她像只小兔子一样“噔噔噔”地上楼，很快就只闻其声不见其人。她的声音却还是欢快的。

他不自觉地轻笑一声：“晚安。”

心底的疲惫似乎一扫而空。温砚转身走出了宿舍楼。银白色的月光洒在他的身上，清冷却又带着柔和。他的眉目间还残留着些笑意。好梦吗？那两个人还从来没跟他说过这句话呢。但愿他今晚真的能做个好梦。

第二天便是小班的结营仪式，辅导员和班委们总结了一下这一周的生活和学习，然后进行优秀学生评比。纪汀是班里的文艺委员，再加上在晚会的演出里做出的贡献较大，成功地当选了“紫荆学员”。

周导说：“同学们来自五湖四海，能相聚在此也是一种缘分。我在这儿准备了一些明信片，你们可以在上面写下想对其他同学说的话，然后装进信封里交给对方。”他笑了一下，意味深长地说，“等结营之后才能拆。”

班里发出起哄的声音——毕竟在座的都是聪明人，又正处于荷尔蒙躁动的时期，对彼此在想什么心知肚明。他们听说不少学姐学长就是在暑期学校相识相知，然后一同考上清华再续前缘呢。

送信持续了好一会儿的时间，崔蕊雪惊讶地看着纪汀的桌上堆起来的“小山丘”，带着一丝羡慕，说道：“汀汀，你可真受欢迎。”

纪汀只是笑了笑，没说什么。

周导道：“好，我们的最后一项内容就是制作‘时间胶囊’。”他说，“请给一年后的自己写一封信。我们会妥善保管，在高考前夕寄给你们。”

面对着亮白色的明信片，纪汀托着下巴想了很久，其他人在奋笔疾书、长篇大论，她却仍一字未动——她要说的话不多，要许的愿望也只有那一个。

班长起身来收大家的明信片，纪汀微微地垂眸，一笔一画地落笔：来年我们清华见。角落里是“wy”两个字母。

自从知道“人间仙子”要请客吃饭，田佳慧就跟打了鸡血一样保持着亢奋的状态。温砚把请客的地址定在清华东南门的宴铭园，那是一家江南食府。几人到店里的时候，服务员告知他们包间里已经有人了。心跳微微地加快，纪汀迫不及待地推开门。

“嗯？泽宇哥？”

方泽宇挑眉道：“怎么？看到是我很失望吗？”

“没有啊。”纪汀弯唇，“我们这几天可是很想念您的。”

“哟，小嘴还挺甜。”方泽宇哼笑了一声，这才慢悠悠地解释道，“阿砚被临时叫去加班了，可能要晚点来。”

“啊……”心里一下子就失落下来，纪汀却不在面上把心思显露出来，“他有没有说大概要多久呢？”

方泽宇道：“说不准。”

她抿了抿唇：“哦，这样啊。”

纪汀还在怅然，那头田佳慧已经和方泽宇聊开了，田佳慧把暑期学校里发生的趣事一件件地拿出来讲。纪汀趁着说话的间隙看了一眼手机，果然有温砚半小时前发来的一条微信：“汀汀，抱歉，哥哥这边有工作耽误了，大概只能赶上你们收尾了。想吃什么就点什么，不必跟我客气。”

她叹了口气，默默地收好手机。

过了一会儿，方泽宇张罗道："咱们开始点菜吧。"

大家每人都选了一两道菜，轮到纪汀的时候，她带着些赌气的意味指向两道硬菜："阿拉斯加帝王蟹，还有鲍汁扣辽参。"然后她抬头笑眯眯地跟服务员说，"按人头上，谢谢。"

方泽宇打趣道："你这是要狠宰阿砚哪。"他"啧"了一声，"不过他有钱，问题不大。"

一直未开口的程楚明问道："温砚学长是个什么样的人哪？"

"他啊……"方泽宇摩挲了一下下巴，"特会说话，情商很高，和什么人都能玩得来。各方面也很优秀，属于那种天之骄子的类型吧。"他顿了顿，懒懒地勾了一下嘴角，"我也就在这儿偷偷地夸他两句，你们可不许告密，别让他太骄傲。"

"哦。"程楚明嘴上应下，心里却怀疑起温砚有没有他说的这般好。

下好单后，方泽宇又聊起家常："你们的暑假作业做了吗？"

田佳慧心虚地笑笑："还没，不是还有一个月吗？"

她话音刚落，旁边的两个人就异口同声地说道："做了。"

"……"这就是她与学霸的差距吧。

方泽宇说道："好好加油，你们现在高考改革成全国卷了，应该开学就要把物化生三科合起来考理综了吧。"

"是啊。"

他说："理综的题量大，时间又紧，建议你们趁着暑假的时间先开始做卷子，适应一下。"

纪汀心里也是这么盘算的——她做题喜欢细斟慢酌，正确率高但是速度慢，恐怕在这方面会有劣势。

几个人又聊起了别的，过了一会儿，包间外传来礼貌的敲门声。

纪汀笑道："这家餐厅上菜还挺……"

"快"字还没说出口，她就看到温砚噙着一抹笑意站在门口，他说："抱歉，我来晚了。"

接着是"砰"的一声响——田佳慧把正在把玩的筷枕摔在桌上了。

温砚穿着干净的白色衬衫和笔挺的西裤，身姿挺拔地走了进来。他先是和方泽宇打了声招呼，然后从容地看向田佳慧和程楚明："这两位就是汀汀的朋友吧？你们好，我是温砚。”

田佳慧已经完全傻掉了，讷讷地说道：“学长好。”

程楚明也跟着叫了一声，温砚微微一笑，优雅地坐了下来：“点菜了吗？”

“点了。”方泽宇把发票给他看，坏坏地提示他，“贵的那几个是纪汀点的。”

温砚扫了一眼发票，发出一声轻笑，微挑眼角看向纪汀。

纪汀咬着唇——这人说要迟到，怎么这么快就过来了呢？她莫名地有了种心虚感，但还是梗着脖子说：“你不是让我随便点吗？”

“是。”温砚饶有兴味地凝视了她几秒钟，又看向另外两个小孩，“你们也千万别客气。”

田佳慧和程楚明点头如捣蒜。

他又问：“还想吃什么吗？要不要再看看？”

三个人都赶紧摇头。

纪汀插空问道：“阿砚哥哥，你工作处理好了吗？”

“嗯，用了个比较便捷的法子。”温砚双眼含笑，“毕竟答应了汀汀，我得快点赶来，是不是？”

方泽宇在旁边“啧啧啧”——温砚哄小女孩可真有一套，这种话打死他都说不出来。

纪汀的心漏跳一拍。当着这么多人的面，她不想露出马脚，就故意用理所当然的语气道：“你知道就好。”

温砚弯了弯唇，没再说什么。这时候，服务员端着菜鱼贯而入：“请慢用。”

这是地道的浙江菜，色香味俱全，田佳慧早就饿了，想要动筷却又克制住自己，怯怯地看向温砚。从他进门开始，她就被那种气质和风度完全震住了，到现在还没消化过来。

“吃吧。”温砚温柔地一笑，往挨着他坐的纪汀的碗里夹了一块排骨，“多吃点。”

大家得到首肯，开始风卷残云、狼吞虎咽起来。

席间有方泽宇和温砚二人撑着，话题一直不断。讲到纪汀的哥哥纪琛时，程楚明说道：“温砚学长，我一开始还以为你才是纪汀的亲哥哥呢。”

“是吗？”温砚打量了纪汀一眼，一本正经地说，“你这么一说，我觉得还挺有道理。”

纪汀心里重重地一跳：“为什么？”

他含着笑说道：“因为我们两个更像啊。”他顿了一下，戏谑道，“汀汀，怎么样？以后就给我当妹妹吧？”

“背地里挖墙脚可不是君子做派。”方泽宇眯着眼揶揄道，“纪琛到时候从山东飞过来打你一顿。”

纪汀等他说完，才笑眯眯地说：“我哥呢，虽然脾气差了点，但是胜在人傻。要是换成阿砚哥哥，那我的压力可得多大啊。”

方泽宇没忍住爆了句粗口，在一旁笑得肩膀直颤——这对兄妹也太好玩了吧！

一屋子的人都乐了。

后来他们又聊起了高中生活，温砚回忆道：“我印象比较深的是食堂的夜宵，每次晚自习一下课班里都会派几个人去抢。”

“现在也还是这样。”田佳慧快人快语，“上次程楚明和纪汀打赌输了，还请全班吃了夜宵呢。”

方泽宇很感兴趣：“哦？什么赌？”

“就是看谁能考年级第一呗。”田佳慧疑惑地看向程楚明，“我说你当时干吗想不开要去赌这个呢？”

“……”程楚明不自然地干咳一下，低头说道，“我就是想赢她一次。”

温砚不动声色地看了他一眼，忽然想起纪琛说的——“那个第二名气得都去找年级主任哭鼻子了。”那原来是他？

纪汀见程楚明有些尴尬，善意地解围道：“楚明，我觉得你很优秀。”她狡黠地眨眨眼，“其实咱们并不是竞争关系，不如高三的时候互帮互助，一起加油？”

男生黝黑的脸上浮现出一种微妙的神情：“好……好啊。”

纪汀微微一笑，不着痕迹地扯开话题：“泽宇哥，和你一起在暑期学校带班的小导是谁啊？”

温砚拿筷子的动作一顿，嘴角染上一抹意味不明的笑容——她和自己在为人处世的风格上，果真是像。他从第一眼见到这个小姑娘，就觉得她挺有意思。纪汀很会拿捏分寸感。他也不知道在纪家那样氛围和谐的家庭里，她这种细腻的心思是怎么培养出来的。

那边，方泽宇接过纪汀的话头：“一个大二的学弟，不是女生，说出来也没啥意思。”

田佳慧一语惊人：“泽宇哥，你申请做辅导员是不是就为了找对象啊？”她听说很多小导都将友谊暗暗地升华了一下。

方泽宇吊儿郎当地说道：“本来是这么个想法，谁知天不遂人愿哪……”

几个人正说得开心，一旁的服务员却在端盘子的时候，不慎将座椅上的紫色书包弄到了地上。

一堆白色的信封瞬间“哗啦啦”地倾倒出来，撒了满地。其中一张上面写着“致纪汀”，封面上的粉色爱心尤为显眼。

田佳慧的目光被吸引了过去：“那是什么？”

纪汀走过去把信封都捡了起来：“啊，是暑期学校的同学给我写的明信片。”

“你怎么拿到这么多？！”田佳慧惊讶地问道，“我们班的人都懒得互相写，我也不过只收到两封罢了。”她的眼珠转了转，“肯定有男同学的表白信吧？”

纪汀顿了顿——她自己也知道这个可能性很大，但是当着温砚的面总觉得有些不好意思。她紧了紧手上的信封：“没有吧，就是些告别的话而已。”

“我才不信呢。”田佳慧从纪汀的手里抽了一封信，“我赌随便一张就是。”

方泽宇看热闹不嫌事大：“拆开看看嘛，不然怎么证明？”

纪汀还在犹豫不决，田佳慧已经行动起来，将手中的明信片大致一览。她很快做出肉麻状：“我的妈耶！”

“写的啥写的啥？”方泽宇凑过来，看了一会儿明信片，也发出引人遐想的一声，“哎哟！”

纪汀被他们整蒙了：“什么东西啊？”

方泽宇把明信片传给了温砚：“你看看，现在的小孩怎么都这样啊？”

纪汀被他们的故作神秘搞得很难受：“你们到底在说什么啊？”她想绕到温砚的身后看，没想到却被他伸手一挡。

温砚的眼角漾开一抹笑：“别急，哥哥先帮你看看写了什么。”

纪汀也不太好直接去抢，只能憋屈地坐在原位，悄悄地观察他阅读明信片的神情。温砚是个很会隐藏自己的真实想法的人，她瞧了半天，也没捕捉到他的任何情绪。

半晌，他把明信片往右手边一压：“没什么特别的。”

知道真正内容的田佳慧和方泽宇面露讶异，在一边挤眉弄眼，被温砚一个眼神制止。他弯起唇角：“他们两个只是想逗你而已。”

纪汀狐疑道：“不可能吧？”

温砚轻笑一声，凑近她：“是因为没人表白，失落了？再拆几封吧，说不定还有呢。”

纪汀的注意力成功地被拐走，她噘了噘嘴：“才不是呢。”

温砚又看了一眼田佳慧。田佳慧就像古时候皇帝身边的狗腿子，只需皇帝的一个眼神就知晓圣意，麻利地拆起信封。然后现场就形成了田佳慧、方泽宇、温砚的读信“产业链”。

“哥哥帮你分类了。”所有的明信片都阅读完毕后，男人冲纪汀温柔地笑道，“我右手边这一摞，是没什么实质性内容且长篇累牍的，你就别浪费时间看了。”

田佳慧和方泽宇面面相觑——“请问你能做我的女朋友吗”也叫没什么实质性的内容？

纪汀还没说话，温砚就站起来，迈开长腿，干净利落地将那四五张卡片扔进垃圾桶。

动车在晚上十点发车。方泽宇和温砚叫了一辆七座的商务车，送三个小孩去车站。田佳慧和方泽宇已经成了好朋友，两个人在后座玩游戏；程楚明坐在副驾驶的位置和司机有一搭没一搭地聊天。只有温砚和纪汀两个人坐的中间区域宛如真空一般，沉默寡言。

小姑娘在生闷气，温砚不可能置之不理。他柔声地哄道：“汀汀，怎么不说话？”

“累了。”她偏过头去，抿着唇看窗外急速变化的景色。

温砚垂下眼眸，半晌低笑一声：“我知道你在生哥哥的气。”他知道她在怪他未经同意就动了她的东西，“但哥哥这么做，是为了你好。”

纪汀颤了颤睫毛，转过脸来：“什么意思？”

小姑娘的眼角红红的，温砚心知她是被气到了。但他不想解释，只是用手虚抚过她的鬓边，柔声说道：“不想让你为那种事感到烦心。”

她很聪明，大约早就猜到了信中的内容，只是因为他的举动而恼怒罢了。纪汀的眼眸黑白分明："你是觉得我这个年纪的小孩，容易生出不该有的心思吗？"

温砚的手一顿，他惊讶于她的直白。他凝视了她几秒钟，没有回答。

纪汀恹恹地靠回窗边，低声说："行，我知道了。"

温砚抿唇："不是不相信你，是……"

纪汀打断他："阿砚哥哥，你不用再说了，我知道你是为了我好。"

"……"

这个话题就此打住。

到车站的时候，纪汀已经恢复了平常的模样，冲温砚和方泽宇讨巧卖乖："阿砚哥哥，泽宇哥，要常联系！"

这一别，下次相见就不知是什么时候了。她纵有千般不舍，也绝不能表现出一丝一毫。

方泽宇爽快地说道："没问题，等着你们明年来清华。"

这时，温砚递给纪汀一个袋子，袋子里面有三罐清华自制的绿豆沙："汀汀，你不是总说这里的绿豆沙好喝吗？哥哥之前路过小卖部的时候给你们一人买了一杯。"

"哇！"纪汀既意外又惊喜，甜甜地笑道，"谢谢哥哥！"

自打来了清华，她就被学长学姐们强烈推荐了园子里的绿豆沙，绿豆沙冰冰凉凉又甜爽解暑，实在让人欲罢不能。不过——阿砚哥哥一直将绿豆沙带在身边吗？她竟没注意到。

温砚微微一笑："别喝太快，不然对胃不好。"

纪汀道："嗯，知道啦！"

"那我们就走了。"三人边走边回头挥手，"拜拜！"

方泽宇抬手回应："再见。"

温砚只是看着他们笑。等到人影都看不见了，他才淡淡地说一句："走吧。"

方泽宇双手插兜跟在他的身后，两个人很快就拦了一辆出租车。上车之后，方泽宇才摇了摇头："我去，那些小孩，可真能写啊。"他回忆片刻，道，"'天很蓝，风很淡，你是我的眼，刻在我心间。'想想真是瘆得慌啊。"

温砚坐在一旁，没什么情绪地"嗤"了一声，算是予以回应。

方泽宇问："不过，你干吗不让纪汀看那些东西？人家好歹也有知情权吧？"

"她现在应该把心思放在学习上。"

"哎哟，这就管上了？"方泽宇看着温砚颦眉的模样，哼笑了一声，"你该不会真把她当成妹妹了吧？"

三个人上了动车后，田佳慧才一股脑儿地把心里话倒了出来："妈呀！'人间仙子'也太帅了吧！我都惊呆了！"

纪汀心不在焉地笑了笑："是啊。"

"我终于能理解你之前给我们发的那些了，当时还以为夸张，现在才知道是我见识太少……"

田佳慧还在絮絮叨叨，纪汀突然问道："那些明信片上，写的到底是什么？"

"呃……"温砚不让她看，田佳慧也不知道要不要保密。

纪汀看出了她的为难："你不用说，我来猜就行。"

"好吧。"

"大概不单单是表达好感吧？应该还有更过分的内容？"

田佳慧沉默了一下，点头道："是这样的。"

这个年纪的男孩说话就是不加掩饰，再加上他们苦学语文十二年，措辞可谓到达了巅峰水准。就连她这种作文拿 58 分的人，看到那些话都能掉一地鸡皮疙瘩。

"人们总是抱怨星星离陆地太远，幸好我的身边还有一个你。"

"你为我黑白的世界添上了一抹斑斓的色彩。"

"对你的倾慕每分每秒都在加深，我想我是病了。"

"……"田佳慧心说，我才快病了，吐病的。

"其实，温砚哥也是为了你好。"她咂咂嘴，"他可能是怕你再跟那些人联系吧。"

"我知道。"纪汀仰躺在上铺，喃喃着看向天花板。她想，可是，阿砚哥哥，你的担心完全是多余的。在遇到其他人以前，我就已经深深地喜欢上你了啊。所以，眼睛里怎么还能再看到别人？你一定要等等我。

从北京回程的动车在轰鸣声中启动，她慢慢地闭上眼，脑中一幕幕生动的画面闪过。这个为期七天的暑期学校，给她留下了太多弥足珍贵的回忆。它美好得像是一场梦，梦里有这个美丽的园子，绿意盎然的枝头有鸟儿在婉转地啼鸣；梦里有同学们的欢颜，一起并肩奋斗的情景还犹在眼前。

梦里也有他。她和他并肩躺在草地上，看着缥缈的云层。他睡着了，她偷偷地看他英俊的侧脸。紫荆操场上橘黄色的暖光洒在他们的身上，就像一幅朦胧而有诗意的油画。

清华。纪汀在心里默念这两个字。不知从哪一刻起，她已经完全坚定了自己的选择。它有太多迷人的地方了，让她心生浓烈的向往。

纪汀还记得，临走的时候，自己又深深地看了这个园子最后一眼。和风、日光、树影、清华，不论最后是否如愿，这个温暖的夏天都以一种别样的姿态刻进了她的心里。

第四章
成长的泡沫裂痕

静谧的周日夜晚，树影重叠，暖风拂过。阿胖用软软的肉垫扒拉着纪汀的大腿，不让她下车。

苏悦容笑了：“胖胖，姐姐明天就开学了，今晚返校，要住在学校宿舍的。”

阿胖“嗷呜”两声，似懂非懂地歪歪脑袋，用亮晶晶的大眼睛望着纪汀。纪汀捏捏它软乎乎的脸颊，鼻尖亲昵地在它的黄毛上蹭了蹭：“下周末你就又能见到姐姐啦。”

阿胖好似听明白了她的话，卖力地摇着尾巴，嘴角都快咧到耳后根了。纪汀拍拍它的头，到后备厢拿了行李，走到前门的车窗边：“爸、妈，那我进去了。”

“嗯。”纪仁亮叮嘱道，“好好学习，周六回来给你做大餐。”

“行，我等着！”她拽了拽书包的带子，蹦蹦跳跳地进了学校的大门。

高三根据上学期的几次大考成绩再度分班，每个班级都有人员调整，因此晚自习的时候，纪汀见到了几张新面孔，而且其中竟然还有个老熟人。

“哇，解晰，你这双鞋是什么牌子的啊？会反光的呢！”

“上次游园会我买了你的手办，一直摆在床头柜上，还挺好看的……”

“听说你打篮球很厉害，下次你们打比赛的时候我可以去围观吗？”

男孩得意扬扬地坐在一堆女生中间，享受着她们连珠炮般“叽叽喳喳”的询问。

“解晰，你期末考了第多少名啊？”一个与众不同的清冷的声音突然插进来，众人不约而同地看向声源——只见纪汀拎着书包站在课桌前，一脸淡淡的笑容。她的神情与周围的那些“星星眼”形成了鲜明的对比，解晰不爽地扬了扬下巴：“第二十二名。”呵，她让他考进年级前三十名，他不仅做到了，还超水平发挥呢！

嘴角的弧度扩大了些，纪汀煞有介事地点点头：“嗯，不错，这个数字挺适合你的。”

解晰无言以对。整整一个晚自习，纪汀都能感觉到他凶神恶煞般的目光。但她不得不承认，皮这一下——很开心。

二班是尖子班，平常的座位分布都是用电脑程序随机生成的，旨在让学生们之间能有较为充分的交流。但因为最终上交给班主任老黎的座位表只经由班长一人，有些学生会进行暗箱操作，把自己的座位调到好相处的同学身边。每当大换位的时候，都有一些非常微妙的情形出现——相看两生厌的人会隔得远远的，玩得好的人紧密地坐在一起，而如果两个暧昧的人成了同桌，基本上这一对儿也板上钉钉了。

纪汀对于和谁做同桌这件事没什么想法，只要不打扰她学习，是谁都行。因此她也就没去看新的座位表。

第二天早上上课的时候，纪汀爬上教学楼，看见解晰倚在栏杆上背英语。

“一会儿你进去的时候，别弄翻了我桌上的珍珠奶茶。”说这话的时候，他头都没抬，语气仿若随口一提。

她为什么会弄翻他的奶茶？纪汀感到奇怪，没有搭理他，径直走进了教室。两分钟后，她又退了出来，不敢置信地看向解晰：“你和我是同桌？”

“是啊。”他懒洋洋地回头，“惊不惊喜，意不意外？”

如果说二班有哪个同学是纪汀不想跟他做同桌的，那就非解晰莫属了。因为她知道这人有多烦——他嘴欠，没个正形，还总觉得自己是天下第一帅。

纪汀无法遏制地翻了个白眼，掉头回到教室里找班长：“能不能给我换个座位啊？我不想和解晰坐一起。”

班长是个很文静的女生，闻言为难地说：“可是座位表都已经交给黎老师了，如果你昨晚跟我说的话就好了。”

“啊，没事。”确实是自己考虑不周，纪汀语带歉意地说道，“给你添麻烦了。”

班长笑笑：“没有没有，下次你有需要跟我说就好。”

纪汀经过薛婉怡旁边的时候，薛婉怡阴阳怪气地低讽一句：“有些人，真是得了便宜还卖乖啊。”

她的敌意越发明显，纪汀皱了皱眉，却忍耐着没有给予对方任何回应。她回到座位上的时候，解晰已经坐在椅子上吸溜着珍珠了，看见她，他挑了挑眉：“新同桌，日后就请多多指教了。”

纪汀敷衍地弯了弯嘴角，他完全不在意，自顾自地说道：“本少爷真是天资聪颖，想考第多少名就考第多少名。照这个进度下去，总有一天我能考第一名的。”

这番说辞落在纪汀的耳里就隐约地有了一丝宣战的意味，她忍不住转过脸：“你会不会对自己太自信了？”

“不信？”解晰吊儿郎当地撑住下巴，凑近她，“那我们来打赌？”

纪汀嗤笑一声：“你是不是打赌上瘾了？”

“你这个样子，别是不敢吧？”解晰露出一个挑衅的笑容，特别欠揍地眨了眨眼睛。

“……”

纪汀从小自尊心就很强，此刻也容不得他在自己的头上撒野：“说吧，赌什么？”

“就赌，这学期我至少有一次大考排名能超过你。”

“好。”她面无表情地勾了勾唇，“一言为定。”

第一次理综模拟考在一周后，他们要在两个半小时内完成300分的卷子，题量极大。这次考试在各班单独举行，并不正规，只是让同学们先熟悉一下物化生合卷的感觉。

纪汀的做题速度偏慢，她一开始浪费了太多时间精雕细琢物理，最后竟然没做完生物题。铃声响起的时候，老黎在讲台上收卷子，纪汀心里“咯噔”

一下，她恍恍惚惚地把答题卡交了上去。

后来成绩下来，结果也让人啼笑皆非——纪汀的物理 110 分满分，生物却只有 50 分，及格的边都没碰到，她总分 247 分，是班级第一。

生物老师老罗痛彻心扉地找她谈话，让她不要厚此薄彼。纪汀也没办法，可是她有强迫症，明知道自己会做却不写完就很难受。她买了“五三”和“王后雄”，不断地刷题训练做题效率，时间一晃就到了国庆节。

纪汀放假回家，阿胖闻声而来，抖着小短腿到门口接她。苏悦容和纪仁亮接过她的书包和行李，各种端茶倒水、嘘寒问暖。纪汀心情愉悦地伸了个懒腰，走进客厅，发现纪琛跷着二郎腿坐在沙发上看电视，不由得惊讶道：“哥哥！你怎么在这儿？”

“七天太长了，没什么事做就回来了。”他挑起眉毛看了纪汀一眼，散漫地问道，“怎么，不欢迎我？”

“没有。”纪汀笑了笑，羡慕道，“果然大学生就是好，我们只放三天假。”

纪琛很受用地“呵”了一声。

纪汀顿了一下，说道：“那阿砚哥哥和泽宁哥也回来了吗？”

纪琛摇摇头：“没听说。”

“为什么？”

“泽宇嫌麻烦，阿砚是工作忙。”

纪汀只关注到了后半句，立刻道：“哎，开学了他还在实习吗？”

纪琛轻飘飘地瞥了她一眼：“怎么搁我这儿话这么多？想知道就自己去问哪。”

“……”她忍气吞声地弯了弯唇，“好的呢，哥哥。”

她还没走两步，他在她的身后悠悠地说道：“是不是喜欢阿砚哪？哥哥可以帮你牵线，毕竟肥水不流外人田……”

纪汀赶紧冲过去捂住他的嘴，耳朵尖冒出一点粉：“你说什么呢？！”她偷偷地看了一眼爸妈——幸好他们都在厨房里，没有注意这边的动静。

“我还不知道你？”纪琛把她的手拉下来，神情鄙夷地说，“从小就喜欢长得好看的，阿砚一来你的眼睛就没从他身上移开过。”

纪汀从他的话中听出了较多玩笑的成分，暗自松了一口气，笑眯眯地说道：“好啊，哥哥你要是觉得没问题，等我高考完就给我牵个线呗。”

纪琛翻了个白眼，没再管她。

今年的国庆节比较特殊，正好和中秋节撞在一起。晚上他们吃完海鲜大餐后，苏悦容拿出了一个礼品盒："咱们来吃月饼吧。"她给每个人都分了两个月饼，补充道，"这是小砚寄过来的，尝尝好不好吃。"

阿砚哥哥？纪汀心中一动，咬了一口莲蓉馅的月饼——月饼爽滑酥软，香甜可口，还挺美味的。

纪仁亮笑道："这孩子真懂事，逢年过节也想着咱家。"

苏悦容对两兄妹道："你们也记得给人家送节日祝福啊。"

纪汀应下，回房间之后立刻拿出手机，给温砚发微信：阿砚哥哥，中秋节快乐啊！［庆祝］谢谢你给我们家寄的月饼，超级好吃！［哇］。

他很快回复：不客气［龇牙］。

纪汀：哥哥，这学期你还有实习吗？听我哥说你挺忙的，今天你怎么过啊？

砚：嗯，学期中实习，在一家私募公司，每周四天班。

砚：自己吃了个月饼，就当过节了。

纪汀低声地笑了起来：这么辛苦啊！［拥抱］给哥哥一点能量！［脸红］加油啊！

小孩子的身份就是有这点好处——她可以混淆性别的界限，还不会引起任何反感。

果然，温砚马上回道：谢谢汀汀，哥哥会加油的！［太阳］。

纪汀隔着屏幕都能想象出他温柔地抿唇微笑的模样。又和他聊了一会儿，她怕耽误温砚工作，便结束了话头：哥哥，我去学习啦，你也早点休息，不要熬夜！

聊天框显示"对方正在输入……"，纪汀却迟迟地没有收到任何消息。

过了好一阵子，那头才发来一句话：晚安，好梦［月亮］。

晚上十点，空中悬着一轮圆月。温砚靠在冰冷的玻璃窗旁，沉默地看着窗外的树影。手机屏幕上还是他刚刚发给小姑娘的一句话，他没有再收到回复。片刻后，光自动熄灭，徒留一室昏暗。

眉骨下添了一丝不快，温砚抬起指节分明的手，捂住自己的眼睛。他是厌恶这种阖家团圆的节日的，因为对于别人来说幸福美好的一切，在他这里都不会有——他不会收到亲人寄来的月饼，感受不到那种和乐美满的家庭氛围，甚至不会接到父母的来电，就算是在中秋节。

父母只有非找他不可时才会打电话给他，语气也总是透着不耐烦，好似跟他多说一秒钟都会浪费时间。温砚望着漆黑的手机屏幕，自嘲地低笑了一声。他不曾奢望过，为何还是感觉到了深深的失望呢?

电脑在这时亮了起来，发出微微的幽光，显示——一封新的工作邮件。他慢慢地站起身，赤着脚踩上柔软的羊毛地毯，重新坐回了真皮座椅上。

空寂的室内响起敲打键盘的声音，男人目光专注地凝视着新的投资报告。两个小时过去，他的身影未动一丝一毫。

终于，温砚合上电脑，走到落地窗边，居高临下地俯视 CBD（中央商务区）最繁华的夜景。身边的朋友都不解他为何对自己要求如此严格。在他们看来，拥有好的家世背景便不用特别努力，只要轻轻松松地混日子就行了。

温砚半眯起眼睛，看着远处的高楼里的灯光一盏盏地熄灭。是，他不缺钱。父母每次回国的时候，见面会给他几张支票，临走的时候又给他一沓纸币，语气毫无波澜地说："拿去花。"

每个月他都能收到大额转账的短信通知。人家都羡慕他，为了方便去国贸实习，他特地在寸土寸金的中心地段租了一间公寓。但没有人知道，每当夜深人静的时候，那些蛰伏在身体里的孤独和空虚会带来怎样的折磨感。而只有拼命地投入工作之中，他才会短暂地忘却那些不愉快的事情。

十月中旬，纪汀迎来了高三的第一次月考，其中理综三科合卷。考试的时候她还是没把握好时间，在物理上耗费了近一个半小时，最后生物还差一道大题没做完。这次考试是深圳统考，要进行全市排名，可能还会影响之后自主招生评比。纪汀心里很自责，心态也不如之前那么轻松。她焦虑地等了一周，成绩公布——语文 114 分，数学 148 分，英语 146 分，理综 252 分，全年级第三名。

一向稳坐王座的纪汀的考试名次破天荒地下滑，不少同学在背地里讨论这件事。

新一期的排名很快出炉，田佳慧拉着纪汀去吃晚饭的时候扫了一眼排名，忍不住吐槽道："哇，程楚明这家伙也蹿得太快了吧！"

这回千年老二终于咸鱼翻身，他的个人照下面写的座右铭是——这不是偶然的成功，这是必然的结果。

田佳慧没好气地嘟囔："不就考了一回第一吗？连鼻孔里都能看出小人得志的模样……"

纪汀心里有些不是滋味，嘴角还是扯出了一抹自我安慰的笑。不知道为什么，高三就如同一道分水岭，她突然生出了一种力不从心的感觉，隐隐地有些不安。这是考试太难了？她没适应理综？别人假期都开始练了，她还参加了暑期学校，比他们少了一个多月呢……脑中尽是纷乱的思绪，纪汀颦着眉走进语文老师老黄的办公室。这次统考她最差的两科就是语文和生物，她对被老师叫来喝茶并不意外。

老黄的表情有点严肃，他让她坐下，开门见山地说道："纪汀，你的语文成绩一向不错，这回竟然拖了后腿。"他摊开卷子，"我看了看，主要是作文的问题。"

纪汀叹息一声——高一、高二的时候考试要求写记叙文，她尚能胡乱编造，依靠自己华丽的文笔取胜；现在要写议论文，她就不知道自己到底怎么回事，仿佛一个钢铁理工直男，每次立意都找不着重点。尤其是那种题干只有一句话的议论文，更是让她摸不着头脑。"鸡蛋从外打破是食物，从内打破是生命。"这是啥意思啊？咱们把话说清楚不好吗？！

老黄摇了摇头："哎，这个鸡蛋，你知道吧，它是很容易破碎的，但是呢，从内和从外破碎的结果不同……而你的主要立意是，从不同角度看待事物结果不同。辩证的思想不可或缺，但这就离题十万八千里了。"

纪汀一脸疑惑：这和您说的有什么区别吗？她苦着一张小脸："我没懂。"

老黄恨铁不成钢地说道："用你的小脑瓜好好联想一下吧！人生从外打破是压力，从内打破是成长啊！"

"哦！"纪汀恍然大悟，"原来是这样。"怎么他这么一说，这句话就突然变得高大上了呢？！唉，境界。她在考场上看到鸡蛋两个字就饿，什么都想不出来。

从语文老师的办公室里出来，纪汀又去找了生物老师。这次老罗也不废话了，拿出原卷的生物部分让她重做。

纪汀在半小时内写完卷子，经批改后全对，老罗也恨铁不成钢地说道："你看，我就说你没问题吧？你怎么就不能分给生物多一点时间呢？！”

纪汀毕恭毕敬地听训，双手却不自觉地绞紧，心里感觉沉甸甸的。她回到宿舍后，辗转反侧睡不着觉，猫在被窝里看手机。忽然瞥见家庭群里提到了“温砚”，纪汀好奇地上下翻了翻聊天记录。

什么？！今天是阿砚哥哥的生日？！完了完了。苏悦容和纪仁亮给温砚包了一个大红包，纪琛送了他一双球鞋，而她……她不仅没准备礼物，连生日祝福都没送呢！

所幸宿舍里的其他人还没睡，纪汀“噔噔噔”地下床，给温砚发消息：阿砚哥哥，你现在方便吗？

过了五分钟，他回：方便的，汀汀有事吗？

她赶紧走到阳台上，拨了一个视频电话给他。纪汀戴上耳机，在等待的过程中，心跳不受控制地逐渐加快。视频电话被接通的提示声响起，那头出现温砚噙着笑意的脸：“汀汀……”

“阿砚哥哥！”纪汀扬起嘴角，“生日快乐啊！”

“啊。”他似乎很意外，眉开眼笑，“哥哥还以为收不到你的祝福了呢。”

纪汀瞬间心虚：“我……我那不是不知道吗？我哥都不告诉我。”她的语气里有种不自知的撒娇意味，“以后的每一年，我都不会忘记十月二十六号这一天的！”

不知怎的，这句话很好地取悦了温砚。他忍不住弯唇：“嗯。”

纪汀承诺道：“哥哥，礼物我会补给你的！”

温砚说：“没事，心意哥哥领了，东西就不用送了。”

“那怎么行呢？”她嘟着嘴说道，“所有重要的人我都会送礼的。”

那头难得沉默了一瞬：“重要的人？”

“是啊，”月光的映照下，纪汀的眼睛亮晶晶的，“你对我来说，就是重要的人哪。”

温砚突然感到一丝不知所措，很快压下心里的那点异样，笑道：“那哥哥就谢谢汀汀了。”

“嗯！要期待！”小姑娘笑眯眯地叮嘱道，“那我先去睡觉啦，哥哥晚安！”

温砚还没应，就听到她强调：“你今天既然不忙，就也去休息吧，不然熬夜是会掉头发的！”

她像煞有介事的，竟管起他来了。可爱。温砚低笑出声："好，哥哥听你的。"他顿了顿，温柔地说道，"晚安。"

纪汀挂了电话回到寝室，便感到齐刷刷的几道视线看过来，她们问："跟谁打电话呢，笑得这么春心荡漾？"

她眨了眨眼睛："没谁。"

"哎哟。"一个舍友抖了抖鸡皮疙瘩，"你在阳台上笑得花枝乱颤的，我们这边都以为地震了。"

"有那么夸张吗？"纪汀抬手捂住半边脸，却掩不住眸子里的笑意。

"很可疑。"几人轮流套话，却愣是什么信息都没挖出来，"哼"了一声道，"总有你再露马脚的时候。"

纪汀不置可否地笑笑，重新爬上了床。白天的那些烦扰好似风吹云散，只要回想起他缱绻的"晚安"二字，她就立即陷入了香甜的美梦。

夜的这一边。

手机里不断地弹出新信息，温砚正准备坐下查看，又倏忽想起了什么，嘴角微微地勾起。他熄了灯，在床上躺下来，安静地闭上双眼。

每次入睡前，温砚都会有一段时间的失眠。很多事情在他的脑中浮现，仿佛纷繁而嘈杂的噪声，怎么消都消不掉。但今天晚上，破天荒地，他的世界一片宁静。脑海中完全空白，像是雪后初霁的情景，柔和静好。温砚很快睡着，甚至还做了一个梦。

枝繁叶茂的香樟树下，年幼的他坐在树荫下乘凉。一阵清风拂过，带着栀子花特有的香气袭入他的鼻间。他扭头看，满目都是绿意盎然的景象。哪儿来的花啊？他感到奇怪，但更奇怪的是，时光的流动好像具有实质感，像是融入了每一声蝉鸣、每一片绿叶的纹路。

片刻后他抬头，看到有人在不远处的山丘上放起了风筝，那是个穿着粉裙子的小姑娘，她扎着双马尾，眼睛大大的，她朝他的方向看来。他看不清她的模样，却觉得她脸上的笑意一定很灿烂。温砚禁不住也笑了。

"小砚！"就在这时，有人高声地唤他。那是一个身着商务装的女人，匆忙地从路边的轿车上下来，踩着高跟鞋跑向温砚。

"妈妈？"他很是惊讶。

“小砚，你这孩子，怎么跑到这里来了？”女人蹲下来抱住他的肩，如释重负，“妈妈找你找得好辛苦。”

温砚缓缓地睁开眼时，晨间的第一缕光已经穿过帷幔洒进室内。他怔怔地望着雪白的天花板，没有立即起身。

他极少做第一视角的梦，更别说是这么温暖的梦。平日里他总是疲累到记不住梦的任何具体的内容，今天却能清晰地捕捉到每一个细节。栀子花的香味，香樟树的浓荫，女孩奔跑时翻飞的裙摆，还有妈妈那关切的眼神。

温砚轻笑了一声——真是奇了怪了。

纪汀已经连续两周低气压了，解晰猜想这是她考试排名下滑的缘故。因为怕触到她的霉头，他倒是收敛了不少，偶尔还会和她讨论一下学习中遇到的难题，一时之间两个人的气氛和谐起来。

解晰这次月考排名第十八名，语文作文得了56分，被老黄当成佳作的范例在年级里传阅。纪汀原来一直觉得他玩世不恭，有点瞧不上他，直到现在才开始逐渐地正视他。他的字写得不怎么样，但抵不住文章的内容确实是写得好，他引经据典，文笔绝佳，逻辑通畅，环环相扣。

加缪说过：“人们必须相信，垒山不止就是幸福。”

纪汀指着这句话问解晰：“你怎么记得这么多名人名言哪？”

他干笑道：“对这些比较感兴趣吧。”喀，其实是他之前想装得文艺一点。

纪汀看着他的目光中添了一丝惊奇，她感叹道：“还挺厉害的。”

解晰好不容易得到她的一次赞美，小尾巴顿时翘到天上去了：“哎呀，一般一般，世界第三啦。”

“……”行，他还是一点没变，给点阳光就灿烂。

周四晚上七点有个校园歌唱比赛，晚自习的时候班上少了一半的人，解晰回来拿衣服的时候看到纪汀百无聊赖地坐在座位上背书，不由得问道：“要不要跟我去看比赛？我还有一张票。”

她正好有点学不动了，当即感兴趣地点头：“好啊好啊！”

两个人的座位在前排区域，他们进场的时候第一个选手已经开唱。现在的高中歌唱比赛都搞得像煞有介事的，场下有粉丝区、亲属区和观众区，纪汀用目光随意地一扫，发现竟然有带灯牌的。

解晰凑过来说：“这个郭浩峰在他们班好像挺有名的，长得还行，也挺会聊天，不少女生都喜欢他。”

纪汀偏头看了他一眼，他赶紧补充：“当然还是喜欢我的人更多一些。”

“……”他的自信倒也是挺难得的。

纪汀实话实说，这个男生唱得还不错，嗓音属于低音炮那一挂的，怪不得他有这么多迷妹。不过，忆起温砚在清华“校歌赛”上的表现，纪汀立刻觉得他差远了。还是阿砚哥哥唱得好听。

后面接连几个选手上场，唱功都不错，有一个女生还飙了海豚音，一下子就点燃了场内的气氛。

第一轮共十个同学上场，能够晋级的只有六人，然后再进行第二轮，决出前三甲。郭浩峰也成功入围，第二轮他选的是一首原创歌曲。在演唱之前，他环视观众席一周，突然开口：“这首歌是唱给一个人的。”

大家好像嗅到了一丝与众不同的味道，顿时起哄：“哇哦！”

“我一直把她当作一个追随的目标，因为，她在我眼里总是那么耀眼。”郭浩峰倏忽抬眸道，“希望你能够听到。”

吉他的和弦轻奏，他闭着眼睛开始吟唱——

记得四月的杏花雨 / 听见你的温柔嗓音

我坐在后山的草地 / 熹微阳光照你眼睛

幻影动容微风里 / 你是我心弦之曲

虽然词不达意，但是旋律还挺优美，纪汀随着人群挥动着手中的荧光棒，颇有兴致地跟着哼唱。没摇两下荧光棒就看到解晰盯着自己，纪汀疑惑地问道：“怎么了？”

他神情复杂：“郭浩峰喜欢你。”

“啊？”她皱起了眉，“你胡说什么呢？”

解晰撇了撇嘴：“这是一首藏头歌。”开玩笑，以他多年的经验，他一听就听出来了。

纪汀回忆了一下主歌，面色微变。好像是这样的。她和郭浩峰平常也只是点头之交，谈不上多熟悉，所以觉得实在有点荒谬。纪汀并不喜欢因这种事受人瞩目，只能在心里默默地祈祷其他同学别听出来，剩下的时间里一直如坐针毡。

温砚刚刚工作完，回学校的寝室拿点资料，一进门就看到他的桌上有个包裹。

舍友说：“我去拿快递的时候顺便帮你拿了。”

他笑着说了声“谢谢”，用裁纸刀把包装割开——里面是一条手织的灰色围巾，最下端的角落里用蓝色棉线绣了一个“砚”字。温砚拿起围巾，随之掉出一张粉色的小卡片，上面写着：阿砚哥哥，这是补给你的生日礼物，希望你喜欢。

她的字变得娟秀了一些，不过围巾上的那个“砚”字绣得歪歪斜斜，一看就知道她是个刺绣新手，温砚忍不住轻笑一声。

舍友狐疑地看过来：“啥玩意儿啊？拿的时候我就好奇了。”

温砚把围巾围在脖子上试了一下，唇边的弧度仍旧柔和：“家人送的生日礼物。”

“哦。”知道他家的情况有些复杂，这是个敏感话题，舍友也就没再多问。

温砚取了资料，从宿舍里缓步走出来，砭骨的寒风扬起了围巾的一端。他将顽皮地飞舞的那角抓住，裹紧后塞进了大衣里，似乎嗅到了淡淡的香味。他想了想，拿出手机，从通讯录里找到一串号码。拨通后，这次那边没有像往常一样飞快地接起，而是无人接听。

温砚抿了抿唇，将手机放回口袋，拦了辆车回到公寓。直到他洗完澡出来，纪汀都没有给他回电话，也没有发任何消息。都快晚上十一点了，照理说她晚自习也该结束了。温砚不自觉地颦起了眉，又给她打了个电话。

“喂，阿砚哥哥！”

纪汀的声音响起的时候，温砚微微地松了一口气：“汀汀，刚刚怎么没接电话？”

“啊？”她看了一眼未接来电，抱歉道，“对不起，之前在看校园歌唱比赛，我没听到。”

“原来是这样。”他声音温和，“没事。”

“哥哥，你怎么有空给我打电话？”纪汀猜测道，“是收到我的礼物了吗？”

“嗯。”温砚轻笑了一声，“谢谢汀汀，我很喜欢。”

纪汀沿着后山的沥青路往回走，边走边悄悄地弯起嘴角：“你喜欢就好。”

她软软地说道，“我以前没织过这种，特意从网上学的，幸亏我聪明，一下子就学会了。”听到那头传来浅浅的呼吸声，趁他还没开口，纪汀又道，“阿砚哥哥，北京天冷，你注意别着凉了。”

“汀汀……”

“纪汀！”

听见有人叫她，纪汀惊讶地回头，看到郭浩峰从不远处急匆匆地跑过来。

“我有话对你说！”

她几乎不用思考就知道那是什么内容，握着电话退后一步，防备地抬起头：“很晚了，有什么事能明天再说吗？”后山的路人并不多，偶尔会有零星几个晚归的同学，在这里和男同学独处可不是什么明智的选择。

“不行，我今天在台上那样说，你肯定都听到了。”郭浩峰走到纪汀的面前，双眸紧紧地凝视着她，“以你的性格，明天大概就要对我避而不见了吧。”

“我……我不知道你在说什么。”纪汀试图蒙混过关，再加上阿砚哥哥还听着，她的心情有些焦急，“马上就要到门禁时间了，我先走了。”

郭浩峰猛地攥住她的手腕，低声道：“还有十分钟，我就说几句话，很快的。”

这一下有点疼，纪汀“嘶”了一声，手机没拿稳掉到了地上。她顿时又急又气地想要挣脱他，但他的力道很重，让她的手腕挣脱不出来。

“我喜欢你，纪汀。”

这样强迫的做法让她很不舒服，纪汀冷冷地抬眼：“我不喜欢你。”

郭浩峰深吸了一口气：“不管你怎么想，我都追定你了。”

“……”

“郭浩峰！你在这儿抓着纪汀不放干什么呢？！”

纪汀从没有哪一刻对于解晰的出现感到如此欣喜，谢天谢地。

解晰走上来把她拉到身后，脸色很臭：“有你这样的吗？”

郭浩峰的表情也不好看，喉结滚了一下，他还没说话，就看到对方勾手，一记拳头挥过来。两个人顿时缠斗在一起。

局面好像更糟糕了。“别打了，你们别打了！”纪汀极力地规劝，但无奈没有一个人听。她很快就放弃劝架了，站在一旁面无表情地观战。啧，原来解晰真的是“校霸”啊，他看起来很会打架的样子。相较而言，郭浩峰算得上文弱书生了，不一会儿就被揍得只会防御了。

纪汀瞅着时机差不多了，再度开口：“解晰，真的够了。”

这话像一句咒语，解晰很快收手，拎着郭浩峰的领子威胁道：“再让我看见一次你就死定了。”

郭浩峰灰溜溜地走了，纪汀捡起地上被遗忘许久的手机，紧张地问：“阿砚哥哥，你还在吗？”

解晰笑嘻嘻地凑过来：“在和你哥打电话啊。”他对着电话大声道，“哥哥好，我是纪汀的同学解晰。”

“……”她想死。

“你好。”那头突然响起温砚的声音，惊得她的手指都颤抖了一下。她不知是不是错觉，总觉得阿砚哥哥的语气有点凉凉的。

解晰完全没有看到纪汀要杀人的眼神，自顾自地说道：“哥哥你放心，我会护送她安全回到寝室里的！”

纪汀忍住破口大骂的冲动，向宿舍跑去，赶死赶活终于抢在门禁时间前进了宿舍，气喘吁吁地把手机贴在耳边：“阿砚哥哥……”

“纪汀。”温砚淡淡的声音喜怒难辨，“真是出息了。”

纪汀暗叫一声糟糕——阿砚哥哥肯定误会她和解晰了！她赶紧为自己辩护：“不是啊，我和他没关系的！”

“没关系啊。”男人漫不经心地“嗤”了一声，“为你打架，送你回宿舍，看来这个朋友很值得交往。”

纪汀不知该怎么说：“真的不是……”

温砚的声音沉了下来：“纪汀，你是个聪明的孩子，不要在这种关头犯迷糊。”他顿了顿，语气冷淡，“听说你最近状态不太好，仔细想想原因，如果连这点自制力都没有的话，我会对你非常失望。”

“阿砚哥哥……”

“晚安。”

“嘟嘟嘟”电话挂了。纪汀拿着电话，维持着那个姿势站在原地，身体却止不住地颤抖。非常失望——多么严重的判词。她感到胸口弥漫起一种久违的酸涩的感觉，双眼逐渐模糊泛起雾来，她在无人的楼梯角缓缓地蹲下。不一会儿，低低的呜咽声从指缝间传出。她像只受伤的幼兽。纪汀不知道自己是怎么过的这一晚，熬到了天明。

第二天上课的时候，年级里却已经开始传起了谣言——优等生纪汀有男朋友了，对象好像是和她一直不太合得来的风云人物解晰。

田佳慧中午的时候提起这件事，纪汀一言不发，沉默地吃着饭。

“糖糖，这到底是怎么回事？”田佳慧狐疑地问道，“你真跟他在一起了？”

“连你也这么想？”纪汀终于抬头，面色有些疲惫，“没有，我没和他在一起。”

田佳慧不好意思地挠挠头：“哎这不是……他们说得有板有眼的嘛。”

纪汀叹了口气，把昨晚的事情原原本本地告诉了她。

田佳慧听完后惊呆了：“郭浩峰怎么这样啊？我看谣言八成就是他传的，他真是心胸狭窄！”

纪汀心里多少也有数，只是情绪不高涨，她听到这些乱七八糟的说法后就更加烦躁了。每天放学后，她都用运动和听音乐来麻痹自己，但只要想起温砚说的那些话，就感到心情无比低落。她想：阿砚哥哥，你怎么能不相信我呢？你知不知道我很伤心哪……

没过几天，谣言最终传到了班主任老黎的耳朵里。他私下找纪汀谈了一次话，旁敲侧击地问了一嘴，没发现有什么不对劲儿，也就放过了她。

第二次月考在十一月底进行，纪汀努力让自己不去想那些无关紧要的破事，认真地复习备考。这一个半月来，她不知背了多少作文素材，练了多少生物卷子。但就算是竭尽全力，纪汀在考试时也还是没能做完理综。交完卷子出考场的时候，她真切地感到心态崩了。

周末纪汀放学回家，不知怎的，爸妈并没有问起考试的事情，她也就没有提起。可胸口还是梗得难受，她又不知道向谁倾诉。阿胖想找她玩，可她没有心情。她把自己关在房间里，犹豫了半天，打了个电话给纪琛。

“喂？”那头响起男人懒洋洋的声音，“怎么有空来找哥哥了？”

电话里静默半晌，传来小姑娘“哇”的哭声。

“怎么了？”纪琛吓了一跳，突然坐直身体，“发生什么事了？”

“哥哥！呜呜呜，我又考砸了！”纪汀抽噎着说道，“怎么办哪？我怎么就是做不完……”

“你先别哭。”纪琛僵硬地柔声安慰她，“不就是一次考试吗？不重要……”

“很重要啊！要全市排名的！呜呜呜！”

纪琛没哄过人，一时之间手忙脚乱：“那……那先看看是出了什么问题，你别着急，你……你这么聪明，下次一定能考好的……”

这话说完，纪汀哭得更凶了。他没办法，干脆闭嘴，沉默地听着她在另一头发泄似的大哭。

十分钟后，哭声渐歇，纪汀抽抽搭搭地开始叙说：“那个物理好难，我一紧张就想不出来……但是分值又好高，我没法空在那里，就一直死磕，然后后面就没时间做了……哥哥，你之前碰到这种情况是怎么办的……”

纪琛道：“我不知道啊，我没遇到过这种情况。”

“……”纪汀哭得更凶了，“哇！呜呜呜呜！”

电话里爆发出更惨烈的哭声，纪琛绝望地趴倒在桌上，对着电脑微信的聊天框输入：你们开始打吧，我不上了。

方泽宇：干啥呢兄弟？

纪琛：我妹考砸了，在这儿跟我狂哭……我在当人生导师[微笑]。

方泽宇：这种事阿砚不是最擅长了吗？[旺柴]@砚

纪琛也觉得有理，赶紧发：阿砚，我感觉我越劝越糟，不如你给她打个电话吧？[可怜]。

过了几分钟，那头回了一个“好”。

心里安定了些，纪琛找了个借口结束了和“小哭包”的通话。

温砚坐在电脑桌前，修长的手指滑拉列表，他熟门熟路地点进去，打了个视频电话给纪汀。铃声没响两秒钟电话就被挂断了，他面色平静，又打了一次电话，谁知她仍旧拒接。

温砚半眯起眼睛，垂眸看着聊天界面，片刻就得出了结论——纪汀在生他的气。这是因为那天的话说重了吗？他的神色淡淡的，他较劲儿似的，又打了一个电话。

这次电话没断，但就是无人接听。他估计是她把手机静音了。于是他又发了几条微信过去，然而，等了许久，手机还是没有一点动静。温砚的脸上浮现出一丝无奈的笑意——小姑娘还挺有性格。半晌，他不知想到了什么，嘴角的弧度逐渐地消失了。

这头，纪汀窝在被子里，沉默地凝视着微信里的几条消息：

汀汀，哥哥想跟你说声抱歉，那天跟你说话的语气不太礼貌，请你原谅哥哥，好不好?

其实喜欢一个人并没有错，只是要挑在对的时间而已，哥哥相信你一定可以处理好这件事。

他还说了很多加油鼓励的话，但是纪汀觉得越看越难过。她也不知道自己怎么会变得如此情绪化，但她就是无法控制自己。

可能是她压力太大了吧。她习惯了当第一名，就总怕行差踏错，被后来人取而代之。所有人的视线都集中在她的身上，几乎压得她喘不过气来。

纪汀侧躺着，把身子蜷缩成小小的一团，不知不觉地就睡了过去。纪琛后来没再接到电话，还以为温砚把人安慰好了，欢天喜地地上分去了。

第二次月考的成绩很快出来，纪汀原以为考砸了的物理居然还是第一，语文也破天荒地上了 125 分，比较拖后腿的是化学和生物。她总分排名年级第五名，虽然比上次还退步了一些，但纪汀松了一口气——成绩比她预期中要好上不少。这次考试他们学校整体考得很好，尖子生扎堆，在市里的排名尤其靠前，她个人的名次下降也就不意外了。

从老师的办公室里谈完话出来，纪汀碰到了靠在栏杆上小憩的程楚明。对方看到她时眼神闪烁了一下，语气有些小心翼翼的："纪汀……"

她平静地应了一声，面色淡淡地在旁边找了个地方倚着，眺望着远处的山景。

程楚明犹豫了半天，还是开口问道："纪汀，你……没事吧？"

纪汀抬眸看了他一眼，他立即低下了头。程楚明这次又是第一，高三以来，他的发挥日趋稳定。

风水轮流转，纪汀觉得他大概是有些同情自己。这种感觉非常不好受，但她知道他是好心，没有在面上流露出任何情绪，礼貌地点头："我没事，谢谢关心。"

她转身离开，没走两步，程楚明叫道："纪汀，你有什么问题欢迎和我探讨啊！"

纪汀顿了一下，回头一笑："好。"

正是下午自由活动的时间，教室里没什么人，她收拾完自己的书桌，想要去操场锻炼，下楼的时候，正好碰到薛婉怡和她的小姐妹。

“哎哟，这不是我们大学霸吗？”薛婉怡说话一如既往的阴阳怪气，以前是因为总考不过纪汀，现在则是因为解晰的绯闻。新仇旧账一起算，她见到纪汀分外眼红。

薛婉怡这次考了年级第二名，早就想在纪汀的面前扬眉吐气一番，眼下怎么可能放过这种绝佳的机会？但出乎她意料的是，听了她的话后，纪汀并没有什么特别的反应，只是淡淡地说：“婉怡，你这次考得挺好，恭喜啊。”

薛婉怡一脸疑惑。纪汀这声“婉怡”叫得她浑身起鸡皮疙瘩，她感到一阵别扭，磨着牙打量纪汀半天，愣是没憋出一句话。

纪汀歪头道：“请问还有事吗？”

薛婉怡正绞尽脑汁地想着怎么刁难她的时候，旁边学生处的门被打开，学生处主任走了出来，惊喜地说道：“哎，纪汀你在这儿啊，领军计划的初审结果出来了，你的成绩很不错，快来看看……”

纪汀应了一声，跟着老师进了办公室。

薛婉怡心想，她肯定拿到加分了！企图秀优越，却反被秀一脸，她简直气得想跳起来。

办公室内，老师满脸笑容地看着纪汀：“你的笔试拿到了最高评级，初审良好，只要下学期模拟考好好考，领军计划评上优秀不成问题。”

这大概是近一个月来纪汀听到的最好的消息了，她情不自禁地弯起嘴角：“好的，谢谢老师，我一定会努力的！”

初审良好有20分左右的加分，纪汀的心里喜滋滋的，她一整天都心情颇好。不管现阶段成绩如何，她的手里都已经握好了砝码。所以，她何必焦虑呢？

晚自习回到座位后，解晰拿出一盒薄荷糖，试探着问纪汀：“吃吗？”

因为谣言，她这些天对他的态度一直很冷淡，似乎在刻意地避嫌，他想要修补关系，却又不知该怎么办。他已经做好了被纪汀冷言拒绝的准备，谁知她却点头：“好，谢谢啦。”

解晰有些高兴，献宝似的又拿出另外一盒：“这是水果味的，你随便吃。”

纪汀应下，冲他微微地露出一点笑意。

他怔了一下，很快地垂下目光，抿着唇装作看书的模样，余光却不自觉地打量起旁边的纪汀。

纪汀把糖含进嘴里，伸出舌尖舔了一下嘴唇，然后翻开理综习题集，在纸上一笔一画地认真写起来。

解晰一整个晚上都有点心神不宁，三个小时就做了一张数学卷。等到铃声打响的时候，趁着班里吵闹，他靠近纪汀低声说："你先别走，我有话要跟你说。"

这个起头有点似曾相识，纪汀颦眉看了他一眼："说吧。"

解晰深吸了一口气："我不知道你为什么最近跟我说话少了，是因为绯闻的事情吗？"

纪汀的面色冷淡了下来，她没有说话。

"我不知道你是怎么想的，但我是真心将你当作朋友的。"解晰的神情前所未有地认真，"清者自清，你在害怕什么？"

纪汀没想到能从他的嘴里听到这番话，一时之间有些怔愣。

解晰道："你不理我，我其实心里不太舒服。虽然我能理解你的想法，但这样藏着掖着终究不是办法，不如我们开诚布公地谈谈？"

沉默许久，纪汀才说："我没考虑到你的感受，对不起。"她抿着唇，"我只是怕了这些流言蜚语，本来高三压力已经很大了，还要面对这些，感到很心烦。"

解晰凝视她半天，"哈哈"一笑："说白了你就是怕喜欢上我呗！"他满脸都写着"女人，你在疯狂地抗拒爷的魅力"。

纪汀满脸疑惑。这就是作文56分的人的理解力？她恨恨地说道："解晰你可要点脸吧，我有喜欢的人了。"嗯？等等！她好像一气之下说漏嘴了。

解晰的动作顿了一下，他很快就若无其事地说道："那这样的话，你就更不用避嫌了，咱俩又没啥关系，你非要这么冷着脸，也挺伤感情的。"

纪汀沉默了片刻，觉得他说得有理："确实，那咱们和好吧？"眼中透出一点狡黠，她推推他的胳膊，"你原谅我吧？"

解晰道："既然你诚心诚意地请求了，那么我就大发慈悲地同意吧。"

纪汀无言以对。

两个人终于握手言和，殊不知一旁有人看着他们相谈甚欢，气得咬牙切齿。

第二天是周六，纪汀想到可以回家休息，心情轻飘飘的。她特意没告诉爸妈领军计划的结果，就是想给他们一个惊喜。

今天来接她的只有苏悦容一人，纪汀感到很奇怪，上车问道："妈，我爸呢？"

苏悦容没说话，纪汀突然发现她的眼眶好像有点红。纪汀对情绪的感知一向敏锐，心里"咯噔"一下——难道出什么事了？

纪汀抿着唇问："妈，怎么了？"

苏悦容眼里已经含了泪，半晌，终于开口说道："汀汀，阿胖没了。"

纪汀猛地一顿，颤声问："什么叫没了？"丢了？跑了？被人拐走了？不论花多少力气，她都一定要把它找回来……

"死了。"苏悦容泣不成声。

"轰"的一声，纪汀的脑袋里一片空白，她感到胸口一阵钝痛，好似心脏被人挖了出来。纪汀感觉整个世界都坍塌了。她倚着车门号啕大哭，几乎上气不接下气。怎么会呢？！明明她上个星期回家的时候，它还好好的啊！它还围在她的身边"汪汪"叫，用它软乎乎的小爪子去蹭她的腿，怎么会这样呢？！

苏悦容哽咽道："昨天我们带阿胖去遛弯儿，它突然挣脱绳子跑掉了，然后半夜的时候就口吐白沫，马上就断了气，医生说应该是误食了老鼠药。它走的时候很痛苦，一直在叫……"

纪汀捂住脸："妈妈，你别说了！"她无法想象几天前还活蹦乱跳的阿胖，此刻已经……她感到心里疼得像被人戳了一刀，一时之间无法承载这种痛楚，只能疯狂地哭泣来发泄，浑浑噩噩地回到了家。

她开门的时候，往常会摇着尾巴冲出来的小肉球没有了，只有寂静冰冷的空气，她一下子就站不住了，如遭猛击般软倒在一旁。

苏悦容和纪汀两个人坐在客厅里，不住地抹眼泪——这里到处都是阿胖生活的痕迹，它的骨头小玩具、刚买的连体小棉袄、它最爱的零食火腿肠……

外面逐渐地暮色四合，纪汀坐在位置上一动不动，目光定定地看着虚空中的一个点。她哭不动了，眼睛干涩得发疼，但是她的心还是好痛。原来这就是失去所爱的感觉吗？

不知过了多久，门锁响动，纪仁亮风尘仆仆地从外面进来，看上去神色无比疲惫。看到妻子、女儿的样子，他叹了一口气，走过去把两个人抱在了怀里，安抚地拍拍她们的背。

本来已经安静的室内又响起了哭声。

"阿胖已经火化了，走的时候脖子上戴了一个小花圈，它睡得很安详，就像一个小天使……"

她竟连它的最后一面都没瞧上。脸上没有任何表情，她只是不断地流泪，心脏强烈地收缩，一抽一抽地疼。晚饭也没胃口吃了，她很早就爬上了床，却怎么都睡不着，望着惨白的天花板，回忆又涌上心头。

大年三十的时候，社区的广场上有人放烟花，阿胖害怕那种响声，就总是躲到她的床底下，露出一双大大的黑眼睛，眼睛像葡萄似的，可爱又灵透。

阿胖挨了打也会躲着，有一次它咬坏了爸爸最喜欢的一件背心，气得他拿鞋拔子追着它满屋子地跑，最后也是在床底下找到了它。当时它就可怜兮兮地趴在床底，试探地歪着脑袋看着爸爸，那小模样立刻就让人心软，不忍再责罚它了。

阿胖有很多奇怪的爱好，当时她只觉得它千般万般地顽劣——它喜欢偷喝厕所的水，喜欢把纸巾撕得满地都是，喜欢去阳台上的小菜园里翻土，喜欢在路边捡垃圾吃……而现在……

她颤抖着蜷缩成小小的一团，苏悦容走了进来，俯下身抱住了她："会好的……"

"妈妈。"纪汀终于开口，嗓音沙哑，"你说，要是阿胖找不到去天堂的路怎么办？"她哭道，"它迷路了怎么办？！它那么小……"

苏悦容又红了眼睛。

纪汀哭了一夜，太阳穴"突突"地疼。她会不会瞎掉？她不知道，只是觉得无助。好冷。她始终不愿相信她最爱的小天使离开了她的这个事实。

周日去学校的时候，纪汀始终感觉心里沉甸甸的，没走两步就想哭，但又怕被别人看到。解晰看她精神状态不好，还打趣说："不会是告白被拒绝了吧？"

纪汀低着头，不回答他，完全是神魂游离的状态。解晰只当她是默认了，还想说点什么，她就扭头不耐烦地说道："能不能别说话了？"

她又是这种态度。他愣了一下，急道："咱们不是和好了吗？你怎么又这样？"

纪汀觉得心头有一股无名火，没法控制自己的情绪："因为你真的很烦。"

后来解晰就一直沉默，之后的几天也没和她说过话。纪汀的情绪长时间处于低迷状态，她不学习的时候一定会想到阿胖，也没注意到这些。周四晚自习结束后，她收拾好书包，很慢很慢地沿着小道往后山走去。她实在太压抑了，想找个地方哭一场。

纪汀坐在冰凉的石阶上，近乎麻木地看着地面。这些天，她无数次地在心里祈祷，盼望能梦到阿胖。可一次也没有——她的梦是空白的。胖胖，你不是最喜欢姐姐吗？姐姐好想你，好想见你，你要是还记得的话，就来看一看我吧……纪汀再也忍不住，埋首痛哭了起来。泪水沿着指缝落入口里，又咸又涩，她满嘴的苦味。

她年纪小，第一次尝到失去的滋味，没想到这么疼，疼到她想死。小时候她问爸爸妈妈，死是什么啊？他们低声地回答说，死了就是再也见不到了。"再也见不到"，多么可怕的字眼。永远，这一辈子，漫长的几十年，不能再看到了。这个事实让她情感上无法接受，但理智又认命地承认着，撕裂的两极自相矛盾，像是要把她的整个灵魂劈开一样。

纪汀待了十多分钟，擦干了眼泪，收拾好破碎的心情。她再三确认自己不至于被同学看出哭相，站起身回头。忽然，她猛地顿住——昏黄的路灯下，戴着围巾的少年正默默地看着自己，身影萧索，仿佛已屹立很久。

解晰缓步地走近，用很轻很轻的声音说："纪汀，到底发生什么事情了？"他的语气和平常截然不同，温柔得过分。

她亟需一个发泄的出口，再也绷不住，眼泪断珠般地落下："我的小狗没了……我养了八年……"

解晰怔了一下。他从没有看见过纪汀这么脆弱的模样。他还以为她内心强大到无所不能。胸口蓦地浮起一丝酸胀的情绪，在大脑反应过来之前，他已经把纪汀拥进了怀里："别哭……"

纪汀没有挣扎，只是贴在解晰的胸口静静地流泪——她太害怕了，好想找一个人倾诉自己所有的痛苦。她前言不搭后语地讲了很多，解晰一直默默地听着，时不时安抚地拍拍她的后背。后来纪汀便不说话了，只是哭。

"我以前也养过小狗，能理解你的感受。"解晰眼里掠过一抹痛楚，"它也是小小的，很可爱，可惜后来出了车祸。"

纪汀哽咽道："我很抱歉。"

“没事，都过去了。”解晰摸摸她的头，“你也会好起来的。”

“谢谢你。”她感到心头一阵暖意，抽噎着说，“对不起，我之前不应该把气撒到你身上，我……”

解晰顿了一下，低声道：“没关系，我没放在心上。”

纪汀红着眼睛抬头，又说道：“谢谢你安慰我，我感觉好一些了。”

“应该的，我们是朋友嘛。”他咧开嘴笑了一下。

冷风呼啸而过，冰冷渗入肌肤，纪汀却觉得在这一刻，心暖了起来。她抿着唇，声音还沙哑，她却终于弯起嘴角：“嗯，我们是朋友。”

第二天下午，纪汀准备放学回家的时候，被通知年级主任老黎找她谈话。她走进办公室，发现苏悦容和纪仁亮都在，他们的面色非常严肃。

“爸、妈？”心渐渐地沉了下去，纪汀走到办公桌前，深吸了一口气，“黎老师，怎么了？”

老黎说：“有人告诉我，昨晚看见你和解晰同学举止亲密。”

纪汀登时感觉父母的目光都落在了自己的身上，空气闷得令人快要窒息。

纪仁亮的声音压了下来：“你早恋了？”

“早恋”是个禁词，尤其是在他们这样的市重点高中，让人闻之色变。

纪汀绞紧手指，猛地抬头：“我没有！”

老黎用一个眼神制止了还想说话的纪仁亮，声音温和地说道：“那能跟老师讲讲，到底是怎么一回事吗？”

纪汀不想撒谎，但又不愿和盘托出，表情为难：“我……”

苏悦容突然说道：“黎老师，不如我和孩子先去外面聊聊？”得到老黎的首肯后，她牵着纪汀的手往外走。妈妈的手暖暖的，纪汀的鼻子蓦地一酸。

无人的走廊上，苏悦容摸了摸纪汀的头发，神色平静：“汀汀，怎么了？愿意和妈妈讲讲吗？”

“阿胖……我很难过……解晰就安慰我……”

从女儿断断续续的陈述中，苏悦容大概了解发生了什么事情，轻轻地叹了一口气。

“妈妈，我没早恋！”纪汀吸了吸鼻子，咬着唇委屈地抬头。

苏悦容把纪汀抱进怀里，语气很是温柔：“妈妈相信你。”她抹了抹纪汀的眼泪，“在这儿等爸爸妈妈好吗？”

纪汀下意识地点头。她走到楼梯口，在台阶上坐了下来，目光穿过青葱翠绿的枝叶，眼神有点迷茫。她好像掉进了一个迷宫里，奋力地寻找出口，却怎么也出不去。怎么会有这么多的烦恼……她什么时候才能长大呢？是不是等到长大了，她就再也不会为这些事烦心了？

“纪汀，你撒谎！你昨晚明明就和解晰在后山约会，还不跟老师承认！”

纪汀心里震了一下，抬头看到许若纭居高临下地看着自己，她的表情无比愤怒。纪汀维持着仰头的姿势，半晌，发出了一声没什么情绪的轻哼：“原来是你。”

许若纭盛气凌人：“别跟我说什么只是朋友，朋友能抱在一起？！”

纪汀突然觉得非常心累，疲惫地说道：“随你怎么想。”

许若纭气得不行，又不能对她怎么样，恨恨地瞪了她一眼就走了。

纪汀低下头，转而看向远山。随着时间的流逝，她眼眸中的微光逐渐地黯淡下去。

过了大约二十分钟，苏悦容和纪仁亮从办公室里出来了：“汀汀，回家吧。”

纪汀站起身，迟疑地看向爸爸。

纪仁亮的表情有一丝不自然，他走到纪汀的面前，顿了顿，抬手摸了摸她的头：“走吧。”

纪琛坐在日料店的卡座里，边吃边闲聊：“听说今天我妹被老师叫家长了。”

方泽宇挑了挑眉：“她犯啥事了？”

纪琛道：“不知道，好像是有点情况。”

他这么一说，大家都心照不宣，方泽宇对温砚笑道：“你看你多失败？防来防去也没防住。”

想到扔掉的那些暑期学校的明信片，温砚淡淡地笑了一下：“可不是吗。”

纪琛不知道这件事，顿时很感兴趣：“你俩在说啥呢？”

方泽宇把来龙去脉细细地给他讲了一遍，纪琛听完咂咂舌：“哟，没想到我妹这么受欢迎啊。”

方泽宇打趣道：“你妹长得很可爱啊，至少我挺喜欢的。”

“是吗？那要不以后你把她收了算了。”

“哈？我看哪，你就是想在辈分上踩我一脚。”

温砚端起茶杯轻啜一口茶，安静地听着两人掰扯，思绪却渐渐地飘远，落到那条冒着线头的可爱的围巾上。大概他是因为第一次收到这样让他喜欢的礼物，所以对送礼的人也多出几分耐心。他是希望她好的，所以才会那样不遗余力地规劝她。可是，她怎么这么不听话？温砚垂下眼眸，睫毛在眼皮上投下一层阴影。过了一会儿，他轻呼了一口气，嘴角恢复了浅笑的弧度——算了，这关他什么事？他已经仁至义尽了。

自从寒假放假回家，纪汀就变得越发沉闷，平常在自己的房间里不出来，偶尔下楼也总是无精打采，仿佛在神游一般。

纪琛是在回家后才知道阿胖的事情的，非常能体会妹妹的感受。他把纪汀的变化看在心里，但除了着急也没什么办法。

苏悦容对此很是担忧，悄悄地和纪仁亮商量着让纪汀做个心理咨询。青春期的孩子本来情绪就容易不稳定，再加上高三压力太大，纪汀这样下去身体的健康迟早会受到影响。他们小心翼翼地跟纪汀提了一下这件事，她也没有特别抗拒，于是两个人就找了个心理医生。

医生是个微胖的女人，看起来和蔼可亲。苏悦容带着她上楼：“王医生，孩子在房间里做作业呢，您进去就行。”

房门被关上，屋内只剩下女人和纪汀。王医生笑着问道：“在学习？”

纪汀转头看了她一眼，礼貌地打了个招呼。

“不必拘谨，咱们可以聊聊天。”王医生坐下来，带着鼓励的眼神看向她，“随便什么内容都可以。”

“医生，我的情况我父母应该也跟您提过一二，主要是高考在即……”

王医生原以为要费一番口舌才能让她开口，没想到纪汀开门见山，她逻辑清晰地对自己的情况进行陈述。纪汀的情感控制能力非常强，她除了讲到死去的宠物时有点失态，其他时间很镇定。

王医生跟她聊了两个小时，觉得问题不是很大，只要给予适当的疏导和安抚就可以改善现状。苏悦容和纪仁亮对此松了一口气，千恩万谢地把人送出了门。

后面的一个月，纪汀的状态果然好了不少，她不仅话多了，脸上也恢复了笑容。家人们都放了心。

寒假这段时间很重要，如果认真规划，可以做不少事情。纪汀深知自己的薄弱项是理综，每天都会做一套模拟卷，并把完成的时间严格地控制在两个半小时以内。

爸妈夸她勤奋，让哥哥跟她好好学习，这次纪琛难得没有反驳，顺着应了下来，一家人的气氛颇为融洽。

第二天一早，纪汀雷打不动地起来刷题。定时器响的时候，她正好写完最后一笔，不由得松了口气，开始对着答案自批。

可她不过是扫了一眼，心情就倏忽沉重下来。她因为赶速度，犯了粗心的毛病，竟然接连做错了两道物理题，丢了 12 分。物理老师总是在讲台上强调“一分千人”，丢了 12 分，那她得被多少人超过？！

纪汀咬紧牙关，目光落在这十几天的成绩记录栏上——257，253，249，252，265，258……她的成绩根本没有一点进步，连 270 分都够不着，要知道高考的时候，理综是一定要上 285 分的。她气得发抖，不受控制地想起公布期末的排名时老黎的眼神。

“纪汀，你这次……唉，寒假要好好努力了。”

期末考，她考了年级第十八名，第一次掉出前十名，甚至连前二十名都差点没保住。他肯定很失望吧。爸妈都以为那次心理诊疗治好了她，可纪汀自己知道，情况没有一点好转——她还是迷惘无助地陷在一片沼泽里，无法逃离，形成了一个自我证明、自我怀疑、自我否定的恶性循环。

那两个红叉刺痛了纪汀的眼睛，她咬住苍白的嘴唇——她怎么这么没用啊？这种错都能犯？！纪汀攥紧拳头，指甲刺入掌心。她真是个废物！什么都做不好！她毫不犹豫地抬起手，很重地扇了自己一巴掌。

脸上火辣辣地疼，纪汀却觉得那种焦躁好像缓解了些。只有这样的惩罚才能让她记住吧，她在心里冷笑。纪汀面无表情，又用力地打了自己一下，胸口随着急促的呼吸上下起伏。

“啪。”

不轻不重的一声响落在门外，她僵了一瞬间，略微慌乱地转头。

下一秒，纪汀就觉得全身的血液都变得冰凉，下意识地捂住了发热的半边脸，难堪、狼狈的情绪如潮水般涌来。

温砚正静静地站在走廊上，面色凝重地看着她，一贯上扬的嘴角此刻没有任何弧度。他好像掉了什么东西在地上，俯身弯腰将它捡起。此时，一秒钟都被放大到无限漫长，空气仿佛凝滞了。片刻后，他竟然转身离开。

纪汀坐在原位上，身体止不住地颤抖，眼眶里很快有了泪水。怎么会……怎么会让他看到了……阿砚哥哥会不会觉得她是个怪物？她一定让他讨厌了。

纪汀捂住嘴巴，抱紧自己的双膝，小声地抽噎起来——怎么办？她不想被他讨厌……

“哭什么？”温和的嗓音轻轻地响起，细听竟还是带笑的。

纪汀泪眼蒙眬地抬头，看见温砚模糊的脸庞在微光中闪烁。男人拎着医药箱，捉住她捂脸的那只小手，语气亲昵地说道：“来，让哥哥看看，是哪里伤到了？”

纪汀低着头不说话，任由温砚打开药箱，他将一种清凉的膏体涂抹在自己的脸上。那种疼痛的感觉立即减轻。

“今天来拜年，顺道过来看看你。”他的动作很轻柔，神情也很认真，让纪汀回忆起了一年前的这个时候——那恐怕是他们相处得最愉快的一段时光了。

纪汀沉默地抿着唇，害怕这仅仅只是一场梦境。温砚把药膏抹匀之后，凑近她的额头点了一下。微凉的触感一闪即逝，纪汀往镜子里一看——天哪！他竟然用碘伏棒在她的眉心点了一个红点，她现在看上去特别像哪吒。她不敢置信地看了温砚一眼：“阿砚哥哥！”

温砚的目光不着痕迹地扫过桌上凌乱地堆放着的试卷，他扬起嘴角：“多好看。”

纪汀心知，他大概只是不想让她这么尴尬而已。她像蔫了吧唧的小白菜，垂着脑袋：“不好看。”

因这一句话，好不容易升温的气氛又跌至冰点。空气里细小的微粒似乎都凝结成了冰，充斥在两个人所处的间隙中。

过了很久，男人才再度开口："为什么？"他的声音很温和，却带着一种压迫感，"为什么要这样对自己？"

纪汀颤了颤睫毛，极其缓慢地说："因为我一直在犯错。"

温砚凝视她半晌，忽然笑了："小傻瓜，人是可以犯错的啊。"

她摇着头，垂眸喃喃道："我不知道，我什么都做不好……"

温砚半眯起眼睛，突然觉得心里不太舒服，有一种很陌生的感觉，有点恨铁不成钢，有点不耐烦，还有点心疼。他双目敛起："那个男生对你的影响就这么大？"

纪汀定定地看着他，片刻后哽咽道："阿砚哥哥，你根本不知道发生了什么。高三以后，我开始感到吃力，所有老师都在不断地找我谈话，给我施压……然后阿胖死了，我每天都躲在被窝里偷偷地哭，还不敢让舍友听见……解晰来安慰我，还被同学传了谣言，甚至告到了年级主任那里……我一直很努力地在学，但是几个月了，一点进步都没有，排名一直在掉……我真的好累。"小姑娘的眼泪不要命地往下掉，"怎么办哪？我怎么再也做不好这些事了……"

温砚的喉结滚了一下，他不自觉地颦起眉，怔怔地凝视着她。良久，他倾身过去，将她抱进了怀里："对不起啊，汀汀，是哥哥错怪你了。"

纪汀带着哭腔说道："你知不知道，听了你的话，我很难过啊……你怎么能不相信我呢？你都不听我把话说完……"

"对不起……"温砚低垂眼帘，抿紧了唇。

过了好一会儿，纪汀的情绪才平复下来。温砚拿起纸巾替她拭去眼泪，轻声道："哥哥在这儿陪你一周好不好？"

她的手指颤了一下，他继续说道："我想向你讨一个原谅。还有就是办法总比困难多，我们一起想办法，总是可以找到出路的。"

纪汀猛地抬头，看到了男人深沉的目光。他弯着唇角，用修长的手指摸了摸她的脑袋，将凌乱的发丝一根根地捋好。那双桃花眼里流露出极致的温柔，如同春风拂面，叫人移不开目光。

"好不好？"他又问。

纪汀像是受到了蛊惑，不由自主地点头：“好。”

后来五个人一起吃中饭。饭桌上，苏悦容和纪仁亮一直在和温砚聊天，也没看出纪汀的脸有什么不对劲儿。

纪仁亮笑道：“小砚，你说你来就来，怎么还带一箱茅台呢？多不好意思……”

纪琛瞅瞅老爸，觉得他并没有不好意思的样子。

温砚微微一笑：“叔叔阿姨对我来说都是特别重要的长辈，好不容易过年了，送礼自然要厚重些，平常我可没有这种好机会。”

苏悦容和纪仁亮像两朵迎春花一样笑个不停，对他嘘寒问暖：“小砚，你在这边有地方住吗？”

“啊，我住在酒店。”温砚看了纪汀一眼，弯起唇角，“离这儿不远，不碍事。”

“那怎么行？”苏悦容道，“小砚，你要是不介意，过年期间就住在我们家吧。”

纪仁亮打断她：“孩子肯定有自己的安排，你别自作主张。”

温砚说：“叔叔阿姨，我父母今年不回来。所以，如果你们不嫌弃的话，我非常乐意能够和你们一起过年。”

苏悦容对纪仁亮仰了仰头：“你瞧，我这提议多好。”她立刻拍板，“就这么定了，小砚你赶紧去退房，想在这儿住多久就住多久。”

晚上温砚提着行李进门，这次熟门熟路地上了二楼。

纪琛走进他的房间，纳闷儿地问道：“哥们儿，你怎么又来深圳实习了？金融行业不是在北京机会比较多吗？”他思考半天，吐出一句，“总不能是专程过来看我的吧？”

温砚轻笑了一声：“美得你。”他轻描淡写道，“我之前没跟你提过，在这边有个亲戚，每年过年得过去看一眼。”

“哦。”纪琛对此没有特别在意，转而问道，“那你这几天多帮我开导一下我妹吧，她上个月总是失眠，精神可差了，我有点担心……”

温砚眨了眨眼睛，点头：“好，没问题。”

整理好东西后，他走到纪汀的房间门口，礼貌地敲了敲门。很快门就被打开，纪汀穿着兔子睡衣站在门口，哈欠刚打了一半：“找我什么事？”看到是他，她蓦地站直，“阿砚哥哥。”

温砚拍了拍纪汀的脑袋，眼角有了笑意：“今晚帮你看看白天做的题。”

“哦。”纪汀乖乖地回到书桌前，把那张理综卷递给他。她有些不好意思地说道，“我有很多不该错的地方。”

温砚看完试卷后睨了她一眼，在她的额头上轻轻地敲了敲：“小粗心鬼。”

纪汀有些垂头丧气：“我不是故意的，不知道为什么就……”

“没关系，我们来找原因。”他语气平静地随手指了一处，“这里为什么错？”

“因为时间来不及，没仔细看……”

“这里呢？”

“照搬上一问的答案时抄错了……”纪汀有点不敢看他。

温砚抬眸：“你心里有点躁，是不是？”

她低下头：“是。”

“如果我告诉你，这张卷子不算成绩，你能拿多少分？”

“至少多二十分。”

“你很在意结果，所以给自己施加了很大的压力，是吗？”

纪汀小声道：“是。”

“好，在意结果没什么不对。”温砚说，“你只是被那些外部因素扰乱了心态。”

纪汀撇嘴：“那怎么办？”

“从今天开始，连续七天，我会盯着你做题。”他淡淡地笑道，“定个小目标，280 分。”

“阿砚哥哥……”纪汀有点难以启齿，嗫嚅道，“这会不会太高了……”

“怎么？没信心？”温砚轻挑眼尾，语气难得地带了一丝调笑，“你对自己没信心，难道还信不过哥哥吗？”

温砚在人情世故和严肃事务的处理上实行的完全是两套法则。对前者他可以百转迂回，对后者却完全是单刀直入、雷厉风行。他说要盯着纪汀做题，每天早上两个半小时，他真的就一直坐在旁边看着她。

一开始纪汀吓得没法落笔，每次观察温砚的表情都觉得自己写的是错的，后面就锻炼出了一颗强心脏，把他完全当成了空气。连续几天过去，纪汀觉得也是神了，竟然没再犯那些低级的错误，分数也越来越高，有一次她甚至拿到了 274 分。她顿时对温砚充满了崇拜之情。

某天晚上做小结的时候，温砚问她："你现在遇到难题的时候在想什么？"

纪汀诚实地答道："就在想着怎么解啊。"

他不说话，只是温和地笑着看她。纪汀恍然大悟——她原来做题的时候心思是很不定的，总是想东想西：快要做不完了，程楚明又考得比她好，不想和解晰传绯闻，好想阿胖啊……这些念头最近完全没出现过。

"可能是因为你在我旁边，我就比较有力量。"

小姑娘睁着小鹿般清澈的大眼睛，温砚怔了一下，很快笑开："是你自己的力量啊。"

纪汀抿了抿唇，没再说什么，只是嘴角露出一丝笑意。

七天的时间转瞬即逝，纪汀真的如温砚所说，理综成绩上了 280 分。这在一周前，还是她连想都不敢想的事情。她似乎又尝到了往日的那种轻松的滋味，感动地跟温砚道谢："阿砚哥哥，你是世界上最好最好的人！"

温砚笑着捏捏她的脸："就会说这些好听的。"

纪汀道："不是，我说的是心里话！"

他弯起嘴角，宠溺地摸了摸她的脑袋。

"阿砚哥哥。"纪汀的表情突然变得认真，"我不知道该怎么跟你说感谢才算足够，但是如果以后你有任何不开心的事情，都可以跟我说。"

"不开心的事情？"唇边的弧度小了一些，温砚思考道，"嗯，哥哥平常生活还算充实，没什么不开心的。"

"不需要那种特别不开心的事情，比如说，你不太喜欢实习的工作，或者你某一天感觉有点累，都可以跟我说，我会认真倾听的！"

温砚低垂眼眸，忽然觉得小姑娘的眼睛很亮，她的眼睛像是夜空里的星星，忽闪忽闪的。对这种会加深羁绊的行为，他本该拒绝的，可不知怎的，他竟鬼使神差地点了点头：“好。”

“那哥哥，你可不许再误会我了，听到没有？”她的语气有点凶，但莫名地可爱。

温砚笑弯了眼，缱绻地说道：“好。”

第五章

想一直在一起

校园里枝繁叶茂，绿树成荫。今天是盛夏难得一见的好天气，也许是因为老天知道今天是个重要的日子。川流不息的人潮向着大铁门的方向涌去。父母留在门外，目送着子女的背影。人头攒动，渲染着紧张又振奋的气氛。

醒目的红色横幅标志着对于千万考生来说无比重要的节点——“普通高等学校招生全国统一考试”。

是的，高考。十年铸剑，只为炉火纯青；一朝出鞘，定当倚天长鸣。漫长的岁月，无数的回忆，丰厚的积淀，将于今朝展现，彻底一决高下。

不少女性长辈都穿了旗袍，花色繁复明艳，寓意“旗开得胜”。苏悦容虽未跟风，但也穿了一条大红的裙子，看上去很是喜庆。

“沉稳答题，别紧张，好好发挥，还有，水壶别放桌上……”

纪琛打断了纪仁亮的絮絮叨叨：“行了爸，我相信我妹可以的，你就别担心了。”

纪仁亮讷讷地闭了嘴：“哦……”

纪汀忍不住笑了起来——她感觉老爸比自己还紧张。

苏悦容在一旁温柔地提醒：“准考证、身份证，检查一下有没有带齐。”

“都带齐啦！”纪汀弯起嘴角，“爸妈，哥哥，那我就进去啦。”

“等等。”纪琛突然开口叫住了她。

“哥，怎么了？”纪汀回过身来。

纪琛凝视了她几秒钟，忽然把她揽进了怀里。

“看在老哥期末还不辞辛劳地飞回来给你撑腰的分儿上，”他附在她的耳边，吊儿郎当地说道，“不考上北大是不是有点太对不起我了？”

纪汀抿着唇，一抹笑意却隐隐地从嘴角蔓延开来。这就是她哥——一个幼稚鬼别扭的加油鼓劲的方式，今天在她看来他却莫名地有些可爱。

“知道了。”她轻笑一声，朝三人挥了挥手，“放心吧。”

纪汀随着人流走进了教学楼，踏上台阶的一刻没忍住回了头，却看见那熟悉的几个身影还在远远地张望着自己，他们在翘首以盼。她的鼻尖一下子就酸了——我会努力的，绝对不会让你们失望。纪汀暗暗地攥紧了拳，心中的信念越发坚定、清晰。

严密的检查步骤过后，一切都像是演练过无数遍一般水到渠成——铃声响起，发放试卷，贴条形码，填涂准考证号，开始答题……

窗外不知名的鸟儿“啁啾”啼鸣，日光穿过树叶的缝隙。纪汀不知怎的，想起高二暑期学校的时候在清华经济管理学院伟伦楼看到的那一幕，那一幕也是这般动人。她的心情如湖面一般平静无波，胸腔中似乎有种力量在支撑着她，一遍遍地轻声低诉：相信自己。

暑期学校的时光胶囊，纪汀一个月前才收到。

“wy，来年我们清华见。”寥寥的几笔，颇有几分“中二少年”置气的意思。

巧的是，她今早收到了那人的短信，短信也不过几个字：汀汀，清华见。

不知从什么时候开始，那份犹疑变成了笃信。他觉得她能行，她也觉得自己能行，那就一定可以吧。

两天的考试说长不长，说短不短。最后一科考试结束的铃声响起的时候，纪汀望着窗外绿意盎然的景色，缓缓地呼出了一口气。她充实的高中三年，终是落下帷幕了。她的心中有不舍，有惆怅，却唯独没有遗憾——她是时候向前走了。前方还有更高的山巅，更美的风光。

从考场中出来，她正好碰到送考的年级主任老黎，他满脸笑容：“我们小汀汀考得怎么样啊？”

纪汀谨慎地回答：“还可以。”

他笑道：“看你这表情就知道是发挥稳定。”

她到底没忍住，“嘿嘿”地笑了两声。

老黎说：“那边有深圳日报的记者采访，正好让我推荐两名学生，你去吧。”

记者提出的问题很全面，详细地询问了有关考试的内容和她的心得体会。采访完毕之后，纪汀心里才后知后觉地生出了一点激荡的意味。她走出校门，第一眼看到的是穿着大红色裙子的妈妈。

“我考完啦！”纪汀冲过去挨个儿跟父母抱抱，像只刚从笼中解放的小麻雀。

纪仁亮含笑摸了摸她的脑袋，纪琛则大手一挥：“走，哥带你去吃好吃的！”

一家四口走进了对面的肠粉王，香气腾腾的招牌菜很快端了上来。他们家原来住在这附近，纪汀以前最常吃的门店就是这家。早餐有冒着热气的灌汤小笼包和皮蛋瘦肉粥，午餐则是各类口感软糯的肠粉。她百吃不厌。

她和纪琛喜欢在放学后沿着这条街逛，一路上总有些稀奇古怪的创意品店能把孩子们吸引进去，再把他们的钱包掏空。小瓶子里养的寄居蟹和金鱼，精致的音乐盒与雕塑摆件，大火的小说和漫画集……无数童年记忆被唤醒，蜂拥而至。纪汀突然感觉到了幸福。

她的脑海里关于幸福的画面就是这样的——一家人，在一个明媚安静的午后，坐在一起分享美食，然后细数珍藏的回忆。在这种时刻，纪汀能明明白白地感觉到，这世界上有人在爱着她、关心她。她不是一个人。

纪仁亮把自己的肠粉碟往纪汀的方向推了推：“鲜虾的，要不要尝尝？”

“好啊。”

“那你要用你的牛肉肠粉跟我换。”

一个四十多岁的男人居然还要起小性子，纪汀没忍住“扑哧”一笑：“可以的，爸爸。”刚交换完，她就发现某人非常无耻地从她的碟子里偷夹肠粉，他很不客气地夹走了碟子里的三分之二。

“纪琛！”纪汀不敢置信，“你能要点脸吗？”

纪琛面色不变：“你可以吃我的啊。”

她一看，更加火冒三丈——他的碗里空空如也。

“我刚刚高考完，你还抢我东西吃？！”

纪琛悠悠地说道：“俗话说得好啊，这高考完的学生就跟卸了磨的驴子一样，待遇一落千丈，你不再是那个全家人都供着的小祖宗咯。”

纪汀气得发抖，顿时觉得幸福得冒泡的氛围被他搅得灰飞烟灭。她冷哼一声：“纪琛，从今天开始你失去我了，不要再妄想我会跟着你考北大。”

旁边桌的客人蓦然转头看过来，满脸疑惑。

苏悦容适时地出来当和事佬，瞪了纪琛一眼：“你让着点妹妹，别跟个小孩子似的。”然后她又加了几道菜，对纪汀道，“今天咱高兴，放开吃。”

纪汀这才被抚平了怒气，冲纪琛趾高气扬地眨了眨眼。

纪琛“嗤”了一声，懒懒地闭上眼睛。

他们大快朵颐之后，纪仁亮和苏悦容去停车场取车，剩下纪汀和纪琛两个人目不斜视地站在马路边上等待——“相看两生厌”。

其实纪汀对于他这种顽劣的行径早已习惯，本来也不怎么生气。她只是不太想主动搭话，显得自己好像很好欺负似的。过了半晌，旁边的人忽然发出一声散漫的笑。

纪汀本欲无视，却听到他问：“还记得路口转角那家咖啡店吗？”顺着纪琛手指的方向，是一家装潢极有格调的 coffee house（咖啡店）。它有棕色的圆形标牌，门口坐着一只巨大的泰迪熊。

“记得。”她说。那是他们小时候经常吃甜品的地方。

“走啊。”纪琛拉住她的袖子，“老哥请你喝奶茶。”

如果有什么恩怨是一杯奶茶不能解决的，那就两杯。那点不愉快瞬间烟消云散，纪汀跟着他的脚步，心情也明亮了起来。重回这条街，一切是那么陌生又熟悉。

好几年前两个人最爱的创意品店和旁边的花店合并了，打造得更加高贵典雅。那家宽敞的文具店倒闭了，取而代之的是综合性的书坊，他们几乎一眼就能清晰地看出时间更迭留下的印记。

纪琛给纪汀买了一杯时下风靡的“红糖波霸厚芋泥茶”，刚付完款，他们就听到一个熟悉的声音：“糖糖，纪琛哥！”

纪汀回头，惊喜地说道：“亲爱的，你也在这儿啊？”

田佳慧晃了晃手中的雪糕：“是啊，这不是解放了吗？来犒劳一下自己。”

两个人相视一笑，纪汀问：“暑假你想好要做什么了吗？”

她摇摇头：“还没有呢。”

后面的三个月可以算是这辈子最长的假期了。还没高考的时候，她俩总是讨论要如何如何利用这段时间，要去这儿玩要去那儿玩，谁知考完之后突然没了头绪。

纪汀无奈地说道：“我也是。”

田佳慧转向纪琛：“哥哥，你也快毕业了吧？暑假想好去哪儿玩了吗？”

“嗯。”他点点头，“跟大学同学还有高中同学都约好了毕业旅行。”

纪汀没说什么，但“高中同学”和“旅行”两个关键词还是被她记到了心里。回到家里之后，她不动声色地试探纪琛：“哥哥，你们打算去哪里旅行啊？”

“七月和北大的同学去日本和加拿大，八月和阿砚、泽宇他们去冰岛。”

听到了意料之中的名字，纪汀眨了眨眼睛：“我能跟你们一起去吗？”

“你？”纪琛从电脑屏幕前抬头，挑了挑眉，“不行，我的毕业旅行，你凑什么热闹？”

纪汀对他的态度早有心理准备，于是乖巧地说道：“我去帮你们活跃气氛哪！”

“爸妈是肯定不会同意我和自己的同学单独去国外玩的，你就让我跟你一起去嘛。”她挽着纪琛的胳膊卖萌撒娇，“哥哥，难道你不想让你的朋友们知道你有一个这么美丽可爱的妹妹吗？”

“……”

“哕。”他缓缓地吐出两个字，“走开。”

苏悦容走进房间的时候正好听到纪汀在可怜兮兮地控诉：“你冷酷，你无情，你无理取闹！”

纪琛正眼都懒得看她：“你才无理取闹。”

苏悦容无奈地问道：“兄妹两个人又怎么了？”

“妈，哥哥约了和同学一起去毕业旅行，我也想一起去。”纪汀宛如见到了救星，声音软得像一摊水。

没等苏悦容回答，纪琛就先声夺人：“不行，我的同学你又不认识，多尴尬！”

这只是一方面的原因，还有就是——他带着妹妹就相当于带着个拖油瓶，势必要妥帖周到地照顾她，玩都玩不尽兴。

纪汀说：“我认识阿砚哥哥和泽宇哥啊，而且我很会打交道的，估计还没下飞机就已经和你的同学打成一片了！”

这个理由倒是无可辩驳，纪琛知道自己这个妹妹从小古灵精怪，她要是想讨谁的欢心，简直易如反掌。他觉得底气顿时有些不足：“那也不行。我们的行程已经定好了，团体票也买了，没法再加人。”

纪汀狐疑地问：“八月去冰岛的票这么早就定了？”

纪琛镇定地点点头。

“好吧。”她长长地叹了一口气——看来她是无缘和阿砚哥哥一起旅游了。

纪汀回到房间里，开始集中回复七大姑八大姨的慰问短信，打字打到一半，接到温砚的视频通话邀请。她飞快地接起电话，语气开心得无法掩饰：“阿砚哥哥！”

温砚弯唇道了一声“恭喜”，说：“汀汀，你可以好好放松了。”

高考这桩大事落地，心情轻飘飘的，纪汀笑得格外开心。

两个人闲谈了一会儿，温砚问道：“领军计划是还要来清华面试吗？”

“对的，过几天我会和爸爸妈妈去北京，既要进行综合面试，也要进行专业面试。”

纪汀的领军计划评级在高三下学期的时候升级成了优秀，有30分的基础加分。综合面试是针对清华录取线的降分，专业面试则指向目标专业，学校进行最后的结果评定。

温砚勾了勾嘴角：“到时候我应该会在，可以一直陪着你们。”

“那太好了！”纪汀甜甜地说道，“谢谢阿砚哥哥！”

“应该的。”

聊着聊着，纪汀突然问道：“哥哥，你是不是最近没休息好？脸色有点苍白。”这种细枝末节好像只有她才能观察得到。

温砚笑了笑：“嗯，现在做的这份实习在立项，再加上要处理毕业的一些事宜，确实有点忙。”他又讲了一些具体内容，纪汀虽然不能完全设身处地地体会，但倾听得非常认真。最后，她叹了一口气，一副很苦恼的样子：“要是我能帮到你就好了。”

那小模样让他忍俊不禁，心情似乎也舒畅了些：“你多跟哥哥说几句好听的，哥哥就不累了。”

印象里温砚好像很少这样逗她，纪汀心里一动，眨眼道：“我不会说好听的。”

“不会？”温砚挑了挑眼尾，“那你平常夸哥哥的那些话怎么算？”

“那些都是实话啊。”小姑娘笑得眼睛都眯起来了，像只狡黠的小狐狸。

“还说不会。”温砚低笑了一声，语气亲昵地说道，“小骗子。”

他低沉富有磁性的嗓音在她的心上掠过，掀起几圈涟漪。纤长的睫毛颤了颤，纪汀不着痕迹地扯开话题：“哥哥，听我哥说你们暑假要去冰岛旅游，行程定了吗？”

“嗯，差不多定好了，都是高中玩得比较好的同学。”

她假装好奇地问：“全是男生吗？”

温砚笑道：“不是。”

居然也有女生啊……啊啊啊羡慕嫉妒恨！纪汀嘟着嘴说道：“我也想去冰岛看极光，不知道什么时候才能实现呢，哥哥你要是看到了记得给我拍照！”

温砚弯起双眼：“好。”

纪汀这次去北京和之前的心情是完全不一样的。那种对于未知的紧张消失不见，取而代之的是笃定和自信。纪汀粗略地估计了一下自己的分数，觉得在有 30 分的加分保驾护航的基础上，清华还是比较稳的。现在比较重要的是专业面试——万一她的分数没有够到线，还要靠领军计划的加分才行。这一周的时间，纪汀速成学习了经济学原理，也持续地关注了当下热度较高的时政热点，为面试做了诸多准备。

纪汀在北京的住所还是在南门外的文津酒店。时隔一年，纪汀对校园里的格局又有些陌生了，幸好有温砚陪着，他带纪仁亮和苏悦容参观了一下校园。

面试于周四上午八点半在第三教学楼里进行。

四个人在清芬园吃完早饭，温砚道：“叔叔阿姨，我送汀汀先过去，你们慢慢走过去就行。”

到了楼下，温砚横跨骑上摩托车。他单臂屈起撑在车身上，冲纪汀勾了勾手指，嘴角漾开笑意：“上来。”这个简单的动作本该显得痞气又轻佻，居然被他做出了一种撩人的感觉，纪汀的心“怦怦”直跳。

这辆摩托车是深蓝色的，特意做过抛光处理，外形设计感十足，曲线流畅，材质上佳，一看就价值不菲。纪汀之前见过温砚开车，却一次都没坐过他的车。如今猝不及防地获得了这个殊荣，她禁不住咽了口口水。她小心翼翼地爬上了后座，非常自觉地抱紧了他的腰，甚至一丝缝隙都没有留下。

温砚没说什么，只是偏过头，垂眸道："坐稳了。"

纪汀乖巧地点头："好。"

手掌下是纤薄的衣料，她大约能分辨出他腹部的肌肉的形状和线条。触感妙不可言，硬中带软，软中带硬，纪汀不合时宜地想到曾经看到过的那一幕——阿砚哥哥在脱衣服……

脑中的画面越来越奇怪，隐隐地向一些不可言说的方向发展，纵使她把脸贴着温砚的后背，也不受控制地感到一阵热气在升腾。

路上有许多来参加领军计划面试的学生。在一溜儿的自行车当中，他们的摩托车显得格外抢眼，吸引了不少人的目光。在行进的过程中，温砚好像还遇到了熟人。对方打招呼的时候，纪汀下意识地躲在温砚的身后缩成一团——不用想，她现在肯定脸很红。

三教很快就到了，温砚给纪汀指了指入口："汀汀，你从那里进去。"

纪汀好不容易才给自己降了火，干咳一下："好。"

"我和叔叔阿姨在这儿等你。"他摸了摸她的脑袋，"加油。"

"谢谢哥哥！"

虽然是八点半入场，纪汀抽到的面试顺序却在十点左右。休息室里坐满了人，都是获得领军计划优秀评定的同学。目光扫了一圈，她眼尖地在其中看到了程楚明的身影，便把座位换到了他的旁边。

"楚明，好巧啊。"

程楚明看到她，惊讶过后腼腆地笑笑："很巧，你也来了。"

时间还有很多，纪汀开始和他有一搭没一搭地聊起天来。不知怎么，她感觉他似乎不太愿意聊有关高考的话题，也就没有刻意提起。

教室里的同学在不断地减少，好不容易才轮到纪汀，她深吸了一口气，整理好着装后走进了面试的房间，里面有三位老师，他们面带笑意地看着她，看上去很是和蔼："坐。"

"你为什么要来清华？"

“你觉得自己是个什么样的人？”

“你能简单地谈一谈我国当前的经济形势吗？”

“你为什么要报经济管理学院？”

几乎都是她准备过答案的问题，纪汀落落大方地将自己的想法娓娓道来。言语之间，她能够感觉到三位老师对她的认可，因为他们频频点头，还时不时地交换眼神。于是纪汀面上的笑意更浓了。

“最后一个问题，如果你学了这个专业，你觉得自己能给社会带来什么？”

提问的是中间那位上了年纪的教授，镜片后一贯温和的目光此刻含了些锐利。其他两位老师也放下笔凝神看她，似乎在等待着一个足以让人信服的答案。

这个问题并不好答。一上午到现在，他们面试了近十个学生，几乎没有人给出令他们完全满意的答案。他们心里也明白，这是应试教育的弊病——那些孩子太过于追求高分佳绩，怕是从来都没有思考过这些问题。你能给社会带来什么？你这个人，又有什么样的价值？不知面前的这个女孩会怎么回答呢？

唇边的笑容未变，纪汀不卑不亢地说道：“‘创造知识，培育领袖，贡献中国，影响世界’，这是清华大学经济管理学院的使命。我想要成为领袖般的人物。我认为这是清华学生应该有的担当。我希望通过我学习到的专业知识，致力于金融行业的发展和革新，为社会做出更多贡献，实现自己的人生价值……”

几个老师的表情逐渐地有了细微的变化。从一个十八岁的孩子的口中听到“领袖”这个词，并不奇怪。因为能够来这里面试的学生，从来都不是平庸之辈。但是让他们感到意外的是纪汀开口时的那种气场，那不是狂妄，不是托大，而是一种极度的自信。听她说话的时候，你就能感受到，她的的确确认真地思考过这个问题。她有决心，有能力，而且不把这当成一桩空谈——她是真的有这样的抱负，同时不惧怕任何质疑。有些东西是与生俱来的，作不了假。

他们却不在脸上显露出心思来，问：“你提到了革新，能具体谈谈吗？”

纪汀道：“好的。其实整个金融体系在日臻完善的过程中，还是存在着一定的问题，比如中小企业融资难的困境，影子银行的不规范性，金融机构普遍杠杆率偏高，传统制造企业的产能落后，等等。除了供给侧结构性改革大行其道，我认为监管和风控也要齐发力……”

纪汀回答完毕之后，坐在中间的教授凝神看了她几秒钟，缓缓地露出一个微笑："面试就到这里了，谢谢。"

她从容地起身，鞠躬："谢谢老师。"

高考成绩在六月二十五日中午公布。

听说清北招生办会在这一日凌晨的时候给省前一百名挨个儿打电话，因此前一天晚上，纪汀紧张得没睡成觉，一直心跳如擂鼓，简直比高考的时候还要紧张。

临近半夜十二点的时候，她坐立不安，一会儿躺下，一会儿起来，弄出了不小的动静。实在受不了了，纪汀给温砚发微信：阿砚哥哥，你睡了吗？

砚：没有。

他很快猜到她的意图：要公布成绩了？

纪汀：嗯，要是没有进前一百名，可能得明天中午才能查到了。

纪汀：呜呜呜怎么办？我好焦虑……

砚：放轻松点，一切都是最好的安排。只要你把过程做好……

纪汀还没来得及读完那行字，手机屏幕上就显示出一串陌生的号码。她心里隐隐地有了预感，极快地按下绿色的接听键，压抑的激动和期盼从话语中跃出："喂，您好，请问是哪位？"

"纪汀同学是吧？你好，我们这里是清华招生办，想和你聊聊……"

她捂住自己的嘴，心中喷涌出潮水般的狂喜，差点流下泪来。她对自己那么高的期许，在这一刻得到了兑现。她的高考成绩为 685 分，在全省排第二十五名。因为她拿到了领军计划优秀的名额，分数线又在清华的录取线之上，她可以直接被当初的第一志愿清华大学经济管理学院录取，因此很快和招生办的老师谈妥了。

她挂了电话之后，早就在一旁眉飞色舞的爸爸妈妈凑过来，三个人抱着旋转跳跃："我家汀汀考上清华啦！啊啊啊啊啊啊啊啊啊啊啊！"他们大约蹦了五分钟才停下来，不过还是很激动。

纪汀现在铁定是睡不着觉了，因为太兴奋了，不断地刷着朋友圈，看看有没有同学也接到了通知。过了大约二十分钟，聊天框弹出一条新信息。

田佳慧：糖糖，我居然考了 679，全省第五十四名！

纪汀：超棒啊啊啊！为你爆灯，为你疯狂加油打气！

田佳慧一看就知道她也考得不错，兴致勃勃地问：你呢？

纪汀：我 685 分，第二十五名［害羞］。

田佳慧发了省略号。

田佳慧：对你我是真的服气［缓缓地竖起一个大拇指］。

纪汀问她：你去哪个学校？

田佳慧：没想好呢。清北都给了我不错的专业，我得想想。

田佳慧：我到现在还没缓过来，不敢相信这是真的。

纪汀其实也是同样的感觉，仿佛自己身处绵软的云端，陷入了一个美好的幻梦之中。

两个女孩"叽叽喳喳"地聊天，不一会儿就分别接到了年级主任和学生处主任的贺喜电话。

直到半夜三点的时候，纪汀才从亢奋的状态中平复了那么一点点。忆起还没回复阿砚哥哥的消息，她点进聊天框，阿砚哥哥之前发的后半句话她还没看呢。

一切都是最好的安排。只要你把过程做好——结果一定不会让人失望。

纪汀凝视这条信息半晌，倏忽笑了。其实，除了爸爸妈妈和哥哥，她最应该感谢的人是他。在她绝望到几乎要放弃自己的时候，是他站在她的身后，给予她温柔的鼓励和坚定的力量。

她对他的暗恋始于一个特别的冬天，曾经对她来说那么遥不可及的人，如今似乎离得更近了一些。她眷恋着他的好，贪心地想要索取更多——她想要他也为她心动，为她打破他一贯冷静克制的假面。纪汀躺在床上，放肆地任由那些不为人知的心思野蛮地生长。已经忍得够久了，她想。

毕业典礼这天正好是纪汀的生日。作为全年级第一名，她以学生代表的身份在台上发言，说感谢，说未来，说理想。纪汀望着台下老师们熟悉的笑脸，眼眶逐渐湿润。

这三年，是很艰难的三年。但她如今回想起来，只有那些温馨感动的回忆在脑海中留存。真好啊。纪汀微微地笑起来，向台下鞠了一躬。她没有让自己失望，也没有让爱她的人失望，终于画下了一个圆满的句点。

纪汀一直以来成绩出色，是年级里的风云人物，虽然高三的状态不太稳定，但她最终扳回一城，如今如愿以偿地上了清华，同学们看向她的目光里都充满了羡慕和钦佩。

典礼之后，大家三三两两地拍合照。不多时，纪汀的身边就围了一群人——除了她认识的同学以外，还有不少是慕名前来的“粉丝”。

大家七嘴八舌：“汀汀你也太厉害了吧！”

“一直以来都特别佩服你，能够那么自律地安排自己的学业……”

“我报了北理工，到时候去找你玩啊！”

今天算是纪汀笑得最多的一天，她的嘴角一直上扬，就没放下来过。对于同学们热情的寒暄，她一一弯唇应了。过了一会儿，又有人打趣她：“大学霸去了清华，可别忘了我们哪！”

纪汀一怔，笑容更加明艳。

“黎老师。”老黎看她的眼神就像是在看他最得意的门生，纪汀眨了眨眼，“我怎么会忘了您呢？”

“那就行。”老黎挑着眉说，“寒暑假有空记得回来看看我。”

“好嘞！”

窗外的树叶葳蕤，纪汀看向这位和蔼的老教师，心里暖暖的。她永远都记得他对学生的尽心尽责。每天晚自习下课，教师办公室的灯如若有一盏亮着，那也必定是老黎头顶的那一盏。她记得高三时，他拿着她的低分试卷，一笔一画地为她讲解，并无半点斥责与不耐烦。在父母误会她早恋的时候，是他站出来温声地劝阻他们。老黎把他们都当成了他自己的孩子。

纪汀握着毕业证书，眼睛里浮出一点莹润的光。

面前，老黎忽然收了调笑的表情，言辞恳切：“孩子，在清华好好读。”他顿了一下，轻声道，“老师相信你一定会有出息的。”

纪汀感到鼻尖一阵发酸。她维持着仰头的姿势，一字一顿地说：“您放心，我绝对不会辜负您的期望。”

这次大家考得都很好，全年级有六个学生考上了清华，八个学生考上了北大。

纪汀从礼堂走出来的时候迎面碰上了解晰，对方笑嘻嘻地说：“太高兴了，咱们以后还是校友！”

纪汀瞥了他一眼，觉得头痛。是的，谁都没想到这厮高考一鸣惊人，竟然压线考上了清华。

解晰说："你请我吃点零食吧！"

对于他这种突然兴起的提议，纪汀早已见怪不怪。她今天心情好，爽快地答应："走！"

两个人一口气跑到了小卖部，迎面碰到程楚明，对方看了他们一眼就低头走了，没有半点攀谈的打算。纪汀抿了抿唇，拉着解晰进了小卖部。

高考从来都是几家欢喜几家愁。她听别人说，程楚明发挥失利，竟然只考了 630 分，有加分仍旧过不了清北的分数线。本来以他平常的成绩，清北是不在话下的。对于他的遭遇，纪汀很是同情，但是她也明白——他们以后的人生轨迹将往截然不同的方向发展。但愿他可以重新站起来，去迎接人生的下一个阶段。

田佳慧最后在清华招生办老师的苦口婆劝说下选了经济管理学院，阴错阳差地和纪汀成了同系的同学。两个人都很高兴，晚上叫上解晰一起去吃了鱼火锅，来了个"桃园三结义"。

玩到晚上九点才回去，纪汀发现家庭群里竟然没人给她发生日祝福。客厅里也黑漆漆的，大家好像都不在家。她纳闷儿地往前走了几步，突然听到"砰"的一声，礼花爆开，几个人齐声喊道："Surprise（惊喜）！"

橘黄色的灯光下，是爸爸妈妈和朋友们灿烂的笑脸，纪汀一蹦三尺高，既惊喜又激动："天哪！"她笑弯了眼，"我可太爱你们了！"

苏悦容和纪仁亮站在正中的位置，托着一个很大的草莓芝士蛋糕，边走边唱："祝你生日快乐，祝你生日快乐……"

烛光摇曳中，纪汀的眼睛也映照出了温暖的光芒。眼前的这一幕，太有纪念意义了。从今以后，她就是大人了，可以自己独立做很多决定，自己对自己的人生负责了。

吹了蜡烛，分完蛋糕，已经晚上十点多了，朋友们陆续离开。等到人走光之后，苏悦容和纪仁亮拿出一个很厚的大红包递给纪汀："汀汀，十八岁生日快乐，爸爸妈妈希望你以后健康快乐，平安顺遂！"

纪汀很是感动，含泪说道："谢谢爸爸妈妈，我会的！"

爸爸妈妈一人一边在她的脸上亲了一下，纪汀笑得像朵小雏菊："爱你们啊。"

纪汀躺上床之后，纪琛打来视频电话，她随手接了："哥？"

对面道："给我们的文曲星道一声生日快乐啊！"纪琛对于纪汀闷声报清华的行为非常不满，面无表情，语气也无波无澜。

"谢谢啊。"纪汀没放在心上，"嘿嘿"两声，转了转眼珠，"我的生日礼物呢？"

"没有。"

"虽然呢，你生日我也没给你礼物，但是作为你漂亮又可爱的妹妹，我觉得我不应该是这个待遇。"

那头传来"扑哧"一声笑。纪琛的画面晃了晃，纪汀突然发现，镜头里除了他还有温砚和方泽宇。她赶紧爬起来，把镜头从死亡角度调整到自拍角度。这纪琛，也不提醒她一声！

方泽宇探过头来，咧开嘴笑："妹妹，生日快乐啊！你的生日礼物我会盯着你哥的！"

纪汀迅速地摆上甜美的笑容："谢谢泽宇哥！"

纪琛把手机递给温砚："你说两句。"

温砚略一垂眸，看见屏幕上小姑娘很乖巧地坐着，她似乎是在期待着什么。他凝视了她几秒钟，低笑一声："妹妹，生日快乐。"

这称呼……纪汀的耳朵瞬间红了，所幸有头发遮挡着，没人看得见。她睁着大眼睛，理直气壮地问："我的礼物呢？"

"哥哥要想一想，晚点给你，好不好？"

听这话，他大概是根本没有记得准备礼物。纪汀抿了抿唇，很快恢复笑意："当然没问题。"

他们正有一搭没一搭地闲聊着，那头方泽宇刷着手机，突然叫道："可妮说她去不了冰岛了！"

纪琛皱眉道："那咱们不就少了一个女生吗？"

方泽宇叹了口气："是啊，吃的住的都定好了，也不能退，只能再找个人了。"

纪琛突然想起了什么，附在他的耳边说：“你小声点，千万别让我妹听到！”

方泽宇奇怪地问：“为什么？”

然而为时已晚，纪汀在视频电话那头欢快地举起了手：“找我啊，我可以和你们一起去！”

“……”唉，甩不掉的狗皮膏药。

方泽宇看懂了他的心思，幸灾乐祸地说道：“我觉得可以啊，带上妹妹有什么不行呢？”

纪琛幽怨地看了他一眼，又转向温砚。

温砚弯唇：“我也觉得可以。”

“……”一群损友。纪琛恨恨地说：“要是她也去，你们必须帮我一起带。”

纪汀无语，怎么听起来她像是个需要被奶的娃呢？

虽然被纪琛百般嫌弃，但是纪汀最终如愿以偿，兴高采烈地开始着手准备旅行所需的东西。

八月一晃就到了，苏悦容和纪仁亮把纪琛和纪汀送到机场，叮嘱道：“注意安全。”他们又专门对着纪琛强调，“千万照顾好你妹妹，时刻看着她，别让她离开你的视线……”

纪琛面无表情：“知道了，我上厕所也会带着她的。”

苏悦容和纪仁亮无言以对，这倒大可不必。

挥别了爸妈之后，纪汀跟在纪琛的后面亦步亦趋地走着：“哥，你别走那么快啊。”

纪琛瞥了她一眼，冷哼一声，但还是放慢了步伐。

“我发誓，我不会给你添麻烦的！”她讨好地笑道，“我不用你帮我拎行李，不用你特意照顾我，你放心吧！”

纪琛沉默半晌，干咳一声：“我现在……主要担心的不是这个。”

“不是这个？”纪汀歪了歪脑袋，突然灵光一现，“该不会是你喜欢的女生也要去吧？”

看到他脸上那不自然的神情，她就知道自己猜对了。怪不得他扭扭捏捏的，原来是怕她坏了他的大事啊！啧啧。

纪琛无语，妹妹太聪明真不是什么好事。如果真有阿拉丁神灯这么个东西，他会真诚地许愿让纪汀变成智障。

兄妹二人各怀鬼胎地走了一段路，终于看到了大部队。

方泽宇抬起手笑道："哟，阿琛和妹妹来啦！"

算上他俩，一共有八个人，四男四女。

三个学姐看到纪汀，都被萌到了，围着她说个不停："纪琛，你妹妹好可爱啊！"

纪汀露出受宠若惊的表情："姐姐们都超级好看的！"她的一句话把她们全部收服。

纪琛感觉妹妹还挺给自己长脸的，表情缓和不少。正要说些什么，他突然发现纪汀似乎在认真地打量着他的几个女同学。这小鬼头肯定在猜他喜欢的到底是哪一个！纪琛的背上登时刮过一阵凉飕飕的风。

纪汀很快就摸清了团队成员的构成和性格特点。比较文静内敛的是袁恩熙学姐，活泼开朗的是周敏学姐，御姐范爱怼人的是邢予羡学姐。还有一个之前素未谋面的学长，赵承志，属于爱起哄的毒舌型。

一路上，方泽宇、温砚、纪琛走在后面，旁观小姑娘拉着另外四个人疯狂地刷好感度。纪汀估摸着都已经攻略得差不多了才收手，不经意间回头，看到温砚似笑非笑地看着自己。啊！她见到新的 NPC（非玩家角色）太高兴，都忘了她的阿砚哥哥了！

纪汀的步伐慢了下来，她一点点地向后挪去，乖巧地打招呼："嘿。"

温砚垂眸，摸了摸她的头，嗓音含笑："要出去玩了，很高兴？"

"嗯！"

纪汀笑容明媚，瓜子脸上现出两个可爱的小酒窝，让人忍不住用手戳一戳。温砚这么想着，也就下意识地这么做了，只见小姑娘瞪圆了眼，她娇嗔道："阿砚哥哥，你干吗啊？"

被莫名其妙地挤走的纪琛实在看不过眼，换到了方泽宇的那一边，语气酸酸地说道："我妹和阿砚的关系还真好。"

方泽宇意味深长地看了二人一眼，笑着没说话。

到了飞机上，纪汀的座位在三个哥哥中间，纪琛正好被她隔开，不太乐意：

“我还想和泽宇他们打牌呢，你跟我换个位置。”

纪汀说：“我不想和你坐在一起，我和泽宇哥换个位置吧。”

纪琛狠狠地瞪了她一眼，方泽宇憋着笑起身。于是她无比自然地坐到了阿砚哥哥身边，觉得自己简直是个小机灵鬼。男人身上那股好闻的清香味淡淡地飘来，她装作看手机的样子，绞尽脑汁地想着话题。

温砚却先开了口：“汀汀。”

纪汀应道：“嗯？”

“你的生日礼物哥哥给你带来了。”他拿出一个白色的小袋子。

“我还以为你忘了呢。”她惊喜地接过袋子，“我可以现在拆开吗？”

温砚点头，含笑道：“哥哥怎么可能忘记呢？”

纪汀期待地拉开用丝带绑成的蝴蝶结，拿出里面的小盒子——那是一家轻奢珠宝品牌的季度新品，一条蓝紫色的手链，上面有三个串饰，分别是捕梦网、马车和皇冠，在灯光下闪着迷人的光芒，漂亮极了。

她喜欢得不得了：“哥哥，你能帮我戴一下吗？”

“当然。”温砚低垂眼帘，修长的手指捏着手链的两头环过她纤细的皓腕。

纪汀忍不住偷偷地去看他——男人骨相优越，不笑的时候侧颜英挺冷峻，像巧夺天工的大理石像。然而这张脸一笑起来又如清风拂面，好看得过分。

“好了。”温砚摆弄了一下手链上的挂坠，嘴角弯起，“祝我们汀汀十八岁生日快乐。长成小大人了，要学会照顾自己，知道吗？”

纪汀看着他，眨了眨眼，缓缓地笑了：“嗯。”

航程有十几个小时，飞到一半纪汀不知不觉地睡着了，醒来的时候发现自己的脖子上多了个软枕。温砚正在一旁看一部极其经典的英文电影，闻声打量了她一眼：“醒了？”

“嗯。”嗓子有些沙哑，纪汀揉了揉眼，“还有多久？”

“一个多小时，快了。”他的声音很温和，他把她放在座椅背后的水壶拿出来，“喝点热水。”

她乖乖地接过水壶，“咕噜咕噜”地喝了几口水。“哥哥，这是你的吗？”纪汀把软枕递给温砚，不好意思地说，“你把这个让给我了，自己怎么办？”

“没事，哥哥不累。”

他大概是习惯了照顾别人，有着刻在骨子里的良好的修养。纪汀抿了抿唇，没再说话。

飞机降落在冰岛的首都雷克雅未克，室外的温度只有十度左右。风轻易地带走脸上的热意，脸上不一会儿就一片冰凉。

几个人很快联系到了导游和司机，上了之前租好的小巴。虽然他们都是玩得比较好的朋友，但座位的分布还是男女泾渭分明，左右两边仿佛两个隔绝的小世界。纪汀全程的住宿都和邢予羡分在一间房。作为学姐，邢予羡也有意地照顾她，二人自然坐到了一起。

"汀汀，听说你考上了清华，是吗？"

"嗯嗯。"纪汀点头。

邢予羡称赞道："挺优秀的。"

纪汀笑笑："学姐你呢？"

"我是你哥的大学同学，不过我学的是数学。"

纪汀对北大数学系的魔鬼难度早就有所耳闻，心里一下子就充满了敬仰："哇，好厉害。"

邢予羡弯了弯唇："说起来挺巧的，咱们这几个人都是清北的。恩熙是清华的，赵承志和周敏是北大的。"

前排的两个学姐闻言回过头来。周敏说："恩熙，这是你小师妹啊。"

袁恩熙弯了弯嘴角："汀汀，以后有什么问题都可以问我。"

"嗯，谢谢姐姐！"

袁恩熙长相偏秀气，肤色白皙，又因为人娇瘦，看上去有一种纤弱的病美人气质。纪汀一看就知道，这种样貌很能激发男人的保护欲。她哥那个二哈难不成喜欢这款的？

纪汀压低声音问邢予羡："姐姐，我哥在学校里有没有什么绯闻对象啊？"

"没有。"脸上浮现出一言难尽的表情，邢予羡摇头道，"不是姐姐夸张，但说真的，你哥那性格想要脱单，恐怕还得等八百年。"

纪汀闻言"扑哧"一声笑了。

纪琛就坐在左手边，顿时很敏感地看过来："你俩是不是在说我坏话呢？"

纪汀一秒钟恢复正经："没有。"

纪琛"嗒"了一声："邢予羡，我警告你，你别带坏我妹啊！"

邢予羡对着纪汀眨眨眼睛："喏，送上门来的论据。"

两个人笑作一团。

纪琛的脸色有点黑，他像拎小鸡仔一样提溜起纪汀的后领，把她甩到了自己的座位上：“跟我换个座位。”

这实在是有些突然。纪汀一个趔趄，没控制住平衡，差点摔倒。

“小心。”旁边有人把她的身子搂住，牢牢地揽着她不让她掉下去。

纪汀低声道：“谢谢阿砚哥哥。”她咬着唇匆匆地起身，规规矩矩地坐好。纪汀眼神飘忽间，看到袁恩熙回头看了自己一眼。目光对上的时候，对方给了她一个安抚的笑容。纪汀神思游离了一会儿，也没关注那头邢予羡和纪琛在说什么，过了好一会儿，纪琛过来拉拉她的袖子：“喂。”

纪汀瞥他一眼，不作声——哼，她脖子还疼呢。

“那个……”纪琛的表情有点不自然，他挠挠头说，“我刚刚不是故意那么大力气的，你见谅哈。”

纪汀略感震惊地转头——这死傲娇竟然主动向她道歉了？开天辟地头一回啊！

邢予羡冲她眨了眨眼睛，纪汀突然嗅到了一丝不同的味道。哟嚯，她好像抓到哥哥的把柄了。

冰岛的风光与纪汀想象中的一样，确实是与众不同。

王安石言：“世之奇伟、瑰怪、非常之观，常在于险远，而人之所罕至焉。”纪汀深以为然——大自然的瑰丽神奇，大约只有深入无人之境，才能真正寻得一二。

隆德兰凯尔悬崖奇峰险峻，惊涛拍岸，自上而下俯瞰它，会不由自主地生出一种渺小之感。羽毛峡谷的两岸崎岖蜿蜒，高耸陡峭，中间的水流奔腾不息。黄金瀑布壮丽磅礴，云雾翻涌，黄昏时落日的余晖更是极尽渲染，展现出别样的风情。杰古沙龙冰河湖是冰岛素负盛名的冰河湖，由瓦特纳冰原的边缘和海水交汇形成。游船穿过湖上漂浮着的巨型冰山，一路深入这纯净的世界。沙滩上搁浅了许多透亮的冰魄，浮冰反射出星点的灿阳。满目皆是蓝色，微波荡漾，好似仙境一般。

纪汀望着这种难以用言语形容的美，心底充满了震撼。风拂过脸颊，带起一阵寒冷的战栗，她却完全没有感觉到。旁边有道纤细的声音响起：“温砚，我有点冷，能不能把你的外套借给我？”

听到这里，纪汀不动声色地转过头，打量着袁恩熙的表情。对方咬着唇，双手绞在一起，眼神怯怯的，一副楚楚可怜的模样。纪汀心里立刻警觉起来——这个姐姐不简单哪。借外套是常见的撩人手段，味道这种东西总能引起人们的无限遐思。原来，她喜欢阿砚哥哥。纪汀暗暗地“嗤”了一声，却不动声色，状似无意地碰了碰温砚的手，用不大不小的声音说：“哥哥，你的手好凉啊。”

男人本来正要开口，闻声转过头来，笑了笑：“我也觉得有点冷。”这话不知道是对谁说的，袁恩熙的脸色有点讪讪的，她低下头没再说话。

气氛有点尴尬，纪汀突然起身跑向船头。过了一会儿，她拿了件大衣回来，递给袁恩熙：“恩熙姐，我找船长借的，你先凑合穿一下吧。”

袁恩熙抬头——小姑娘目光清澈，眼睛一眨不眨地凝视着自己。她刚刚……不是故意的？袁恩熙按下心里复杂的情绪，扬唇笑了笑：“谢谢汀汀，你真好。”

“没事。”纪汀弯了弯眼，坐回原位。

温砚瞥了纪汀一眼，目光落在她冻得发白的手上。他伸出手试了试温度，旋即暗暗地颦眉。

纪汀讶异地看了他一眼：“阿砚哥哥？”

温砚摘下自己脖子上的围巾，不由分说地绕在了她的颈上：“你穿少了。”

脖子上顿时多了几分热度，鼻尖嗅到他身上淡淡的清香，纪汀把鼻子埋在围巾里，只露出一双含着笑意的大眼睛：“谢谢哥哥！”

她这才发现他戴的围巾是自己送他的那条，不由得打趣道：“哎哟，这是谁给的啊，怎么这么好看？”

温砚不由得轻笑一声，一本正经地说道：“我在路边花十块钱买的。”

“胡说。”纪汀睁大眼睛，“这一看就是手工的嘛。”

“你怎么知道是手工的？”温砚开玩笑似的扯了一下围巾的一端，慢条斯理地说道，“哦，是因为线头太多了，是不是？”他又指了指那个“砚”字，“你看这里，绣得歪歪扭扭的。”

纪汀深吸了一口气，瞪着他。别生气别生气，她在心里告诫自己。纪汀闭了闭眼，重新扬起笑意：“这一看就是那种特别心灵手巧的人织出来的。”她用眼神暗示他——夸我啊，快夸我啊！

然而温砚不为所动，只是似笑非笑地看着她。纪汀不依不饶地拽着他的手臂，一副要不到满意的答案就不罢休的样子。

好半天，温砚才说："你真想知道是谁送的？"

纪汀点头。

温砚道："一个小骗子。"

纪汀噘嘴："怎么就小骗子了？"

他眼眸里的笑意逐渐加深，他用低沉有磁性的嗓音在她的耳边亲昵地说道："但是，是一个可爱的小骗子。"

纪琛在前排听得模模糊糊，不知道两个人在打什么哑谜，但觉得对话的内容莫名地诡异。他回头看了一眼温砚，翻了个白眼。他再看看妹妹——哎哟，瞧这脸都冻红了！他摘下自己的帽子套在纪汀的头上："戴好。"

纪汀默默地把帽檐拉下，把自己的耳朵也遮了起来，心里却翻涌成海——这人怎么回事啊？！他居然突然开撩！能感觉到身旁的男人似乎心情很是愉悦，她轻哼了两声，把脸转向外面的冰湖。

温砚凝视着她的背影，低低地笑出了声。小姑娘就像个奓了毛的橘猫一样，怎么这么可爱？

下船之后，导游领着几个人去瓦特纳冰川徒步游览。

瓦特纳冰川是冰岛最大的冰川，冰层平均厚度有几百米，冰川表面形状奇特，拥有羽毛、流苏般的纹理，夹杂着深红色的熔岩灰，糅杂成一幅奇异的景象。

纪汀小时候在东北见过雪，那是一片白茫茫的世界，一望无际，纯净至极。但眼下又是另外一种让人震撼的壮丽感，让她发自内心地赞叹。

徒步行走了两个小时，大家都有些累了。尤其是女同学，一个个都气喘吁吁的。

周敏道："这也太痛苦了，我受不了了。"

邢予羡艰难地迈步，气若游丝："我觉得，我还能再撑一下。"听到一旁的袁恩熙轻抽了一口气，她转头问道，"恩熙，你还好吧？"

袁恩熙抹了抹汗，咬着牙点头："嗯，我没事。"

赵承志说："来，我扶你。"

“谢谢。”嘴上这么应着，她却有些心不在焉起来，目光向前方的几个人掠去，定格在那个身姿颀长的背影上。

在温砚的身边，小姑娘正缓慢地走着，双腿有些打战。男人似乎是怕她滑倒，一直密切地关注着她的情况。“手怎么还是这么凉？”他问。

纪汀露出一抹赧然的笑：“医生说我气血比较虚。”

“冷吗？需不需要哥哥把衣服给你？”

“不用。”纪汀弯了弯唇角，带着几分撒娇意味，“要哥哥背我，我走不动了。”

“是吗？”温砚顿住了脚步，作势要蹲下来，“上来。”

纪汀赶紧摆了摆手，眼神狡黠：“我开玩笑的，还是算了吧。”

脸上漾开一丝笑意，他挑了挑眼角：“真不要？”

“不要啦！哥哥你省点力气吧！”

袁恩熙抿着唇望着这一幕。虽然知道温砚把纪汀当成妹妹，她仍觉得心里有点不是滋味。她之前还从没见过他对哪个异性是这样亲近的态度，他笑眯眯的，温柔极了。

一天的旅程结束，大家各自回到酒店的房间里休息。纪琛在群里提议要去楼下的酒吧里转转，于是众人换了比较休闲的衣服，在大堂里集合。鉴于白天被冻得快死掉的悲惨经验，纪汀换上了一个大棉袄，把自己裹得严严实实的。

看到她的时候方泽宇快笑死了，揪着她帽子上的毛球玩：“小粽子。”

纪汀只露出一双眼睛，瓮声瓮气地说：“我怕冷嘛。”

纪琛要了几扎啤酒，递给她一扎：“喝完就不冷了。”

邢予羡在一旁打趣他道：“纪琛，你怎么带坏妹妹啊？”

纪汀也很奇怪——以往他从来不会主动地鼓励她喝酒，今天怎么突然转性了？她下意识地喝了一口，差点要吐出来。这玩意儿也太难喝了吧！怪不得！

纪汀抬头，不出意外地在纪琛的眼中看到了得逞后的笑意。呸呸呸，他讨厌死了！

方泽宇一把揽住纪琛的肩，对纪汀咧嘴笑：“妹妹，等着泽宇哥帮你把你哥欺负回去啊！”

他们在这边闹着，没有注意到一直沉默的袁恩熙拉了拉温砚的衣角，她小声地说：“能跟我出去一下吗？”

两个人迎着微凉的寒气，走到室外一处无人的地方。

“什么事？”

袁恩熙紧紧地凝视着男人：“我们都已经毕业了，有些话我想对你说。”

温砚动了动眼睫，脸上仍旧带着浅笑。他语气温和，眼底却没有任何温度：“恩熙，别说出口。”

袁恩熙心里一惊，目光有些躲闪——原来，原来他早就知道。

温砚礼貌地颔首：“没事的话我先回去了。”

在他转身的一瞬间，袁恩熙突然开口：“可是我不甘心！”

温砚的脚步顿在原地，他没有回头。他的面色在冷色调的渲染下无比淡漠，纤长的睫毛垂下，他不知在想着什么。

“你是不是有喜欢的人了？”身后传来女孩颤抖的声音。

她还是把话摊到了面上来说，温砚的眼中迅速地划过一丝不耐烦。

袁恩熙抿着唇：“我只要一个答案……”

“没有。”男人转过身，表情平静。

袁恩熙怔了怔，过了一会儿才反应过来，他是在回答自己刚刚的问题。他没有喜欢的人？她还以为……心中涌动起一丝喜悦，袁恩熙下意识地脱口而出：“那……那我是不是还有机会？”

斑驳的光影涌动，她似乎看到温砚笑了一下，笑容淡淡的，不太真切。袁恩熙张了张嘴，还没说话，就听到他不带任何感情地吐出同样的两个字：“没有。”

所有的温柔湮灭成泡沫，男人毫不眷恋地迈步离开。

纪汀是在喝了好几杯鸡尾酒后才发现阿砚哥哥不见的，发微信问了他，他说不太舒服就先回房间了。不知道这是不是托词，她打算上楼去瞧瞧。

和哥哥他们打了个招呼后，纪汀敲响了温砚的房门。

“阿琛？”男人穿着一身松松垮垮的白色浴袍，露出精致漂亮的锁骨。头发湿漉漉的，还滴着水，他似乎是刚刚洗完澡。看到门口脸颊微红的小姑娘，温砚愣了愣，下意识地拢了拢衣领。他低头打量她，“你喝醉了？”

“没有啊。”纪汀倚在门上，托着自己的腮帮子，“我思路非常清晰呢，记得动能守恒定理、切比雪夫不等式，以及蒸馏的具体操作，我……我还会背圆周率呢！”小姑娘摇头晃脑地说，“3.14159265358979323846 26……”

温砚轻笑了一声——她还说没醉：“就你一个人？阿琛呢？”

纪汀小声道：“他们还在下面。”

温砚微弯下腰，语气温和地说：“那，汀汀找哥哥有事吗？”

“你不是不舒服吗？我来看看你。”纪汀眨了眨眼睛，很自然地走进房间，在落地窗前的软凳上坐下，闭着眼靠在椅背上小憩。

对于她这样反客为主的姿态，温砚不由得失笑，摇了摇头。

他走过去，在她的身上搭了一条薄毯，解释道：“哥哥没有不舒服，只是不太喜欢过于吵闹的场合。”

“这样啊。”纪汀窝在柔软的织物中，舒服地蜷了蜷身子，软软地说道，“哥哥，你要是不困的话，可以陪我聊聊天吗？我现在还不想去睡觉。”

虽然已经晚上十点钟了，外面还是天光大亮。他们刚到的时候这里一直都是极昼，最近几天才开始有暮色降落的迹象。

“好。”温砚去浴室里换了件正常的家居服，在她身边坐下，含笑地问，“小醉鬼，想聊什么啊？”

“我不是小醉鬼。”纪汀睁开眼，认真地重申道，“我很清醒。”

他忍不住弯了弯嘴角，顺着她说道：“好，你很清醒。”

纪汀这才满意，小猫一样地伸了个懒腰，凝视着落地窗外的景色。外面气温很低，屋内却暖融融的，感觉不到丝毫寒冷。她有些出神，半晌才开口道：“阿砚哥哥，你想过以后要做什么吗？”

温砚的目光也被带向了窗外的世界。他微微地笑起来，不答反问：“汀汀觉得呢？”

“我不知道。”纪汀诚实地回答道，“因为我也不知道自己想做什么。”

他勾了勾唇：“你的路还长，不着急，慢慢来。”

“其实大学四年挺快的，然后读研、毕业，找个体面的工作，过着日复一日的平淡的生活……”她低声道，“但我不想那样……”

温砚动了动，偏头看向她：“体面高薪的工作难道不好吗？”

“不是不好，只是我想做更有意义的事情。”纪汀的目光与他的目光对上，她抿着唇笑了笑，“我知道你也想。”

温砚没说话，片刻后温声地笑了笑：“你对我的了解倒是比我以为的还要深。”

纪汀默默地凝视着他，轻声道：“阿砚哥哥，你其实一直不喜欢做那些事吧？你不开心，我能感觉得到。”

温砚的睫毛颤了颤。他拿起茶几上的水杯抿了一口水，重新抬眸望向窗外。很久之后，纪汀的耳畔才传来一声若有似无的叹息：“是啊。”

“愿意跟我讲讲原因吗？”她仰着头望向他英俊的侧脸，看见他脸上映着的光，“我会认真倾听的。”

温砚垂眸——他已经不知是第几次听到这句话了。若是搁在以前，他是不会放在心上的，顶多把它当成小孩儿的一句戏言。更何况，以脆弱的一面示人是愚蠢至极的行为。至少他一直以来都是这样认为的。但今天，不知是这冰中的世界太过纯白无瑕，还是她的眼神太过干净清澈，温砚第一次有了想要吐露心声的欲望。

“汀汀，你知不知道，其实哥哥一直很羡慕你？”

“羡慕我？”小姑娘的眼中有着不解。

“对。”他的唇边勾起一丝弧度，“你的家人，他们都很关心你。哥哥没有感受过那样的关心。”温砚的喉结上下滑了滑，目光看向远处，“自我记事起，父母的关系就不太和睦。他们总是很忙，没有时间陪我，只有逢年过节才会出现。他们的目光很少落在我的身上，所以哥哥就想啊，要成为像他们一样优秀的人，让他们好好地看看我。”

所以他才会对自己要求如此严格，一刻都不让自己停歇。可就算是这样，他也没有取得任何效果。九岁的时候，因为父母出国工作，他搬去深圳和外公、舅舅同住，直到初中毕业才回到惠州独居。

温砚的表哥顽劣，是学校里的不良少年，但是当他的成绩稍微有点起色的时候，舅舅和舅妈都会喜出望外，带他去海洋公园玩一整天。那时候，温砚就站在半掩的门扉后面，看着那一家三口面带笑容地回来，他们一边脱鞋一边讲着白天发生的趣事。那一幕成了他的记忆里挥之不去的阴影。

他好不解，甚至还有一点点委屈。明明这些事对自己来说是轻而易举，为什么那两个人却不肯分半点目光给他？他也想在考满分的时候得到一朵小红花，想在春天和父母到公园里去放风筝，想在宁静的夜晚和他们窝在沙发上看电影。但这从来就只是一个梦。他甚至连一句“晚安”都未曾听到过。

家里的茶几上总是放着一沓一沓的红色人民币，钱像纸巾一样任人抽取。递钱竟成了联结情感的唯一纽带，何其荒谬。温砚几乎没在原生家庭中得到过任何温情，所以当他接触到纪家的时候，发自内心地感到震撼。这样的亲情在他的眼里太过美好，他想碰触却不敢，只能把自己当作一个短暂停留的看客。

虽然温砚只说了寥寥数言，纪汀却听懂了他未宣之于口的那些情绪。为了证明自己，他选择做那些不喜欢的事情。他不甘，但又挣扎。

“阿砚哥哥。”她把软软的小手覆在他的手腕上，柔声道，“你被自己设下的这个框缚住了。”

肌肤上传来温热的感觉，温砚怔了一下，却没有抽出手来。

“没有人规定你必须得这么做。”纪汀笑了笑，“你要学着对自己好一点。”

她的双眸好像盛着璀璨的光，温砚蜷起了手指，把纪汀的指尖握在掌心。你要对自己好一点——还从没有人对他说过这样的话。他沉默地注视着她，很久之后，忽然开口：“如果你是我的妹妹就好了。”

“哥哥，你在说什么啊……”

纪汀似乎是困了，目光有些迷离。她的嗓音软软的：“我现在也是你的妹妹啊……”

室内十分静谧。窗外幽暗的雪光忽明忽灭，越过透明的玻璃映照进来。小姑娘缩在毯子里睡着了，脸上粉扑扑的，蝶翼般的长睫微微地颤动，只余下轻浅的呼吸声。温砚静静地凝视着这一幕，第一次感受到属于尘世的温暖。它美好却又朴实，宁静得让他觉得这就是现世安稳。

暮色四合，云雾弥漫，男人倾身为女孩掖了掖毯子。时间悄无声息地流淌。不知过了多久，远处的一丝弧光亮起，荧绿的、略带着一抹神秘的蓝紫色如同银河一般缓缓地游移。

现在是八月中旬，入夜时间不到四个小时，他们竟然能看到极光。目光被那种极致的美丽吸引，温砚拿起手机记录下这千变万化的梦幻的景象。

纪汀半梦半醒间，听见有人温柔地唤她的名字：“汀汀，醒醒。”她揉了揉眼睛坐起来，入目是一条翡翠色的光带。“天哪！”纪汀一下子就清醒了，又惊喜又激动地看向温砚，“阿砚哥哥，是极光！”

“嗯。”他的嘴角噙着笑，“我们真幸运。”

无论他们之前在网上看过多少次极光的图片和视频，感受都不如直面极光的震撼来得更加强烈。一面长方形的落地窗就像是相机的取景器，恰好把这无边的风光囊括其中，他们似乎能用手指触碰到极光一般。

温砚看到小姑娘双手合十放在胸前念念有词，失笑："你在干什么？"

"许愿哪！"纪汀邀请他，"哥哥，你也一起啊。"

温砚不太相信这些虚无缥缈的东西，但还是给足了她面子，点点头笑道："好。"

他闭上眼睛之后，纪汀才睁眼，偷偷地看向他。听说两个相爱的人在极光下许愿，就能一直在一起。虽然她和阿砚哥哥还没有走到那个地步，但她感觉自己已经很幸运了——至少，她对他来说是特别的。她希望这份幸运能一直延续下去。

凌晨一点的时候，温砚说："你该回去睡觉了。"

酒后的头晕已经缓解了很多，纪汀乖乖地点头："哦，好的。"她带好自己的东西，边推门边奇怪地说道，"我哥怎么还没回来啊？"

"我问问——"

正说着，两个人很有默契地钉在了原地，动作仿佛凝固了一般。

走廊上，纪琛正按着一个姑娘吻得难舍难分——嗯，准确来说，是他单方面地难舍难分。邢予羡一边挣扎一边用自己的手提包打他的头："纪琛你干什么啊？！发什么酒疯？！"

走廊上有两个金发碧眼的外国人经过，他们看热闹般地给予喝彩："Bravo，bro（好样的，兄弟）!"

纪汀在心里默默地给自己的哥哥竖起了大拇指——不鸣则已，一鸣惊人，不愧是你。

十天的冰岛之行眨眼之间结束。虽然旅途中发生了一些不太愉快的事情——比如纪琛强吻女同学，导致人家第二天起来把他揍得爹妈都不认识，"咯咯"……但是大家还是觉得非常尽兴，相约下次旅行再聚。

纪汀回国之后，清华差不多也要开学了。一家人花了两天的时间把新生入学的东西购置齐全，打包了几个大行李箱，风风火火地去了北京。纪汀以在校生的身份踏进清华园，心情是完全不一样的，满满地全是憧憬和期待。

她的宿舍在紫荆学生公寓五楼，几乎是最高的楼层，纪仁亮“吭哧吭哧”地搬了三次才把所有的东西运上去。她到达寝室的时候，里面已经有两个女生了。她们本来正在聊天，看到纪汀这拖家带口的架势都愣了一下。

床位靠门的女生个子高，偏瘦，长相比较清秀，她看到纪汀腼腆地打了个招呼：“你好，我是舒雯。”

站在里面的另外一个性格一看就很开朗，她笑眯眯地说道：“嘿，我是丁玲。你好漂亮啊！”

“谢谢！”纪汀冲她们友善地微笑，“我是纪汀，以后请多多指教啦。”

最后一位舍友没一会儿也到了，胖胖憨憨的，叫蔡瑞琪。

不多时，几个人互相了解之后，就天南海北地聊开了。都说清华是状元收割地，就连她们这个小小的四人寝室，都有一个状元、两个省前二十。

纪汀像模像样地作揖道：“对不起各位，是我拖大家后腿了。”

三个人“哈哈”一笑。

田佳慧的寝室离纪汀的不远，她把东西安置妥当后就来找她。中午的时候，两个人买到了久违的绿豆冰沙，觉得心里简直幸福得冒泡。

新生入学之后是开学典礼和破冰仪式。

纪汀高三之后，个子蹿了不少，已经长到了一米六五。再加上她很自律，饮食和运动都很规律，身材也很苗条。她本就长得漂亮，情商又高，轻而易举地获得了不小的关注度，在年级里人气很高。一时之间，树洞、表白墙里都出现过纪汀的名字，慕名加她微信好友的同学不在少数。

纪汀从来都不排斥认识新朋友，会选择性地聊一聊，特别投缘的则线下见面。这种新鲜劲儿还没散去，军训就悄然而至。她听说清华的军训非常严苛，时间长达一个月，每天从早练到晚，有时候还要加训。大家一开始还都不信，几天之后就彻底承认感受到了人间的疾苦。

炎炎夏日中，他们穿着长袖迷彩服在太阳下练军姿，一练就是两个小时。这也就算了，关键是姿势要标准，哪怕再难受也不能动不能晃，就算是轻微地动了一下，也会被教官拎出来单罚。教官在整顿纪律的过程中，都有杀鸡儆猴的步骤。纪汀同班的一个男生不幸被选中，在操场上被罚跑四圈。

他跑完后气喘吁吁，教官问他：“知错了没有？！”

该男生表意心切，大声道：“我知道了！”由于他说得太快，吼得太用力，发音都糊成了一团。

教官眼睛一瞪："好啊，你还敢说脏话，再跑四圈！"

围观众人："……"他们就算自己处境堪忧，也还是好同情他。

纪汀有过敏性鼻炎，有的时候老想打喷嚏，又怕打出来了教官不让擦鼻涕，只能挤眉弄眼地去吸鼻子。

每个连都会配一个外校来的随行体育老师。说实话，纪汀不太喜欢他们连的王老师。对方似乎知道她的难言之隐，每次她想打喷嚏的时候，王老师就会走到她的面前多站一会儿，专门盯着她。

纪汀有苦说不出，汗水流到了眼睛里，她便忍不住眨了眨眼。心都快提到嗓子眼儿了，她生怕下一个被罚的就是自己。但也许是对女生比较宽容，体育老师只是笑吟吟地看了看她，什么也没说就走了。纪汀暗暗地松了一口气——嗐，她感觉在玩心理战。

晚上，大家都筋疲力尽地回到宿舍。因为每天早上要检查被褥是否叠放得和"豆腐块"一样方整，大家都学会了一记歪招——她们夜里根本不盖被子，就让它优雅地摆放在床尾一个月。

丁玲把自己的"豆腐块"小心地挪开，往床上一扑，哀号道："累死了，我感觉我被十八个壮汉轮着揍了一遍，又被车轱辘压了一通，现在就是轻飘飘的一张人皮。"

舒雯把祖传的狗皮膏药分给她们一人一张，四个人瘫在上铺刷手机。

"汀儿，你又上表白墙了啊！"蔡瑞琪声情并茂地朗读，"表白三营四排那个漂亮小姐姐，一颦一笑都是那样动人，后来问了别人才知道，是经济管理学院的纪汀，噢，多么好听的名字……"

实在太羞耻了，纪汀赶紧说道："打住打住！"

丁玲"啧"了一声："我觉得你能在一个月内脱单。"

几个人互相调侃了一通，兴致勃勃地聊着最近打听来的八卦。

过了一会儿，蔡瑞琪问："你们知道温砚是什么人吗？为什么表白墙上总有人在刷他的名字？说什么砚神人间仙子……"

眼皮跳了一下，纪汀接着听到丁玲说："我知道我知道！他是之前那个"校歌赛"十佳之一，据说真人长得超帅，所以在学校里很有名气。"

"大几的？"

“学长可能已经毕业了吧？还是在读研？不太清楚。”

蔡瑞琪和舒雯都很感兴趣：“有照片吗？”

“网上应该有，我找找哈。”丁玲把图片发到宿舍群里，“这个有点模糊，你们可以去看‘校歌赛’的视频。”

顿时——

“好帅啊！”

“我爱了！”

“呜呜呜呜呜，这是什么绝世神颜？！”

纪汀听着舍友们在那儿各种花痴，默默地想着——我也有照片，而且照片是海量的资源。

第六章

小打小闹

如果让纪汀给军训一个关键词，那一定是“煎熬”。

连续饱受“摧残”后，班级群里有同学说要请教官吃夜宵，问有没有人一起，纪汀果断地加入了阵营。为了以后能轻松一点，她决定去刷一波好感。最后来的有六个同学和四个教官，还有一些随行的体育老师。大家买了麻辣串，一边吃一边聊。

纪汀发现，私下里教官们都蛮好相处的。她也就放开了胆子，有意地说些好话逗他们开心。之后的几天，照旧如此。他们在白天站军姿的时候，排长的态度肉眼可见地亲和了起来。

只是他们连的这个王老师还是一如既往地让人反感。有时他会走到纪汀的面前，帮她整理衣领，还开玩笑：“你这个着装有些匆忙啊，昨天夜里干吗去了？”

对于这种带点颜色的调侃，纪汀心里本能地感到不太舒服。但她没在面上显出半分心思，弯了弯唇：“不是跟您几位吃夜宵去了吗？难道您忘了？”

体育老师含笑地“嗤”了一声，挑了挑眉，继续巡视起来。

研究生开学的时间稍微迟一些，温砚把手续都办好之后，终于有时间约纪汀一起吃饭。为了她方便，他把地点定在紫荆园。

他们半个月没见，纪汀见到他很是高兴，挥手道：“阿砚哥哥！”

“汀汀。”温砚看到她一身的迷彩服，眼中浮现出一丝笑意。

他帮她把书包取下来放在座位上：“你先去拿吃的，哥哥在这儿帮你看着。”

军训实在太消耗体力，纪汀饿得胃抽抽，忍不住多拿了几个菜。她回到座位上才恍然发觉，这样好像有损形象。所幸男人只是噙着笑看了她一眼，然后就起身点菜去了。于是纪汀便坐在座位上撑着下巴等他。

不一会儿，就有男生端着盘子过来，问道：“请问我可以坐在这儿吗？”

“不好意思，这里已经有人啦。”

她本以为对方会立即离开，谁知他挠了挠头，话锋一转：“同学，我刚刚注意你很久了，冒昧地问一句，你有男朋友吗？”

第一次遇到食堂搭讪，纪汀眨了眨眼。

对方说：“如果没有的话，我能不能加你的微信呢？”

“……”纪汀笑了笑，委婉地说道，“抱歉哪，我有男朋友了。”

这时，温砚正好回来，在她的身边坐下，习惯性地摸了摸她的脑袋。他看到还戳在原地的男生，疑惑地问道：“汀汀，这位是……？”

在别人的眼皮子底下搭讪对方的女朋友还被发现，不是最糟糕的事情。更糟糕的是，他发现情敌各方面的条件都让他自惭形秽。男生迅速地涨红了脸，打了声招呼就落荒而逃了。

纪汀的嘴角悄悄地弯起——就算是误会，这种认知也足够她心生甜蜜。

“朋友吗？”温砚一边吃菜，一边漫不经心地问道。

纪汀抬头朝他笑了笑：“不认识的。”

温砚似乎明白了什么，勾了勾唇：“看来我们汀汀的魅力不小。”

“没有哥哥的魅力大。”纪汀眨眨眼睛，“表白墙上可天天都有人刷你的名字呢！”

“是吗？”他轻笑一声，“哥哥平常没怎么注意过这些。”

纪汀晚上还要加练，吃完饭后温砚骑车送纪汀去操场。路上他问：“军训一切顺利吗？”

“还行，就是太累了。”

微暖的风撩起发丝，前方传来他温柔的声音：“辛苦了。”

车在操场边停下，树影婆娑，透着慵懒的月光。男人低头为她整理了一下衣领：“去吧。”他笑，“周末哥哥再请你吃好的。”

“那我就等着啦！”纪汀的双眼弯了起来，她挥了挥手，蹦蹦跳跳地走了。

操场上已经到了一部分同学，她溜进了队伍中，规规矩矩地盘腿坐在地上。

丁玲悄悄地凑过来：“汀汀，刚刚送你来的那个人是你男朋友？”虽然隔得远，光线又暗，她没看清对方的长相，但这完全不妨碍她的八卦之魂熊熊燃烧。

纪汀停顿了一下，说：“不是，就是认识的学长……”

看她这副含糊的模样，丁玲很贴心地没有追问下去，但还是发出了一声暧昧的“哇”。

今晚教官教同学们戴防毒面具，要求在极短的时间内用规范的动作穿戴整齐。纪汀脸小，戴上面具后总觉得有些松，一直在调整位置。王老师从后面走了过来，转到她的身前：“别乱动。”

纪汀顿时就不敢动了，站得和松树一样直，目不斜视地注视着前方。王老师似乎笑了一声，抬起手帮她调节绑带的长度。他没说话，纪汀大气也不敢喘，直到几十秒钟后，他才淡淡地说道：“好了。”

那种微妙的感觉又来了，纪汀说不上是什么，就是觉得有点怪异。她笑了一下：“谢谢老师。”

军训进行大半程了，同学们终于迎来重头戏——行军拉练。据学长学姐说，他们要在半夜十二点出发，徒步二十公里，走四五个小时，回校时天都快亮了，这简直是一场魔鬼训练。不仅如此，每个人还要背上厚重的军被，切身体会行军的感觉。

同学们半夜在操场集合的时候，一个个都很躁动。队伍浩浩荡荡地从校门出发，沿着马路整齐地行进着。过了两个小时后，队伍逐渐散乱。前排雄赳赳气昂昂的领队的速度慢下来了，同学们原本在队伍中的位置也发生了变化，甚至不能够看出这是一个几行几列的队伍。

班里调皮的男生开始唱起歌：“我想要怒放的生命！就像飞翔在辽阔天空！”

大家都以为他会被教官斥责，没想到他获得了默许，顿时此起彼伏的歌声飘了起来，为行程添了一丝欢快活泼的色彩。

纪汀的肩膀被背带勒得生疼，但她在这随心所欲的大合唱中感受到了快意。恣意的、昂扬的青春，自由，不羁。他们可以想唱就唱，想闹就闹。大家都在一起，多好。

走到一半的时候，大家在原地休息了二十分钟，教官问有没有人愿意献曲一首，提振一下士气。

一个和纪汀关系还不错的男生积极地举手，说要给大家唱一首《成都》，主歌气氛正好，谁知副歌他却华丽丽地破音了。大家都笑了。

后来就是回程了。大家兴许是习惯了这样的强度，精神气儿倒更足了。聊天、唱歌、大声说笑，所有的烦恼被抛到脑后。

纪汀走了好几个小时，双脚都麻木了，汗水早已濡湿衣物，黏得很不舒服，但她还是咬着牙坚持着。

王老师却在这时凑了过来，揽住她的肩，用惯常的语调问："你能不能行啊？"

肩膀僵了一下，纪汀不着痕迹地与他拉开了距离，边喘气边勉强地笑道："可以。"

王老师上下打量了她几眼，意味不明地笑了一声。纪汀强行忍住心里的那点异样感，抿着唇朝前排走去。

回到学校的时候已经凌晨五点了，纪汀却睡意全无。微信群里，解晰约田佳慧和她在校园里逛逛，纪汀想了想，回复了一个"好"。这段时间三个人见面的时间不多，因此他们刚碰上就互相吐槽近来发生的事情。

田佳慧八卦道："听说材料学院有一个女生和他们体育老师在一起了，这事你们知道吗？"

纪汀道："啊？"

田佳慧又笑嘻嘻地说："我们连的体育老师还挺帅的，可惜我有色心没色胆哪。"

聊起这个话题，纪汀不由得想到王老师这些天有些奇怪的态度，于是把这件事跟他们两个人说了。

田佳慧说："他是不是对你有意思啊？"

解晰挑眉道："从男性的角度出发，那绝对是有的。"

纪汀颦眉："可是我不太喜欢这样，有点暧昧，还避不开。"

他们沿着学堂路往南走，在小卖部里买了绿豆冰沙。付钱的时候，解晰突然说道："我想到了一个方法！"

纪汀问："什么方法？"

"下次你们吃夜宵的时候，让我去假装你的男朋友，这样估计他就不会再对你有什么想法了。"

纪汀迟疑着说："这个方法好像可行……"

解晰仰起头，开始设想到时候的情景："我要跟他放狠话，'别再对我女朋友动手动脚的，有种冲我来！'"

纪汀道："打住打住！"她果然不能信这个憨憨。要真这样的话，他们能不能活着走出餐厅都是个未知数。她扶额道："算了，我还是忍一忍吧，反正也快结束了。"

虽然她嘴上这么说着，但是解晰的提议确实给了纪汀一点思路——她不找这个憨憨假扮男友，可以找别人哪！靠谱会演戏的那种就行。纪汀品出了自己内心的一点蠢蠢欲动——她想要阿砚哥哥来帮这个忙。但是她又有点犹豫，举棋不定。

对于他们这样的关系，这个请求有一种无法言说的微妙，她一旦提出，可能会把事态推向一个不可掌控的境地。他的心思那样清明，说不定他能看出她真正的想法。纪汀反复犹豫，最终还是谨慎地选择不说。

第二天晚上，又有同学约她一起吃夜宵。当了这么多天的饭友，他们已经发展出革命友谊来了，纪汀不好意思推拒对方，便应下邀约。

这次是小范围的聚餐，纪汀到了才发现，是四个同学和体育老师，其中正好有纪汀他们连的那个王老师。纪汀总觉得他全程都在看着自己，于是默默地低头吃饭，话也不多说一句。

众人正聊至兴致之处，王老师突然笑道："我们软软怎么今天话这么少？都不像你了。"

筷子一抖，纪汀忽然想起——哦，他们还给她取了个昵称。舒雯有一次无意中听到王老师和另一个连的体育老师聚在一起在调侃纪汀，他们说她看上去身娇体软易推倒，不如取名叫"软软"。起初她知道这件事时就有种被冒犯的感觉，现在他还当着自己的面叫出来，真是……太不尊重人了。纪汀极力地维持着自己的脸色："今天不太舒服。"

另外一位体育老师打趣他道："老三，是不是你白天训得太狠了？"

"哪有？"王老师看她一眼，玩笑似的说道，"你说说，平常我是不是最宠你了？"

纪汀没想到他大庭广众下也能如此这般，一时间没绷住，猛地站了起来。一桌的人都看向她，纪汀攥着拳笑道："是啊，王老师你对我们整个连都挺上心的。你想吃什么，我再给你买点去？"

王老师挑了挑眉毛，正欲开口，就听到一个淡淡的男声响起："汀汀，你在这儿啊。"

纪汀颤了颤眼睫，几乎呆怔。温砚走到她的面前，宠溺地揉了揉她的脑袋，眼尾微勾："怎么不接我的电话？"

纪汀发现阿砚哥哥此刻的表情绝对称不上开心，他虽然是微微地笑着的，目光却透出一丝阴沉。她没来得及想那么多，顺着他的话回答："你给我打电话了吗？抱歉，我可能没听到……"

温砚凝视了她一秒钟，又弯起嘴角，看向满桌的人："在和朋友吃夜宵？"

这时，有同学终于忍不住问道："纪汀，这是谁啊？你男朋友？"

他刚才的语气太过亲昵，也难怪他们会有这样的猜想。没想到她兜兜转转，居然迎来了想象中的局面，纪汀的大脑一时之间有些宕机。她支吾着没出声，温砚却已经抬手搭上了她的肩头，表情还是浅笑："嗯，不介意我和你们一起坐坐吧？"

什么东西？！她听到了什么？！纪汀的思维爆炸，已经完全成了一团糨糊。是她执念太深，出现幻听了吗？！

和纪汀关系较好的黄婷婷已经叫出声来："纪汀，你男朋友好帅啊！以前怎么没听你提起过？"

纪汀哪里都不敢看，目光直直地落向前方，她虚虚地说："呃，那个……你们也没问起过啊……"

大家张罗着让两个人落座，温砚朝王老师淡淡地笑了笑，不由分说地坐在了他和纪汀的中间。王老师面色微变，往另一边挪了挪。

在同学们眼中，纪汀和她的男朋友在外形上无疑是非常般配的，他们不由得开始八卦："你们在一起多久了？"

“呃……”

纪汀正踟蹰，便听到温砚回答：“挺久了。”

“哇哦，那不是高考还没结束就在一起了？！”黄婷婷“啧”了一声，“纪汀，你可真是深藏不露啊。”

纪汀欲哭无泪，下意识地向身侧看去。男人也在这时朝她投来一瞥。出乎意料的是，他的表情很平静，漆黑的眼眸中没有多余的情绪。纪汀的心“咯噔”一跳，她蓦然从轻飘飘的喜悦中醒过神来——他之所以会演今天这出戏，恐怕也是因为看到了王老师的所作所为吧。解晰能想到的，阿砚哥哥肯定也能想到。毕竟，这是最委婉、最有效的方法。他不是出于私心，纪汀，你可别想太多。她的思绪逐渐有些游离，耳畔是同学们兴奋的提问，间歇夹杂着温砚低沉磁性的嗓音。

几人问：“你是我们学长吗？”

温砚颔首：“嗯。”

黄婷婷：“学长，我怎么觉得你看上去好像很眼熟，貌似在哪里看到过？”

温砚淡淡地笑道：“是吗？可能之前在园子里见过吧。”

黄婷婷绞尽脑汁也没想出来这种熟悉感从何而来，于是乎换了一个感兴趣的话题：“汀汀，你和学长是怎么在一起的啊？”

纪汀正发呆，猝不及防地被点名：“呃，我那个……”她结结巴巴地说，“就……他是我哥哥的同学，我们很早就认识了，就……就那么自然而然地在一起了……”

老天爷，绝对不会有比这更尴尬的局面了。纪汀的声音越来越小，到最后像是蚊子叫一样。她有些编不下去，求助般看向温砚。

男人有所察觉，抬起手摸了摸她的脑袋，动作里安抚的意味明显。他的嘴角噙着一抹微扬的弧度，凝视着她的眸光专注又缱绻。

虽然温砚什么都没说，但同学们还是能够很好地通过二人的相处脑补出他们日常恋爱的细节。啊，学长简直满心满眼都是汀汀，她可真是太幸福了！

然而到了纪汀这边，就完全是一种另类的煎熬了——被温砚用这样温柔的眼神注视着，她觉得自己的大脑已经完全停滞了。她仿佛一条在烈日下被炙烤的小鱼，因温度过高无法承受而变成了鱼干。心跳得太快，像是要跃出胸腔。

有同学又张罗着点了几道菜，新鲜美味的食物一经上桌，就遭到大家的一阵哄抢。

温砚偏过头，轻声地问纪汀：“想吃什么？”

纪汀颤了颤睫毛，垂眼抿着唇：“随便。”怕话说得太多就露了馅儿，她紧张地克制着自己的语气。

温砚笑了笑：“记得你很喜欢吃这个，尝尝看，和咱们那边的有什么不同。”

纪汀低头一看，那是一碗桂花酒酿丸子，她还没动作，温砚就拿起调羹舀了一勺，接着埋首轻轻地吹了吹它。片刻后，他端着调羹移到纪汀的面前，桃花眼弯了弯：“小心烫。”

我的妈呀！什么意思？！他这……这是要喂她吗？这个令人震惊的念头还没在纪汀的脑子里成形，对面的黄婷婷就发出一阵夸张的叫声：“啊，学长喂你吃东西呀汀汀，也太会秀恩爱了吧！”

同学们都看过来，起哄道：“哎哟，了不起啊。”

暧昧和羞赧的感觉在此刻达到了临界值，“砰”的一声冲破瓶颈，像是一朵朵烟花炸响在纪汀的脑海中。她不由自主地倒吸了一口冷气，大家的目光就像明晃晃的刺刀一样，让她无处容身。

纪汀害怕拖延的时间太长，温砚会看出端倪，于是便英勇就义般迅速地就着他递过来的调羹吃了一口酒酿丸子，然后拿起纸巾欲盖弥彰地擦了擦嘴：“嗯，还挺好吃。”

眼神飘忽间发现温砚还在看她，纪汀碰了碰他的手臂，低声说：“你快尝一尝啊，哥哥，甜的。”

温砚的神情好似有一瞬间的凝滞，但他很快温和地笑起来：“嗯。”

眼看他终于转移了注意力，纪汀才暗暗地松了口气。她举着纸巾挡住半张冒着热意的脸，和缓地呼吸以平复自己过激的心跳。桂花的香甜简直要沁到她的心里去了，纪汀想。

临近晚上十一点，玉树园要打烊了，大家提出去紫荆操场喝酒吃烧烤。

温砚揽着纪汀起身，微笑地颔首：“抱歉，她不太能熬夜，我们就先回去了。”

闻言，同学们都朝纪汀挤眉弄眼，尤其是黄婷婷，眼睛里明晃晃地写着“你男朋友可真体贴”。

纪汀像是一只失去了语言能力的小鹌鹑，恍恍惚惚的，因此也就没看到温砚陡然瞥了王老师一眼。他的眼神冷沉，含着浓浓的警告意味。王老师和他对视片刻，率先转过头去。

大家挥手和二人告别。纪汀往外走的时候，手忽然被人握住，她浑身轻微地一震，下意识地蜷起了指尖——此时此刻，温砚的手牵着她的手，他的手指节分明、修长有力。她感觉自己的手臂成了引线，整个人都要烧起来了。身侧是他这尊大佛，身后是同学们毫不掩饰的八卦的目光，纪汀垂着脑袋，略显艰难地前行着。一分一秒比平日还要漫长，一直到他们走出玉树园的大门，温砚才松开了她。

纪汀抿着唇，半晌才仰起头，讷讷地说道："阿砚哥哥……"

男人打断她："刚才的事情，别放在心上。"他的表情还带着一丝陌生又熟悉的疏淡，纪汀张了张嘴却说不出话来，只低低地应了一声。

温砚看了她一眼，眼神柔和了些："哥哥那样做是为了你好。抱歉，没提前和你商量。"

纪汀顿了几秒钟，挤出一抹笑："我知道的，谢谢哥哥。"

温砚垂眸："我送你回宿舍。"

一路上，两个人都没怎么说话。到宿舍楼下的大门口的时候，纪汀跟他道别："哥哥，我上去啦。"

"汀汀。"男人叫住了她。

"……"

他眼眸漆黑，脸部的轮廓被皎洁的月色渲染："下次再遇到这种事情，告诉我。"

宿舍里舍友已经睡了，纪汀蹑手蹑脚地爬上床，回想着刚刚的情景，半晌轻轻地叹了口气——在饭桌上，温砚的神情天衣无缝，坦然到让她几乎感觉出一种挫败。他是真的对她连一丝一毫的想法都没有吧。可她呢？她只要看着他的眼睛就能瞬间沉入美好的幻境，也不管这是否只是她一个人的独角戏。

纪汀翻了个身，深吸了几口气。经过和他这么长时间的相处，她的自我恢复能力强了太多，她不一会儿就调整好了心态，给自己加油鼓劲。时间还长呢，别心急。有朝一日，他总会看到她的好。

温砚从紫荆公寓离开后，接到启创计划同组成员的来电："喂，兄弟，你这小组讨论做到一半就溜了是什么情况？”

他笑了一声：“抱歉，刚刚有点事。”

“玉树园关门了，我们转移阵地了，你来郦架轩吧。”

“好，马上到。”

凌晨的雾气迷蒙湿润，书屋的窗口透出了橘黄色的灯光。温砚步履匆匆地进门，在桌上放下自己的手提电脑：“抱歉来迟了，我们现在开始吧。”

胡昱祈吹了一声口哨：“还没向大家伙儿交代呢，刚才那女孩儿是谁啊？”

闻言，其他组员好奇地看过来。

施斐然挑了挑眉：“女朋友？”

“砚神什么时候脱单了，我们咋都不知道？”

“阿砚平常捂那么紧，一点征兆都没有，现在终于露出马脚了……”

众人七嘴八舌，温砚的脑海中倏忽闪现女孩儿吃酒酿丸子时那亮得出奇的双眼。他止住他们兴致勃勃的话头，神情有些无奈：“那是我妹妹。”

胡昱祈惊讶道：“亲的？”

“不是，但也差不多。”温砚一边浏览资料一边说，“下次有机会带她和你们见一面。”

既然他们不是那种关系，也就没什么好八卦的了，大家很快进入工作状态，寂静的屋内响起了敲击键盘的细碎的声响。

第二天站军姿的时候，王老师从面前经过时，纪汀还很忐忑，目视前方，一动也不敢动。她看不到他的神情，但能感觉到对方似乎在斜眼打量着自己。

纪汀正惴惴不安时，听到“噔噔”的脚步声远去。之后的几天里，纪汀发现王老师没再对她有任何逾矩的言行，他甚至很少跟她说话。她暗暗地松了一口气，更加全身心地投入军训之中。

三十天的军训接近尾声，学校倒是安排了一些很有意思的活动，比如实弹射击和定向越野。纪汀人生中第一次打真枪，耳朵差点被震聋。她出来的时候看到同学惊异地望着自己，显示器上有三个十环两个九环。嘻，没想到她还有这天赋。她是神枪手，嘻嘻。

定向越野则需要绕着整个园子找打卡点。有些地方纪汀即使看了地图也找不到，最后她差点把腿跑断，不过倒也借此机会对整个校园更加了解了。

九月中旬开学的时候，大家都有些没缓过来，很久后才意识到自己终于逃离了“魔爪”。

纪汀的适应能力很强，她在新鲜的大学生活、学习、社交中混得如鱼得水，结交了许多朋友。月底的时候，不少男生邀请她一同参加新生舞会。

新生舞会是每个院系为迎接新生所举办的大型活动，参加舞会的人都要携伴出席。届时会有许多外系、外校的同学前来，是一个认识新朋友的绝佳机会。不少学长学姐就是在新生舞会上看对眼的。所以，舞伴的选择异常重要，因为这是富有暗示意义的——两个人在优美的乐曲下共舞，以一个浪漫的舞会作为开始，这极大地增加了一拍即合的概率。再者，如果舞伴找得好，也会让自己在别人的面前很有面子。因此，那些漂亮的小姐姐一般会被人抢先邀约。

纪汀本着拓宽自己的社交面的原则，答应了两个男生的邀约，跟着他们去参加对方院系的舞会。而至于自己学院的舞会……她摩挲着手机屏幕，给温砚发消息：阿砚哥哥，你这个周六晚上有事吗？

砚：最近在做一个项目，比较忙，是有什么事吗［龇牙］？

纪汀顿住手指，有些纠结。那她还提不提这事呢？要是提的话她该怎么说？她就说实在找不到舞伴了请他救场？呃，这个理由她自己都不信。

正当她犹豫不定时，温砚又发来一条消息：汀汀，之前你跟我说要做自己喜欢的事情，哥哥觉得很有道理，所以现在在尝试新的方向。最近这个项目是启动期，等稳定下来之后，哥哥想给你展示一下成果。

温砚三言两语地解释几句，纪汀便弄明白了，他目前是在学校创新孵化器 x-lab（三创空间）的扶持下做一个互联网创业项目。对于起步所需的复杂的工序，他只是轻描淡写地带过，但纪汀知道这一定极其耗费心力。相比而言，自己的那点需求实在显得有点上不了台面。唉，算了。

纪汀：哇！这么厉害啊！祝哥哥一切顺利［太阳］。

砚：谢谢，你刚刚找我是有什么事吗？

纪汀沉默半晌，憋屈地打出一行字：没什么事，哥哥你忙去吧。

砚：［太阳］。

周六晚上，解晰过来接纪汀参加经济管理学院的新生舞会。她选来选去最后还是挑了解晰，原因有二。首先，他们彼此之间知根知底，她比较放得开。其次，解晰长得帅，养眼——纪汀心里还是有作为一个资深颜控的底线的。

纪汀挑了半天服装，最后选了一条从家里带来的晚礼服穿上。淡蓝色的长裙掩至白皙的脚踝，把盈盈一握的腰肢勾勒出曼妙的曲线，胸前的交领设计给她平添了一丝别样的风情，修长的天鹅颈昭显了出众的气质。尤其是，她还化了淡妆，本就漂亮的眉眼更加动人，她唇红齿白，笑靥如花。

见解晰目不转睛地看着自己，纪汀眨了眨眼睛："干吗不说话，被我的美丽夺去了语言能力？"

他以手掩唇"咯"了一声，翻了个白眼："被你的自恋夺去了语言能力。"

纪汀"嘁"了一声，笑道："走吧。"

学院的新生舞会在校外的一个酒店里举办，两个人挽手步入正厅。一路上，遇到的不少熟人都拿好奇又探究的眼神打量着解晰。其中不乏一些花痴的女同学拽着纪汀的胳膊叫："天哪，你的舞伴好帅啊！"

解晰闻言，扬起脸得意地笑："多谢夸奖。"

有人在一旁低语："这不是自动化最新选出来的那个系草吗？"

"是吗？纪汀怎么认识他的啊？！"

"不知道，啧啧，真羡慕啊……"

纪汀不动声色地瞥了解晰一眼——他们再多待一会儿，这家伙的尾巴能翘到天上去。她赶紧把他拉走，两个人转了一圈，分别和不同的人攀谈了一阵，然后坐下来开始吃东西。

舞会的节目表演正好开始，劲爆的街舞点燃了全场，接着是悠扬的小提琴 solo（独奏）和歌曲独唱环节。

舞会终于进行到跳舞的环节，纪汀问："你会跳华尔兹吗？"

解晰道："会。"

这个回答语气有点勉强，纪汀狐疑地看了他一眼，把手伸到半空："来吧。"

在今晚之前，纪汀对于双人舞一直抱有隐隐的期待。兴许是少女心作祟，她想象中的画面是这样的——男人优雅地俯身，绅士地向她邀舞，他们和着轻快的音乐在舞池中翩然地旋转。然而，这种期待在解晰第八次踩到她的脚时，完全破灭。

纪汀直起身，皮笑肉不笑地说道："我去趟卫生间。"

在卫生间里，碰巧遇到黄婷婷和另一个女生在补妆，她便笑着打了声招呼。

可黄婷婷看了她一眼，表情有点欲言又止。起初纪汀还不知这种态度从何而来，直到对方小心翼翼地开口：“纪汀，你男朋友怎么没跟你一起来？”

纪汀恍然——在黄婷婷的眼里，她还和温砚在一起，如今又跟解晰一起参加舞会，是在脚踏两只船。

“呃……”不知怎么解释，纪汀张了张嘴，下意识地说道，“之前那个，分手了。”

“啊，”黄婷婷更加小心翼翼，“是你提出的吗？”

纪汀不想过多地停留在这个话题上，便简单地应道：“嗯。”

“阿嚏！”温砚走在路上，突然莫名其妙地打了个喷嚏。

晚上九点。

纪汀看了节目，吃了东西，又跳了舞，终于有点倦了，便和解晰商量着一同离开：“咱们走吗？”

解晰挑了挑眉：“你难道不想再共舞一曲浪漫的华尔兹吗？！”

纪汀无言以对，不想，谢谢。

他们从酒店的大堂出来，迎面吹来一阵有些萧索的寒风，她不由得打了个冷战。脖颈处大片裸露的皮肤因为冷空气的入侵泛起了一阵细微的苍白。

纪汀吸了一口凉气，一旁的解晰见状，很快脱下自己的西装外套递给她：“喂，要不要？”

这种时刻他看上去还挺顺眼的，纪汀笑眯眯地说：“谢谢啦！”

纪琛和温砚两个人沿着马路往北大走。纪琛不经意间抬头，视线捕捉到一个熟悉的人影，他不由得问道：“哎，阿砚，你看前面那是不是我妹？”

纪汀穿着一条淡蓝色的长裙，披着件男士的西装外套，整个人显得娇小玲珑。裙摆上的碎钻随她娉婷的步伐舞动，反射出迷人的光影。微风吹起她鬓边的黑发，精致的眉眼在路灯下显得无比生动昳丽。

温砚眯了眯眼，目光略一移动，落在她身边的男生身上。对方亦步亦趋地跟在小姑娘身后，眉飞色舞的，不知说了什么引得她阵阵发笑，她抬起手在他的小臂上打了一下。

身旁的纪琛还在自言自语：“什么情况啊这是？穿成这样？”

就在这时，对面的两个人显然也看了过来。纪汀只注意到了温砚，便举起手臂挥了挥："阿砚哥哥！"

解晰一听这称呼，心下了然，冲着男人大声说道："哥哥好，我是解晰！"见对方没什么反应，他提示 ，"哥哥，我们之前在电话里说过话啊，你不记得我了吗？"

温砚的眼睫动了动，半晌嘴角掀起一丝微乎其微的弧度："嗯，我记得你。"

纪琛满脸疑惑：我是空气？他干咳了一下，沉声道："纪汀。"

"唉，哥哥你也在啊？"说完这句话，纪汀下意识地耸了耸肩——今天怎么回事？怎么一个两个都这么低气压的？

解晰一脸迷惑："他们俩谁才是你哥哥？"

纪汀没搭理他，朝两个人解释道："我们是过来参加新生舞会的，现在要回去了。"

温砚淡淡地垂眸："嗯，天气凉了，下次出门记得多穿件外套。"

纪汀乖乖地应了一声，问道："阿砚哥哥，你们怎么在这里啊？"

他言简意赅："来找你哥借点东西。"

纪汀道："哦。"

纪琛朝解晰颔首示意，然后对纪汀说道："那我们就先走了，你们也赶紧回去吧。"

纪汀点头："嗯，哥哥再见。"

"汀汀。"纪汀正准备离开，温砚叫住了她。纪汀便停下脚步："阿砚哥哥，怎么了？"

温砚看了解晰一眼，缓缓地开口："注意安全，回到宿舍记得给我发个微信。"

解晰满脸疑惑，总感觉被针对了。

纪汀回去的路上也在暗自琢磨温砚的态度，最后得出了一个合理的解释——阿砚哥哥之前一直以为她在和解晰早恋，可能对他的第一印象不是太好，所以比较冷淡。

到宿舍以后，她依言给温砚发了微信：哥哥，我到啦。

那头很快回了个"好"。

砚：明天晚上有空一起吃饭吗？

他主动来约自己，纪汀心里有点高兴，情不自禁地弯起嘴角：好啊，在哪里？

砚：桃李园三层吧，把今天和你一起的同学还有佳慧也叫上。

纪汀原以为她能和他单独吃饭，没想到二人局变成了四人局，一下子又有些失望，但她似乎没什么立场去拒绝他的安排。纪汀握着手机，略显苦恼地鼓起腮帮子——不如她就说佳慧和解晰没空？然后她再和他们串一下词，以免在阿砚哥哥面前露了馅儿。唉，不行不行。佳慧那边还好说，解晰就不太好掌控了。这家伙的思维活跃得很，他肯定会问东问西的。况且她也不想显得自己很矫情，好像为了和阿砚哥哥单独吃顿饭不择手段似的。

纪汀：嗯嗯好的。我去和他们说！

砚：OK（好的）。

温砚放下手机，不自觉地颦起了眉。他回忆起不久前在酒店的门口看见两个人嬉笑打闹的画面，总觉得那画面有些刺眼——这么冷的天，那小姑娘就只穿一条露肩的长裙？还有，解晰这个人看上去有些轻浮，无论是当年在后山和他打那通电话的时候，还是今天不期而遇时，都是一副吊儿郎当不太正经的模样。如果这就是纪汀喜欢的类型，他想他需要好好考察一番，总不能叫她被人糊弄了。

第二天，四人都准时到了包间。解晰已经弄明白了纪汀、纪琛和温砚的关系，没再闹出笑话。桌上的氛围虽不算热火朝天，但也还挺和谐。田佳慧是暖场小能手，一直叽叽喳喳地说个不停，话题就没断过。但她手上也没闲着，从头到尾都在疯狂地夹菜。桃李园的师傅的做菜水准一如既往，食物色香味俱全，还有着浓郁的北方特色。

吃大盘鸡时，田佳慧眼睛一亮，给纪汀夹了一块鸡肉："糖糖，你尝尝这个，超级好吃！"

"糖糖？"温砚第一次听到这个称呼，在一旁饶有兴致地问，"为什么叫这个名字？"

解晰终于找到了话题："这个我知道！因为高中数学老师说话带口音，每次叫纪汀的名字都念 ji tiang，读快了听起来就像 jitang。"

田佳慧补充道："关系比较近的朋友都喜欢这么叫她。"

"哦，这样。"温砚似笑非笑地应了一声，"还挺有意思的。"

这时，门口突然传来一个惊讶的声音："纪汀，佳慧？"

田佳慧笑道："哎哟，婷婷，你也来吃饭？"

纪汀抬头一看，发现黄婷婷正目不转睛地盯着温砚和解晰。她脸上的表情极为丰富，反复变换，她哽了半天后竖起大拇指："纪汀，牛还是你牛。"她说完之后就一下子溜掉了。

纪汀无言以对，心想：完了，这下她是跳进黄河也洗不清了。

田佳慧奇怪地问："她在说什么啊？"

纪汀道："呵呵，不知道。"

吃完晚饭，田佳慧和解晰有事先行离开，只剩下纪汀和温砚两个人。纪汀转了转眼珠，问道："阿砚哥哥，你能不能陪我散个步？"

温砚最近在做项目，日程安排得挺紧的。他看了她一眼，纪汀立即撒娇，嘟起了嘴："十分钟总还是有的吧？"

正好他也有些话想对她说，于是颔首："好。"

两个人在紫荆操场上绕着圈走，皎洁的月光透过云层洒落，纪汀倏忽想起暑期学校的那个夜晚，那夜跟现在一样静谧。说起来，她算是非常幸运的——她当时许下的愿望几乎一个都没有落空。她想要再回来，想要考进经济管理学院，想要正大光明地站在温砚身边——这些事情都成真了。得偿所愿真的是一件很幸福的事情。

她正回忆着，温砚倏忽开口道："汀汀，之前你上高中的时候哥哥总是告诫你不准早恋，想必那时你也挺烦我的。"

纪汀的脚步一顿，她回过神来："哥哥，你怎么突然说起这个？"

温砚笑了笑，继续道："只是，我们汀汀长大了，有些事情可以开始考虑了。如果遇到不错的男生，也可以试着相处一下，不过你要擦亮眼睛仔细辨别。"

"哥哥……"纪汀皱起眉来，"你在说什么啊？"

温砚停了下来，低头看她："解晰这个人，哥哥今天看了觉得品行还可以，只是做事可能有些不着调，你——"

"阿砚哥哥！"纪汀终于弄懂了他的目的，觉得又好气又好笑，"原来你今天叫我们一起吃饭，就是为了这个？！"她摇着头退后两步，不敢置信地说道，"你以为我喜欢他吗？"

温砚缄口不语，但表情分明是默认。纪汀闭了闭眼，尽量克制住自己："我不喜欢他……而且，我现在也不想考虑这些事情，你这样说实在是让我很困扰。”

她的语气带着一点尖锐的冷意，让温砚不由得怔了怔。

纪汀深吸一口气：“哥哥，我先回去了。”她转身离开，走了两步，低声道，“你也……早点休息。”

望着逐渐变小的纤细的背影，温砚沉默地站在原地，没想明白是哪一步出了错。他理解小姑娘可能会羞于提及这种话题，但没料到她的反应会这么大。他还以为他们的关系已经足够亲近。他以为她会愿意和他分享这些。

树影斑驳，遮挡了月光，落下一地厚重的暗影。温砚的手指缓缓地屈起，面色迅速沉凝下来，染上一丝不真切的阴郁。

自紫荆操场一别，纪汀好几天没接温砚的电话，也没主动给他发信息。她实在很生气，差点被气哭——你不喜欢我也就算了，还这样明明白白地说出来，把我往外推给别人？

纪汀觉得自己非常需要冷静一下。所幸平常的课程非常充实，她没有太多的精力来想这件事。大一学生有一门新生研讨课，需要针对某些固定的主题进行小组讨论。周五晚上，组长把讨论的地点定在了紫荆园地下一层。

这里有一个快餐食堂，有点像必胜客，可以一边吃东西一边开会，深得同学们的喜爱。

四人把自己的观点交流过一遍，纪汀提议道：“知识付费营销这块儿我觉得就分四个部分来写，概览、营销手段、产生原因、未来趋势，大家一人领一个，怎么样？”

组长想了想，点头：“我觉得可以。”

另一个男生说：“那我们就在这里把它写完吧，也别带回去了。”

“行，今晚就搞定它。”

四个人开始埋头苦干。一旦专心地沉浸于研究和学习中，时间就过得飞快，他们也不会被外界嘈杂的声音所干扰。不知不觉过了两个小时，大家不约而同地伸了个懒腰：“啊，终于搞定了。”

组长“啧啧”地感叹道：“不容易啊。”

“辛苦各位了！”纪汀笑了笑，“我去买点小食，你们想吃什么？”她眨巴着眼睛，豪气万丈地拍了拍胸口，“我请客！”

众人欢呼："啊，汀汀你最好了！"

"我要吃蒜香鸡翅！"

"鱿鱼圈！红豆派！"

"烤牛肉串和芝士挞。"

纪汀点点头，欢快地说道："好嘞！"

纪汀下了单后，美食很快上桌，四个人大快朵颐，满足地喟叹："太幸福了！"

"清华就是好啊，十九个食堂呢！"

"现在又开了更多，不止了耶……"

又聊了一会儿，有人道："时间差不多了，咱们回宿舍吧？"

"好。"纪汀跟着大家一起起身收拾东西。她整理书包的时候，一张草稿纸掉到了地上，她俯身捡起它，目光恰好看到不远处的某人。那人的背影早已刻入了她的脑海中，哪怕只是一个后脑勺儿，她都能认出来。

如果只有他一个人，纪汀肯定会转身就走，但是——现在温砚的对面坐着一个女的。她要是因为闹脾气让其他人乘虚而入，那就得不偿失了。纪汀恶狠狠地在背后瞪了他两眼，心里浮现出一点委屈。哼，他每次都要她先示弱。纪汀让几个同学先走，坐在原位冷眼旁观那一桌的动向。

温砚的对面坐着一个纪汀从未见过的女人，纪汀对她很是面生。她的表情非常丰富，眼神透亮，她又笑又拍手，似乎聊到兴致之处。相比之下，男人的反应就比较平淡，只是偶尔轻微地颔首。

桌上，温砚拿起水杯轻啜了一口水，漫不经心地听着施斐然东拉西扯。对方本来是要跟他汇报一些关于项目的新想法，而现在，话题已经偏离了初衷太远，他的耐心逐渐被耗尽。

温砚微微地掀起眼帘："胡昱祈他们怎么还不来？"

施斐然顿住，眼神有点闪烁："啊，我问问。"

还没等她装模作样地发出微信，温砚就掏出手机打了个电话："九点半了，你们人呢？"

那头疑惑地说道："啊？斐然跟我们说改到了十点哪？"

温砚看了一眼似乎有些心虚的施斐然，面色不变："提前一点，现在过来吧。"对方抱的什么心思，他再清楚不过——她是想找机会跟他独处。可惜她用了一个不太聪明的方法。他最讨厌被浪费时间，她竟还借着公事的名头耍心眼儿，简直是准确无比地踩中了他的底线。

这个项目不只是玩玩，到时候还要进行工商注册，成为真正的创业公司。如果团队里有这样一心二用的人，终究会是个麻烦。温砚用手指摩挲着瓷杯的边缘，心下便有了计较。

施斐然一直惴惴不安地等着温砚发难，甚至已经在脑海中将掩饰的说辞勾勒成形，没想到男人的嘴角仍旧噙着淡淡的浅笑。难道胡昱祈什么都没跟他说？她试探着道："砚哥……"

"阿砚哥哥！你怎么在这里啊？！"

两个人的动作皆是一顿。温砚转头，入目是一张眉眼弯弯的笑脸，纪汀明眸善睐，脸色极好。上周日晚上她气鼓鼓地走掉的情景还在眼前，与现在相比，反差感实在是强了些。

这小丫头几天不理他，想必是气还没消，他正苦恼要用什么方法来哄人，她反倒自己送上门来了。嗯……他果然还是更喜欢她与自己毫无龃龉的模样。温砚想到这里，唇边多了几分真情实感的笑意。

"来讨论事情。"他脸上笑意荡漾，"你呢？"

纪汀道："我也是，刚刚小组讨论完。"

温砚拍拍身旁的空位："糖糖，坐吧。"

纪汀听话地坐下，有些不自在地嘀咕："你干吗这么叫我啊？"

他单手撑着下颌，侧着头凝视着她，眼眸里划过一丝兴味："不是说只有亲近的人才能这么喊？"男人挑了挑眼角，理所当然地问，"我不算？"

小姑娘张了张嘴，欲言又止，神情有些别扭。

施斐然满脸疑惑。什么情况？她此刻感觉被雷劈了个外焦里嫩，心头极度憋屈。那种感觉就像是你费尽心机才拿到入场券，结果发现有人早就坐在前排 VIP（贵宾）席。

温砚仿佛这时才想起被晾在一旁的施斐然，介绍道："这位是经济管理学院的学姐，是我们启创计划的小组成员。"

施斐然有满腹疑问又说不出口，只讪讪地做了个自我介绍。

纪汀立即甜甜地说道："斐然姐好，很高兴认识你！"

施斐然"呵呵"地笑了一声。

剩下的组员姗姗来迟，看到纪汀又惊讶又好奇："这是……？"

胡昱祈一拍脑袋，激动地说道："啊，你不就是那天在玉树园的那个吗？！"

突然来了一群人，像围观国宝一样看着自己，纪汀有点蒙，下意识地往温砚的身边挪了挪。

"之前跟你们提过的，这就是我妹妹。"温砚宠溺地看了纪汀一眼，含笑摸了摸她的脑袋，"糖糖，叫人。"

纪汀反应过来："哥哥姐姐好。"

众人满脸震惊：天哪！砚神从哪里找来的这么软萌可爱的小宝贝？！好想捋她，好想揉她，好想亲一下她！

纪汀的眼前都是启创计划的师兄师姐。"清华大学启·创学生创业人才培育计划"是在"国家大学生创新创业计划"的基础上形成的专项人才培养计划。该计划由校团委、教务处以及清华 x-lab 三方合作主办，且由校团委创业指导中心落实细节和最终实施。这意味着这里是清华创业资源最集中的地方。

他们能够入选并且分到和阿砚哥哥一组，想必履历都十分亮眼。果不其然，经过简单的攀谈，纪汀了解到几人不俗的背景。

清华大学特等奖学金获得者，SCI 论文一作，美国大学生数学建模竞赛一等奖获得者，ACMI 情侣 C（ACM 国际大学生程序设计竞赛）国际金牌得主，"星火计划"参与者，MIT（麻省理工学院）暑期研修班学员，优秀学生干部……甚至还有已经做过创业项目的，如今月活一百万，潜力无限。

随随便便一个名头，单拎出来都能大杀四方。

大学是积累人脉的地方，尤其是她以后还要在金融行业工作，这些更是必需品。阿砚哥哥肯定也是抱着这个想法，才会把她引荐给他们。

纪汀想到这里，笑容越发甜美乖巧："请师兄师姐多多指教啦！我能和你们加个微信吗？"

几人点头："当然当然！"

纪汀刷了一波好感后，温砚提醒："十点多了，早点回去休息。"

他起身跟众人说道："我送她上去。"

两个人一左一右地上楼。男人在门口顿住脚步，似乎还有未曾言明的话。纪汀明白，他们不能装作周日那晚的事没发生过，总要解开这个心结。

她仰起小脸："哥哥，你想说什么？"

他低垂眼帘，深深地凝视她：“哥哥知道，你不愿意我管得太宽，干涉你选择的自由。”温砚说，“糖糖，哥哥错了，以后不再说那些话了，好不好？”

纪汀定定地看着他——其实他还是没找到问题的症结，但是她又万万不能告诉他那些。

“原谅哥哥吧，嗯？”男人拽着她的袖子摇了摇，薄唇紧抿好似委屈，纤长的睫毛轻颤，一双桃花眼泛起层层涟漪。

纪汀满脸震惊。他撒娇了！阿砚哥哥竟然跟她撒娇？！看他这个样子，她怎么可能继续置气？！“这……”纪汀慌乱地支吾道，“哦，好……好吧。”

温砚的眼底立即弥漫出盎然的笑意，如春风融雪、湖光潋滟，嗓音温柔：“糖糖最好了。”

这话像轻柔的羽尖在她的心上来回地扫过，乱了一池寂静。纪汀的心快要跳出胸口，节奏混乱得不像话。脑海中的弦霎时间绷断，在纪汀能够清醒地思考之前，她已经扑入了男人的怀中。

温砚被抱了个满怀，有些诧异：“糖糖……”

好在纪汀没有完全地丧失理智，还不忘施展那些撩拨的手段。她抬起巴掌大的白皙的小脸，葡萄玉般的眼睛在灯光的掩映下无比透亮，饱满嫣红的嘴绽开一抹笑，她带着天真的风情说：“哥哥，我以后再也不要和你生气了，一点都不好受呢。”

温砚听到小姑娘的声音娇软又甜美，下意识地将她搂紧了些。这要是换作旁人，他肯定顿生警觉，摆上冷淡疏离的面孔。但偏偏对象是她，此刻他只觉得这种行为恰恰展现了纪汀对他的依赖和亲近。他并不排斥这种感觉，甚至还想索取更多。他想靠她近一些，再近一些。

纪汀走后，胡昱祈“啧啧”地感叹：“兄弟，你这妹妹还真挺可爱的。”

众人道：“就是，情商也挺高。”

“肯定也很聪明，不是说高考名列前茅吗？”

温砚含笑接受所有的夸赞，仿佛被表扬的人是自己一般。

只有施斐然的表情有些勉强——在她看来，温砚和纪汀的关系怎么琢磨都不对劲儿，她总觉得他们亲昵得过了头。呵呵，妹妹？谁知道他们之间的关系是不是别的什么呢？

随着入冬，所有专业课都进入到一个比较深层次的阶段。纪汀本来还想着有不会的可以问问温砚，时不时地骚扰一下他，结果一直没有等到机会。唉，她顾影自怜地叹了口气——都怪自己太冰雪聪明。

天气渐渐地变得寒冷，纪汀又是容易手脚冰凉的体质，只有里里外外地穿三件棉衣，再套一件羽绒服才能感觉暖和。因为穿得太多，她每次骑自行车的时候都有些不太方便，像只笨拙的小熊，摇摇晃晃地勉强行进。但是她没办法，实在是太冷了！

从图书馆出来的时候纪汀的手还是热的，一接触到外面的空气就立马变凉。所幸还有食堂热和的麻辣香锅撑着，不然她实在很难撑得住。

十二月之后，朋友圈每天都有人卑微地求雪。身为一个南方人，纪汀竟然一点也不期盼那种浪漫的美景，怎么想都是和暖的晚春更吸引人嘛。要是下一场大雪，路不会好走，她要骑车就没法打伞，肯定会头上一层雪，狼狈极了。兴许是去年的冬天北京没下雪，所以今年加倍奉还，短短的一个月竟然下了两场雪。

当时恰逢学生节的彩排，纪汀报名了主持，学生会的学长学姐让他们当天下午四点在新水利馆集合。

在此之前，她和一个外系的小姐妹约定在工物馆交接社团需要的一点资料。纪汀把自行车随意地停在大门口，“噔噔噔”地上楼。

从工物馆出来，纪汀蓦然发现雪已经积了快一尺深了，她一脚踩下去又冷又湿，根本没法走路。她来的时候下的还是落地即化的小雪，谁能想到不过进出这么十几分钟路上便积雪这么深了？

更糟糕的是，她的自行车被风吹得歪歪斜斜地倒在一边，整个链条都翻出来了——生动形象地诠释了什么叫作关键时刻掉链子。

纪汀没忍住在心里暗骂了一声。这辆车是开学时她在校门口随便找人买的，花了五百块，当时老板信誓旦旦地保证车质量上乘，可没过几个月它就又爆胎又掉链子。

离彩排还有十分钟，而她现在需要从园子的东边走到西边，横穿新民路和学堂路。在这样的天气下，这简直是一个不可能完成的任务。

微信群里是学姐的叮嘱：@全体成员，这次彩排非常重要，绝对不能迟到！

纪汀急得团团转，几乎没过多地思考就给温砚打了电话。遇到困难时，她第一个想起的似乎总是他。

那边很快接起电话，嗓音温和："喂，糖糖，有什么事吗？"

"阿砚哥哥，你现在在哪儿啊？我现在要去新水利馆彩排，但是雪太大了，我的车又坏了……"

温砚会意，问道："你在哪儿？"

"在工物馆。彩排四点开始，快来不及了……"

她急得都快哭出来了，他柔声地安抚她道："别急，我在六教，马上来接你。"

六教距离工物馆倒是极近，纪汀悬着的心放下了些。她吸吸鼻子："那哥哥，我在这儿等你。"

纪汀放下电话，打算放弃她的那辆破车。她提着大衣的下摆，小心翼翼地往六教的方向艰难地移动。雪积得很深，鞋上的雪渐渐融化，渗入鞋面，冻得脚趾都失去了知觉。恍惚之中，纪汀听到有人在叫自己的名字。她抬起头，一片皑皑白雪中，身形挺拔的男人在不远处挥手。

纪汀被风雪眯了眼，有点看不清眼前的景象。但她依稀地捕捉到一抹随风舞动的灰色，它正在缓缓地向自己移动。这种情况下，她心头反而冷静了下来。因为她知道他一定会来的。她只要这么想着就觉得无比安心。

思绪竟蓦地飘远了，纪汀突然觉得这种场景确实还挺浪漫——他们好像一对即将私奔的恋人，即便面临艰难险阻也要在一起。

这个顽皮的小念头抹除了身体部分的不适，纪汀看着那人越来越近、越来越近，直到他脸上温暖的笑意能融化这个冰雪世界。

温砚背过身，在她的面前蹲下："上来，哥哥背你。"

纪汀的嘴唇冻得直打哆嗦，她本还想推拒，却见他的神色倏忽一沉："听话。"她赶紧俯身搂住他的脖颈。

"这条小路上积雪太厚了，车开不进来，我先带你到新民路上，再骑车带你去新水利馆。"温砚说完，又重申一遍，"别着急。"

温砚的衣领被凛冽的寒风吹得敞开了些，凉气直往里面灌，他却抿着唇一言不发，步伐缓慢但依旧沉稳。纪汀看着心疼，于是把他脖子上的围巾解开，再把它严严实实地绕起来塞进大衣领口里。

前面传来他含着笑意的声音："太紧了，你是想把哥哥勒死吗？"

她也笑了，重新给他系了一遍围巾。

漫天大雪似乎能掩盖周围一切嘈杂的声音，他就这样背着她，在雪地里深一脚浅一脚地走着。时间仿佛也被冻结。

纪汀偏头靠在他的肩上，脸颊感受到透过衣料传来的温热。有那么一刻，她觉得这个人是属于自己的。又或许说，他们是属于彼此的——就像他围着她送的围巾，而她戴着他送的手链一样。

多亏了温砚的帮忙，纪汀准时赶上了彩排。她晚上回到宿舍，没料到三个舍友都直勾勾地盯着她。纪汀被看得发毛，问道："怎么了？"

蔡瑞琪率先发话："汀汀，你可真是出息了啊！"

丁玲面无表情地说道："谈恋爱居然也不告诉我们！"

舒雯摆不出那架势，只能嘟着嘴附和："哼！"

纪汀一脸蒙："我没谈恋爱啊？"

"你和砚神都在水木清华论坛热帖第一了，你还在这里装蒜？"蔡瑞琪痛心疾首，一字一顿地控诉道，"纪汀，你可真是个大尾巴狼！"

纪汀满脸疑惑。她劈手夺过对方拿着的手机，上面被加"精"又飘红的热帖的标题赫然是——# 啊啊啊我悲伤欲绝 #。

纪汀不懂这跟她和温砚的绯闻有什么关系，疑惑地点了进去。

1 楼：心情沉痛。

楼楼今天得知了一件事情，恍若天打雷劈，那就是——我发现我们砚神有女朋友了。

今天下午突然下雪，作为南方的小可爱，我一向都是很期待的，然后兴高采烈地多点了一杯奶茶，外卖电话来的时候我下楼去取，哦那个骑手居然还没到就给我打电话，害得我在冷风里多站了五分钟，冻死我了……

好像跑题了，Anyway（无论如何），我站在六教门口等呀等呀等，骑手没等到，却目睹了令我旋转升华的一幕。

我竟然看到，砚神从工物馆的那条小路上朝我走过来，大雪茫茫，他不打伞不穿雨衣，背上还背着一个姑娘！

楼楼当时就僵在了原地，试图用我那 5.2 的卡姿兰大眼睛看清楚。嗯，那就是砚神没错，他还扭头对那个姑娘笑，表情贼温柔！

嗨呀，我心里那个酸——哪个姑娘这么有福气，居然泡到了我们的高岭之花？于是我又凝神一看，呵，这不是经济管理学院新生票选出来的系花吗？

人确实长得好看，为保护个人隐私我就不放照片了，你们可以随便问问，肯定有加过她微信的。总而言之，言而总之，这件事还是在我幼小的心里留下了巨大的阴影！

求 pat pat（拍拍）！

2 楼：什么鬼？！本来欢天喜地吃着晚餐的我瞬间就不好了……温砚脱单了我的后半生幸福也就没有指望了！

3 楼：啊啊啊年底了这真是我听过最丧的消息，作业写不下去了！这比当初我追的崽恋爱了还让人难受！

4 楼：弱弱地问一句——砚神是谁？

5 楼：建议自行百度。

6 楼：看了 5 楼我迅速地搜索了一下，结果——这是什么神仙！广东省高考状元，“校歌赛”十佳之一，本科生特等奖学金获得者，优秀学生会干部……然后我再看看照片……哥哥，请你出道吧！

7 楼：今夜无人入眠。

…………

下面盖了几百楼。

纪汀是真的没想到温砚这么出名，放下手机：“呃，这个，我觉得我可以解释……”

三个人平静地微笑：“请开始你的表演。”

纪汀“喀”了一声：“他是我哥哥的高中同学，之前来我家住过一段时间，所以我们关系还挺好的。”室内一阵沉默，她面不改色地补充道，“没在一起，真的，他一直把我当成妹妹。”

许久之后，蔡瑞琪问道：“那之前我们讨论的时候你干吗都不吭声？”

纪汀咽了口口水，小声说道：“因为我有好多他的照片，怕你们找我要。”

三个人满脸疑惑，齐刷刷地伸出手：“交照片保你狗命。”

纪汀心里默默地念道——阿砚哥哥，对不住了。

接下来半小时，是欣赏某人的绝世美颜的吹捧现场。

丁玲：“啊，我突然想起来，军训的时候有一次加训，有一个男人送你过来，那个是不是砚神？”

纪汀讪笑着点头。

丁玲捶胸顿足："啊啊啊气死我了！没想到我曾经离'男神'那么近！"

纪汀的眼珠转了转："只要你们帮我保密，我可以约他出来和你们一起吃饭。"

三个人交换了眼神——呵，当我们是这么好收买的？她隐瞒不报的事情我们还没算账呢！不要以为小小福利就能让我们屈服，哼。

片刻后。

蔡瑞琪道："成交。"

丁玲道："没问题。"

舒雯道："没问题。"

于是温砚就这么被当成工具人和四个人吃了一顿饭。纪汀估计他并不知道论坛上的事情，所以什么也没有说。

那条热帖的热度下去之后，帖子后续还出了一些更新，不过没再溅起什么水花，纪汀也不用每次见人都澄清一遍。不过她发现，黄婷婷看她的眼神更加古怪了。她已经不想去拯救黄婷婷崩塌的世界观了。

寒假很快到来，纪汀利用有限的时间把车学了，还看了很多关于市场和行业的研究报告，自学了会计学原理。

周末，田佳慧约她出去做陶艺。正好晚上有高中同学的聚会，两个人便把时间定在下午。

纪汀在这方面没什么天赋，总是没办法把泥捏得很匀称，转着转着陶土就歪掉了。反正也就是消遣，她随便地弄了一个简易的瓶状陶土，接着就开始雕花和上色。她原本是想在瓶身上画几根竹子，谁知一不小心用力过猛，把瓶壁戳穿了。

她无奈地从里面开始修复，好不容易才把那个洞堵上。不过那条狰狞的"疤痕"的印迹却无法抹去，纪汀看了半天，心生一计。

她就着那条长长的线，一笔一画地写下了某人的姓名缩写——wy。嘿嘿，大不了她就把作品送给阿砚哥哥好了。纪汀和田佳慧就兴致勃勃地把作品送去烧制之后，打的去同学聚会的地点。

这次同学会是年级里组织的，规模盛大，在枫苑定了好几桌，来的同学有近百名。她们很快找到了二班的阵营。纪汀环视一周，看到的都是些熟悉的面孔。没看到程楚明，她在心中暗叹了一声。

大家的变化其实都不大，顶多是女生开始学会化淡妆了，男生嘛，还是那种欠揍的模样。

桌上气氛热烈，话题天南海北，他们从高中的趣事一直聊到大家如今的感情状况。谁谁谁又脱单了，谁谁高考完就分手了，谁谁找了个一米九的男朋友，谁谁谈了高中的小学妹……

田佳慧一直积极地参与讨论，纪汀听了一会儿就没兴趣了，悄悄地跟她说道："我出去透口气。"

刚走到走廊上，她就听到背后传来一阵轻缓的脚步声。纪汀回头一看，有些讶异："薛婉怡？"

薛婉怡高考发挥稳定，最后去了北大元培。她今天穿着一条米黄色的长裙，整个人的气质更加优雅内敛，她似乎变化不小。薛婉怡朝纪汀走了两步，微抿着唇，有些欲言又止。

"纪汀，听说你在清华成绩不错，也交了很多朋友，恭喜啊。"

以她以前的性子，她是绝对说不出这种话的。她大约也是成长了。纪汀心里笑了一声，颔首，真诚地说道："谢谢。"

薛婉怡的眼神有点复杂，半晌她才仿若下定决心，说道："其实这么久以来，我都想跟你说一声抱歉。出于各种原因，那时候我很羡慕你，也许还有点嫉妒，所以总是针对你，态度也蛮不客气的，现在回想起来，我觉得很后悔。"

纪汀有些讶然——这是她没有料到的。于是她顿了一下，笑道："这么长时间过去了，其实我早就不介怀了。况且，当时我的态度也不算特别好，所以，就算我们扯平了。"

薛婉怡愣了一下，也笑了起来："咱们要是早点这样相处就好了，说不定能成为朋友呢。"

纪汀眨眨眼："现在也不算太迟啊。"

冰释前嫌是双方都高兴的事情。两个人很快敞开心扉，聊了聊自己最近的生活。

薛婉怡八卦道："对了，纪汀，你有男朋友了吗？"

"没有。"纪汀已经记不清自己是第几百次摇头了，顿觉一阵憋屈。

薛婉怡颇有种同是天涯沦落人的感觉："我也是。"她突然附在纪汀的耳边小声说道，“我给你说个秘密，你千万别告诉别人。”

大约每个传话者对下一任都是这么说的，纪汀回想起高中时女生们聊八卦的情形，忍不住笑了一声：“好。”

薛婉怡说：“毕业典礼的时候我跟解晰表白了，结果他跟我说，他喜欢的是你。”

纪汀抖了一下，难以置信地问道：“真的假的？”

薛婉怡瞥了她一眼：“当然是真的，我骗你干吗？虽然我现在不喜欢他了，但是他当时的语气和神情我都记得很清楚，非常认真。”

纪汀皱眉——不会吧？她完全没有看出来。

看着她的神情，薛婉怡问道：“他没跟你表白吗？”

纪汀道：“没有。”

“那我就不知道了。不过我所言句句属实。”薛婉怡意味深长地拍了拍她的肩，“我只是觉得，解晰这个人还不错，你可以考虑考虑。”

纪汀回到包间，里面依旧人声鼎沸。田佳慧埋着头在桌下编辑信息，纪汀走过去在她的旁边坐下，随口问了一句：“跟谁聊呢？”

田佳慧立刻抬起头，眼神躲闪：“没……没跟谁聊。”

手机屏幕上还亮着微信的界面，这话分明是掩耳盗铃。她脸颊酡红，看来是喝了不少。纪汀怕她一冲动干出酒后表白的事情，故意引开她的注意力：“陪我去趟卫生间行吗？”

田佳慧思考了两秒钟，飘乎乎地站起来：“可……可以。”

谁知她一下没拿稳手机，手机“啪嗒”一声掉在地上。田佳慧姿势别扭地弯下身去捡手机，手指无意中碰到屏幕，把未编辑完的信息发了出去。

另一头，男人百无聊赖地玩着手机，忽然收到一条微信。他点开，里面只有寥寥的几个字——我喜欢上你。

方泽宇满脸疑惑，现在的小孩儿说话都这么大胆了吗？

酒局已经进行到白热化。好几个人醉倒在桌上不省人事，还有疯言疯语地说要大战三百回合的，一团乱象。纪汀不太喜欢喝酒，也没人敢硬灌她，因此她成了为数不多还保持着清醒的人。

这时，有人突然拍了拍她的肩：“纪汀，跟我出来一下。”

纪汀回头，对上解晰平静无波的眼神。她忽然想起薛婉怡的话。他喜欢自己，却从来没说过。这次，该不会是……心里隐隐地有些紧张，纪汀跟着他走到一处无人的角落。

“怎么了？”

解晰凝视了她几秒钟，忽然笑出了声：“你干吗一副担惊受怕的样子？就这么怕我会跟你表白？”

他怎么知道的？！纪汀有些尴尬，顿了一下才说：“没有啦。”

解晰开口道：“我能理解你的想法。以你的性格，不会拖拖拉拉地吊着别人，也不会藕断丝连。况且咱们认识这么久了，你更希望把我界定为好朋友，而不是追求者，我说得对吗？”

纪汀闻言，心往下沉了沉。在薛婉怡告知她事实的时候，她就觉得大事不妙——这么久以来她竟没能看出他的心思，可见他不似表面看上去的那样简单。他如今又说出这番话，说明他对她也有着较为深入的认知。但是自己却没那么了解他——她一直以来都在轻视对方。

解晰观察着纪汀的神情，笑道：“你放心，我今天不是来跟你表白的。”他语气轻松地说，“只是想向你确认件事。”

“什么？”

“高三的时候，你告诉我，你有喜欢的人了。”解晰问，“还记得吗？”

纪汀颤了颤睫毛，没说话。

“当时我还不知道是谁，但是现在我知道了，他是——”

纪汀跺了跺脚，急道：“解晰！”

看他的表情，她就知道他是真的猜到了。纪汀放低声音：“你到底想干什么？”

“没想干什么，就当是我好奇吧。”解晰双手插兜，恢复了以往的那种吊儿郎当的模样。

纪汀咬着唇，紧紧地盯着他。半晌，她低声道：“我先回去了。”

刚走出两步，她便听到身后传来他淡淡的声音：“我喜欢你这件事，其实你不必有太大压力，因为这更多是出于一种纯粹的欣赏。我跟其他人不一样，我有自己的判断。我认为，他比我更适合你。”

纪汀蓦地转身，眼神有些复杂。

解晰却微微地笑起来："你放心，这件事我一个字都不会跟他说。如果你们以后在一起了，我会真心地祝福你们。"

纪汀定定地凝视着他，片刻后轻声道："谢谢。"原来，他比她以为的要成熟太多。似乎是想到了什么，她扬起了嘴角，"解晰，虽然平常我老爱怼你，但实际上我也就嘴上说说而已。"

他哼笑一声："我知道。"

"我永远感激在高三的时候，你在后山给予我的安慰，那个拥抱很温暖。谢谢你。"

他轻轻地点头："也谢谢你。"

纪汀顿了顿："如果你以后有需要我帮助的地方，一定要记得——"

解晰笑着摇头，打断她："行了，又不是要绝交，有什么事到时候再说。"他挥了挥手，潇洒地说道，"走了，下学期见。"

纪汀看着他的背影，半晌笑道："嗯，下学期见。"

他们都有着敏感细腻的内心，也都曾给予过对方力量。她回忆起来，这总归是件温暖的事情。

第七章
指缝间落下的糖

临近晚上十一点，她差不多也该回家了，从枫苑出来，外面正下着淅淅沥沥的小雨。纪汀收到了纪琛的消息，他说已经开车出来接她了，马上就到。她正无聊地刷着手机等待，旁边突然传来“啪嗒”一声脆响。

纪汀的目光随之落下，首先映入眼帘的是一双黑色的镶钻高跟鞋。主人双腿修长，皮肤白皙，她穿着一条天鹅绒的红色蓬蓬裙，纪汀似有所感地抬头。

许若纭今天化着精致的妆容，眼线上扬的弧度优美，高光、阴影该有的一处不少，脸颊上甚至还扑了亮晶晶的闪粉。无疑，她是个极美的女孩，在高中的时候纪汀一直就这样认为。

“纪汀，真巧。”许若纭在她的身边停下，转头扬起一个完美的微笑。只是那笑中含着明晃晃的不屑和讥讽。

她倒是一点没变，还是那么张扬任性。纪汀在心底笑了一声。优越的皮囊总是被世人所推崇，但如若缺乏驾驭它的智慧，只会让人陷入非常危险的处境。不知许若纭的幸运能够让她保持这个模样多长时间。

“纪汀，听说你现在也没谈恋爱，怎么，你不是喜欢解晰吗？难不成一上大学就被甩了？”

每个女孩心中都有一个假想敌，对方定有一面彻头彻尾地碾压自己，可能是美貌，可能是才华，可能是异性缘……

高中的时候许若纭是趾高气扬的小公主，对自己的外形极其自信。她被不少同学追捧为“大美女”“级花”，在社交媒体上也玩得风生水起，算是小半个网红，天天被粉丝崇拜。因而她从没想过自己也有遭遇滑铁卢的一天，还遭遇了两次。

有一天她和某个男闺密在食堂里吃饭的时候，对方小声地跟她说：“看，那就是大名鼎鼎的纪汀。”

大名鼎鼎，这种词让她本能地反感。许若纭顺着闺密的目光看去——只见一个女孩正安安静静地坐在相隔两张桌子的位置。她的头发整整齐齐地梳成了一个马尾辫，侧脸姣好柔美，纤长的睫毛轻轻地垂下，像是扑扇的蝶翼。

纪汀怎么长这个样子？许若纭一直知道年级里有这号人物，但是每次路过排名墙的时候她都匆匆地一眼扫过，压根儿没仔细看。她对这些不感兴趣，更没有想到，这个年级第一的长相如此有威胁性。

闺密说：“听说郭浩峰也喜欢她。”

许若纭表面不动声色，心里却沉了下来。郭浩峰曾追过自己一段时间，虽然她没有答应他，但也一直吊着他没放。毕竟，她很享受这种被追捧的快感。但如今……

越来越多的人在她的耳边提起“纪汀”这个名字，语气里是毫不掩饰的羡慕和崇拜。许若纭逐渐生出一种属于自己的东西被别人抢走的感觉。然而，让她更加如临大敌的戏码还在后头——年级里居然开始盛传解晰和纪汀的绯闻。

许若纭觉得胸腔又酸又涩，没忍住去质问了一次，不料对方淡淡地告诉她这是子虚乌有。当时她信了，直到看见二人在后山抱在一起。当时她就觉得纪汀实在是虚伪至极——纪汀敢做不敢认，把所有人都玩弄在股掌之间。所以她向年级主任告发了此事。可她没想到，纪汀还是拒不承认和解晰的事情。

许若纭骨子里清高惯了，做不出找人私下教训对方的举动，只能暗自忍下这口气。但是她永远不会忘记这宛如耻辱一般的惨败——在获取关注度和喜欢的人的好感两方面，她都败给了纪汀。她每每想起这件事，都会意难平。

思绪被拉回缠绵的雨声之中，许若纭听到纪汀平静地回答：“我没跟他在一起过，这是我最后一次向你解释。”

呵，她还是一如既往地虚伪。“那还真是可惜。”许若纭勾了勾嘴角，“你赶紧找个男朋友吧，好处还挺多的。”她抬起脚，“喏，这就是我男朋友送给我的。”

纪汀笑了笑——许若纭这是找平衡感来了。“找男朋友的好处就是让他给你送礼物？”她看了一眼许若纭的那双鞋子，“这鞋在国内至少要八千块。”

这句话给了许若纭更大的发挥空间，她的眼角眉梢浮现出几分得意：“没办法，他家就是很有钱，动不动就给我买上万的东西，拦都拦不住，家里包包、首饰和化妆品都快堆满了。”

纪汀没有立场去评判对方的观念正确与否，只淡淡地弯了弯唇。

大堂中陆续有同学出来，许若纭笑道：“纪汀，你心里一定嫉妒死了吧？”

纪汀在心里轻轻地叹了一口气。虽然爸妈总是张罗着给她买奢侈品，但她觉得自己年纪尚轻，所以穿的都是一些性价比高又时尚的衣服。她从来没觉得那些动辄上万的东西能让她感到内心充实。

她觉得似乎没有继续攀谈下去的必要了。许若纭青春少艾，不琢磨如何丰富自己的内涵，反而追求这些虚荣的物质，肆意地挥霍自己少得可怜的价值——这思想层次是如此浅薄。

她不说话，许若纭以为自己猜中了她的心思，更加自得：“我男朋友一会儿就来接我，你怎么回去？”

“嘀嘀——”

不远处清晰的喇叭声吸引了两个人的注意。一辆低调奢华的黑色轿车打着双闪，穿过厚重的雨幕驶来，缓缓地停在了她们的面前。车门被打开，年轻的男人撑开雨伞，迈着修长的双腿，步履沉稳地朝她们走来。那是……纪汀怔怔地看着他，一时之间竟忘了言语。

温砚走到台阶下，仰起头对她伸出一只手，眉眼温柔：“糖糖，走了。”

纪汀全部的心思都被他牵引了过去，她下意识地将指尖放在他温暖的掌心上。肌肤的触感如此真实，她不由得恍了恍神。温砚轻轻地一拉，纪汀就被拉到他的雨伞下。

许若纭惊疑不定地看着眼前衣着矜贵的男人。他皮相骨相皆是上乘，容颜英俊，透着一种雕塑般的优雅的美感。而这辆车……她以跟着男友耳濡目染的经验能够勉强辨认出车的价钱绝对不会低于两百万元。

许若纭忍不住脱口而出："纪汀，这该不会是你找的托吧？你也太装了，自欺欺人不低级吗？"

自始至终都没看向她的温砚此刻终于分给了她一丝目光。他颦起眉峰，语气无波无澜："你是谁？"

他的眼神似乎依旧温和，但莫名地让许若纭感到一股极强的压迫感。她张了张嘴："我……"

温砚笑了，神情有些散漫："噢，那不重要。"他顿了顿，"小朋友，请问你父母把你当成一个女孩来教养吗？"

上车之后，纪汀坐在副驾驶座上，嘴角止不住地上扬，她像只狡黠的小狐狸。虽然她并没有把许若纭放在心上，但是对方刚刚的表情还是让她爽爆了。啊啊啊啊啊阿砚哥哥太帅了吧！他真是充满男友力！

温砚打着方向盘，含笑瞥了她一眼："这么高兴？"

纪汀回过神，撒娇道："因为见到哥哥了啊！"她问，"哥哥，你怎么这么早就到了？"

苏悦容和纪仁亮邀请温砚来家里过年，本来他说是大年三十才到深圳，结果今天才二十八，他就已经来了。温砚也没瞒着她，语气平静地说道："之前去拜访了一下外公一家，他们住在这边。"

毕竟外公养了他这么多年，这于情于理都是应该的。纪汀点头，没在这个话题上过多停留。她问："今天怎么是你来接我啊？"

温砚又看了她一眼，嘴角勾起一个若有似无的笑："小朋友，不愿意哥哥来接你吗？"这一句话和说给许若纭的那句话简直天差地远，听上去缱绻又亲昵。

"没有。"纪汀耳尖微热，小声说，"那你怎么不告诉我？"

温砚说："因为想给你一个惊喜。"

纪汀抿了抿唇，笑意不受控制地弥漫开来。她嘴上却道："那你开着我爸的车，搞得别人还以为我找了个托，在同学会上充面子。"

温砚的桃花眼慵懒地上翘："是哥哥狐假虎威了行不行？"

"行。"纪汀的嘴角情不自禁地弯了弯。

他们回到家，纪琛正瘫在沙发上玩游戏，闻声头也不抬："回来了？"

“嗯。”

苏悦容给两个人拿了干净的棉鞋：“没淋湿吧？”

温砚笑道：“没有。”

苏悦容现在看到他就跟见了亲儿子似的，捋了捋他额前微湿的碎发：“还说没有？赶紧去冲个澡，换身衣服，别着凉。”

温砚怔了怔，笑容更甚了：“好。”

他上楼以后，苏悦容走到沙发前，毫不客气地踹了纪琛一脚。

纪琛身体一抖：“哎呀妈！让我打完这把！”

“玩多久了？！让你去接汀汀你死活不肯，最后还是人家小砚去的。现在他们都回来了，你这把还没打完？”

纪琛道：“很快很快，真的很快，马上结束！”

苏悦容看着目不转睛地盯着屏幕的儿子，顿时有了种人比人气死人的感觉。

温砚虽然在近两年的寒假都会来纪家小住一段时间，但是从没有和他们一起吃过年夜饭。

除夕这天，纪家分外热闹，老一辈和七大姑八大姨全部聚在一起，桌旁的人正好围满了一圈。纪琛以往最讨厌过年，因为这些亲戚会抓着他不停地问私人的问题，所以今年，他十分不厚道地拉着温砚一同分散火力。

大家对这个一表人才的小伙子很是好奇，上来就狂轰滥炸：“小砚，你学什么专业的？”“以后想做什么工作？”“有对象了吗？”

温砚不卑不亢地一一回答。

对于他没有女朋友这件事，一个婶婶表现得大惊小怪的，摇着头叹道：“之前每次问小琛，他总说不急不急，但这终究是件大事，大学里的女孩子单纯，没那么世故，说不定就遇到合心意的呢，还是要上点心……”

纪汀在心里默默地吐槽——现在的大学生可不一定单纯呢。

婶婶巴拉巴拉地讲了一堆，随口问道：“小砚，你父母难道没有催过你吗？”

温砚依旧含笑地摇头：“没有。”

“那还真是奇怪了，像我们，可是最操心小孩的这些事的了……”

纪汀心里“咯噔”一跳。婶婶嘴碎，情商低，她是一直都知道的。可如今家里来了客人，婶婶怎么还拿捏不住这个度呢？阿砚哥哥与父母的关系并不融洽，他听到这种话心里肯定会难过的。纪汀脸色稍沉，她不着痕迹地用手臂碰了一下身旁大快朵颐的堂妹。

“啊！”

全桌人的目光聚拢过来，只见堂妹手忙脚乱地放下汤碗，裙摆上有一大块被濡湿的痕迹。

婶婶的脸色登时变了：“你这孩子，怎么这么不小心？连汤都不会喝！”

堂妹委屈，指着纪汀大声说：“是姐姐推我的！”

有些人你想要每分每秒、时时刻刻都见到，可有些人一年见一次都嫌多，后者说的就是这些麻烦但又甩不掉的亲戚。

堂妹和婶婶简直是从一个模子里刻出来的。逢年过节来纪家的时候，堂妹都喜欢讨要东西，每次进了纪汀的房间就东摸摸西碰碰，张口就问：“姐姐，这个能给我吗？”

她挑的往往都是纪汀顶喜欢的珍藏品，纪汀却为了礼数不得不忍痛割爱。小孩子不知分寸尚可理解，但婶婶总是包庇她，还说：“汀汀，妹妹年纪小不懂事，你就让给她吧。”

纪汀觉得这种逻辑真是让人无言以对。对于此类事情，苏悦容让她忍一忍也就过去了——她们毕竟是打断骨头连着筋的关系，闹得太难看也不好收场。

看在叔叔对自己还不错的分儿上，她也只能咽下这口气。而如今，这两人齐刷刷地看着自己，颇有声讨的意味。

纪汀的脸上露出满满的歉意，她自责道：“哎呀，对不起对不起！我不是故意的！”她飞快地起身，手脚麻利地拿来了纸巾，帮堂妹擦拭裙子。

看纪汀这个样子，婶婶也挑不出什么错处，便没再开口。可堂妹还是不依不饶，闹脾气道：“我这裙子脏死了！没法穿了，我要换衣服！”

叔叔在一旁低声斥道：“纪雅，不要胡闹！这哪儿有你能换的衣服？”

堂妹眼珠一转：“姐姐有啊！上次我在她的衣柜里看到了一件超级漂亮的汉服，我要穿那个！”

婶婶在一旁附和：“是啊，穿着湿衣服也不好受，汀汀，你俩个头差不多，你就带妹妹去换一下吧。”

话都说到这分儿上了，纪汀只得起身，带着小祖宗进了自己的卧室。她随手拿了一条长裙，不料纪雅头一扭，一副看不上的样子："我不穿这个，我要穿你的那件汉服！"

纪汀神色一僵，劝说道："穿汉服吃饭不方便。"

笑话，她那件明华堂的汉服，是用上好的南京云锦、最繁复的"织金妆花"工艺制成的，花了小一万，排了近两年的工期她才拿到手。她岂能容它被油脂烟火玷污？况且，一旦堂妹换上汉服，汉服大概率是要白白地送给她了。思及此，纪汀不免心痛。

纪雅"哼"了一声："我不管，我就要那件！姐姐你弄脏了我的裙子，理应赔给我一件，你要是不同意，我就跟大伯告状！"

纪汀没忍住在心里骂了句脏话。她是真的想不管不顾地直接找长辈评理，但是……这样势必会让爸爸妈妈和叔叔难堪。今天是大年三十，她得顾全大局，不能把气氛搞得太糟。不就是一件汉服吗？反正买它也是为了收藏，她再预订一件汉服就是了。

给自己艰难地做了心理建设后，纪汀皮笑肉不笑地说："随你吧。"

纪雅换上了那套凤鸾祥云的对襟汉服，兴高采烈地出去了。

饭桌上，情况果然与纪汀料想的分毫不差——那名贵的料子很快就因穿戴者不知爱惜而沾上了油污，布满触目惊心的"伤痕"。她对此实在有点看不下去，心里窝火，饭后找了个借口匆匆地上楼。

纪家在别墅的顶楼打造了一个独特的玻璃房，里面是舒适的软椅，外面则种满了漂亮的花花草草，适合在阳光正好的午后悠闲自在地喝下午茶。纪汀没在晚上上去过，这会儿突然想体验一下。

顶楼的视野比较开阔，她坐在软椅上，默默地凝望远处。那里灯光绚丽，霓虹灿烂，隐隐地传来喧嚣的人声。纪汀调整了一下姿势，仰着头靠在软椅背上，凝视着浓稠的夜空。

不知过了多久，玻璃门那里传来一声响，她抬头，看见纪琛带着温砚走了进来，纪琛说："我就说她在这里吧。"

"哥哥，阿砚哥哥？"

纪琛"哼"了一声："你在这儿干吗呢？不下去看春晚？"

"不了。"纪汀随口诌了一个理由，"我在等烟花。"

“有吗？”纪琛将信将疑地坐了下来。

但不过等了五分钟，他就完全失去了耐心，对纪汀和温砚说：“我先下去了，你俩随意。”

温砚笑着点头，在纪汀的身边落座。他身上那种好闻的味道袭过她的鼻尖，纪汀暗暗地绷紧了身子。

“糖糖。”

低沉有磁性的嗓音自耳畔响起，纪汀不自觉地偏头：“嗯？”

“那件衣服是什么牌子？”男人的眼眸漆黑如墨，“哥哥给你买。”

纪汀一愣——他猜到了？虽说她损失“惨重”，但她仍不后悔对阿砚哥哥的维护。纪汀摇摇头：“没事，哥哥。”

“要的。”温砚的声音虽轻却不容置疑，“告诉我。”

纪汀不知道该怎么说——她没理由让他花那么多钱，他又不是她的什么人。她扬起一抹轻松的笑：“真没事，我平常也不经常穿的，你不用放在心上。”

温砚看了她一眼，没再说话。

天边突然传来一声炸响，耀眼的火光冲破黑夜，纪汀兴奋地叫道：“啊，有烟花！”

五颜六色的烟花绽放在夜幕上空，如同一幅炫目的油画。两个人的注意力都被吸引了过去。烟花熄灭以后，隔壁的人家楼下传来“噼里啪啦”的鞭炮声，年味儿十足。

温砚突然说道：“糖糖，看天上。”

纪汀抬起头——天上有星星，它们虽然很微弱，但仍旧散发着光芒。大城市的夜晚星星最是罕见，她不由得感叹道：“真美。”

纪汀凝望着那些一闪一闪的小亮点，突然想到一种说法——地上逝去的人会化作天上的星星，永远守护着自己的所爱。她突然觉得有些伤感——不知这万千的星斗里面有没有属于阿胖的一颗呢？它在天上过得好吗？没有他们的庇护，它有没有遇上什么麻烦，或是受了欺负？这一年多以来，她竟一次都没梦到过它。

胖胖，是你不愿意见到姐姐吗？你知不知道我很想你。想到这里，纪汀的鼻子有点酸，晶莹的泪珠缓缓地溢出眼眶，从脸颊上滑落。她在今天这样喜庆的节日里哭哭啼啼，实在不像样子。她吸了吸鼻子，小幅度地背过身，悄悄地抹眼泪。

一只手搭上了纪汀的肩膀，将她的身体转了过来。温砚看见她通红的眼角，怔了一下："糖糖，怎么了？"好端端的，她怎么就哭了？

纪汀哽咽着，一抽一抽地说道："我想阿胖了。"

温砚垂眸凝视着她，半晌张开双臂将她揽进怀里，低声安抚她："过来，哥哥抱抱。"

纪汀贴着他胸前的衣襟，哭得更加放纵，断断续续地说："我好想它……好想好想它……"

温砚抿着唇，一下下地轻拍着她的背给予抚慰。说实话，他并不能理解她的这种感受。他性情淡漠，对任何的人或事都不会过多挂牵，更遑论有如此隽永深刻的感情。都这么长的时间了，她竟还想念着阿胖吗？

温砚的手覆上怀里人儿的小脑袋，他轻声地哄她："不哭了。"

他虽不能感同身受，但是看见她难过，心里还是会有一种不舒服的感觉。这种感觉有些陌生，让他一时间无法辨别。

远处又有亮丽的色彩燃起来了，绚丽的光点点缀夜空，在两个人的身上投下斑斓的光影。温砚依旧抱着她，瞳孔中映出烟火的形状，手上的动作逐渐放缓。这是一幅极为宁静的画面。

耳畔传来一声声沉稳有力的心跳，纪汀渐渐地平静下来，一声不吭地倚靠在温砚的怀里——她是如此眷恋这个怀抱所给予她的温暖。如果时间能够停驻在这一刻，那该有多好。

纪汀等到眼睛不那么红了才和温砚下楼，大家都在看春晚，两个人很自然地加入观众席。

客厅里不时传来阵阵笑声，纪汀的心情重新放晴。她看向窗外璀璨的夜景——辞旧迎新。又是崭新的一年。

寒假匆匆而过，春季学期到了。

纪汀之前参加了校学生会外联部和校金融协会，因此生活忙碌且充实。大一是学生们最拼的时候，他们初来乍到，还没完全熟悉规则，只能不断地努力，融入集体。

这天纪汀去取快递，拆开包装一看，里面是寒假做的陶瓷杯。

她不得不说，当时只是随手一做，没想到它出炉之后效果这么惊人，陶瓷杯色彩绚丽，还怪好看的，尤其是 wy 两个字母，在上面有种奇异的和谐感。

她突然有点不想把它送给阿砚哥哥了。说起来，她这里还没有一件物品刻有他的名字，如此看来，这陶瓷杯也算是独一无二，含着不为人知的亲昵。

纪汀把这件作品端端正正地摆到了桌上，将“wy”转向墙面藏住。

这时，手机一振，微信上弹出田佳慧的信息：糖糖，下周的“校歌赛”，去吗？

纪汀近期有点忙，毫不犹豫地回复：不去。

田佳慧：是这样的！我想借这个机会和方泽宇见一面，需要一个中间人搭桥，你就帮帮我嘛！

上次同学会田佳慧不小心发错消息，方泽宇当时就打了一个电话过来，可惜她脑子不清醒，居然把事情一五一十地说了，包括暗恋他的那件事。

醒酒后的田佳慧悔不当初，又觉得自己没有做好准备听他的答复，从此之后就有意地避着方泽宇，不接电话也不回短信。她现在这是……想通了？

纪汀：你想让我以自己的名义把他约出来看“校歌赛”？［旺柴］。

田佳慧：对，然后到时候咱们假装偶遇，三个人一起。

虽然当初听完事情的始末之后，纪汀差点笑死，但是她还是对好友的坎坷的感情之路存有一丝怜悯之心的，当即说道：行吧，帮你这一回。

田佳慧：么么爱你大宝贝！［亲亲］。

纪汀给方泽宇发了信息，对方很爽快地答应了下来。

“校歌赛”当天，两个人约好在综合体育馆的门口见面。他们在晚上六点半准时入场，方泽宇问纪汀：“你最近忙吗？”

“还好，你呢？”

“我也还好。”他笑笑，像是随口一提，“怎么会约我不约阿砚？”

纪汀的脚步一顿，她自然地笑道：“因为想跟您好好联络一下感情啊。”

“噗。”方泽宇轻笑一声，“行。”

两个人的座位在前排的区域，同学们陆陆续续地进场，他又问道：“你知道佳慧最近在忙什么吗？”

哇哦！有机会！纪汀作为和事佬，自然要好好表现。“就是学习社团那些的吧。”她试探地问，“你们最近没联系吗？”

方泽宇“嗤”了一声：“没有。”

哎哟！有火气！纪汀觉得前途光明，正想趁热打铁，就听到一个浮夸的声音——

“啊！糖糖！真的好巧啊！你怎么会在这里啊？！”

“……”姐妹，戏过了。虽然心里默默地吐槽，她还是配合地看向田佳慧，诧异道，“宝贝你也来了？！”

田佳慧道：“看个‘校歌赛’都能遇到！这是什么样的缘分哪？！”

“……”够了，真的够了。

田佳慧在她的另一边坐下，连半点眼神都没有分给方泽宇，兴高采烈地跟她聊天。

纪汀坐在中间，全身的毛孔都能感知到方泽宇打量过来的视线。她也不知道田佳慧拿的是什么剧本，只能见招拆招。

“哎呀真的好搞笑，你看毕导最新的那个推送……”

五分钟后，方泽宇终于坐不住了，沉声打断她们：“田佳慧！”

被点名的人顿了一下，身子前倾了些，她偏头露出一个乖巧的笑容：“哎呀，泽宇哥，您也在这里啊！对不起，我刚刚没看到……”

方泽宇被气笑了：“没看到？”

“啊，是啊，我视力不太好……”

“你视力 5.0。”

纪汀像个夹心饼干一样坐在中间，呛了一鼻子的火药味儿。她不由自主地抖了一下，对方泽宇说：“要不咱俩换个位置？我比较喜欢坐过道旁。”

方泽宇不置可否，却紧盯着田佳慧站起身，纪汀一瞧这架势，赶紧麻溜地坐到一边去了。

没过一会儿，“校歌赛”正式开始，街舞社的同学们先表演了一段燃炸全场的舞蹈，然后选手们依次上台。

说来奇怪，自从座位换到一起，闹别扭的两个人就不交谈了，沉默而专注地看着歌舞表演。纪汀在旁边浑身难受，说话也不是不说也不是，只能把注意力集中在舞台上。所幸今年的十佳实力超群，她有种看演唱会的感觉。

“好的，在宣布最终名次之前，我们要先邀请一位神秘嘉宾上台演唱——”

观众席突然沸腾，爆发出一阵热烈的欢呼，吓了纪汀一跳。难道他们都知道神秘嘉宾是谁了？！她还在疑惑之时，舞台的追光直直地打向舞台中央，雾气缭绕中一个身姿颀长的背影若隐若现。

纪汀满脸疑惑。什么？！

“让我们有请第二十七届‘校歌赛’冠军温砚，为我们带来白举纲的《一拳》！”

男人上身穿了一件灰白色的不规则条纹衬衫，下半身则搭配了一条纯黑色的西装裤。他随意地坐在高脚凳上，鼻梁上架着一副银丝框眼镜，镜片反射出微光，他显得冷漠又斯文。

台下的所有人都在齐声呐喊：“砚神！砚神！砚神！……”

纪汀在这种强劲的音浪中，产生了一种极不真实的感觉。

田佳慧隔着方泽宇激动地探头过来：“糖糖，温砚哥跟你说了他要上台吗？！”

纪汀扯了一下嘴角：“没有。”

他居然一点风声都没透露！她要不是今天被拉过来当和事佬，就要错过他的表演了！她好生气。

摇滚的旋律合着架子鼓的节拍响起，整个舞台突然亮起炫目的红光，随之传来温砚磁性慵懒的声音。

被质问 被责怪 被宠坏 / 只是假装活着不闻百态

在承受 在习惯 在忍耐 / 她还是从指尖悄悄溜开

…………

田佳慧的一声“天哪”清清楚楚地传进了纪汀的耳中。

旁边更是有人在撕心裂肺地叫：“啊啊啊也太帅了吧！”“啊我死了！”

温砚神色散漫地推了一下眼镜，莫名地有点欲又有点撩。他的声音更是像被加了电一般直击人心。

或遐想 或依赖 或重来 / 只是不愿 你被自己打败

…………

霎时间台上金色光芒大作，像是被点燃了的火焰洒在男人的身上。温砚漆黑的眼眸里迅速地划过一丝锐利，整个人清晰可见地有了热度。

给我 一拳 让我清醒 / 足够疼痛 / 记得 曾经的选择

给我 一拳 让我摆脱 / 这身空壳 / 忘了 丈量的生活

…………

他低声吟唱时声音醇厚如美酒，但是他想要表达态度的时候声音又充满了力量感，滚烫又炽热。

这首歌极难驾驭，但偏偏他看上去如此信手拈来。从前奏响起的那一刻起，纪汀的心便如擂鼓般直跳，再也不曾停歇——覆水难收。

他是天生该站在舞台上的人，即便受尽万众瞩目也不为过。若是想与这样的他比肩，她也要努力变得更加优秀才可以。

当田佳慧第十三次因为太过震惊而想和纪汀交流心得时，方泽宇终于忍无可忍，把她探过来的脑袋按回了原位："坐好！"

田佳慧因为情绪亢奋，也忘了自己的尴尬处境，兴致勃勃地拽着方泽宇："温砚哥好帅！我觉得我爱上他了！"

方泽宇满脸疑惑。呵，女人。

温砚下场之后，综合体育馆内的呼声经久不息。

纪汀已经忍不到公布名次了，像只雀跃的小鸟儿一样到后台去找他。田佳慧也想跟着去，但被方泽宇一把拉住："你不许去。"

"为什么？！"

他神色淡淡地说："咱们之间还有事没说清楚。"

田佳慧挣扎："哎汀汀，你等等我，带我一起去！"

纪汀已经被勾走了魂儿，全然不顾身后好姐妹的求助。她穿过一群身着舞台服的同学，终于在一个角落里看到了温砚。

男人的妆容还未卸下，大地色的眼影和高光衬得他的脸部轮廓更加完美，一向色泽浅淡的唇瓣多了一丝水润的感觉，分外诱人。他正姿态闲适地倚在墙上，右手端着一个纸杯，他边看手机边漫不经心地喝着水。

后台声音嘈杂，纪汀感到口袋里剧烈地振动时才意识到是自己的手机铃声在响。她一看——呵，原来他是在给她打电话啊。

刚刚温砚上台后，纪汀心中不忿，给他发了一条微信：哥哥你好讨厌，你在"校歌赛"上唱歌都不叫我！

他估计现在才看到她的信息。纪汀心中一动，抿着嘴笑，点了挂断。她偷偷地看向温砚——只见男人垂下眼眸，但表情还是一如既往地冷淡，没有什么波澜。

纪汀深吸一口气，正准备抬腿走过去，却被人拉住了手腕：“同学……”

她回头，看见一个身材高大的男生拿着一串紫色的手链，他问：“请问，这个是你的吗？”

“啊，是！”纪汀感激地说道，“谢谢你！”

“不客气。”男生笑了笑，忽然想起什么似的，问道“你是叫纪汀对吗？”

纪汀没想到自己的知名度已经这么高了，受宠若惊地回答：“是啊！”

“我是李浩，校文艺部部长，之前学生会招新的时候你第二志愿填的我们，我有点印象。”

嗐，原来是她自作多情。纪汀很快用笑意掩去尴尬：“这样啊，学长你好！”

李浩拿出手机：“方便加个微信吗？”

多认识个同学就多条路，倒也没什么不好的。她爽快地点点头：“当然没问题。”

扫完码之后，李浩说：“那边现场我还要把控一下，回头聊。”

纪汀点头。周围人头攒动，她重新向温砚的方向看去，发现他身边居然多了一个漂亮女生，那女生正笑眯眯地和他说着话。

哼，这才一会儿，他就勾搭上别的女生了！纪汀忿忿地想着，隔着来往的人流在不远处暗中观察他们。

“温砚学长，你刚才唱得也太好听了吧！”女生眼里都冒着星星，“超级打动我！”

她的目的一目了然、不加掩饰，温砚淡淡地笑了笑：“谢谢。”

他没有主动聊天的意思，女生对此并不气馁，笑容甜美地自我介绍：“我是今年的十佳歌手之一，刚刚在最后一轮唱了《芒种》，学长你还有印象吗？”

温砚看了她一眼，眼神里露出几分迷茫：“抱歉，不记得了。”

“就是和吴楠学长合唱的那个，我们最后还有一个升八度高音来着……”

她在那儿比画半天，男人还是摇头：“没印象。”

“……”他这么难搞定。她是时候展现真正的实力了！她突然“啊”了一声，仿佛脚底一滑，接着身体就朝温砚那边歪倒过去。说时迟那时快，在即将碰到男人的衣领的一瞬间，她感到自己被一股大力拉住，扑倒之势戛然而止。

温砚捏住她的一只手腕，将她整个提起。等她站稳之后，他立即松了手，从容地说道："小心点。"

女生极其尴尬，想开口却又不知道说什么，正当她支支吾吾的时候，旁边横插过来一道清丽的声音："阿砚哥哥，终于找到你了！"

看到纪汀，温砚周身生人勿近的气场骤然消失，他的眼神温和了些："怎么不接我电话？"

"太吵了。"纪汀抿着唇，手指攥紧，表情似乎克制又隐忍。

温砚注意到她的不对劲儿，问道："怎么了？"

"刚刚……跑过来太急，好像崴到脚了……"纪汀蝶翼般的长睫上下扇了扇，两道秀气的眉不自觉地颦起，小鼻子皱了皱，目光里满是委屈。

温砚的脸色沉了一下，他正欲说话，却捕捉到她眼里释放出的一抹狡黠，心下顿时了然。他面上无奈地叹了口气："怎么这么不小心？"

"我就是想快点见到你嘛！"纪汀的声音又嗲又软，她显而易见是在撒娇，"我走不动了，要你背我回宿舍。"

"……"那个女生在短时间内消化了学长似乎有女朋友的事实，逐渐变得目瞪口呆——所以温砚是喜欢这种风格做作的女生吗？这个程度她都达不到啊！女生带着一脸怀疑人生的表情默默地离开。

纪汀偷偷地瞄了一眼她的背影，那种娇嗔的劲儿才完全卸了下来。这些都被温砚看在眼里，他似笑非笑地问道："还要背吗？"

"不用了。"纪汀迅速恢复乖巧。她刚刚旁观人家表演半天，实在有点看不过眼——这种伎俩别说撩温砚了，就连纪琛都稳如磐石。她心痒，所以就来了个"暴力示范"。

温砚勾了勾嘴角，说道："一起走吧。"

谁知纪汀头一仰，高冷起来："我不走，我还在生气。"

"生什么气？"他顿了顿脚步，感觉有些好笑。

"你唱歌不叫我。"这回小姑娘的大眼睛里是真切地流露出委屈了。

温砚愣了一下，解释道："你不是说最近太忙了吗？我没觉得这件事特别重要，就没告诉你。"

他打量着她的表情，片刻后问道："你很介意吗？"

纪汀没说话，脸上露出几分闹别扭的神情。

温砚微不可察地笑了一下。他也不知自己是怎么回事，面对她的时候总是很有耐心，好声好气地哄她：“糖糖，这回是哥哥不对，下次叫你，还给你留 VIP 席，可不可以？”

“可是，阿砚哥哥，我觉得你并不想和我分享你的生活。”纪汀闷闷地说。

温砚怔了怔。他抿了一下唇，有点不知所措——对他而言这真的不过就是一件小事，他没有考虑那么多。

“我高二的那个寒假，你知道你走的那天，我为什么会跟你发脾气吗？”小姑娘的声音隐隐地染上了哭腔，“因为你连一声招呼都没打。我把你当成亲近的人，在意你，想跟你待久一些。对我来说这是很重要的事，你却完全没放在心上……”

温砚的呼吸乱了几拍。他不知怎么解释——当时她于他是随时都可以割舍的，他自然不会重视那些。若是放在如今，他断不会再那样做。

周围的同学显然注意到了这边的动静，明里暗里地把目光投过来，温砚的心里涌上一层淡淡的烦躁。他拉起纪汀的手，低声道：“换个地方说话？”

纪汀一言不发，任由男人牵着自己向外面走去。他们走到一处僻静之地，温砚才放开了她，深吸一口气：“糖糖，哥哥确实没想那么多。”

纪汀低下头，缓缓地平复情绪——她还是有点太心急了。她重新抬眸，挤出一个笑：“没事……”

“哥哥只是习惯了什么事情都是自己一个人去做。”温砚蓦地开口，眼眸里有团化不开的墨色，“并非不想与你分享。”

纪汀的眼睫颤了颤。

“听到你说把我当成你亲近的人，其实哥哥觉得很开心。”

她蜷了一下手指，仰头道：“那我以后想要更多地参与你的人生，好不好？”

温砚的眼底漾开温柔的笑意，他认真地点头：“好，哥哥答应你。”

“不准骗我。”

“嗯，不骗你。”

月光柔幔般流转光华，将两个人的身影拉得很长。

纪汀的脸颊上露出两个浅浅的酒窝：“现在可以回去了。”

温砚揉了揉她的脑袋，轻笑一声：“走吧。”

另外一头，田佳慧和方泽宇的情况就没这么乐观了。

好不容易等到“校歌赛”结束，方泽宇拉着她往外走：“咱们谈谈。”

“可是纪汀还没回来！”田佳慧依然在殊死挣扎。

方泽宇嗤笑一声：“她和阿砚在一起，回不来了。”

他这话的语气着实古怪。“等等……”田佳慧后知后觉，狐疑道，“难道他们俩有点什么？”

“你才看出来？”方泽宇敲了一下她的脑袋。

田佳慧一脸不可思议——她还是不太相信，觉得纪汀对温砚就是纯粹的崇拜，他们之间并无男女之情。脑袋一抽，她问道：“你的意思是说，他们俩就跟我们俩一样吗？”

“一样？”方泽宇眯了眯眼，没什么情绪地笑了，“当然不是，人家是向着谈恋爱去的，咱们俩是奔着绝交去的。毕竟我可是躺在你拉黑列表里的人呢。”

他掏出手机，点开自己的通话记录，上面显示着打给田佳慧的 N 通拒接来电。

田佳慧心虚地吐了吐舌头：“我这不是……不知道该怎么办吗？”看着方泽宇微沉的脸色，她小声地补充道，“你别生气，我已经不打算喜欢你了，不会再让你感到困扰。”

方泽宇一个多月来憋屈的情绪终于爆发了——

“不是，你跟我表白然后拉黑我已经是神操作了，现在我想跟你开诚布公地谈谈，你告诉我这个？你这不是坑人吗？！”

田佳慧缩了一下：“我觉得没什么毛病啊，喜不喜欢你是我的事情——”

“你再说？！”方泽宇彻底变得愤怒起来，“你这……这完全是……”

他一副气到心肌梗死的模样，田佳慧不禁好奇，问道：“是什么？”

方泽宇喘了口气，咬着牙：“流氓！”

田佳慧连辩解的音都没发出来，就看到男人猛地上前一步，他捏着她的下巴吻了过来。

“嗯！”她的瞳孔都惊得快缩没了。

方泽宇钳制住她的肩膀，语气有些强势：“别动。”

田佳慧的眉头倏忽跳了一下——好痛！这狗男人在咬她！她想挣扎却又抵不过他的力气，只能任由他磋磨，片刻后，方泽宇才松开了她，满意地说道：

“好了，你可以不用再喜欢我了，咱们江湖再见吧。”

田佳慧满脸疑惑。她“噌噌噌”地跑过去，跟上他的步伐：“你是不是有病？”

“是啊。”餍足后的男人心情很好，他懒洋洋地瞥了她一眼，“和你一样，喜欢调戏完人不负责。”

四月下旬的周末是一年一度的校运会。

清华是非常注重体育运动的，有着“无体育不清华”的铿锵口号，因此这次校运会和高中的那些小型运动会还不一样，算是盛事一件。

各个体育场馆里都安排了不同的比赛，人声鼎沸，极为热闹。

纪汀正在新民路上骑着车赶去东操场看上午的五十米短跑比赛，耳机里传来田佳慧“叽叽喳喳”的声音：“我跟你说，方泽宇这个男人简直有毒，最近老找我的碴儿……”

“校歌赛”那天两人发生的事，纪汀是知道的，事态已经逐渐向一种匪夷所思的方向发展，她也不知道该出何对策：“你们俩现在到底是什么情况啊？”

“我也不知道他什么情况啊，一直追着我不放。但你要说他喜欢我呢，我倒也看不出来，感觉就是纯粹被戏弄后的愤怒。”

“那你还喜欢他吗？”

“就还行吧，我的执念没那么深。”

纪汀说：“行吧，反正你俩给我的感觉就像是湖南卫视八点档，家庭伦理剧，可以演百八十集的那种。”挂了电话，她忍不住摇头——这都啥跟啥啊？

因为注意力被分散了，纪汀没有仔细看路，听到有人在一旁惊呼：“同学，小心！”

纪汀猛地抬头，看见前面有人骑着自行车横穿而过。她一时之间没刹住车，直接撞了上去。一米八几的男生竟然被她一招“金刚伏虎”掀翻在地，纪汀觉得这个情景简直惨不忍睹。她赶紧下车察看伤员的情况：“同学，你……”

男生抬起头，那竟是一张熟悉的脸。纪汀把他扶了起来，咬着唇问道：“李浩学长，实在对不起啊，你没事吧？”

李浩揉了揉脖颈，龇牙咧嘴半天。看到她不安的神情，他扯出个笑给予她安抚：“没事，就是一下子有点疼，但估计没真伤到哪里。”

“真的不好意思，不如我扶你去最近的医疗急救点？”

李浩摆摆手："不用，没那么麻烦，我坐路边缓缓就好。"

他没离开，纪汀也不好直接就走，于是站在一旁，试图找点话题把刚刚的尴尬遮掩过去。反而是李浩很善解人意地说："你应该还要去看比赛吧？不用在这儿陪我了，我没什么事。"

纪汀迟疑道："真的没事吗？"

李浩的目光顿了顿，他打量她半晌，轻笑道："你要是觉得愧疚，不如中午请我吃个饭吧？"

这样好像也行。纪汀点点头，笑道："行。那地点和时间学长你定，到时候微信发我就行。"

临近饭点的时候，李浩约她在观畴园一层的咖啡馆里吃饭。这里是西式设计，厅内的装潢简约大气，还放有轻松愉快、节奏明朗的爵士音乐。

纪汀在前台点完单，正想掏手机时，被李浩抢先一步买了单。她笑说："学长，不带你这样的！说好我请客，怎么能让你付钱？"

"哎呀。"李浩领着她在座位上坐下，"其实我也就说说而已，哪能真的让学妹买单？况且，咱们都是学生会的，关系上更近一层，你不必太过客气啦。"

餐费不过几十块钱，再加上李浩态度坚决，纪汀也就没有坚持着要把这笔账算清，只是说："好吧，那下次一定要我请，学长你可千万不能再耍赖。"

李浩笑道："一言为定。"

一顿饭吃下来，二人相互了解了不少。李浩的长相偏阴柔秀气，但实际上他非常健谈，是个很会聊天的人。纪汀心想——怪不得他能坐上部长的位置。

离开咖啡馆之后，李浩问纪汀："你下午还去东操场？"

"嗯，继续围观比赛。"

他挑着眉问道："你没报名参加？感觉你是经常运动的那种类型。"

纪汀顿了一下，笑了笑："还好啦，有比我跑得更快的同学，就把机会让给人家了。"

两个人在观众席分开。

八百米长跑比赛即将开始，不少同学都聚集在跑道的两旁。纪汀遥遥地在观众席上看了一会儿，倏忽叹了口气——其实是因为这两天恰逢生理期，她才没报名的，不然还真想参加一下比赛试试看。

她在呐喊喝彩声中度过了一个下午，彩旗在操场上迎风飘扬，“无体育不清华”六个大字格外显眼。

微信群里刚刚传来捷报——截至现在，经济管理学院总分第一，在不少大大小小的单项上拔得头筹。

学院体育部的老师表示：再接再厉，保持冲劲！［庆祝］。

下面是一连串的［撒花］。

过了一会儿，某个体育部干事突然发了一则消息：明天上午 4×400 接力赛的原定选手有事不能来参加了，咱们缺了一个人，有同学愿意来救急吗?请有意愿的同学尽快找我报名!

纪汀凝视着手机屏幕，忽然有点心痒难忍——明天上午“大姨妈”已经过了最凶险的时刻，应该没关系吧。她下定决心后，火速联系了那个学姐。

学姐很高兴，把接力赛的其他三个同学叫来，几人在操场上练习了一下传棒接棒。

晚上回到宿舍后，纪汀给温砚发消息：阿砚哥哥，你明天有空吗?

砚：怎么了?

她想了想，厚脸皮地敲下一行字：我明天要跑 4×400 接力赛，想你给我加油助威！［害羞］。

那边很快回复道：行，到时候哥哥在终点等你。［龇牙］。

纪汀看着那行字，笑得弯起了眼，嘴角的弧度怎么都挡不住。一想到喜欢的人会在终点线处等待自己，她就觉得更有信心了。

第二天，纪汀很早就自然醒了。

接力赛是上午排位比较靠前的田径比赛，经济管理学院的四个选手会面后，一起做起了拉伸运动。受操场上激烈角逐的气氛影响，纪汀的心情也添了几分紧张，她吃了半块巧克力给自己补充能量。

不多时，广播声就响彻操场：“请 4×400 接力赛的参赛运动员尽快到检录处检录……”

几个人对视一眼，相互鼓励道：“加油！”

经过终点的时候，纪汀特意东张西望，看了一圈，却没看到温砚。心里有点失落，她不清楚他是没来，还是因为人多她没看到他，可惜手机已经交给同学保管，她也没法联系上他。算了，她还是专注比赛吧。

“各就各位，预备——砰！”枪声响起，第一棒的同学如同离弦之箭，飞奔出去。

纪汀是最后一棒，一直紧紧地盯着自己队的情况。选手之间的距离很近，她们目前是第二名，跑道两边站满了围观的同学，他们发出震耳欲聋的呼喊声。

等到第三棒交接完毕，快要轮到她时，纪汀开始做心理准备——她千万要稳住，别慌。

拿到接力棒的那一刻，她猛地蹬了一下地面，朝着前方奋力地跑去。4×400 接力赛不仅需要爆发力，还考验耐力，渐渐地，四条跑道上的选手的差距越拉越大。

风迎面呼啸而来，纪汀的肌肉开始泛酸，呼吸也有些急促，但是她仍旧咬着牙，一点点地逼近前方的第一名，再近一点，再近一点……

“超过了！”人群里传来经济管理学院同学的欢呼声，“加油，加油！”

离终点还有一百五十米，马上就要到冲刺阶段，纪汀定了定心神，逐渐加快步频，增大步幅。后方传来其他选手追赶她的激烈的脚步声，两旁是同学们的加油呐喊声，就在这千钧一发的时刻，纪汀突然感到一阵难言的疼痛从腹部传来，如同被什么尖锐的物体狠狠地戳了一下。

不会吧……在这个时候，她痛经？她猛地喘了口气，死死地咬着腮肉，目光绞在前方红色的终点线上。

明明是暖春，她的额头上却渗出冷汗，疼痛越来越烈，仿佛要将她的整个身体都拖坠下去。有一瞬间纪汀觉得自己疼得快受不了了。但是……她攥紧拳头——这是学院的荣誉，成败在此一举，她绝对不能放弃！

纪汀不管不顾，更加用力地迈开腿。视线开始晃动，声音也听不清晰，她只觉得一片嘈杂。这样的混沌不知持续了多久，她终于飞冲过了终点线。

“第一名！”

也许是因为心中那根紧绷着的弦突然放松，纪汀的双腿一阵发软，她控制不住地朝着地面栽下去。她的视线内一片混乱，一切发生在须臾之间，周围传来同学们惊呼的声音。

然而，想象之中的剧烈的碰撞并没有降临，相反，她感到自己落入了一个异常温暖的怀抱中。那人的嗓音本来最是温和动听，此刻却带着万分的焦急：“糖糖！糖糖，你怎么了？”

是他……原来，他还是如约来了。纪汀觉得心里得到了极大的抚慰，想勉力睁开眼看一看。可是在剧痛和强烈的刺激下，她的意识逐渐模糊……

醒来的时候，纪汀发现自己正躺在床上。她看见雪白的天花板和陌生的顶灯，闻到刺鼻的消毒水气味。她这是在校医院里。她还没起身，又感到腹部一阵强力收缩的痛楚，她忍不住发出一声低吟。

“糖糖，你醒了。”入目是温砚冷峻的脸和漆黑的眼，他握住她的手，垂眸道，“现在感觉怎么样？”

纪汀连说话的力气都没有，痛苦地摇了摇头。

温砚的眼神一凝，他正要说话，身穿白大褂的医生推门进来：“醒了？”

“嗯。”温砚很快站起身，担忧地看了纪汀一眼，“她还是不舒服。”

“小姑娘。”女医生走到床边，低头询问，“以前经常痛经吗？”

要搁在平常，在温砚的面前谈论这种话题，纪汀肯定会害羞，但是现在她完全没有思考的精力，只是艰难地开口：“没……没有。”

“第几天了？”

“第……第三天。”

温砚替她补充：“刚刚参加了长跑，可能是运动太剧烈了，受到了刺激。”

“不太建议使用抗生素，我可以给你开点止疼药。”女医生坐回诊桌前写字，头也不抬地说道，“男朋友是吧？记得让她多喝热水和红糖姜水，避免剧烈运动和辛辣刺激性食物，必要的时候可以进行中药调理。”

纪汀的心狠狠地跳了一下，接着她听到他说：“知道了，谢谢医生。”

他怎么没否认那句“男朋友”？手指颤抖起来，纪汀忍着疼痛掀开眼皮，偷偷地看向温砚——男人正低头看着手机，似乎正在网页上搜索着什么信息，表情一如既往地平静。

纪汀动了动睫毛，缓缓地合上了眼，将身子蜷缩了起来。原来他压根儿没听进去医生的话。

片刻后，她又迷迷糊糊地睡了过去。不知过了多久，鼻间传来好闻的清冽的气息，温砚抱着她坐了起来，端给她一杯水：“糖糖，吃药了。”

纪汀含住送到嘴边的药丸，就着温度正好的热水把它吞咽下去。

腹部的疼痛其实已经缓和至可以忍受的程度，她却维持着虚弱的状态，委屈地靠上温砚的肩头：“阿砚哥哥，好难受。”

温砚将水杯放到一边，更紧地揽住她，伸手抚弄了一下她额前湿漉漉的碎发，柔声问：“还是很疼？”

“嗯，不舒服……”纪汀尽量让自己听上去像是要哭出来似的，可怜兮兮地望着他。

“那……哥哥帮你揉揉？”他的声音含着淡淡的亲昵，轻轻的，像一片将落未落的羽毛。

嗯？！揉肚子也太那什么了吧！纪汀耳朵微红，口中却发出了一声若有似无的“嗯”。她气若游丝，奄奄一息——她的演技满分。

温砚的手掌覆上她的肚子，小心地、轻轻地揉着。他的手掌带着恰到好处的暖意，熨烫着她的四肢百骸。他问道：“力度合适吗？”

纪汀咬着唇点点头。

温砚低声道：“好，那你闭上眼睛，休息一下。”

她听话地靠在他的肩上：“嗯。”

过了好一会儿，纪汀才开口：“哥哥，我感觉好多了。”她的眼里浮起一层薄雾，“谢谢你照顾我。”

“傻瓜。”温砚轻笑道，“这不是哥哥应该做的吗？”

一旁的医生恍然大悟：“原来你们是兄妹啊，感情真好！”

这种说法正合纪汀的意——温砚的戒心太重，她只有以这种身份示人才不会被他防备。她挽住男人的胳膊，一双亮晶晶的眼睛望着他，她软软地撒娇：“是啊，我们感情超好的呢。”

温砚揉了揉纪汀的脑袋，语气无奈却带着点宠溺：“你啊……”

纪汀在校医院又缓了一会儿，温砚扶着她下楼，边走边说：“你的朋友都很担心你，本来想陪着等你醒来，不过下午还有比赛，我就让她们先回去了。”

“嗯。”纪汀点点头，“这样挺好，也不是什么大事，不用兴师动众的。”

“不是大事？”温砚停下脚步，拧起好看的眉，语气蓦地有些严肃，“纪汀，说起来我还没问你，既然是生理期，为什么要参加比赛？”

“我……”纪汀被他的表情钉在原地，觉得有些难以启齿，声音倏忽变小，“我以为快结束了，而且他们正缺人手……”

“那跑到一半不舒服了，为什么不停下？”

纪汀低下头：“因为我快赢了。”

温砚不认同地看着她：“什么事都没有自己的身体重要，你已经长大了，怎么还是这么不会照顾自己？”

纪汀噘着嘴，声音不自觉地染上一点哭腔：“我以前没有这样过，不知道会这么痛嘛……”

“好了。”温砚垂下眼眸，叹了口气，“哥哥也没怪你，只是……”他顿了顿，没再说什么，“走吧。”

纪汀抿着唇，乖乖地跟在他的身后。温砚上了电动摩托车，对她招手：“过来。”

她坐在他身后，很自觉地伸手抱住他的腰，小声道：“哥哥，好了。”

“嗯。”温砚淡淡地应了一声，缓缓地启动摩托车，“坐稳了。”

他将纪汀送到她的寝室楼下，在她上楼前叮嘱道：“我一会儿给你打点热粥上来，你先休息一会儿。”

纪汀道：“啊，好。”

寝室里舍友都不在，她们应该是在准备下午的比赛，纪汀在群里发了微信让她们放心，然后爬上了床。她盖好被子平躺下来，半晌嘴角微微地弯起——阿砚哥哥还是很在乎她的，不然也不会那么担心。

他真的细心又温柔，不想她去人多又拥挤的食堂，就自己去帮她带饭……纪汀的心瞬间软得一塌糊涂——她真是越来越喜欢他了。

她感觉自己的心态比高中时要好太多，至少现在的她是最有资格靠近他的一个人。抱着这样甜蜜的念头，纪汀渐渐地睡了过去。

半梦半醒间，她听到有人敲门：“糖糖？”

纪汀翻了个身，嘟囔道：“哥哥，门没锁。”

外面静了一会儿，接着响起门把手扭动的声音，温砚一手拎着一个塑料袋走了进来。他之前开学时帮她搬过行李，因而不是第一次进她的宿舍里。他熟门熟路地将塑料碗放在桌上，轻轻地敲了敲纪汀的床沿："起来吃午饭了。"

他随意地一眼扫去，看见她的桌上摆着一个手工制作的陶土瓷瓶，五颜六色的，上面好像还写着什么字。

温砚低下头看陶土瓷瓶的时候，纪汀突然也想到了这茬儿——糟糕，她忘记把刻着他名字的陶杯藏起来了！她赶紧叫道："阿砚哥哥！"

"嗯，怎么了？"他立即抬眸，眉间轻颦，"又难受了？"

看来他没发现上面刻的字。纪汀松了口气，心虚地笑笑："呃……没有，我就是饿了。"

温砚轻笑一声："买了你喜欢吃的皮蛋瘦肉粥。"

"啊，好棒！"她飞快地下了梯子，弯起双眼，"哥哥你吃了吗？"

"还没有，你先吃。"温砚拿起她的热水壶出了门，纪汀赶紧把那个陶杯收到了柜子里。

没过一会儿他就回来了，把保温杯放在桌上："给你泡了红糖水。"他又递给她一个热水袋，"暖着。"

纪汀有些惊讶地问道："阿砚哥哥，这些都是你刚刚去超市里买的吗？"

"嗯，上网查了一下，基本上就是这些。"

她垂眸看向面前热气腾腾的粥，心里又暖又酸涩："谢谢哥哥。"

温砚笑了笑："跟我客气什么？"

纪汀拉拉他的袖子，把另外一份盒饭从袋子里拿出来："你也坐下来一起吃嘛。"

"好。"

两个人在狭小的桌前，腿挨腿肩并肩地坐着，安静地吃着饭，气氛莫名地温馨。

这时，门外传来由远及近的脚步声，然后是丁玲的声音："也不知道汀汀怎么样了，给她发微信没回——"

房门"吱呀"一声被她推开，门口三个人的交谈戛然而止，她们呈静止状态戳在原地。

过了几秒钟，还是蔡瑞琪率先缓过神来：“学长你在这儿啊？”

温砚放下筷子，颔首：“你们好。”

不管怎么说，在女生宿舍里看到校园“男神”还是给人一种毫无防备的震撼——尽管她们之前已经见过真人。

一向伶牙俐齿的丁玲也有些讷讷的，转向纪汀：“汀汀，听说你身体不太舒服，现在好点了吗？”

“好多了。”纪汀笑笑，“谢谢关心。”

温砚能感觉到寝室里弥漫着一种难言的氛围，大家都不是特别自在。他吃完饭把东西收拾好，压低声音：“那哥哥先走了，有什么事就给我打电话。”

“嗯，好！”纪汀跟着他走到走廊上，“对了，哥哥，马上五一假期了，我们家想去北京附近的温泉度假村玩两天，我妈妈问你要不要和我们一起去。”

温砚陷入了沉思，她赶紧补充道：“我哥说你去的话，他就叫上泽宇哥呢。我也想和佳慧一起。人多才热闹，哥哥你就来吧！”

小姑娘眼中的期盼不言自明，他的嘴角漾开一抹促狭的笑，桃花眼轻翘：“这么想让哥哥去啊？”

“……”纪汀被撩了个猝不及防，耳尖蹿起一丝粉色，“我……”

男人勾了勾唇，语气亲昵地说：“糖糖想让哥哥去，哥哥哪有不去的道理？”

把温砚送走之后，纪汀顺便去拿了个快递，回到宿舍时听到舍友们捶床号叫：“太帅了吧！呜呜呜！”

她们这是……还没缓过劲儿来？她有点想笑，但想到自己也半斤八两，不由得收敛了表情。

蔡瑞琪看到她，双眼透出一种诡异的兴奋，目光里又含着审视：“你是不是瞒着我们什么？”

纪汀问：“又怎么了？”

对方把手机递过来，上面赫然是水木清华 bbs 界面，排名第一的话题名为 # 校运会实锤了 #。

1楼：心如刀绞。

没错又是我。我是那个看到砚神雪天背妹子的可怜人。

当时我已经天打雷劈，没想到事情还能更糟。

2楼：请说出你的故事。

3楼：今天是校运会，楼楼兴致勃勃地早起去看比赛，然后发现妹子也在，跑四百米接力。之前就有人说看见她和砚神在“校歌赛”上举止亲密，楼楼非常扎心，抱着说不清道不明的心态旁观比赛。

然后！

重点来了！

4楼：楼楼快说！

5楼：刚刚给自己顺了口气……继续打字……

妹子跑过终点线，成功地为经济管理学院拿了第一，但是突然一下就不省人事了，可能那个“亲戚”造访了。然后！楼楼看到砚神搂住了她，一直很着急地叫她的名字。但妹子没醒，然后砚神就一个公主抱把她抱到了摩托车上。

车子绝尘而去，楼楼吃了满嘴的尾气，流下了卑微的泪水。

6楼：等一下！为什么听完你的描述之后我突然觉得这对情侣有点萌？我是疯了吗？！

7楼：你没有！我当时就在旁边，离得近，听到他叫的是“tangtang”，我还纳闷儿她不是叫纪汀吗？后来仔细一想——叫她“糖糖”，这也太甜了吧？！

8楼：啊啊啊啊啊啊啊啊啊天哪！我上头了！妹子颜值高身材好有什么不可！我觉得配砚神非常可！至于我现在在做的事情……大家请看我的昵称！

9楼：请看我的昵称！

10楼：请看我的昵称！

11楼：请看我的昵称！

12楼：问号。

喂！没有姐妹和我一起吐槽吗？！都开始起情侣名算怎么回事啊？！

13楼：这个好！

14楼：这个好！

15楼：温糖是真的！搞快点！搞快点！

16楼：就，忽然很卑微。

从一开始的吐槽到最后的情侣起名狂潮，这个风向转变之迅猛是纪汀所料未及的。幸亏她已经锻炼出了强大的心理素质，淡定地把手机还了回去："确实是事实，但他算是我的半个哥哥，有这个表现不奇怪啊。"

丁玲表情狐疑地说道："我们一致觉得你们是真的谈恋爱了！"

"真的没有。"纪汀内心有点虚，但眼神还是无比坚定，全无一丝破绽。

这样问她也问不出什么，三人只好作罢。纪汀暗暗地松了口气，坐下来开始拆快递。她不知包裹里是什么东西，包裹软软的，但又有点沉，她印象里最近没买过这样的东西——

纪汀的动作倏忽顿住，目光也凝滞了。包裹里竟然是一套明华堂的汉服，和纪雅那天死皮赖脸地穿走的那件一模一样。

不，不对，她仔细看两件衣服还是不一样的——肩上的祥云图案有细微的差别，这件汉服的做工明显更加细致，金丝线勾勒轮廓，领口内翻处居然还绣了一个秀气的"汀"字。

这是私人定制的汉服。纪汀的手指微微地颤抖。

这衣服是谁送的，她不必细想就能猜到。可是，他怎么会知道衣服是什么牌子？他又是怎么让他们在短短几个月的时间内就赶工做出来的？

纪汀走到无人的走廊上，怀着复杂的心情拨通了温砚的号码。

电话一接通，那边就传来他略显急促的声音："糖糖，怎么了？"

纪汀紧紧地捏着手机："阿砚哥哥……我收到那件汉服了，是你送的吧？"

"啊。"温砚的语气一下子放松下来，"是啊，哥哥想让你开心，就给你买了。"

"可是，你怎么知道……"

他似乎猜到她的疑问，笑道："你堂妹走之前，我偷偷地拍了张照片，然后去网上搜了一下。"

纪汀抿了抿唇："那也不可能这么快就做出来啊。"

"这个过程确实有点复杂，不过，"那头顿了顿，"只要有心，没什么做不到的。"

纪汀突然一下子有点扛不住他的温柔。她也能想到大概的方法——无非就是多加点钱，或者找人疏通一下关系。

但这原本是一件小事，一件她自己都快忘记的小事，他还牢牢地记在心里。她鼻子一酸。那头的人很敏锐地察觉到她的异常："糖糖，你哭了？"

纪汀哽咽着说道："没有。"

温砚沉默了一下，半是无奈半是兴味地说："哭什么？哥哥本来可没打算把你弄哭的。"

"我……我就是太感动了……"

他久久没有说话，半晌极低地叹息一声："傻丫头。"

五一假期转瞬就到了眼前，因为和校庆假期连在一起，所以格外长，有足足七天。温泉度假村之旅也被提上日程。

苏悦容和纪仁亮专程飞过来陪孩子们一起玩，一行人租了商务七座车，浩浩荡荡地带着行李从校区出发。

一路上田佳慧和方泽宇还是不太对付，连纪琛都发觉不对了："泽宇，你怎么老怼佳慧啊？"

方泽宇冷哼一声："她欠怼。"

田佳慧不甘示弱："你欠揍。"

方泽宇直起身："你信不信我真揍你？"

纪汀在一旁凉凉地说："我怎么听出一种相爱相杀的味道呢？"

两个人齐刷刷地看过来："你闭嘴吧你。"

纪汀满脸疑惑。这二人共同抵御外敌的样子倒是很默契。行吧，她闭嘴。

温泉度假村的套房又大又舒适，田佳慧和纪汀一间，她们高高兴兴地在床上来回蹦。到了晚上，两个人换好泳衣，打算去汤池里泡一泡。出门前，纪汀朝田佳慧挤眉弄眼："温泉可是最容易发生肌肤接触的地方，把握好机会啊！"

田佳慧“嗤”了一声：“我和那狗男人还在冷战，可不能便宜了他。”她回头打量着纪汀一身的保守装扮，“倒是你……”

纪汀不知怎么有些紧张：“我怎么？”

田佳慧想起方泽宇之前说过的话，还是觉得纪汀和温砚在一起的可能性不大，于是摇了摇头：“没什么。”正要出门时，田佳慧突然说，“哎呀，我感觉我好像来‘大姨妈’了！”

泡温泉前“大姨妈”造访简直是史上最惨。纪汀在心里同情了她一秒钟，接着轻快地说道：“那我先走了，拜拜！”

田佳慧满脸疑惑：狠心的女人！

纪汀根据指示牌的方向，裹上浴袍，沿着石子路走了出去。她一路走到温泉边上，看到纪琛他们已经下去了，热气腾腾的水池里露出几个脑袋。

把拖鞋放在一旁，准备脱下浴袍时，纪汀听到方泽宇问：“就你一个人哪？”

这句话的潜台词很明显，纪汀眼珠一转：“是啊，佳慧身体不太舒服，就不来了。”她没再多说什么，把浴袍挂好就沿着台阶慢慢地走下去。

这时，方泽宇突然起身：“我回去一下。”

纪琛叫道：“帮我把我的耳机拿来。”

“温泉里用耳机，你也不怕坏？”方泽宇连半点眼神都没分给他，“自己去拿。”

他走得匆忙，纪琛咬了咬牙也站起来，对温砚和纪汀说：“那我也回去一下。”

突然一下子人都走了，池中只剩下她和温砚两个人，纪汀赶紧下水，把肩颈处裸露的肌肤掩盖起来。

说实话，这样的场景是她不曾料到的——她和他在昏暗的光线下独处。纪汀的心里开始敲起小鼓。

温砚靠着池边坐着，姿态倒还算闲适，雾气弥漫，他漆黑的眼底染上了一层迷离，慵懒又勾人。温泉水很暖和，确实能让身心都得到放松。

纪汀还在犹豫到底应该在哪儿落脚，男人就笑着朝她招了招手：“隔那么远做什么？过来。”

“哦。”她含糊地应了一下，踩着稍显硌脚的石头朝他走去。

距离每缩短一寸，纪汀的心跳就越发剧烈，全身心的注意力都投在温砚的身上了，以至于她没发现脚下有一块砖完全是空的。她不慎踩到它，一下子失去平衡倒向水中。

“小心！”一只有力的手臂从纪汀的腰下面穿过，把她捞了起来。由于惯性，纪汀不受控制地摔进男人的怀里，溅起一大片水花。

温砚下意识地搂住她的身子，瞳孔却蓦然一缩——她牛乳般细腻的肌肤蹭过他的大腿，又软又滑，盈盈一握的腰肢则被他的右掌虚扶着，光用指尖触碰它都带给他一阵战栗。

怀里的女孩正仰着小脸，小巧玲珑的耳垂上染着粉色，纤长卷翘的睫毛扑扇着，水珠沿着锁骨优美的曲线滚落到池中。她饱满嫣红的嘴唇微启，那昳丽的色彩看得他神思涣散。

胸前分明有什么东西在压着自己。温泉水流淌而过，带来源源不断的热意，温砚的喉结滚了滚，他微微地喘了口气……太热了。

和他对视的一瞬间，纪汀的大脑完全是空白的。她不敢去想自己究竟坐在了哪里，也不敢去想她的唇无意中擦碰到了什么地方，更不敢去仔细地体会肌肤毫无阻碍地相触的感觉。

身体比大脑先行一步。纪汀猛烈地咳嗽起来，借机从男人身上下来，规规矩矩地坐在一旁。光这一下还不够，刚刚的暧昧太过浓重，她得完全打破它才行。

纪汀装作被水呛到了，一直咳个不停，半晌才感到男人的手抚在她的后背给她顺气。

他的声音有一丝喑哑：“有没有事？”

纪汀慢慢地平复下来，露出一个清亮纯真的笑容：“没事，谢谢阿砚哥哥！”

没一会儿，纪琛就拿着耳机回来了，纪汀问道：“哥，泽宇哥怎么没和你一起？”

“他啊。”纪琛冷笑一声，“撩妹去了。”

如果不是因为刚刚发生了那样的事情，纪汀肯定会很感兴趣。此时她只是窝在水里，闷闷地说了声“哦”。颇为微妙的是，温砚也没有说任何话暖场。

纪琛下了水之后，开始跟温砚有一搭没一搭地聊天，完全没有搭理纪汀的意思。这也正好遂了纪汀的意。她趁两个人都没注意的时候，悄悄地上了岸，裹好浴袍后打了声招呼：“哥哥，阿砚哥哥，我先回去了。”

说完，她也不等回答便径自离开。

“一到这个时候大作业就很多，不过幸亏有好几天假期……”纪琛讲到一半突然停了下来，纳闷儿道，“兄弟，你看什么呢？”

温砚神情一顿，从小姑娘消失的方向收回目光，垂眸道：“没什么。”

第八章
溺水之人

纪汀回到房间里就听到一阵激烈的争吵。

“你这不是无理取闹吗？”

“你才无理取闹！”

“不会有人比你更无理取闹！”

“就算我再怎么无理取闹，也没有你无理取闹！”

纪汀干咳一下：“等一下，这位先生和这位小姐，能跟我解释一下发生了什么事吗？”

好端端的机会怎么就被他们糟蹋成这样了？

田佳慧翻了个白眼：“这人非说我身体不舒服，要来看我，我说我感觉挺好的，神清气爽，然后他就说我不领情。”

方泽宇则一个眼神杀向纪汀：“这不是你说的吗？”

纪汀默默地叹了一口气。唉，她品出小学时代的欢喜冤家那味儿了。“是我，是我错了行吗？”她摇了摇头，“我真是没见过你们这样的……”

两个人齐刷刷地看过来：“我俩怎么了？”

他们默契不改。纪汀忍不住说道：“何必呢？既然都喜欢对方，为什么不好好地在一起呢？是谈恋爱不好吗？！”

两个人异口同声：“闭嘴！”

“谁喜欢他了？！”

“谁喜欢她了？！”

“……”行吧，她闭嘴。这是她的错，她一开始就不该答应当这个和事佬的，吃力不讨好。她现在的心情就是后悔，非常后悔。

第二天纪汀见到温砚的时候，仍然不可避免地生出了一丝尴尬。不知是不是错觉，她觉得温砚的态度好像也有些不自然。

两个人都对昨晚的事情绝口不提，但纪汀还是觉得心里有点乱，尽量避免和他进行直接交流。

假期结束，回到学校以后，纪汀认真地思考了一下她和温砚现在的情况。其实他们之前做过的许多事情也很亲密，但那时他肯定不会觉得有什么，因为他是真的把她当作妹妹来疼爱的。

但是这一次，他明显有所察觉了，察觉到其实她不再是那个天真的、不谙世事的、跟在他身后的小姑娘了，她是一个已经成年的、逐渐变得成熟的女孩。

他会用什么样的态度来看待她呢？阿砚哥哥，会不会对她退避三舍？一想到他以后很可能会对自己保持距离，纪汀的心就像是悬在了半空中，无端地慌张不安。她决定先试探他，减少在微信上主动找他的次数——如果他还和以前一样，一定会询问她原因的……

一周以来，纪汀一直在等温砚给自己发消息。可惜她没有收到消息——他竟然没有问她原因。温砚不是个热络的人，她不找他，二人的交流真的就渐渐地少了。

纪汀只感觉心里无比沉重——脑海里的一切预设得到坐实，她所想象的这个最让人害怕的局面还是来了。他当真心里就对她没有一点男女之情？

纪汀觉得好不甘心，就好像一段轰轰烈烈的感情无疾而终，它成了她自己一人盛大的独角戏。可是，她不信这就是她最终的结局。

纪汀始终觉得温砚是爱她的——哪怕是对妹妹最纯粹的喜欢，那也是爱，是和其他感情不可同一而论的存在。没有人在他那里有她这样的特权，没有人可以像她一样步入他灵魂的深处。温砚的心门紧闭着，但唯独对她露出了一丝缝隙。也许过一段时间，他就会发现她是独一无二的那一个。任何人都替代不了她。

纪汀觉得自己应当再破釜沉舟地勇敢一次。她不想让自己遗憾。

有点讽刺的是，在纪汀打定主意的当晚，她就做了一个噩梦。其实梦里也不是什么洪水猛兽，不过是温砚把一个漂亮的女孩带到她跟前，还眼含笑意地向她介绍对方："这是哥哥的女朋友。糖糖乖，叫嫂子。"

在梦里纪汀怎么也喊不出那两个字，眼泪都快憋出来了。骤然被吓醒的那一刹那，她气得心肝郁结，五脏六腑都是酸疼的。

虽然都说梦境和现实是相反的，但纪汀并没有从这种论调中获得一丝安慰。相反，梦里的一切都很真实，真实到让她几乎以为这就是自己的未来。

纪汀的心智可能远超同龄人，但是在面对爱情的时候，她还是那个懵懵懂懂的小女孩。

在温砚面前，她什么都没有，只有一颗无处安放的真心，不知她的真心对他来说究竟值几个钱。她光是这么想着，就已经有些难过了。

早上起来之后，纪汀情绪急转直下，忽地感觉有点泄气。她抱着这样低沉的情绪度过了几天的社工和学习，做什么事都有几分心不在焉。周五中午刚下课的时候，纪汀收到外联部部长陈馨茗的微信，对方说是要谈一下赞助的相关事宜。

陈馨茗是经济管理学院的学姐，因此和纪汀尤其要好。两个人约在丁香园一起吃麻辣香锅。陈馨茗让纪汀先在窗口排队，她去占座。就在快轮到纪汀点单的时候，有人拍了拍她的肩膀。纪汀回过头来，看清来人后嘴角扬起一抹笑意："好巧，李浩哥。"

李浩乐呵呵地问："你也来吃麻辣香锅？"

"嗯。"

"一个人？"

"不是。"纪汀弯了弯嘴角，"我和馨茗姐一起。"

李浩道："哦。"

不一会儿陈馨茗就来找她，李浩问："现在人太多了，找不到位置，我能跟你们一起坐吗？"

"当然没问题。"

于是三个人便坐在了一张桌上。陈馨茗和纪汀谈工作的时候，李浩就在一旁安静地吃饭，完全没有打扰她们。等到她们说完，他才开始聊些别的话题。

“听说新清华学堂下个月月初有一场莫斯科柴可夫斯基音乐学院交响乐团的音乐会，要不要一起去看？”

作为文艺部部长，他自然是极痴迷音乐的，陈馨茗恰好也是半个古典迷，当即道：“好啊！”

抱着和学长学姐多交流的心态，纪汀也答应了下来。

李浩说：“行，那咱们一会儿就订票？晚了我怕没位置。”

“好！”

傍晚，空旷的公寓里。

温砚仰靠在沙发上，嘴唇微张地喘着气。半掩的窗外透进“沙沙”的风声，和屋内细微的震动声交织在一起。他的睫毛上下颤了颤，眼神逐渐变得迷离又茫然。思绪也逐渐变成一片荒芜和空白，指尖滚烫，他感到无边的孤独。灰色的帘幔轻扬，随着日光被一点点地掩去，阴影下坠，无数纷杂的记忆一刹那涌入他的脑海中。

温砚全身都在颤抖，心脏也仿佛被人攥紧——突然，一张明媚的笑脸出现在他的眼前，带着细微的柔光，像是天使降临。他只要看她一眼，就能再度感觉到光明的存在。好暖。

不太明显的一声响，却在这个寂静的房间里显得格外清晰。温砚猛地睁开双眼，沉沉地垂视自己的手掌，眼底迅速地闪过一丝惊慌。

他在干什么？！他怎么能在这种时刻想着她？他如此玷污和亵渎她。

温砚缓慢地抬起另外一只手捂住额头，喉间溢出一声极低的喟叹——他真是疯了。似乎从在度假村里触碰到她的那一刻，他就开始发疯了。

他不知道自己在干什么，总感觉体内有一股邪火，像是有无数只蚂蚁在啃噬内脏。靠近她的时候，他会情不自禁地感到心烦意乱，甚至不能左右自己的情绪。所以这段时间，他给了自己足够长的冷静期，暂时地远离她。但是情况并没有好转，他不明白自己到底是怎么了。

温砚将手清洗干净，面无表情地坐在沙发上，拿着一个玻璃杯把玩。

直觉告诉他，这件事再深想下去就会出问题了，他状态不对，需要及时调整。就在这时，手机“叮”的一声响，温砚拿起来随意地看了一眼，睫羽倏忽轻颤了颤。

糖糖：阿砚哥哥，明天晚上和我一起吃饭好吗？

温砚蓦地又生出一种没来由的烦躁感来，第一次陷入这种举棋不定的矛盾局面。这顿饭他想去，但又不想去——他想见她，但又下意识地想逃避。

温砚沉默地凝视着手机屏幕，片刻后回了个“好”字。

纪汀约他在五道口吃饭，那是一家台湾菜，做创意料理。温砚特意提前了十分钟到达，可没想到小姑娘还是先他一步，她早早地等在门口。

她看到他，双眼弯成了好看的月牙状。她笑眯眯地挥手：“哥哥，在这儿！”

她面对他时总是这样露出真心的笑容，好像一切都没有变。温砚怔了一下，快步走过去，勾起嘴角：“怎么来得这么早？”

“因为怕你等啊。”纪汀的眼睛亮亮的，“我知道你忙。”

他最近是挺忙，他们做的那个社交软件 app（应用程序）要进行上架之前的 Beta（公测）测试，重要关头，他马虎不得。但温砚没说什么，只是弯唇：“不用这样，哥哥即使再忙，陪你的时间还是有的。”

以往说这话，他都不觉得有什么问题，但今天话说出口的那一瞬间，他就觉得怪怪的，垂眸坐了下来。纪汀冲他笑了笑，露出了两个可爱的小酒窝。

温砚给她倒茶，轻声慢语地问：“想吃什么？随便点，哥哥请客。”

纪汀说：“哎呀，每次都是你请，这次就让我来请吧！”

温砚笑了笑：“这没的商量，哥哥绝对不会让你花钱。”

纪汀说：“可是——”

一旁的服务员饶有兴致地看着他们一来一回，他们竟然在抢着买单，她不由得感叹道：“你们兄妹俩的感情可真好。”

一时之间，空气都有些寂静，像是突然被按下了某种暂停的机关。温砚低头轻啜了一口茶，片刻后说道：“还是我来吧。”

纪汀张了张嘴：“哦。”

男人把菜单推给她：“你点菜吧。”

纪汀注意到他从刚开始到现在都没有叫过她的名字，他和她表面上看似依旧熟稔，但实则已有生疏的征兆。她心里不由得慌了一瞬，抬头去看温砚的时候，却发觉他倏忽移开视线。他是……有意的吗？

纪汀定了定神，扬起笑容点了几个菜：“哥哥，我可都是挑你喜欢的口味来点的。”

温砚终于看向她的眼睛，眼神带着旧日的温柔：“谢谢糖糖。”他叫住服务员，把纪汀瞄了很多眼但是始终没点的小兔子布丁给补上了。

一顿饭吃得还算和谐，只是纪汀总感觉两个人之间有微妙的暗流涌动。她从他的态度中找寻出貌合神离的蛛丝马迹，越来越惴惴不安。

饭后温砚把纪汀送回学校，两个人沿着 C 楼和紫荆操场之间的小路向宿舍走。轻柔的晚风拂过，吹乱了路灯投射在地上的剪影。

这时，纪汀突然道：“阿砚哥哥，有件事我想问问你。”

“嗯？”

“是这样，有个学长在追我，大三的，人不错，成绩挺好的，也是校团委干部。”纪汀的语气故作轻松，“你之前不是跟我说过，如果遇到不错的男生，也可以试着相处一下，但是我有点拿捏不准，就想请你帮我把把关。”

温砚的脚步倏忽慢了下来。在昏黄的路灯下，他的眼眸看上去似乎有些晦暗不明。英俊清朗的容颜一半在灯光里，一半在阴影中，更让人捉摸不清。

“这样啊，”不知过了多久，他终于开口，“如果你喜欢他的话，哥哥支持你，可以找个时间一起吃顿饭——”

“真的吗？”纪汀感觉心里的最后一丝希望也土崩瓦解，胸腔里酸得发疼。她就那么深深地凝视着他，似梦呓般重复了一遍，“这真的是你希望的吗？”

“……”温砚近乎哑然地看着她——他发现她哭了。那双总是含着狡黠的笑意的大眼睛里此刻盛满了晶莹剔透的泪水，泪水不住地从脸颊上滑落。

原来是这样。原来，她喜欢的是自己。这么长的时间里，他竟然没看出来她喜欢他。他是该说她的伪装太好，还是该怪他面对她时心防太松？

一种不知名的情绪迅速在心底划过，温砚还没来得及捕捉，它便已经悄然而逝。剩下的是突然不知从何而起的慌乱和惧怕。

温砚忍住替她擦拭眼泪的强烈的冲动，往后退了一步——他不能喜欢上她。她已经很干扰他的判断，如果再和她产生更深的羁绊，他怕自己会控制不住地沉沦。这是很危险的。

温砚的喉结滚了滚，半晌他淡淡地说道：“是。”他的神情仿若丝毫不为她的泪流满面所触动，“这就是哥哥所希望的，希望你幸福。”

走到这一步，纪汀还有什么不明白的？无非就是她委婉地表了白，然后他委婉地拒绝了她。

他们真的没有任何可能了。这个认知让纪汀心痛，她一刻也待不下去。在人来人往的街道上，为了维持住最后的体面，她退后两步，捂着脸，像受了伤的小动物一样落荒而逃。

温砚没有追上来，纪汀边哭边跑，在寝室楼下的小花园里找到一处无人的角落。眼泪决堤而下，她抱着双膝坐了下来，独自舔舐自己的伤口。

自尊心后知后觉地泛滥起来，纪汀忍不住回想男人方才沉静如霜的面色，以及那唯恐避之不及地向后退的一小步。她的喜欢对他来说就这么一文不值？她的喜欢竟不能让他产生一丝情感波动。那一步像最锐利的尖刀刺进了她的心里，纪汀仿佛听到了“汩汩”血流的声音。

她对这段感情苦心经营了这么久，怎么就把好好的路走成这样了呢？纪汀不明白。她开始后悔起自己的冲动——她哪怕是在他身边扮演一个好妹妹的角色，也比和他彻底决裂要好得多。现在这样，她到底该怎么办啊……

“糖糖，你慢慢说，不着急，啊。”田佳慧一边给纪汀顺着气，一边安抚着她。

方泽宇拿了一打啤酒，一屁股在紫荆操场上坐了下来。他开了一瓶啤酒，递给她：“心情不好就喝酒。”

纪汀抽噎着接过啤酒：“谢谢。”

看着小姑娘梨花带雨的模样，方泽宇在心里喟叹一声——阿砚到底怎么回事？这也拒绝得了？不应该啊。他一直都能隐隐地感觉到，温砚真实的性情是极为冷漠的，但是他总觉得，至少纪汀对温砚来说是与众不同的，没想到他们还是这样的结局。方泽宇百思不得其解。

纪汀不停地给自己灌酒，被呛得咳嗽不止，边哭边骂：“我这辈子再也不会干这种蠢事了！”

田佳慧和方泽宇见状，只能在一旁好言好语地劝着她。方泽宇问：“那以后你打算怎么办？”

纪汀深吸了几口气，抹了抹眼泪，哑着嗓子说：“我不会再联系他了。”

田佳慧在一旁附和她：“就是，不要理那个狗男人！咱们糖糖这么人见人爱，肯定还能遇到更好的！”

方泽宇无语了，心想：“校歌赛”的时候你不是这么说的。呵，女人。

纪汀听了田佳慧的话后，勉强扯出了一个微笑，眼泪却还是不断地往外冒。

方泽宇安慰道：“失恋就是这样的，大哭一场，什么都过去了。”

田佳慧瞪他：“你会不会说话？”人家正难过呢，他提什么失恋？！

纪汀自嘲般笑了一声，道：“泽宇哥说的是对的，我就哭今天这一场，以后再也不会为他哭了。”

她的笑容在月光下显得有些惨淡，方泽宇于心不忍：“你要真放不下，要不哥帮你劝劝阿砚？”

纪汀很低很低地叹了口气：“有什么用啊？”感情的事情，别人要怎么劝？他不喜欢她，谁劝也没用。月朗星稀，夜极其静谧。她似乎能听得到心碎的声音。

接下来的一周，纪汀都过得有些浑浑噩噩，经常会莫名其妙地走神，上课时注意力也不太集中。祸不单行，从六教上完晚课回来，她发现自己新买的自行车又爆胎了。

纪汀把车推到了最近的修车点，跟师傅说好明天再来取车。她沉默着沿着学堂路往回走，正心事重重的时候，有人叫了一声她的名字：“纪汀！”

他大概是她之前的一个追求者，被她拒绝后就没声儿了，这会儿突然出现，还一副醉醺醺的模样，怎么看都让人心生警惕。

纪汀不着痕迹地后退一步：“请问有什么事吗？”

“纪汀……”那人口齿不清，“我有话……想跟你说……”

迎面扑来一股刺鼻的烈性酒味，不太好闻，纪汀皱了皱眉，始终和他保持着距离：“你就站在那儿说。”

男人似乎醉得不轻，扑上来抓着她的胳膊哽咽道：“纪汀，我喜欢你！不……不是，我爱你啊！”

纪汀几乎要被他气笑了。这人总共见她不超过三次，他们基本上也没什么交谈。她也确认过，对方以前并不认识自己。他一上来就说爱不爱的，自我感动的成分会不会太浓了……

温砚隔得很远就看到这边发生的一幕——纪汀似乎被什么人缠住了。心里登时一紧，他下意识地想要过去，但很快就发现小姑娘没有他的帮忙也能自己应付局面。

纪汀三两下就将人撂倒，冷眼看着地上："你懂什么叫爱吗你就爱我？你才见过我几面哪？"

那人含含糊糊地嘟哝："我怎么不懂？我……我就是……爱你……"

她觉得他简直不可理喻："你爱我什么？我是长得太美让你念念不忘，还是才华横溢让你记忆深刻啊？"

小姑娘因为动了气，两颊都鼓了起来，让人觉得可爱又娇蛮。她嘴皮子伶俐，机关枪一样"嗒嗒嗒"地直数落人。地上的醉鬼看起来毫无还击之力，言语苍白地来回说那几句话。温砚不由得失笑，站在不远处凝视着她。

纪汀深吸两口气，不想跟这人纠缠，直接转身快步离开。她沿着学堂路一直向北走，在茂密的枝叶的掩映下，心里有股郁气梗作一团——你懂什么叫爱吗？

说爱的都不懂爱，那不说爱的呢？她一直不明白那个人到底是不说还是不爱，现在答案已经明了，她还有什么可希冀的？

他若是爱她，当时一定不会任由她就那样难过地离开。她一直以为曾经的种种关心总能让他敞开心扉，可没承想她无论怎么努力，依旧于事无补。她改变不了他，也改变不了结局。

纪汀自嘲地笑笑——她还说别人自我感动，实际上她自己又强到哪里去呢？她不过也是在自欺欺人罢了……

温砚静静地跟在纪汀的身后。他察觉到小姑娘的情绪并不高，甚至还带有几分恼怒的躁郁，但他没想到她走着走着便开始哭起来。纤弱的肩膀一耸一耸的，她好似被谁欺负得狠了。

他的心悬在半空，生出些被牵扯的疼。温砚想了又想，最终还是没开口唤她的名字。他追上去干什么？他撞破她的尴尬境地，然后叫她更难堪？他抿紧了唇。

纪汀从清芬园一路哭到丁香园。近百米的距离，她走得很缓慢，一边抽噎一边倔强地擦眼泪。所幸晚归的同学很少，这样的伤心欲绝不至于让太多人看了去。

温砚默默地跟在纪汀后面，跟她始终保持着十来米的距离。月光穿过树梢洒下来，在两个人的身后投下温柔的剪影。风轻轻地拂过，带起一片"沙沙"

声，仿佛奏响了低沉的乐曲。其实她只要回一回头就能看见他了，但她没有回头。他亦没有出声。

温砚一直把她“护送”到宿舍楼下，看着她进了大门。人已经走了半天，他还站在树下望着月亮出神。

温砚也不知道自己是个什么心态，不想让她知道自己的存在，但是又忍不住注视着她，牵挂着她。

他本不应该这样优柔寡断的。他应该干干净净地从她的生活里退出，不是吗？

六月很快就到了，除了日渐紧张的学业，随之到来的还有纪汀盼望已久的交响音乐会。她其实对这种高雅的艺术还是很喜爱的，加上李浩和陈馨茗都是很有意思的学长学姐，她的期待值就更高了。

音乐会当天，三个人约着在芝兰园吃了顿好的，然后骑车一起去新清华学堂。他们排队快排到检票口的时候，陈馨茗接了个电话。对面刚讲了两句，她的神情就变得严肃起来，似乎还有点颓丧。

她挂掉电话后，纪汀问：“馨茗姐，怎么啦？”

“是我实习的老板，临时给我派了活儿。”陈馨茗重重地叹了口气，“恐怕我不能和你们一起了，得回去赶工。”

纪汀虽然心里不愿这样，但也没法强行挽留她，只安抚地笑道：“那下次再一起吧。”

陈馨茗走后，只剩下她和李浩两个人。虽然孤男寡女一起来听音乐会有些奇怪，但所幸李浩是个很开朗的人，聊天的话题天南海北，完全不会让人感到尴尬。

李浩问：“你以前学过钢琴吗？”

纪汀点点头：“小时候学过，还考了十级呢。”

“这么厉害！”李浩挑挑眉，“那你喜欢古典音乐吗？”

“喜欢啊！我超喜欢浪漫主义的！”

“就像柴可夫斯基、肖邦和李斯特这样的？”

纪汀道：“对对对！我以前还练过柴可夫斯基的《四季》全套曲子呢。”

李浩笑笑：“那今晚的音乐会应该正好对你的胃口。”

这次的交响音乐会极为精彩，上半场是《柴可夫斯基第一钢琴协奏曲》，下半场是《洛可可主题变奏曲》。柴可夫斯基第一钢琴协奏曲的第二乐章是牧歌风格的小行板，曲调优美抒情，纪汀本来想闭着眼睛欣赏音乐，却没想到居然不知不觉地睡着了。直到中场热烈的掌声响起，她才缓缓地睁开了眼。

太丢人了！她刚标榜完自己是古典音乐迷，就这样被“啪啪”打脸。

她醒来时，李浩笑着看了她一眼，纪汀下意识地摸了摸嘴角——她也不知道自己流口水没有。她心虚地解释道：“啊那个，最近学习太辛苦了，没怎么睡好。”

“嗯，我明白。”李浩憋着笑，“要注意身体啊。”

纪汀无言以对，完了，一世英名毁于一旦。

他们从新清华学堂出来以后，李浩说：“我刚刚看朋友圈，说有个演员来咱们学校拍宣传片。”

“啊？！”纪汀一听到“演员”两个字就兴奋了，“是谁啊？”

“好像叫沈晋初？”

纪汀道：“啊啊啊啊啊啊！”

李浩不怎么关注娱乐圈，但看到她这个样子也能推断出那个男演员的人气很旺。他提议道：“听说现在在二校门，咱们去看看？”

纪汀的眼睛“唰”的一下亮了，她小鸡啄米似的点头：“好啊好啊！”

两个人匆匆地赶到二校门，这里果然是人头攒动，聚集了一大帮闻风而来的同学。大家都在激动地喊着“沈晋初”。

李浩个子高，纪汀拽拽他的袖子：“浩哥，帮我看看人在不在？”

李浩挠挠头：“可是我不知道他长什么样……”

纪汀熟练地调出手机相册的收藏夹：“喏，这个，超帅的。”

“行。”他应了一声，踮起脚张望了半天，半晌摇摇头，“我也看不到，光线太暗，而且人太多了。”

“啊……”纪汀有些遗憾。

李浩突然打了个响指：“要不我把你抱起来，这样你就能看到了。”

纪汀本能地拒绝：“不用了……”

话还没说完，腰间就传来一股大力，她被李浩整个托起，被他往上举了起来。他的语气很关切：“能看到吗？”

“……”最初的惊吓很快被眼前的情景冲淡，纪汀的注意力转移到前方人群的中央。她仔细地搜寻了半天，可是并没有看见沈晋初的身影。

“看不到，浩哥，你放我下来吧。”

“好。”

望着黑压压的人群，纪汀叹了口气：“咱们应该是来晚了，估计他已经走了。”她刷了一下朋友圈——果然：

为什么我要多做那一道数学题！早点出来就能看到我的“男神”了！［大哭］。

听说今天沈晋初来清华了？！为什么这个时候是小组讨论哪！

姐妹们我更惨！我骑着自行车经过二校门，看到前面有一群奇怪的人架着摄影机。保安拦住我说，同学这边特殊情况不让通行，我还吼了一声“我赶时间”，然后“唰”的一下横穿而过。现在想起来，我真的是字字泣血！我竟然与偶像隔着二十厘米擦肩而过！是脑子有问题了吗？！

下面的评论是一连串“哈哈哈哈哈哈哈哈”。

纪汀觉得有点好笑又有些心酸。不过，也有真的看到本人的，那人简直运气爆表：啊啊啊啊！我哥哥好帅！第一次见到真人！还说上话了！他让我骑车注意安全！［图片］。

虽然偷拍的照片模糊，但纪汀还是足以辨认出那俊逸的轮廓。

下面是清一色的黄色柠檬：

姐妹你撞大运了！

我哭了！

膜拜大佬！

做了道题就错过一个亿系列……纪汀觉得自己酸溜溜的，仿佛也是个“柠檬精”。

看到她有些懊丧的样子，李浩安慰道：“没关系，下次学校再搞类似校歌赛这样的活动，咱们邀请这些演员过来就可以了。”

纪汀的心情好了些：“好！浩哥，下次有这种机会你一定要叫我！”

“行，没问题。”李浩笑道，“现在时间还早，一起去喝杯奶茶吗？”

奶茶？纪汀弯唇叫了一声：“浩哥，你不知道这玩意儿对于女生来说是致命的吗？！大晚上邀请别人喝奶茶真的很过分！”

李浩也笑："那行，买点水果总可以吧？我要去C楼地下超市，一起吗？"

纪汀正好也想买点日用品和零食，于是说道："好，走起！"

超市最近刚刚装修完毕，引入了人脸支付的功能，方便快捷。店面被重新装修，多设了粥面、奶茶、钵钵鸡、比萨等小食摊位，可以现点现做。

纪汀拿了一个小篮子，哼着歌走在货架之间，拿了几瓶酸奶、一袋牛肉干，还有几包卫生巾。她明早也可以吃点水果什么的——蓝莓、青提、草莓、波罗蜜……琳琅满目，她都有点看花眼了。

果然购物能让人神清气爽，纪汀的篮子越来越满，她的情绪也越来越高涨。正当她扬着嘴角把一盒菠萝拿起来时，眼角的余光瞥到了一个熟悉的身影——温砚就站在对面。

二人视线相对，他正眼睛一眨不眨地凝视着她。大半个月没见他，纪汀一下子都有些反应不过来了。她的笑容僵硬在嘴角。这么晚了，他在这里做什么？

男人的嘴唇动了动，他似乎是有什么话要说。但纪汀没有任何倾听的兴致，冷淡地垂下眼帘，把水果放进了篮子里。

这时，李浩走到她旁边："学妹，你挑好没？"

"啊。"纪汀回过神来，笑了笑，"好啦，我们走吧。"

李浩瞥了她的购物篮一眼："你这东西够多的，我帮你提吧。"

在温砚的面前，纪汀总感觉这种互动有点微妙——好像她心有不甘，特意找了个人来气他似的。她只想赶紧离开这个地方，礼貌地回绝道："不用了，浩哥，我自己拎就好。"

"哎呀，怎么能让你一个小姑娘拎这么重的东西？还是我来吧。"

李浩不由分说地从纪汀的手中拿过购物篮，她愣了一下，轻声说了"谢谢"。李浩走了两步，扬起笑容回头："确实够沉的，一会儿我送你回宿舍吧，正好我也顺路。"

"嗯，那就麻烦浩哥啦。"

两个人朝着收银台走去，侧着脸有说有笑的。

温砚站在原地，将这一幕从头到尾看在眼里。垂在身侧的手指蜷起，他不自觉地攥紧了拳——从跟他四目相对到离开，小姑娘都没有分给他一星半点的目光，俨然把他当成了一个陌生人。真可笑，他想要的不就是这样吗？可是，他为什么感觉这么难受呢?

她竟然和其他异性一起来买东西，他们说话的语气还那样自然熟稔。温砚以前是学生会干部，对李浩有点印象。记忆里，他们好像还加过微信好友。

男人暗自抿紧了唇。他以前好像没听说过这个人和她交好，他是她最近认识的朋友，还是她口中那个追她的学长？无数念头叫嚣着涌入他的脑海，温砚的眼神黯了黯，仿佛星星陨灭了光。

半晌，他深吸了一口气，转身上了楼，面色重归平静。难受又如何？到现在他依然不后悔当时的选择，虽说这代价昂贵了些。

李浩将纪汀送到宿舍楼底下，说道："周末我们学生会几个部长想出去K歌，欢送一下大四的学长学姐，你要不要一起来？"

这种活动一般只有学生会内部的人才能参加，纪汀受宠若惊："我可以去吗？"

"当然没问题了！"李浩笑着眨眨眼，"有我和馨茗罩着你，没在怕的。"

纪汀弯了弯嘴角："那谢谢浩哥啦！"

"对了……"

"嗯，怎么？"

李浩装作若无其事地说道："刚刚我看见温砚学长了。"

"……"

他补充道："他们都说他是你的男朋友，这不是真的吧？"

他们兴许是看了论坛吧，然后一传十，十传百。纪汀的面色沉了沉，嘴角尽力扯出一丝弧度："不是。我和他没什么关系，是大家弄错了。"

"哦。"李浩笑了笑，没说什么。

纪汀从他的笑中察觉出一种不知缘何而起的怪异感，但斟酌片刻后，也什么都没再说。

上楼之后，她打开水木清华论坛，翻看了当时的帖子。下面已经盖了百来层楼，一堆网友哭着喊着"温糖太棒了"。

…………

101楼：郎才女貌配我一脸！谁再说不配的拖出去！

102楼：这对情侣锁了！钥匙我已经吞下了！

103 楼：甜死了，要一直幸福啊！

104 楼：甜死了！

105 楼：这绝对是我们学校颜值最高的情侣了吧！

…………

唉。纪汀平静地退出了界面，仰躺在上铺，怔怔地看着白兮兮的天花板。她确实还喜欢着他。她刚刚近距离地面对他时，情绪差一点就露馅儿了。不过，总有一天，她能够戒掉这种瘾吧。到时候再见面，他们就真的是陌路人了。

周五是田佳慧的生日，纪汀忙里偷闲地给她订了个蛋糕，一群人中午去东南门附近的“唇辣号”开了场 party（派对）。

方泽宇是一群人里面唯一一个读硕士的，人长得阳光俊朗，因此受到很多学妹的关注。有个女同学悄悄地问田佳慧：“那边那个学长有没有女朋友？”

田佳慧看了埋头吃喝的方泽宇一眼，心底冷笑一声——没想到他还挺招人喜欢。她面无表情地回答道：“不知道。”

“反正我从来没见他身边有哪个女生。”田佳慧顿了顿，又低声压在女同学的耳边，“其实……我听说他好像性冷淡。”

“啊？！”女同学惊诧之余，发出了一声极为夸张的感叹，导致一桌人都看了过来。

田佳慧赶紧笑道：“没事没事，大家继续。”

其间方泽宇去了趟卫生间，女同学逮着机会，以自己的理解，将信将疑地问田佳慧：“你的意思是，他的那方面……有问题？”

“嗯。”田佳慧说谎不眨眼。

“你怎么知道的？”女同学问，表情变得精彩起来。

田佳慧毫不心虚，语重心长地说：“方泽宇和纪汀她哥很熟，我也是听说的，不知道是不是真的，你可千万不要告诉别人。”语气极其飘忽不定，但更让人确信消息来源。

眼看女同学陷入了挣扎，田佳慧决定添上最后一把火：“你别看方泽宇高高壮壮的，其实喜欢戴女孩子的发卡，还喜欢涂指甲油。”

女同学眼神复杂地说：“这你也知道？”

田佳慧淡定地指了指纪汀：“她哥说的。”

纪汀早就憋笑憋到快要笑死，点头嗯嗯附和，然后严肃地说道："毕竟是隐私，你千万别告诉别人。"

田佳慧"啧"了一声，轻叹道："所以说人不可貌相啊……"

头顶陡然洒落一片厚重的阴影，她心里下意识地"咯噔"一下，接着听到方泽宇在耳边阴恻恻地叫道："田佳慧。"

要完，田佳慧蓦地站起身："我去趟卫生间。"她疾步逃离了包间，刚走到走廊上，手腕就被方泽宇拉住。

"你干吗？"田佳慧回头瞪了他一眼，但气势明显有点虚。

"你刚刚说什么？"方泽宇似笑非笑，朝她走近了一些，"我喜欢戴发卡？还喜欢涂指甲油？"

"你……你别过来！"她本能地察觉出了危险，想退后两步，不料他的力道大得惊人。他把她禁锢在原地，让她动弹不得。

方泽宇又向前走了两步，眼眸深不可测："你还知道我那方面的表现哪？"

田佳慧瑟瑟发抖，立刻认㞞，讪笑道："大哥，我错了，我这不就随口一说吗？"

"这样啊。"他每句话都悠悠地拉长了调子，给人一种暴风雨前的宁静之感，"那我——"

田佳慧试图靠眨眼睛卖萌："您大人不计小人过？"

"我当然。"方泽宇粲然一笑，终于把话说完，"不会放过你。"

田佳慧感觉腰间一紧，下一秒，铺天盖地的吻落了下来。她又被强吻！了！

田佳慧拼命反抗，殊不知她那绵软的小拳头在他的眼里根本不够看。方泽宇把她亲到差不多快窒息了，才慢悠悠地放开她。

"你流氓——"

她的话音未落，一个更深入的吻来了，比刚才还具有攻击性。

片刻后，田佳慧像条死鱼一样瘫在他的怀里，愤而开口："你——"

方泽宇摸了摸她的脸，神情散漫地说："你再多说一个字，我就再亲你一分钟，自己考虑。"

田佳慧无语。幸亏外厅热闹，服务员都上那边去了，不然她得羞死。田佳慧喘着气推他："我要回去了。"

"等一下。"方泽宇拦住她，眯着眼笑道，"先答应我件事？"

“什么事？”

他还是那副混不吝的模样，神情有些轻佻：“你看我这流氓都耍了，不如让我对你负个责呗？”

“怦……怦……怦……”田佳慧的心开始剧烈地跳动起来，一下一下如同急促的鼓点。她突然想起第一次见到他的时候。

那时他们正要去北京参加暑期学校，高大的男人坐在上铺，姿态略显懒散地笑道：“我是你们暑期学校的辅导员呢。”

起先她只是觉得他很有意思，他没有什么为人师兄的架子，幽默风趣，却在生活细节中处处显出成熟和体贴。后来她发现，他们好像莫名地投缘，总有聊不完的话题。

方泽宇看似吊儿郎当的，其实心里什么都清楚；在相处时也从不会让人感到尴尬。因此，每次和他在一起的时候，她都觉得很舒服。

方泽宇和温砚一样，为人处世都很会拿捏分寸。但是在面对温砚的时候，田佳慧明确地知道这是个只可远观不可亵玩的人，虽然他对人也亲和温柔，别人却很难与他真正交心。

方泽宇则不同。他就像是个阳光的邻家男孩，会在言语中无所谓地宣扬自己的好恶，亦会在玩笑中不在意地暴露自己的缺点。

他让她触摸到了真实。他随性，自由，又无拘无束。这种特质一直在慢慢地吸引着她。

田佳慧仰着头凝视了他许久，半晌才若无其事地说道：“哦。”

方泽宇挑眉：“‘哦’是什么意思？”

她抿着唇：“‘哦’就是，随你的意思。”

纪汀对于田佳慧和方泽宇终于修成正果这件事，由衷地感到高兴，“叽里呱啦”地说了一大通祝福的话。和她道别之后，田佳慧和方泽宇学着其他情侣轧马路。

他们卿卿我我了半天，田佳慧像是想到了什么，对方泽宇叹了口气：“我看糖糖还在想着温砚哥呢。”她摇了摇头，“也不知她什么时候才能放下。”

方泽宇想了想，说：“感情的事情确实没办法勉强。”

“嗯。”田佳慧若有所思，突然说道，“我有个办法！”

“什么？”

田佳慧附在他的耳边说了些什么，方泽宇挑了挑眉：“你确定？”

“确定！”田佳慧眼珠一转，“男人嘛，不受点刺激就不知道自己的心，我觉得很靠谱。”

方泽宇点了点她的额头，说道：“我看你啊，是看热闹不嫌事大。”

她确实有那么一点点看热闹的成分在内，田佳慧笑眯眯地眨了眨眼：“你就试试嘛，说不定能促成一桩姻缘呢？”她说，“你现在就打电话，把温砚哥叫出来。”

一个是自己多年的好友，一个算是自己看着长大的小妹妹，方泽宇斟酌片刻，扯了一下唇角：“行吧，那我试一试。”

“耶！”田佳慧飞了个吻给他，“那你就尽情地发挥吧，我不打扰啦！”

望着她有些跳脱的背影，方泽宇禁不住轻笑一声。

半小时后。

温砚匆匆地赶来，两个人沿着新民路往紫荆操场的方向走。

“泽宇，找我什么事？”

方泽宇问：“最近很忙？”

“是啊。”温砚颦了颦眉，“我们那个产品公测出了点问题，现在在加紧修补。”

“哦，那看来我不应该跟你当面说，浪费你的时间了。”

“没有。”温砚看了他一眼，唇边浮现出一点笑意，“怎么突然跟我这么客气了？”

方泽宇也笑了笑，说：“行，不跟你客气。”他双手插兜，脚步慢了下来，“阿砚，确实有件事要跟你说。”

“嗯，你说。”

“就是，”方泽宇故作漫不经心地说道，“相处久了，我觉得纪汀这小姑娘还挺不错的，我很喜欢——”他顿了一下，“就想问问你，我能追吗？”

“什么？”温砚再度蹙起了眉，像是没听清他的话。但方泽宇也没重复，就那么含着笑意看着对方。

旁边是篮球场，年轻矫健的身影活力四射，加油声、喝彩声不绝于耳，温砚的步伐却渐渐地停下来，鞋底在石砖上击出的一声脆响比灌篮声还要清晰。柏油路上有人骑着自行车呼啸而过，带起一阵滚滚的热浪。但此刻，两个人之间的那种无声的对峙才更让人感觉到躁意。

半晌，温砚才缓缓地开口:“这种事情为什么要问我？”他脸上没什么表情，面色平淡，仿佛谈论的只是一件微不足道的小事。

方泽宇耸了耸肩，语气轻松地说道：“因为你和她关系好啊，怎么着也得问问你的意见吧？我以前还怀疑你们俩有点什么，不过现在看起来好像不是这样。”他拍拍温砚的肩，“不过我还是想要跟你说一声，毕竟如果我俩真成了，以后和她最亲近的肯定是我了，希望你不要介意——”

“知道了。”温砚生硬地打断他，“你想怎样都可以，我没意见。”他抿着唇，“我还有点事，先走了。”

“等下，阿砚——”方泽宇叫道。

“怎么了？！”温砚回头，眉间还拧着。似乎是察觉到自己的语气冒着些许的火星，他放低声音重复一句：“怎么了？”

方泽宇笑笑：“没什么，就让你产品公测加油！”

温砚定了定神：“嗯，谢谢。”

方泽宇望着他疾步离开的背影，微不可察地勾了勾嘴角。啧，他还真是口是心非。纪汀，老哥只能帮你到这儿了。

忙完一天回到公寓，温砚感到一阵深深的疲惫。他揉了揉有些发疼的太阳穴，简单地冲了个澡就上了床。往常这个时候，微信总是会收到例行的问候——诸如今天都做了什么，忙不忙累不累，开不开心，等等。但是自从他们把事情摊到明面上来说，小姑娘就再也没有给他发过消息。

温砚出神地望着天花板，总感觉自己还是有些着了她的道——她以一种润物细无声的温和的姿态，逐渐培养和固化他的习惯，让他毫无防备地把这一切当成理所当然。生活里曾经到处都是她的痕迹，但当它们如同潮水般退去，他又感觉空落落的。习惯真是件很可怕的事情。

窗外的月色渐渐暗下里之后，温砚躺了许久都睡不着，他坐起来，开始在衣柜里翻找。

正是盛夏，入冬穿的衣服都压在箱底，他摸索了许久，才触到毛线细软的质感。灰色的线头露了出来，温砚弯着腰凝视半晌，才蹲下身来，将围巾从叠放整齐的冬装里抽了出来。

他重新上了床，侧身朝向心脏的一边，把围巾攥在胸前。那个略有些歪扭的“砚”字握在手心里，也有了温度。

温砚面色沉凝，他缓慢地摩挲着那一小块布料，思绪茫然地放空，像是陷入了皑皑白雪。他倏忽忆起在冰岛的时候，纪汀曾戴过这条围巾。

其实她身上也有一种很好闻的味道，不知该怎么形容，那大约是一种奶香味，非常纯净，也不腻人，就是无端地会吸引他。

温砚这么想着，拿起围巾嗅了嗅。兴许是过去太久了，能闻见的只有樟脑丸清冽的香气，他有些失望地垂下眼帘。

白天纷繁的琐事在脑海中叫嚣，随着时间的流逝，温砚的心情也越来越烦躁。他不愿去深究这背后的原因，权当是产品公测在即，工作压力太大。

他还是睡不着。又睁眼躺了一会儿，温砚爬起来，从床头柜的第一个抽屉里拿出一个白色药瓶。他坐在床沿上，从瓶子里倒了两粒药出来，和着温水吞下。

平常如若不是特别难熬的时刻，他是断不会吃这药的，所以身体并没有产生耐药性。汹涌的睡意很快袭来，画面应接不暇地翻转，温砚坠入了一个无边的梦境。

他之所以判定这是梦，是因为里面的色彩十分鲜活，明艳到现实里几乎不可能出现。但是场景他竟意外地熟悉——还是那棵香樟树，高大葱茏，不过这次并不再冒着栀子花的香气，而是开着极盛的茉莉。

小巧玲珑的白色花蕊徐徐地绽开。就在面前的浅坡上，花一株挨着一株，花团锦簇，分外惹眼。

温砚的目光沿着地平线往上移动，触及某点时，瞳仁微微一震。穿着粉红色花裙子的小姑娘还在。今天她没放风筝，赤着脚坐在地上，手里把玩着什么。他明明感觉自己离她很远，但只不过往前走了两步，就已经到了她跟前。

温砚很好奇她在做什么，凝神看去，却不由得倒吸了一口气——原来她并不是在玩，而是在认认真真地织围巾。

小姑娘似乎察觉到他的靠近，微仰起头——赫然是纪汀的脸。这大约是她七八岁的模样，她扑闪着大大的眼睛，脸颊圆润微肉，粉扑扑的像个水蜜桃，可爱极了。

温砚脚步一顿，这一幕差点让他挣脱安眠药的禁锢，把他打回现实的原形。谁知小姑娘却全然不怕生，一下子就拉住了他的手，柔声地叫道：“哥哥。”

这一声像挠在他的心尖，他的心痒痒的，手心的触感也无比真实，温砚听到她问：“你觉得这围巾好看吗？”

纪汀已经把灰色线头收口，现在拿着蓝色的棉线在角落里绣字，但是她没下几针，他根本看不出来那是个什么字。

不知怎么，温砚感到一阵强烈的眩晕感，勉力扯出个笑容：“好看。”

小姑娘很高兴，仰起小脑袋，神情很得意：“我就知道你会喜欢的！”

过了一会儿，她拉着他躺下来：“哥哥，你陪陪我。”

他们枕着柔软的青草，望着蓝天白云，这像极了他们一同在紫荆操场看星星的那晚。

温砚颤了颤眼睫，转过头默默地凝视小姑娘的侧脸——她有卷翘的睫毛，像个洋娃娃一样。进入这个梦之后，他发现他的目光无法从她的身上移开半分。他缓慢地侧过身去，抬起手臂的一瞬间，察觉自己竟然鬼使神差地想要把她搂进怀里。

指尖微蜷，温砚的动作僵在了原地，然而小姑娘出乎意料地打了个滚，很自觉地撞进了他的怀抱，温软的黑发扫过他的下颌。

“怦……怦……怦……”原本空寂的心口好似在这一刻鲜活起来，充盈得让他满足。

鼻尖萦绕着奶香味，温砚轻轻地抚了抚靠在自己胸膛前的小脑袋，柔顺的发丝落入指缝，他有些爱不释手地把玩着它。他只希望和她待久一点，再久一些。

可惜天不遂人愿，梦里的场景开始急速地变幻，不一会儿便夜幕降临。温砚听到怀里的小姑娘说：“哥哥，我偷偷地告诉你一个秘密，其实，我有一个好喜欢好喜欢的人。”

他的心尖一跳，下意识地追问：“谁？”

她狡黠地眨了眨眼：“我不告诉你。”

温砚抿了抿唇，垂下了眼，声音很轻：“告诉哥哥，好不好？”

就在这时，大片大片昏暗的云朵飘过来，挡住了月亮和星星，遮蔽了一切可以看见的光芒，整个草坡笼罩在一种可怖的阴影里，连茉莉花的香味都消失了。

小姑娘坐了起来，表情一瞬间变了。她的面色无波无澜，笑容也有些缥缈："这些都不重要啦。重要的是，我以后再也不会喜欢他了。"

眼睛无法适应明暗的变化，温砚怔了怔，半晌才望向窗外大亮的天色。床头柜上的时钟指向七点半，他轻轻地呼吸了几下，捂着微微发痛的脑袋，缓慢地爬了起来。他没想到这么快就已经早晨了，明明在梦里似乎只过了须臾。

温砚给自己倒了杯水，洗漱之后边吃早餐边回想，还是觉得这个急转直下的梦给他的感觉过于糟糕。他真的很厌恶这种情绪脱离掌控的感觉。

白天有一整天的工作安排，晚上又有个局需要出面，温砚叹了口气，把这些扰乱心神的事情全部抛到脑后。

会议室里，胡昱祈一看到他就问："昨晚没睡好？"

温砚淡淡地应了一声，把手提电脑拿出来，直接进入正题："昨天这几个 bug（故障），我稍微有点头绪，不知道你们怎么看……"

他们一直忙活到晚上。几个人伸了个懒腰，站起来做转体活动。胡昱祈的筋骨"噼里啪啦"地响，他一边拉伸一边龇牙咧嘴："今天就到这儿吧，去吃顿好的？"

温砚笑了笑："我晚上还有事，你们去吧。"

胡昱祈撇嘴道："这么忙？"

温砚实际上只是没有那个闲心而已，拿出一张卡："今晚我请客，你们放开吃。"

"好耶！爱你呀砚哥！"

"砚哥最好啦。"

几个人迸出一阵欢呼，温砚勾了勾唇，和他们打招呼作别。

晚上的局定在七点半开始，他打算在学校东南门附近随便吃点东西，然后再赴约。温砚在卡座里坐下后，服务员递给他一张菜单，他大概扫了一眼菜单，点了一碗臊子面。等待的过程中，温砚安安静静地坐着，难得地发了一会儿呆。他心中有朵乌云似的谜团，让他没法集中注意力去思考别的事情。

温砚不禁想着——他这到底是怎么了？他像得了什么病。他倏忽忆起梦中之景，她说不再喜欢他的当口，温砚记得自己的心口好像抽疼了一下。

“宝贝儿，你晚上陪我去看电影吗？”

“啊不行，我有约了……”

耳边的声音将他唤回现实。两个小姑娘嬉笑着挽手进门，那一瞬间温砚还以为自己出现了幻觉，目光毫不掩饰，他直勾勾地望向来人。

兴许是他的目光太炽热，纪汀身边的女生用手肘悄悄地碰了一下她，小声说：“汀，你看，那是不是……”

与此同时，纪汀抬起眼眸，朝男人看去。时间好像在这一刻被谁按了暂停键。

温砚将这次的不期而遇消化之后，又开始不自觉地紧张——他不知她又会以怎样疏离冷淡的表情来面对自己。可是，与他的预想恰恰相反，纪汀的眼神自始至终都是颇为平静的，片刻后她还扬起了一个浅浅的微笑，纤长的睫毛上下扑扇，像是沾染了晨露的蝶翼。

温砚感到自己如同一座雕像般坐在原位，心脏奇异地加快跳动，急促如擂鼓，“咚咚”的，要跃出胸腔似的。他紧绷着下颌，一时之间竟不知是应该回以同样的笑容还是开口寒暄。

然而，纪汀并未展现出曾经的心有灵犀，不过略一示意就拉着同伴往店里走，一秒钟都没有停留，速度快到温砚甚至没来得及打声招呼。

好似一盆冷水兜头浇下，他感到浑身血液发凉，皮肤都传来了刺痛之感。她没有生气难堪，没有对他避而不见，反而落落大方，举手投足得体自然，就仿佛……仿佛他们不过只是点头之交的关系，彼此间并不熟稔。这比漠然相对还要令他难受。

他好想追上去拉住她，要她看着自己的眼睛回答，她是不是真的不在乎他了？她真的如梦中所说，一点也不喜欢他了？

热气腾腾的臊子面端了上来，上面撒着颜色极好的细碎的葱花，香味四溢，本应该让人食欲大增，温砚却突然没了胃口。时间还有二十分钟，他匆匆地吃了两口面便结了账。他离开的时候朝店里看了一眼，没找到小姑娘的身影，不知道她又坐在哪个角落里。

温砚强迫自己别再想她，掏出手机，打了个电话。

“喂，砚哥？”

“嗯，你们在哪个房间？”

那边报了个数字，他抿了抿唇：“好，我现在过去。”

KTV高端包间里，歌声震耳欲聋，霓虹灯五光十色，灯光辉映在扭动着身躯的年轻人的身上。

这是这届“校歌赛”冠军攒的局，他把所有的校园十佳歌手都请了过来。每个人都是麦霸水平，大家唱得酣畅淋漓。而沙发的角落里，坐着一个双腿修长的男人，他显得跟整个热闹的气氛格格不入。他一直在安静地听歌，时不时地给自己斟一杯whisky（威士忌酒），半分开嗓的意思都没有。

但即便只是独坐一隅，他也很招人注目，很快就有女同学靠了过来，试探着攀谈：“砚哥，你今天怎么一首都没唱啊？”

温砚放下酒杯，抬起冷峻的侧脸，淡淡地说道：“嗓子不太舒服。”

“哦，这样啊……”

“嗯。”

女同学看他明显是不想被人打扰的模样，很自觉地坐远了一些。

辛辣的液体入喉，温砚的脑中闪过的却是小姑娘清澈明亮的双眼。

真的很奇怪，以往他们亲密无间时，他也没有如此频繁地想起过她。但是他们一分开，她的一颦一笑就时常浮现在他的眼前。不仅如此，他还常常遇见她，就好像一种可笑的反讽。可是，无论是那晚在超市她不含感情的一瞥，还是刚刚她嘴角边那浅淡的弧度，都让他无法接受。

温砚突然有了一个认知，一个让他的心脏骤然发疼的认知——她再也不会对他发自内心地笑了。她把所有灵动可爱的表情都留给别人了。他倏忽觉得有些喘不过气来，抬手扯了扯衣领，一杯又一杯地给自己灌酒。

除夕夜的时候，纪汀窝在他的怀里哭，说很想念阿胖。他当时还不解，也无法感同身受，但现在他似乎明白了。那种感觉也许不能顷刻就要了人的命，却会一点点地蚕食骨血，让你无助，让你恐慌，让你绝望，让你束手无策。

温砚自嘲地将杯中的酒一饮而尽——承认吧，你就是很想她。你后悔了。他蓦地站起身，抿着唇：“我想点首歌。”

有人吹了一声口哨：“哟，大家都让开让开，砚神要唱歌了！”

这一起哄，大家都倍感期待，霸占点歌机的同学也主动让了位子。

温砚走过去，用修长的手指在屏幕上点了几下，然后面色浅淡地坐回了原位。

所有人都好奇——他到底要唱什么呢？

歌名在屏幕上浮现，是陈小春的《献世》。

大家早知道温砚是广东人，但从没听过他唱粤语歌，如今倒是个机会。在座的不少人没听过这首歌，只觉得前奏似乎略显感伤，还有些诧异——砚神这是开始走苦情歌路线了？

温砚一只手拿着话筒，漆黑的双眸黯沉沉的，藏着让人看不懂的情绪。

我没有胆挂念 / 你没有心见面 / 试问我可以去边

只要我出现 / 只怕你不便 / 亦连累你丢脸

…………

他胸腔里有什么东西在恣意地生长着，诉说着他的痛苦和渴望。糖糖……每默念一遍这个名字，他都会感到无比温暖。她就像是一束亮光，照进了他黑暗的世界中。而现在，那束光不见了——她是被他弄丢了。

宁愿失恋亦不想失礼 / 难道要对着你力歇声嘶

…………

我这种身世 / 有什么资格 献世

…………

小姑娘并不属于他，以后她的身旁也会站着其他的男人。那人会和她在一起。他们会做许多亲密无间的事情——他们会拥抱，会接吻，甚至会……温砚没有勇气继续想下去。

他又忆起方泽宇说过的话。万一……万一他们真的……那他该怎么办？！他是不是什么都不能做，只能眼睁睁地看着他们在一起，颔首微笑，然后祝福他们长长久久？

一想到那个画面，他就觉得像被人用刀子狠狠地捅进心脏，痛入骨髓。不，不可以……绝对不可以！他不能忍受这种事情发生！

“砰！”一个玻璃杯在地上化为了齑粉，把所有人都吓了一跳。

温砚眼角发红，双手撑在大理石桌面上，身体微微地颤抖着。一贯冷静沉稳的男人此刻失了应有的理智，紧攥手指，快要维持不住自己的假面。

不可以，她是他的，谁也抢不走她。

“失陪。”温砚深吸了口气，很快起身，拿上座椅上的外套疾步走了出去。

“砰！”房门再次被狠狠地关上，留下房间内的众人面面相觑。他这是怎么了？

半晌，有学弟小声地问道：“砚哥这是不是……失恋了啊？”

大家你看看我，我看看你，都不知道该说些什么。这确实很像。可是他们谁都没听说过他之前交往过女朋友。

曾与温砚搭过话的女同学忍不住说：“怎么可能？哪个女生会甩砚神哪？！”

众人一想，哦，也对啊，兴许他只是心情不好吧。

温砚站在走廊上，动作略显急切地拨打纪汀的电话。什么礼节、体面、尊严，他统统不要了，只要他的小姑娘。

“对不起，您拨打的电话正在通话中，请稍后再拨……”

他按捺住胸腔处的那股焦躁，又打了几遍电话，听到的仍然是没有感情的甜美的女声。

温砚抿紧了唇——她这是把他拉黑了。他又给她发微信，果不其然，屏幕上显示消息被对方拒收。

温砚第一次感到一种深深的无力感，才刚刚燃起的希望仿佛被尽数浇灭。他下了一层楼，一边沿着走廊朝出口走去，一边拨号码打电话给纪汀的舍友。

男人步履匆匆，全身上下透出一种生人勿近的冰冷的气息，令偶尔路过的客人不由自主地侧目。

手机内传来呼叫等待的声音，越到关键时刻好像越不能顺遂人愿。温砚开始想，自己是不是已经错得无可挽回了，所以上天也要惩罚他？

那天晚上她哭着跑开的时候，他不该放任她以那样伤心的姿态离去的。如果他追了上去，是不是事情就还有一点点转机？

这时走廊里突然有人喊叫：“放开我！”

温砚身体一震，放下电话，猛地扭头看过去。这个声音，他太熟悉了——那真的是他朝思暮想的人儿。美中带媚的杏眼，蝶翼般纤长的眼睫，饱满红润的双唇，甚至连颊边可爱的酒窝都是他魂牵梦绕的模样。

但是他来不及欢喜。纪汀似乎喝醉了，靠在墙壁上半合着眼，无力地推拒着面前的男人。而李浩嬉皮笑脸，强行去搂她："我说了我喜欢你，今晚咱们就该一块儿……共度良宵。"

温砚的太阳穴"突突"地跳起来。他现在濒临失控，亟需一个目标泄火，眼下这人正合适。

"砰！"温砚一把揪住李浩的衣领，一个漂亮的右勾拳招呼上去，直接把人打得踉跄了几步。

李浩猝不及防地挨了这么一下，满腔怒火地抬起头："你——"他的瞳孔缩了缩，"温……"

温砚的俊脸冰冷如寒霜，他一句废话都不多说，扬手又狠狠地打了他一拳。"啊！"李浩狼狈地翻倒在地，求饶似的说道，"砚哥你打我干什么啊？我哪里招你惹你了？！"

温砚单膝蹲下来，用力地揪起他的衣领，面色阴沉至极。他半眯着眼："你动了我的人。"

"你的人？"李浩的面色一阵变换，"纪汀说她和你没关系。"

温砚没说话，只是拽着他的衣服，让他感觉几乎窒息。李浩突然感觉有点害怕了。不是因为他毫无还手之力，而是因为男人居高临下地看着他，像是在俯瞰蝼蚁一般，仿佛他原本就是个死物。

"她说和我没关系，我认。"温砚忽然笑了笑。他虽然语气温和，眼神却寒凉如带冰的刀锋，"但你要真觉得她好欺负——"唇边的弧度越发扩大，男人一字一顿道，"我弄死你。"

纪汀感觉眼皮重重的，拼命使劲儿才睁开眼来。她这是怎么了？嗯，头好晕。脑海中断断续续的记忆接二连三地涌现出来——她跟着李浩参加了那个K歌局之后，发现陈馨茗并没有来。也就是说，在座的所有人里她只认识李浩，还需要靠他来疏通关系。

李浩给她拿了酒，说是度数很低的酒，喝多少杯都没问题。

纪汀把第一口酒喝下去，的确并无异样，这酒较为温和，还带着一种恰到好处的甜味，她很喜欢，不由得多喝了几杯。然后就是各种互相敬酒说客套话的过程。李浩带着她把在场的人都认识了个遍。

过了一段时间，纪汀突然感觉有些眩晕，四肢无力。李浩就是在这个时候开始展露他不轨的意图的。他借昏暗的灯光的掩护，明目张胆地把手放在她的肩膀上。

一开始纪汀还顾及面子，颇为委婉地拒绝他。他却越发放肆，开始摸她的头发和大腿。她实在受不了了，便起身出了包间，没想到他也死皮赖脸地追了出来。然后就有了刚刚的一幕。

耳边是一声接一声的惨叫，意识清醒了些，纪汀扶着墙站了起来，映入眼帘的是一个颀长的身影。她不由自主地往前走了两步，又嗅到一阵清冽的香味。是他。

“阿砚哥哥……”纪汀如梦呓般低喃出声。

扬起的拳头倏忽停住，男人微颤睫毛，望过来：“糖糖？”

纪汀这才看清了眼前的状况——李浩蜷缩在地上瑟瑟发抖，看向温砚的眼神中充满了惧意。

“你打他了？”她登时着急起来，直言道，“万一他受了什么伤，你怎么办？”

“你在担心我吗？”温砚的眼角漾开一抹笑，他温柔地说道，“别担心，我用了巧劲儿，他大概会有些内伤，看不出来的。”

地上的李浩闻言，抖成了筛糠。这个男人太可怕了。

温砚低头看了他一眼：“跟你说的话，记住了吗？”

“记……记住了……”

男人勾起唇角：“需要医药费的话，随时联系我。”

李浩哪里还敢要什么医药费，哆哆嗦嗦地爬起来，一溜烟儿地跑掉了。

直到再也看不见他的背影，温砚才终于转头看向小姑娘。他一言不发地凝视着她，朝她走近了一些。一步，又一步。距离越来越近，她似乎触手可及。

就在他即将抱住她时，纪汀忽然后退。

“别过来。”她说，眼神充满排斥，把他的心狠狠地烫了一下。

温砚喉结滚了滚，嗓音低哑：“糖糖，你在怪哥哥吗？”他站在原地没动，眉目低垂，“哥哥给你道歉，好不好？”

“我不要！你每次都给我道歉，但其实你从来没觉得自己做错了！”纪汀咬着唇，强调道，“我才不要你的道歉！”

温砚竟然在这种局面中生出一丝庆幸来——幸亏她喝醉了，不然她只会轻巧地拂袖离去，而不是这样和他大吵大闹。他低声开口：“不是这样的，糖糖，我——”

“我不想看到你。”

温砚错愕地抬头，听到纪汀缓缓地重复一遍：“我不想看到你，请你不要再来打扰我。”她说完便毫无留恋地转身。

他突然有种即将失去什么的恐慌感，在大脑还没反应过来之前，冲过去抱住了她。

“别走。”温砚说，坚硬的胸膛贴着纪汀纤弱的后背，手臂紧紧地箍在她的身前。他生怕她再度逃跑，气息不稳地说：“别离开我，好吗？”

纪汀踉跄一瞬，停住了脚步。这样近乎卑微的乞求的语气，她从来没有在阿砚哥哥的口中听到过。纪汀甚至深深地怀疑自己是因为醉酒，出现了不该有的幻觉。

温砚的力道不轻，他像是想要把她揉进自己的身体。纪汀挣扎了一下，他却收紧双臂，更用力地拥抱她。

“别走，别走……”他低喃的声音就在她的耳畔，有些沙哑。浓郁的酒气散发开来，沿着她的肌肤拂过，传递一丝温热的触感。

纪汀这才惊觉，原来他们此刻离得这样近。她身子朝另一边躲了一下，脑袋却朝温砚转过去。她想看看他的样子，确认一下这到底是不是梦。可眼前一阵模糊，还没等她看清楚，那人的脸倏忽放大。

脖颈处的温热转移到了唇上，下巴被人攫住，纪汀被迫仰起头。

走廊里仍有各个包间传出来的嘈杂的乐曲声，她却全然听不见一点声音，脑中空白一片，只有一个清晰的念头——他在吻她。阿砚哥哥，在吻她。

纪汀的感知能力似乎出了故障，她只能对这件事形成认知，却没有具体的感受。她抓着他的衣领，不知是推还是拽，也说不清自己的意愿。

这个吻却以某种方式在不断地加深着。直到某一刻，纪汀有了痛感，才突然觉得一切都从云端跌落，回到现实。她睁开眼，看向他。

温砚正缓缓地摩挲她的脸颊，呼吸急促，他似乎在反复确认着什么，眼睛里是溺水之人才会出现的神情。

第九章
灰色孤塔

纪汀不知道事情为什么会发展成这样。也许是因为他从未用那样的语气同她说过话，也许是因为他的目光中有一闪即逝的脆弱。总之，在她意识到这一切之前，他们已经在公寓里纠缠不休。

昏暗的房间里。

晚风从窗外吹进来，卷起窗帘的一角。皎洁的月光透过窗帘的间隙投入室内，在地上烙印出一处浅白的阴影。

温砚按住她的肩，吻得动情而缱绻。他的气息带着极强的攻击性侵略而来，几乎要让她顷刻沉醉。唇舌相抵，耳鬓厮磨，激烈又炙热。

过了好一会儿。

“糖糖……”温砚艰难地从她的身上起来——要是再不走，就走不掉了。他心里有头蠢蠢欲动的猛兽在疯狂地叫嚣，它正用尖齿磨噬着铁笼的边缘，他想要将她从头到脚据为己有。

“到了这种时候，你还要推开我吗？”纪汀抬眸，清冷的目光与月色合为一体。

温砚一震，眼神挣扎地凝视着身下的人。他还没来得及开口，却被她倏然搂住了脖颈，身体被猛地拉低。

一个气息缠绵的吻，虽浅尝辄止，却也让他彻底沦陷。

那便放纵吧，他迷迷糊糊地想，反正我也不是什么正人君子。

早晨的第一缕阳光越过帷幔温柔地洒下，纪汀醒来，背后坚硬的胸膛的触感让她忆起了昨夜发生的事情。她向来比较理智，人生中很难有这样冲动的时刻。

身上套着一件宽大的真丝睡衣，她没有任何黏腻不适的感觉，反而感觉很清爽干净。这是之后……他给她换的吗？

温砚的手臂还搭在她的腰上，纪汀的呼吸紊乱了些，她还未想好下一步的对策，就发觉男人动了动，他以一种更亲密的姿势把她揽进怀里。

“早安。”低沉有磁性的嗓音自头顶响起，纪汀感到他略微起身，在她的鬓上吻了吻。

她僵住了，暗暗地攥紧拳头，不知如何作答。他对她来说永远都是一道复杂难解的题。

“糖糖……”温砚的声音染上一丝暗哑，灼热的气息喷洒在她的耳后，“别害怕，哥哥会对你负责的。”

纪汀突然感觉想哭，缓了几秒钟，哽咽道：“你是……因为什么？”他是因为喜欢她才这么做，还是仅仅责任使然？他总是这样克制而自持，心思细腻如她，竟也得不出一个肯定的答案。

温砚将她的身子转过来，纪汀下意识地埋首在他的胸口，不敢看他的眼睛。

“傻瓜……”他的胸膛缓慢地上下起伏，“当然是因为哥哥爱你。”

纪汀不敢置信地抬头，蓦然跌入温砚如墨般幽深的眼眸中。那双漂亮的桃花眼以往总是习惯性地上翘，含着漫不经心的疏淡和冷静，现在却染上了浓重的情意，靡艳到摄人心魄。而原因是她吗？

“哥哥爱你。”他眼睛一眨不眨地凝视着她，轻声地呢喃。

纪汀颤了颤蝶翼般的睫毛，竭力控制住想要紧紧地拥抱他的冲动，忽地开口：“爱我？你确定？”她的语气带着些自嘲，她似乎刹那之间已恢复了冷静，“我对你来说或许是重要的，但你只是太过习惯我的陪伴，把我当成了一个可以交心的存在，不想要却又不想让给别人……”

温砚的声音陡然加重："糖糖！"他抿着唇摇头，微微地喘了一口气，"不是这样的。"

纪汀静静地看着他："从来都是我在努力地靠近你，小心翼翼地把握着度，生怕稍有不慎，你就会突然变得疏离。"她垂下眸，"我总是猜不透你的心思，但是我以为，之前我们已经明确了对方的想法。不过短短的几周，你突然再来说这种话，觉得我会相信吗？"

他们两个是如此之像，骨子里都是骄傲的。他们若想要在一起，必然要有一人低头。她曾经做出了太多妥协，现在不想再如此卑微，任他召之即来挥之即去。

"糖糖，你可以怪我表里不一反复无常，但是别怀疑我对你的感情。"

"一开始对你的感情确是像对妹妹的喜爱，但不知从什么时候开始，它慢慢地变了质。"

温砚漆黑的眼眸中暗潮汹涌。

"见到你时我的心会变得柔软，看到你难过我也会很心疼。我总是无法抑制地想着你，想靠近你，拥有你，想把所有的好东西双手捧给你。当看到你和别人走在一起的时候，我心里简直嫉妒得发狂。"

"这种感觉对我来说是非常陌生的，我不太确定是不是爱，因为这种东西我从来都没有得到过。"他的眼前浮起了一层薄雾，"所以我会下意识地抗拒，去遏制自己的冲动，让自己不要太过沉迷。"

他就像在黑暗中踽踽独行的旅人，很久很久，某一刻突然看见路的尽头有光。他想伸手去抓它，又害怕那是火，会把他灼伤。

"只是我那时还不知道，你是独一无二的。"温砚的声音变得很低很低，"糖糖，原谅哥哥好吗？我不是故意的……"

纪汀怔怔地看着他，眼眶情不自禁地湿润起来。

这是第一次，他毫无掩饰地在她的面前剖白自己的心迹。这是属于他的臣服。为了她，他甘愿把自己内心最难堪、最脆弱的地方露出来，哪怕会鲜血淋漓——"我从来没有得到过爱。"

听到温砚用那样的语气说出这句话，纪汀的心着实抽痛了一下。她一直觉得他的自制力强到可怖，但现在才知道，那是因为他不敢放任自己喜欢上任何一样东西，因为上瘾是危险的。他缺少安全感，这是一种纯粹的自保。

纪汀感觉胸口涩得难受，望着他，眼神柔软又怜爱。温砚的喉结滚了滚，他猛地低头吻住了她。

这一刻他们彼此清醒地知道自己在做什么，气息相融，唇舌交缠，仿佛在缔结羁绊。良久，温砚松开了她，声音微颤："我爱你。"

他的目光中分明有着隐隐的期待，纪汀抬手搂住他的脖子，含泪弯唇："嗯，我也爱你。"

温砚的眼睛亮了起来，好似在夜晚的河畔，一朵朵绚丽的烟花绽放。他又俯身吻她，细密的吻落在她的眼睛和脸颊上，小心翼翼地，含着珍重。她对他来说，就是独一无二的那一个。

两个人吻得难舍难分，差点要再次擦枪走火。关键时刻，温砚扯过一旁的被子把怀里的人裹了起来，很克制地说："糖糖，你先休息一会儿，哥哥出去一下。"

纪汀大概知道他要干什么。腿还软着，她从白色的被单中露出一双湿漉漉的大眼睛，红着耳朵道："好。"

男人起身离开的时候，纪汀才发现他的身上衣料不多，他的大腿修长有力，腰腹的曲线优美。只看了一眼，她就不好意思了，把头埋进柔软的枕头里。啊，原来她穿的是他的睡衣……

她高二的时候就一直挺想知道这件衣服摸上去触感如何，没想到有朝一日还真有这个机会。纪汀悄悄地弯了弯嘴角。

温砚身上的味道一直都特别好闻，就是那种刚洗净的衣服被太阳照射和清风吹拂过的气息。她深深地吸了两口气，又想起他刚刚说的那些话。阿砚哥哥说爱她。

这种感觉就像是她把不可亵渎、高高在上的仙子拉入凡尘，让他尝遍人间烟火，让他拥有了喜怒哀乐、爱恨惧憎。心底后知后觉地蔓延出来一股甜蜜，她的胸口被这种情绪充满，酸胀得几乎要让她落泪。

温砚再次走进房间，发现小姑娘已经裹着被子睡着了。她俏丽的小脸透着一种酣睡时的娇憨，他的心瞬间软得一塌糊涂。

温砚坐在床边，帮小姑娘掖了掖被角，然后垂眸默默地凝视着她。半晌，他弯下腰去，在她的额上落下轻柔的一吻。

纪汀动了动，接着迷迷糊糊地睁开眼："阿砚哥哥？"

温砚微微一笑："饿了吗？哥哥做了早餐，想不想吃？"

纪汀点头。温砚问："那哥哥抱你去？"

"没那么夸张啦！"她瞪了他一眼，"我自己能走。"纪汀掀开被子下床，还没迈步就踉跄了一下，差点摔倒。

"……"她打脸了。

温砚噙着笑，带着一丝坏意："能走？"

她红着脸，任由他将自己横着抱起，她先到洗手间里刷牙洗脸，再到餐桌旁吃早饭。他煮了鸡蛋蔬菜面，面条色香味俱全，看上去十分诱人。纪汀饥肠辘辘，开始大快朵颐，不经意地一瞥，发现温砚在一旁撑着下巴笑着看她。他说："慢点吃。"

"好好吃。"纪汀甜甜一笑，"哥哥，你也吃啊。"

"嗯。"他的眼中笑意更浓，他这才拿起筷子，优雅而又斯文地吃起面来。

今天是周日，恰好两个人都闲着，没什么事。饭后温砚抱着纪汀在沙发上坐着，享受着难得的宁静时光。

这样亲密的姿态，他们以前也不是没有过，只不过心境和身份忽然变了。纪汀还是觉得害羞，将头埋在他的胸口，像只小猫咪一样蹭来蹭去。半晌，头顶上传来他温柔的声音："糖糖，还没问你一句……"

她问道："什么？"

"愿不愿意跟哥哥在一起？"还没等纪汀回答，他就语气缱绻地再度开口，"我想和你在一起，想做对你来说重要的那个人，想跟你长长久久地走下去。"

纪汀感到自己的心跳越来越清晰，心一下一下地跳，要跃出胸腔似的。她又想哭了，不说话，只是点头。

温砚用指腹拭去从她的眼角渗出的泪珠，目光深沉："答应了，就不能再反悔了。"

纪汀又拼命地摇头。他忽然笑了，闭上眼，捧着她的脸亲了亲。他们温存了好一会儿，纪汀气喘吁吁地靠在男人的怀里，两个人一时之间都没有说话，只是拥抱便足以传达彼此的心意。

片刻后，纪汀轻声道："阿砚哥哥。"

"嗯？"

她抬起头，抿着唇道：“我想知道你以前的那些事情。”

温砚的目光顿了一下，他摸了摸她的黑发，勾唇道：“可不是什么好听的故事。”

小姑娘软软地说道：“那我也想听。”

“好。”他淡笑道，“那哥哥就给你讲讲吧。”

没有人知道温砚最羡慕的是别人家吵架的场景。因为在他家，一家人连架也吵不起来，空气中流淌着的都是漠然。

温砚后来才知道他是父母年轻时游戏人间的意外产物，二人将错就错，奉子成婚。没有爱情的婚姻生活就如同看不见亮光的长夜，这种不良的体验很早就传递到了孩子的身上。

三个人在家里的时候总是沉默无言。偶尔老师会布置父母和孩子共同完成的家庭作业，温砚拿着材料去找妈妈，女人抬头温柔地一笑：“抱歉，妈妈在工作。”

他又转身去另外一个房间，但还没进门就听到男人的拒绝：“爸爸忙，乖，你一定可以自己完成。”

可是他那时年纪太小，还以为所有的家庭都是这个模样。直到二年级时，他看到同学的爸妈来接他放学，一家三口有说有笑，才恍然大悟——哦，原来亲情是这个样子的。

在温砚心里，他的父母都是极其成功的人，他们在自己的领域里颇有建树。他想，是不是因为自己不够出色，所以吸引不了他们的目光？他开始严格要求自己，争取事事都做到最好，只为得到他们的一句夸赞。

这种方法起初确实奏效，后面却渐渐地没什么用了，他仿佛再怎么努力都不会引起他们注意。不像其他人，他们什么都不用做就能够获得家人满满的注意。

他九岁的时候，父母双双赴美工作，去了闻名于世的华尔街。之后，温砚和他们的联系变得更少。

父母把温砚留在外公家。外公本就不喜欢自己的这个女婿，对外孙的态度自然也算不上好，只是在衣食住行上没有苛待过他。

温砚不知道为什么，自己拥有这么多的亲人，却没有一个人真正关心他。

父母原本提过让他去美国上学，但温砚不想去——他在国内至少还有玩伴，出了国就真的是一无所有了。他不指望那两个人会顾及自己。

日子也就相安无事地过着。虽然心里埋怨，但温砚还是期盼着每年父母回来看他的。

他十二岁的生日时，爸爸说要亲手给他切蛋糕。爸爸常常大半年才回来一次，温砚又期盼又激动。放学回家的时候，他看见奶白色的蛋糕盒已经被放在桌上。

爸爸回来了吗？他兴冲冲地往里屋跑去，猛地推开卧室的门——一个还未绽放的笑容僵在嘴角。父亲和小姨在床上抱着，惊慌失措却一时间无法分离，卷起的雪白的被角刺痛了他的眼睛。

后来这场闹剧究竟如何收场的，温砚已不记得了。他只记得父亲沉下脸，命令他："把你看到的全部忘掉。"

可笑至极，他倒成了犯错的那个了。那个人是觉得回来给他过生日就已经是大发慈悲，他不该推开那扇门，是不是？他恶心得起了生理反应，崩溃到想吐但是又吐不出来，晚上蜷在被窝里无声地流了一夜的泪。

他倒不是为父亲的背叛伤心，而是终于清晰地认识到——爸爸是不爱他的。他还指望爸爸能考虑他的感受吗？别做梦了，醒醒吧。

他很少哭，但是那天是真的有点克制不住。痛楚太深，记忆倒有些模糊了，他只感觉心里有什么东西破碎了。

讽刺的是，他后来又无意中撞见了母亲出轨的情景。女人尚遮遮掩掩，他却很快释然。他一直都知道这对夫妻貌合神离，他们各玩各的，也算圆满。

他的内心甚至获得了一种变态般的平衡感——只有一个人不忠，似乎不太公平。只有一个人不爱他，好像也不太公平。

温砚一向是懂得及时止损的聪明人，不会明知前方是死路还撞得头破血流。在这漫长的十几年中，他逐渐学会了一件事情——冷漠是最好的保护机制，只要他没有情感诉求，就永远不会被伤害。

但是，在明白这个道理之前，他已经长成了一个无比世故的人。一开始，他也许只是想讨好那两个人，卑微地奢望他们能多施舍给自己一些目光。到后来，这面具就融到骨血里了，他把它撕下来会疼。他觉得这样挺好，便不再刻意地改变自己了。但总有个声音在嘲讽自己——他的内心是空的，外表再炽热有什么用?

温砚越讲到后面，语气越轻松，甚至还带上了隐隐的笑容。纪汀的心一抽一抽地疼，她像只小猫咪一样匍匐在他的胸口：“不想笑就别笑了。”

男人滞了一下，慢慢地拉平嘴角，把嘴角抿成了一条线。小姑娘的眼睛太清澈，她对着他更是毫不掩饰，温砚垂眸道：“你是在同情我吗？”他皱了皱眉，露出了一个难过的表情，“我不喜欢被同情。”

“不，我是在心疼你。”纪汀把手放在他心口的位置，低语，“因为爱你，所以心疼你啊。”

温砚的瞳孔震了一下，紧绷的下颌泄露出一丝隐忍。他的心间有一座灰色的孤塔，它强大到坚不可摧，又脆弱到因一句话便顷刻坍塌。而她便是让一切陷落又重塑的源头。

温砚握住她的肩头，轻声道：“遇见你之前，我就是个没有感情的怪物。”他将纪汀紧紧地圈在自己的怀里，呢喃，“我不会爱人，是你教会我的。”

“你不是怪物，你是糖糖最好最好的阿砚哥哥。”她软软地答道，“是我很早很早就喜欢上的那个人，我看着他，就仿佛看到世间所有的美好。”

温砚的身体止不住地、轻微地颤抖——原来，他的那束光在更早的时刻就已经降临。这样混浊的世上怎么会有这样洁白的她呢？她让人觉得怎么爱都不够，他想要把命也给她。他禁不住想——他是什么时候爱上她的？是在运动会上，启创聚会上，还是冰岛那次？抑或是更早，说不准在她高三时的那些纠纷和误会中，他就已经深深地沦陷。原来他爱了她这么久，久到她在他的生命里留下了如此厚重的痕迹，没有人可以擦除它们。

温砚凝视着她，纪汀以为他仍旧心里难过，伸出手想要抚平他的眉心。她像哄孩子一样抱了抱他：“我在呢，哥哥。”

温砚的眼睫颤了颤，喉结滑了一下，他缓缓地说道：“亲亲我，好吗？”

纪汀望着他湿漉漉的双眸，心里酸胀又柔软——这样的要求谁能拒绝得了？她凑上前去亲了亲他的脸颊，末了嘴唇又转向他的双唇，轻柔的动作中带着抚慰。

其实到现在纪汀还有点不敢置信，她真的和阿砚哥哥在一起了，他们还自然而然地做着这些情侣之间会做的事情。她从没想过原来接吻也有种魔力似的，它会让人着迷。

温砚按住她，闭着眼睛落下一串滚烫的吻，纪汀也动情地搂住他的脖子予以回应，这反应更加点燃了他。他能够感到自己内心的那种渴望——他想尽情地占有她，想让她只属于他一人。

温砚不想再吓到自己的小姑娘，但又热意难耐，哑着嗓子在她的耳边说："帮帮哥哥，好不好？"

半小时后，纪汀红着脸窝在沙发里，任由温砚低笑着拿纸巾一根根地拭净她的手指。她一副无言到快要炸裂的模样。她第一次谈恋爱，之前哪里做过这种事情？她实在羞得不行。但他很坏，不仅抓着她的手不让她走，还故意贴着她的耳朵喘。

温砚伸手去抱小姑娘也被她躲了过去，她卷翘的睫毛发颤。她抱着膝蜷缩着，像只埋首在沙堆里的可爱的小鸵鸟。天哪，他怎么这样啊！纪汀委屈地说："你欺负我。"

"啊？"温砚握着她的指尖亲了亲，嘴角勾起一丝弧度，"可是哥哥一看见你，就想欺负，怎么办？"

纪汀满脸震惊，他以前明明不是这样的！她要哭死了。老天爷，能不能把她那个优雅斯文、温柔有礼的阿砚哥哥还回来啊？！

纪汀还没好好地看过温砚住的公寓，吃完早餐到处转了转。片刻后，她得出结论——这是一处很有格调的地方。柔软的羊毛地毯，昂贵的真皮座椅，莹亮的水晶吊灯，到处都散发着金钱的味道。但这里就是少了家的感觉。

"哥哥，我想给你这儿添置点东西，可以吗？"

看着小姑娘宛如女主人一般在屋内摸来看去，温砚弯了弯嘴角，语气温柔："当然可以，想添什么？"

"就是花呀草呀小摆件之类的。"

他诚实地说："花草我担心我会养不活。"

纪汀抿了抿唇。确实，他真的太忙，连自己都照顾不好。

"我可以帮你照料一下。"她说。

"你的意思是你会常来？"温砚立刻眉开眼笑，"还是说，你想要搬过来住？"

纪汀差点被呛到——这也太快了，他们确定关系的第一天就发生关系，第二天就开始聊同居的事情。火箭上天都没这么快。阿砚哥哥果然是雷厉风行。

她拉平唇线："算了，你要养不活就别养了，先把自己照顾好吧。"不能什么便宜都让你占去了，哼。

温砚走到纪汀的身后抱住她，下巴搁在她的肩窝处，他轻轻地蹭蹭她的侧脸："我照顾不好自己。"他又撒娇了！

纪汀的耳朵被烫了一下，身体绷直，她严肃地说道："所以呢？"

"要你照顾我。"他似乎笑了一下，声音闷闷的，"全方位三百六十度的那种，从外在到内在，从身体到灵魂。"

"……"呸！不要脸！

眼看小姑娘的脸都红得要滴血了，温砚低笑着放开了她："哥哥下楼去买点东西。"

"什么？"纪汀感兴趣地道，"我也想去。"

"就是一些日用品。"温砚体贴地说道，"你身体不方便，还是我去吧。"

"哦。"

这回纪汀不敢再逞强了，到时候腿软走不动，这人又要调戏自己。温砚出门以后，她坐在沙发上百无聊赖，刷着手机打发时间。

微信里堆满了未读消息，还有舍友的好几个未接来电。糟糕！她昨晚没回寝室睡觉，她们肯定担心坏了！纪汀赶紧发信息报了平安。

舒雯：担心死我们了，幸亏没上报给宿管阿姨，不然事情就闹大了。

丁玲：哼，你是不是外面有狗了？！不然怎么不爱我们了？！

蔡瑞琪：你要是不能给出一个让我们满意的解释，呵呵。

这个"呵呵"就很有灵性。纪汀一顿好说歹说才安抚了她的三个小可爱，并允诺了一顿大餐。陆续把微信消息回完，纪汀看到早上九点多李浩连着发来的几条微信。她几乎是条件反射地感到一阵恶心，但还是点开了聊天框。

李浩：对不起纪汀，昨天喝多了，可能干了一些让你反感的事情，请见谅！

李浩：我以后绝对不会再来打扰你了！

李浩：请转告温砚学长，我会记住他说的话的！

纪汀冷笑了一声，没有回复信息，直接拉黑了他。这时温砚刚好推门进来，看见她面色不悦的样子，颦眉道："糖糖，谁惹你不开心了？"

"没什么。"纪汀扯了扯嘴角，"李浩给我发微信，说要求我原谅他。"

温砚的表情立即沉了下来："把他删掉。"

"嗯，已经删了。"纪汀似乎是想到了什么，有些担忧地说道，"你昨天打了他，真的没事吗？"

他把东西放下，坐到她身边搂住她："没事。"

纪汀噘了噘嘴："那就算伤验不出来，你不怕他记恨在心，之后报复你啊？"

"他不会的。"

"为什么？"

温砚的语气淡淡的："昨晚的事情应该不是第一次。如果想查，他的把柄多的是。他要是敢这么做的话，下场会很难看。"

纪汀有些怔然地哦了一声。

温砚拍拍她的脑袋，示意她安心，随即表情又严肃了些许："糖糖，昨晚 KTV 的事，我希望不会再发生。"

纪汀讷讷地"啊"了一声。男人凑近她，眼眸漆黑，其下涌动着暗藏的情绪。半晌，他轻声道："昨晚如果不是我恰巧碰见，你知道会有什么后果吗？"

当然。纪汀如今想起来也是一阵后怕，抿着唇一言不发。她正懊恼着，腰侧的软肉冷不防地被掐了一下。纪汀轻呼一声，委屈巴巴地抬头："疼。"

"惩罚。"温砚把她按进怀里，不让她看自己的表情。纪汀感觉到他周身的气息有些沉凝，甚至他身上的肌肉也是紧绷的。

"知错了吗？"他问。

她把脸靠在他的胸口旁，乖乖地应了一声。

温砚又道："错哪儿了？"

纪汀说："我不该在没有熟人的情况下喝那么多酒。"

"嗯。"他语气稍缓，"还有，不要和不了解的异性单独出去。"

"嗯嗯，以后不会了，哥哥。"

小姑娘软糯的声音抚平了温砚心中突生的那点阴郁。他叹了口气，揉了揉她的脑袋："保护好自己，别让我担心，知道吗？"

"知道啦。"

之前温砚从楼下的超市里买了一大袋东西，她也不知道那些是什么，悄悄地打开袋子一看，脸又禁不住红了。他买的几乎都是女性用品。什么卫生巾哪，比较软的那种毛巾浴袍啊，棉服睡衣啊，甚至还有娃娃和抱枕。

纪汀晚上睡觉确实喜欢抱着软软的东西，也不知这个习惯是怎么被他知道的。她坐下来，开始饶有兴致地捏着娃娃的脸玩。

温砚给她倒了杯温水，从袋子里拿出一个小小的长方形盒子。

纪汀好奇地问："这是什么啊？"

她注意到他的面色倏忽有些不太自然，他干咳一下，道："如果你觉得还是有点疼的话，可以涂一下。"

妈呀！这就是小说里的那种神奇的软膏吗？！纪汀觉得实在羞耻，劈手夺过它，支吾道："我……我觉得不用了吧。"

"不用？"温砚轻笑一声，又恢复了那种游刃有余的模样，"可你早上不是还腿软？"

纪汀一把捂住他的嘴，瞪眼道："你再多说一句？！"

温砚憋着笑，双手举起，声音从她的掌心内闷闷地传出："行，哥哥不说了。"

纪汀"哼"了一声，这才放开他。谁知温砚下一秒道："反正现在不用，以后也肯定有用到的时候。"

纪汀总算是认清了——这人平常暴露的不要脸的程度只是冰山一角，百分之九十九的不要脸都在水面之下。她的脸气得都鼓了起来，她决定不能坐以待毙，必须还击。纪汀直起身体，说："你忘买一样东西了！"

温砚问："什么？"

她刻意眨了眨眼睛，双唇微启，脸上全然是天真的神情："套啊。"

温砚眯了眯眼，喉结滑了一下。他本来不想那么快便和她再次……昨晚那次只是把她绑在身边的权宜之计，加上他还喝了酒，自制力有所下降。可是现在她这样子，真的让人很想将她"就地正法"。

温砚轻轻地吸了一口气，用修长的指尖挑起小姑娘的一绺头发。他俯身嗓音低沉地说道："两个人用的东西，自然要两个人一起去挑，这样才舒服，不是吗？"

温热的气息洒在她的耳畔，自尾椎骨激起一种酥酥麻麻的感觉。纪汀条件反射般一缩，却被他更快地禁锢在怀里。温砚垂眸，伸出舌尖在她小巧玲珑的耳垂上舔了一下。

纪汀满脸震惊。她输了，真的比不过他。小姑娘一下子把脸捂住，只露出通红的耳朵。温砚轻笑了一声，诱哄道："让我看看。"

纪汀从指缝间露出一双小鹿般黑白分明的大眼睛："看什么？！"

温砚勾起嘴角没说话，但桃花眼中满是笑意。他将她的两只手缓缓地拉下，看见她飞起红晕的俏丽的小脸——他想看她喜欢他的样子。他眼底的笑意加深，眸光微动，他低下头吻上了那娇艳欲滴的唇瓣。

温砚在心底喟叹一声。他真的是个太幸运的人，昨天还在因为求而不得而暗自神伤，今天就能将她正大光明地拥在怀中亲吻，怎么都觉得不够。

热恋中的情侣大抵如此，总想伴在对方的身边辗转厮磨。哪怕他在同龄人之中已算是天之骄子，可面对心爱之人的时候，也免不了像个毛头小伙子一样索取讨闹。

纪汀像只小猫咪一样蜷在他的怀里，被动地承受着他的渴求。这种事情的确会让人上瘾，尤其因为她喜欢了面前的这个人这么久。

中午还是温砚做饭，他随意地弄了两个小菜，一荤一素，纪汀没想到还挺好吃的。

纪汀抿着唇偷笑："你还有什么不会的？"

温砚一本正经地说道："唯一不会的就是爱，但是你已经教会我了。"

"……"天哪，他一言不合就表白。

兴许是纪汀的眼神太过幽怨，饭后，温砚总算没有再调戏她。他问："暑期实习想好在哪里做了吗？"

"在一家咨询公司吧。"纪汀说，"大一挺难找实习单位的，我还是让一个学姐帮我内推的。"

温砚想了想："你想去哪里？"

他这个问法，好像她可以随便地挑选实习单位一样。纪汀笑了笑："我也不知道，就想研究、投行和投资几个方向都试一下。阿砚哥哥，你觉得呢？"

"刚开始还是先做卖方比较好。"温砚道，"这样吧，我列一个名单，上面的公司你随便挑，我都可以帮你推荐。"

"这样吗？太好了！"她差点忘了她男朋友的履历有多么惊人了。不过几分钟，他就把电脑推给她："选一下吧。"

纪汀接过电脑，眼珠子差点瞪出来了。从中资到外资，从卖方到买方，这全部是顶级的金融机构。她忽然想高声地唱《我不配》。

温砚把纪汀抱到自己的腿上，摸了摸她的脑袋："其实，真正实习之后，你就会发现，公司的名字并不重要，真正重要的是你能从中学到什么。哪怕是一个很小的平台，只要他们愿意给你足够的学习空间，你也能很快地成长。"

纪汀了然——他是在告诉她切忌眼高手低。她要踏踏实实地做好每一份工作，认真学习技能。她莞尔："知道了。"

纪汀最后挑了一个中资证券的研究部。对她来说金融行业还是一个全新的世界，每一处都值得深入探索，而她想要窥得行业的全貌，必须先做足基础的功课。

温砚问她："你想在哪里实习？北京还是深圳？"北京是总部，但深圳离家比较近。男人凑近她，暗示性地挑了挑眼角，"我暑假可能不回去。"

也就是说，她要是回深圳，他们至少有一个月见不了面。纪汀顿时陷入了纠结。温砚看着她无意识地轻咬着唇，眼底闪过一抹得逞的笑意。

半晌，小姑娘仰起头，两个小酒窝若隐若现，她像是已经做好了决定。他凝视着她，目光越发温柔，接着他听到纪汀郑重地开口："我要回家。"

温砚满脸疑惑。他确认道："你是不是少说了一个'不'字？"

"没有啊。"纪汀眨眨眼睛，"我有点想爸妈了，不能暑假都不见他们。"

闻言，男人沉默下来。他拉平唇线，干巴巴地说道："哦。"

难得瞧见他吃瘪的模样，纪汀不厚道地笑出了声。她凑到温砚的面前，露出八颗可爱的贝齿，双眼亮晶晶的："不高兴啦？"

他欲言又止，只是轻敛眉目，抬手捏了捏她软乎乎的脸。纪汀不用猜也知道他在想什么。他无非是认为自己是她最后的选择，觉得受了冷落。

"我是觉得，"纪汀在他的脸上"吧唧"亲了一口，"总不能连着几个暑假都不回家吧？"

温砚怔了一下，很快笑逐颜开——原来她是在为以后做铺垫。但他还是带着笑意问道："那我要是想你了怎么办？"

"我们可以每天都视频啊。"纪汀把小腿放在他的身上动来动去，神情狡黠，"我还可以把我的独家珍藏自拍集给你，让你睹物思人。"

温砚低笑一声，捉住她不安分的小手，把它按在心口，脉脉含情地说道："嗯，哥哥会很想你的。"

纪汀抿紧了唇，又开始感觉到脸上热意阵阵。讨厌，他总这么猝不及防地表白，让人招架不住啊。她换了个姿势，把头靠在他的肩上，心想这样他就看不见自己的表情了吧。殊不知，温砚早已把她脸上的每一个细小表情看了个清清楚楚，唇边勾起一丝若有若无的弧度。

外面的天气正好，暖阳白云，丝丝缕缕的光透过玻璃窗，折射出七彩的色泽。他们就这么坐了一小会儿，纪汀忽然想起了什么："对了，我们的关系能不能先别告诉我爸妈还有我哥啊？"她顿了顿，小声地补充道，"我爸这人你也知道，有点保守。"

温砚动了动眼睫，半晌道："好。"

他不难想通其中的关节，也明白她的顾虑，亦不愿这么快就打破纪仁亮和苏悦容对他的信任和宠爱，因此，最好的办法就是先瞒着他们。只是……他私心还是想昭告全天下，他怀里的小姑娘是属于他的。

温砚问："那朋友呢？"

"咱俩都认识的朋友能瞒就瞒，因为他们难免会说漏嘴。然后平常在学校里也别做出什么亲密的举动，因为你太招人了，一有点风吹草动，所有人都知道了……"

"我招人？"温砚的眸光晦暗不明，他终于明白了为什么她刚刚的语气有点扭捏。合着这根本不是单纯地只瞒着家人，这妥妥地就是一个地下恋情啊！还是完全见不了光的那种地下恋情。

"嗯。"纪汀有点心虚，不太敢直视他的眼睛，自顾自地说道，"其实你换个角度想想，这样也挺好的哈……"

温砚沉声："哪里好？"

"关系没稳定之前，还是先保护起来比较好吧……"

温砚差点被气笑。他已经认定绝不会轻易地放开她的手，而她却觉得他们的关系随时可能破裂。但是男人的面上没显露半分心思，他只是温和地抚了抚小姑娘的乌发："嗯，你说得对。"

"这样很好。"他掀起嘴角，桃花眼漾出浓墨般的情意，语气缱绻地说道，"哥哥都听你的。"

纪汀见他如此善解人意，趴过去讨好地蹭蹭他的脖颈："谢谢阿砚哥哥，你真好。"

这时候小姑娘还不知道迎接她的将会是怎样的一番风吹雨打。

在温砚的公寓里消磨了快一天的时光，纪汀才依依不舍地回了宿舍。

两个人都很忙，一个处在项目的关键期，一个处在期末季，心知后面的半个月可能都碰不了几次面，因此有些难舍难分。

纪汀原来总觉得在宿舍楼底下你侬我侬的情侣有些碍眼，等到真处于这种情况时，她又完全能理解他们的心情了。就是——跟那个人待在一起，她怎么都不觉得够，只要和他一分开，就难以遏制住思念。

温砚把纪汀送到大门口，宠溺地揉了揉她的小脑袋："这几天，好好学习，有事就给哥哥打电话。"

"当然，"他眼角微翘，"没事也可以打电话。"

纪汀心里甜甜的——她以往找他都要想尽由头，如今却可以直白而正当地找他。旁边的情侣已经开始热吻，她不由自主地瞟过去，只一眼便低下了头。她也想亲亲，但是当着宿管阿姨的面，实在有点害羞。

纪汀慢吞吞地道："哦，那哥哥你也注意休息，少熬夜。"

温砚的唇边含着温和的笑意："嗯。"

她又扯了些有的没的，最后才说："那……那我就上去了。"

"嗯，去吧。"

纪汀一僵——他竟然就这么让自己走了？！他们好歹得有个拥抱吧？！她有些幽怨，但按捺着没表现出来，缓慢地转身朝楼梯口挪去。他讨厌死了，一点也不留恋她，男人都这么不解风情……

郁结的心情还没完全沉下来，纪汀就被一股不轻不重的力道往后一扯，猝不及防地落入男人的怀里。

"你落东西了。"温砚说，双手扶在她的腰间，漆黑的眼直视她的眼底。他的嗓音带着几分撩拨的意味，轻轻地在她的耳畔响起。

纪汀像受了蛊惑似的怔怔地望着他，下意识地开口："什么？"

温砚闭了闭眼，缓缓地俯下身来。纤长的睫毛扫过她的脸颊，她感觉痒痒的。然而更让她战栗的是唇上滚烫的温度，他含着濡湿的雾气侵入她的舌尖，缱绻地舔舐厮磨。

他的手覆在她的后脑勺儿上，温柔地摩挲着，他像一个绅士。

纪汀感到后颈一阵酥麻，等她反应过来的时候，整个身子都软了。她靠着男人有力的臂膀才勉强站住。阿砚哥哥的身上是不是有什么魔力？

纪汀迷迷糊糊地想——好像时间也变慢了，她仿佛已忘却其他事情，只记得眼前的这个镌刻在她心底的人。

最后纪汀是红着脸上楼的。幸好他们刚才选了个比较隐蔽的位置，来往都没什么人，只是在她进宿舍楼大门的时候，宿管阿姨看她的表情不太正常。

回到寝室，三个舍友竟然都在，一听到声音就直勾勾地盯着她，搞得纪汀以为自己进了盘丝洞。

“说吧。”蔡瑞琪敲着椅子的扶手，微笑道，“看看你能给出一个怎样的解释来？”

她因为没通知到位，让大家白白地着急了一场。她们需要一个解释也在情理之中。但是纪汀并不想把和温砚在一起的事情告诉别人，便也只说：“就是，我一个朋友失恋了，我去陪陪她而已。”她的态度良好端正，“抱歉，让你们担心啦。”

丁玲：“你朋友失恋，我怎么瞅着你那么春风满面呢？”

“……”糟糕，忘记表情管理了，她干咳一下，“因为，在我的劝说下，他们又重归于好了，我真心替他们高兴啊。”

纪汀骗人是有一套水准的，不然也做不到将自己的心意瞒了温砚两年。舍友们左看右看，觉得她不像是在说谎，虽仍有些狐疑，但最终还是放过了她。

接下来的两周是期末季，纪汀不是在三教就是在北馆学习，连吃饭都固定在最近的听涛园和清芬园，绿豆冰沙是她心中的招牌，海鲜味香锅是她眼里的最爱。

大一的成绩很重要，她最好是能够打下一个良好的基础，如果掉以轻心，很可能后面几年都要奋力来填补绩点的窟窿。

这段时间，果真如纪汀所料，她和温砚都忙得歇不下来，半个月内只见了三四次面。虽然每天晚上两个人都会打电话或是视频聊天，但纪汀仍觉得心里的思念越积越高、无处纾解。

她终于考完最后一门，心就“唰”的一下从笼中飞出，飞到自己的男朋友身上了。

“喂，阿砚哥哥！我考完会计学原理啦，这学期终于解放了！”

电话那头是男人轻笑的声音："恭喜糖糖。"

纪汀抿唇笑了笑，又说："你最近忙不忙啊？"

"好一些了。"温砚的嗓音含着点慵懒的气声，清晰得像是就在身旁，"怎么了？"

他原本如此体贴，现下怎会猜不出她想做什么？他只怕是工作太忙，没有精力去思考这些罢了。她踢了踢脚下的小石子："我本来想说，如果你不忙的话，也许……也许我们可以出去玩呢。"

她其实就是想说，约会。但她莫名地觉得那两个字烫嘴，便换了种说法。

"为什么要说'本来'？"他又低低地笑起来，这回声音听起来仿佛真的在耳边了，来自某个特定的方向。

纪汀下意识地回头——马路的那一头，男人单手插兜，正站在六教的对面含笑望着她。三七分的黑发柔顺清爽，搭配着今日休闲的衣着，给他多添了几分少年气。他看上去就像一道赏心悦目的风景。

纪汀满心欢喜，整个人的精气神一下子就起来了。她仍拿着手机，边看着他边说："阿砚哥哥，你怎么来了？"

温砚迈开步子朝她走来，所到之处带起一阵轻柔的暖风。直到他站定在她的面前，纪汀才看清他眉目中流淌的温柔。

"带你出去玩。"似乎是知晓她的不好意思，温砚坏坏地将那几个字咬重。他很自然地牵起纪汀的手，不紧不慢地往回走。

纪汀本想说这是在学校里，他们还是不要这么明目张胆，但现下的氛围实在太好，她舍不得戳破它，于是"哦"了一声，仰头问道："我们去哪儿？"

温砚低头看了她一眼，笑道："糖糖想去哪儿？"他还是用这种哄小孩子的语气和她说话。

"都可以。"纪汀摸摸脸，补充一句，"只要和你一起就行了。"

温砚脚步一顿，唇边的笑意更浓，黑眸一眨不眨地凝视着她。

纪汀被看得有些脸热："哥哥，你干什……"

她倏忽僵住——颊边传来柔软的触感，蜻蜓点水的一下。男人维持着俯身的姿势，气息就洒在她的耳畔。

大庭广众的，牵手也就算了，他居然还亲她！好像有不少人的目光都朝这边看来了！

纪汀像只突然被命中紧要部位的小仓鼠，滴溜儿一下缩成一团，单手捂住脸，只露出一双亮晶晶的大眼睛，幽幽地看着他。

下一秒，温砚低笑的声音响起："怎么这么容易害羞？当年偷看哥哥腹肌的劲儿呢？"

纪汀心想，好汉不提当年勇。天知道她那时的心理素质有多强。还有个原因就是，当时他总是把握着恰到好处的距离，没刻意地撩拨她。而现在，她就老觉得他要放大招。但纪汀嘴上不愿服输："我才没害羞呢。"她嗔他一眼，"只是我们说好了要保密，我觉得你有点高调了。"

温砚攥着她的手指紧了一下。他有点被气笑了："这就算是高调了？"

纪汀绷着脸点头："嗯。"

温砚垂眸看她，半晌叹息一声："唉，哥哥好可怜，好不容易有了喜欢的人，结果连亲一下都不给。"他摇摇头，语气很是伤心，"算了，这么多年都这样过来了，可能这就是我的命吧……"

他越说越离谱了。纪汀想笑，但又觉得自己真的听出了一丝惨兮兮的味道。她勾起小拇指，挠了挠温砚的手心。他似有所感，五指微张，任由她葱白的指尖穿过自己的指缝，完成了十指相扣的动作。

明明只是改变了牵手的姿势，纪汀却觉得心里痒痒的，手指也像过了电。她因为喜欢他，所以做什么都会情不自禁地心动。

温砚眼眸微亮地看着她，半晌抬了抬下巴："再亲我一下？"

纪汀红了脸，下意识地回绝他："你想都不要想！"

这周围人来人往的，说不准就有认识的同学经过，到时候把他俩一拍，再放在校园论坛上——一切都结束了。

闻言，男人缄默半晌，倏忽开口："唉，哥哥好命苦啊……"

"……"卖惨他绝对是一流。纪汀故意不理他，低着头沿着新民路走，脚底都快走出风了。温砚被她拉着，很快也安静下来，没再说话。

两个人一路无言，走到岔路口时，纪汀停了下来。她左看右看，确认再三后，飞快地踮起脚，在男人的唇上啄了一下，然后小声说道："可以了吧？"

温砚怔了一瞬，旋即低低的笑声从喉间溢出，胸腔似乎都隐约地发颤。他的一双桃花眼轻挑，眸光像在放电，他缓缓地吐出的却是两个字："渣男。"

纪汀满脸疑惑。她不敢置信："你在说我？"

“嗯。”温砚煞有介事地颔首，似笑非笑地控诉，“打一巴掌再给颗甜枣，这可不就是渣男吗？”

“……”

下午温砚带纪汀去了一家大型商场。

纪汀问：“我们是要逛街吗？”

男人摇摇头，高深莫测地笑了笑，带着她七拐八绕地来到角落的店铺前，那原来是一家 DIY（手工）烘焙店。

“今天带你一起来做蛋糕。”

店铺的橱窗里是些精美的样品，还有各类色泽鲜艳、装饰繁复的新鲜糕点，糕点看上去可口美味，极其诱人。纪汀的眼睛亮了亮：“好啊好啊！我还从来没有试过呢！”

温砚眼角含笑。他知道她是极喜爱自己动手做些小玩意儿的。他们第一次约会，怎么也要与众不同些。

作为一个选择困难症患者，纪汀挣扎许久，最终选了一个爱心形状的草莓奶油千层蛋糕来做。

刚开始她把蛋黄和糖搅匀，筛入低筋面粉，并加入玉米油和牛奶混合搅拌。待碗内的糊状物质黏稠后，她倒入熔化后的黄油和芝士，再把它们混合在一起。

整个过程还蛮有意思的，只是要不停地搅拌，纪汀转了一会儿打蛋器手就酸了，撒娇让温砚来弄，她在旁边歇着。

男人噙着笑意接过打蛋器，任劳任怨。他身上穿着一件淡蓝色的卡通围裙，却仍显出一丝俊逸，修长的手指，骨节分明，他眉目低垂，神情专注认真，纤长的睫毛轻微地颤动。

纪汀捧着脸在旁边看他，心里跟奶油一样甜。阿砚哥哥无论从哪个角度看都这么帅，而且是她的人呢，嘻嘻。其他人，她们都没有这么好看的男朋友！

纪汀又偷偷地瞄了一眼旁边的几桌，发现其他人来这里也不是真的来做蛋糕的。对面的情侣做着做着就开始亲吻，纪汀下意识地看了店员小姐姐一眼，发现对方全程冷静、面无表情，店员小姐姐估计也是磨炼出来了。

接下来就是下锅做蛋糕坯。因为这是千层蛋糕，要一层一层去煎，任务还挺繁重的。纪汀轻咳了一声：“阿砚哥哥，还是交给你来吧。”

温砚看了她一眼，目光似无奈又有些宠溺。他拿起锅铲，往锅内倒入适量的花生油。

不一会儿，绵软的蛋糕坯出锅。纪汀已经闻到阵阵香味，迫不及待地用爱心形状的模具去压制它们。

他们将马斯卡彭奶酪和搅打的奶油混合在一起，均匀地薄涂在蛋糕坯上，再把蛋糕胚一张张地叠加上去。他们偶尔在夹层中铺上新鲜的草莓切片，渐渐地，一个草莓心形蛋糕基本成型。

店员让他们在蛋糕的外层再涂一层搅拌好的奶油，纪汀拿起抹刀，小心翼翼地顺着糕体滑过去，让蛋糕表面趋于平整。正做得聚精会神的时候，她倏忽感到唇边有一抹凉意，下意识地朝镜子看去，那是奶油。

纪汀抬头，看到温砚正似笑非笑地看着自己，指尖上还有些乳白色的膏状体。她反应过来，也蘸了奶油朝他脸上抹去，谁料男人反应迅速，侧身躲了一下，竟没让她得逞。

小姑娘瞪着眼睛，似乎觉得在店里大打出手有损形象，只好气鼓鼓地舔了一下嘴角。粉嫩的舌尖掠过红润的唇瓣，平添一抹诱人的水色，她的唇瓣就像是可口的草莓。

温砚的眸子眯了一下，眼睫微动。纪汀刚把那点奶油吃下去，男人又抬手在她的唇上涂了一层奶油，眼角眉梢都是笑意。

纪汀满脸震惊。她还没来得及动作，双眼就被他的另一只手捂住，嘴唇上猝不及防地传来温热又柔软的触觉。纪汀的身体微微地战栗了一下，像过电似的，她僵直地任由温砚亲吻着自己。

人的视觉一旦受阻，其他感官就会异常地敏感。她感到他仔细地沿着自己的唇线描摹，他慢条斯理的，像在品味上好的珍馐。甜腻的奶油被挤入口中，原先是冰凉的，这会儿也被他的体温染上了一丝热意。

纪汀在这个又香又甜的吻中沦陷，温砚放下手后，她还没缓过神来，气喘吁吁地靠进他的怀里。

大概是因为两个人相貌出众，加之下午的顾客逐渐变多，不少人开始往他们这桌瞟。纪汀到底还是有些害羞，做不到旁若无人，最后便草率地给蛋糕撒了一层冻干的草莓粉，匆匆地完工，逃离围观现场。

他们从 DIY 烘焙店里出来后，温砚一手提着蛋糕盒，一手牵着纪汀，在商场里慢慢地逛着。

这种宁静的时刻很久没有过了，纪汀忍不住喟叹："以前我真是做梦都不敢想，我们还有这么一天。"

温砚神色一顿，又想起自己曾经的那些冷淡和拒绝。他执起她的手，低头在她的手背上吻了吻，动作颇为小心翼翼："对不起，是我让你受委屈了。"

纪汀一愣，很快笑开，开玩笑似的说："那哥哥以后对我好点。"

"嗯。"他轻声应下，低垂眼睫，"我会对你很好很好的。"

商场里到处都有那种拍大头贴的机器。纪汀没玩过这个，很是好奇，不由分说地拉着温砚进了一个隔间。她选了一个套餐，一共可以拍四张照片。

纪汀眨眨眼："阿砚哥哥，三张合照，然后我再自拍一张，可以吗？"

温砚对小姑娘有求必应："好。"他以前没接触过这些东西，但也乐于和她一起尝试。

前两张合照都比较中规中矩，他们就是单纯地比心和拥抱。到了第三张，快门将落之时，纪汀突然踮起脚，重重地亲了一下温砚的侧脸。

男人对她这般主动颇感意外，心情很好地弯起嘴角。他还没说话，钱包就被纪汀从他的裤子口袋里摸了出来——她把打印出来的大头贴放了进去，钱包透明的隔层中，两个人的照片格外打眼。

温砚看着她的动作，轻挑了挑眼角。

小姑娘抿了抿唇，虽羞涩但神情认真："我就是要告诉他们，你是我的。"

"好。"他轻笑一声，凝视着她，目光越发温柔，半晌他语气缱绻地说道，"是你一个人的。"

晚上两个人想在家里自己做饭。于是，他们回到公寓之后，温砚先把那个爱心蛋糕放进冰箱里，然后带着纪汀去了附近最大的超市。他们穿梭在满是新鲜食材的柜台之间，温砚问："想吃什么？哥哥给你做。"

纪汀随意地报了两个菜名。温砚看了她一眼："就这些？"

纪汀迟疑片刻，很诚实地说道："其实我真正想吃的不是这个……但是可能有点麻烦。"

“没事，你说吧。”

小姑娘的神情仍有些扭捏。

温砚勾了勾唇：“麻烦就麻烦了，不要跟哥哥客气。”

纪汀这才缓缓地开口：“我想吃手抓饼。”她顿了顿，补充道，“就以前学校门口的那种，加蛋3块钱，加菜2块钱，涂了芝士酱的。”

“……”男人没忍住笑，双眼都弯了起来。温砚抬手捏捏她的脸蛋儿：“你怎么这么可爱？”亏他还以为她要吃的是什么山珍海味呢。

纪汀白皙的耳尖浮上一点薄红，她嘀咕道：“我就是……突然想吃了。”

温砚含笑地注视着她，片刻后亲昵地说道：“行，哥哥满足你。”

“……”这话怪怪的，加上他略微不那么正经的表情，纪汀一下子就想歪了。她脸色更红，脚下快了两步：“我……我去买两瓶酸奶。”

他们途经综合商品区的时候，纪汀的注意力被货架上的一只小闹钟吸引。温砚看她有些出神，便说道：“糖糖，你先去看看，我把菜选完就去找你。”

纪汀应道：“好。”

她之前就想给阿砚哥哥的公寓里添置一些富有生活气息的东西，现下刚好有这个机会。她买了桌面日历，挑了两盆小型的多肉植物，又选了一对粉蓝色的情侣杯。

综合商品区离超市的出口比较近，纪汀的目光不经意地扫到结账处旁边的小架子，架子上面是口香糖，下面则是花花绿绿的一排……

温砚推着购物车过来的时候，看到的就是小姑娘咬着唇绞手指的模样。他问：“怎么了？”

纪汀飞快地看了他一眼：“没什么。”她的目光有些闪烁，她似乎在心虚。

温砚不动声色地接过她手上的东西：“结账吧。”

他们回家之后，温砚到厨房里做菜，对纪汀说：“糖糖，你在外面歇一会儿。”

她摇摇头，乖巧地说道：“哥哥，我帮你打下手吧。”

温砚还要说什么，纪汀打断他：“总不能叫你一个人在这里，也没个人说话。”

他抿了抿唇，终于应下。二人洗菜、切菜，配合默契，气氛分外和谐。

这时，一串手机铃声忽然响起。温砚手上沾了生的食材，垂眸看了一眼自己的裤子口袋：“糖糖，帮我拿下手机。”

纪汀“嗯”了一声，把电话接通，给手机插上耳机，再把耳机给他戴上，然后礼貌地走了出去。

“喂，兄弟，在干啥呢？”那头是胡昱祈爽朗的笑声。

“没干什么。”

温砚淡淡地抬了一下眼睑，手上的动作未停。

胡昱祈问：“我怎么听你那儿有‘噼里啪啦’的声音？你放鞭炮呢？”

温砚说：“我在煎手抓饼。”

“……”胡昱祈问，“你啥时候如此有闲情逸致了？跟我说今天有事，结果就是自己在家做吃的？”

温砚意味不明地笑了一声。他们到底是关系不错的朋友，胡昱祈立刻就品出一丝不同寻常的味道：“你不是一个人？”

温砚没说话，对面连珠炮似的问题抛来：“天哪！你旁边有别人？女的？你有女朋友了？”

温砚扭头看了一眼厨房的门。嗯，门是关着的。他坦然地“嗯”了一声。

“把人都带到家里去了？！”胡昱祈显然受到了不小的冲击，“什么时候脱单的？我怎么没听你说起过？她是我们学校的？我认识吗？”

“这么多问题，要我先回答哪一个？”温砚轻“嗤”了一声，温和地说道，“我要陪女朋友，先挂了。”

“喂，你等等——”

电话被挂断了。与此同时，纪汀坐在沙发上聊微信。

家庭群里，苏悦容道：汀汀，给你和你哥买了二十五号晚上回来的高铁票。

纪汀想了想——那不就是后天？这也太急了。

纪汀：妈，我能晚两天再回去吗？

纪琛：怎么还赖着不回家呢？难道你不想爸妈吗？我可是归心似箭哟。

纪汀在心里“啐”了一声。这家伙还是那么烦人。

苏悦容：怎么啦？主要是佳慧妈跟我说，佳慧和她男朋友也一起回，所以给你们四个买了一个车厢的座位，你要是单独回就落单了。

纪汀盯着屏幕，半晌轻轻地叹了口气。

纪汀：好吧，那我还是二十五号回吧。

过了一会儿，厨房的门被打开，温砚端着菜从厨房里面走了出来。他注意到小姑娘的情绪好像有些消沉。

温砚刚走过去，她就伸手抱住他的腰，像只急需被安抚的小猫咪。他摸了摸她的脑袋，轻声问："怎么了？"

纪汀闷闷地说道："我妈要我后天回家。"

男人的动作顿了顿，眸色黯沉了些，他却没开口，只是缓缓地抚摩着她柔软的头发。片刻后，他说："我到时候会过去看你的。"

纪汀低落的心情有所缓解，她依赖地抱着温砚蹭了蹭。

"好了。"他蹲下来，面色平静地看着她，"先吃饭吧。"

"嗯。"

纪汀其实早就饿了，刚刚就闻到一股诱人的香味，此刻走到饭桌前，食欲更是大增。桌上有豉汁排骨、蒜蓉通菜，还有两个手抓饼，手抓饼的模样和学校门口卖的还挺像，看起来就很美味。

纪汀"噔噔噔"地跑去洗手，回来之后迫不及待地拿起一个手抓饼，咬了一大口。

"嗯，好好吃！"尝到如此熟悉的味道，她幸福得都要哭出来了，"阿砚哥哥，你以前做过这个吗？"

温砚含笑望着她："没有，哥哥是现学的。"

"你怎么这么厉害啊？！"纪汀的声音软软的，语气是她用惯了的撒娇的语气，她的眼睛也亮着光，好似他真的做了一件了不起的事情一般。

温砚失笑。以往对这种话，他都是当耳边风一样听过就忘的。因为没有人比他更清楚，恭维人是门学问，无论多么违背本心，都需掺杂三分真情进去。所以，哪怕旁人说得再真，他也全当成假的，亦不会因此而骄傲。

但这个小姑娘似乎一直喜欢夸他，次数多了，他还真免疫不了，竟觉出几分受用。他一直想将自己锻炼成一个冷心冷肺、不受他人左右的人，却因她屡屡破戒，到现在，他更是溃不成军。不过……那又有什么所谓呢？只要她喜欢他就够了。

橘黄色的暖光下，男人轻撑着下巴，专注地凝视着面前的小姑娘。他的目光越发温柔，仿佛要化成一汪泉水。

纪汀不知道他心中的所思所想，只觉得现下的氛围正好，思绪又回到了两年前他们一同生活的那段时间。他无疑是周到又体贴的，但总像跟别人隔着一堵厚重的墙，任凭谁也无法窥探到他的真心。她能在他的眼睛里看到一切他想让她看到的情绪，可就是看不到如今这样的动容。这是因为他的家人从没有夸过他吗？纪汀的心中不由得生出了几分怜爱。

一顿饭吃得静谧又温馨，就算是安安静静地不说话，他们也能感觉到情意的流淌。

饭后，温砚把白天做的蛋糕拿出来，切了两小块给纪汀品尝。虽说两个人都是第一次做糕点，但这味道真的不错，和外面烘焙店里的蛋糕的味道几乎无差，只是两个人实在吃不完。

纪汀说："阿砚哥哥，我觉得我们俩吃不完啊。"

温砚抬起头，像是想到什么，唇边露出笑意："明天要去做项目，哥哥带过去给启创的那些学长学姐吃。"

"呃……"这似乎有点怪怪的。阿砚哥哥拿着一个方盒子，在众人面前徐徐地打开它，里面是一个——残缺的粉色爱心蛋糕。

温砚能隐约地猜到纪汀的想法，笑道："你和我一起去。"他的眼神直白而不加掩饰，却带了点撩拨的意味，莫名地勾人。

纪汀下意识地说道："好。"她应完之后又发现——这样的话，他们不就公开恋情了吗？但那些人都是他的伙伴，应该不会到处乱说吧？

纪汀又瞥了温砚一眼。她能感到阿砚哥哥似乎不是很喜欢保密这件事情，也就没再说什么。

温砚的目光漫不经心地扫过靠墙的条形柜，他发现那上面多了一对情侣杯。他感兴趣地把杯子拿了过来，垂眸把玩它："刚买的？"

纪汀抿着唇点点头："嗯，你要记得用。"

男人轻挑眉眼，低笑道："好，哥哥以后天天用。"

室内不知不觉地多出了一丝缱绻的氛围，纪汀舔了舔唇，没头没脑地来了句："我们一会儿做什么？"

温砚听到这句话，动作顿了一下，然后他慢条斯理地把淡蓝色的杯子放在桌上。

"自然是，"他弯起嘴角，"送你回学校了，时间也不早了。"

纪汀原本伸向裤子口袋的手僵住。似乎是想给他反悔的余地，她隔了好一会儿才慢吞吞地说："哦。"

但是温砚没有任何犹疑，把纪汀的东西收进她的背包，便过去牵她的手："走吧。"

她没想到他还真不打算留自己，有些尴尬，不过很镇定地没有显露出来。

两个人打的回了学校，沿着西北方向进了校园。

他们到了宿舍楼底下，温砚凑过去亲了亲她的嘴角，温柔地说道："明天早上你吃完早餐我会来接你，到时候一起过去。"

纪汀颤了颤睫毛，思虑许久还是把嘴边的话咽了下去。

"那，阿砚哥哥，晚安。"

"嗯。"他笑道，"晚安，糖糖。"

第二天早上九点，温砚准时到宿舍楼下来接纪汀。

启创项目工作的地方就在学校南边的 x-lab 孵化器会议室里，温砚刚牵着纪汀走进去，就看到几张熟悉的面孔。

众人打趣道："老大，昨天干什么去了？请假可不是你的风格啊。"

胡昱祈眼神好，发现了从温砚背后探出脑袋的纪汀，笑道："哎哟，这不是妹妹吗？"

温砚不置可否地拉着她坐下，把蛋糕盒放在桌子上。大家凑过去看，他把盒子上绑着的丝带解开，淡淡地说道："昨天做蛋糕去了，没吃完，估计你们还没来得及吃早饭，就带来了。"

几个人关系都不错，兴高采烈地探头过来："哎呀你最好了，本来正想随便叫个外卖凑合呢。"

胡昱祈说："哦，这就是那家最近很火的 DIY 烘焙店里的蛋糕吧？我有好多朋友去打卡了。"

他瞟了一眼温砚，忽然想起什么："对了！你不是说你有女朋——"

"不是妹妹。"温砚偏头看着纪汀，突然来了这么一句。

大家都没反应过来，只是目光随着他的动作落在了蛋糕上。

不知是谁的声音在半空中戛然而止，室内安静得诡异。怎么说呢？这个蛋糕的模样实在是冲击力有点强，很前卫，不但是心形的，还粉粉嫩嫩的。

这时，温砚悠然自得地跷了个二郎腿，摸了摸旁边小姑娘的脑袋，似笑非笑地看向众人："叫嫂子。"

众人满脸疑惑。

已经极力降低自己的存在感的纪汀无言以对。

大家都是高考 680 分以上考进来的，瞬间想通其中的关节，目瞪口呆地看着两个人。老大做蛋糕。老大有女朋友。老大的女朋友是他的干妹妹。他们还能说什么呢？他不愧是砚哥。

胡昱祈差点被呛到，数次欲言又止。终于，他趁着出去接水的机会悄悄地问温砚："不是，兄弟，你怎么想的啊？你不是说那小姑娘就跟你亲妹妹一样吗？"

温砚坦然地点头："嗯。"

"这也能下得去手？你还是个人吗？！"

"啊。"男人貌似思考了一下，然后温和地说道，"我不是。"

胡昱祈无言以对。他不愧是温砚。

温砚不在，会议室里剩下的学姐学长抓着纪汀开始八卦。团队里的人大多性格外向又明事理，不会提及什么让人特别为难的话题。

纪汀聊得开心，突然想起什么，问道："对了，之前的施斐然学姐怎么不在？"

"呃……"大家的表情都古怪起来。这事三言两语难以说清，他们便匆匆地带过话题，“她的理念和我们的有冲突，所以她就退出了。”至于她是主动退出还是被动退出的，他们就暂且不提了。谁叫她对老大怀了不该有的心思呢？

温砚此时走了进来，在纪汀的身旁坐下，手臂随意地搭在她的椅背上。他低声道：“一会儿我们要开会了，在这里会不会无聊？”

“不会，我挺感兴趣的。”纪汀乖巧地笑道，“如果学长学姐们不介意的话，我想在这里听，可以吗？”

众人自然没有异议，只是都把目光投向温砚，等着他来拍板。

男人弯了弯双眼，凑近小姑娘的侧脸啄了她一下：“当然没问题。”

众人一脸震惊。胡昱祈满脸疑惑：我造了什么孽要给我看这个？单身狗连生存权都没有吗？！算了。自强不息，厚德载物。别人生气我不气，气坏身体又何必。

大家到底是清华人，心理素质都不是一般强，他们在短暂的震惊后很快平复了下来，开始积极地投入工作。

公司不久前进行了工商注册，名字叫作启宴科技，温砚和胡昱祈是主要创始人，一个负责市场和融资，另一个则主攻技术。

纪汀坐在角落里安静地听着会议的内容，心里越发佩服起他们来。

他们开发的这款软件叫作千像，力图打造一个全方位的文娱社交平台，平台底层使用的是区块链技术和流量智能分配算法。这款软件上架不过短短半个月，注册用户的数量已经达到一万名。

纪汀在手机上下载了“千像”，它界面简洁，功能区块一目了然，易操作易上手，使用舒适感较强。其中有各种频道的分类，比如经验分享社区、问答社区、视频社区、树洞，以及网文阅读、游戏等文娱板块。

她顺手点进树洞，发现里面已经颇具规模。这里不仅可以匿名发表私密的言论，还可以制作漂流瓶，抑或是随机连线一个陌生人聊天。

温砚坐在主位，拿着激光笔在投屏上点点画画：“社区这块儿比较容易做，最复杂的是文娱板块。”他的鼻梁上架着眼镜，让人觉出一种儒雅斯文感，棱角分明的侧脸却显得冷峻专注——两种感觉反差明显。

“例如网文阅读板块，我们采用的运营方法是实体书电子化和采购第三方内容，这类内容的变现途径主要是广告，但因为现在吸引的流量太小，对接广告主有一定的困难，所以根源还是在市场。先把社区做起来，再去拉动文娱板块。”

在座的都是技术骨干，没有专门负责市场和营销的同学，因此这个部分暂且由团队里唯一的女生江思源来负责。江思源小声地道：“砚哥，我对精准获客这块儿还不是很有头绪，感觉客户画像不太明确……”

温砚的目光淡淡地扫了一圈人：“其他人有什么想法吗？”

大家皱眉沉思起来，会议室内一时陷入沉默。

“那个，我倒是有个想法……”角落里突然响起一个清甜的女声。

大家都下意识地看过去，只见纪汀笑了笑，说：“如果针对不同年龄层的客户都进行营销，成本未免太大了。所以我就想，我们能不能先抓住一个特殊群体，再逐渐扩展外延？王兴师兄不就是这么做的吗？当年创办的人人网就是大学校园 SNS（Social Networking Service，社交网络服务）……”

众人醍醐灌顶，对着笔记本电脑敲敲打打，记录自己乍然生出的灵感和思路。

“糖糖的想法与我不谋而合。”温砚的眼中含着不加掩饰的赞许，“在做校园客户群这块儿，我们有自己天然的优势。”

确实如此，清华的资源和号召力在这块儿是毋庸置疑的。

胡昱祈深吸一口气，开玩笑似的对纪汀说：“妹妹，要不你也加入我们的团队吧？”

他一说完这话，温砚就凉凉地看了他一眼。

胡昱祈干咳一下，改口：“嫂子。”

一旦有了大致的方向，众人的思维便活跃起来，他们提出不少方案，工作效率有了大幅提升。

中午温砚带大家去了附近的一家私房菜馆吃饭。远离工作之后，气氛一下子轻松下来，大家的注意力又回到温砚和纪汀的身上。有人感兴趣地问：“嫂子，你和砚哥是谁追的谁啊？”

“呃……”纪汀有些为难，要说先表露心意的那一个，那肯定是自己。但她毕竟没有对他挑明两个人的关系，而且后续也没有纠缠他，不知道这算不算“追”？

她还在斟酌，有人已经出声：“我追的。”

见大家都看向自己，温砚气定神闲地抬眉：“很奇怪吗？”他轻轻地捏了捏纪汀软软的脸蛋儿，目光里含着一片春意，“毕竟我家小姑娘这么可爱。”

胡昱祈无言以对，心想：自强不息，厚德载物。莫生气，莫生气，气出病来无人替……

一顿午饭之后，整个团队都发现了，“不鸣则已，一鸣惊人”这句话指的就是他们的老大。他平常总是一副冷漠的样子，没想到有了女朋友后这么——可恶。

胡昱祈说：“我告诉你，我要把你的事迹曝光到校园网上，到时候你就等着成片成片地脱粉吧。”

温砚不甚在意，连话都懒得跟他多说一句。倒是纪汀在一旁弱弱地说道：“昱祈师兄，这样不太好吧……”

看小姑娘有点担忧的样子，温砚这才揽了她的肩，柔声地安抚她：“别担心，他要是敢这么干，我就让他加班。”

胡昱祈无言以对，心想：他还给人活路吗？！要不是因为你出钱，老子早撂挑子了！

大家都笑作一团：“胡老师，上啊！不要畏惧资本的力量！”

胡昱祈无言以对，心想：这些看热闹不嫌事大的，难道忘了这一路以来的悲伤往事了吗？

温砚在团队里的话语权很强，胡昱祈装模作样地咳了一下：“好吧，那我就看在妹妹的分儿上，留你一条活路吧！”

温砚脚步一顿：“不长记性，还是加班吧。”

胡昱祈反应过来：“我错了，是嫂子！嫂子啊！哥，我叫你大哥成不？！”

男人温柔地笑了笑：“晚上工作要是饿了，记得叫外卖，公费给你报销。”

胡昱祈无言以对，他皮那一下又何必？

纪汀经过一整天的观摩，得出结论——这是一个精英团队，每个人都有可以发挥自己价值的方面，且他们性格互补，合作搭档极为和谐。

创业的确很辛苦，不是一蹴而就的事情，哪怕是像他们一样的天之骄子，也会有一筹莫展的时刻。但是，只要初心不改，只要热情犹在，便没有攀不上的峰、踏不平的路。尤其是他在做这件事，她相信，他们一定会成功的。

第十章
陪你度过漫长岁月

晚饭两个人还是在温砚的公寓里吃的。

因为明天晚上她就要回家，纪汀有些不舍："阿砚哥哥，我今晚能不能在你这里住啊？"

温砚在沙发上坐下来，把她抱进了怀里。他的神色意味不明，眉峰却皱起，他不知在想些什么。

纪汀看不到他的表情，又没听见他答话，便往他的怀里拱了拱："好不好？我想多些时间跟你待在一起啊。"

温砚心中一动——他何尝不想与她多待些时日呢？只是……算了，他担心那么多做什么？他俯身在她的额头上亲了亲，嗓音低沉："好。"

"那我得先和室友说一声。"纪汀兴高采烈，嘀嘀咕咕地说，"可不能再像上次一样……"

温砚似乎明白了什么，轻轻挑眉："上次怎么跟舍友说的？"

"呃……我说我有个朋友失恋了……"

"嗯。"他微勾了一下嘴角，喉间溢出一声低低哑哑的笑。他灼热的呼吸洒在纪汀的耳畔，修长的手指在她的后颈上不轻不重地捏着，像是某种暧昧的暗示。片刻后，温砚咬了一下纪汀的耳垂，极有诱惑力地说道，“然后，你就把你的朋友安慰到床上去了？”

纪汀满脸震惊。她不过随便瞎诌了一句谎话，这人怎么还进行自我代入呢？！

她总和温砚待在一块儿，昔日的厚脸皮也捡回了半成。她挺直腰杆，挑衅地回道：“是啊，我想他后来应该就不难过了。”纪汀眨眨眼，补充道，“我觉得他还挺舒服，应该是安慰到位了。”

温砚顿住手指，半晌轻挑了一下眉——其实上次那晚，他们并非什么酒后乱性。两个人就是有预谋、有组织的共犯。

温砚的脑海中不可抑制地想起了一些朦胧的画面。他心想——她可真有本事，三言两语便能撩拨起他的欲望。

在这时，纪汀倏忽吻上了他的唇，一下下极轻柔地舔舐吸吮。她的动作仔细又小心，竟让温砚觉出了一种珍而重之的意味。他的心尖也随着她的动作颤了颤。一种难言的热意在身体里逡巡，温砚隐忍地压抑住渴望。

待纪汀起身后，她清晰地看到男人的眸色沉了些。但他还是那副不动声色的模样，没有主导下一步的意思。纪汀的心里有些失落，面上她则微弯了弯唇：“阿砚哥哥，我先去洗个澡。”

“嗯，去吧。”温砚道，“换洗的衣物哥哥上次也给你备好了，就在浴室里面挂着。”

纪汀应道：“好。”

待她进去后，温砚才仰靠在柔软的沙发里，揉着眉心轻叹了一口气。这几天以来，他能隐隐地察觉到小姑娘对于那方面着实是有几分兴致的，但他一直在回避。

温砚抬手捂住眼睛，自嘲地低笑了一声。他是个什么德行，只有他自己心里最清楚。她的滋味只消尝过一次，便让人难以忘怀。如果他放任自己沉迷的话，他的占有欲一定会疯狂地生长，到时候，他难免会吓到他的小姑娘。所以他想慢慢来，等着她成长，等到她的家人完全接纳自己。

纪汀洗完澡出来，身上穿着淡紫色的浴袍，拖鞋在地上发出欢快的“嗒嗒”声。

温砚坐在沙发上，仍是商务休闲装的打扮，他正随意地翻阅着一本杂志，杂志是《经济学人》。听见她的动静，他抬眸微微一笑："好了？"

"嗯。"纪汀走到他的面前，低头在茶几上抽了一张纸。她这一俯身，雪白修长的脖颈便露了出来，刚出浴的潮气向他袭来。

温砚抿了抿唇，移开了眼，笑道："怎么不穿睡衣？"

"这样舒服。"纪汀弯了弯眼，神情天真无害。她三两步地爬上沙发，跪坐下来，小手调皮地从温砚的衣服下摆里伸了进去。

正值盛夏，她的手却带着丝丝缕缕的寒气。明显的温差触感让男人的腹部不由自主地收缩了一下，他笑着拨了拨她的头发，眼神里满是纵容。

"冷吗？哥哥。"纪汀明知故问，微凉的指尖沿着他肌肉的线条游走。温砚没说话，但是眸色越来越深。不知过了多久，他终于按住她不安分的小手，嗓音低沉："你在干什么？"

纪汀不由自主地咽了口口水。其实那天之后，她心里就一直记得那种感觉，那感觉确实是很舒服。但是，这么多天了，温砚也没有跟她提过那方面的事情。她很想再要一次那个，但是又羞于直接说出来，害怕这样太不矜持，只能用眼下的办法。嗯，也不知道她在这方面有没有天赋。

纪汀伸出粉嫩的舌尖，状似无意地舔了一下自己嫣红的唇瓣。只这一个动作就让温砚半眯了眯眼，在他开口之前，她凑过去，蜻蜓点水般在他的喉结上亲了一下。

他的喉结上下滑了滑，配合他轻颤的睫毛，竟有种勾人的性感。纪汀知道他有感觉了。她心里恶魔的小角露出了尖，她跨坐在他的腿上，搂住他的脖颈，垂眸吻上他的双唇。

男人的瞳孔缩了一下——他能够感觉到她的浴袍底下再没有任何阻挡的衣料。

纪汀的小舌柔软灵活，刻意地逗弄他，而她的手也没闲着，顺着衣领的一排纽扣抚摩。

温砚微不可闻地喘了一声，终于没再被动地承受这些，抬手握住小姑娘纤细的手腕，阻止了她进一步的动作。他的力气有点大，眼眸深沉，他哑着嗓子问道："从哪里学来的这些？"

纪汀挣了一下，没挣脱，咬着唇抬头，眼神里满是无辜："可能是天赋吧。”她蹭了蹭他的大腿，又动了动被他捏住的手腕，娇声道，“你干吗啊？把我弄疼了。”

温砚一言不发地凝视着她——他现在不仅想把她弄疼，还想把她弄哭。男人弯起唇笑了笑，看上去温柔又缱绻，缓缓地在她的颊边呼出灼热的气息：“这么不遗余力地勾引哥哥，是想干什么？”

纪汀愣了一下。她着实没想到，都到这分上了，他还能沉得住气。“我想干什么你看不出来吗？”她有些懊恼。

温砚倒是没再装傻，只紧紧地盯着她，轻声道：“家里没有套。”

纪汀眨了眨眼，从浴袍的口袋里掏出几个小方块：“我有。”

“……”他是真没想到她的准备如此周全，“什么时候买的？”

纪汀却不回答他，眼神直勾勾的，小鹿般的眸子黑白分明。

温砚深吸了一口气，将那些东西放在一边，温声道：“糖糖，今天就算了，好吗？”

小姑娘的神情似有些懊恼。她抿了抿唇，嘀咕道：“你怎么这样？我马上就要回去了，连生日都不能和你一起过，现……现在想来个‘分手炮’你还不同意……”

“什么？”温砚蓦地抬了一下眼睑。他抬手轻巧地拍了拍她的脸，桃花眼里的色彩加重，“谁告诉你，这个词是这样用的？”

“……”纪汀莫名地从他的语气中感觉到一丝危险。她本能地将身子往后撤了撤，却被他一把捉住。

男人的力道不轻不重，却带着不容置疑的意味。温砚把沙发上的小方块拾了回来，动作优雅又轻巧地撕开它。目光如墨，他沉声道：“上来。”

纪汀不知道他为什么突然改变主意，但还是顺从而欢欣地把小脑袋埋进他的怀里。

不知过了多久，纪汀在蒙眬的余光中瞥见外面的天都快亮了。但她实在是太累，脑子里空白一片，她不消片刻又沉沉地睡去。

温砚坐在床边拢了拢衣领，手指轻轻地抚过小姑娘染着水光的唇瓣。他的眸色幽深，他静静地凝视着她的睡颜。

他曾经很反感性这回事，觉得那是动物的行为。因此，哪怕再难受他都是独自纾解，绝不会去随便找个人凑合。当然欲望没什么不对，他想，自己或许只是本能地厌恶年幼时曾看到的那一幕——它太刺眼了。

可是自从爱上她，他又觉得这大约是世上最动人的事情了。因为只有在那一刹那他才有十足的安全感。就好像她是完全属于他的，会永远陪在他身边。

片刻后，男人俯身在小姑娘的额头上落下轻柔的一吻。

第二天早上，纪汀睡到日上三竿才起床。意识还不甚清醒，她迷迷糊糊地在身旁摸了一把——那是空的。她虽闭着眼，但还是不自觉地噘了噘嘴。

她身上酸得发疼，双腿软得不行，就像被十八个大汉一同暴击过，感觉比上次还要难受一些。纪汀正挣扎着想要爬起来，卧室的门便被人推开。

看到衣着整齐的男人朝自己温和地笑着，她轻“哼”了一声，慢慢地躺了回去。然而从温砚的视角看去，小姑娘穿着他的睡衣，领口半敞，曲线优美的脖颈处斑斑驳驳，她看上去可怜兮兮的。

他走过去，在床边半蹲下，含笑凝视她：“醒了？”

纪汀瞪着他，半晌才憋出一句：“你怎么会这么精神？”

温砚问：“嗯？”

纪汀不说话，只是望着天花板，又“哼”了一声。不公平啊！为什么她一早醒来像丢了半条命，他却这么神采奕奕？！

纪汀还在胡思乱想着，温砚已经俯身过来，漆黑的眼眸里有微光在跳跃：“要起床吗？哥哥抱你。”

她抬起手臂撑在他的胸口，神情有点委屈：“……”

温砚凑近了些，亲了亲她的额头：“怎么了？”

纪汀哼哼唧唧半天，才低低地吐出一个字：“疼。”

小姑娘琉璃般的眼眸像在水里浸过似的，温砚一下子就想起她昨晚双眼含泪地讨饶的样子。眸色深了深，男人用指腹抚了抚她的脸颊，动作颇为缱绻，片刻后他轻笑一声：“哪儿疼？哥哥给你揉揉？”

纪汀满脸震惊。呸！厚颜无耻！她瞪了他一眼，卷着被子滚到了一旁，把自己裹成了一个条状的春卷。温砚耐心地拉住被角，轻轻一扯，又让她滚了回来。他用手臂撑在她双肩的两侧，似笑非笑地问道：“真的不用？”

纪汀小嘴一扁：“你怎么这么流氓？昨天还故意折磨我！哼，我不要理你了！”

温砚挑眉。这小姑娘倒打一耙的本事还挺厉害。昨晚的第一次他实则是温柔克制的，可没承想之后她竟还缠着自己，她甚至因怕他不愿意，使出了浑身解数来“说服”他。事情这才变得一发不可收拾起来。

“哥哥流氓？”温砚垂眸，桃花眼里漾出细密的笑。他似是思忖片刻，悠悠地说道：“哥哥是流氓，那糖糖是什么？昨晚拉着我不放，还——”

“停停停，不要说了！”纪汀一把捂住他的嘴，耳尖白皙的皮肤上蹿上一抹粉红。她心知是自己理亏。要不是昨晚不知天高地厚，今早她不知道有多快意潇洒呢。

纪汀还没想好说辞，男人便直起身，不知从哪里拿出一支药膏，那赫然就是他上次买的那一个。纪汀蓦地想起之前他说的那句——“以后肯定有用到的时候”，没想到他还真的一语成谶。

男人捏着那支小巧的药膏，面上还是那副似笑非笑的表情：“糖糖，你想自己涂还是哥哥帮你涂？”

他又在调戏她了！虽说昨晚完全是自己作死，但纪汀还是觉得她需要扳回一城。她倏忽弯了弯嘴角，伸出葱白的指尖扯了扯温砚的衣角，声音清脆：“阿砚哥哥，你帮我涂吧。”

这大概是一个比谁更不要脸的游戏。小姑娘的眼神天真又纯粹，表情从容镇定，仿佛所要求的事情对他来说不过是个举手之劳。温砚静默地看着她，一时之间没有任何动作。

似乎还嫌自己的表达没到位似的，纪汀抬起玲珑白皙的脚背在他的腰侧蹭了一下，娇声地催促道：“快点啊，很疼呢。”

“……”空气中暗流涌动，纪汀打量着温砚的神情，唇角微微地上扬。哈哈哈哈，他果然只是嘴上说说而已——

“行，很快就好。”下一秒，男人温文尔雅地笑了一下，作势伸手来脱她的睡裤。

笑容僵在脸上，纪汀不敢置信地看着他。就在他修长的指节钩起棉质衣料的时候，她终于大惊失色地往旁边躲去。

温砚明知故问：“糖糖，怎么了？不是让哥哥帮忙吗？”

纪汀把脑袋埋进枕头里，用略显凌乱的头发表达对他无声的控诉。太不要脸！哼，不理他了！

身后响起温砚含着气声的笑："早餐给你煮了馄饨，煎了蛋饼，还热了一杯牛奶。你要是好了就叫哥哥一声。"他说完便走了出去，还不忘贴心地关上了门。

纪汀这才慢吞吞地爬起来，拧开药膏涂抹起来。药膏清清凉凉的，不适感瞬间缓解了不少，只是四肢还有些酸软。

过了一会儿，温砚在外面敲门："糖糖，好了没有？"

"嗯。"纪汀有气无力地应了一声。

男人推门进来，走到床边，弯腰把她抱起。突如其来的失重感让纪汀下意识地用手钩住他的脖颈。她莹润可爱的双脚在空气中乱晃，温砚垂眸看了她一眼，眉目舒展带着笑意，他低头在她的额头上吻了一下。

纪汀对于他的亲近是极为享受的，依恋地将脑袋埋进他的怀里。

温砚照例抱着她去洗脸刷牙，做完流水线服务后，把她放到餐桌跟前的座位上。纪汀颇为满足地啃着蛋饼，无意间抬头，看到男人正坐在一旁专注地凝视着她。他好像很喜欢看她吃饭。

纪汀对上他的眼神，眯起眼笑了笑："你真好，早起给我做这么多好吃的，辛苦啦。"

温砚怔了一下，弯起嘴角，温柔地说道："这是我应该做的。"

话虽这么说，但他倏忽想起了在外公家生活的那几年的光景。

外公爱财，虽能收到温母定期寄来的汇款，但总舍不得花钱，明明腿脚不方便，却不愿请一个保姆阿姨来照顾他们的日常起居。舅舅则成天游手好闲，抽烟酗酒赌博的臭毛病有一堆，没有正经工作，平常就开开网约车赚些外快。他在外生活不如意，在家里却大男子主义，从没有过好脸色，也不愿意干活儿。

温砚起初觉得既然自己是寄人篱下，总得做点贡献，于是便帮着做些家务。结果不仅没人感激他，他们反而把这一切当成理所当然，对他颐指气使。他辛辛苦苦地给他们做了一桌饭菜，没有人道一声辛苦。表哥每次还挑三拣四，说他做得不好吃。

舅妈则是个没脸没皮的人。每次温母寄钱来的时候，她都恨不得多分点，克扣属于温砚的那一份钱："小砚，你看你吃我们的用我们的，这点钱交出来不过分吧？"

温砚心里瞧不起她，没好意思说出口——你们吃的用的都是我父母给的，要是没有他们，你们还不知道在哪条街上讨饭呢。

但他不想变得如此刻薄，因为那样才是真的可悲。所以对于长辈的要求，他总是顺从。然而，温砚的忍让换来的是变本加厉的侮辱。在家里，没有人会正眼看他，大家对他召之即来挥之即去，仿佛他不过是个用人。

“这是你应该做的。”这句话他不知道听了多少次。

这些事，温砚鲜少与父母提起，因为他知道没有人会帮他伸张正义。只有一次，他实在忍不住了，躲在房间里偷偷地给母亲打电话。

过了一会儿，女人有些不耐烦的声音传来：“很晚了，Andrew，有什么事吗？”

他吸了吸鼻子，颤声地开口：“妈，我不想在这儿再待下去了。”

那头沉默片刻。他的情绪压抑着，逐渐攀爬至顶点。就在他以为她要说什么的时候，电话里突然传来一声礼花爆开的声音。

圣诞节快乐！一道醇厚的陌生男声传来，接着电话里传来不知是谁的笑声，听起来欢快极了。他们在开派对。

心口的那根一直绷着的弦仿佛突然断了，温砚感觉自己好像坠落深渊，一刻不停歇地往下掉。他捏紧手机，默默地低下了头，视线聚焦在地上的一摊黄色的蛋糕渍上——一个小时前，表哥故意把自己的生日蛋糕打翻在他的房间里。

这刁难的方法很拙劣，但是温砚突然觉得疲累不堪。就是这些不致命的累赘经年累月地积压起来，变成了一种耗损心力的毒素，沁入他的五脏六腑，让他觉得胸口压着一块沉重的巨石，他快要喘不过气来。

“Sorry, babe.（对不起，宝贝。）”女人的声音带着压抑下去的愉悦，“你也听到了，我现在没空，我们晚点再讨论这件事，好吗？”

温砚放下电话，慢慢地闭上双眼。自始至终，她都没有问过一句为什么。不过他也早已料到了。

狭小昏暗的房间内，温砚像一座雕塑般一动不动地坐着。此刻，他不再有任何受伤的感觉，反而心情异常地平静。

门口突然传来一声嬉笑，温砚睁开眼，面无表情地抬头，看到表哥站在走廊上冲他做鬼脸，他说：“没人要的野种。”

这倒是有点应景。他心里这么冷冷地想着，嘴角却勾起一抹极温和的笑容：“你说得对。”

表哥被他的神情弄得瘆得慌，目光古怪地“啐”了一句：“有病！”

手上传来冰凉的触感，温砚猛地回神，是纪汀拉住了他。她的眼神认真：“没有谁是‘应该’给谁做什么的，你能这样对我，我感觉很开心、很幸福。”

温砚的喉结缓慢地滑了滑，他用力地回握住纪汀的手。他与她十指相扣，眼睛一眨不眨地看着她。他突然明白了为何从初见的那天开始，他就极喜欢她的这双眼睛。乌黑明亮、会说话的双眼，干净清澈得可以映射世间的一切美好，再把美好回馈到被她注视着的人的身上。

有很多人在用一生治愈不幸的童年，温砚却觉得他只要她的一个眼神就可以痊愈。

I found my medicine. Feeling that I’m being cured by you.（我找到了我的药，感觉我被你治愈了。）

她是他的药啊。男人垂下眼眸，纤长的眼睫将汹涌的情绪尽数覆盖：“你不知道，”他低声笑了一下，“我有多喜欢你。”

为了赶晚上八点半的动车，纪汀下午回宿舍收拾好了行李，约好和田佳慧、方泽宇五点在清华的东北门集合。

温砚把她送到校门口的时候，那两个人还没有到。他便耐心地为她整理衣领和书包带子，叮嘱道：“回去之后好好安排自己的假期，实习的时候认真学习技能，出去玩要注意安全。”

纪汀笑着点头：“好。”

男人的唇边勾起一丝弧度：“还有，要记得想我，每天要给我发消息。”

“知道啦！”纪汀弯起嘴角，颊边露出两个浅浅的酒窝。她踮起脚，在温砚的下巴上亲了一下：“那你也要想我！”

“知道啦。”他学着她的语气，眼底满是笑意，“每天都想你，行不行？”

这人一旦说起情话来便是无人能抵的架势，纪汀红了脸，抿着唇低头窃笑。温砚看着她，微微地俯身，双眼一直凝视着她，直到二人的视线平齐。

纪汀抬头，目光一下子就撞进他幽邃深沉的眼眸中。“阿砚哥哥……”她忍不住喃喃。

温砚朝纪汀倾过身来，她知道他要吻自己，便主动钩住他的脖颈，颤着睫毛闭上了眼。果然，她的嘴唇上很快传来柔软的触感，以及温热的、绵长的呼吸。

温砚的手覆盖在她的脑后，给予她一丝压力，让这个吻更深入、更缱绻。他身上的气息还是一如既往的清冽，占据了她的所有感官，涤荡了她的全部身心。

“咯……”突然，旁边传来一个有点熟悉的声音。心里“咯噔”一下，纪汀立刻如惊弓之鸟般松开手，后退了一步。她扭头看去，发现田佳慧和方泽宇站在不远处，二人一副目瞪口呆的表情。

“……”

没等二人开口，纪汀猛地伸手制止他们：“等等，事情不是你们想象的那样！”

田佳慧皮笑肉不笑：“我们看起来很像是傻子吗？”

方泽宇也“嗤”了一声：“你俩解释一下？”

大约一个月前，他俩还在为这两个人之间的纠葛发愁，甚至不惜牺牲自己来当和事佬。但是这么长时间以来也未见效果，他们本以为这事是成不了了，没想到恰恰相反，原来他俩早就背着大家在一起了。唉，他们就有种老母亲的心酸。

温砚向纪汀走近了一步，垂眸看她。小姑娘正瑟瑟发抖，估计在绞尽脑汁地想着措辞。他无声地勾了勾唇——其实刚刚亲她的时候，他已经用余光瞥见了来人。大概这个小傻瓜还以为他们是无意间被撞破的吧。

温砚慢条斯理地抬起手，拇指的指腹在纪汀的嘴唇上轻蹭了一下，他什么话也没说。纪汀过了一秒钟才反应过来他的动机，不敢置信地瞪着他。

男人轻挑眼角，手臂随意地搭在她的肩头，他压低身子在她的耳边笑：“嗯，解释一下？”

纪汀干咳一声，也明白今天这茬儿肯定是圆不过去了，老实地承认道：“我和阿砚哥哥在一起了。”

“……”

“……”

田佳慧和方泽宇同样心情复杂。田佳慧都快窒息了——纪汀这个女人嘴巴怎么这么严？！这事连她也不告诉！她感觉受到了很大的伤害！

自从纪汀被温砚婉拒，田佳慧为了和她同仇敌忾，也为了让她早日放下温砚，每天睡前都会给她发一句加油打气的话——

拜拜就拜拜，下一个更乖！

看不上你是那狗男人没福气！

画个圈圈诅咒他！

帅哥千千万，不行咱就换！

起初纪汀还会回她一个奋斗的表情，可不知从什么时候开始，她的回复开始变得微妙起来——什么“嗯”“啊”“哦”的，她完全没有了当初的那种坚定。那时田佳慧还不知道这是为什么。哦，现在她知道了。

这两个人在一起了。然后她还每天激情地辱骂人家的男朋友。唉，往事不堪回首。田佳慧还是那副皮笑肉不笑的样子，冲纪汀勾勾手指：“你给我过来。”

纪汀讨好地笑了笑，很乖巧地蹭到她的身边。

与此同时，方泽宇朝温砚大步走去，冷笑一声：“可以啊，连兄弟都不告诉。”

“抱歉。”温砚温和地勾了勾唇，“不过阿琛也不知道。”

“……”方泽宇突然感觉心里平衡多了。纪汀可是纪琛的亲妹妹啊！这都还被蒙在鼓里，他也太惨了！

方泽宇打量温砚两眼，突然想到了什么：“你没跟我提这件事，该不会是因为我上次说喜欢纪汀吧？”

温砚的动作一顿，他没有说话。

“你别误会啊！”方泽宇赶紧澄清，“我当时只是想帮你俩一把而已。”

半晌，温砚轻笑一声：“我知道。”

起初他被情绪左右，确实相信了方泽宇说的话。但他们毕竟认识七八年了，彼此间知根知底，后来他冷静下来，仔细一回想两个人相处的细节，心中就有了判断。

温砚拍了拍方泽宇的肩，坦诚地说道：“谢了，兄弟。”他顿了顿，“还有，这事先别告诉阿琛。”

方泽宇说：“好。”他突然有点兴奋，感觉到时候真相被揭露时局面一定是鸡飞狗跳。

这时，纪汀那头的两个人好似和解完毕，手挽着手走了过来。

方泽宇看了一眼手机："叫的车到了，我们该走了。"

他说完瞥了一眼纪汀和温砚："你俩赶紧告别一下。"

当着朋友的面，纪汀还有点不好意思，扭扭捏捏的。倒是温砚伸出手，浅笑道："糖糖，过来。"

纪汀本就离他近，男人的手臂一钩，她便落入他的怀中。温砚的气息密不透风地将她包裹于其中，纪汀双手撑在他的胸口上，微仰起头。他半眯着眼，在她的耳畔轻笑一声。

"Call me, baby.（记得给我打电话，宝贝。）"

他的发音是标准的纽约腔，低沉的嗓音含着笑意，竟有种难以言说的性感。纪汀的心仿佛被谁拿着羽毛来回地扫了一下，她抿着唇点点头。

温砚弯了弯唇，补充一句："I' ll miss you.（我会想你的。）"

"……"

上车后，田佳慧嫌恶地看了一眼傻笑的纪汀："你还要春心荡漾到什么时候？怎么谈个恋爱这么酸臭？"

纪汀"嘿嘿"笑了两声，收敛了唇边残余的笑容，眨了眨眼："没办法，男朋友魅力太大了，我有点把持不住。"

"……"

"……"

等一下，两个人突然觉得有点不对，明明他们俩才是情侣，怎么在三人行中反而变成了受虐的那一方？？他们俩的尊严何在？！

车子在北大的校门旁停下，纪琛在后备厢里放完行李后上车，发现车厢内的气氛莫名地诡异。他懒洋洋地靠在座椅上："你们一个两个的怎么了，脸色这么古怪，便秘了啊？"

因为答应帮纪汀保密，方泽宇和田佳慧只能"呵呵"一笑。

纪琛把双手枕在脑后，优哉游哉地说道："不过本少爷今天心情很好。"

纪汀一见到他就想跟他抬杠："你期末考不是考砸了一门吗？"

"嘁，考试这种东西多么肤浅？"纪琛翻了个白眼，然后又意味深长地看了纪汀一眼。

纪汀总觉得他的目光里藏着暗暗的得意，还有些不屑和讥讽。她刚想开口说点什么，纪琛仰起头："我现在正式宣布，我——脱单了。"

本来如果不知道温砚和纪汀的事情，方泽宇和田佳慧肯定会大为震惊，但是他们刚经历过一波洗礼，此时安稳不动坐如山。

纪琛问："哟嚯，你们是被震惊得说不出来话了吗？"

"……"

纪汀确实有点惊讶："予羡姐答应你了？"

纪琛说："嗯。"

"她怎么会答应你？"

纪琛似乎有点不满她质疑的语气，轻飘飘地说道："自然是因为我独特的个人魅力啊。"

"……"

他现在怎么看都像是一只骄傲的雄性孔雀，支棱起羽毛准备开屏的那种。

见纪汀也不说话了，纪琛忍不住嘲笑："哈哈，以后逢年过节就只有你这个单身狗被七大姑八大姨追着问了。"他说完假模假样地作了个揖，"心疼你，小小年纪就要承受这么多。"

纪汀"呃"了一声，静默几秒钟，深以为然地道："是呀哥哥，我好惨哪，我也想脱单，也想尝一尝恋爱的滋味呢！"

方泽宇和田佳慧心想：你说这种话良心不会痛吗，啊？！

难得纪汀顺着自己，纪琛更加扬扬自得："哎啊，你说别的哥都能帮你，但恋爱这种事情呢，还是得靠个人的天赋。"

"……"纪汀心想：给你点颜色，你还开上染坊了。

回程的动车上，方泽宇和田佳慧后知后觉地秀起了恩爱，你给我剥橘子，我给你削苹果，互相投喂对方，忙得不亦乐乎。

纪琛看到这情景，在上铺"嗤"了一声："方泽宇，你真是让我大开眼界。"他瞥了纪汀一眼，若有所指，"你们总得考虑一下单身的人的心情吧？"

"……"

纪琛却没有读懂其他人的眼神，不痛不痒地说道："毕竟呢，我在你们这儿受了刺激，还能去找女朋友求安慰，可是纪汀就真的是孤家寡人一个啊。"

"嗯。"方泽宇含糊地应了一声，指尖忽然在手机屏幕上顿住。微信的聊天页面上，是一条惹眼的私信。

砚：别欺负我家糖糖。

“……”

“我也是看着她可怜，不然才懒得说这么多——”纪琛还在絮絮叨叨，方泽宇面无表情地看了他一眼：她可怜个屁，你醒醒吧，你妹妹秀恩爱的时候你还不知道在哪个犄角旮旯里躺着呢。

临近中午，纪汀和纪琛才好不容易折腾到家。饭桌上已经摆满了好饭好菜。苏悦容看着女儿，目光里满是慈爱：“一个多月没见，我们家汀汀又变美了。”

纪琛洗了手，边吃边说道：“我怎么觉得她只是胖了？”

苏悦容闻言，又打量了纪汀两眼：“好像确实有点，不过气色比原来好多了。”

纪汀瞪了纪琛一眼，心虚地想——都怪阿砚哥哥做菜太好吃，把她养圆润了。

一家四口在桌边坐下，聊起了彼此的近况。纪仁亮问俩兄妹：“你们在学校一切都还好吗？”

二人异口同声：“挺好的。”

苏悦容笑：“有没有什么情况要汇报啊？”

她这话的意思太过直白，纪汀下意识地低下了头，降低自己的存在感。反而是纪琛极坦荡地说：“爸妈，我交女朋友了。”

“啊？真的啊？”

惊喜过后，苏悦容乐呵呵地说：“那妈要多给你拨点恋爱的经费，给人家买点好东西。”

纪琛还没来得及展颜，她继续说：“毕竟，二十多年才等来这么个小宝贝，一定要用物质拴住人家的心，别让人跑了。”

纪仁亮附和道：“对对，要是这个跑了，下一个就不知道是什么时候了。”

纪琛满脸疑惑。这？这是亲生父母？！纪汀没忍住笑出了声，他立刻像是找到了目标似的，扭头微笑：“你个单身的也有资格嘲笑我？”

这招祸水东引着实是妙。父母的注意力很快被转移过来：“汀汀，你哥都有女朋友了，你呢？”

“我啊，忙着学习呢。”纪汀面不改色，“平常没太关注这个方面。”

苏悦容问："就没有有好感的男同学啊？"

纪汀毫不迟疑地说："没有。"

苏悦容仍不死心："不可能啊，你看你条件也不差，总有看对眼的吧？我跟你说，这事可千万别忽略，学习之余也要多看一看周围的人……"

纪汀无奈地叫了一声："妈。"

纪仁亮语重心长道："你妈说得没错，除了学习，你在人生大事方面也要上点心哪。"他语气一转，"但是，如果有比较喜欢的，也不要特别快就确定关系，先观察观察，让爸爸妈妈给你出出主意。"

这横竖都是踩雷，纪汀干脆不说话了，垂着脑袋默默地吃菜。

兴许是拖她下水后心里有点愧疚，纪琛总算是说了句人话："行了吧您二老，高考前三令五申让人家不要谈恋爱，现在又催这催那，还是歇歇吧。"这个话题总算被他带过。

第二天纪汀就要去温砚之前介绍的那家中资证券公司实习，晚上她猫在房间里，给男人打了个视频电话。

视频电话很快被接通。温砚穿着睡衣坐在床上，正一边用毛巾擦湿头发一边摆弄着手机的角度。他额前的碎发一缕缕的，还带着潮气。因为热意，双唇染上了一抹诱人的颜色；领口松松垮垮地系着，露出半截锁骨，有种斯文败类的观感。这活脱脱是一幅美男出浴图。

纪汀觉得自己被蓄意地勾引了，不由自主地咽了一口口水。这时，抖动着的屏幕才被固定住，温砚朝摄像头看来，嘴角勾着一丝若有似无的散漫的笑意："哥哥就这么好看吗？怎么都移不开眼了？"

纪汀下意识地脱口而出："好看，想扑倒。"直到看见男人微挑的眼角之后，她才反应过来自己究竟说了什么话。妈呀，她不应该天天刷 b 站的！

室内陷入一片静默。

几秒钟后，男人的眸中似有光华流转，他缓慢地扇了扇鸦羽般浓密的眼睫，表情轻佻："好啊，到时候等哥哥回去，别的什么都不做，专门让你扑倒，行不行？"他顿了顿，补充道，"会让你满意的。"

纪汀满脸震惊，脑子里已经可以想象出一部颜色极好的小电影了。她咳了一下，目光瞟到一旁照片墙上的艺人海报，那是清一色的高清的腹肌图，她又回忆了一下温砚的腹肌，眼神飘忽地说："也不是不可以。"

温砚勾了勾唇，还是那种慵懒又撩人的调调：“原来我们糖糖只垂涎哥哥的身体啊。”

小心思被摆到台面上，纪汀瞬间变得愤怒起来，否认三连：“我不是！我没有！别胡说！”

男人凝视着她，半晌轻笑一声：“行，那咱们来谈点柏拉图式的东西如何？”他温柔地告诫她，“别再盯着哥哥的身体不放了。”

“……”差点被他带跑偏了，她缓了会儿才想起自己原本打电话要说的是什么。她一手拿着手机，一手捏着头发无意识地打转：“阿砚哥哥，明天我就要去实习了，有点紧张。”

温砚笑了起来：“Take it easy（放轻松），对你来说肯定是小菜一碟。”

每次他讲英语的时候，那种磁性的嗓音特质他都会发挥得更加明显，像是高级音效。纪汀不自觉地弯起嘴角。

“明天应该是静宜姐带你，她也是经济管理学院的校友，入职三年，现在是 Associate（投行里自下往上第二等级）。”温砚说，“我已经跟她打过招呼了，放心吧。你只要按照她的指示去做就行，有不懂的就问，没关系的。”

他这么一说，纪汀心底的担忧立刻缓解了不少。

温砚说：“私下多找同事们虚心请教，可以中午一起吃饭，或者约下午茶，这是你入行建立自己第一批人脉的机会，好好把握。”

纪汀点点头，乖巧地说道：“我知道了。”

“有任何问题都可以来找我，不过……”男人看着她，语气温柔，“我相信你自己一定可以做好的。”

一股暖流淌至心口，纪汀在床上打了个滚，千言万语只化作一声喟叹：“哥哥，我好想你啊。”

温砚的神色尚且平静，但是眸中显然有什么东西跃动了一下。他说：“我也想你。”

鼻子蓦地酸了一下，纪汀牵起唇畔，掩饰般扯开话题：“你最近在忙什么？”

温砚顿了一下，顺着她说道：“主要在按照我们上次定的方向推进‘千像’的市场推广，然后扩充一下团队。”

一提及与专业相关的领域，温砚便散发出一种越发迷人的魅力。深入浅出和逻辑严密的措辞无不彰显出他的才学。这也一直是纪汀仰慕他的原因之一——她从小到大都很优秀，处在金字塔的顶端，便也只尊崇强者。

纪汀很庆幸自己平常一直在关注行业里的一些动态和趋势，还能简单地和他过几招，聊聊自己的看法。她还蛮喜欢这种思维碰撞的过程的。

两个人正聊着，房门突然被敲响，纪汀立刻噤了声。外头苏悦容说道："汀汀，明天要早起，还是赶紧洗漱睡觉吧？"

纪汀应道："好的，我马上！"她再看回手机屏幕时，温砚已经了然地笑道："要睡了吧？"

纪汀"嗯"了一声。他语气温和地说："那哥哥先不打扰你了，早点休息。"

心里突生出一种空落落的感觉，纪汀噘起嘴低下头："我不想挂电话。"然后她又仿若自言自语地问，"你什么时候回来啊？"

男人的喉结缓慢地滑动了一下："说不准，可能还要一段时间。"

纪汀不愿去深究这段时间到底是多久，只耷拉着脑袋："哦。"她想立刻就见到他，却又怕耽误他的工作。害怕自己低落的情绪会影响屏幕上的人，她提了提嘴角，撒娇道："你唱歌给我听，然后我再睡。"

"好。"温砚的眸色漆黑，他凝视着她，"想听什么？"

纪汀狡黠地笑笑："让我想一想。"她快速地洗漱完毕，回到房间，窝进被子里躺下来，"我想好啦！"

温砚弯起双眼，等待着她的下文。

"就你之前唱过的那首，《陪你度过漫长岁月》。"

他轻笑一声："你很喜欢这首歌？"

"不是。"

"那怎么总让哥哥给你唱？"

纪汀像只小狐狸一样眯起了眼，甜甜地说道："我只是喜欢听你给我唱这首歌。"

温砚怔了一下，又笑了起来："好。"

宁静的夜里，他的声音如同缓缓奏响的大提琴，悠扬又浑厚。纪汀蜷在床上静静地听着，心中一时五味杂陈，她似乎又回到了他们初识的那年。

K歌房中，她也让他唱这首歌，把它作为留给自己的纪念。那时她小心翼翼、惶恐不安，害怕以后再也见不到他，害怕他们之间的缘分会就此了结。

陪你度过漫长岁月。

不当你的世界，只做你肩膀。

又怎么敢妄想？

这不过是青春懵懂之时给自己的少女心事的一个交代罢了。后来，她不知多少次重温当时偷偷地录下的音频。整个高三，最迷茫无助的时候，她总会靠在窗边独自听上一曲。

一次次失去，又重来，我没离开。

未来多漫长，再漫长，还有期待。

就好像他真的不曾离开，就好像他真的会一直陪着她。她的未来有无限的可能，有满载的期待，也有他。纪汀闭着眼睛，唇角不自觉地勾出浅浅的弧度。

谁能想到如今的这一幕？她真的足够幸运，可以光明正大地索取以往求而不得的东西。而那个人也愿意任她予取予求。她的未来有他，他的未来亦有她。多好啊。

温砚一边轻柔地哼唱，一边看着屏幕中小姑娘的容颜——她好像睡着了。他慢慢地停了下来，试探地叫道："糖糖？"

无人应答。只是小姑娘仿佛有所感应般咂了两下嘴。卷翘的睫毛随着她轻浅的呼吸极其缓慢地上下轻颤，看上去是一幅恬静又美好的景象。

温砚的嘴角噙着笑意，他温柔地注视着她。此刻，他的心软得不像话，仿佛被什么东西深深地触动了。他好像忽然就懂了，她为什么这么喜欢听这首歌。

"我会一直陪着你的。"万籁俱寂中，男人轻声道，"你也要陪着我，好不好？"

第二天纪汀起了个大早，穿上新买的商务正装，化了个得体的淡妆，细心地打扮了一番——在金融行业，形象尤其重要。

她要实习的这家证券公司名叫正源财富，是国内中资的 top 3（前三名）。纪汀到了分部以后，前台的工作人员让她进行了身份登记，然后把她带到了一个小会议室里："待会儿会有人来，您稍等一下。"

纪汀礼貌地点头："好的，谢谢您。"

前台的工作人员走了以后，因会议室里有摄像头，她仍有些拘束，不敢随意地乱动，只不动声色地打量周围的环境。

会议室里用的是质地上好的实木桌，办公用具整齐地摆放在一旁的矮柜上，靠近门口的则是一个较大的电视屏幕。这里所在的楼层很高，侧面是一面落地窗。她放眼望去，深圳最繁华的地段一览无余。市民中心的建筑如鹏鸟展翅一般，深南大道纵贯东西，车流如织。

纪汀还在俯瞰着远景，门口蓦地传来"咔嗒"一声。她转头，一个眉目清秀的女人走了进来："是纪汀吧？"

女人衣着得体，脖子上挂着工牌，上面写着"蒋静宜"三个字。纪汀反应很快，站了起来，微笑道："是的，静宜姐好。"

蒋静宜淡淡地勾了勾唇，在会议桌的另一端坐了下来，递给她一沓纸质材料："先看看这份实习合同，觉得没什么问题的话就签了。"

纪汀说："好的。"她也坐下，仔细地过着条款。蒋静宜则在一旁随意地问了她的一些基本情况。她们聊着聊着，蒋静宜话锋一转，问道："温砚是你的学长？"

"是的。"纪汀不知道温砚有没有把他们之间的关系告诉对方，因而一时心里有些忐忑，她抬眉看向蒋静宜。但蒋静宜只是笑了笑，没有继续深问。

纪汀签完合同之后，她将纪汀带到工位上，叮嘱："以后你就坐这儿。"她又指了一下，"茶水间和卫生间在那边，我的位置就在你不远处，以后有问题就来找我。"

纪汀将带来的东西放下，乖巧地应声。

蒋静宜问："你电脑上装 Wind（一种实用金融终端）了吗？"

纪汀说："还没有。"

蒋静宜沉吟道："那一会儿我让技术人员先帮你安装一下。然后你先熟悉一下环境，再来找我，我给你布置任务。"

"好，谢谢静宜姐。"

等蒋静宜踩着高跟鞋走后，纪汀才稍微地松了口气。短暂的相处中，她能够判断出对方是个很干练的人，蒋静宜说话一点也不拖泥带水，目的性和针对性都很强。

虽然蒋静宜的性格并不咄咄逼人，她还有学姐的这一层身份在，但是在交流的过程中，纪汀还是不免有些拘谨。和同龄人交往是和现在完全不同的体验，她的同学心智和她大多在一个层次上，可能还比她略低一些。纪汀面对他们的时候从来都是游刃有余。但是和蒋静宜对话，她就有一种气场被压制的感觉。这种气场是步入社会后被逐渐打磨出来的。她总感觉以往惯用的那些漂亮话有些说不出口，好像一点小心思都能被立刻识破。

纪汀深吸了口气，扭头打量旁边——周围坐满了形形色色的陌生人，他们个个都在埋头做着自己的事，空气中弥漫着一种压抑的气息。

装好软件后，纪汀捧着电脑去找蒋静宜。蒋静宜说："我是化工组的，这个温砚应该也跟你说过，所以你这两个月主要研究与化工相关的东西。"

说来也巧，所有行业里面，纪汀了解最多的就是化工，因为家里开的恰巧就是化工日用品公司。她笑着点头："好的。"

蒋静宜和纪汀加了微信，传了五六份研究报告给她："先去把这些都读一遍，然后再来跟我谈谈你的想法。"

领了任务之后，纪汀不敢怠慢，立刻着手研读起来，并把关键点做了个摘要。

这几份研究报告并不容易理解，文字排版密集，里面有很多行业专用术语，纪汀一个个去查了它们的意思，认真地记录下来。她正看得头昏眼花之时，手机的屏幕亮了一下。

纪汀扫了一眼。

温砚：糖糖，感觉怎么样？一切还适应吗？

四周安静得过分，偶尔有敲击键盘的声音传来。她拿起手机，做贼似的四处看了看，然后飞快地回了他一句。

纪汀：都挺好的，就是突然发现我少了样东西。

温砚：嗯，什么？

纪汀紧盯着屏幕，用力压着嘴角，严肃地输入几个字：一个亲亲。

啧，她忽然有点在办公室里偷情的感觉。

纪汀把那行字发送出去之后，就将手机扣在桌面上，视线重新回到电脑显示器上——如果有人被困于供给端、需求端、开工率、产能利用率等一连串用语之间，那是因为他还没看到草甘膦制剂、苯基甲基氯硅烷、硅酮密封胶和对氨基苯甲醚。救救孩子吧！

实习的第一天，她就感受到了莫大的挑战。但是因为有任务在身，纪汀不得不加快速度读完了六篇报告。纪汀去找蒋静宜的时候，对方正在收拾东西，看到她后说：“正好到饭点了，一起去吃饭吧，边吃边说。”

两个人去了旁边的一个购物中心。蒋静宜带着纪汀走进地下小食街，问道：“喜欢吃日料吗？”

纪汀笑了笑：“嗯，我还挺喜欢的。”

“行，那咱们今天就吃回转寿司吧。”

她们在卡间坐下后，蒋静宜并没有按纪汀所想那样考察她读研究报告的心得，反而开始闲聊：“在清华感觉怎么样？”

“挺好的。学到了不少东西，校园氛围我也蛮喜欢的。”

蒋静宜问：“加入什么社团了吗？”

纪汀笑着点头：“加入了学生会、金融协会、艺术团键盘队和街舞社。”

闻言，蒋静宜也弯了弯唇：“看来你的校园生活多姿多彩啊。”她端起茶杯，轻啜一口茶，“好好珍惜现在的时光，我还挺怀念当时在学校里的日子的。”她大抵是进入社会后，体会了人情冷暖，才发觉在校园里的那种纯粹和真心的可贵了吧。

纪汀抿唇：“嗯，我会的。”

蒋静宜又笑了笑，语气随和地问道：“上午读完研究报告，感觉怎么样？”

她终于问了！纪汀赶紧把自己记在小本子上的关键点阐述了一遍。

听完后，蒋静宜认同地点点头：“不错。”

纪汀诚恳地说道：“只不过就是我还有些没弄懂的地方，一会儿回去可能还要向静宜姐请教。”

蒋静宜说：“没问题。你有任何疑问都可以来找我。”她顿了顿，补充道，“好不容易来实习一次，多学点东西才是最重要的。”

心中被什么东西触动了一下，纪汀露出一抹笑容：“好的，谢谢静宜姐！”

蒋静宜的性格偏淡，但是纪汀还是能感受到对方言语间的关心之意，有些感动。

中午有一个小时的休息时间，回到工位上之后，她终于得空儿回复微信信息。

家庭群里，爸妈问她实习的情况，纪汀道：挺好的，一切顺利，放心吧。

她拉开列表，开始找她的温砚。

纪汀刚刚好几次都想偷看手机，看看温砚有没有被自己调戏到，这会儿可以说是迫不及待地点开聊天框。她果然看到了一则新信息。

温砚：亲亲［脸红］。

纪汀满脸震惊。天哪！她难以想象阿砚哥哥在打这几个字时的表情！她的嘴角不受控制地上扬，甜蜜从心尖上蔓延开来，荡漾起酥酥麻麻的感觉。这个男人太可以了！

纪汀抿着嘴回复：［一个超甜的亲亲］。

这个表情包发出去以后，她还没来得及打下一句话，那头就秒回：吃饭了吗？［亲亲］。

纪汀如法炮制：吃了，你呢？［亲亲］。

温砚：我刚吃完［亲亲］。

温砚：你中午可以睡半小时［亲亲］。

看着那一连串的［亲亲］，纪汀捂着手机在心里尖叫——阿砚哥哥今天好甜啊！

纪汀：［点头如捣蒜］。

她心中一动，又补充了一条：今天又想你了，我想要一张你的自拍，睹图思人［害羞］。

一分钟后。

温砚：［图片］。

这是一张镜头距脸很近的自拍，但他还是帅到三百六十度无死角。

纪汀：想在哥哥的睫毛上荡秋千，想在哥哥的鼻梁上滑滑梯。

纪汀：爱死你了哥哥，你怎么这么好看？［脸红］。

自从开启了挑逗的模式，她发觉自己越发欲罢不能，总是想调戏他。

另一头，x-lab 会议室里，几个人都看着温砚拿着手机不停地打字，他似乎是在和谁聊天。他的嘴角一直都是弯起的，眼眸中也有掩藏不住的笑意。

胡昱祈收拾好饭盒，正准备趴下眯一小会儿，扭头瞥到温砚的表情，忍不住“啧”了一声：“干吗呢这是？”

温砚抬头看了他一眼，眼角还残留着几分荡漾的春色。

胡昱祈打了个寒战：“你能不这么荡漾吗？”

温砚像是没听到他的话，低下头继续聊天，喉间不时地溢出轻笑。

“……”胡昱祈突然觉得“寂寞沙洲冷”。

下午蒋静宜又给纪汀发了几份研究报告，纪汀把它们全部精读完毕之后，已经将近五点半了。蒋静宜提着包经过她的办公桌，问道：“可以下班了，你怎么回家？”

纪汀道：“我爸妈下班之后来接我。”

“他们到了吗？”

“应该还有一会儿。”

蒋静宜点头，淡淡地勾了勾唇：“那我先走了，你要是有什么问题随时联系我。”

纪汀说：“好，谢谢静宜姐！”

过了十分钟，司机给她发短信让她下楼。纪汀上车时问道：“刘叔，今天怎么是你来接我？”

刘叔和蔼地笑笑：“最近纪总公司比较忙，这段时间估计都是我来接送你了。”

她闻言也没多说什么：“好的，麻烦啦。”

“没事，应该的。”

回家的路上有些堵车，纪汀闭目养神了一会儿，拿起手机点开微信。

纪汀：阿砚哥哥，你在忙吗？

那头很快发来一个视频请求，她戴上耳机，接通视频通话。男人一身休闲装，半倚着办公椅看着屏幕：“糖糖，下班了？”

“嗯。”终于脱离了那种紧张的工作环境，纪汀絮絮叨叨地开始说起来，“今天我就一直在读研究报告，眼睛都看花了。”

温砚笑道："正常的，刚开始都是这样，你要有意识地去记那些叙述逻辑，进而把它们转换成你自己的观点。"他问，"一整天工作下来感觉如何？和静宜姐相处得怎么样？"

纪汀沉吟片刻："公司环境还挺不错的，静宜姐人也很好，就是……"

看出她欲言又止，温砚问道："怎么了？"

纪汀小声道："就是……还不太习惯和那些 senior（前辈）打交道，感觉他们的气场都很强大，让我有点不自在……"

温砚轻笑一声，语气缱绻又宠溺："糖糖，没关系的，谁都需要这样一个慢慢适应的过程。"

"嗯……"纪汀迟疑片刻，问道，"哥哥，你之前也是这样的吗？"

在她的眼里，他几乎是无所不能，因此实在让人难以想象他也会有这样窘迫的时刻。

谁知温砚坦诚地应了一声："嗯。"

虽然不知他是不是为了哄自己，但纪汀心中还是宽慰不少。

"我当时的 MD（董事总经理，投行里几乎最高职级）性格有点急躁，但凡底下的人有一丝错处，他都会破口大骂。和他相处的时候，我总是提心吊胆，生怕哪里不如他的意。"他像是想到了什么，笑着摇头，"第一次做 pre（报告展示）的时候，面对他，我非常紧张，讲到一半还忘了词。"

纪汀眨眨眼睛："啊？那怎么办？"

"没怎么办。"温砚云淡风轻地说，"反正他也不知道我原本打算说什么，所以后面我就瞎编了一段。"

"……"哈哈哈哈，他可以的。

温砚说："那一次，我破天荒地得到了他的表扬。"

纪汀突然明白了他的用意——这些 senior 比他们多经历了二三十年的人生，她面对他们时发怯再正常不过。但是，她就算心里再怎么惶恐，也不能露怯，永远要把自己最自信昂扬的一面展现出来。

男人温和地说道："糖糖，其实所有人都是从零开始的，慢慢来，你会成长的。"

“嗯。”纪汀弯了唇，眼底掠过光芒，“谢谢哥哥。”

她倏忽感到心中柔软的一角塌陷下去——这个人在她的生命中实则扮演了多种角色。他是恋人，亦如兄如父，就好像在一条幽暗的甬道上，他在前面走着，她跟在后面，亦步亦趋。她不用担心跌倒，因为他一直在为她开疆拓土。但是她还是会惧怕这黑夜的漫长，只能看着他的背影，聊以慰藉。然而在某一刻，男人却转身向她走来，拥她入怀。

浮瑾 著

下 册

青岛出版集团 | 青岛出版社

第十一章
独　白

如刘叔所说，爸妈这段时间变得特别忙，好像是因为公司的业务又有所拓展，所以他们在谈最新的融资。连续两周，纪汀都没怎么在晚饭时看见他俩，反而看到纪琛一天天无所事事地瘫在沙发上打游戏。

“你怎么谈了女朋友还是这个德行啊？”她忍不住吐槽，“你再这样下去，予羡姐会忍不住和你分手的。”

纪琛懒懒地抬起眼：“那至少我现在还有女朋友，你连个对象都没有，哪儿有资格对我指手画脚呢？”

“……”这种无法反驳的感觉又来了，她真是好生气。

临近晚上十一点的时候，纪仁亮和苏悦容一前一后风尘仆仆地回到家里，身上还带着淡淡的酒气。纪汀作为贴心小棉袄，赶紧上前嘘寒问暖。但今天，纪仁亮看上去似乎心情不错，眉宇舒展，她不禁问道：“老爸，遇到啥好事了？”

苏悦容边脱鞋边说：“今天和甲方吃饭竟然遇见了你爸的发小。”

纪仁亮倒了一杯水，在沙发上坐下来，感叹道：“我和他这几年联系得也不多，没想到居然还能碰上，实在是缘分哪。”他转头对纪汀说，“这个叔叔姓喻，他儿子在 MIT（麻省理工学院）上大学，现在本科快毕业了，还打算继续读直博。”

纪汀应了一声，附和道：“真厉害。”

苏悦容笑了笑：“你爸啊，见到老朋友特激动，还约好了咱们两家人周末晚上一起吃个饭。”

纪仁亮说：“到时候你向这个哥哥多请教请教。”

纪汀说：“哦。”

喻诚叔叔的儿子名为喻卓霖，五官端正，算是比较白净耐看的男生。他们是初次见面，他礼节很周到，还给纪汀、纪琛二人带了小礼物，礼物是 MIT 的特制书签。纪汀确实没想到这一层，只能在嘴皮子上多下点功夫，尽可能地对着喻诚夫妇拍马屁，把他们哄得高高兴兴的。

宴席之上，喻卓霖就坐在纪汀的身边，和她有一搭没一搭地攀谈起来。兴许是他在美国生活的缘故，他性格比较开朗，爱笑，也颇具绅士风度。

纪汀说：“说起来，我还没去过 MIT 呢，一直想找个机会去。”

喻卓霖立即说：“下次你要是来波士顿，一定要和我说一声，我给你当导游。”他补充道，“我还可以带你去哈佛那边逛逛，正好我在那边也认识不少朋友，可以一起吃个饭。”

纪汀对于拓展人脉自然是不拒绝的，弯起双眼：“好啊，那就谢谢卓霖哥了。”

“别客气。”喻卓霖笑笑，“还有，咱们年纪也差不多，你叫我名字就可以了，卓霖或者 Kevin。”

“好，知道啦。”纪汀从善如流，“Kevin。”

喻卓霖又笑了起来：“那加个微信？”

纪汀说：“好呀好呀。”

喻诚看到他们这边的景象，对纪仁亮叹道：“看两个孩子相处得多好。”

这话恰巧被一旁的纪琛听了去，他轻“嗤”了一声——他大概能感觉到两家拉郎配的意思。

纪汀和喻卓霖聊得热火朝天，对此毫无察觉。父母辈开始一起回忆童年的旧事，纪琛一个人坐在中间，百无聊赖地玩着手机。过了一会儿，他举起手机，对着纪汀和喻卓霖偷拍了一张照片，把照片发到高中兄弟的三人群里。

纪琛：快来看我妹和她的准男朋友！@砚 @泽宇

纪琛发这条信息纯属是因为觉得无聊。纪汀和喻卓霖八字还没一撇，但纪琛觉得他们以后倒也不是没有可能在一起。

纪琛：你们猜我妹多久能脱单？

一时之间没人回复他，他猜想是两个人没看微信，便持续地轰炸他们。

纪琛：男的是MIT本科，学CS（计算机科学）的，还要直博。长得还行，但没我帅。他已经约纪汀一起逛波士顿了。我看气氛挺好的，要是你们再不回消息的话，说不定她就被这个热情的小狼狗拿下了。

终于，手机振了一下。

泽宇：@砚，？。

过了一会儿，手机又振了一下。

砚：@泽宇，？？。

泽宇：@砚，？。

砚：@纪琛

纪琛愣了一下——这二人是什么反应？

纪琛发了一个问号。

一顿饭局之后，纪汀回到家里，洗完澡之后就瘫倒在温软的大床上，商业互吹几小时也是蛮累的。现在已经接近晚上十二点，纪汀掏出手机，发现温砚晚上给自己发了两条信息。

温砚：在干什么？

二十分钟后。

温砚：怎么不理我？

纪汀被那个对食指的表情逗笑了，考虑到时间不早了，也就没有再打视频电话给他，只是打字回复他。

纪汀：呀！抱歉哥哥，我之前和爸妈在外面吃饭。

纪汀：[亲亲]。

没等两秒钟。

温砚：[亲亲]。

温砚：就你们一家人出去吃吗？

纪汀：不是呢，是和我爸的发小一家一起吃的。这个叔叔的儿子是麻省理工的学生，碰巧也对社交产品这块儿有点研究。

纪汀：我跟他交流了一下，感觉他还蛮有洞见的。如果你在，还能和他聊聊呢！

这回等了几分钟，她退出来回复了一下其他的信息，然后再次点进温砚的聊天框。他回倒是回她了。不过他就回了她一个字——

温砚：哦。

不知为什么，纪汀从这么一个简洁的“哦”字里品出了一些微妙的东西。之前温砚为了配合她的聊天风格，开始提高使用表情包的频率。而这个字就是干巴巴的，很冷淡。她还没来得及细想，温砚就又发来一条信息。

温砚：很晚了，要睡了吗?

纪汀：嗯嗯！你呢?

温砚：我这边也差不多了。

纪汀：嗯，你别熬太晚了啊，晚安。

她的最后一条信息发出去后不多时，那头发来一个两秒钟的语音。纪汀点开语音并听完，抿着唇笑了。很简单的几个字，但就像有魔力一样，摄取她的心魄。

温砚的嗓音低沉带着磁性，听上去又苏又撩：“糖糖晚安，好梦。”

经过一个月的学习和锻炼，纪汀对化工行业有了较为系统的了解，在使用 Wind 整理数据、画图做表等基础工作上更加游刃有余。

这天中午，她收到了秦晓的微信，对方邀请她在市中心附近一起吃晚饭。

秦晓是纪汀的高中同班同学，当时她们的关系不是特别密切，但她们也算聊得来的朋友。她们高考后就没怎么联系了，变得越发生疏，如今有修补关系的机会，纪汀自然是乐见其成，爽快地答应了对方。

纪汀对秦晓最深的印象就是她和陆文涛那段轰轰烈烈的早恋。二人从高一开学就在一起，任老师如何规劝都无动于衷，他们甚至还被叫了好几次家长。

记得有一次，偶然路过年级主任办公室的时候，纪汀看见秦晓双手用力地攥着裤缝，她对着一旁的中年妇女红了眼睛：“就算是断绝关系，我也不会和他分手的！”

乍一听，她有些年轻气盛的愚蠢。但她的话实在太过掷地有声，纪汀受到了震动，悄悄地在窗外的一侧停了下来。屋内隐约传来妇女愤怒的吼声：“你给我闭嘴！我怎么就养了你这么个小白眼儿狼？！”

然后传来清脆的巴掌声和秦晓压抑的哽咽声，还有年级主任老黎劝解的声音：“秦晓妈妈，消消气，和孩子好好说。”

“有什么好和她说的？！这个没长脑子的野东西，我看她以后肯定会被男人玩死再抛弃！”

纪汀心有不忍，慢慢地挪开脚步向前走，耳边却还能听到女人不堪的言语：“翅膀硬了你就飞吧！以后别被搞大了肚子还指望我能替你养小孩！打胎的钱也不会给你出……”

纪汀加快了步伐，很快就听不到那些声音了。在她的印象里，秦晓是个很随和的人，她对任何人任何事的态度都是温和的，这是纪汀第一次看到她全身竖起尖刺的模样，她像只受了伤的小刺猬。

纪汀细想也不难推断出因由，从这对母女相处的只言片语就可以看出秦晓的母亲是个极其暴躁又自我的人，她想让秦晓一辈子都活在她设定的框架里。

纪汀叹息着摇头——可是她犯了一个错误。她以为展示权威只能通过践踏尊严这一条路来实现。在学校里，当着老师同学的面竭力对女儿喊出如此刻薄的诅咒，将女儿为数不多的体面撕得稀碎，可见她不懂怎么做一个好母亲。

秦晓大约是一直都被她这样对待，才会格外珍惜这段萌芽过早的感情。因为她满腔委屈、迷茫，找不到任何人倾诉，只有一个陆文涛听她诉说。

这么想着，纪汀竟然觉得秦晓很勇敢——她不会不了解自己的母亲是什么脾性，也知道惹怒她的后果，却还是选择毫无畏惧地对抗母亲，不单单是为了陆文涛，也是为了被打压斥骂的十几年人生。

第二天早读的时候，纪汀看见秦晓和陆文涛在窗边低声交谈着什么，秦晓脸上恢复了往日的那种轻快。她又忍不住感叹——所幸陆文涛是个有担当的男孩，没有在女友成为众矢之的时翻脸走人，让她孤立无援，而是留下来与她并肩而行。这也算是一种幸运吧。

秦晓的那些坚持没有沦为笑柄，纪汀倒还感觉挺宽慰的。也许是因为一经对比自己的家庭显得幸福和睦，所以纪汀打心底里也希望对方能过得好一些。

纪汀的视线又回到微信界面上，秦晓问：汀汀，我能带我男朋友一起来吗？

纪汀回复：当然可以。

正好也挺久没见到陆文涛了，她这次想向他们送出她最诚挚的祝福。两个人很快约好了地点，在一家很有名的泰国火锅店里吃饭。

下班以后，纪汀和蒋静宜打了招呼就离开了。她到达餐厅门口的时候，秦晓发微信对她说自己已经到了。时隔一年，女孩的样子还是没变，她扎着高高的马尾，头发乌黑，显得恬淡文静。

“汀汀！”看到纪汀的时候，秦晓很是高兴，二人来了个久违的拥抱。

“真的好久不见。”纪汀在卡座里坐下，笑道，“最近还好吗？”

“挺好的，你呢？”

“我也挺好的。”纪汀看她只有一个人，随口道，“文涛还没到吗？”

秦晓听到这句话，表情迅速地僵住了。眼中闪过极其短促的痛色，她明显有些慌乱，只能借着喝茶水来掩饰自己突然的失态。在杯口的潮气中，秦晓的指尖显出几分苍白。她垂下眼眸，低声道：“我和他已经分手了。”

纪汀皱眉，张了张嘴，却没发出声音。

“晓晓，我回来了。”桌边突然来人，打断了她们气氛紧张的对话。

秦晓复而抬起头，指着那人，声音很轻地说：“汀汀，介绍一下，这是我的男朋友，你应该也认识。”

“……”原来，秦晓在微信里说的男朋友不是陆文涛啊……纪汀恍惚中抬头，看到一张熟悉的面孔——竟然是郭浩峰。

男人也向她投来目光，目光中含着些冷淡和锐利。纪汀感知到一丝不善，当下也不知该说些什么——这件事情给她的冲击实在有点大。

当年，秦晓和陆文涛可是公认的金童玉女啊。所有人都觉得他们一定有非常长久的未来，甚至说不准能步入婚姻殿堂。他们怎么就分手了呢？

“呃，确实认识……”纪汀扯了一下嘴角，对郭浩峰点头示意，“嘿，好久不见。”

“嗯，好久不见。”他的态度有点拒人于千里之外的意思。

纪汀倏忽想起他当年在后山与人的纠缠和那场不体面的厮打，觉得有点尴尬。恐怕郭浩峰也正为年少轻狂做了蠢事而感到难堪吧。

秦晓似乎没有察觉到他们之间微妙的气场，拿过菜单点菜。冬阴功汤底很快被端上来，香料的气味极其诱人。水烧开之后，三人往锅中下食。

秦晓和郭浩峰在高中时本不认识，高考考上了同一所大学，机缘巧合下才对彼此有了更加深入的了解。具体的细节纪汀也没法多问他们。她还有很多疑惑，但此刻只得压下它们，暂且不提。

他们有一搭没一搭地聊着，纪汀发现，郭浩峰好像刻意地在她的面前秀恩爱。就比如他给秦晓剥虾，还非要把虾喂到她的嘴里，一口一个宝贝儿地叫着，搞得人家女孩都有些不好意思。秦晓也不敢看纪汀，只默默地低头吃饭。

一顿饭吃到一半，纪汀就已经硌硬得不行。她猜不透郭浩峰的意图，也着实不喜他这样别有用心。他是仍旧对那时的事情耿耿于怀吗？但不论他是做作地演戏，还是真情流露，纪汀都觉得这两个人并不般配，他们身上甚至还有一种奇怪的违和感。

“纪汀，你和解晰后来没在一起啊？”郭浩峰突然问道。

纪汀沉默了一下，得体地笑笑：“没有。”她打趣道，“我们不过是玩得好一些，你们怎么都喜欢问这个问题？”

“是吗？”郭浩峰阴阳怪气地说，镜片底下的目光含着显而易见的讥讽。

纪汀终于有些恼了，心想这人怎么没完没了地揪着她不放，正准备说话，便听到隔壁的卡座传来一声吊儿郎当的“是啊”。在磨砂玻璃挡板的另一侧，解晰露出半个脑袋，挑了挑眉毛：“哟，真巧。”

纪汀看到解晰，像见到亲人一样站了起来，目光灼灼，她热切地问道：“你是一个人吗？”

他下意识地想反驳她：“谁说我是——”察觉到她半胁迫半恳求的暗示性目光，解晰颇有良心地及时改口，“是啊，不介意我和你们一起拼桌吧？”

秦晓愣了愣，没觉得有什么不妥，当即答应他：“好。”

解晰勾了勾嘴角，懒洋洋地把自己的餐具拿起来，绕到另外一边，在纪汀的身边坐下。

秦晓笑道：“刚刚我们还聊到你呢。”

“是吗？”解晰带着几分痞气，“夸我帅吗？”

这种话也只有纪汀能接下来，她面不改色：“夸你一如既往地不要脸。”

解晰不紧不慢：“啧，不要脸的话我先回去了？”

纪汀说：“行啊。”

她虽是这么说着话，却在桌底下死死地抓着解晰的裤缝，力气大得出奇。

男人垂眸扫了一眼，倏忽笑了笑，拿起筷子从沸锅里夹起刚烫好的牛肉卷，眉眼舒展出一抹愉悦：“嗯，好吃。”

沉默许久的郭浩峰终于开口：“一个人来吃火锅，真是有闲情逸致。”他的口吻比面对纪汀时还要不善。

解晰抬眉，略带思索地看了他一眼。半晌，他直言道：“你还记着我揍你那事？”

“噗”，纪汀差点笑出来，埋头喝汤，尽力控制住自己肩膀的耸动。他当着人家女朋友的面提那件事，真的是——好给郭浩峰面子啊。

郭浩峰的脸上顿时一阵青一阵白，语气却还镇定：“你在胡说八道些什么？”

“哎，瞧我这不会说话的样子，你也别放在心上。这么多年，其实我一直都想对你说声抱歉，当时用劲儿是大了点……”

解晰还在侃侃而谈，郭浩峰的脸则完全黑了下来。他生硬地打断解晰：“那些事就不必再说了。”

纪汀也不想把人逗得太过，及时扯开话题：“这个巴沙鱼很好吃，你们尝尝。”她与解晰交换了眼神，男人无声地笑了一下。

秦晓坐在一旁，完全听不懂他们在说什么，很是疑惑，不过推测出郭浩峰和解晰之间应当是有点恩怨。她不清楚当时纪汀他们三个人之间的纠葛，还以为单纯是他们的性格不合。但无论如何，她此时问出口是不太明智的。为了打破沉闷，秦晓尽力找话题来聊：“汀汀，你交男朋友了吗？”

这话一说出口，全桌人的目光都集聚在了纪汀的身上。她笑了笑：“嗯，有的。”

一旁的解晰沉默了一瞬间，神情意外地挑眉：“可以啊，居然真被你搞到手了？”他“啧”了一声，状似无意地问，“不过，脱单怎么也不告诉我？”

纪汀抿着唇笑：“也没在一起多久，没来得及嘛。”

秦晓一听，感兴趣地问道：“谁啊？解晰你认识？”

“认识啊。”解晰应了一声，却还看着纪汀，“咱们的直系学长，非常优秀，人还长得特帅。”

吃完饭，四个人在商场里随意地逛了逛。两个女孩子在前面走着，解晰和郭浩峰不紧不慢地跟在她们后面。不知过了多久，终于有人开口打破了令人尴尬的沉默：“喂。”

解晰淡淡地抬眸：“干吗？”

郭浩峰看着他，似笑非笑地说道：“原来你心里还惦记着她啊，真是情比金坚。可惜啊，人家根本没考虑过你。”

“这话就有失偏颇了。”解晰用双手抱着脑袋，轻笑，“我没那么深的执念。倒是你，早八百年前的事情，记仇到现在，何必呢？你要是心里还不爽，我可以再给你道歉，直到你满意为止。”

郭浩峰磨了磨牙——被揍得毫无还手之力大概是他这辈子最大的耻辱。这家伙就是故意的，不停地戳他的伤口。

“对了，”解晰像是想起了什么，耸了耸肩，“有了女朋友之后，可别再干出什么强迫女孩的缺德事。”

“……”没过一会儿，郭浩峰就带着秦晓走了，纪汀也不知道解晰跟他都说了什么，只观察到对方离开时脸色臭得惊人。

和秦晓一起逛街的时候，她屡次想问对方陆文涛的事情，却又不知如何开口，最后还是没有提起陆文涛。至于和郭浩峰之间的那点不快，纪汀觉得自己并没有任何立场向秦晓提起，不由得叹了口气——有时候与人交往就是这样，有些话是万万不能说的，她时刻都得拿捏着说话的度。

解晰走到纪汀的身边，感叹：“不会看场合说话的人终于走了。”

这个形容有点贴切。她“扑哧”一声笑了出来。

解晰说：“你是不是得感谢我陪你一起吃饭？”

纪汀边笑边说：“是是是，谢谢你救我于水火之中。”

两个人漫无目的地往前走，她问道：“你知道陆文涛和秦晓为什么分手吗？”

“不知道。”解晰回忆片刻，说，“就这学期有一天，文涛突然给我打电话，好像情绪挺不好的，说他们分手了，但也没说原因。后来我们见面的时候，都没再聊过这个话题。”他摇摇头，“今天我都有些意外，秦晓居然和郭浩峰在一起，真白瞎了这么好一姑娘。”

纪汀不由自主地颦起了眉。难道是秦晓主动提的分手？可是，当时她有多喜欢陆文涛，大家都是看在眼里的。

解晰瞅了一眼她发愁的模样，笑了一声："谈恋爱分分合合挺正常吧？您在这儿瞎操什么心哪？"

纪汀想了想——也是，她到底是个局外人。她正沉吟的时候，解晰问道："你真和温砚哥在一起了？"

纪汀抬眸，眼眸里倏忽有了光："嗯。"

"他对你好吗？"

一想到阿砚哥哥，纪汀的嘴角就习惯性地上扬："嗯，他对我很好。"

"哦，他好像一直都对你挺好的。"解晰摸了摸鼻子，换了种说法，"我的意思是说，你确定这种好，不是对妹妹的好吗？"

纪汀挑了挑眉看过来，他赶紧摆手自证清白："声明一下，我不是在挖墙脚，只是单纯地关心。"

她抿着唇，憋着笑，半晌弯起双眼："嗯，我确定，谢谢。"

纪汀刚感到有点窝心，解晰说："那就行。"男人双手插进兜里，又恢复了那种闲适散漫的模样，"分手了别来找我哭诉，我不当备胎的哈。"

纪汀无语了，拜拜了您哪！

周六下午，纪仁亮和苏悦容计划出去逛街，顺便吃顿大餐，纪汀因为手上还有一点工作没做完，只能留在家里。纪琛跟着父母出门的时候，还特意到她面前嘚瑟了一下："我会把这个愉快的过程拍下来发给你的。"

纪汀面无表情，心想：我究竟是怎么忍这货十九年的？！纪汀眼睁睁地看着他们出门，叹了口气，目光重新回到电脑屏幕上的这家染料公司的产业链上。差不多下午六点半的时候，她终于写好了研究报告，通过邮箱和微信两种方式把它发给了蒋静宜。

收到一个"OK"的回复后，纪汀松了口气，点开家庭群：我弄完了！

纪汀：你们在哪儿啊？我过去找你们！

她等了半天没等到回复，过了十分钟，纪仁亮打了电话回来："汀汀，我们晚上打算看电影，金逸影城，《凉夜听风雨》七点半这一场。你让保姆阿姨给你做点东西吃，然后过来跟我们一起吧。"他说，"我看 7H 这个位置还空着，正好在我们旁边，你买一下。"

太久没放松了，纪汀兴致盎然地说："好，我很快过去。"

匆匆地吃了一碗面，她准备换上休闲的衣服出门，正值盛夏，天气实在太热了，哪怕是穿着短袖短裤也会出一层薄汗。

纪汀把马尾辫高高地扎起，又穿了一件干净柔和的T恤。纯白色的衣服穿在她身上很合适，整个人都透出一种俏皮灵动的气质。她提前在网上买了纪仁亮指定的座位，到了影城之后高高兴兴地去自助机器旁扫码取票。进场时大屏幕上还在播放广告，借着屏幕上的光，纪汀拾级而上，轻而易举地找到了第七排。然而……她环顾四周，并没有看到爸爸妈妈和哥哥的身影。

纪汀沿着小道往里走，发现除了自己的那个位置，其他地方坐满了，心下越发疑惑。

纪汀想在家庭群里发个微信问问他们怎么还没有到，没想到纪仁亮两分钟前在群里留了消息：哎哟，我好像看错场次了，我们是七点五十那一场的。

纪汀无语了，他真是个迷糊的老爸。

她一时处于进退两难的境地：那我都已经进场了怎么办？

仁亮总：那你也别动了，就坐那儿看吧，这电影是沈晋初主演的，你肯定会喜欢。

沈晋初？！啊啊啊啊他是她颜值排行榜上的top 3！她之前好像是听说他有部作品要上映来着，作品就是这个《凉夜听风雨》吗？票都买了，纪汀本来想离场的心思迅速被打消。还没坐下，她不经意地一瞥，忽然看到后排有人对自己扬了扬手。

那人似乎感到很不可思议："Chloe？"

晚到的观众陆续入座，纪汀眨了眨眼，仿佛也觉得很神奇："Kevin？"

喻卓霖从后排站了起来，小跑几步过来："你坐哪里？"

纪汀指了指面前的位置："7H。"

"真巧，我和几个同学坐在第十排。"他提议，"你要是愿意的话，要不换个位置，咱们一起看？"

纪汀朝后排看了看，喻卓霖的朋友有男有女，倒也不是不可以，她还能多认识几个MIT的学霸。她笑道："好啊。"

几个人很快协调换好了座位，喻卓霖把几个人中间的位置让给了纪汀，让她坐在自己和另一个女生的旁边。

他介绍道："Hi，everybody（大家好），这位是清华的大佬，你们叫她

Chloe 就好。”

众人都很热情，对于新加入的小伙伴表示欢迎：“很高兴认识你啊！”

纪汀扬起嘴角：“也很开心认识大家。”

开场音乐响起，纪汀小声地问喻卓霖：“Kevin，这部电影是讲什么的啊？”

“一部古装权谋戏，听说反转很多，评分很高。”

“哦哦。”

此刻，全场的灯光都暗了下来，连说话声音都少得可怜，只有一些“窸窣”的响声，像是林野中间的虫鸣。

电影的第一幕是一个月黑风高的夜。一行护卫拎着精致小巧的宫灯巡视，树影幢幢，竹林中弥漫着一种诡异的气息。突然，脚步声顿住，空气陷入一片阴森的寂静。

“啊！”一阵尖叫声传来，“哗啦啦”，惊动了一群黑色的乌鸦，翻飞的羽毛摇曳飘落。

开头的节奏很快，大家发现二皇子的尸体后，画面移步换景，到了三王妃的寝殿内。

一个黑衣人从窗外翻进屋里，身上染着浓重的血腥气。仅仅是通过那双好看又锋芒毕露的眼睛，纪汀就辨认出这是沈晋初。所以，他是凶手吗？

屋内的白衣女子原本正在梳妆，见到来人惊得浑身一抖。她还未来得及开口，便听到黑衣人低沉温凉的嗓音，他说：“给我包扎。”

白衣女子颤了颤纤长的眼睫，缓慢地抬起白皙的小脸，露出一张绝美的容颜。纪汀被这女子的长相惊了片刻，又惊讶又激动，悄悄地在手机上搜索这个演员的名字。

沈烟。她应该是个新人演员，不过长得是真漂亮。

啊啊啊啊好看的小姐姐！演技也超棒！爱了爱了！纪汀越看越兴致盎然，几乎完全沉浸在电影的情节当中。

喻卓霖实际上是个很好的观影伙伴，不会咋咋呼呼，也并不是完全安静，他会在比较激昂的转折点上时不时地跟纪汀交流两句。

这部电影名不虚传，确实反转很多。电影从二皇子被害开始，逐渐引出皇宫中的云谲波诡和惊天的阴谋。每一个人都心怀鬼胎、城府高筑，进行血腥又残酷的厮杀。

纪汀比较喜欢那种烧脑的剧情，这部电影完完全全地合了她的胃口。再加上主演的颜值都这么高，她光是看着他们都赏心悦目。差不多快晚上十点的时候，情节渐入尾声。

在龙争虎斗中，男主最终活了下来，如愿以偿地坐拥天下，可惜他的成功是以牺牲最爱的人的性命为代价。结局悲凉如斯，却也在她的意料之中。在这杀人不见血的深宫之中，哪有什么温情可言？温情是奢侈的东西。

电影的最后，龙袍加身的帝王负手立于高阁之上，沉默而淡漠地望着眼前一派繁华的景象。这就是他牺牲一切换来的江山。可为什么他已经感受不到生的意义了？

这种浩大的背景设定和苍茫感很容易击中观众心里最脆弱的部分——原来世上最可怕的不是死亡，而是独活。

放映厅内重归光亮，纪汀的心却久久不能平静——这太震撼了。人这一生有很多值得追求的东西，想要得到它们，就必然要付出代价。舍和得往往是成正比的。但是，人如果不择手段地求取它们，没有底线的约束，就会活成这副模样吗？一个连爱都可以不要的人，生命将会有多么孤独啊！

纪汀突然想到温砚，内心蓦地柔软起来。从某些方面来看，他和沈晋初饰演的这个男主的经历很像，他们都被迫成长，被迫强大，但他们是截然不同的两种人——她的阿砚哥哥是绝对不会忍心伤害她的。

电影落幕，观众们发出阵阵唏嘘。纪汀的眼眶也有些发麻，但她倒不至于到哭的地步。她旁边的那个女生倒是一把鼻涕一把眼泪："呜呜呜呜太好哭了，我初这个角色好惨呜呜呜，女主也好惨哪……"

她实在太过真情实感，纪汀反而被逗笑了，赶紧掏出纸巾给她。女生接过纸巾，"嗡嗡"地说："谢谢。"

大家坐在原位回味了一下剧情，过了一会儿，喻卓霖站起来，问纪汀："怎么样？觉得好看吗？"

"特别好看！中间有几个剧情我都没有料到，还挺惊喜的。"

几个人边走边聊，不知不觉地走到了商场的门口。纪汀跟他们都加了微信，为首的男生说："Kevin，我们要去下一场了，你真不来？"

"不来了，今天有点困，想早点休息。"喻卓霖"啧"了一声，"你们好好玩。"

“那 Chloe 呢？”被纪汀递过纸巾的女生问，“蹦迪唱歌打牌一条龙，美女要不要和我们一起来？”

毕竟和他们还不是很熟，纪汀笑道：“不啦，我一会儿还有点事，下次再一起啊！”

“行。”几人挥手作别，“下次再约。”

等他们走了之后，纪汀好奇地问道：“Kevin，你经常去蹦迪吗？”

“没有。”喻卓霖无奈地摇头，“他们精力太旺盛了，我可是搞不来。”他想了想，又问，“对了，Chloe，你怎么回去？”

纪汀这才记起自己的处境：“其实我爸妈他们也在这块儿，我应该是和他们一起回——”她点开微信，发现蒋静宜在十分钟前给她发了信息，蒋静宜说有个数据表比较急着用，让她晚上做一下。本来说有事只是个借口，没想到还真有，纪汀叹了口气：“我实习工作突然有个活儿，我得赶紧赶回去了。”

“这么辛苦。”喻卓霖感叹片刻，提议，“我送你回去吧，我开了车。”

他们的关系也没那么好，况且男女独处也不太合适，纪汀婉拒他：“不用了，我打车就行，不麻烦你啦。”

喻卓霖很爽快，冲她挥挥手：“行，那以后有时间再约。”

“嗯，Kevin 再见。”

“Bye。”

晚上十点钟恰好是网约车的需求比较大的时段，纪汀好不容易叫到了车，但是车距离她很远，她等了快十分钟还没等到车。她正火急火燎的时候，一辆深蓝色的轿车停在她的面前。车窗降下，露出喻卓霖的半张笑脸，他问：“确定不需要我送你吗？”

时间确实不早了，纪汀也想早点做完工作，斟酌了一下还是答应下来：“嗯，那就谢谢啦。”

“别客气。”他说。

纪汀上车以后报了地址，喻卓霖惊讶地说道：“我家其实也住在那附近。”

“是吗？”

“嗯，看来我们还真的挺有缘分的。”

对于这种说辞，纪汀不置可否地笑了笑。缘分这两个字仿佛天生就是为了搭讪而创造——凡事只要加上缘分的注脚，就感觉好像命中注定似的。

喻卓霖的行事作风带着明显的美国特色，他这么随口一说倒也正常。他或许没什么深刻的用意，只是寒暄罢了。

纪汀给爸爸妈妈发了微信："在看电影的时候遇到了卓霖哥，因为实习工作有个急活儿，就让他载我回去了，你们不用管我啦。"

仁亮总：[ok]，记得跟他道谢。

纪汀：放心，我会的。

金逸影城离纪家并不远，再加上一路畅通无阻，他们十多分钟就到了纪家所在的小区。小区很大，依山傍水，喻卓霖坚持把纪汀送到别墅门口。下车后，她绕到驾驶位的这一侧，敲敲窗沿："Kevin，今天实在太感谢你了，还专程送我一趟。"

"没事，顺路而已，别客气。"喻卓霖顿了顿，问道，"你最近在做什么实习？"

"就一个中资证券的研究部。"纪汀一语带过，怕他还要继续攀谈，装模作样地看了一下手机，笑道，"我老板刚还催我交图呢，那……我就先上去啦。"

喻卓霖扬起嘴角："可真是大忙人一个啊，那我也先走了。"

"嗯，今天谢谢啦！"纪汀重复了一遍感谢的话，不经意间扭头一看，动作却定住。她静止了两秒钟才反应过来，眼前的场景并不是梦。

"阿砚哥哥？！"

一片浓荫里，暖风吹拂，男人单手拉着黑色的行李箱，静静地站在不远处。他眉眼漂亮，身形挺拔，就像卢浮宫里的一座优雅精致的大理石雕像。

喻卓霖本来正准备发动车子，此时听到纪汀的喊声不由得停了下来，目光饶有兴致地向男人看去。即便身为同性，他也不得不在心里感叹一句，这人的长相实在太过出众。

温砚拉着行李箱缓步地朝纪汀走来，唇角挂着淡淡的笑意。纪汀来不及去分辨那笑中的成分，只觉得惊喜一下子砸中了自己："你怎么来了？！"

"忙完那边的事情，就来看看你。"

男人的嗓音低沉浅淡，喻卓霖不由得问道："Chloe，这位是……？"

温砚没说话，只是低头看向小姑娘，把选择权交给了她。狂喜之中，纪汀突然想到——喻卓霖是爸爸发小的儿子，如果她把他们的关系告诉了喻卓霖，说不定爸爸也就知道了。斟酌片刻后，她挽住温砚的一只手，笑道："这是我哥哥。”

男人的眸色黯沉了些，卷翘的睫羽投下一层淡薄的阴影，他仍旧没开口。

喻卓霖“哦”了一声。他记得那天在饭局上并没有看到这人，便问：“Cousin（表哥）？”

纪汀也不便多说，含糊地“嗯”了一声：“差不多吧。”她挽紧了温砚的手臂，再度道，“Kevin，那我和我哥先上去啦，拜拜！”

纪汀已经说了三遍这种话，明显是赶人的意思。要是再不走就真有点没眼力见儿了，喻卓霖颔首：“嗯，再见。”

车子启动，很快就消失在他们的视野之内。

纪汀的目光重新回到温砚的身上，她雀跃地说：“阿砚哥哥，你来也不告诉我一声。”

“告诉你干什么？”眼底划过一抹笑意，男人温柔地问，“好让你在跟别人约会的时候防着哥哥吗？”

“啊？”纪汀闻言有些怔愣，后知后觉地反应过来他这是吃醋了，解释道，“今天是因为我要回来赶一个表，然后打不到车，才让他送的。”

温砚的嗓音淡淡的：“你们怎么会在一起？”他面无表情的时候目光特别冷漠，再加上夜色浓重，光影交错下，男人的眼底有些阴沉。

纪汀睫毛颤了颤：“就是我去看电影的时候，正好碰到了他。”

温砚轻笑了一声：“一个人去看电影？”

这种语气是纪汀从来没有听过的——他没有用这样的语气跟她讲过话。这让她觉得无端地害怕，她有如芒刺在背。

“对不起哥哥，我真的是凑巧，本来爸妈要带我一起看的，只不过我出门晚了，又进错了场次而已。”纪汀讷讷地说道，“不过我不是和他单独看的，还有他的几个朋友。”

温砚缄默片刻，垂下眼眸，慢慢地把她挽着自己手臂的手指掰开。他又笑了，这回是一如既往的温和的模样：“嗯，上楼吧。”

指尖空落落的，纪汀的鼻尖蓦地生出些酸意。她站在他的背后，用力地跺了跺脚：“温砚！”

“怎么了？”男人很快地回过头，唇畔的笑意不见踪影。他就那么居高临下地注视着她，看起来距离她非常遥远。

纪汀颦起了秀气的眉，仿佛要哭出来似的，一字一顿地说道：“你是在，误会我吗？”

闻言，温砚的眸光略微变化，但他的眼眸看上去仍像是平静的湖面。半晌，他缓缓地弯起嘴角：“没有，哥哥信任你说的每一句话。”

纪汀站在原地，感到很迷茫。她好像看到他把面具撕碎，然后他又戴回去面具，如此反复错乱，也不知是在折磨着谁。

见她略显不安的模样，温砚又笑了一下，对她伸出手：“过来，上去了。”

纪汀欲言又止，最终还是把自己的手放进他温暖的掌心里。

温砚一只手拉着行李箱，一只手紧紧地牵着她。这是让人安心的力量，但气氛明显不对。温砚的态度恢复得和往常别无二致，可纪汀总觉得他是在粉饰着什么。

纪汀之前在家庭群里交代了要先回去，此时纪仁亮来了个电话：“到家了吗？”

“嗯。”

“那就行。”那头顿了一下，“小砚要来咱们家住一个星期，可能一会儿就到了。”

纪汀看了男人沉默冷峻的侧脸一眼，抿唇道：“已经到了。”

纪仁亮说：“行，那你多招呼一下，爸爸妈妈还有半小时就回家了。”

进门的时候，温砚没有任何征兆地松开了纪汀的手，俯身去拿拖鞋。这本来在平常是一件很自然的事，此时也被她无限地放大，让她觉得惴惴不安。

纪汀蜷了一下手指，紧紧地跟在他的后面，一路进了二楼的客房。温砚回身，发现她像只小动物一样，睁着圆圆的大眼睛，怯怯地看着他。他不由得无奈地笑了笑：“糖糖。”

纪汀低下头，像是不知所措般绞着自己的手指，一言不发。她知道今天这件事确实有让人不快的由头。但是，真正让她感到担心的是他的态度。他是完全内敛的，摆明了不想让她知道自己的想法。他拒绝和她沟通，把自己再次封锁到了无人能进的领地。

纪汀关了门，眼睛里有了一些晶莹的光：“我以为我们应当是无话不说的。”

温砚的喉结滚了一下，他一步步地走近她。他抬手捧起小姑娘的脸，目光中隐隐地有什么东西在闪烁。

纪汀突然踮起脚去亲他，由于惯性作用，两个人一起倒向柔软的床铺。她一秒钟都不耽误，径自寻觅温砚的双唇。小姑娘吻得很用力，像是入睡前一遍遍地确认自己心爱的玩偶还在怀里。

男人隐忍地躺在床上配合着她。少顷，他反客为主，翻了个身将她压在身下，近乎凶狠地掠夺。今天他一反常态，一点也不温柔，每一个动作都可以称得上是撕咬啃噬。纪汀被弄疼了，一边被动地承受着他的动作，一边呜咽着推搡他："嗯……"

男人停了下来，半撑起身体，黑发遮住了从头顶倾泻而下的一束亮光，英俊的面容看上去不太真切。

"其实我很介意。"他哑着嗓子开口，"但哥哥知道这并不是你的错，所以也不想做一个无理取闹的人。"

他看到纪汀从喻卓霖的车上下来，两个人还有说有笑，他尽管知道他们是朋友，尽管相信她会把握好交往的距离和尺度，也仍旧会感到不舒服。他因为爱她，所以会产生不可言说的占有欲，希望她只在意他、只注视着自己一个人。

耀眼的光晕下，纪汀眨了眨眼睛，用双臂搂住温砚的脖颈，将他拉了下来——仿佛把天神拖坠云端。雪白的光线再度落入她的眼底，纪汀闭上双眼，凭着感觉去亲吻他。唇瓣厮磨，是情人间该有的缱绻缠绵。

一吻毕，小姑娘软糯的声音在男人的耳边响起："可是，你有这个资格啊。"她抬起眼，"比起你什么都不说，我更希望知道你真实的想法。"

温砚怔了怔，她说："在我面前，你可以做最真实的自己。"

他漆黑的眼眸紧紧地凝视着她，嗓音很低："真的吗？"

最真实的自己，那样不完满的一面，也可以毫无顾忌地展现在她的面前吗？他正在犹疑，听到纪汀开口。

"真的。"她笑得很甜，像一颗入口即化的软糖，"我们是彼此亲近的人，不是吗？"

亲近的人，温砚很喜欢这个说法。他弯起一双昳丽的桃花眼，眸中是层层荡开的涟漪，漂亮至极。"嗯。"温砚点头，"我们是彼此亲近的人。"

你是我最亲近的人，他想。

纪汀看他笑了，心里也开心了，她伸手摸向温砚的心口，道：“还有什么想说的，都可以告诉我。”

温砚直勾勾地看着她，眸色渐起波澜，半晌才低声说：“我吃醋。”他的语气委屈巴巴的，“不要和他走得那么近，好不好？”

纪汀忽然觉得他好可爱，想笑却又憋着笑，抬起手摸了摸他的黑发：“嗯。”

温砚看着她，神情蓦地严肃。纪汀还以为又怎么了，他却接着说：“你哄哄我嘛，好不好。”

这下纪汀是真忍不住笑了，翻了个滚趴在他身上，去亲他：“男朋友，我只喜欢你一个人，也只爱你一个人。别的人啊，我全都看不见呢。”

温砚咧了一下嘴，又生生地止住笑容，继续用严肃的表情看她：“还有呢？”

“还有，我男朋友是世界上第一好，长得好看又有才华，体贴又细心，谁看了都会喜欢他的。”纪汀在他的怀里蹭他的颈窝，“但是在所有喜欢他的人里面，我最喜欢他。”

温砚终是毫不掩饰地笑了，喉间溢出低低的笑声。他揉了揉她的脑袋，动作无比宠溺。

纪仁亮、苏悦容和纪琛三人到家的时候，温砚和纪汀正姿态端正地坐在沙发上聊天。

“小砚来啦！”

非要形容的话，纪琛觉得自家爸妈就像两朵迎风摇曳的菊花，他们对着温砚招摇盛放。

温砚站起身来，彬彬有礼地颔首：“叔叔阿姨好。”他拎着两个纸袋子走过去，“给你们买了一些补品。”

燕窝、虫草，还有两盒鱼胶，一看就知道这些是高档货，苏悦容叹道：“哎哟，你看你这孩子，每次来都大包小包的……”

温砚弯了弯嘴角：“只是一点微薄的心意罢了，希望叔叔阿姨别跟我客气。”

二老拉着他一阵嘘寒问暖，看上去其乐融融，仿佛他们三个才是一家人。纪琛“嗤”了一声，对纪汀招了招手：“你过来。”

纪汀问：“干吗？”

纪琛本来想说点什么，凑近她一看，突然道：“哎，你嘴唇怎么破皮了？”

“……”纪汀下意识地舔了一下嘴唇，果然感到一阵隐约的疼痛。这是被温砚咬的，她心里默默地说道。

“不知道，可能磕到了吧。”

“哦。”纪琛也没太在意这点细节，懒洋洋地说，“找你有点事。”

纪汀道：“说。”

“话说，”纪琛的模样变得有些严肃，“一般送女生礼物的话要送什么？”

纪汀一下子就猜到了：“给予羡姐的？”

纪琛说：“嗯，七夕快到了。”

纪汀眼珠一转：“哦，那你去淘宝上搜‘给女朋友的礼物’，买那种页面上是‘她感动到哭’‘百分之九十九的女人都拒绝不了’‘最佳男友顶配’的就行了。”

纪琛半信半疑地问：“真的吗？”

纪汀面色严肃地说：“真的。”她拍拍他的肩，“相信我，她肯定喜欢。”

半夜，温砚躺下之后迟迟无法睡着。小姑娘挽着他叫哥哥的那个画面还盘桓在脑海中。他确实介怀纪汀和喻卓霖二人的独处，但更让人无可奈何的是，他连宣示主权的机会都没有。

温砚微不可察地叹了口气——她还是太小了，又是家里唯一的女孩，是父母捧在掌心里的宝贝。他在心里默默地盘算着，要怎样才能刷够好感度，让纪仁亮和苏悦容更好地接受自己。

正当温砚颦眉沉思的时候，一双柔若无骨的手臂突然从他的腰后环了上来。男人一惊，翻了个身，目光在黑暗中对上小姑娘亮晶晶的大眼睛。

“嘘。”纪汀将食指放在唇间，指了指门，用气声说，“我锁了。”

嘴角不自觉地勾起点弧度，温砚压低声音：“你怎么来了？”

她语气很乖地说：“想你啊，想多跟你在一起。”

他笑意更浓，问：“你就这么过来，不怕叔叔阿姨发现？”

“他们都睡了。”

纪汀笑得狡黠，像只偷了腥的小猫咪。窗外的灯火依旧繁华璀璨，他们在开着冷气的室内炽热地拥吻。微弱的橘黄色光芒洒落在两个人的身上，给他们平添一层温暖的光晕。

纪汀乖顺地伏在温砚的怀里，跟他讲最近发生的事情。他一边听，一边温柔地抚摩着她的脊背。

"阿砚哥哥，你最近怎么样？'千像'进展顺利吗？"

"挺顺利的，注册用户破十万了，各方面都在稳步推进。"男人贴在她的耳边呢喃，低沉富有磁性的嗓音直接钻进了她的心里，"安心。"

他一直都是这么优秀。纪汀总觉得这个人没有做不成的事情。她忍不住仰头在他的下巴上亲了一下："你真厉害。"

黑暗中，温砚好看的眉眼似乎更亮了些，映出浅浅的弧光，仿佛落入银河的灿星。他将她拥得更紧，语气郑重得如同在承诺："等哥哥赚钱养你。"

"……"

室内静谧得不像话。"扑通""扑通"，纪汀听到了自己的心脏清晰地跳动的声音。她把脑袋贴在他的胸前，依恋地蹭了蹭他，弯起唇轻声回答："嗯。"

也不知和他抱了多久，她只看到对面的高楼上，灯一盏盏地熄灭。温砚终于出声，嗓音柔和："好了小朋友，时间不早了，回去睡觉吧。"

"哦。"过了好一会儿，纪汀才慢吞吞地爬起来，坐在床边穿拖鞋。

几秒钟后，她依依不舍地回眸："我能不能在这边睡啊？"

男人温柔地拒绝："不可以。"

纪汀说："我可以定个早点的闹钟，明天清晨再回去。"

"……"

她装模作样地往门口走："那我回去了？"

"……"

也不知怎么搞的，这人有时候真的一派老干部作风。她稍微做点亲密的事情，他就万分谨慎。见温砚还是不说话，纪汀噘了噘嘴："阿砚哥哥。我真的回去了？真的真的回去了？你难道都不挽留我一下吗？长夜漫漫，你难道不想抱着你的小宝贝入睡吗？"

"……"

他还是没回音。纪汀心想，自己都这么没脸没皮了，他怎么还是没反应？她深呼了一口气，原路返回，凑近一看，才发现男人在无声地笑，他的胸膛都微微地起伏。他朝她伸出手："过来。"

纪汀弯起了眼，复而爬上床，重新窝进他的怀里。

温砚把被子拉过来给小姑娘裹好，将手臂搭在她的腰间，像哄孩子一样轻拍着她，呼吸轻浅均匀。

纪汀得寸进尺，道："要亲亲才能睡着。"过了几秒钟，她的头顶传来一声轻笑，接着额头上有了温软的触感。

纪汀如愿以偿，眉开眼笑："晚安哥哥。"

男人的声音低沉缱绻："嗯，晚安。"片刻后，他说，"睡吧，我的小宝贝。"

第二天一早，纪汀醒来的时候，第一反应是——她睡过头了。恍惚中，闹钟好像被按掉了，然后她又心安理得地继续赖床。完了，她该不会被爸妈发现了吧？！

纪汀环顾四周，发现房间里的一切都如此熟悉，旁边有紫色调的书架、精致的水晶吊灯，那幅现代主义油画的视觉冲击感仍旧强烈。雕饰繁复的床头柜上赫然是她的手机，上面显示九点二十七分。昨晚，她不是在阿砚哥哥的房间里睡的吗？

纪汀有些纳闷儿，片刻后福至心灵——该不会是闹钟响之后，阿砚哥哥把她给抱回来了吧？她突然有一种刺激的感觉，嘿嘿。她换了衣服，洗漱之后下了楼。

客厅里传来一阵欢声笑语，纪汀一眼就看到站在纪仁亮的身后给他捏肩捶背的男人。

"叔叔，我的手艺还行吧？"

"嗯，太舒服了，可以开店了。哈哈。"

温砚笑了笑，垂眸，有技巧地按压着："这里肌肉有点僵硬，我使点劲儿，叔叔，可能会有些酸痛。"

纪仁亮说："哎哟……对对对，就那儿……"

纪汀望着这一幕，不由自主地弯起了嘴角。她走过去，拖鞋在地上发出"啪嗒啪嗒"的清脆的声音。

听到声响，温砚抬眸冲她露出一个温柔的笑："早上好，汀汀。"

即使和他已经如此熟悉，纪汀每次看到他完美得没有一丁点瑕疵的侧脸时，还是会觉得惊艳。她忆起昨晚他的怀抱，心又开始"扑通扑通"地跳，她小声地回应他："早上好。"

桌上放着热好的蒸蛋和水饺，纪汀坐下来，问道："阿砚哥哥，你吃了吗？"

温砚弯了弯嘴角："我们都吃了，就等你了。"

纪琛本来像个老大爷似的，跷着二郎腿玩手机，闻言酷酷地抬头："你怎么就只问阿砚？都不关心一下你的亲哥吗？"

"哦。"纪汀顿了一下，淡定地喝了口水，又看了一眼站着的温砚，"我是觉得，阿砚哥哥和你比起来，更像是我爸的亲儿子。"

纪琛的表情有点僵，苏悦容"扑哧"笑了一声："你还别说，我也这么觉得。"

纪仁亮也乐了，打趣道："孩子，叫一声爸爸来听听。"

温砚愣了一下，很快敛下睫羽，乖乖地叫道："爸爸。"

纪仁亮摩挲着下巴，终于笑逐颜开："哎呀，咋就这么顺耳呢？"说完他轻飘飘地看了一眼纪琛。

纪琛满脸疑惑：我又被针对了？！

纪汀吃完饭就回了房间。不一会儿，房门被敲响，男人倚在门框处，面带笑容地询问："糖糖，哥哥可以进来吗？"

她点点头，待他走近，便小声地问："哥哥，今早是你抱我回来的？"

男人俯下身，近距离地凝视她："嗯。"

他的眼睛是极其正宗的黑色，很漂亮，如同光泽流转的黑曜石，只消看一眼就让人忍不住深陷其中。纪汀伸出手去，触摸他凸起的眉骨。温砚闭上了眼，一副任君采撷的模样，她便大胆了些，葱白的指尖自高挺的鼻梁滑下，落在雕刻般棱角分明的下颌。

他弧度优美的脖颈处有个圆圆的凸起，纪汀伸手摸了摸，那小玩意儿就上下滚了滚，像是蓄意的勾引。她还想再继续感受一下，温砚蓦地睁开了眼，目光深沉如潭。纪汀突然有了一种在揪老虎的胡须的感觉，讪讪地收回了手。她倏忽想到了什么。

"昨晚，我……你……"纪汀憋半天才组织好语言，"你睡得还好吗？"

温砚忍不住轻笑一声，这小姑娘很爱踢被子，一开始他不厌其烦地给她一次次盖好被子，后来他也睡着了，被子又被踢开了，她就开始踹他。他没有办法，只能紧紧地搂住她，用缠手缠脚的姿势。后半夜，她才安分下来。

“挺好的。”温砚的嗓音含着笑，“就是……”

纪汀有点紧张：“就是什么？”

“我家姑娘有点黏人。”

“……”

温砚凑近她，半晌轻轻地捏了捏她泛着粉红的柔嫩的耳垂：“非要哥哥一直抱着才能睡好。”

周日一整天，所有人都窝在家里。下午的时候纪琛提议去文娱厅看电影，选了两部片子让纪汀挑。她扫了一眼主角，发现其中一部电影是沈晋初演的，果断选择它：“就这个吧。”

温砚坐在旁边，含笑地凝视纪汀：“这是你的偶像？”

纪琛嗤笑：“她就是喜欢长得好看的，其实也不在乎是谁。”

温砚顿了顿，半晌道：“哦，这样啊。”

纪汀总觉得他的语气有点轻飘飘的，干咳一下：“我们开始看吧。”

这是一部三年前的警匪片，枪战还蛮刺激的，两个小时眨眼间飞逝。

晚上吃完饭后，纪汀回到卧室里看书。其实这是她和温砚之间的一个暗号——只要她一进房间，就代表着她想和他独处。果然，还没到五分钟，房门就被敲响。男人走进房间，顺手关上了门。

纪汀的颜值海报墙正对着走廊，以往看的时候还不觉得有什么，这次温砚第一眼便注意到了——沈晋初的照片和另一个男演员的照片一起被贴在最上面。

他半眯起眼睛，迈步走近。房间里安静得出奇，纪汀的目光也随着他的目光落到墙上——那是清一色的裸着上身的男“偶像”。

“……”她当着男朋友的面看其他男人的腹肌，好像确实有点过分。

纪汀想说些什么，但又怕温砚让她把海报全撕下来。她抿着唇，小心翼翼地坐在一旁，尽量降低自己的存在感。可温砚偏偏不说话，只是一言不发、面无表情地看着那几张海报。

本来纪汀早就习惯了这种视觉盛宴，此刻竟破天荒地感到有几分羞耻。“嘀嗒”“嘀嗒”，腕表的秒针缓慢地走着。过了好一会儿，男人终于打破沉默：“还记得，你第一次见到我的时候，说了什么吗？”

“什么？”

“你说，”温砚的手臂撑在椅背上，身体微微地往下压，嗓音也格外低沉，“觉得哥哥好看，想把哥哥的照片贴在墙上呢。”

他呼出来的温热的气息像羽毛一样淡淡地拂过她的脸颊。纪汀梗着脖子仰头看他，“咕嘟”咽了一下口水：“好……好像是说过。”

“行，那你记得。”男人温柔地笑了一下，指指最上面的那个位置，“贴在那儿。”

“……”

夜色如水，窗外的月光像薄纱似的，时而传来“啾唧”的虫鸣，昭示了夏日的勃勃生机。

温砚走到小姑娘的书架前，饶有兴致地一一打量过去。她爱看名著和推理小说，也爱读文艺诗集和言情，可谓涉猎广泛，书架上竟然连《百年孤独》的英文版都有。温砚修长的手指沿着书脊掠过，停在一本封面简单素净的笔记本上。

纪汀扫了一眼，忙解释道：“那是我初中的摘抄本。”

他颇具绅士风度地询问她：“我可以看看吗？”

纪汀点头：“嗯嗯，当然。”

温砚弯了弯唇，将那个略显厚重的本子抽出来，翻开它。书页微微地有些泛黄，墨香却依旧浓烈。入目是一行可爱又舒展的字。

满地都是六便士，他却抬头看见了月亮。——毛姆《月亮与六便士》

下面还有批注：读完此书我感悟颇深，斯特里克兰力求挣破刻板理性，用自己最原始、最野蛮的生命力去撞击社会秩序，最后获得了理性与非理性的平衡，找寻了生命的终极奥义，非常令人震撼。

他继续向下看。

人一到群体中，智商就严重降低，为了获得认同，个体愿意抛弃是非，用智商去换取那份让人倍感安全的归属感。——古斯塔夫·勒庞《乌合之众》

批注：怪不得我每次上课被点名的时候，都回答不上来问题。

旁边还画了一个恍然大悟的表情。

温砚不由得轻笑了一声，用指腹摩挲着那个滑稽的图案。他开始想象——

他的小姑娘在初中的时候，或者更早，也一定是个顽皮的孩子，仗着自己聪明便不认真听讲，爱与同学调笑，和老师作对。她有很快乐的童年，在爱和呵护中成长，最后变成了如今的这副模样，他爱的模样。

她那时的字迹略显稚嫩，却叫他爱不释手。

任何命运，无论如何漫长复杂，实际上只反映于一个瞬间：人们大彻大悟自己究竟是谁的瞬间。——博尔赫斯《塔德奥·伊西多罗·克鲁斯小传》

批注：对于纪琛，那个瞬间就是他意识到我是他爸爸的瞬间。

温砚越往下看，唇边的弧度越大。这个本子一开始是初中的摘抄，后来便成了随笔，夹杂着名言名句。

今天我去买零食，没想到老板看我是个小孩子，以为我什么都不懂，就想坑我钱。我跟他讨价还价，他还厚着脸皮向我要钱，太搞笑了。在此，我要引用木心的一句名言：

对生命，对人类，过分悲观，过分乐观，都是不诚实的。看清世界荒谬，是一个智者的基本水准。

行吧，我是智者。

字里行间都显示出小姑娘的灵动可爱，温砚始终眼含笑意。他随意地往后翻看着本子，差不多想合上它的时候，眼神突然凝住。后面好像是日记，似乎被不小心滴了水，墨迹晕染开出一朵朵小花。纸张也有些发皱，仿若被主人一遍遍地摩挲过。

2016.1.24 雨

今天我认识了一个很好看的哥哥。他的眼睛很漂亮，总是含着笑意，一闪一闪的像宝石。纪琛跟我说他叫温砚。

我一开始以为他的名字是“艳”，心里还想怎么这么女性化，后来才发现是笔墨纸砚的“砚”。我喜欢这个字，好听又好看，给人一种端方君子的感觉。他也确实是这样，总是很绅士，很有礼貌，也很成熟。

从第一眼的时候，我就挺喜欢他的。PS（附言）：只是喜欢他的脸。

2016.1.25 天气我懒得写了

阿砚哥哥当时高考是省前十，考进了清华的经济管理学院，我好崇拜他啊。

我经常找他问问题，就是想和他多相处相处。之前还和田佳慧说，我绝对不会去问我会做的题，太矫情了，结果为了和他搭话，我还是忍不住矫情了一把。

嘖，打脸了。

2016.1.31

好吧，我不只是喜欢他的脸。我就是挺喜欢他这个人的。我喜欢听他叫我的名字。他的声音好好听。哎呀，我的语言匮乏了。

温砚看着这些小方块一样的段落，嘴角想上扬却又被他刻意地压住。他迅速地瞥了一眼纪汀——小姑娘正坐在桌前看着别的书，对此一无所知。他便心安理得地继续浏览她的日记。

2016.2.3

阿砚哥哥摸我的脑袋的时候好温柔。我喜欢他这么做，甚至还想他揉一揉我的脑袋。但我又觉得这个样子像极了阿胖。嘁。

2016.2.8

我感觉我有点摸不透他。

2016.2.13

现在我的心情有点乱。刚刚我好像看到了阿砚哥哥的另一面。我半夜爬起来去喝水，经过他房间门口的时候，发现他在打电话。他那么温柔的一个人，怎么会用那么冷漠的语气说话呢？

也许，这才是真正的他吧。他平常的样子是假的。但是，我还是好喜欢他。每个人都有自己的秘密，希望我能够多了解他一点。

温砚垂下眼帘，沉默地回忆那天的情景——凌晨一点钟，他从梦里惊醒，手机一直在振动，来电显示“Lisa”。她从来不会顾虑十二个小时的时差，总是在半夜打电话过来。

他接起：“喂？”

“Andrew，我和你爸爸离婚了。”

是的，就是这么简短的一句话。温砚没什么反应，只是觉得——所幸现在只有他一个人，他不必强迫自己在人前微笑。不知过了多久，他才回答：“嗯，知道了。”

后面女人还说了什么，他听得都有些心不在焉。好不容易挂了电话，温砚起身去把门关紧。原来那天晚上，这些都被她看到了吗？温砚抿着唇，往下看。

2016.2.16

今天看了《罗马假日》。

阿砚哥哥跟我说，这世上没有谁离了谁是活不下去的。他对爱情的态度好像很悲观。我不知道他曾经经历过什么事情，觉得有点难受，还有点心疼他。我想多了解他一点。

2016.2.26

阿砚哥哥唱歌好好听。我骗他给我唱了一首陈奕迅的《陪你度过漫长岁月》。我还录下来了，就当是他专门唱给我的吧。他还说希望我去清华呢！我真开心。

2016.2.27

大骗子。

温砚怔怔地看着那三个字。那处的墨水也洇开了一小片，字迹模糊不清。他感到心脏有些发紧，骤然意识到——那是她哭了。

2016.3.4

我不要再想他了。

2016.3.5

怎么办？我真的好想他。

温砚颤抖着指尖翻页。后面就没有日期了，是一小段一小段的文字，文字全都是关于他的。

——今天他祝我生日快乐了，我真高兴。

——要去清华了，好激动，动车上我都没怎么睡觉。

——文艺晚会表演完之后，我竟然碰到他了，真的不敢置信。我知道他其实不在乎我来不来，但是看到他我还是很开心。

——我们在紫荆操场谈心，他在我身边睡着了，我想亲他，但是忍住了。

——他把男同学写给我的表白明信片扔掉了，我想告诉他，他真的想多了，我只喜欢他一个人啊。

——十月二十六号，他的生日，我会记牢的。

——我理综做不完怎么办？呜呜呜，我想考清华啊，唉……

——他误会我早恋，我好难过。

——收到录取通知书了！我终于如愿以偿！啊啊啊啊我好开心！

——我和他一起去冰岛玩，听到他说了自己以前的事，好心疼他。

——我看到极光了！这是不是代表着我和他会一直在一起？嘿呀我在说什么呢……

——他当着同学和体育老师的面承认是我的男朋友，虽然这是假的，但我还是……呜呜呜我好希望这是真的啊，唉。

——今天我和他冷战了。我好伤心，他让我去和别人好，还说让我谈恋爱。他是不是一直都只把我当作妹妹？

——下雪了，学生节的彩排我差点没赶上，多亏了他。他背着我在雪地里走，我很想这场雪永远别停下来。这样就能和他再待久一些。我才发现，原来自己如此眷恋他身上的温度。

——“校歌赛”他都不叫我，虽然他唱歌还是很好听，但是！哼，他一点也不在乎我。算了，我又不是不知道他的性情，别再期望那么高了。

——运动会他送我去校医院，护士以为我们是情侣，他没否认。结果我发现他只是没认真听护士的话。嗐，反正我已经习惯了。

——他送了我明华堂的汉服！他真的太细心了，他真好，我被感动哭了。

…………

——我以为我在他的眼里是不一样的，但原来我一直在自欺欺人。我这么聪明的人也能被蒙蔽，可能真的是太喜欢他了吧。

——以后我应该不会再联系他了。原来时间也不能改变什么。我真的尽力了。

最后面是一句摘抄：这世间并没有分离与衰老的命运，只有肯爱与不肯去爱的心。——席慕蓉《独白》

纪汀正看着书，突然想起来——她之前写的小日记好像就是在这个初中的摘抄本里！她当时也没看封面，就是随手记在那上面的，权当发泄。暑假准备回家的时候，她又顺手把它带了回来，它被保姆阿姨收拾到了书架上。

完了。这下完了。她下意识地转身去看，发现男人正好也抬起头，目光紧紧地凝视着她。他的眼睛里好像有墨浓得化不开，细看又像是染了点水意，眼角泛着淡淡的红。

暗潮汹涌。阿砚哥哥似乎有很多话想对她说。纪汀也像被定住了似的，张了张嘴，却没发出声音。她眼睁睁地看着他一步步地朝自己走来。然后，他俯身用力地抱住了她，像是在拥抱着他的全世界。

第十二章
月半小夜曲

纪汀维持着仰头的姿势，情不自禁地喃喃道：“阿砚哥哥……”

“糖糖……”温砚的声音很低，他只是念着她的名字，却让她感觉是在热烈地示爱。纪汀缓缓地伸出双臂，搂紧他宽阔的脊背。

温砚的喉结不住地滑动——他从来都不知道原来她在高中时就已经那么喜欢他。而他却自作主张，把自己的意愿强加到她的头上，自以为是对她好，实则不知道伤害了她多少遍。她是个很会察言观色的孩子，对于他的一举一动，恐怕都要细细地推敲，去探究他的目的，谁知那些都只是他不甚在意的无心之举罢了。直到看到这些文字他才知道，他这一路以来究竟忽略了多少珍贵的细节。他想说声“抱歉”，想说声“对不起”，却无法说出口。

温砚默默地凝视着纪汀的双眼。这双干净清澈的眼睛曾给予过他多少温柔的抚慰？男人的声音如同被砂纸打磨过一般沙哑：“谢谢你愿意等我。”她等到他幡然醒悟她是他的心中所爱，她等到他终于明白这个小姑娘对他有多么重要。

纪汀的眼眶也有些红了——他们一路走过来，能够相知相恋，真的是上天眷顾。幸好，他们没有错失对方。

温砚的手掌攀上纪汀的后颈，轻轻地摩挲着，然后他低头去吻她。纪汀所有的感官都被眼前的这个人占据，她闭上眼感受着他的赤诚。他不是个心思热络的人，却把所有的温柔都给了她。这种认知让纪汀很感动。

半晌，温砚松开她，仍哑着嗓子，长久地注视着她的眼：“糖糖，能把这个日记本送给我吗？”他想把她喜欢他的瞬间都收藏起来。

纪汀抿着唇，似乎是有些不好意思，扭捏地应了一声：“嗯。”

笑意在温砚的眼中逐渐漾开，他亲昵地蹭了一下她的鼻尖，然后把那个本子珍重地揣进了怀里。

纪汀下楼的时候还觉得脸上冒着热意。纪琛奇怪地看了她一眼：“你怎么了？耳朵这么红？”

“啊，有吗？”纪汀掩饰般摸摸耳朵，又舔了一下嘴唇，“天气太热了。”

“哦。”

“……”

“对了，”纪琛掏出手机，点开网购的界面，“你之前跟我说的是不是这种的？”

屏幕上，赫然是一个“一生只送一人”的“姨妈”神器。简单来说，那就是一个缠在肚子上的充电暖宝宝。

纪汀突然就有点不忍心了。如果邢予羡知道这是她的主意，可能会打死她。但说出去的话就像泼出去的水，纪汀只能硬着头皮，煞有介事地点头：“对，就是这个。”

纪琛流畅地点击“立即购买”，填好地址并支付了钱以后，拍了拍她的肩：“谢了。”

纪汀说：“不客气啊。”她在心里默默地为她的老哥点九十九支蜡烛。

晚上温砚刚刚睡下，就有人从背后偷偷摸摸地抱住他，手还四处乱摸。他低笑一声，迅速翻身把不安分的小丫头揽进怀里，用气音问：“门锁好了？”

“嗯。”纪汀“吧唧”在男人的脸上亲了一口，他们越来越有偷情那意思了。

他们独处的时候，似乎总有聊不完的话题。男人会抱着她讲许多新奇有趣的经历，时光也安静恣意地流淌。

温砚曾在大三的上学期赴宾夕法尼亚大学沃顿商学院当交换生。沃顿商学院中金融专业的资源极其丰富，各银行和咨询公司频繁地在这里办讲座，活动和圆桌会不断，他可谓是增长知识的同时又开阔了眼界。

当时温砚正好要申请外资投行的实习，便坐车去纽约的总部面试。最后一轮有一百个候选人，只有他一个中国大陆的本科生入选，其他人是美本的学生。

纪汀难以想象，温砚坐在偌大的会议室里是如何从容不迫地用非母语与资历深厚的外资银行家对垒的。当他们故意施以威压时，温砚又是怎么巧妙镇定地化解的？这是别人想都不敢想的经历吧。

提及此事，温砚有些出神，似乎陷入了回忆："坐在车上的时候我就在想，哪怕这次不能成功，见过纽约的繁华，也是好的。"

人并不是在一瞬间长大的，总要去看看更大的世界，才知道自己原先所处的位置。那几个月对他而言，是一种迅速的成长。他也收获了最纯粹的快乐。

当时清华经济管理学院有六个同学一起去参加面试，他们都住在学校高层公寓的宿舍里。他们到那边住了几个月，由于文化环境和饮食条件都和国内的不一样，大家对国内的火锅想念得很。他们去唐人街买了底料，又去学校的超市里买了各种鲜蔬生肉。但是宿舍的厨房只有简单的灶台，他们就每次都煮一大锅饭菜，然后放到桌子上一起吃，吃光了就再煮一锅饭菜，如此反复。他们有时候也会做麻辣香锅，虽然做出来的麻辣香锅的味道和清华的相差甚远，但它仍是非常好的替代品。

他们在异国他乡求学，反而感受到了简单的满足。他们还一起去玩英文版的密室逃脱。最难的一个主题的通关率只有百分之二十，几个人一气呵成，提前二十分钟就出来了。店主都惊呆了，一直追问他们："你们确定你们是第一次玩这个主题？"

还有无数个小假期，他们飞去迈阿密、波士顿、洛杉矶，从不同角度感受美国的文化生活。几人的足迹遍布东西两岸，感受阳光海滩、探索大学城、俯瞰繁华的都市。

正是青春盛放的时刻，意气风发的青年有着最无畏的勇气，享受最精彩的人生。

纪汀听得入迷，她非常向往温砚口中所描述的生活。这个人总是能带给她许多不一样的新鲜感受，让她无时无刻不活在对未来的憧憬中。这大抵就是一份好的爱情吧——爱情让她通过这个人，发现世界更多的美好。

纪汀兴奋得睡不着觉，男人便宠溺地低声哄她：“乖，不然下次就没有睡前故事了。”

她这才噘着嘴闭上眼，还没酝酿出困意就听到房门被敲响，紧接着门外传来纪琛的声音：“阿砚，你睡了吗？”

纪汀几乎是条件反射般地抖了一下，迅速地坐了起来，然后又很快反应过来——门是锁上的。温砚没出声，只是捉住小姑娘的手，轻轻地把她拉了回来。

房门又被敲了三下。过了几秒钟，传来纪琛含糊的自言自语和远去的脚步声。

纪汀吐了一下舌头：“吓死我了。”

温砚垂眸，鼻尖凑近她，他含笑捏了捏她的脸蛋儿：“胆子这么小，还天天爬哥哥的床啊？”

这句话调笑的成分过甚，纪汀一下子就红了脸，但想着反正在黑暗中他也看不到她脸红，心里倒没那么羞赧。但是她还是忍不住吐槽：“讨厌，好好的话，怎么被你说得……”

温砚问：“怎么？”

纪汀嘀咕道：“那么下流。”

温砚愣了一下，很快笑弯了眼，仿佛获得了嘉奖一般。他的轻笑声不断地从喉间溢出，十分性感。纪汀感觉受到了蛊惑，攀着他的身子去亲他。她仰头的时候，温砚也正好心有灵犀地低眸，与她的嘴唇相触。一个含有笑意的吻就像糖果一样甜。

纪汀坏心眼儿地去挠他，看着他鸦羽般的眼睫上下颤动。兴许是她实在有点太过胡作非为，双手最终被温砚握住。男人掌控着深吻的节奏，却依旧温柔。纪汀晕乎乎的，感觉自己都快溺死在他的气息里了。

不知过了多久，温砚终于停了下来，缓慢地呼吸着，然后拍拍她的背：“睡吧，明早还要去实习。”

纪汀眨了眨眼，像条八爪鱼一样缠在他的身上不下去。

“糖糖。”温砚的声音再度响起，带了一点喑哑的质地，他问，“你是想让哥哥大半夜的去洗个冷水澡吗？”

房间里安静下来，半晌，纪汀才弱弱地发声："也可以……不用洗澡的。"

"……"

她说："我可以帮你。"

这话题的走向就真的让人不能再深究了。温砚深吸了一口气："下去，不然就送你回房。"

"哦。"难得她这么贴心地为他着想，他却还不领情。纪汀无奈翻身下来，然后规规矩矩地仰面躺好，双手交叠放在小腹上，宛如老僧入定、无欲无求。

"……"

一时之间，谁都没有再开口。

纪汀虽闭着眼睛，但全身的细胞都在努力地感知枕边的人的动作。按照她的预想，他至少应该给她一个抱抱，以示安抚。但是他并没有那么做。房间里安静得一根针掉在地上都能听见，连布料摩挲的声音都没有。

纪汀独自生了一会儿闷气，突然想到——他不会已经睡了吧？这……显得她赌气的行为有点傻。

似乎是为了回答纪汀的疑惑，一旁传来轻浅悠长的呼吸声。他还真的睡了啊？！纪汀越想越丢人，最后忍不住转了个身，拿后背对着温砚。

几乎是同时，一阵温热的气息自她的耳后洒下，男人靠过来，伸出手臂将她捞进怀里。背靠着的是温暖的胸膛，鼻间充盈着他身上清冽的味道，纪汀忽然有了一种安全感，嘴上却道："你……你干吗？"

温砚似是低笑了一声，声音十分有磁性，语气带着狎昵："不抱着我的小宝贝，哥哥睡不着。"

纪汀满脸震惊，啊啊啊啊啊这人怎么这么会啊？！"宝贝"这个词从他的嘴里说出来，杀伤力实在太强了好吗？！她支支吾吾地说："我……你……"

温砚收紧双臂，以一种完全占有的姿势向前倾身，在小姑娘温软的耳垂上亲了一下："乖乖，晚安。"

纪汀满脸疑惑和震惊，一切都结束了。

周一纪汀去正源财富证券公司实习的时候，满脑子想的都是温砚——她想着他对她的那些亲昵的爱称，以及他给予她的令人脸红心跳的感觉。

纪汀对着电脑屏幕，目光落在活性染料复杂的产业链上，心里却尽是些奇奇怪怪、不可描述的内容。工作邮箱里弹出一则信息，她随意地扫了它一眼。

蒋静宜：研究报告初稿下午交给我就可以。

她想得太入迷，差点忘了还要写研究报告了！纪汀打了一个激灵，终于沉下心，全神贯注地工作起来。

蒋静宜交给她的工作从最初的画图表、整理信息，到现在需要她一同协助撰写研究报告。虽然她写的内容大概率只作为参考，不会被使用在正式发布的文件中，但纪汀还是得到了很大的锻炼，获得了一定的价值感。

中午下班的时候，蒋静宜照例招呼她："一起吃饭去。"

纪汀跟着她一起下楼，心里却倏忽想起——阿砚哥哥一个人在家里肯定很无聊吧？她要是能早点下班就好了，可以回去多陪陪他，也不知道他有没有给自己发什么信息。

工作实在太忙，上午她一头扎进研究报告里，根本没看微信。纪汀刚想把手机掏出来看一看，就听到蒋静宜在旁边叫了一声："哎，这边。"纪汀也不知道她是在对着什么人示意。

纪汀下意识地抬头——几米开外，男人身着一件干净挺括的白衬衫，单手插兜，朝她们浅笑颔首。他穿商务休闲装的模样一向是极好看的，似乎什么样的衣料在他的身上都显得利落有型，衬出整个人身姿的挺拔。嗯？

纪汀有些恍惚，似确认般眨眨眼。温砚却已信步朝两个人走来，与蒋静宜打招呼："静宜姐，好久不见。"

"好久不见。"蒋静宜弯了弯嘴角，转头对纪汀说，"今天你温砚学长请我们吃饭。"

看来他们已经提前约好了，纪汀从惊喜中回过神来，乖巧地点头应下："好的。"

蒋静宜问："咱们去哪里吃？"

温砚优雅地勾唇："对面新开的那家江南府，如何？"

蒋静宜笑道："没问题。"

纪汀很快就想明白了这顿饭局的必要性。她过来实习消费的是他的人情，自然也需要他来亲自表达谢意。成年人的世界大抵就是如此。予与求，一分一毫都计较得很清楚。只是她没想到，他不过就是来深圳短短几天，竟也不忘这件事，如此细心妥帖地替她安排好一切。

这头，温砚已经和蒋静宜聊了起来：“静宜姐，最近主要在看哪家公司？”他走在侧面，刻意将纪汀夹在他们的中间，好让她有参与谈话的余地。

蒋静宜道：“盛化股份，纪汀今天就在帮我写研究报告呢。”

温砚含笑看了纪汀一眼，又道：“盛化最近应该会有利好。它主要强在高端产能，还有中间体与新材料的研发，随着环保政策的收紧，它在国内染料产业链一体化趋势下的优势会持续扩大。”

这正与她们当下的观点不谋而合。纪汀忍不住钦佩地看向男人，他却自然而然地把话头抛给了她：“汀汀，在静宜姐这里实习一个多月，感觉怎么样？”

这是到她表现的时候了。纪汀说：“特别好，静宜姐教给了我非常多的东西，她又细心又有耐心，我真的特别感谢她。而且我也很喜欢正源的氛围，同事之间的关系都很好，大家的沟通交流也很及时。”

蒋静宜在一旁笑了：“汀汀本身也比较聪明，一点就通，我根本不需要费心。”

三个人边走边说，走进江南府的时候发现里面人满为患，门口等待处的座椅上都没有空位。纪汀还担心要等座位，温砚已经掏出手机，把预约的二维码递给前台：“麻烦您。”

服务员说：“五十六号，正好到了，您几位这边请。”

他们的位置在比较靠里的卡座，环境幽雅安静，是个适合聊天的好地方。温砚很绅士地让蒋静宜和纪汀先点自己喜欢的菜。等到她们各自挑选好菜，报了一两个菜名后，他才接过菜单一页一页地浏览。

男人敛目垂眸时，鸦羽般的睫毛也自然地垂落。并不算明亮的灯光自头顶洒落，在他的脸上绘就一片温柔的阴影。

“花胶乌鸡汤……然后黑椒牛仔骨，再来一份雀笼点心。”

服务员问：“请问汤是每人一份吗？”

“嗯。”温砚抬头朝对面的两个人弯了弯唇，征询她们的意见，“还有什么要加的？”

蒋静宜赶紧摆手：“不用了，别点太多了。”

“他们家的菜品比较精致，应该还好。”温砚把菜单递还给服务员，倒也没有强求，“先这么多吧，不够再加。”

纪汀以前其实并没有见过男人的这一面。他成熟又持重，不卑不亢、极其老练的行事作风，大约是在以往的工作中磨炼出来的。他极其注重细节，又颇具风度和修养，给人一种低调谦逊的感觉。但除了这些表面的印象，他的能力也很出众——这样的人谁会不喜欢呢？

蒋静宜问："之前在 MGS 实习感觉怎么样？"

MGS 就是温砚大三暑假期间去的那家顶级外资投行，每月底薪七万，年度奖金还要再多给六到十二个月的工资。多少人挤破脑袋想要进去实习，每年秋招的时候竞争都如同千军万马过独木桥，整个亚太地区只招二三十个实习生，去那里实习比高考考上清华北大还要艰难。

温砚含笑道："还不错，那边就是整个培养体系做得比较好，学习曲线也很陡峭，同时团队里分工明确，合作和联系比较紧密。虽然随时要保持一个特别紧张严肃的状态，让自己跟进最新的金融市场情况，但收获非常大。"

蒋静宜问："项目肯定都很不错吧？"

温砚点头："特别好，接触的公司都是行业龙头，没点资历找不到我们。我之前给一家知名的教育机构做了上市工作……"

蒋静宜问："每天工作到几点哪？"

"这个就没法说了。"温砚笑了，"凌晨一两点是常规，更忙的话四五点乃至通宵都有可能。"他开玩笑似的，"所以业内都说投行是金融民工嘛。"

蒋静宜笑了起来："给我这么多钱，当民工我也愿意。"

纪汀能感觉到温砚是完全松弛的。两个人一来一回地寒暄，如同好友叙旧，不像她自己，她一看就是初出茅庐的新人，总是提心吊胆，害怕因说错一句话而惹 senior（上级）不快。

温砚问："静宜姐，之前你说要搬家的事情，搞定了吗？需不需要帮忙？"

"没事，都已经装修好了，就在文景苑那边，到时候你们可以来我家玩哪。"

纪汀真真切切地认识到阿砚哥哥在用心地经营一点一滴积攒起来的人脉，不然他也做不到随便打个招呼，就能让她一个大一新生获得实习的机会。在这种大平台，通常只有研究生才有资格走正式的面试流程。

纪汀在一旁默默地听着——跟着他，她好像总是能学习到很多东西，晚上回家可能还要就这方面多请教他一下。

他们聊着聊着，蒋静宜感兴趣地问道："对了，你有女朋友了吗？"

"……"温砚似笑非笑地看了一眼正埋头安静地喝汤的小姑娘，"嗯，有了。”他轻啜了一口茶，悠然地说，“她也是经济管理学院的，不过比我小一些。”

“学妹啊？”

“嗯。”

“啧，咱们学校多少女生喜欢你啊，这个学妹可真了不起。”蒋静宜感叹完，问纪汀，“你认识温砚的女朋友吗？”

纪汀无言以对，心想：呃，这个情况就是特别尴尬。其实，我就是你口中那个特别了不起的学妹。要是说认识的话，蒋静宜势必又会深问，纪汀索性装作毫不知情的样子：“不太清楚。”

温砚的唇边噙着一抹淡笑，目光若有似无地在她的身上徘徊，仿若在挑逗她。他也不说话，好像在看热闹。

蒋静宜“哦”了一声，饶有兴致地与纪汀分享：“你刚入学，可能还不知道你温学长这影响力。他真的就是‘校草’级别的，之前‘校歌赛’拿冠军那次，一堆女同学跑到舞台上去献花，喊声和尖叫声都快掀翻综合体育馆的屋顶了。表白墙也是，他的名字就没从榜上下去过，他属于常驻人员。而且每次在伟伦楼上专业课都有好多慕名而来的女同学，就站在教室门口往里看。当时老教授也比较平易近人，打趣说：‘咱们系人才辈出啊，温砚要不你上来，就站我旁边陪我讲课，也让她们看得更清楚。’”

蒋静宜兴致勃勃地讲着之前发生的故事。听到这里，男人终于没再置身事外，轻笑了一声：“静宜姐，你这就太抬举我了。”

蒋静宜“嗐”了一声，说：“绝对没有。”她转向纪汀，“汀汀，你说是不是？”

“……”所以她现在面临的情况是，她不仅要听众多女同学追求她男朋友的故事，还要当着他的面跟风吹捧他吗？太窒息了，她扯了扯嘴角，“是的，我早就听闻了学长的大名。我当时虽然错过了‘校歌赛’的现场，但是看了回放，觉得比赛非常精彩，学长果然是很厉害。”

男人冲她温柔地笑了笑：“谢谢学妹。”

“……”纪汀顿了两秒钟，顶着压力抬眸，人畜无害地歪头道，“对了学长，关于你女朋友，我想问问，她是不是长得特别漂亮啊？”

她的笑容看似清纯可人，实则饱含深意，那意思仿佛在说——该怎么回答，你自己好好地掂量一下，懂吗？

温砚看了她一眼，唇边的笑意越发浓厚。他沉吟片刻，耸了耸肩："漂亮是挺漂亮的，但漂亮的女生我也见过不少——"

嗯？很好，男人你完了。纪汀尽量保持着微笑，等待他的下文。

"我喜欢她，主要还是因为她活泼可爱，聪明伶俐，善解人意，体贴细心……"温砚就那么不动声色地看着她，接连吐出一个个形容词。最后，他一句话总结："在我看来，她就是没有任何缺点。"

纪汀心想：好吧，你没有完。但这……会不会有点过了？天上的仙女也不过如此吧？！

关键是他的表情还这么一本正经。她感到羞耻的同时又觉得有几分荒谬，耳朵不由自主地冒了热气，她终于忍不住看向别处。

蒋静宜也有点讶异，觉得温砚的描述实在是过于完美——长得好看，性格好，情商高，人聪明，还考上了清华，这种女孩在现实生活中应该是挺难碰到的。他也许是情人滤镜有点重？她挑了挑眉："这听上去，你还挺喜欢你女朋友的？"

"是啊。"温砚浅淡地笑了笑，又轻啜了一口茶，俊逸的眉眼里有一抹缱绻，"我都快被她给迷死了。"

"……"

他说"我都快被她给迷死了"。这一刻，纪汀觉得她是被撩死的。男人的语调淡淡的，一双桃花眼却微微地上挑，眼尾漾着浅浅的笑，神情莫名地勾人。

纪汀深切地怀疑这人是来打扰她工作的。虽然他吃完饭就离开了，但整整一个下午，她还是不受控制地、一遍遍地回想中午的那一幕。幸好蒋静宜并没有发现她的失态。

下班回家以后，纪汀走进客厅里，看到温砚双腿交叠、姿态优雅地坐在沙发上读书。他戴着银丝框眼镜，眼睫低垂，神情专注认真。书的封面上赫然写着两个大字——《对赌》。

这本书纪汀有所耳闻，它讲的是金融危机后中国投融资圈里发生的故事，揭露了很多骇人听闻的潜规则。商业陷阱无处不在，市场上鱼目混珠。一念之差，对投资人来说可能就是天堂和地狱的区别。

纪汀的目光随着他翻页的修长的手指移动，她竟品出一丝随性慵懒的意味。该死的，怎么他看个书也这么让她心痒难耐？！

温砚听到声响，抬起了头，看到她，他的眸中漾出丝丝缕缕的笑意，温柔之至："回来了？今天实习感觉怎么样？"

纪汀抿着唇点头："嗯，还不错。"除了她心旌摇曳以外。在她的心里，温砚现在俨然成了会活动的雄性荷尔蒙，因此她只驻足片刻便匆匆地上楼。

学校公布了这学期课程的成绩，纪汀登上信息网站，查询自己的成绩。她在等待页面跳转的过程中，心情有些小小的紧张——虽然她自我感觉把几门专业课掌握得都还不错，但谁也不知道最后的结果会不会和预料中的一致。

纪汀还没有在自己的电脑上安装 VPN（虚拟专用网络），因此加载过程很是缓慢。今天爸妈回来得早，保姆阿姨叫大家下来吃饭的时候，成绩还没加载出来。纪汀没有锁屏，"噔噔噔"地跑下了楼。

温砚正站在玄关处和她的爸爸妈妈聊天："叔叔阿姨，工作一切都顺利吗？"

"挺好的。"纪仁亮"呵呵"地笑着，拍了拍他的肩，"小砚，今天在家干什么了？"

"就看了会儿书。"温砚如实回答，"中午去市中心那边和汀汀还有带她的老师一起吃了顿饭。"

他这么一说，苏悦容"啊"了一声："我听汀汀说这个实习是你帮她找的？"她感叹道，"还没好好谢过你呢，帮了我们家这么大的忙。"

"叔叔阿姨也很照顾我，这是应该的。"温砚笑了笑，"何况，我只是帮汀汀推荐，最后能通过审核主要还是因为她自己资质优秀。"

纪汀被他夸得不好意思，赶紧声明："没有没有，还是多亏了阿砚哥哥，正源他们原本都不招本科生的！"

"这样啊？"纪仁亮有点诧异，郑重其事地说道，"小砚，真是谢谢你了。"

温砚弯了弯眼眸："叔叔，您别这么客气。"

几个人说话之间，纪琛拖着步子从楼梯上走下来，还是那副散漫的模样。他先是扫了一眼桌上丰盛的饭菜，然后又看了一眼纪汀。

纪汀见他这表情就不爽："干吗？"

纪琛双手插兜，慢悠悠地说："我刚刚经过你房间，看到你挂了一科。"

纪汀一下子大惊失色："啊？不会吧？！"她猜到有的课并不会拿最高分，

但……她也不至于挂科吧？！她连吃饭的胃口都没了，又“噔噔噔”地上楼，冲到电脑屏幕跟前。

成绩单已经显示出来，密密麻麻的科目排列在上面，纪汀的心跳如擂鼓，她从上到下一排排地检查着。到底是哪门课挂了啊？！经济学原理？财务管理？英语语言与文化……？

看着看着，她忽然觉出一丝不对劲儿——4.0，4.0，3.7，4.0……平均绩点是 3.9。她没挂科，而且，这成绩也太高了。

强烈的反差感让纪汀的心情如坐过山车一般上下起伏，她差点兴奋得叫出声来。她再次下楼的时候，脸上洋溢着幸福，周身的气息都暖融融的。

苏悦容担忧地小声呢喃：“这孩子，该不会打击太大给吓傻了吧……”

“……”

最后全家都知道了纪汀这学期的平均绩点是 3.9。纪仁亮和苏悦容对此没什么概念，只知道她的成绩貌似还挺不错的，随口问了一句：“小砚，这成绩大概在年级里排多少？”

温砚含笑注视着纪汀：“前三吧。”他弯了弯眼，“汀汀真棒。”

纪汀有些羞赧地低下了头，一下一下地拿筷子戳着饭，心想怕不是中午的饭局潜移默化地影响了他——不然他怎么总夸她啊？他弄得她怪不好意思的。

纪仁亮和苏悦容则有些震惊，没想到女儿在强者如云的经济管理学院还能名列前茅，一时之间欣喜万分：“这么厉害啊！来，乖宝儿，多吃点菜！”

纪汀抿住嘴唇：“谢谢爸妈。”她突然想到了什么，“对了，之前……是谁说我挂科了来着？”

所有人的目光投来，纪琛摸了摸后脑勺儿，干咳一下：“呃，我这不是想给她个惊喜吗？先抑后扬嘛。”

苏悦容道：“小琛，你都多大人了，还像个小孩似的跟妹妹开玩笑。”

纪琛原本还想说些什么，但蓦地看到了纪汀不怀好意的笑容。他忽然有种不祥的预感。

纪汀问：“哥哥，你期末考的成绩怎么样啊？一定也是门门的绩点都是 4.0 吧？”

纪琛顿时开始心虚——他有一门高等热力学明显考砸了，说不准真会挂科。他不自然地撇撇嘴："我还没看。"

纪汀笑得很甜："不如你现在就查一查，让爸妈也开心开心？"

纪琛故作平静："吃饭呢，一会儿再弄。"

"哎呀，很快的，我来帮你！"纪汀从未如此热情过，用手机直接登上了纪琛的学校网站，三两下地点开成绩单，把手机屏幕传给众人看。

…………

两分钟后，纪仁亮气得饭都不吃就把纪琛揪走训话时，客厅里还回荡着纪琛愤怒的喊声："纪汀，我记住你了！"

晚上，纪汀照旧等父母都入睡后偷偷地潜进温砚的房间里。男人对她的到来早已见怪不怪，张开双臂迎接她。纪汀爬上床，习惯性地蜷进他的怀里。温砚勾着唇，在她的额头上亲了一下。

小姑娘用双手搂住他的腰，娇笑道："今天要给我讲什么好听的故事啊？"

"给你讲讲程致远师兄创业的事？"

"好啊好啊！"

程致远是云辉科技的创始人，也是赫赫有名的清华校友，算是年轻的企业家中非常成功的例子。他也是靠做社交平台起家的，如今业务紧随大势向着人工智能的领域发展。公司不久前才在深交所上市，市值近千亿元。

程致远原本和另外一位师兄合伙创业，结果二人意见不合，在公司分立两派。昔日的挚友因利益跟他反目成仇、钩心斗角，几番被暗算后，他终于忍无可忍，使了点手段把对方踢出了董事会。

温砚的描述生动跌宕又饱含细节，她一听就知道这不是他从网上的采访里看来的，这像是一手的资料。纪汀好奇地问道："阿砚哥哥，你是不是认识他啊？"

"嗯，之前师兄回学校举办了一场关于AI（人工智能）的讲座，我在那儿和他认识的，后面一来二去的，也就熟悉了起来。"

"哇，好棒啊。"纪汀很喜欢这些不为外人所知的名人轶事，感觉跟听书似的，连续两三天晚上都指定要听这种类型的故事。温砚自然是顺着她，将自己的所见所闻一点一滴地与她分享……

睡前聊天是极为必要的增进情侣双方感情的步骤。但是依据经验来说，这件事常常进行到一半就会悄无声息地掺杂进一点别的东西。今天也不例外。

不知不觉间，随便一个动作就能轻易地勾起彼此最纯粹的情欲。两个人挨得近，呼吸缠绕得越发紧密，房间里也好似渐渐地升温。

黑暗中，纪汀的眼睛像葡萄玉一样亮，隐隐地含着期待。男人压下身来，带着点侵略的气息侵入她，像是要攫取她的心魄，滚烫又炙热。

纪汀被吻得大脑缺氧，待他松开桎梏，她的身子已经软得像一只小虾米——她软绵绵的，不能动了。

"阿砚哥哥……"她叫他的名字也仿若在撒娇，那声音比平常还要甜糯三分，温砚的眼眸一下子就沉了下来，如同这浓重的夜色。他的手指缓慢地插入小姑娘绸缎般的长发中，嗓音有些沙哑："嗯。"

这一声夹杂着性感的气音，直接在纪汀的脑中炸出一朵烟花。尾椎骨也蹿起一股电流，又酥又麻。有种陌生又熟悉的感觉在身体里流淌，她慌张却也不知所措，只睁着一双乌黑透亮的眼睛，微微胆怯地看着温砚。

空气里酝酿出浓重的暧昧气息。不过，彼此其实都清楚，他们并不能真的做些什么——且不说纪琛的房间就在隔壁，单论纪家这个地点就是极不合适的。

两个人安静地相拥，一同平复着有些急促过头的呼吸。纪汀离男人很近，隐隐地能察觉到他此刻定是不太好受。可温砚的自制力一向强大，在这方面也是一样，他哪怕忍得再辛苦也什么都不会说。

"让我帮帮你吧，哥哥。"耳畔响起小姑娘清丽的嗓音，温砚微颤眼睫，只搂紧了她一些，语气克制又疏淡："不用。"

纪汀问："不用？"

他的身子倏忽一僵，好像什么难言的地方被碰到了。他又听到她娇软的笑，她说："你该坦诚点的，哥哥。"

她的话挑逗又撩人，每个字都像带着钩子。温砚不知道她是否故意的，抑或她的骨子里就含着这样的风情。他轻蹙起了眉，恍惚觉得制止她的话怎么也说不出口。然而，他想拒绝也有些晚了，因为纪汀已经自作主张地开始了行动。

窗外漆黑的夜色无边无际，皎洁如雪的月光洒落，编织成一个靡丽的梦境，清冷却又炽热。

温砚曾听说过一个奇妙的神话故事——造物主造人时，会将一枚具有磁力的原石劈成两半放入他选中的男女的身体之中。而后，这对情侣无论相隔多远，最终一定能相遇。这种命运的感召被后世称之为缘分。

他在感官的极致体验中顷刻沉沦，喉间不自觉地溢出低哑的喘息——她就像一枚磁石牢牢地吸引着他，连同着他的心。他为她万般着迷。而对于纪汀来说，她的感受同样热烈，眼前这个男人就像是滋味醇厚的美酒，令人回味无穷——明明自己才应该是掌控节奏的那个，她却也深陷于其中，无法自拔。

温砚的身上有种特别好闻的香味，让人在不知不觉中渐渐地为它沉迷。纪汀被这种气息密不透风地包裹在内，觉得睡觉都比以往安稳舒心许多。

不知过了过久，她隐隐约约地听到了闹钟的声音。很快有人下床关掉手机，俯身把她抱起。这种“偷渡”活动每天早上都会进行，纪汀无意识地呢喃一声，然后伸出手臂攀住男人的脖颈：“哥哥抱。”

“嗯。”他似乎是轻笑了一声，很自然地吻了吻小姑娘软乎乎的脸颊。

他起来的时候，纪汀像只树懒一样顺势吊在温砚的身上，下巴靠在他的肩头，双腿钩在他的腰上。他用双手将她稳稳地托住，打开房门，朝空无一人的走廊上走去。他为了能让她再多睡会儿，把脚步放得极轻极慢。纪汀闭着眼，弯起嘴角，用鼻尖蹭了蹭他的脖子——她眷恋他身上的味道，也喜欢和他这样亲密。温砚无声地笑了笑，偏头吻在了小姑娘乌黑的软发之上。

…………

恍恍惚惚之中，纪汀感到男人好像停下了步伐。也许是因为女人的第六感，也许是感觉到如芒在背，她倏忽清醒了些。纪汀抬头，回眸看见纪琛震惊的表情。她看到他揉了揉眼睛，然后他好似没看清般又用力地眨了眨眼。

“……”

清晨六点，穿着睡衣的三个人在走廊里面面相觑。而纪汀还以某种不可名状的姿势牢牢地挂在温砚的身上。

这个局面是他们以前从来没料想过的，对在场的所有人都造成了堪比原子弹爆炸一样极强的冲击力。

纪汀呆了一会儿，才慢吞吞地从温砚的身上挪下来，乖乖地站在他的身边。她咽了一口口水：“哥哥，如果我说我是梦游不小心进了阿砚哥哥的房间，他为了不吵醒我才抱我回来，你会相信吗？”

纪琛终于有了点反应，嘴角勾起，弧度极为狰狞："你觉得呢？你觉得我会相信吗？"他冷冰冰地笑了一声，一瞬间让她觉得寒意四起，"我北大的，高考700分，你当我是傻子？！"

"好吧。"纪汀绞着手指，很怂地承认，"哥哥，我和阿砚哥哥在一起了。"

"……"纪琛的声音里像是带着冰碴，令她心惊肉跳，"什么时候？"

"六……六月初。"

又是一阵恐怖的寂静，片刻后，纪琛嗤笑着重复："六月初？"他想到自己之前嘲讽纪汀单身时她那忍耐的样子，又想到他给温砚发喻卓霖的照片时对方奇怪的反应。刹那间，所有的细节都串联到了一块儿，抽丝剥茧般清晰。

他咬着牙，一字一顿地说："合着你俩，把我们所有人都耍着玩呢？！"

"没……没有。"纪汀不由自主地往温砚的身后缩了缩，如同一只怕生的小猫寻求主人的庇护。

纪琛看到这情景更觉得火大，伸出食指对着她："你，给我一边去。"

然后他又面无表情地对着温砚说："你，跟我上楼。"

纪汀讷讷地问："为什么要上楼啊？"

纪琛皮笑肉不笑地说："我怕待会儿动静太大，把爸妈吵醒了不太好。"

"……"纪汀知道哥哥现在跟吃了炸药没区别。她很有自知之明地小步回房，临走前担忧地看了温砚一眼。好在男人的表情尚算镇定，纪汀从他的眼神中读出安抚的意味，也稍稍放下心来。

二人上了三楼，一路经过健身房、文娱厅，最后走到楼顶的阳台上。纪琛朝栏杆外面看了一眼，还是那副皮笑肉不笑的表情："给你一分钟的解释时间。"他那神态，那语气，好像在说——如果你让我不满意，我就把你从楼上丢下去。

…………

熹微的晨光之中，两个人沉默地对峙着。温砚看着他，没有立即开口。纪琛颦眉："说话啊。"

男人抿着唇，敛了一贯含笑的目光，眼睫轻轻地颤了颤。他半晌才低声说："阿琛，我是真心爱她的。"

"……"纪琛的怒火戛然而止。他也没深入去想其实这句话和惹他生气的点没有半点关系，他只觉得内心有点震动——他从没听过温砚用这样的语气说话。在他的认知里，对方的性情很淡漠，温砚这么多年也没表达出对任何事物的偏爱，哪怕是当着他们这些好友的面，活得简直像个菩萨。

纪琛突然不知道说什么才好。其实他之前也想过他妹妹会不会和阿砚在一起。他当时是不排斥这个想法的，只是觉得可能性微乎其微，这甚至有点荒谬。如今一下子知道这个事实，他又有点反应不过来。

温砚突然说道："我一直没跟你说过我家里的情况。"

纪琛撩起眼皮："什么？"

温砚的唇边掀起一丝淡淡的笑："我父母离婚了，在美国各自组建了新的家庭。他们很早就对我不闻不问，所以这么多年，我其实都觉得特别孤独。"

"……"纪琛张了张嘴，无言。

"但是，大三寒假来你家住的那短短一个月，我感受到了从未有过的温暖。"男人神色温和地说，"叔叔阿姨都是很好的人。我真的很喜欢这里。"

十分钟以后，纪琛从楼上下来，脑海里还回荡着温砚说的话。

"我潜意识里一直把你的家人当成我自己的家人。怕他们对我失望，不认可我，所以迟迟没有把这件事说出来。阿琛，你能够谅解我吗？"

纪琛回想起他们以前相处的一些细节——高中开家长会时，他随意地问了温砚一句："你爸妈呢？怎么没看到？"

少年俊逸的眉眼微沉，唇线平直，似乎纪琛提及了什么难以启齿的话题。片刻后，他抬头笑了笑："他们太忙了。"

毫无疑问，温砚是个情绪丝毫不外露的人。纪琛有时候也摸不准他到底在想什么。但是，当对方明明白白地把心里话说出来的时候，他又有点手足无措。

他仔细一想，温砚和纪汀在一起其实是挺好的一件事。对于这个妹妹，他嘴上虽然说着嫌弃的话，实则心里还是极其宠爱她的，他自然也希望她能寻得一个如意郎君。

而与温砚这么多年的情谊让他很清楚地知道，对方是一个多么值得托付的人。温砚又有这层关系在，可以说是亲上加亲。

纪汀一直焦灼地在楼下等着，半晌也没听到那所谓的"动静"，心也就不上不下地吊着，她生怕纪琛一激动，直接把她的男朋友推下阳台了。然而这两个人下来得还挺快，而且表情都挺正常的，温砚看上去也不像是被揍过的样子。

纪琛目光和缓地对她招手：“过来，咱们回房间说。”

纪汀也不知道温砚到底给她哥吃了什么药——怎么不过短短的一段时间，他的表情就从狂风暴雨变成了和颜悦色？总之皆大欢喜，她也不管那么多了，亲亲热热地把纪琛迎过来，给他捶背倒水。

纪琛面色不明地瞥了她一眼，又指指温砚：“你很喜欢他？”

纪汀讷讷地“啊”了一声，似乎有点不好意思。男人轻弯了弯嘴角，走出房间，把谈话的空间完全留给了这对兄妹。

见他走了，她才坦诚地说：“很喜欢。”

“好吧。”纪琛“哼”了一声，“我原谅你们的隐瞒之罪了。”

纪汀讨好地笑了笑。

他倏忽想到了什么，半眯起眼：“对了，刚刚你怎么从阿砚的房间里出来？你们——”

纪汀心虚地否认：“我……我们什么也没做！”

好在纪琛也没有过多地盘问她，转而问道：“这事，你打算什么时候告诉爸妈？”

纪汀的表情又紧张起来：“还是再过一段时间吧。”

“你们一个两个的，怎么这么——”话说到一半，纪琛想起了温砚刚刚的神情，又把话咽了回去，“好吧，随你们。”

纪汀试探地问道：“那哥哥，你能替我们保密吗？”

纪琛面无表情地盯着她，片刻后淡淡地点头。

她喜出望外：“哥哥，我就知道你最好了！”

纪琛差点被她气笑了：“你跟爸妈揭发我挂科的时候，咋就没想着你哥最好了呢？”

纪汀说：“我错了！您大人不计小人过！原谅我吧！”她殷勤地给他捏肩，“这个力度合适吗？”

“……”她突然这么乖巧，他还真有些不太适应。他正想着，身后的人又问：“能给我一个将功补过的机会吗？”

纪琛斜睨了她一眼：“什么意思？”

纪汀咽了口口水：“呃，你能看看你给予羡姐买的礼物送到了没有吗？”

纪琛虽然疑惑，还是点开了淘宝。“待收货”那一栏的物流清晰地写着“已送达”。

“……”局势好像有点不太妙。纪汀问：“予羡姐收到礼物，跟你说什么了？”

“问这个干什么？”纪琛想了想，还是调出了和邢予羡的微信聊天记录给她看，“她就说了句谢谢。”

女朋友：电动暖宝宝收到了，我很喜欢，谢谢。

“……”局势好像挺不妙的。她咳了一下：“其实，你知道给女生送礼物，买一赠一才是正确的打开方式吗？”

纪琛颦眉：“嗯？什么？”

“就是说你得送两份，而且一定要有时间差，因为这样会比较有惊喜感。”

纪琛狐疑地问道：“所以我要再给她买一个？”

纪汀一本正经地点点头。

纪琛问：“那买什么？”

“送化妆品是比较安全的，你可以买一个品牌限定的口红套装。”

纪汀手把手地带着纪琛下了单，又提出建议：“你再约她去吃个烛光晚餐，去那种比较有格调的餐厅。”

纪琛问：“去哪儿？海底捞？”

纪汀心想：唉，予羡姐可真不容易。

她又到点评 app 上挑了几家高档的西餐厅，让纪琛选其中一个西餐厅去预约位置。末了，纪汀特意叮嘱他：“到时候你穿得正式一点，别穿着短袖短裤就去了。”

所有东西都弄完以后，纪琛拍了拍她的肩：“谢了。”

纪汀说：“没事，这都是我应该做的。”

看着自己妹妹那甜美的笑容，纪琛总觉得哪里怪怪的，但是又说不上来。他瞅了一眼时间：“还早，你再回去睡会儿。”

“哦。”纪汀乖乖地回了自己的房间。

温砚还倚在房门外，纪琛把他叫进去：“喂。”

男人抬眸，耐心地等待他的下文。纪琛深吸了一口气：“虽然你和我妹是两情相悦，但有件事我还是得声明一下。”

温砚像是明白了什么，笑了笑："你说。"

纪琛说："你要是欺负她，或者惹她不开心了，我真会揍你。"

"放心。"男人挑了挑眼尾，语气却郑重地说，"不会有这一天的。"

看他这样子，纪琛心里也就踏实了，过了会儿他随口问道："对了兄弟，你之前送我妹的生日礼物是什么？"

"一块品牌女士手表，怎么了？"

"你没有给她两份礼物吗？"纪琛嗤笑了一声，嘲讽道，"你可真不懂女人。"

温砚满脸疑惑的表情。

两个多月的暑假说短不短，说长不长，到九月中旬的时候，秋季学期终于到来了。

纪汀也没想到一晃眼就在校园里待了一年了，第一次看到二校门好像还是昨天的事情。

新学期伊始要进行奖学金的评选，纪汀申请了学院最高的荣誉"国家奖学金"，全院三百多人，只有四个名额，竞争非常激烈。而结果居然和温砚估计的分毫不差——她真的排名前三，也获得了国家奖学金。

在国家奖学金的激励下，纪汀充满了干劲儿，社工、学习排得满满当当，生活可以说是多姿多彩。当然，她也没忘了她亲爱的男朋友。

因为周围的朋友大多知道了他们的关系，两个人在校园里终于不用再遮遮掩掩了。他们虽然都很忙，但也会尽力挤出时间见面。大多数时候是温砚迁就纪汀，去图书馆陪她学习。

十月份以后，天气渐渐地转凉，纪汀常常一出宿舍门就能感到扑面而来的寒意。但不少女同学为了好看还穿着夏日的短裙，白花花的小腿光是看着都让人觉得"美丽冻人"。

纪汀站在听涛园的门口，手握一杯热拿铁，等温砚过来接她去北馆自习。

刚下过一场小雨，空气中还弥漫着潮气。男人身着黑色呢子大衣，阔步朝她走来。纪汀一看到他，嘴角瞬间扬起笑容："阿砚哥哥！"

温砚弯了弯嘴角，朝她伸出手："走吗？"

她把指尖搭在他的掌心上，又甜甜地笑了笑。

听涛园的斜对面是一个漂亮的小花园。

草坪很软，带着点雨后的清新和泥土的芬芳。太阳在茂盛的枝叶外探出了头，橘黄色的暖光毫不吝啬地洒向这片生机勃勃的土地。

温砚牵着纪汀的手往北馆走。经过草坡的时候，他笑着问："要不要去那边坐坐？"

这个坡是有名字的，叫"情人坡"。纪汀每天下课经过这里、午间吃饭、傍晚归寝时，都能看到有零零星星的几对情侣依偎在一起，他们沉浸在浓情蜜意和卿卿我我里。她每次经过的时候都很羡慕他们，感觉自己受到了很大的伤害。

而现在……她瞄了温砚清隽的侧脸一眼，顿时有了"农奴翻身把歌唱"的感觉："好！"

温砚微微一笑，修长的手指握紧了她的手，两个人在半坡的位置找了个地方坐下。坡上的其他人投过来好奇的目光，他不甚在意这些，捧住她的双手微微地呵着气："冷吗？"

纪汀今天穿得的确不多，顺势偎进了他的怀里，温柔地说道："嗯，好冷啊。"

温砚用自己的大衣环住她纤瘦的双肩，将下巴搁在她的肩窝处，低声笑道："哥哥给你暖暖。"

一种强烈的甜蜜从纪汀的心里冒出来。她小幅度地转了个身，侧着脸贴在他的胸口，良久才说道："我好幸福啊。"

四目相对，二人都感觉到了彼此间那胶着的情意，温砚一只手覆上纪汀的后脑勺儿，将她微微地拉向自己。呼吸缠绕，纪汀下意识地闭上了眼。下一刻，唇上有了柔软的触感。他的吻看似绅士温柔，实则占有意味十足。他辗转之中含着厮磨，几乎让她顷刻沉沦。

温砚把她压在柔软的草坪上，五指挤入她的指缝中，他像是索取又像是给予。不知过了多久，他缓缓地松开了她。小姑娘的眼角湿漉漉的，唇上水光润泽，她微微地喘着气。

温砚低着头，漆黑的眼眸里云雾翻涌。周遭的声音在此刻被尽数收录到耳中，纪汀才反应过来他们是在公共场合。虽然是在情人坡，但他们这么做未免……有伤风化。她感到来来往往的行人好似在朝这边打量着，小脸登时烧了起来。

纪汀蝶翼般的睫毛上下轻晃，温砚似乎看出了她的慌乱，促狭地低笑一声，作势俯下身来。

“等一下！”她一把撑在他的胸前，瑟缩着往后退了点。

他装作不明所以的模样：“怎么还躲哥哥呢？”

纪汀深知这人就是个“切开黑”，心思也活络了起来——近朱者赤近墨者黑，总在他的身边耳濡目染，她也是有两下子的。

“啊，哥哥，你别这样。”纪汀声音娇软地说道，“爸爸妈妈知道会打死我们的。”

温砚顿了一下，笑意更深：“是吗？”

“嗯，虽然我也很喜欢哥哥。”她羞涩地低下头去，神情自然地转化为失落，“但是……但是我们是不能在一起的！”

不远处在坡上坐着的情侣往这边望过来，眼神里带着惊愕和不敢置信。

温砚无视他们的目光，更紧地与纪汀十指相扣，含情脉脉地凝视着她：“可是，哥哥好喜欢你，怎么办？”

一句话就差点让她举手投降，纪汀勉强维持自己的表情，磕巴道：“我……”

偏偏温砚还不收手，眸光染上一丝缱绻：“哥哥想亲你。”

她的心也更乱，她咬紧嘴唇仰头看他。旁边蓦地传来一个倒吸冷气的声音，纪汀眨了眨眼，重新被激起斗志，稳住了心神：“不行，哥哥，你这种行为——”她像是难以启齿，生动地诠释了陷入不伦之恋的挣扎，声音细若游丝，“是很变态的……”

“变态？”温砚像听到了什么好笑的话，双眼微弯起来。半晌，他凑近纪汀，在她的唇上啄了一下，亲昵地说道：“嗯，我是变态。”

抽气声更明显了。

“啊，不玩了不玩了。”纪汀的脸仿佛能滴出血来，她害羞地把脸埋在他的衣襟里，“我认输还不行吗？”她求饶道，“阿砚哥哥，我们去北馆学习吧。”

温砚低笑了一声，搂着她的腰站了起来：“好。”

目光不经意地瞥过远处，纪汀看到一对情侣正眼睛一眨不眨地看着自己。他们一副惊恐、呆滞、三观完全被震碎的模样。她感到脊背一凉，冲温砚恶狠狠地说道：“瞧你干的好事，等我一下。”

小姑娘的模样奶凶奶凶的，他憋住笑，一本正经地说道：“遵命。”

纪汀费了好一番口舌才让人家相信他们并不是真的亲兄妹，她转身离开的时候，背后传来一句幽幽的话：“真会玩。”

“……”纪汀觉得自己的脸都丢尽了。

男人低沉有磁性的笑声从前方传来，她走上前去，发泄似的捶了一下他的胸膛，他却笑得更大声了，眼角眉梢都是愉悦。纪汀的眼神幽怨又委屈，温砚弯了弯嘴角，手心朝上：“手给我。”

她“哼”了一声：“不给。”这人真的是……太坏了！他没脸没皮！

这个念头还没完，她就听到温砚发出一声失落的“啊”，接着他可怜巴巴地说道：“求求你了。”

纪汀一脸震惊地看向他——男人低垂眼眸，紧抿着唇，一副乖顺的模样。不是，什么时候他变得这么无节操无下限了？他说来就来，也太会了！

温砚再接再厉：“哥哥错了，只是因为太喜欢你了才那么说的。如果你介意别人听到的话，哥哥跟你道歉。”

纪汀本来只是单纯有点羞愤，现下火还没燃起来就被他完全扑灭了——他真的太会哄人。没有哪个女孩子在听到心上人的表白时会不感到甜蜜的。她不自然地干咳了一声，给自己找了个台阶下：“没……没事，我也没生气。”

“那就好。”温砚顺势牵住她的手，扬起嘴角在她的耳边低声笑，“糖糖，去北馆吗？”

“嗯。”小姑娘的耳朵尖冒着粉红，声音细如蚊虫叮咛。他看在眼里，唇边的弧度又加大了些。而纪汀这一路走来，满心满眼都被温砚占据，她丝毫没有发现路人同学们的目光频频地朝他们俩投来。

同学们第一眼看去，主要是觉得这对情侣的颜值太高，他们非常般配；第二眼看去——哎，这不是砚神和经济管理学院的那个系花吗？！他们真在一起了？！

当晚，水木清华论坛上再度沸腾了，话题榜上 # 温糖情侣 # 高高地挂起。

1 楼：相信大家都看到今天温糖“惨无人道”地虐“单身狗”的情景了吧？

2 楼：楼楼，你不是一个人……

3 楼：近距离被暴击，我真的现在只能啊啊啊啊啊啊啊啊！

4 楼：我听到纪汀叫砚神“哥哥”……啊，我死了。

5 楼：不说了，直接上图［图片］。

6楼：这个手牵手的背影也太甜了吧！在我的作业堆里抬头舔糖嘤嘤嘤！

7楼：这一对真的绝了，真的绝了，真的绝了。（重要的事情说三遍）

8楼：温糖是真的！啊啊啊啊啊啊我搞到真的了！

…………

这个帖子随随便便就有了几百楼，热度仍然在持续地攀升，越来越多的网友加入磕糖大军。

这天晚上，回到宿舍的时候，纪汀再次感到一片诡异的宁静，一回头，三个舍友齐刷刷地看着她，她们森然地露齿微笑。纪汀无端地脊背发凉“怎……怎么了？”

蔡瑞琪盯着她，阴森地开口：“曾经有一个女大学生。”

纪汀满脸疑惑。

“她一直在向她的舍友树立单身人设，结果一转头，网上到处都是她和沈晋初秀恩爱的图片和消息。”蔡瑞琪弯了弯嘴角，“你猜那个女生最后怎么着？”

纪汀咽了口口水：“怎么着？”

蔡瑞琪说：“她因为不够朋友，被她的舍友做成小点心吃掉了。”

纪汀起了一身鸡皮疙瘩，面上强装镇定：“那……温砚的人气也没有到偶像明星那么夸张吧？”

蔡瑞琪面无表情地笑了两声：“女人，果然如此，你果然和他在一起了！”

“……”

接下来上场的是丁玲：“当初是不是有人信誓旦旦地说，‘哎呀他只是我的哥哥，我们不会在一起的’，嗯？”

“那个……”纪汀半天才挤出一句，“计划赶不上变化嘛。”

舒雯说：“呵，女人。”

任凭她怎么巧舌如簧，她都无法逃脱舍友们涕泪交加的控诉，她们说：“那些年，终究是错付了！”

“……”

第十三章
葡萄玉

经济管理学院每年十月底的时候都会举办“顾问委员进课堂”的系列活动，邀请全球知名的企业家来校开办讲座。学生可以报名做讲座助教，纪汀一听说有近距离接触大佬的机会，立刻提交了申请材料。

经过层层选拔后，她被分配到瑞典最具影响力的家族掌门人杰帕德·康特纳的课堂。该家族一百多年以来掌控了北欧的最大财团瑞索达，亦商亦政，擅长利用双层股票结构进行长期价值投资。

助教小队里一共有四名同学，非常巧的是，组长竟然是和她有过一面之缘的施斐然学姐。之前在紫荆地下餐厅，纪汀只扫了一眼就看出她对阿砚哥哥的心思，如今纪汀与她正面打交道，她那颇为冷淡的态度再次佐证了这一点。但对方不挑破，纪汀也就装作对此毫无察觉，继续维持着表面的功夫。

根据施斐然的分配，她和纪汀要在周六下午亲自去清华的东南门迎接康特纳先生。还未到四点的时候，纪汀就早早地等在校门口，给施斐然发微信：学姐，你大概什么时候到啊？

今天太阳不见踪影，云层密布，外面寒风萧瑟，不一会儿她的双手就被吹得失去知觉。然而她等过了点，不仅没等到回复，也没有看到康特纳先生的车。

纪汀隐隐地觉得有点不对，当即联系了另一个助教同学，谁知对方告诉她刚刚嘉宾已经到教室了。合着施斐然是玩了她一把，纪汀冷笑一声，很快返回舜德楼，找到了讲座所在的地点。

按照原计划，应是施斐然和纪汀两个人一起主持串场，然而对方不等她到就自作主张地一人开场了。无论她是想抢功表现自己，还是纯粹看纪汀不爽，纪汀都觉得她这种吃相太过难看。

“康特纳先生是瑞……呃，瑞索达集团的董事长……”

她要手段也就算了，关键是还频频出错，一段几百字的开场白卡壳不断，当真是丢人现眼。

康特纳先生原先还是微笑着看着施斐然，礼貌地等她说完，但随着时间的流逝，他的脸上也隐约地染上一丝不耐烦。

在一个停顿的间隙，纪汀很自然地把话头接过，介绍本次课程的主要内容。她的一口英语流利动听，发音标准，纵使是观众席上的外国留学生也投来惊诧的目光。

纪汀早已将串讲词倒背如流，不仅零失误，还和台上台下都有眼神交流，让人感觉非常专业。

“下面让我们热烈欢迎康特纳先生，有请！”

会场中掌声雷动，康特纳先生含笑看向纪汀：“请问你叫什么名字？”

纪汀说：“我叫 Chloe，先生。”

“好，非常好。谢谢你精彩的开场白，Chloe。”

纪汀落落大方地笑了笑，在第一排的侧面坐下，以便随时上台。

同组的联合助教给她发微信：我看斐然姐那样，还替她捏了把汗，感谢有你救场啊！

纪汀勾了勾唇，回道：没事，这是我应该做的。

上半场讲座的内容满满都是干货——对于国际经济形势的审视、康特纳家族的投资理念以及瑞索达的经典投资案例。纪汀在下面聚精会神地听着，几乎感觉不到时间的流逝。

中场休息是问答环节，施斐然拿起话筒正想串讲，康特纳先生便笑着说道：“Chloe，你觉得我讲得怎么样？”

纪汀站起来，弯了弯嘴角：“您的讲座内容给我留下了深刻的印象，我收获颇丰，对于长期价值投资也有了更加全面的了解……”她转向场下的观众，“相信大家也和我一样，迫不及待地想和康特纳先生直接对话，下面同学们可以踊跃发言。”

顿时有不少人举手，纪汀便下台传递话筒。

讲座持续了两个多小时才结束，施斐然代表助教小队为嘉宾赠送了纪念品，纪念品是一把写有苏轼诗句的中国折扇。等观众逐渐散场以后，几个人还和康特纳先生合了影，又把他送到了舜德楼门口，看着人上了车。做完这一切，他们回到教室，擦黑板、关电脑，收拾残局。

其间，温砚发来微信：糖糖，需要我去接你吗？

两个人约好了一起吃晚饭，纪汀便让他六点半在楼下等她，又趁着无人注意时，顺便语音跟他吐槽了一下施斐然的奇葩操作。

“要不是我力挽狂澜，就给嘉宾留下不好的印象了……”她抿了抿唇，孩子气地“哼”了一声，“你过来的时候要帮我气气她。”

温砚问：“怎么气？”

“就，叫我的时候亲昵点就可以了。”

他轻笑：“好。”

纪汀满意地挂了电话。她对温砚的理解能力百分之百地放心，觉得他肯定领会到自己的意思了——其实她就是想在情敌面前秀个恩爱。

大家整理好教室的桌椅，关了灯，一起下楼。施斐然走着走着，突然说道：“纪汀，中场休息的串讲词本来是我的部分，你都给抢了，是什么意思啊？！”

她这完全就是责备的语气，其他两个联合助教一愣，神色古怪起来——你自己英语那么烂，还不准人家帮你暖个场吗？而且，人家嘉宾单独暗示了纪汀，她不得接话吗？但碍于施斐然是学姐，他们低下头并没有说什么。

纪汀淡淡地笑了笑：“斐然姐，我以为你是想用中场的部分换我的开场词呢，还有——”她歪了歪头，“你不是跟我说在东南门接嘉宾吗？我在那边多等了二十分钟。”

施斐然被噎了一下，含糊地说道：“是我记错了。”

这话说得全无抱歉之意，破绽百出，纪汀懒得和她再费口舌。几个人说话之间已经走到舜德楼的门口。施斐然还想揪着她不放：“总之，你这种抢词的行为——”

纪汀还在疑惑她怎么不继续说了，思绪流转间抬头，目光对上男人俊逸的眉眼。啊，原来是她男朋友来了！他一直都招人得很，无论站在哪里，都是万众瞩目的对象。

纪汀笑眯眯地站在门口的台阶上看他，示意他走近点。温砚了然地弯了弯唇，上前一步，对她伸出手——他的手指修长又好看，骨节分明，像是精心雕刻的艺术品。

“哎呀，阿砚哥哥，你怎么来了——”

纪汀还没来得及开始表演，就被温砚一把扯进怀里。她有点蒙，眨了眨眼睛，便听到耳畔传来男人低沉有磁性的笑声。

他似是抬手揉了揉她的脑袋，语气满含宠溺：“来接你啊，宝贝。”

纪汀满脸疑惑和震惊：哦，我的天，我的妈。他太可以了，真的太可以了！她每次给他一张一百分的卷子，他一定能做到一百二十分，从来没让她失望过，不知道施斐然有没有被秀到肝颤。

纪汀笑得狡黠，温砚牵过她的手，很自然地带着她往外走，连一个眼神都没有留给旁人。

旁边蓦地传来“啪嗒”一声——不知是谁的笔掉在地上了，接着施斐然声音颤抖地说：“砚哥，你……纪汀，你们……怎么……”她堪称语无伦次，思绪混乱。

纪汀没想到她连校园论坛都没看——那这打击可能就太大了些，啧。她回过身来，亲昵地挽住温砚的手臂。而男人则淡淡地颔首，向施斐然介绍：“这是我女朋友。”

施斐然张了张嘴，这下连声音都发不出来了。她勉强地笑了笑：“我有点事，先走了。”

纪汀目送着她，看到她仓皇地离去，终于觉得心里舒服了点。虽说这么干还挺幼稚的，但温砚愿意配合她，还是让她感觉很开心，她仿佛被他捧在了掌心里。

看见小姑娘上扬的嘴角，温砚低声地笑道：“出气了？”

“嗯！”纪汀依偎在他的怀里，眼睛弯得跟月牙儿似的，“哥哥你真好！”

二人说说笑笑地坐上了车，在五道口附近找了一家餐厅吃饭。他们吃到一半，纪汀问：“阿砚哥哥，今晚你忙吗？”

温砚沉吟道：“应该没什么事。”

“那我今晚能不能去你那里过夜啊？”

因为创业所在的 x-lab 平台就在学校的东南门附近，温砚为了便于工作又搬回了学校宿舍，但是还长租着国贸那边的公寓。纪汀还挺喜欢那个地方的，便提议道：“咱们晚上可以去你公寓里看电影啊。”

温砚含笑凝视她：“好。”

他总是对她百依百顺，宠得不行，纪汀捂嘴偷乐：“我说什么你都说好？”

男人温声应道：“嗯。”

“嘿嘿，你真好！”她的语调绵软得能沁出粉红的泡泡。

身为一个经济学意义上的理性人，纪汀觉得自己谈起恋爱来不应该是这样的——她至少不应该这么腻歪，一句话反反复复地说，像是表达障碍一般。但是人算不如天算，她这个国家奖学金的获得者因为抵抗不住男朋友的魅力，堕落到了狗都嫌的地步。

回到公寓之后，纪汀开始研究客厅里的电视。

这个电视是点播 TV，可以自动搜索当下大热的剧集、电影和综艺。她先点进“科幻动作”和“都市青春”，来回翻了几页，觉得都不是很感兴趣。正要退出页面的时候，她看到一旁的“恐怖惊悚”栏目。

纪汀自小就怕看恐怖片。但是怕归怕，她对于情节的设计和那种观影的刺激感还是蛮好奇的，同时又有种想要挑战自我的心理。一个人的时候她肯定不敢看恐怖片，但现在有男朋友陪着，怎么说都让人安心许多。

温砚勾了勾唇：“想看恐怖片？”

纪汀调到那一栏，跃跃欲试：“嗯。”

“行，那就看吧，我陪你。”

纪汀经过比对，选了一部叫作《夜半魂》的片子。

电影的开场音乐响起的时候，客厅的顶灯被温砚熄灭。温砚在她的身旁坐下，笑了一下：“这样比较有氛围。”

确实如此，光是听着诡异阴森的前奏，纪汀就起了一身鸡皮疙瘩。

男主角原先在房间里看书，听到外面有敲门声，便起身向外走去。黑漆漆的窗口如同蛰伏的野兽的双眼。运镜晃来晃去，像是有人在跟踪他。

心跳得越来越快，纪汀忍不住朝温砚挪得近了一点：“阿砚哥哥，我怕……”

“没事，我在呢。”他摸了摸她的脑袋，揽着她的肩将她搂进怀里。

这个节点上，男主角已经走到门口，拉开了门——

“啊！”客厅里发出一声尖叫。

没错，这个高达七十分贝的“啊”，并不是男主角叫的。在门即将被打开的那一刻，纪汀就控制不住地喊了出来，一头扎进温砚的怀里。男人甚至都没防备，直接被她压倒在沙发上。不知撞到了哪里，他极低地闷哼一声。

电视屏幕上，老旧的房门转轴生了锈，发出“吱呀”的响声。男主角的朋友在外站着，拿着新鲜的水果蔬菜：“今晚咱们自己下厨吧？”

空气里瞬间有种尴尬的寂静。纪汀讪笑着起身：“对不起，我反应太大了。”

然而还不到五分钟，她又重蹈覆辙。温砚沉默了片刻，轻声地笑起来：“这么害怕？”

她靠在他的身上，能感到他胸腔的细微震动，他好像极好地被取悦了一般。但这个笑落在纪汀的耳朵里，就莫名地有点冷嘲的意味了。她噘了噘嘴：“你嫌弃我？”

“没有。”温砚顿了顿，“我还挺喜欢你这样——”他意味深长地说，“对我投怀送抱的。”

纪汀一下子又被他说得赧然，可实在是害怕，于是只能抱着他的腰不撒手，支棱着脑袋怯怯地看着屏幕。

她突然发现——好像，似乎，只有，她一个人在看鬼片。因为每次她失声尖叫的时候，温砚就在旁边笑。好几次她怕得不行，瑟瑟发抖，恍惚中目光飘向男人，她就看到他眼睛一眨不眨地看着自己。

片刻后，温砚怜惜地抚摩着她乌黑柔顺的发尾，感叹道：“你怎么这么可爱？”

纪汀一下子就火冒三丈了——她在这边真情实感地代入电影，他却只顾着看她的笑话。

“你好讨厌哪！不要再说了！”纪汀仰着头，伸手去捂他的嘴。然而悦耳的低笑声还是源源不断地从指缝间溜出来。情急之中，纪汀翻身坐在了温砚的身上，恶狠狠地制止他：“别说啦！”

像是开启了某种不知名的开关，纪汀觉得男人的眸色倏忽幽深了起来。她这才反应过来自己坐在了哪里，慌乱之间就想下来，手腕却被他牢牢地握住。

背后的电视机突然发出叫喊声，但他的吻更快，如疾风骤雨来袭，让纪汀无暇去顾及其他。少顷，她感到一阵天旋地转，背部陷进柔软的沙发，她困在他手臂之间的方寸之地中。可她心里还惦记着看到一半的鬼片："电……电影……"

"别管它。"低哑的嗓音溢出喉间，温砚把纪汀压在身下，唇瓣与她的唇瓣厮磨辗转。他吻得很用力，是要掠夺一切的架势。

纪汀几乎要喘不过气来，眼角逐渐有了湿意："阿砚哥哥……"

名字是最好的催情剂。男人吻她娇艳欲滴的唇，吮她雪白柔嫩的颈。他的动作简单直白，却又带着无边的欲望，勾人心魄。

黑暗中，温砚的眼里燃起滚烫的温度。片刻后，他半撑起身体，居高临下地看着她，仿若野兽在盯着自己的猎物。

纪汀蓦地有种下一秒就要被他拆吃入腹的危险的错觉。四肢僵硬着，她紧张地等待他的进一步动作。

但那种气势又在一瞬间收拢。男人重新沉下身来，温柔地吸吮她小巧玲珑的耳垂，着迷似的，一遍又一遍。

铺天盖地的吻也随之降落，纪汀好似被裹挟在湍急的水流中。她攀住他的脖颈，如一片无根之萍，被动地承受着汹涌的浪潮。

电视机的声音实在嘈杂，光是听声音就知道那是多么可怕刺激的场景，沉闷的脚步声、阴森的音乐声和凄厉的尖叫声交叠响起。鬼魅的黑影在雪白的屏幕上一闪而过。

纪汀却觉得听觉可能已经失灵——她的大脑中一片空白，耳畔他压低的喘息声被无限放大，性感至极。

温砚占据了她的感官和全部身心，让她迷失在他强势的节拍里。纪汀的指尖陷入他的黑发中，脚背绷直，她随着激流起伏。

秋日时节，入夜越来越早。随着暗幕落下，对面的楼宇已经亮起明灯盏盏——无论何时，北京的中央商务区总是如此繁华。

屋内的电视机已经自动进入待机模式，但是无人有闲暇去管。不知过了多久，室内终于平静下来，连一丝响声都不再有。

纪汀困倦不已，累得连眼皮都抬不起，哼哼唧唧地推着餍足的男人："抱我去洗澡……"

头顶很快传来一声轻笑："遵命。"

温砚起身，把几近昏迷的小姑娘抱去浴室里清洗，然后又搂着她在主卧的大床上相拥而眠。

对于纪汀来说，一觉睡到晌午俨然成了正常的事。她意识清醒后，第一个念头是——她以后再也无法直视恐怖片了。谁能想到？谁能想到？！这个变态竟然在看恐怖片的时候也如此兴致高涨。而且昨晚，她毫不怀疑——如果不是因为她实在不行了，他还可以继续。

纪汀揉着发酸的腰和腿，感到非常迷惑——人类的极限到底在哪里呢？之前两次都因为晚起而错过了很多信息，纪汀在床头柜上摸到了自己的手机，开始检查有没有什么要紧的事情。微信里大多是朋友们的闲话，她松了一口气。

对她彻夜不归这件事，宿舍群里的反应也没有原先那么大了，三人依次发了一个［龇牙］的表情。

蔡瑞琪：下次纪汀再不回来，我就去水木清华论坛上看看，她和砚神是不是又约会了［龇牙］。

丁玲：逐渐找到规律［龇牙］。

舒雯：［龇牙］［龇牙］［龇牙］。

纪汀和她们插科打诨完毕，十分感兴趣地登上了水木清华论坛，发现昨天她和温砚在舜德楼果然又被拍到了。

…………

6 楼：我死了，我死了，我的妈呀啊啊啊！

7 楼：嗷嗷嗷嗷，失去了言语的能力只想为绝美爱情流泪！

8 楼：温糖太甜了！我一脸笑停不下来！

9 楼：还等什么？！请你们速去民政局！实在不行我搬过来也行！

10 楼：听说有人需要我，我已经乖巧地自动移过来了！

11 楼：祝长久！

12 楼：祝长长久久！

…………

“糖糖，你在看什么？”

耳畔骤然洒下温热的吐息，纪汀一个激灵，嘴角的笑容僵了僵。她做贼心虚似的一把将手机反扣：“没什么。”

她是侧卧朝里的姿势，因而也不知道他究竟看没看到那些话，应该……没有吧？她感觉自己的动作还是挺快的。然而下一秒，这个想法就不幸地被否定。

温砚坐在床沿，俯下身来，低沉的嗓音中隐隐地有着细碎的笑意：“温糖太甜了，嗯？”他离她的距离极近，说话的时候薄唇若有似无地划过她后颈的皮肤，撩起她酥酥痒痒的感觉。

“……”啊啊啊她还是被看到了。

纪汀不知怎的就觉得特别羞耻——一个人偷偷摸摸地看这种东西，似乎还特别享受的样子。纪汀干巴巴地说道：“就随便看看论坛。”

温砚轻笑了一声，慢条斯理地抬手，指尖落在她的耳郭上，一下一下地轻揉摩挲：“哥哥都不知道网上还有这种讨论帖。”他似笑非笑，“他们是怎么说我们的？”

——啊啊啊啊啊太甜啦！

——请你们原地结婚！

——搞快点搞快点！

纪汀回想起刚刚一眼扫过的内容，面色变得有些不自然，她支支吾吾地说道：“没说什么，就你看到的那些。”

温砚装作不明所以：“我看到什么了？”

“就你刚刚念出来的。”

“嗯，什么？”

他一副非要她亲口说出来的模样，纪汀都快崩溃了。她早就知道这人才不似表面看上去的那样温柔纯良，他就喜欢捉弄她。但她向来不甘示弱，竭力维持住脸上的云淡风轻，盯着他，一字一顿地说：“说我们俩，般配。”

温砚的表情顿了一下。他的目光中带着星点笑意，缓慢地扫过纪汀粉扑扑的脸颊，他半晌才悠悠然地出声：“这评价挺中肯的。”

“……”论脸皮厚，她大约永远是比不过他的。安静了一会儿，纪汀扯开话题：“我饿了。”

温砚点头：“嗯，哥哥抱你去刷牙吃早餐。”

话虽是这么说，他却迟迟没动作。四目相接，纪汀歪了一下头，满脸疑惑。男人弯了弯嘴角，不紧不慢地说道：“亲我一下。”

纪汀问：“什么？”

好像是以为她真的没听清，温砚咬字清晰地重复：“你亲我一下。”

“……”合着他还有条件呢？这就有点乘人之危的意思了。她保持微笑，深吸一口气，示意他：“你靠我近点，我够不着。”

闻言，温砚用双臂撑在她的身体两侧，含笑低头。

“再近点。”

“……”

“近点。”

他的嘴唇几乎就要贴上她的，一双桃花眼里闪过促狭的笑意：“这样够得着吗？”

“嗯。”

男人果然停了下来，留有不多不少的细细薄薄的一层缝隙，等待着。

纪汀不由自主地咽了口口水——距离这样近，近得他们能听见彼此心跳的声音。他的黑色瞳仁里水光潋滟，甚至映着一个小小的她。她的睫毛颤了颤，目光有些躲闪地下移，落在他弧度微挑的薄唇上。

就在纪汀犹豫着该怎样亲他的时候，温砚垂眸，在她的唇上轻轻地啄了一下。她眨巴眨巴眼，他又埋首，浅浅地吻了吻她，像是情人间的耳鬓私语。这样的温柔很容易让人上瘾，纪汀钩住他的脖颈，闭眼沉醉地回应着。

半晌，温砚贴近她的耳畔，哑着嗓子低声诱哄：“想不想……”

纪汀立刻回过神来，条件反射般拒绝他：“不想！”她原以为自己的语气应当是斩钉截铁的，谁知说出来的话就像一声嘤咛，不仅一点威慑力都没有，反而含着点欲拒还迎的意味。

…………

于是，等纪汀终于被抱到餐桌前时，早饭已经凉得透透的了。

十一月初，经济管理学院的学生们纷纷报名参加“今经乐道”经济热点分析大赛。该比赛是学校的最高星级赛事，来自全国高校的大学生皆可报名，经过初赛、复赛和决赛三轮角逐出前三甲。

纪汀在学院里的成绩名列前茅，自然成了抢手的香饽饽，收到不少组队的邀请。她根据平常的观察，选了几个成绩好、能力强的队友。

这届比赛要求自选行业，研究改革开放以来的产业升级趋势和变革。纪汀小组选择的是新零售行业，一周要进行好几次小组讨论，推进报告的撰写进度。

临近比赛中旬的时候，他们小组的报告通过了初赛，成功进入复赛。复赛答辩要结合十分钟的 PPT 展示，也可以采取其他形式展示。几个人商量后，决定做一个一分钟左右的开场视频。

同组的一个男生建议："我们可以实地走访一下那些新零售门店，将供应链的传送流程呈现给评委老师。"

这个建议可行，但在纪汀看来，它的时间成本较高，而且它在吸睛的效果上也没那么出彩。她说："最近不是也双十一了吗？不如我们就以两分钟一百亿元的成交量为突破口切入，综述四十年来零售行业由传统商超到电商再到新零售行业的转变？"

纪汀这么一说，大家的脑子里都有画面了。

"这个好，开头我们就放一些数据，用 Python（计算机编程语言）做成很震撼的那种云图效果，肯定一下子就能吸引大家的注意力！"

果不其然，复赛答辩那天，他们小组的展示获得了老师们的一致赞许。

两周之后的决赛，在伟伦楼的报告厅内进行，届时学校会邀请一些业界精英和学术导师，并且整个过程都是面向全校师生开放的，极为正式。

听闻冠军可以获得经济管理学院硕士生推免的面试资格以及实习推荐，纪汀是冲着第一名去的。她在忙着比赛的同时，温砚那边同样也事务繁多——启宴扩大了团队规模之后，费用开销也大大上升，根据目前的状况，他也在有意地接触一些天使轮的投资机构。

其实以他目前的人脉，他想拉个几百万元甚至上千万元的融资会比其他创业者轻松许多。但是就算关系再近，人家也要花真金白银，所以立项报告、尽职调查、投委会审核的流程一步都不能少。

连续好几周，他和胡昱祈都在接洽有意向的投资人，有时谈完工作也会顺其自然地约一些饭局。在酒桌上说讨巧话，本就是温砚最擅长的——有时还不等胡昱祈详谈他们具体的底层技术，对方就已经满口答应着要给钱。

因此大约到十二月初，投资基本已经谈妥——领投的是业内的一家顶级VC（Venture Capital，风险投资），专注于TMT（数字新媒体）行业，剩下跟投的几家也都是业内名声响当当的风投公司。

周五晚上，温砚跟胡昱祈又和对方的负责人一起吃了顿饭。酒过三巡，大家都到了兴头上，状态有些飘飘然。

“温总，胡总，咱们可说好了啊，明早……明早就转账！”

胡昱祈说道：“张总人就是爽快，干杯！”

温砚本就想尽快地促成这件事情，因此没有特别克制自己，推杯换盏间也喝了不少。近来酒局不断，他隐隐地感觉胃有些不舒服，缓慢地走到卫生间里，双手撑在盥洗台两侧。他有一种想吐又吐不出的感觉，脑袋昏沉沉的，伴随着头痛，太阳穴“突突”作响。再加上他前几日没注意，不小心感冒了，实在很难受。

温砚闭了闭眼，掬了一捧凉水泼在脸上，好让自己清醒一点。不一会儿，胡昱祈也踉踉跄跄地走了进来。瞅见四周无人，他附在温砚的耳边低声说：“我喝完这顿就戒酒了！”

温砚哼笑了一下，没说话，只是低着头，直勾勾地盯着下水管道口。

“你干吗呢，兄弟？”

胡昱祈一靠近，浓厚的酒味就飘了过来，温砚颦了颦眉，觉得胃里一阵翻江倒海：“离我远点。”

谁知胡昱祈一听不乐意了：“你干吗凶我？你是不是嫌弃我？”

温砚抬手捏了捏紧皱的眉心，头痛地叹了口气。他本来就不舒服，这人又发酒疯，“叽叽喳喳”地说个不停：“你是不是不爱我了？你是不是外面有狗了？！啊？你给我老实交代……”

他终于忍不住一把推开胡昱祈，扶着水池的边缘吐起来。直到感觉整个胃都吐空了，温砚才停了下来，埋着头大口大口地喘气。喉结滚了滚，他又打开水龙头，拨到冷水的那一边，把脸冲洗干净。等到平复了些，他抬头一看，发现胡昱祈还戳在原地，对方抿着嘴，神色委屈万分。

温砚满脸疑惑。胡昱祈声泪俱下地指控他：“你推我！你竟然推我？！”

“……”温砚心想，是时候考虑换个合伙人了。

好不容易应酬完，温砚叫了辆专车回公寓。胡昱祈甚至比他喝得更醉，连路都走不明白，打着拐艰难地前进。

温砚有点看不下去，打算让司机绕路，先把他送回学校。他搀着胡昱祈在路边等车，谁知这家伙突然挣脱他，一屁股在马路边坐了下来。

“我不要回去！我就睡这里！天是被地是床，这里就是我的家！”

温砚连个眼神都懒得给他，但是又不愿明早的头条是“震惊！清华学子竟落魄睡大马路”，便耐着性子将他拽起来。

北京的冬夜寒风凛冽，冷意砭骨。风一吹，温砚明显感觉自己清醒了些。但因为喝得太多，他仍旧有些胃痛，而且竟然还觉得心里热，整个人躁得不行。

不远处传来寒暄的声音：“Caesar，我们也好久没见了，近来可好？”

“挺好的！你呢？”

“Pretty good（我很好）!”

本来那不过是普通的对话，温砚也没怎么往心里去，只觉得这美式口音有点熟悉。他随意地一抬眼，视线却定住了。

大型综合购物中心的马路边停着一辆红色的跑车。女人有一头大波浪卷的头发，穿着时尚明艳，从头到脚的衣服都精致昂贵。隔着大老远，温砚已经闻到一股香水味——那是他熟悉的气味。

温砚认识站在她对面的男人，他是 MGS 投行部的北京主管。

他不知道她为什么会出现在这里，兴许她是工作出差，抑或是专程会友。这些他都不知道。他只知道他们已经三个月没联系了。而她飞回国内也没有告诉他一声。

就在这时，跑车的前门被打开，一个金发碧眼的男人下了车。女人向 Caesar 介绍：“这位是我的先生，Dennis。”

两个男人握了手，开始用英语对话。过了一会儿，女人笑着说了句什么，又从车内的婴儿车里抱出一个两岁左右的小孩，小孩洋娃娃一般漂亮。

“Caesar，这是我儿子。”

“哇，真可爱，你们是过来旅游的吗？”

“回国办点事。”女人低头亲了亲小孩的额头，“顺便带 Dennis 和我家宝贝来看看北京。”

他们还在一来一回地交谈，温砚的血液却上涌，又下坠，像这寒意入骨的晚风一样冰凉。他注意到她使用的字眼是“my baby（我的宝贝）”。他注意到她对怀中小孩的笑容是那样发自内心。

温砚怔怔地看着，觉得好似被风眯了眼，视线模糊起来。如果说以前他还不屑，觉得即使他得不到也不会有别人得到。那么现在，眼前的这一幕就是最大的反讽——他得不到的东西，有人能毫不费力、轻轻松松地得到。凭什么呢?

哪怕在外面喝到吐，温砚都觉得没什么可丢脸的，但是在这一刻，母亲无意中的一个温柔的笑却让他感觉如此狼狈不堪。

坐上专车以后，胡昱祈倒是安分了许多。车窗里映出温砚沉默的眉眼，他凑过去，小声地问道：“兄弟，你怎么了？”

温砚恍了恍神，垂眸道：“没事。”

司机把胡昱祈送回学校，又把车开到温砚的公寓楼下。

这酒的后劲儿有点足，温砚越发觉得头脑昏沉，摸着黑进了门，直接在沙发上倒了下来。没一会儿他就觉得热，胡乱地把外衣脱了，蜷起身体闭上眼。

室内一片寂静，没有一丝人气，只有窗外呼啸而过的风声。

胃开始一抽一抽地疼，而后又是一阵难挨的钝痛，他捂住胃部，维持着那个姿势没动。这样似曾相识的夜晚，也是幢幢月影，冷清而寂寞。

那天他发烧到将近四十摄氏度，家里一个人也没有。他昏睡了整整一天，醒过来的时候出了一身的冷汗，然而床边还是没人。温砚记得很清楚——当时他自暴自弃地想，是不是哪怕他死了，也是悄无声息？那时他不过才小学二年级。

如今再度陷入这种境地已不会让他觉得彷徨无助。反正，他只要熬过来便好了。

意识有些涣散，温砚半合着眼，一顿一顿地呼吸着。不知过了多久，响亮的手机铃声刺破了这片寂静。他喘了口气，挣扎着看了一眼屏幕，缓缓地按了接听。

“阿砚哥哥，我们刚比完‘今经乐道’决赛，我们队拿了第一名！高教授特意表扬了我们呢！”

小姑娘怎么都掩饰不住兴奋，仿佛在得意扬扬地求着夸奖。

温砚的喉结滚了滚：“恭喜……”这对她来说是有着纪念意义的一次比赛，他理应到场却遗憾地缺席，实在是不应该。

“糖糖，我——”温砚的眼眸黯了黯，他正想说些什么，然而喉咙的极度不适迫使他停下。

电话那头传来压抑的咳嗽，纪汀的笑意倏忽凝固，她蹙起眉头：“哥哥你怎么了？你生病了？”

“不碍事，我……喀喀……睡会儿就好了。”

听他的声音似乎情况很严重，纪汀的语气严肃起来：“你在哪里？”

“公寓……”

她“噌”地站起来：“我现在过去。”

温砚又咳了两声，哑着嗓子说：“别……别过来，太晚了，你一个人不安全……”

纪汀突然有点生气，假意应付了他两句便挂了电话。她把刚拿到的奖杯收进柜子里，将身上的商务装换成了便利的休闲服，整理了一些过夜用的必需品，又从药箱里拿了几种治感冒发烧咳嗽的药。

已经晚上十一点多了，纪汀也不敢坐快车，便叫了安全保障系数最高的专车。

她去过好几次温砚的公寓，把门牌号记得一清二楚。她轻车熟路地找到具体的位置，七拐八绕地上了楼，距离越近，心情也越发着急——不知道阿砚哥哥怎么样了？她用自己的指纹开了密码锁，动作很轻地推开门——屋内漆黑一片，鸦雀无声。

纪汀不知道温砚是不是真的睡着了，没有出声，脱了鞋放在门口，穿着袜子走了进去。她把带来的东西留在鞋架旁，缓慢地迈步踩在地毯上，经过餐桌，绕到沙发的正面。

借着月光，纪汀看清了温砚此刻的模样——他侧身蜷着，双眸紧闭，眉峰却颦起，他似乎正在承受着什么难言的苦楚，鸦羽般的眼睫轻轻地颤着，胸部随着粗重紊乱的呼吸上下起伏。

纪汀的心里有点发涩，像被人用针尖狠狠地戳了几下，泛起一阵直入肺腑的疼。她蹲下来，下意识地伸出手，摸了摸他的额头，却被那滚烫的热度惊得缩了回去——他在发烧。

小姑娘柔嫩的指尖带着丝丝缕缕的凉意，对于体感已经失常的病人来说是再好不过的慰藉，温砚迷迷糊糊地抓住那只手，把它贴在了自己的心口处。

“热……”他低喃着。

鼻尖萦绕着一股浓重的红酒味，纪汀心知他是又出去应酬了，叹了口气，眼神里尽是怜惜：“怎么把自己弄成这样？”

这句话轻得像一片羽毛，在安静的室内却异常清晰，像一滴水落入池中，荡开层层涟漪。

温砚的睫毛颤了颤，他慢慢地睁开了眼。失焦的瞳孔还带着些蒙眬，他似是有些不敢确认般地询问：“糖糖？”

纪汀轻声道：“是我。”

他个子一米八几，这样的姿势对他而言着实委屈，纪汀把温砚的手臂搭在自己的肩上，扶着他坐了起来。

温砚咳了两声，单手捂住自己的额头，嗓音低哑：“你怎么来了？我不是让你别来吗？”

纪汀的动作一顿，她也没回答，只是从书包里取出退热贴。她撕了包装给他贴上，神态极其专注，但是她不看他的眼睛。温砚想说什么，也被她低头避过。

纪汀倒了醒酒的蜂蜜水，又状似心无旁骛地给他喂了退烧药。整个过程行云流水，自然又到位，看不出任何嫌隙。

在这样的情境下，温砚自始至终都模样乖顺，极为配合她，只是偶尔稍稍地侧眸，偷觑身旁的人两眼。半晌，他终于出声：“糖糖，你生气了？”

纪汀抿着唇，拨弄了一下他额前凌乱的碎发，直言不讳道：“是。”

温砚小心翼翼地抬眸：“是因为我没去看决赛吗？”

“……”

他低声道：“对不起。”

纪汀不知道他是因为喝醉了所以脑子转不过弯，还是他本身就是这么想的，反正她只觉得胸口被气得发疼。她蹙起两道秀气的眉：“温砚，你到底有没有把我当成亲近的人？！”

这算是极其严厉的指控，男人似有些无措：“糖糖，我——”

“生病了都不知道告诉女朋友一声吗？那你还要我干吗？当摆设吗？！”纪汀重重地呼出一口气，“你还说我不会照顾自己，你才不会，你是最不会照顾自己的人！你不知道你这样我会心疼吗？你是不是故意想让我心疼啊？你这个坏人……”她边说边哽咽起来，眼中蓄起了泪，肩膀也跟着上下耸落。

他所有的出发点似乎都是围绕着她，他从未考虑过自己一分一毫，连猜测她生气的缘由都是如此。

温砚神情慌乱地抬手，抹去纪汀脸颊上滚落的泪水。他哑声地重复：“对不起，对不起……”

她心头酸涩，扑上去抱住他：“别再说对不起了。”他没有任何对不起她的地方啊。

温砚埋首在纪汀的肩颈处，脑海里蓦地闪过不久前看到的那幅鲜艳刺眼的画面。他一言不发地回抱着她，用孩童寻求慰藉般的姿势。他不知道她为何就有这样的能力，她能让他身体里流淌着的躁意一瞬间消散不见、无影无踪。

少顷，纪汀搂住他的后颈，平复了一下自己的情绪，才缓缓地开口：“我……就是看不得你难受，哪怕是一丁点都不行，所以你要照顾好自己，知道了吗？”

温砚轻声应道：“嗯。”过了一会儿，他闷闷地问，“那我要是照顾不好自己怎么办？”

男人又发烧又醉酒，哪怕喝了醒酒的蜂蜜水还是有些思维不清，神色显现出几分迷茫。纪汀看着他，觉得他这样子简直百年难遇，他有种说不上来的可爱。她破涕为笑，凑过去，亲昵地和他碰鼻尖，又蹭了蹭他：“你有我了。”

温砚抬眸盯着她，像是在思考她这话的意思。

纪汀说：“以后，我会照顾你的。”

她也是慢慢地才意识到——很多事情他不告诉她，不是不愿让她参与自己的生活，而是因为他习惯了一个人来面对这些。所有疲累的、苦痛的、难过的事，他都选择独自一人扛下来。她爱上的是一个不爱喊疼的人。

眼中起了雾，纪汀眨了眨眼，轻轻地重复一遍：“我会照顾你的。”

月色织成一张细细密密的网，温柔地笼在两个人的身上。墙壁上的琉璃灯盏反射出迷人的光，光与月光交相辉映。

温砚抬起手，轻抚她的侧脸。他喃喃道：“你的眼睛好亮。”她的眼睛仿若两枚葡萄玉。

“可以一辈子这样看着我吗？”他问——她可以照顾他一辈子吗？

纪汀听懂了他的言外之意，上前轻抵住他的额头。她的心软得不像话，像是化成了一摊水，她却成心逗他：“你现在喝醉了，谈这些，明天早上起来就忘了。”

“我不会忘的。”温砚颦起眉来，似乎有点不满她的质疑，“我记得清清楚楚呢。”

“是吗？那你知道 CAPM（资本资产定价模型）的公式是什么吗？企业的自由现金流怎么算？一共有哪几种估值方法？”

“……”

纪汀望着男人静默的面容，干咳一声——她是不是有些过分了？她正准备挽尊，便听到他回答：“CAPM 是预期回报率等于无风险利率加上 beta 乘以市场风险溢价。”

纪汀张了张嘴，温砚继续道：“无风险利率一般用美国十年期国债，beta 可以通过回归得出，也可以通过可比公司得出，不过后者需要根据资本结构先去杠杆再加杠杆——”

“行了行了！我知道你记得了！”纪汀蓦地站了起来，又咳了一声，“赶紧去洗漱然后上床睡觉。”

“我已经回答了，那你是不是也应该回答……”

男人坐在沙发上仰头看她，抿着唇，眼眸湿漉漉的，那神情竟让纪汀有种自己是“渣男”的感觉。有些话过了那个点就再难提起，她不太自然地催促他：“哎呀，你……你就先去嘛。”

温砚又用那种眼神看了她一眼，“哦”了一声，起身走进卧室里。

纪汀注视着他的背影，缓慢地长呼出一口气。她整理好自己带来的东西，捧起桌上的水杯喝了一小口水，心稍稍地放下一些。可还没过几分钟，卧室里就传来翻箱倒柜的声音：“糖糖，你……你过来一下……”

“怎么啦？”

纪汀走进去，目光一滞——男人敞着衬衫的衣襟，上半身健硕紧实的肌肉一览无余。可他的领带却还挂在脖子上，松松垮垮地系着。

温砚坐在床沿上，语气无辜地说道：“我不记得我的睡衣放在哪儿了。”

纪汀不自觉地勾了勾嘴角：“CAPM 你都记得，睡衣找不到了？”

“嗯。”他极其坦然地点头，低头看了一眼脖子上纠缠在一起的带子，“还有这个东西，我好像解不开。”

纪汀没忍住，“扑哧”一声笑了，从拉开的一格柜子里取出睡衣，然后又三两下地帮他把领带取了下来。

温砚凝视着她，又问道：“你能不能帮我换一下衣服？”

“……”

纪汀强烈怀疑这人其实是在故意勾引她。目光走马观花地掠过他的胸口和腹部流畅的曲线，她梗着脖子说道：“你自己换。”

“哦。”温砚状似失落地应了一声，极慢地抬手脱掉了上衣。然后他开始解皮带，但是不知道出了什么问题，怎么样都解不开。他捣鼓了半天，数次尝试，仍旧进展为零。

纪汀有点看不下去，拿起长袖睡衣先给他套上：“坐好了。”

“哦。”温砚伸直两条长腿，任由她摆弄自己，折腾许久，终于把裤子也换好了。

纪汀把他的西装挂在衣架上，脸上飞起一抹不甚明显的红晕——刚刚她不小心碰到了他，差点就趁机占便宜！还好她把持住自己了。

“糖糖……”某人又在叫她。纪汀回头看见温砚从卫生间里出来，他纤长的睫毛上还沾着水滴：“我洗漱完了。”

他掀开被子上床，怔怔地看着她。

纪汀没反应过来：“嗯？是要睡了吗？”

她关了灯，试了试他的体温，觉得体温稍微正常了些，不由得松了口气，替他掖好被角：“晚安啦。”

她转身想去洗澡，却被温砚一把拉住。他紧握着她的手腕，力道有点重，纪汀讶异地回眸，男人的表情和之前无差，不含任何攻击性。

“怎么了？”她微弯下腰，摸了摸他的额头。

“你……还没回答我呢。”

原来他还记着这件事。纪汀觉得又窝心又想笑，轻声地哄道：“一会儿上床跟你讲，好不好？”

温砚动了动眼睫，点头：“好。”他补充道，“我等你。”

纪汀之前不知道他喝了酒之后会变得这么可爱，像个小孩子一样。她弯起嘴角，抿着嘴笑说："好，我马上就回来。"

…………

等她洗完澡出来之后，床上的人已经进入了熟睡之中。纪汀蹑手蹑脚地走过去，从另一侧爬上了床。她侧卧着身子，面朝男人，静静地注视着他清隽的侧颜。他可真好看哪。

纪汀不由自主地朝他靠近了些，抬手描摹他五官的轮廓。她出神了好一会儿，过了一阵子，又轻触了一下他的额头。嗯，他大体是无碍了。片刻后，似乎想到了什么，纪汀用气声说道："现在回答你。"

"只要你想，我就会看着你的。"纪汀轻笑，"一直，一直这样看着你。"

身旁的人眉眼舒展，好似听见了她的话。纪汀凝视他半晌，安心地闭上了眼。

她白天忙着决赛的答辩，基本上就没怎么休息，晚上又这样匆忙地赶过来，这会儿已是累极了，很快就坠入一个不知从何而起的梦境。

窗幔薄纱舞动，一室静谧温馨。黑暗中，温砚缓缓地睁开双眸，睫毛在眼睑处投下一层淡薄的阴影。他小心地抬起手臂，将熟睡的小姑娘搂进了怀里，俯身亲吻她的眼睛。

月华如练，男人垂眸，声音极轻："糖糖，那咱们就说好了。"

他的家总是这样，没有一丝鲜艳的色彩，只有灰暗的色调和藏青的沙发。

温砚看到自己坐在沙发上，低垂眼眸，睫毛轻颤。他说："我没有爱人的能力。"他的表情是近乎自暴自弃的绝望——一个生长在阴影里的人，不会爱人，也没资格被爱。

一瞬间幻象丛生。

温砚看到父亲例行公事般的冷淡的姿态，看到母亲眼中一闪即逝的漠然的神情。最后他们彼此相看成厌，毫不犹豫地分道扬镳，留他一人在岔路口默默地伫立。

他又看到在香樟树下，女人的车经过他，却没有停下。Dennis 坐在副驾驶座上，怀里抱着那个漂亮的孩子："爸爸妈妈今天带你出去郊游，好不好啊？"

欢声笑语离他越来越远，像彩色照片褪成了黑白色。

温砚表情平静地目送他们远去。他想，自己果然已经失去了拥抱温暖的能力。自此之后，人生皆是凉意。然而——片刻后，一个软乎乎的小团子蹭进他的怀里，将手慢慢地摸向他的心口。她娇笑着说："不，你有，你爱我啊。"

他喃喃道："我爱你……"

温砚感觉自己心口的缺陷好像被什么东西填满了。期待、甜蜜、欢欣、鼓舞……很多种不知名的情绪包围着他。这种充盈的感觉，难道就叫作"爱"吗？

小团子搂紧他的脖颈，气息与他交织："我也爱你啊。"

…………

鸟儿啼声婉转，晨光洒进屋内。

纪汀担忧地看着床上的男人——他的脸色很不好，额边滴着冷汗，眉头也不自觉地颦起，他似乎是陷入了梦魇。她想要叫醒他，可是没一会儿，他的呼吸就均匀了起来。

看他不再有异样，纪汀也就打消了叫醒他的念头。她低垂眼眸看着温砚俊朗的面容，嘴角染上一抹温柔的笑意。她轻轻地抚摩着他额间的发，用纸巾一点点地拭去那些潮气。她其实也没有弄出太大的动静，男人却缓缓地睁开了漆黑的眼。

"吵醒你了？"纪汀的语气里含着歉意，她笑了笑，"我去给你倒杯水。"

她还没起身，却被他从身后抱住。纪汀轻轻地呼了一口气，侧过脸，柔声问道："怎么啦？"

温砚没说话，只是更紧地拥住她，力道大得像是要把她揉进骨髓里。纪汀心知他大约又忆起以前的那些事了，沉默半晌，轻声道："我不会走，你先放开我。"

他僵了一下，五指蜷缩起来，然后他极慢地松开了手臂。"弄痛你了吗？"温砚的声音很低，"抱歉，我刚刚……做了个噩梦。"

"没有啦。"纪汀突然转过身，把他往床上一推，眼里有着促狭的笑意，"你不放开我，我怎么亲你啊？"

吻落在温砚的眼睛上，他的喉结滚了滚，他不由自主地将呼吸都屏住。好半天，温砚感觉她把头埋在自己的颈窝处，才睁开眼睛。

"梦到什么了？愿意和我讲讲吗？"纪汀亲昵地蹭了蹭他的脸颊。

温砚抿着唇，缓缓地开口："梦到……很黑很黑的地方，只有我一个人，冷得彻骨，我很害怕……"他的声音蓦地温柔起来，"然后你来了，我就不怕了。"

纪汀忽然感到很心疼，眼底渐渐地氤氲起潮气。她举起手臂，搂住了他的脖颈。这个动作让温砚想到梦里的画面——真正拯救他的那个画面。他渐渐地弯起双眼，抬手抱住她的腰，一下一下地亲吻她的唇，表情虔诚。

…………

阳光透过帘幔的纱料跃动，屋内染上了些暖意。

纪汀摸了摸温砚的额头，察觉到他真的没再发烧了，半悬的心彻底放下。在这样极其温馨静谧的场景中，连安安静静的拥抱都是一种治愈。

过了好一会儿，温砚唤道："糖糖。"

"嗯？"她温柔地应声。

"昨晚……"男人抿着唇，半晌低低地说道，"我遇到我母亲了。"

纪汀顿了一下指尖，轻轻地摸了摸他的黑发，哄道："嗯，然后呢？"

"她看起来似乎很幸福，他们一家三口……"温砚眉目轻敛，神情划过一丝脆弱。

他一遍遍地告诉自己不应该介意也不应该期许，可那到底是血浓于水的亲情，他又怎么能真的做到视若无睹？纪汀也明白这个道理，心里酸酸地叹了口气——那是他的亲人，无论理智和情感上如何割裂，那都是他一辈子无法摆脱的关系。对他而言，这种关系是禁锢，也是束缚。因而她只是耐心地倾听他的话。有些东西，说出来就释然了。

温砚看着小姑娘姣好的容颜和清澈的双眼，心绪平静下来，唇角逐渐有了一丝笑意。

"说起来……"纪汀像只小猫咪一样在他的怀里蹭了蹭，糯声道，"我还要感谢你的母亲呢。"

温砚一怔，听到她的声音中含着狡黠的笑意，她说："要是没有她，我就找不到这么好的男朋友了啊。"

男人的眼里缓缓地涌上毫不掩饰的情意，他扶着她的腰坐起来，紧紧地把她圈在怀里。他们额头抵着额头，纪汀抿唇笑："男朋友。"

"嗯？"

"我申请亲你一下，可不可以啊？"她这话带着坏意，语气娇俏，尾音上勾，撩得人心里一阵酥痒。

"你说呢？"温砚的笑声低沉地传来，房间内很快传来纪汀因缺氧而呜咽的求饶声。

过了好一会儿，男人站起身来，勾着嘴角："给你做早饭去，想吃什么？"

纪汀软软地笑了笑："什么都行，你做的都好吃。"

他好似被取悦了，刮了刮她的鼻子，心情极好地转身出去。

吃饭的时候，纪汀问："下个月就放寒假了，到时候你来我们家过年吧？"她说完，又想起他近日很疲累，担忧地问道，"工作特别忙吗？"

温砚安抚她："还好。现在拿到融资之后，资金方面应该不成问题。我打算在创业科技园那边租一间办公室，然后就可以比较规范地运营起来了。"

纪汀盯着他半晌，叹了一声："要是我能早点出来工作就好了，那样你就不用这么辛苦了。"

"糖糖这是想让哥哥当小白脸啊？"男人喉间溢出一声轻笑，刻意逗趣，却看小姑娘仍旧有些发愁的模样，他摸了摸她的脑袋，认真道，"哥哥不辛苦。"

"……"

"一想到以后你还会陪在我的身边，哥哥就不觉得辛苦了。"

第十四章
那就惯坏吧

寒假的这一个多月，纪汀找了一家深圳的私募公司实习。

投资是她之前没有接触过的领域，业务流程和卖方不一样，她每天中午都在找 senior 约饭，请教学习一些买方经验和行业洞见。

临近过年，家里又开始张灯结彩，贴对联、贴福字，一番红红火火的景象。晚上吃饭的时候，家庭的氛围极其和谐，他们一起谈天说地。

纪汀问："咱家公司去年收入怎么样啊？"

纪仁亮笑道："还不错，比前年的净利润要多上百分之六十，主要还是因为接了两个客户的大单……"

他说着说着，突然抽了口气，纪汀赶忙道："爸，怎么啦？"

苏悦容颦眉："估计是老毛病犯了，你爸最近总是腰疼，也不知是怎么回事。"

纪汀有点担心："那，要不去医院看看？"

纪仁亮摆摆手："嗐，没事，年纪大了，总会这儿那儿有点不爽利，都正常的。"

"就是，"纪琛插嘴道，"指不定就是吃太多动太少，肥肉搁那儿堆积，压迫神经。爸，你看你那游泳圈都多少层了……”

三个人的目光齐刷刷地扫来，纪琛“喀”了一声：“看我干啥啊？”

纪汀“噘”了一声：“你能不能少贫嘴？”

苏悦容说：“就是，你说你一个男孩子，说话行事能不能稳重点？”

纪仁亮：“你看看人家小砚，怎么你和人家差别就那么大呢？”

纪琛说：“哎不是，我闭嘴还不行吗？这怎么还群起而攻之呢？”

三个人依旧嫌弃地注视着他。

纪琛举起双手：“好吧，我知道，这个家是容不下我了。”他边说边起身，“我这就走，让温砚过来，反正他和纪汀在一起了，正好也算是你们半个儿子……”

纪汀满脸疑惑：猪队友！

苏悦容满脸疑惑。

纪仁亮满脸疑惑。

餐桌上一阵寂静。

纪琛突然反应过来：哎不对！我说了啥玩意儿？！

半晌，纪仁亮率先开口：“纪琛，你刚刚说什么，再说一遍？”

面对纪汀杀人般的眼神，纪琛第一次感到有点怂：“我……我说，其实是我，我在和阿砚谈恋爱，成吗？”

“……”

纪汀终究没有逃过被单独谈话的命运。苏悦容把她叫到房间里：“汀汀，说说吧，你跟小砚是怎么回事。”

只是面对母亲，纪汀还没那么紧张，但仍旧有些期期艾艾——以这种方式让爸妈知晓这件事，实在是下下策，她被动得很。她抿了抿唇，承认：“妈妈，我确实是和阿砚哥哥在一起了。”

对于纪汀来说，这种隐瞒的感觉特别不好，让她心里也挺愧疚的。她低下头：“已经好几个月了，对不起，没有跟你们说……”

然而，想象之中的批评并没有到来，苏悦容温和的嗓音传来：“这有什么可对不起的？”

纪汀讶异地抬眸，苏悦容说：“汀汀，妈妈也不是那么死板的人，没说孩子谈个恋爱必须得报备的，这是你的权利。只不过，要是你愿意分享，妈妈也会很高兴。”

纪汀怔住了。

苏悦容说："说实话，刚刚知道的那一刻，妈妈其实挺惊讶的，因为之前也没想过你和小砚能走到一块儿。他是个特别周到细心的孩子，妈妈其实一直都挺喜欢他的，总是在想，是哪个女孩这么好福气，能够被他照顾。"她笑了笑，"没想到是我们家汀汀。"

纪汀被苏悦容说得赧然，但还是弯起了嘴角："妈妈，他真的对我特别特别好。"

苏悦容笑道："行，那妈妈就放心了。"

纪汀倏忽想到了什么，吐了吐舌头："可是……爸爸他会不会生气啊？他之前还嘱咐我说遇见合适的先相处相处，别那么早就确定关系……"

"你爸那个性格，确实在某些方面会有点一根筋。"苏悦容安抚她道，"你放心，妈帮你好好跟他说说。"

"嗯嗯。"纪汀轻叹了口气——别的没什么，她就怕爸爸对阿砚哥哥不满。

苏悦容给她支着儿："这不是快过年了吗？你让小砚正式过来拜访一下，估计你爸这面子上也就过得去了。"

苏悦容走后，纪汀赶紧给温砚打电话："哥哥，我们的事情被我爸妈知道了。"她气鼓鼓地补充一句，"都怪我哥这个憨憨乱说话。"

"糖糖，别担心。"

温砚声音镇定地说："正好要过年了，如果叔叔阿姨同意的话，我就上门去拜访一趟。"

这和苏悦容的想法不谋而合，纪汀道："好，那我去跟他们商量商量。"她想了想，又嘱咐他，"现在主要是我爸那边比较难攻克，总觉得我谈恋爱之前要先给他看看，不能那么快就定下来，所以，估计他现在不怎么高兴。"

"好。"温砚轻笑一声，"我会认真想想怎么取悦岳父大人的。"

"……"呸！不要脸！

打完电话下楼，纪汀一眼就瞄到坐在沙发上的纪仁亮。

苏悦容正在和他说着什么，气氛看上去不算轻松，纪汀不由得有些发怯，想偷偷摸摸地回房间，结果纪仁亮沉声把她叫住："纪汀。"

她僵硬地转身，又乖又甜地应道："爸爸。"

纪仁亮说："你过来。"

纪汀怀着壮士断腕的心情，梗着脖子走了过去，眨巴眨巴小鹿般的双眸，又叫了一声："爸爸。"

纪仁亮一看女儿这个样子就心软，面上却维持着十成十的严肃。他情绪不明地"哼"了一声："你和温砚在一起了？"

纪汀低眸，抿唇点头："嗯。"

纪仁亮说："多久了？"

她的声音越发细小："半……半年。"

"半年？"纪仁亮皱起眉头，"也就是说，上次暑假他来的时候，你们已经在一起了？"

"……"有时候爸妈太聪明真不是什么好事，她本来还想蒙混过关的。她硬着头皮，再度嘤咛："嗯。"

纪仁亮冷笑一声："我就说嘛，他怎么就对你那么好，又是介绍实习又是请吃饭的，原来是这样。"

纪汀弱弱地反驳他："阿砚哥哥一直都对我挺好的啊……"

纪仁亮扫了她一眼，她立刻乖乖地闭嘴。

"是挺好，你俩瞒得还挺好。"他面无表情，"亏我一直把他当亲儿子看待，没想到是引狼入室。"

"……"纪汀心想：爸爸，没有那么夸张吧？！在她的眼里，爸爸现在就是个正在闹脾气的小孩子，需要顺毛哄哄。

"爸爸，他真的对我很好的。"纪汀诚恳地说道，"而且，他的人品、性格你也是知道的啊。"

纪仁亮的表情有了一丝细微的变化，但他还是一副不为所动的模样。

苏悦容也在一旁调和他们："小砚也是咱们看着长大的，你瞧逢年过节对咱家多上心哪，总是送那么多东西……"

纪仁亮一扭脖子："哼，我现在觉得他就是蓄谋已久，早就看上了我们家汀汀，那些全都是糖衣炮弹！"

纪汀想笑但又生生地憋住，心想：爸爸，您就别嘴硬了。其实她完全能够理解纪仁亮的想法——他就她这么一个女儿，她突然一下子交了男朋友，和别人更亲近了，他心里难免有点不平衡。再者，原来他看温砚就像看自家的小孩，现在他站在挑女婿的角度看待温砚，标准自然更严苛一些。

纪仁亮很高冷地说："汀汀，你让那小子给我打个电话。"

纪汀小鸡啄米似的点头："好的好的，您稍等哈。"

接通了电话，纪仁亮走去阳台上。纪汀在窗帘后暗中观察，竟奇迹般地发现爸爸的表情逐渐变得缓和了些，甚至到后面，他的语调也很平静。

等他接完电话回来之后，她问："爸，你和阿砚哥哥聊了什么啊？"

纪仁亮依旧高冷地说："没什么，让他过年的时候过来，我要当面跟他说道说道。"

纪汀在心中幽幽地叹了口气，心想：阿砚哥哥，我心疼你。你太难了。

虽说这一出让大家都有点猝不及防，但新年依旧在万家灯火中如约到来。

腊月二十八的早上，温砚依言登门拜访。

门铃声一响起，纪汀就赶紧跑去给他开门："阿砚哥哥！"

男人的嘴角噙着一抹温柔的微笑："新年快乐，糖糖。"

"你也新年快乐。"纪汀站在玄关处，向里指了指客厅，用气声道，"他们就在里面。"

她瞥了一眼他手中的大包小包，很夸张地惊叹："哎呀！你怎么带这么多东西？！这些补品是给爸妈的吗？！这得多贵啊！啊，你还给我带了我最喜欢吃的糯米团子！我好开心！"

纪汀的那点小心思被温砚一眼识破。他也不说话，就那么含笑看着小姑娘。纪汀表演完毕之后，附在男人的耳边说："别害怕，我会罩着你的——"她还没说完就感觉脸颊被啄了一下。

四目相对，温砚似笑非笑地勾了一下唇，语气似调情："好。"

纪汀睁大眼睛，有些不敢置信——光天化日，朗朗乾坤，这人竟然……亏她还觉得他像个被人欺负的小可怜，现在看他这样子，她真是瞎操心！

她思绪回转间，温砚已经进了客厅。他把手上的东西交给保姆阿姨，对着苏悦容和纪仁亮彬彬有礼地问好。

苏悦容本来就对他印象好，现在更是怎么看怎么喜欢："小砚来了？快过来坐！"

纪仁亮重重地咳了一声，目不斜视地端着一本《1Q84》，一副恍若未闻的模样。

“……”纪汀心想：爸您可真会摆造型啊，书都拿反了。

温砚一点也没有被无视的尴尬，笑了笑：“叔叔阿姨，新年快乐。”

苏悦容递给他一个厚厚的红包：“小砚，这是我和你叔给的红包，新年快乐啊！”

“谢谢叔叔阿姨。”

纪仁亮又咳了一声，缓缓地把书放了下来，却还是没有吱声。纪琛这时从楼上下来，看见温砚，有些心虚地打了声招呼就溜了。

客厅里流动着越发微妙的空气。就在纪汀又开始紧张的时候，温砚主动说道：“叔叔，您上次说的那幅画，我给您找来了。”

纪仁亮有点惊讶，略一挑眉，忍不住开口询问：“怎么弄来的？”

温砚说：“这是我朋友的藏品，见我想要，就送给我了。”

画装在一个精美的盒子里，存放完好。纪仁亮不动声色地看着温砚耐心地拆开层层包装，直到整个画面呈现出来。入目是一抹明艳的金黄色——盛秋之时，翩翩落英。漫天的银杏叶落下，像是一场浪漫而纯净的花雨。旁边则是一座墩石桥，桥下溪水淙淙。油画的笔触，描画的却是东方的庭院之景，细腻传神，别出心裁。

这确实是纪仁亮看上的那幅画。这个画家虽然是个小众的现代艺术家，但温砚的这份心意着实可贵。纪仁亮对这幅画喜爱得紧，瞬间不好意思再对他冷着脸了。但他已经起了范儿，收了又有点打脸，便淡淡地说：“这画太贵重了，叔叔可不能收。”

温砚道：“叔叔，其实我一直很感激这些年来您和阿姨对我的照顾。这只不过是我在力所能及的范围之内，想为你们做的一点事情，您就收下吧。”

他的话总是说得得体又漂亮，纵是故意想挑刺儿，也找不到什么错处。

纪仁亮盯了他半晌，起身：“小砚，你跟我到书房里来一下。”

两个人进了书房。纪仁亮坐在桌前的真皮座椅上，目光审视般落在温砚的身上。他没有开口说话，温砚便也不急，等待着，唇边始终保持着恰到好处的微笑。

纪仁亮的眼里逐渐浮现出一丝难掩的欣赏：“小砚，你确实很优秀。”他说，“叔叔一直觉得，你将来会有大出息的。”

“谢谢叔叔。”温砚不卑不亢，等待着他的转折。

果不其然，纪仁亮话锋一变，沉声道：“但是，这并不能成为衡量是我女儿的良配的标准，你明白吗？”

温砚颔首：“我明白的，叔叔。”

“你明白什么？”纪仁亮的语气颇有些咄咄逼人，但温砚仍旧表情镇静。他温和地说道：“您作为父亲，自然是希望找一个对汀汀好的人。”

纪仁亮说：“不错。”

温砚抬眸，倏忽笑了笑：“我会一辈子对她好的。”

纪仁亮的脸色微微地变了。他颦眉道：“你知道你在说什么？”

温砚点头，目光没有偏移分毫。

“你才二十三岁，还很年轻，不怕这话说得太早了吗？”纪仁亮看着他，“一辈子可是很长的，你会面临很多诱惑，确定到功成名就之时，还能记得今天的誓言吗？”

“您说得没错，我无法向您证明未来会发生的事情。”温砚的眼底蓦地流淌过一抹很温柔的情绪，“但是，我非常清楚，我想要的东西，只有她才能给予。”他还年轻，但他已深刻地认识到，恐怕这辈子都再难找到一个能够取代她的位置的人。

“纪汀对我来说，就是独一无二的那一个。”

自从两个人进了书房，纪汀就一直有点焦灼不安，在走廊上来回徘徊。她其实很害怕爸爸会故意刁难阿砚哥哥，尤其是针对他的家庭。这样的话，他势必要再解释一遍具体的情况，也势必会因此再度受到伤害。

正当她坐立难安时，“啪嗒”一声，书房的门开了。首先出来的是纪仁亮。看到纪汀，他挑了一下眉：“戳在这儿干吗？怕我欺负你男朋友？”

纪汀张了张嘴：“没有。”

纪仁亮笑了：“行了，我想和小砚说的话已经说完了，你们两个独处去吧，也好久没见了。”

看上去事态走向良好，纪汀眨了眨眼，软声道：“谢谢爸爸！”她把温砚拉进自己的房间，仰头细细地观察他的神色，发现没什么异样后，心里暗暗地松了口气，“爸爸跟你说什么了？”

“没说什么。”男人牵起她的手，放在唇边吻了一下，眸中有着逐渐加深的笑意。

他的眼睛一眨不眨地看着她，那双漂亮的眼睛像有魔力似的，让纪汀移不开目光。她也笑了，不由自主地踮起脚，与他辗转厮磨，唇齿交缠。

温砚托起纪汀，把她放在了一旁的柜子上，微微地向前倾身。明明是肆无忌惮的掠取和占有，他的动作却如此温柔，甚至带着若有若无的撩拨，就像是极其耐心的引诱。

纪汀被吻得思绪混乱，手指不自觉地抓紧男人的衣襟，她随他的节奏沉浮。半晌，纪汀微喘着气靠在温砚的肩上，他们的胸腔里心跳的频率如此同步。

他摩挲着她柔软的长发，低哑地笑了一声：“这一个多月，好想你。”

他们都不是羞于表达自己的人，若是思念，便在心爱的人面前亲口言明。

纪汀弯起了双眼，回应：“我也想你啊，每天都想着能见到你呢。”

温砚笑意缱绻：“真乖。”

“喀喀喀！我说你们俩能不能别这么腻歪？我鸡皮疙瘩都快掉一地了。”

门外突然响起纪琛的声音，纪汀吓得缩进了男人的怀里，反应过来之后气急败坏：“谁让你在门外偷听了？！”

纪琛把头从门缝儿里探了进来，“啧啧”两声：“不是我想听，是这声音它自己钻到我耳朵里啊。”趁两人都没说话，他又道，“你们是不是应该感谢我？要不是我，你们现在还得藏着掖着呢。”

“……”他真的脸皮奇厚。纪汀皮笑肉不笑地说：“哥哥，你这学期考试，应该不会再挂科了吧？”

纪琛闪过：“你们俩慢慢搞，拜拜了。”

被他这么一搅和，氛围散了不少，纪汀也就帮着温砚把行李安置到客房，随口问道：“对了，阿砚哥哥，你怎么知道你朋友有那幅画啊？”

“偶然间聊到的。”

纪汀说：“哦，那还挺巧的。”

温砚笑了笑，没说话。

东西收拾得差不多了，纪汀无所事事，便问：“能不能借我一下你的手机？”

温砚把手机递给她：“怎么了？”

纪汀说："就是想看看你的背景桌面和锁屏密码是什么。"

闻言，男人又笑了一声："随便看。"

她按了一下开机键之后，手机屏幕亮起。纪汀倏忽愣住——背景桌面是她含笑的侧脸，而她身前游动着美丽的碧绿的光带。这是在冰岛，他们看到极光的那一晚。阿砚哥哥是什么时候拍的这张照片？屏幕上，她仰着头，眼中充满憧憬和期许。

纪汀清晰地知道当时的自己在许着一个怎样的愿望。原来，在她不知道的时候，他就已经开始默默地注视着她了。纪汀心里微甜，手指一扫，她在密码框内输入了自己的生日。果然，锁屏解开。

纪汀悄悄地抬眸——温砚正坐在桌前看着电脑，也没有特意观察自己在做什么，真的一副任她随便翻看手机的架势。她似乎想到了什么，思索片刻，点进短信的界面，仔细地查找起来。

突然，纪汀眼神一凝，目光定定地落在一则银行卡转账的通知上："您正向 ××× 汇款 980,000.00 元。"时间在一个月前。

她在网页中搜索收款方的名字，发现对方是某名画廊的所有者。纪汀缓缓地吸了口气，一时之间有些不知所措。她退回桌面，关上手机，目光放空几秒钟。

纪汀慢慢地站起身，走到男人的身后，俯身搂住他的脖颈。

"怎么了，糖糖？"

"哥哥，你……"话说出口时，纪汀才发现自己声音哽咽。

温砚似有些诧异，很快回头："怎么了？"

她不知道该如何言语，一低头温热的泪就落了下来。他颦起了眉，将小姑娘整个捞过来，把她放到自己的腿上，好声好气地问："乖宝，出什么事了，嗯？"

纪汀吸了吸鼻子，抽抽噎噎地问："你……怎么花这么多钱？"

温砚一看她拿着的手机就明白了。他没想到她会去翻转账记录，登时感到有些无奈："糖糖……"

纪汀抹了把眼泪，像个委屈的孩子一样把脸埋在他的胸口："没有理由让你花这么多钱……"

温砚静了片刻，抬手摸了摸她的脑袋，嗓音温和地说："有的。"他说，

“你就是我最大的理由。”

纪汀眼睛红红地抬头：“可是……”她颤动睫毛，讷讷地说道，“太贵了，能把这幅画退了吗？”

温砚凝视着她，半晌笑了：“糖糖，你可能对你男朋友的资产总额认识还不太明确。”

纪汀有点蒙：“啊？”

“这幅画确实是在我力所能及的范围内。”他勾了勾唇，“放心。”

“那……”纪汀垂眸，低声说，“也不应该，你现在要投入许多资金到启宴里面去，别浪费在其他无足轻重的小事上。”

温砚抬手，温柔地拂过她睫毛上的泪：“对我来说，这不是无足轻重的小事。凡是关于你的，都是大事。”

纪汀有些怔住，他笑了笑：“只这一次，好不好？别告诉叔叔阿姨，以后哥哥都乖乖地听你的话，不会再多花钱了。”

纪汀看着他，眼里闪着星星点点的光。少顷，她闷声道：“我要被你惯坏了。”

“那便惯坏吧。”温砚含笑捏了捏小姑娘的脸颊，“这样你就离不开我了。”

每年大年三十，纪家都会邀请亲戚们来吃年夜饭，今年也不例外。饭桌上，孩子们又被挨个儿关心了一遍感情状况。听说纪琛有女朋友了，大家便转向纪汀：“汀汀呢？有着落没？”

纪汀指了指坐在身边的温砚，抿着唇偷笑，其中的意味不言而喻。

众人讶然。温砚去年除夕夜也在，没想到如今再次见面，他就成了纪汀的男朋友。众人顿时纷纷夸赞：“真是郎才女貌！”“太般配了！”

有人问：“小伙子也要毕业了吧，之后打算做什么工作呢？”

温砚回答：“现在在创业，做互联网这一块儿。”

大家都很惊奇：“哇，这么厉害！”“年轻人就是有闯劲哪！”“好好干，以后就成了大老板了！”

温砚笑了笑。然而就在这时，一个不太和谐的声音冒了出来：“我听说，创业成功率还挺低的，不太稳定啊。这要是亏了怎么办？”

“……”

这话说得实在不中听，连纪仁亮都有点按捺不住：“小砚他们公司现在估值好几千万，发展良好，没什么问题的。”

纪汀附和他：“是啊。而且，如果阿砚哥哥想的话，分分钟能在外资投行找一份年薪百万的工作，婶婶您就别操心了。”

她实在是无语——每次这女人都如此没眼力见儿，也是奇了。听到两个人这样说，廖春华也只好讪讪地笑了笑，没再说什么。

饭后，大家坐在客厅里聊天，准备看春晚。纪汀没什么兴趣，便拉着温砚上楼。两个人有一搭没一搭地聊着天，过了一会儿，纪雅走了进来：“姐姐，我可以在你这儿看看吗？”

纪汀心知她是又想拿点东西走了，不咸不淡地说：“随你。”

纪雅便也不客气，这儿瞧瞧，那儿摸摸。

纪汀假装看不到她，继续刚才的话题：“阿砚哥哥，‘千像’最近是不是打算开始发展文娱板块了？”

“嗯，你怎么知道的？”

她笑：“因为我一直在关注。”

温砚弯了一下嘴角：“是，我们逐渐在做这块儿，计划以短视频为发力点。”

“是流量分发的算法吗？”

“对。”

…………

这边两个人正说着话，那头纪雅便鬼鬼祟祟地准备走出房间。温砚半眯起眸子，叫住她。纪雅转过身，两只手往身后藏，神色躲闪。

温砚走过去，问：“手里拿的什么？”

“没什么。”

他唇边的笑意渐收：“交出来。”

纪雅的身体轻微地颤抖了一下——这个漂亮哥哥的语气怎么这么凶？好吓人。但即便如此，她仍下意识地否认：“真的没什么。”

温砚看着她，目光冷淡：“不问自取为偷，是可以立案的，你知道吗？”

纪雅的脸“唰”的一下变白，表情惊惶起来：“我没有，我——”

温砚却懒得听她废话：“最后一遍，交出来。”

纪雅哆哆嗦嗦地从背后拿出一只男士手表——这是温砚刚刚不经意间取

下来，放在纪汀的桌上的。

温砚把表接过去，指尖钩着表带把玩起来。他越是这副不动声色的模样，纪雅就越害怕：“我……我没想拿的，我就是看着好看。以前问姐姐要东西，她总是同意的……”

深蓝色的表盘散发着宝石一样迷人的光芒，金属质地的表带透出些冷感。一块价格能顶一辆车的名牌手表，能不好看吗？

纪汀在一旁差点冷哼出声。

纪雅说：“不信你问姐姐——”

“小孩。”温砚蓦地打断纪雅的话，把手表在她的眼前晃了晃，“你知道偷这么个玩意儿，一旦被判了盗窃罪，会怎样吗？”

纪雅结巴道：“怎……怎么……”

他温和地笑了笑，一字一顿地说：“等着牢底坐穿吧。”

牢底坐穿。这四个字宛如一个晴天霹雳，纪雅差点腿一软坐在地上，颤抖着双唇：“你骗人！这怎么可能？！”

“对了，你以前是不是还拿过你姐姐好多东西？”温砚慢条斯理地说道，“林林总总加起来，恐怕你在监狱里，还要再受点皮肉之苦。”

“哐当”一声，这下纪雅是真的吓得坐在地上了。

纪汀知道，他这明目张胆的恐吓行为实则是在给她出气。她低下头，尽力憋住自己的笑。

纪雅六神无主，只能慌张地寻求外援：“妈妈，妈妈——”

廖春华应声而来，瞧这架势便皱起眉头，嘴上骂骂咧咧的：“怎么回事啊？”她扭头看到纪汀，指责脱口而出，“纪汀，你是不是欺负你妹妹了？”

“我想您是搞错了，这位阿姨。”温砚嘴角微挑，眼里的温度却冰冷，“是您女儿偷了我的东西。”

“……”廖春华张了张嘴，厉声道，“我看你长得一表人才的，没想到背地里道貌岸然！你这是栽赃诬蔑，我女儿怎么可能偷东西？！”

温砚似笑非笑地看了纪雅一眼：“不信您问问她。”说罢，他不紧不慢地补充一句，“别撒谎，我录了视频。”

纪雅没想到他还有证据，浑身一激灵，哭着承认：“是我……我偷了哥哥的手表……”

一听只是手表，廖春华便开始振振有词：“一块表有什么的？也不就几个钱？！”

女儿偷人财物，她还理直气壮，纪汀也是没见过这么不要脸的。她冷笑：“婶婶，我男朋友这块表，市面上能卖到二十多万。这个数额，足够纪雅在牢里待一辈子了。”

廖春华瞠目结舌，神情激动起来：“怎么可能？！你们肯定是在危言耸听！”她气呼呼地冲温砚说道，“我看你就是想碰瓷，想趁机讹我们一笔钱！”

温砚微微一笑：“阿姨，我可不是汀汀，没那么好说话。”他说，“您再多辩驳一个字，我现在立刻报警。”

廖春华一听这话急了，泼妇骂街似的喊道：“我是汀汀的婶婶，打断骨头连着筋的关系，你还真敢让警察把我们抓起来啊？！”

温砚像是听到了什么好笑的话：“为什么不敢？”他漫不经心地掏出手机，“正好我在警局里也有认识的朋友，这儿离派出所挺近的，估计人马上就能过来。”

廖春华气得哆嗦：“你简直欺人太甚，我要找大哥去评评理！”

纪汀没忍住嗤笑一声：“婶婶，你确定我爸会在这件事情上维护你们吗？”

这话一说，廖春华迟疑起来。她知道，以往纪雅拿纪汀的东西，纪仁亮都看在眼里，他虽然睁只眼闭只眼就让事情过去了，但心里难免会有不满。现下，这块手表如此贵重，他还真不一定会向着她们娘儿俩。

就在她犹豫之时，温砚开始拨号：“阿姨，您可以慢慢地想，我先打个电话。”

纪雅看着他，目光畏惧——面前的男人明明在笑，她却不自觉地想要发抖：“妈妈，怎么办……”

廖春华没料到温砚的态度如此强势，一时之间也有些退缩。权衡利弊后，她立刻赔笑道：“孩子，不就一块表吗？反正现在也还给你了，你就当这件事情没有发生过，行吗？”

“阿姨，您这人可真有趣。”温砚轻挑了一下眉峰，“按您的意思，我要是打了您一巴掌，再让您冰敷消肿，是不是就算没打过了？”他似笑非笑，“要不，现在就试一试？”

廖春华面色涨红：“你！”经过一个晚上的相处，她也看出来了这不是个好惹的主儿，便深吸一口气，“你既然是汀汀的男朋友，也算是咱们的亲戚吧，何必逼人至此？！”

温砚不为所动：“要是真的逼您，警察现在已经上门了。”

廖春华一哽：“那……那你想要怎么样？”

男人垂眸：“第一，道歉，并保证日后再也不犯；第二，把从汀汀这里拿走的东西，分毫不差地全部还回来。”

廖春华的脸青一阵白一阵，她跟个木头桩子一样戳在原地，似乎还盼望着温砚能够松口。然而，在看清男人的神色后，她明白今天这歉是必须得道了。廖春华感到脸面全无，极不情愿地说：“对……对不起。”

她本以为这样就可以了，谁知男人耸了耸肩，问：“对不起什么？”

这！他完全就是在变着花样羞辱她们娘儿俩！廖春华像被踩了一脚，又不敢把事态闹得太大，只得压着恶狠狠的语气说：“对不起，刚刚对你们出言不逊。”

温砚看着她，轻笑道：“看来您还是没懂。”

“什么？！”

他叹了一声：“您最该对不起的，是给予了下一代完全错误的价值观，让她以为自己可以予取予求，而不懂得如何自尊自爱。”

纪汀看着廖春华大喘气的样子，觉得她大概是气得不轻，但她终究是有所忌惮，面色难看至极，却没有再说什么。

温砚又转而看向了纪雅，抬了抬下巴。纪雅咬了咬唇，几乎没怎么迟疑就垂头道：“对不起，我……不应该拿哥哥的手表。”他的气场实在是太强了，她可没胆量再去反驳他。

温砚没什么情绪地笑了一声：“还有呢？没什么话想对你姐姐说？”

纪雅身体一僵，头耷拉得更低，她又朝着纪汀的方向说：“姐姐，对不起……”

每一句话都像是“凌迟”，把过去所有遮遮掩掩的行为都明晃晃地撕开来判罪，她嗫嚅着说：“我不该……仗着你对我好，就肆无忌惮地索要……”

此战可谓大获全胜。在廖春华和纪雅面前，纪汀就没这么扬眉吐气过。看着她们一副哑巴吃黄连的模样，她简直觉得浑身舒爽。等到亲戚都走了，纪汀才终于显露原形，开心得在房间里转圈圈。

温砚含着宠溺的笑看着她，纪汀便“嗒嗒”地跑过去：“我真的太爱你了！

你怎么这么优秀？！”她笑弯了眼，“为了奖励你男友力满满，我决定——”

温砚的目光转深，他等待着她的下文。纪汀卖够了关子，眼神狡黠：“亲你一下。”她说着便在他的脸上亲了一口。

“怎么样？满意吗？”

温砚勾了一下唇：“不满意，还想要。”

纪汀发现他说话想毒的时候可以很毒，在廖春华的面前就是个例子，但他要是撒起娇来也是真的厉害。可就算如此，男人的神态也是优雅从容的，他像是个请求女士共舞的翩翩君子。

纪汀喜欢极了他这个模样，嘴角绽开一抹明艳的笑容，她凑上去与他亲吻。温砚原本坐在椅子上，见状便揽了她的腰，让小姑娘坐在自己的腿上。他的睫毛又长又卷翘，仿若鸦羽，更衬得他五官俊美。

纪汀被他迷得七荤八素，情不自禁地呢喃出声：“哥哥，你怎么这么好看……”

温砚动作一顿，漆黑的眼睛映出她的笑脸。他缱绻地笑了一下：“是吗？”

纪汀仿佛听到自己的心脏“扑通”一声，不自觉地红唇微启，接受男人逐渐深入的纠缠。温砚的手指在她的后颈上有一下没一下地摩挲，像是暗示意味极浓的调情。

对此，纪汀也十分享受，几乎是全盘照收，可又因为当下这环境不太合适，他们无法再深入一步发展，于是差不多到那个点了便停住。

她在温砚的怀里找了个舒服的姿势：“下学期，就要申请出国交换了……”

“嗯。”耳畔传来的嗓音低沉动听，他问，“糖糖想去哪里？”

“和你一样。”

她想在他走过的街道上漫行，在同一棵槐树下感受绿荫，于成片的蔷薇中细嗅芬芳。她想在沃顿商学院的教室里倾听国际知名教授的讲课，想和一样优秀出色的同龄人产生思维上激烈的碰撞。她想沿着他的足迹，踏遍费城的每一个角落，在这个地方留下属于自己的深刻的印记。

纪汀做事非常有目的性——她明确地知道自己想要什么。正因如此，在别人眼里难上加难的事情，对她来说却志在必得。

宾夕法尼亚大学沃顿商学院，二十几万元学费打底的项目最终被她拿到了公费名额，她和几年前的温砚如出一辙。虽说她只是去做几个月的交换生，但那到底也是常春藤院校之一。沃顿商学院更是国际顶尖的商学院。这种机会实在难求。

不少同学家长知道了这件事，纷纷来向纪仁亮和苏悦容贺喜，弄得他们一天到晚都乐和得不行。

于是，在这种情况下，纪琛的命运就更加悲惨了一些，他被父母各种唾弃。要说和温砚比，他肯定是比不过的，现如今被妹妹也压了一头，心里简直憋屈得不行。对方强强联手，他独自寂寞成舟。横批——卑微。

大二下学期匆匆而过，暑假时，纪汀通过学长学姐的引荐找到了一家精品投行去实习，地点在北京，因为位置就在国贸附近，所以她就厚着脸皮住进了温砚的公寓里。虽说是同居，实际上二人都很忙，有时候一整天都见不着面。

在金融行业所谓的“鄙视链”中，投行算是稳居在卖方的顶端，薪资优厚。相对应的，工作内容琐碎繁重，极其耗费心神，第一天上班，纪汀就感到了扑面而来的压力。刚实习的那几天，正好所属小组在上项目，她也跟着加班到深夜。这种通宵达旦的生活过了几周，纪汀才稍微闲了下来。

正值周末，温砚也不在，她便约着田佳慧一起去喝下午茶。

两个人在商场里购物的时候，纪汀给某人发消息：在干什么啊？

温砚：在谈工作。

纪汀噘了一下嘴：你这么忙啊？晚上是不是还要去参加那个创业者大会？

温砚：［嗯嗯］。

纪汀：哼［左哼哼］讨厌。

他一工作起来简直不要命。有段时间她自认为已经很晚回家，推开门的时候家里还是十分冷清。她常常睡到半夜时才迷迷糊糊地察觉到，有人轻轻地上床把她拥进怀里。而她早上九点悠悠地醒来，身边已经又冷又空——她总感觉像是遭遇了负心汉。

心里窝火，纪汀又发了个表情包过去：［你真的没有心］。

温砚：我错了嘛［委屈］，今晚能早点回去。

这个对手指的表情简直犯规好吗？！纪汀的气一瞬间就消了，她“扑哧”一声笑了出来。

田佳慧正在对着试衣镜摆造型，听到笑声转过头，很鄙夷地说：“怎么谈恋爱这么久，你散发出来的味道还是这么酸臭？”

“要你管。”纪汀翻了个白眼，“好好试你的衣服。”

田佳慧微笑：“行，我闭嘴。”

纪汀没再管她，低头继续和男朋友聊天。

纪汀：那晚上要在家乖乖等我。

温砚：你晚上不在家吗［脸红］？

纪汀：不在，因为我要帮忙送个快递［害羞］。

温砚：嗯？

纪汀吸了一口手里的金桔柠檬汁，随意地舔了一下红艳的唇瓣，噙着笑意输入：寂寞小野猫，热情似火，送货上门，包君满意。

那头突然没了回应。纪汀想象着温砚猝不及防地被自己撩拨的样子，眯着眼偷笑起来。她收好手机，抬头看向田佳慧：“挑好没有？”

田佳慧说：“还没有，我选择困难，你帮我看看。”

纪汀的眼光毒辣，田佳慧挑出来的几套衣服中，每一件都被她挑了刺儿。

“中间这块儿，颜色有点浮夸，不好搭鞋子。”

“玫红色比较难驾驭。”

“这件显腰粗。”

说到最后，纪汀象征性地留了点余地：“当然，这只是我个人的看法，你选你喜欢的买就行了。”

田佳慧无语，心想：你都这么说了我能下得了手才怪呢。

二人双手空空地离开，身后传来导购小姐没有感情的声音：“请您慢走。”

她们又逛了会儿街，田佳慧说：“我最近实习，发现自己都没有合适的衣服穿，得买些才行。”

纪汀说：“我也要添点新衣服了。”

她们进了一家商务女装店。纪汀觉得这家店的风格和自己的意外地搭，于是兴致勃勃地试穿了几件衣服。想到今晚温砚参加的互联网创业者大会，她突然产生了一个小念头，水润灵动的眼眸里平添几分笑意。

晚上九点钟，宴会厅里觥筹交错。这次的互联网创业者大会的末尾还附带了一个金融酒会，供创业者们拓展人脉、结识眼光独到的投资人和同样戎马四方的企业家。

温砚来回转了一圈，算是收获颇丰。他深谙交际场里的套路，可以称得上如鱼得水。在这忙碌无比的一年里，他的酒量也算是练出来了，不然以今天喝的这个量，他恐怕还得像上次那样再吐一回。

在洗手间内整顿片刻，温砚重新进到大厅里。他低眸看了一眼手表，正想着是不是应该叫辆车，旁边便传来一声胆怯又试探的搭讪："先生，您是一个人吗？"

这样的酒会，其实并不完全是拉投资、谈项目，有时候也会出现其他情况。比如，想攀大腿的人，当然，也有特意来"投资"潜力股的。

温砚抬头，只见一个穿着时尚性感的女孩化着精致又恰到好处的妆容，正目不转睛地看着自己。他拥有过目不忘的记忆力，一眼便认出这是纪汀的同学会时曾对她出言不逊的许若纭。

她人还未走近，一股刺鼻的香水味就飘了过来。那种人工香料的低劣感太明显，温砚不着痕迹地颦了颦眉，后退了一步——纪汀不喜欢喷这些东西，她的身上总是带着一股天然的奶香，甜而不腻，把他也训练得有了相似的品位。

许若纭大约是个小有名气的"网红"，不知从哪儿混了张入场券而已。

温砚对她的初始印象就不佳，因此只是淡淡地睨了她一眼："小姐，你有事吗？"

他不过投来一个漫不经意的眼神，许若纭的心却剧烈地跳动起来。她不得不承认——自上次枫苑一别，眼前的这个男人就让她念念不忘。他高大英俊又衣着矜贵，一看就出身不凡。而且，那双侵略意味十足的桃花眼对女人的杀伤力实在太强。只可惜她并没有对方的联系方式。

至于他和纪汀的关系，她潜意识里排除了他们是男女朋友这个选项——也许是因为嫉妒心作祟，在许若纭看来，纪汀不可能找到这么好的男人，他对她来说兴许只是哥哥一类的角色。

今日她特意托了富二代男友的关系过来转转，没想到会有如此的意外收获——缘分又让她遇见了这个男人。她心知对方对自己的观感并不算好，便尽量让脸上的笑容更明艳一些："没有，我就是看先生您一个人在这里，好像喝了不少酒……您要是不舒服的话，我扶您去旁边歇歇？"

温砚并没有答话，只是微眯起眼睛。

许若纭见状，越发认为自己有可乘之机——也是，她这么漂亮，哪个男人见了会不心动呢？唇边的笑意越发加深，她上前一步欲拉住男人的衣袖：“先生，这附近有个五星级酒店，听说还挺不错的，不如我陪您一起去？”

温砚倏忽收回目光，避开她的手，婉拒她：“不用了。”

在许若纭看来，男人都是口是心非的动物——他的拒绝并未让她感到气馁，她反而更加兴起了一丝征服欲。她娇声道：“其实，我刚刚就注意到先生了，您在人群里实在是过于出众。”

许若纭今天穿的是一件黑色的V领迷你连衣裙，缎面材质和背部的镂空设计不仅将纤细的腰肢勾勒得淋漓尽致，也衬出两条腿的白皙修长。她自认这样的风情无人能敌——宴会厅里那些滚烫而胶着的视线便是佐证。而且，毕竟在名利场里待过一段时间，她深知怎样用一颦一笑抓住一个男人的心。

许若纭微挑眼睑，神情妩媚又惑人：“时间也不早了，先生，还是一起走吧，那家酒店很不错的。”

这女人的意图太明显。

“酒店？”温砚不动声色，似笑非笑地问道，“你想干什么？”

他的音质低沉又有磁性，很有高级感，许若纭脸上飞起一抹红晕：“自然是做一些让先生喜欢的事情了。”

温砚慵懒地垂眸，睇着她问：“你知道我喜欢什么？”

许若纭以为他这是调情，于是便倾身靠得近了些，把嫣红的双唇送上前去，眼波荡漾：“就像是这样……”

温砚蓦地笑了：“小姐。”他和颜悦色地俯下身，把嘴唇贴近她的耳畔，姿态像是温声私语，“不打女人，可不是我的原则之一。”

许若纭一顿，僵在原地。

“别逼我动手。”温砚和煦的表情顷刻坍塌，眼底是浓得化不开的戾气，“给你三秒钟，立刻给我滚。”

…………

纪汀进来的时候，男人刚刚对许若纭说完那句话。她不知道两个人之前都谈了些什么，只隐隐约约地听到几个字眼。

纪汀扫了许若纭的穿着打扮一眼，大概能猜到是什么情况。她见温砚脸色不佳，便迎上去，亲亲热热地挽住他的手臂：“哥哥。”

这一下也把他拉得离许若纭远了一些。男人回头，尽数敛去阴沉的神色，转而欣喜："糖糖，你怎么来了？"

"想给你个惊喜啊！这不是好久没见了嘛。"纪汀仰着脸撒娇，"开不开心？"

"开心。"纪汀身上的鱼尾晚礼服勾勒出曼妙的身线，温砚的眼底划过欣赏。

两个人卿卿我我了一会儿，纪汀好似才看到许若纭般礼貌又疏离地问了声好。

许若纭经历了刚刚温砚态度一百八十度的转变和眼前这一幕的冲击后，张了张嘴，竟没能开口说一句话。她没想到自己看上的这个男人还真是纪汀的男朋友。

该死！她凭什么？！强烈的不甘和嫉妒如潮水般从心底涌出来，许若纭的目光死死地盯着对面巧笑嫣然的女孩。

纪汀没有对之前的事情避而不谈，好奇地戳了戳温砚的手臂，问道："刚刚我看你们俩好像有矛盾，是怎么了吗？"

"嗯，"男人抬手指了指许若纭，言简意赅又语出惊人，"她勾引我。"

"啊？"纪汀原本是想要来一出智斗大戏，结果幕布还没拉开就被温砚生生地掐断，他像是怕她没听清楚似的，加重语气强调："这个女的，她不知羞耻没脸没皮地勾引我。"

纪汀没忍住，"扑哧"一声笑了出来。男人把这话说得很委屈，像是被同桌欺负之后找老师告状，许若纭的眉心跳了一下，她难以置信——这？！她的脸黑了下去，正想为自己辩驳，却看到温砚倏忽转头，他冷眼瞪着她："刚才不是说了叫你滚？听不懂人话？"

…………

纪汀可以看得出许若纭虽然道德底线较低，但她还残留着一丝廉耻心，所以脸色红白交替，终于她仓皇地离去。

温砚没有再看一眼她的背影，只是凝视着纪汀，目光逐渐化为似水温柔。

"她没占到你便宜吧？"纪汀嘟着嘴问他。

"没有。"温砚微微地俯身，含笑在纪汀的眉心落下了一个红酒味的吻。他牵着她的手往外面走，问："咱们回家吗？"

纪汀眨眼笑："嗯，回家！"

两个人回到公寓。

纪汀口渴，去厨房里倒了杯水喝，回来的时候看到温砚坐在沙发上，他抬手松了松领带。他随便一个动作都帅得不行，纪汀一瞬间被他勾住，凑了过去："还记得我下午说了什么吗？"

男人抬眼看着她："嗯？"

纪汀语笑嫣然："我说我要送快递……"她一字一顿地说，"寂寞小野猫，热情似火，送货上门，包君满意。"

温砚的眸色陡然转深。他的眼里也有了笑意，指节分明的手沿着纪汀的纤腰慢慢地攀上去，他像是在抚摩一条材质上佳的绸缎。她今天特意穿了一条酒红色的抹胸晚礼裙，乍一看好似一朵娇艳的红玫瑰，漂亮得很。

他慢慢地前倾身体，将她压在身下："在哪儿呢？"温砚低垂眼帘，咬着气音问。

纪汀把两条牛奶般滑腻的细腿挂在他结实劲瘦的腰上，媚眼如丝："不如，你来找找？"

目光交缠片刻后，温砚猛地俯下身，狠狠地吻住了她。

同样是勾引，许若纭费尽心机只会让他反感，但纪汀一个眼神就能让他疯狂，让他沉沦，让他欲罢不能，让他心甘情愿地做她的裙下臣。

温砚在纪汀白嫩的脖颈上吮吸啃噬，姿态狂野得像是要把她生吞入腹。她已经习惯了他这一到情事上就不再温柔的脾性，笑容越发摇曳生姿，她甚至颇为迎合地取悦他："喵。"

这声细软的猫叫崩断了温砚心里的那根弦，黑眸霎时如夜色浓重，又好像烧起了一场熊熊的大火。两个人的双眼被火光点亮，熠熠生辉。

在社交场里，他们都是八面玲珑、左右逢源的人。可是他们在爱情面前，却又同样如此直白热烈、毫无保留。

第十五章
是软肋也是铠甲

两个月的暑期实习结束，纪汀飞回深圳。八月底沃顿商学院开学，在此之前，她需要整理好下学期交换期间需要的行李。她本来以为差不多收拾收拾得了，谁知清单越列越长，苏悦容甚至还想让她把枕头被子全都带去。

纪汀表示真的太难了："妈，我这也扛不动啊。"

苏悦容说："没事，到时候妈给你寄过去也行。"

纪汀这才想起还可以邮寄，立马兴来了致说："那我这个兔子抱枕也要带上，这个首饰也要，还有这件晚礼服……"

纪琛路过，神色鄙夷地说："你这是去学习还是搬家啊？"

纪汀说："你管我啊？"

纪琛说："为什么不管？到时候去机场，这几箱东西得是我扛。"他想到了什么，喜滋滋地说道，"不过你这一个学期不在，还挺好的。"

纪汀满脸疑惑，心想：没感情了，再见。

两个人正吵嘴之时，楼下传来"嗷嗷"的叫声，听起来很是凄惨。纪汀赶紧跑下去，看见纪仁亮捂着腰在沙发上趴着，地上滚落了一颗咬了一口的车厘子。

纪汀说：“爸，你怎么了？！”

纪仁亮神色痛苦地说：“腰腰腰……腰疼……”他奄奄一息，“我不过……是想吃车厘子罢了……掉到地上去捡，结果……”

“……”

这件事说来就是这么神奇，简单而言可以总结为——一颗车厘子引发的“血案”。

一家四口风风火火地去了医院。医生看着纪仁亮，推了推眼镜：“典型的腰椎间盘突出。”

苏悦容紧张地问：“严重吗？需要做手术吗？”

纪仁亮一听“手术”两字，浑身颤抖：“别啊，不会到要做手术的地步吧？”

医生很温和地笑了笑：“你的病程较长，并且情况较为严重，一般我们是建议采取脊柱内镜下腰椎间盘髓核摘除术。”

纪仁亮问：“什么内镜？什么什么摘除？！”他抓着医生的手，仿佛攥住了唯一的救命稻草，“能不能别做手术……”

谁能想到虎虎生威的“纪当家”竟然怕疼？苏悦容瞪他：“叫你早点来医院看你不来！我和汀汀都劝了你多少次？”

纪仁亮讪笑：“老婆别生气……我这不是懒吗？”

苏悦容“哼”了一声：“我生不生气有什么所谓，自食苦果的还不是你？！”

纪仁亮埋头不敢再出声。最后在医生的劝说、苏悦容的冷眼和纪汀同情的目光中，纪仁亮面如死灰地答应了手术。苏悦容去办理住院手续，把他安排进了比较高档的单人病房。

等纪仁亮扶着腰安顿下来，天色已经微黑了。公司临时有事，苏悦容先行离开，让纪琛等会儿带纪汀回家。两个人陪纪仁亮说了一会儿体己话。

他们临走的时候，纪仁亮扒着被单的边沿，可怜兮兮地问：“做手术的时候你们会来吗？”

纪琛无言以对，心想：这是个微创手术啊爸！伤口不过八毫米，他当天可以下床，第二天就可以上班了！

纪汀在一旁想笑，面上她却情真意切地点头：“爸爸放心，我们一定会来的，给予你最大的支持！这就是家人存在的意义啊！”

纪仁亮感动得不行，握着她的手呢喃：“是爸爸的乖孩子。”

看着他因笑而生出皱纹的脸，纪汀倏忽愣住，敛起唇边的弧度。她眨了眨眼，感觉心里好像有什么东西想要涌上来——直至眼底，尽是酸涩。纪汀已经很久没有这样近距离地注视过父亲了，更加不曾发现，原来他也在岁月更迭间不知不觉地添了白发。

爸爸是家里的主心骨、顶梁柱，在家人面前从来都是沉稳睿智、威严有加。他厚实的臂膀像是一座大山，给予一双儿女最可靠的庇护。爸爸寡言，但纪汀知道，他其实一直都站在她和哥哥的身后默默地注视着他们成长。

但是，直到今天她才突然发现，爸爸好像老了。他的眼角多了褶皱，发间添了银丝，瞳仁混浊，就连神情都闪过了脆弱。纪汀颦眉按捺住了酸意，低头把脑袋埋在纪仁亮的怀里。

纪仁亮问："哎哟，怎么了这是？"

纪汀没回答，纪仁亮笑道："舍不得爸爸啊？可惜这里没有多余的床给你了。"他摸摸她的头，又道，"就是个小手术，别担心，之前爸爸都是跟你们开玩笑的。"

纪汀抬眸，在纪仁亮的眼中捕捉到一闪即逝的自责，他说："爸爸才不怕，爸爸怎么会怕呢……"

纪汀静默半晌，朝他促狭地笑了笑："爸爸，我刚刚只是想亲自测量一下，哥哥说的肥肉堆积太多是不是真的。"

纪仁亮瞪圆眼睛："呵，你这孩子！"

她吐了吐舌头："出院以后你真的要多多运动了，别想偷懒！"

他们离开病房的时候，纪仁亮才不情不愿地嘟哝："好吧，锻炼就锻炼，谁怕谁啊！"

纪汀笑着走出医院的大门，眼泪却悄无声息地滚落下来，像是开闸泄洪一般，止都止不住。她不知道戳她心窝的到底是父亲偶然流露的老态，还是他故作轻松的笑意。她只觉得心里酸得不行，像是被针尖挑开，又泛起细细密密的痛。

纪琛低声道："汀汀。"

纪汀的脚步一顿， 她才想起身旁还有个人。她抬手想抹泪，却忽然被拥进一个温暖的怀抱。

纪琛收起了一贯嬉笑的神色沉默着，拉平唇线，是克制的模样。半晌，他抬手轻轻拍了拍她的肩，以示抚慰。

纪汀怔了怔，突然窝在他的胸口，发泄似的呜咽出声，像只幼兽一样。

“妹妹，别哭。”纪琛的手缓缓地摸上了她的脑袋，他沉声道，“我们都已经长大了。”

纪汀闭了闭眼，心想：是啊，我们都已经长大了。爸爸妈妈，以后就换我和哥哥来守护你们吧。

第二天，纪汀去给纪仁亮送换洗的衣物。从病房出来后，她沿着楼梯往下走，走着走着就有些出神，没注意到前方有人。

“哎哟，你会不会走路？！”

好像踩到谁了，纪汀忙不迭地道歉，抬眸才发现眼前站着的妇人有些眼熟，似乎在哪里见过。那女人皱眉瞪了她一眼，然后拿着单子离开，嘴里骂骂咧咧的。

纪汀往她的背影上方一看——血液科。那种异样的熟悉感促使她迈步跟了上去。

女人七拐八拐地进了一间多人病房，借由半掩的门扉，纪汀看到靠近窗口的床上躺着一个面色苍白的男孩。他的头发已经被全部剃光，脸上戴着吸氧的面罩，胳膊和手臂上插满了打点滴的针管。

“下一个阶段的化疗又是一大笔费用，你到底能不能拿得出钱了你？！”病房里传来争吵和推搡声，接着又是清晰的巴掌声。

“你这个没用的东西！不是说勾到了个富二代吗？怎么，从他手上也弄不到钱？！”女人声音尖厉，“我不管，你无论如何要拿钱来救我的顺顺！”

纪汀默立于门外，睫毛微微地发颤——她想起来了，仿佛昨日的阴影重现。那时她就站在办公室的门外，听着里面那些不堪入耳的话语。所有的一切都如穿针引线般联系到了一起。

女孩从病房里出来，一只手捂着半边脸颊。她面色沉静，脊背挺得笔直，连步履都十分端庄，一路沿着走廊走到消防楼梯口。

纪汀看着她拐进去，连忙跟了上去，可指尖还没触碰到门把手，她便听到里面传来嘶哑又痛苦的号啕。她抿着唇退开一步，恍惚着抬眼。

这里是医院，是伤病苦痛最多的地方，也是医生最多的地方。但是，不是每个人都能有幸得到救赎。

自私自利又重男轻女的母亲，身患绝症治愈无望的弟弟。秦晓单薄的肩上，究竟背负了多少？

纪汀恍神间，楼梯间的哭声已经停了下来，乃至她听不到一丝声响。心里没来由地一慌，她想也没想就推门进去——里面早已空无一人。

秦晓没从这个门出来，那是去哪儿了呢？

纪汀下意识地看向通往顶楼的阶梯——她记得楼上有一个天台。纪汀深吸了一口气，拔腿就往上跑，连续爬了三层楼才到顶层。她喘着气推开门，正好看见秦晓攀着栏杆，她的嘴角挂着释然的笑意。

“停下来！”

这话喊出时，二人皆是一震。秦晓回头，目光定定地锁在纪汀的身上。

有什么节奏被打乱了，纪汀缓慢地向前走了两步，颤声说：“晓晓，把手给我。”

女孩看着她，沉默片刻，轻轻地摇了摇头。

纪汀张了张嘴，一时之间仿佛失去了言语的能力，半天才低声说道：“活下去才有希望。”

秦晓的发丝被风扬起，声音像被碾压般破碎：“纪汀，你真正体会过绝望吗？”

“……”

她自嘲地笑了笑：“你家庭富裕，氛围和乐，又考上了国内最好的大学，人生前途一片光明，自然不知道绝望是何滋味……可是我知道。”秦晓看向远方，目光空洞寂然，“每当我母亲一次又一次声嘶力竭地打骂我，而我弟弟躺在病床上像个死人时，我都能感觉到未来的人生黑暗又漫长。”

纪汀蜷起手指，怔然地看着她。

“我爸死得早，我从初中就开始做兼职补贴家用，什么活儿都干过，但那时我没觉得累。

“我学习也特别刻苦，总想着能够靠自己的努力考上一所好的学校，改变人生轨迹。

“我甚至还遇到了特别喜欢的男孩子，希望能够和他永远在一起。”

秦晓坐在栏杆上，身体瘦得似一杆芦苇，仿佛风一吹她就会掉下去。她的笑容缥缈，夹杂着苦涩：“可惜，十六岁的相识，太早了。”

她在最无能为力的年纪，遇到了想要共度一生的人。就在未来的一切看似美好，她又充满憧憬时，她的生活一夕之间天翻地覆。

“我弟弟被确诊白血病，母亲又丢了工作，上头还有老人要赡养，整个家庭的重担落在了我身上。我白天上课，晚上要去打工，每天睡不到五个小时。”

“就算这样，窟窿也还是越来越大。我四处向亲戚们借钱，又在网上发起了众筹，这才熬过了那段最艰难的日子。”

这段时间里，她尝尽了人情冷暖。为了钱，她屡次弯折自己的脊梁骨，活得没有丝毫尊严。

“后来我就和郭浩峰在一起了……因为他家有钱。”秦晓垂眸，闭了闭眼，“但是……我没办法利用他的感情，我真恨自己那点廉价的善良和清高。”

她抬起头，望向这片繁华的城区，目光茫然。

“其实，生活最可怕的地方，不是绝望到让人喘不过气，而是恰好能让你苟延残喘。”

“我有很多个瞬间想死，但也就是想想，过把干瘾而已。”秦晓说着说着，突然笑出了声，“纪汀，你知道吗？我有时候看着我妈和我弟，还想着不如我们仨同归于尽算了，谁也不欠谁。”

她唇边的弧度蓦地僵住，慢慢松弛，直至平直，半晌她低喃一句：“但刚刚我是真的想死了。”

最艰难的时候，她没想过放弃。面对亲人的冷眼时，她没想过放弃。不得不和喜欢的男孩分手时，她没想过放弃。差点因为现实辍学时，她也没想过放弃。

刚刚母亲再一次的谩骂，却让她真的累了，这明明和以往没什么不同的，为什么呢？

一滴水忽然从空中落下，接着是两滴、三滴。近一个月没下过雨的城市，竟然开始淅淅沥沥地下起雨来，雨滴像砸在了谁的心上。

两个人的视野开始模糊，厚重的雨幕倏忽降落，将二人笼罩在内。栏杆变得又湿又滑，秦晓的衣服被打湿，她看上去更加摇摇欲坠。她又笑了：“纪汀，你走吧，这不关你的事。”

纪汀紧紧地蹙着眉，却又坚决地上前一步，朝她伸出手：“下来。”

秦晓想说什么，被她抿着唇打断：“如果你掉下去了，我也难辞其咎。”

纪汀这是利用自己作砝码来说服她。秦晓的神色有了变化，她定定地凝视着纪汀：“何必把自己牵连进来？你就不怕我真的不管不顾，跳下去吗？”

“你不会的。”纪汀轻声道，“晓晓，你很坚强，你知道吗？”

她说：“你不会被打倒，你其实比我们所有人都勇敢。”

秦晓的眼神闪烁着，她生硬地看向别处：“那是因为我没有软弱的资本。”

纪汀的头发完全被雨水打湿，但她浑然不觉，眼里映着浅浅的光，她缓缓地开口：“晓晓，曾经有个人跟我说过这么一句话。他说，办法总比困难多。其实我也有过绝望无助的时刻，但是当他这么看着我笑的时候，我就觉得整个天都亮起来了。”

纪汀又上前一步，郑重而坚定地说：“现在，我把那份力量给你。”

大雨倾盆，两个女孩在快要淹没一切的雨声中安静地对视着。纪汀说：“把手给我，我拉你下来。”

秦晓看着她，恍惚地抬起手，触到了她的掌心，她的掌心是温暖的。秦晓已经很久没感受过这样的温度，一眨眼，泪就掉落，和雨滴一同砸向地面。

纪汀动作小心地接住秦晓，接着紧紧地抱住她。

被人全身心地拥抱的那一刹那，秦晓趴在她的肩上失声痛哭，纪汀一下一下地拍着她的背，予以安慰：“没事的，没事的。”

就让这场声势浩大的雨，洗刷她心里经年累月的委屈吧。

“晓晓，你弟弟治病的钱，我家给你出。”

秦晓神色震惊地抬头，喃喃：“汀汀，你何必……”

纪汀勾了勾嘴角：“只是先借给你，以后可是要还的。”她故意分得门儿清，就是不想让秦晓感到被施舍。秦晓的眼里闪过一丝感动，她想说什么却又哽住，半晌才轻声说：“你对我太好了。”

纪汀笑起来：“朋友之间不就是应该这样？”

朋友吗？原来这世上还有美好。原来一切都还有希望。秦晓怔怔的，纪汀说：“你要相信，天会亮的。”

纪汀回到家的时候活像只落汤鸡，苏悦容大惊失色：“怎么回事？！怎么搞成这样了？”

她抿了抿唇，洗了个热水澡后，把医院天台上发生的事情告诉了妈妈。

听完之后，苏悦容神色复杂：“这孩子也真是可怜。”

“是啊。”纪汀叹道，“妈妈，我想帮帮秦晓。”

苏悦容想也没想便答应了：“行，咱们替她把医药费付了吧。”

这和纪汀的想法一模一样，她扑过去搂住苏悦容的脖子：“妈妈，你真是太好了。”

没有人可以选择自己的出身。纪汀很庆幸她的父母都是善良的人，她也很感恩自己有这样一个温暖的家——它遮挡了外面的惊涛骇浪和风雨交加，又承载了世上所有的美满，让她永远活得无忧无虑、自由自在，让她快乐得像一个长不大的小孩。

纪仁亮的微创手术做得很成功，他当天就神清气爽的了：“我感觉自己充满能量！”

医生觑了他一眼：“以后要多多运动，不宜久坐，或是弯腰负重。”

纪仁亮虚心听教：“得嘞。”

爸爸的身体没什么大碍了，纪汀便专心地收拾出国需要的行李。出发这天，她拎着两个箱子和田佳慧成功会师。

一想到纪汀这一去就是四个多月，苏悦容和纪仁亮就舍不得，拉着她说了好多话，又针对各类事项叮嘱了一番。

纪汀拖着行李进入航站楼，头顶的玻璃窗透出蓝天白云，天空非常澄澈干净。她仰头望着天空，怅然地叹了口气——只可惜阿砚哥哥太忙，没法来送她。他现在连好好地睡一觉都是奢侈。

她正出神间，手机铃声响起。纪汀似有所感地接听：“喂？”

“糖糖。”那头传来男人低沉有磁性的嗓音，“要起飞了吗？”

“还没有。”因为情绪还在，她发觉自己的声音听上去有点失落，便立刻扬起笑，“你怎么样？”

“刚开完会。”温砚言简意赅地说了一下自己的情况，转而问，“你东西收拾齐了吗？证件和I20表格都带了吧？”

纪汀说：“带啦，放心吧。”

温砚说："我对那边熟，大致的环境和情况还能记得一些，你要是遇到什么问题，随时找我。"

"知道的。"纪汀明目张胆地冲他撒娇，"你要记得想我！"

"嗯，我会的。"他笑。

"我不在的这段时间，不准让别的小猫咪接近你！"

温砚又笑了一声："好。"

他们明明隔着那么远的距离，她却觉得他仿佛就在自己身旁，他的一字一句都敲击在她的心上："哥哥会一直想你的。"

是啊，只要心是近的，距离再远又何妨呢？

要直飞纽约，下飞机后她们还需要坐两个小时的车到费城。她们来的时候，苏悦容已经联系好这边的一个中国司机，在他的帮助下，纪汀和田佳慧不费吹灰之力就找到了交换生的宿舍，然后就是办理入学手续等一系列事宜。

这次来交换的一共七个人，其中的两个公费名额由纪汀和另一个男同学拿到。

初来乍到，大家都很好奇，先把校园逛了一圈，摸清楚了餐厅和教学楼的位置。晚上，几个人在一家中国餐厅里吃了他们在美国的第一顿饭——广式茶点，还是熟悉的味道。

他们想要融入这里，就得多交友。纪汀有个高中学姐在宾夕法尼亚大学读本科，通过学姐介绍，她认识了很多中国的留学生，他们中有不少是高中就出国的，已经能够说一口非常流利的英语。

学校组织了一次国际生的破冰仪式，一共有一千名学生坐在礼堂内，他们来自全球不同的国家。主持的 Merry 老师给了五个名额，想从每个大洲选一个学生上台发言，活跃活跃气氛。

"请问，有从亚洲来的同学想要当发言代表吗？"礼堂内一片寂静，于是 Merry 重复问了一遍。还是没人自荐，Merry 的脸上闪过一抹失望。她看到某处时，眼睛忽然一亮，招手："那个幸运儿，就是你了！"

纪汀起身，冲大家笑了笑，走到台前。

把来自其他大洲的四个同学依次选好后，Merry 问纪汀："请问这位漂亮的女孩，能告诉我你来自哪个国家吗？"

她笑道："中国。"

台下立刻爆发出一阵欢呼。纪汀略一扫过，看到一片熟悉的黑眸，他们正颇为热切地望着她。而其他异域面孔的目光里则泛着好奇和期待。

不同国家不同种族的人汇聚一堂，友好地相处，这真是无比神奇的经历。她这么想着，胸口涌上一阵热意。

Merry 说："请代表你的国家说几句话。"

纪汀拿起话筒，沉吟片刻："可能大家会对我们中国人有一种固有印象，觉得我们勤劳聪明，而且数学考试总拿高分。"

她刻意在此停顿，台下传来一阵善意的哄笑。

纪汀笑了笑："但其实除此之外，我们还崇尚和平，乐于包容不同的文化，并愿意和世界上的其他国家发展友好关系。我们相信真诚能够换真诚，也非常希望能够和大家做朋友！"

她英语流利，发音标准，一番话说得恳切之至，整个礼堂内爆发出雷鸣般的掌声和喝彩声。

纪汀下台后，田佳慧悄悄地给她竖了个大拇指："厉害啊，给咱祖国长脸了！"

纪汀也有点激动，觉得心里有什么东西被点亮了，全身的血液都在沸腾。

神奇的经历才刚刚揭开帷幕。

纪汀上的第一门课是"公司估值"，老教授和蔼可亲地坐在高脚椅上，从宏观经济环境入手，分析全球债券市场近年来的情况。

虽说是英语授课，但他的讲解深入浅出，又旁征博引，十分便于理解。纪汀不仅完全跟上了，甚至在下课时还和教授讨论了一番，混了个眼熟。

不过一个月，纪汀在校园里的生活就如鱼得水了。在学业之余，她偶尔会和同学们去唐人街转转，或是约当地的朋友们一起打球吃饭。费城的城区也被她踏了个遍，她留下了不少风景照。唯一美中不足的是，她对男朋友十分想念。

因为有十二个小时的时差，每次纪汀睡着的时候，国内正是白天。再加上他工作忙，他们能联系的机会少得可怜。

有好几次，温砚凌晨两三点钟回家还要给她打电话，纪汀心疼他，便勒令禁止了他的这种行为。但是她也没有太多时间来烦恼这件事，因为求职申请季已在眼前。每年的八九月份，都是外资投行招下一年暑期实习生的时候。

纪汀其实也没有特别明确的工作方向，但是在这个过程中能获得不少的历练，于是她也投了一波简历。

外资投行筛选实习生的程序特别复杂，要经过一个网测，然后是视频面试，利用 AI 打分，再然后才是一轮又一轮的人工面试。

纪汀一共投了十几家公司，每一家都要经过这样的车轮战，因此她的生活也变得异常忙碌，她几乎每天早上都能收到新的通知邮件。但她即便很累，目标还是依然坚定而清晰。

十一月中旬，在纪汀充分的准备下，她成功地拿到了四家公司的终面机会，其中有两家总部在纽约，要求她前去面试。

她坐上超级巴士，眼看着两旁的街道越来越热闹，巴士最终进入曼哈顿城区，MGS 的总部所在地。

会议厅里，纪汀面对着几位面试官，很明显地感到气场的威压。她心里打着鼓，尽量微笑着让自己的陈述有理有据，不露丝毫怯意。

曾经所有的过往似乎都为这一刻埋下了伏笔。阿砚哥哥跟她讲的那些故事，忽然一下子照进现实，纪汀有种身处故事中的错觉。

直到面试终于结束，她到楼下的咖啡厅里买了一个香草冰激凌，清甜的奶油味丝丝缕缕地沁入肺腑，她才对温砚的经历感同身受起来——年轻的时候，一定要多去外面看一看，感受一下这个世界到底有多精彩。

四个月的交换生生活转瞬即逝。学期结束时，正好临近圣诞节。纪汀和田佳慧两人飞去了波士顿，打算在那里过节。

平安夜，街上游人如织，彩球、松果装饰的圣诞树随处可见，空气中铃声“叮当”作响。两个人漫无目的地逛着。

广场中央有一棵很高的圣诞树，圣诞树前面有乐队演唱，他们正在演唱旋律熟悉的（*Jingle Bells*《铃儿响叮当》）。地上有着点点白雪，雪的微光与映照的灯光交相辉映成温暖的橘色光芒。在这片热闹中，纪汀感到一种简单纯净的快乐。

两旁小店里卖的新奇的小玩意儿让她爱不释手，不一会儿，手上的购物袋里便装得满满当当。她还特意买了一个圣诞花环戴在头上——它是由冬青树的枝叶编织而成，赤红的小果子点缀绿意，寓意着平安喜乐。

节日气氛正浓，店主是个满头银发的老太太，她给两个小姑娘送了巧克力，眼角的皱纹显出慈祥："尝尝看，很甜的。"

"谢谢您，平安夜快乐！"

"平安夜快乐。"

纪汀又去买了一杯热可可，杯中冒出热气。她像小猫一样试探地伸出舌尖感受温度，却差点被烫得叫出声来。

田佳慧挽着她的手，开心地说："我会永远记得这里的，多难得。"

纪汀也朝她弯起嘴角，笑容从呼吸喷出的白雾中显露。是啊，她们不论以后有怎样的机缘，能够到达多高的位置，都一定会永远记得这段宝贵的经历。

口袋里响了一声，纪汀把纸杯交给田佳慧，从兜里掏出手机，那是一封邮件。她点开邮件，指尖却倏忽顿住。

Welcome to MGS……internship offer……（欢迎成为 MGS 的一员，您已被我司录用……）

Congratulations!（恭喜！）

纪汀的大脑中一阵空白，猝不及防，惊喜从四面八方奔涌过来，将她密不透风地包围在内。然而她并没有获得尖叫出声的机会。

纪汀兴奋地抬眼间，看到一个模样俊逸的男人站在不远处的圣诞树旁。他身着黑色呢子大衣，脖子上戴着一条灰色围巾，他单手插兜，姿态闲适慵懒。

他们隔着茫茫人海，男人缓缓地转头，视线与她的视线汇聚交缠。他的眉眼如画，唇边燃起的笑让天地万物都因此失色。纪汀手中的购物袋"啪"的一声掉在地上。

纪汀呆呆地往前走了两步，又揉了揉眼——他还站在那里，这不是幻觉。

几十米的距离间，太过用力的注视让纪汀眼眶发酸。她突然攥紧了拳，拼命地向前跑去。身后传来田佳慧讶异的喊声："哎，你要去哪儿啊？"

川流不息的人潮的两侧，在她向他奔去的那一刻，他也迈开了脚步，向她而来。

这个情景让纪汀忽地想起了两年前——在工物馆前面的那条雪路上，温砚也是这样任脖子上灰色的围巾在风中飘摇起舞。不是谁都可以遇见义无反顾地朝自己飞奔过来的人。她是多么幸运。

下一秒，纪汀感到自己落入了一个坚实温暖的怀抱中。她双脚离地，身体被他托起，她几乎是以一个俯视的角度将他眸中烂漫的星光和温柔的笑意尽收眼底。

温砚微仰起头，亲吻她。纪汀闭上眼的那一刻想：这是梦吗？如果是，那也一定是她做过最甜美的梦。

广场上的奏乐换了另外一首乐曲，乐声柔缓悠扬，天空中簌簌地坠落细雪，像是开出了漫天的白色花瓣。

纪汀虽不敢置信，但是失重感一遍又一遍地提醒她，眼前的这一切都是真的——他不声不响地跨越了一万多公里，来寻她。

温砚的双唇滚烫，纤长的眼睫轻轻地扫过她的脸颊，舌尖温柔而强势地一寸寸侵入。许是受了美国文化的影响，在人来人往的大街上热吻，纪汀也没觉得有任何不妥——她的全部感官都集中在眼前的人身上，感受他真实的温度。

而对于温砚来说，四个月的辛苦劳累与现下将她拥在怀里的充实满足相比，不值一提。

小姑娘的头上戴着一个漂亮的冬青花环，花环上红艳艳的小果子将她的皮肤衬得更加白皙明媚。而她的眼睛比星星还要亮。

“I miss you.（我想你了。）”他贴着她的唇，亲昵地低喃。

所有的一切，圣诞树、白雪、彩灯、人群，都如潮水般远去，纪汀弯起了嘴角，俏丽的容颜像是朵朵桃花翻浮出水面：“So do I.（我也想你了。）”

田佳慧觉得自己的命运实在是个悲剧。为了给纪汀制造惊喜，她偷偷地给温砚通风报信，最后整了这么一出浪漫的邂逅。结果这两个人见面后如胶似漆，压根儿不把她的命当回事，每分每秒都在“屠狗”。

在这节日氛围浓厚的夜晚，她的心酸就格外明显。手机铃声响起，来电显示“方泽宇大可爱”，田佳慧“哼”了一声，接起电话：“干吗？”

那头的人愣了一下，然后散漫地笑道：“怎么了这是？火气那么大？”

“没事！”田佳慧赌气了两秒钟，没忍住，心直口快地说，“我听人家说，如果交了男朋友和之前单身时没什么区别，那这个男朋友也没有存在的必要了。”

方泽宇笑了，语气有点敷衍："是吗？"

"你……"田佳慧用脚尖戳着地上的积冰，闷声道，"哎呀，算了。"

那头也没追问"算了"是什么意思，只问道："你现在在波士顿？"

"嗯。"

"咱们现在要不要玩个电话游戏？"

这是什么稀奇古怪的要求？田佳慧的注意力被吸引过去："你要玩什么？"

方泽宇说："我给你随便指路，然后你在遇到的小店里买一样东西带给我。"

她"扑哧"笑了一声："你怎么这么幼稚啊？"

方泽宇笑着问道："玩不玩？"

反正她现下也没什么事，这游戏听起来比当电灯泡有意思，田佳慧应道："好。"

"那我开始了。"他说，"你向前走五十米，然后右转，看到的第一家店，进去。"

田佳慧跟纪汀打了个招呼，然后按照方泽宇的指示往前走。右手边是一家手工肥皂店，满屋子奇异的香味。橱柜上的货物琳琅满目，田佳慧看了一会儿，挑了一块极不符合方泽宇气质的黄色鸭子肥皂。

方泽宇说："我好像听见你坏笑了。"

"咯咯，没有。"田佳慧一本正经地说，"就一家肥皂店，给你买好了，然后呢？"

"买好了是吧？"方泽宇接着说道，"你现在出来，走到对面街道，然后右转走十步，看看是什么店。"

对面，右转十步，是一家 coffee house。田佳慧笑道："咖啡店，我没法给你带回去。"

方泽宇说："那你随便买点东西自己吃。"

"好。"

虽然这真的是个很无聊的游戏，但田佳慧还是颇有仪式感地买了一袋曲奇饼。她边啃边问："接下来呢？"

方泽宇停顿几秒钟，似乎是想了一会儿："你再出去，走到对面街道，右转走三十米。"

田佳慧觉出不对："哎等下，你是不是故意想让我走来走去？"

他无辜地说道："没有哇，我就随便说的。"

嘁，田佳慧扁嘴："行吧。"她走了三十米，发现前面是一家芬芳四溢的花店，"你说你这家伙可真能挑，选的尽是些我带不回去的东西。"

田佳慧一边说一边走了进去，琢磨着到底给他带样什么东西比较好。她看来看去，好像就只有挖土的小铲子、花盆和包花用的丝带可以买。她最终选了一卷颜色漂亮的扎花丝带，不过它是粉色的，到时候她把丝带绑在他的头上，田佳慧想象了一下那个画面，忍不住捂嘴笑出了声。

方泽宇问："你笑什么？"

"喀，没有。"她一秒钟恢复正经，付了钱之后问，"下一站去哪儿？"

方泽宇："待那儿别动。"

田佳慧奇怪地问："嗯？为什么啊？"

"因为……"

她手一滑按了屏幕，结果通话居然被按断了。

"你要等我来找你啊。"

哎？电话挂了，怎么他还在说话？田佳慧似有所感地回头，却倏忽被厚实的帽子阻挡了视线。有人在她的头顶扣下一顶绒球帽，嗓音懒洋洋的："也不知道给自己保个暖，瞧这小耳朵都冻红了。"

她眨了眨眼，不确定地问："方……方泽宇？"

"嗯，是我。"男人吊儿郎当地笑。他俯下身来，声音低沉地问："现在，还觉得男朋友没有存在的必要吗？"

田佳慧本来有种被全世界抛弃的感觉，这下，感觉立马好了。啧，男朋友还是合格的。

接下来的两天，他们两对谁都不想打扰谁，开始分头行事。一个学期的美国之行其实很短暂，但又是纪汀的人生中一次别样的经历。

回国以后正值寒假，纪汀也没什么事情做，又没来得及找实习，便提出："阿砚哥哥，我能不能去你那里观摩学习啊？"

启宴目前颇具规模，公司刚刚进行 C 轮融资，金额 8000 万美元，"千像"的用户数达 3000 万，全年营收过亿。建立了经验分享、问答、视频等一系列社区以后，启宴选择了广告和电商等一系列流量变现的方式，真正地有了国民度。

温砚笑：“当然可以。”他说，“只是，如果你需要其他实习的话，我也能够帮你安排。我们这里更加注重产品而不是金融，我怕对你之后的职业生涯没有太大帮助。”

纪汀想了想，说：“我还是想去。”

在之前的实习中，她已经尝试了金融行业最主流的几个方向，但感觉兴趣都不是那么浓厚。相反，之前在 x-lab 和师兄师姐讨论时，她有更多的灵感，说不准实业道路更适合她呢？

见纪汀坚持，温砚自然没有二话。于是，全启宴的员工都知道公司空降了一位祖宗。茶水间里，两个女同事窃窃私语：“你听说了吗？温总的女朋友要来我们公司呢。”

“啊？温总有女朋友？”说话的人一副颇为叹惋的表情。

胡昱祈在她们的身后重重地咳了一声，两个人赶紧回神：“胡总好！”

他故意面无表情地说：“那个，上班时间，少八卦啊！”

“嗯嗯。”虽用了答应的语气，但两个女员工仍明目张胆地在他的眼皮子底下互相使眼色。内心的话都快在脸上写出来了。她们就好像是在说：“你看胡总又掩耳盗铃。”

“就是就是，最喜欢听八卦的不就是他自己？”

“哎呀，反正他也就那么一说。”

胡昱祈无言以对，心想：为什么他在下属面前如此缺乏威严？莫不是看他年纪小模样长得标致好欺负？哼，讨厌。怀着愤愤不平的心情，他敲响了温砚办公室的门。

“请进。”

胡昱祈走进去，看到纪汀坐在旁边，不由得挑了挑眉：“哟，妹妹来了啊？”

温砚颦起眉，微眯眼眸，指节叩了叩桌子：“叫谁呢？”

胡昱祈深吸了口气，讪笑着改口：“嫂……嫂子……”

纪汀第一次来启宴的总部，没想到总部的装潢如此简约大气。她放眼望去，这里窗明几净，工作间错落有致，绿油油的盆栽被悉心地摆放，甚至还有一整面的员工心愿墙，上面贴满了便利贴。

纪汀一眼扫过心愿墙，看到不少许愿升职加薪、业绩翻倍的——这是一家很年轻的公司，不断有新鲜的血液加入，员工都充满了干劲，这里是很有温度的一个地方。她的内心有许多难言的情绪涌动——她亲眼见证一个企业的成长，太震撼了。

温砚问："觉得怎么样？"

纪汀回过神来，笑道："真的很好。"她走过去，从座椅的背后搂住他的脖子，"你好厉害，我太崇拜你了。"

即使是再成功卓越的男性，听到爱人的赞美都会忍不住心生自得。温砚转过身来，一双桃花眼里漾着愉悦的笑："以后这里的一切，就全是你的。"

纪汀眨了眨眼，心跳没来由地加快，仿佛他们再深入地谈论就会涉及什么重要的话题。她顾左右而言他："嗯……一会儿是不是有个小会？"

"对。"温砚没再继续刚刚的话题，起身，"走吧，一起去会议室。"

时隔两年，再次听他陈述公司的概况，纪汀简直觉得热血沸腾——前景向好，发展势头强劲，各板块业务欣欣向荣……在座的高层基本上还是当时在 x-lab 里面的那些学长学姐，没有什么人事变动。与过去相比，他们明显干练了许多，对市场也有了一针见血的认知。

温砚坐在主位，依旧条理清晰："我们下一阶段的目标是，从短视频扩展到全文娱板块，包括网文阅读、游戏、直播等。"

胡昱祈说："网文阅读这块儿，我们可以先做免费阅读，内容的获取主要有几个方面——实体书的电子化、从第三方渠道购买，以及高价挖头部作家。"

温砚点头："其实免费和付费阅读并不矛盾，只不过是一种价格歧视罢了，可以同时做起来。"

负责市场营销的江思源说："砚哥，直播这边，我们还是去其他平台挖他们的 KOL（网红）？"

"挖人和自己培养，双轮并驱。关键是话题度，根源还是在于营销。"温砚说，"网文阅读、直播都可以和电商联动。"

几个人讨论了一段时间，温砚问纪汀："糖糖，你有什么想法？"

纪汀朝师兄师姐们笑了笑："我认为，我们可以把重心放在 IP（品牌）上。"

温砚轻翘眼尾："有意思，继续。"

"其实这可以倒推。如果想要变现，就要有流量，而让流量感兴趣的，恰恰是——"纪汀在白板上写下"内容"二字。

"上游的内容才是流量取之不尽用之不竭的原因。我们可以由此打造业务逻辑，比如说，网文章节内插电商链接，读者可以直接购买主角相关周边。"纪汀总结，"其实就是强调 IP 的概念。"

"……"

他们回到温砚的办公室以后，胡昱祈"啧啧"道："嫂子，真不考虑加入咱们队伍吗？"

纪汀看了温砚一眼，笑道："好，那就要看两位给我什么样的职务了。"她打趣他们，"最好是钱多活儿少的那种。"

胡昱祈"哈哈"笑道："这个就要问阿砚了，不过我觉得，你就是要座金山他也会给你挖来。"

温砚只是看着纪汀笑，对此不置一词。

大半个月过去，纪汀觉得自己越来越喜欢在启宴工作。

本来这边的工作内容与她的专业是不太对口的。她能做的只有市场和融资两部分，但是每每涉及对产品创意的讨论，她都会很积极地加入进去，还贡献了不少点子。

因此，纪汀和公司的同事们也打成了一片，深得民心。又因为她是总裁的女朋友，大家看她的目光都带着景仰，私下里也会跟她说一些八卦消息——

"咱们温总可受欢迎了，每次受采访或者是参加酒会，那些女人的眼珠子都恨不得黏在他身上呢！"

纪汀本来只是单纯听着，还觉得没什么，因为以前两个人在校园里散步的时候，温砚也常常会吸引很多女同学的目光。久而久之，她也就习惯了。但是，当她作为温砚的女伴真正出席活动时，才发现自己好像还是对情况的严重性有所低估。

周日晚上，温砚和胡昱祈受邀参加熙程智能十周年纪念晚会。

熙程智能专攻 AI 机器人方向，是绝对的行业翘楚。总裁明熙程是名校毕业，工科背景，性格沉稳持重。

这次的晚会邀请了诸多互联网企业家，甚至有不少赫赫有名的人物。纪汀挽着温砚入场时，竟看见了好几位身价数十亿的上市公司总裁。

她惊叹道："这阵仗太大了吧？！"

温砚轻笑："也算是做给媒体看的，证明熙程智能在业界的影响力。"

一路上两个人遇到不少人搭话，他们有些是启宴的商业合作伙伴，有些则是想要拓展人脉。温砚对此来者不拒，还带着纪汀认识了几位大老板。

明熙程上台致辞后，下来和温砚寒暄："温总近来可好？"

"挺好的。"温砚微微一笑，"明总这场纪念晚会让我开了眼界了，不愧是人工智能龙头公司。"

"哪里哪里。"明熙程客气一番，转向纪汀，"这位是……？"

温砚含笑地看了她一眼："这是我女朋友。"

纪汀得体地做了自我介绍："明总好。"

明熙程颔首笑了笑："纪小姐美貌过人，温总年轻有为，实在是般配。"

商场就是这样，你奉承我，我恭维你，一来一回，不厌其烦。纪汀觉得这个过程还颇有意思，在温砚的身边耳濡目染这么久，也学到了不少他的话术。

"明总才是事业有成，业界精英，AI 领域第一人。"

明熙程的笑容里登时多了几分真情实感："谬赞了，以后有机会还希望能多和二位交流。"

等他走后，纪汀吐了吐舌头："其实也就那么两句话，颠来倒去的，都有点说厌了。"

温砚点了点她的额头，动作亲昵："看来糖糖掌握到精髓了。"

她小狐狸似的笑了笑。

他们转了一圈下来，纪汀道："我先去趟洗手间。"

温砚颔首："嗯，我在门口等你。"

纪汀在梳妆台前补妆的时候，旁边突然走过来一个浓妆艳抹的女人。她面色不善，略显讥讽地横了纪汀一眼："你就是温总的女朋友？"

"嗯。"纪汀不动声色，"请问你是？"

女人攥着指尖，心中不甘。她在一次酒会上认识温砚，第一眼便为他倾心，谁知他已经心有所属。刚刚自两人入场时，她便一直紧密地观察着他们，直到现在才抓住机会和他的女朋友单独说话。对于纪汀的问题，女人并不打算回答，反而扬着下巴，阴阳怪气地说：“我看你也就是年轻点，漂亮点，除此之外一无是处，小心温总玩两年就把你甩了。”

年轻点，漂亮点，除此之外一无是处。这个陈述意外地把纪汀逗笑了——这原本是她最不起眼的优势。她微微地抬眼，打量着女人——她眼角下垂，颧骨颇高，是天生的刻薄相，谈吐也如此落俗。这样的人怎么可能入得了温砚的眼？

纪汀弯起嘴角，天真无邪地歪了歪头：“谢谢您的夸奖。”

女人满脸疑惑：她这是什么毛病？

纪汀走出洗手间后，在走廊里缓缓地停了下来。

少年时代的温砚是一块璞玉，没有那么多人发现，所以最后成了她的。而现在，他的身份大不同于以往——和学生时期那些象征荣誉的头衔不同，如今他的背后都是实打实的真金白银，他有着财富和地位的加持。

高二的时候，她连他的照片都不愿分享给他人，甚至还因此神伤。

现在对他的采访和各色天花乱坠的报道在网络上铺天盖地，再加上他过往令人惊艳的履历，他获得一众追捧毫不意外。这个宝藏，终究还是被其他人发现了——纪汀觉得自己好像不太满足于现状了。

她一直想要与他比肩，但每当她进步一毫，他就会再向前一厘。她能做到的极致，也不过是复刻他的轨迹而已，她似乎永远追不上他的步伐。

不知不觉地走到了厅内，纪汀恍惚地抬眼，看到温砚身边原先的空位上此时已经站了别人。

男人长身鹤立，站姿挺拔，唇边噙着一抹优雅从容的浅笑。而他对面的女人看上去神采飞扬，正热络地跟他攀谈着。

纪汀倏忽想起启宴的员工说的话——那些女人的眼珠子都快黏在他身上了。她深吸了一口气，漫步走到两个人的身边，软软地叫了声：“阿砚。”

女人神情微变，她停下话头，却仿佛没看到纪汀似的，也不开口询问温砚。

温砚转头道：“糖糖。”他拉起纪汀的手，对女人笑笑，“我女朋友来了。”

纪汀小幅度地勾了勾唇——他没说“女伴”这种给人留有遐想余地的字眼，

倒是比较自觉。

女人沉默了一会儿，很快拾起端庄的笑意："那我就先不打扰你们了。"

纪汀看着她娉婷地离去的背影，状似随意地问道："刚刚那是谁啊？"

"一个世叔家的女儿。"温砚牵着纪汀的手入座，"无关紧要的角色罢了。"

虽然对方没做什么出格的举动，但心思昭然若揭。再加上洗手间里的事情，纪汀感到自己的兴致有点被败坏了。她却没有在面上显露半分心思，只微笑着应了一声。

晚宴过后，便是舞会环节。节奏鲜明的圆舞曲奏响，形形色色的男女滑入舞池，尽情地享受一曲优雅流畅的华尔兹。纪汀之前没怎么学过舞蹈，于是便坐在一旁观摩起来。

温砚说："想喝点什么？我去给你拿。"

"随便一杯鸡尾酒就好。"

"嗯。"他站起身，摸摸她的头，"我去去就回。"

纪汀的目光追随着他，掠过一片衣香鬓影，她不知不觉地有些出神。思绪还飘着，她的身旁传来一道醇厚的男声："小姐，请问您是一个人吗？"

纪汀转过头，发现那是一位西装革履的男士，他手腕上的铂金表一看就价值不菲。他彬彬有礼地询问她："我能否请您跳一支舞呢？"

"抱歉。"纪汀笑了笑，"我已经有男伴了。"

"那还真是遗憾。"男人的脸上露出一抹惋惜的神色。

因为短暂的交谈，纪汀再抬头时已经看不到温砚的踪影。她提着厚重的裙摆在会场中转了转，过了一会儿，步伐顿住。

温砚的身边怎么又冒出来两个女的？纪汀叹气——这都是今天晚上第几个了？她垂下眼眸，持着明艳的笑意，步履轻盈地向他走去。

…………

活动结束后两个人回到公寓。纪汀洗了澡出来，一边擦头发一边往沙发的边上走。男人穿着白色衬衫，手里拿着本杂志在读。听到声响，他抬头："洗好了？"

"嗯，洗好了。"纪汀在沙发上坐下，背对着他，声音嗲兮兮的，"温总，可不可以帮我吹个头发啊？"

这个称呼倒是新奇。温砚的动作一顿，唇角勾了一下。他没说什么，拿起一旁的吹风机，动作颇为轻柔地捻起她的发尾。

等头发被吹干，纪汀走进卧室里，过了一会儿又倚在门框上，朝温砚抛了个媚眼："温总，我在床上等你。"她表情羞答答的，一颦一笑间也好像带着撩人的钩子。

温砚挑了挑眼尾，似笑非笑地站起身来。他正想说什么，纪汀却一下子关上房门，他连她的影子都看不到了。

男人静默片刻，似乎想到了什么，喉间溢出一声轻笑。

纪汀在房间里，悄悄地把浴袍脱下，换了一身薄纱的睡衣——这件衣服她是上次和田佳慧逛街的时候，出于某种奇特的心理买下的。

纪汀心知情侣之间的小情趣是十分必要的。生活都这么忙碌，他们要学会自己找点乐子才行。

温砚进来的速度比纪汀想象中的要快。他看到她的样子时，眸色显而易见地加深了。

纪汀侧卧在床上，撑着脑袋看他。她勾了勾手指，娇滴滴地说："温总，过来嘛。"

原本在这个调戏阶段，纪汀还指望着能够玩个三五分钟，结果他一上来就直接掐断了她计划的所有步骤。薄纱被剥落，传来布料摩擦的窸窣声。她感到一阵天旋地转，天花板变成了柔软的衾被。

纪汀以前从不在乎是否关灯，今天却对光线格外敏感。她闭上眼睛，嘴里说出的话连不成句："温总……关个灯……"

"不想关。"坚硬的胸膛紧贴着她的背，他在她的耳畔落下低哑的笑，"想看着你。"

纪汀的眼角微红，她被灯光晃得几乎看不清自己的双手。她说："那……我想面对着你。"

男人停了下来，半晌亲她的耳垂："好。"

纪汀想看着他，并不是因为这个姿势格外有安全感。而是因为唯有这样，她才能看到他眼中汹涌的情意。

不知过了多久，纪汀突然叫："阿砚——"

温砚顿了一下，低声道："我在。"

"阿砚……"

“乖宝，我在。”

一声声的轻吟，并未随着他的回应停歇。

“阿砚……阿砚……”

纪汀不知道自己在确认什么，抑或是在渴求着什么，只一直地望着他，直至目光迷离。

淡淡的月光照进窗子，灯光终于熄灭。小姑娘闭着眼，睫毛上沾着泪，她仍在无意识地低喃着他的名字。男人拥着她，一下下地亲吻她的耳垂。

整个大四，纪汀都没什么课，天天往启宴的总部跑。MGS 投行部的实习做完后，她成功获得了工作录取通知，但经过深思熟虑，她还是没有答应对方。因为启宴和“千像”有纪汀更感兴趣的东西，也让她捕捉到施展自己才能的机会。

纪汀向温砚提出这个想法之后，他说道：“如果这样，以后就没有退路了。”

实业和金融还是有着很大的不同，她一旦选择实业，可能再难做回本行工作。

纪汀笑：“没关系，我不会后悔的。”

温砚深深地看着她：“好。”如果她想站得更高，那他不介意做她脚下的那块石头。

大四期间，纪汀在启宴逐渐接触了一些投融资的工作，偶尔也会跟着温砚去和投资人会面。她越来越游刃有余，在谈判桌上也能侃侃而谈。

有一天晚上，温砚把纪汀抱在怀里，含笑地问她：“糖糖，等你毕业了进公司，想要什么样的职位？”

纪汀调笑道：“我不知道，温总想给我什么职位？”

温砚钩起她鬓边的发丝，不紧不慢地用手指绕着发丝把玩。他的神色浅浅的，他像是在酝酿着什么。半晌，男人轻笑了一声：“总裁夫人如何？”

纪汀的心滞了一拍，她故作嗔怪：“哪有这种职位？你别糊弄我。”

温砚垂眸看了她一眼，然后又笑起来，神态颇为撩人：“怎么会糊弄我家糖糖？”他说话的时候若即若离地贴着她的唇，声音含混不清，姿态却缱绻温柔。

纪汀红了脸，心跳再次被打乱，如同平静无痕的水面泛起层层碧波。他刚刚那么说……不会是变相的求婚吧？

紧张的情绪中，纪汀推了推温砚的手臂，胡扯了一句：“我……我要当

Finance Party（出资方）。”

此时，连空气也安静下来。

纪汀也有些懊恼，觉得自己这临场反应有失水准。心里打着鼓，她抿着唇补救：“其实我是说……”

“好。”温砚打断她，“没问题。”他刮了一下纪汀的鼻子，桃花眼里有着熟悉的笑意，“你就是要天上的星星——”

“……”

“哥哥也给你摘下来。”

纪汀在清华园里待了四年，不知不觉地迎来了毕业的日子。时光荏苒，岁月如梭。这个园子珍藏了她太多美好的回忆，也记录了她的成长。

“四年前，意气风发的你们来到清华园，开始和新百年的清华共同成长……”毕业演讲时，校长语重心长，话中寄托着浓厚的希望，“今天，你们即将踏上人生的新征程，去写就更加辉煌灿烂的诗篇！”

“做内心想做的事情，选择有价值的事业，葆有‘大我’的情怀，找寻人生的意义。不负韶华，追求卓越；不忘初心，砥砺前行。”

…………

“最后，不管何时何地，你们都要记住，清华是你们永远的依靠和港湾，随时欢迎你们回家！”

“清华”这两个字，对每一位学子的意义都是重大的。对于他们来说，这里就是家，是一个极其温暖的地方，承载了所有意气风发的理想。

西山苍苍 / 东海茫茫 / 吾校庄严 / 巍然中央
东西文化 / 荟萃一堂 / 大同爰跻 / 祖国以光
莘莘学子来远方 / 莘莘学子来远方
春风化雨乐未央 / 行健不息须自强
自强 / 自强 / 行健不息须自强
…………

校歌响彻园子里的每一寸土地，一直飘向更悠远的地方。同学们三三两两、勾肩搭背地去综合体育馆，排队等着和老师们合影。

轮到纪汀时，校长笑着为她拨穗：“孩子，祝贺毕业！”两个人站在红毯上，背后的紫色背景墙上刻着“清华大学毕业典礼”的字样。“咔嚓”一声，相机定格下了这一幕。画面中的女孩笑容明媚，眼中是对未来满满的期许。

大家一同在经济管理学院的伟伦楼前拍照留念，苏悦容和纪仁亮站在旁边为纪汀照相，抓取了许多精彩的瞬间。他们笑着，闹着，将学士帽高高地抛起：“我们毕业啦！”

在这种气氛下，离别的伤感也被冲淡。纪汀几乎是乐此不疲地捡帽子，忽然有人戳了戳她的肩膀，不确定地问：“你看那是不是你的男朋友？”

纪汀抬起头，只见温砚穿着一件白T恤站在十几米开外。他身姿挺拔，气质干净清澈，他像是个仍在读书的学生——纪汀和温砚的故事也在年级里广为流传。

老师每每讲课都要提起的“温砚学长”，现下是清华的著名校友。“千像”在文娱社交方面早就打出了自己的品牌，用户数达一亿，且还在快速增长。启宴科技则成为年轻的独角兽企业，有二十亿美元的估值，如果不出意外便能在近几年上市。而温砚现在还不到二十六岁。

这么一个传奇人物，竟然和他们的同级同学在一起了，大家都非常激动。好不容易见到两人同框，同学们起哄道：“抱一个！抱一个！抱一个！”

耀目的阳光透过绿叶的缝隙洒下来，仿佛金子落在他们的身上。纪汀扬起嘴角，向男人跑过去，然后一跃而起，扑入他的怀中。温砚稳稳当当地接住她，目光含笑：“毕业快乐，我的小姑娘。”

“啊啊啊啊啊啊啊啊啊啊啊！”

“啊啊啊啊温糖是真的！是真的我搞到真的了！”不知是谁喊破了音。

纪汀永远记得这一天。天气正好，阳光正晴。他们都将走入更远的远方，也将步入各自美好的前程。希望他们永远不要辜负这满载芳华的四年，永远无愧为清华学子。

十月的北京已是凉意渐起。相比起外面的秋风萧瑟，室内的气氛却大相径庭，掌声雷动。“互联网创业年度人物”颁奖典礼正在进行，所有人都在猜测今日年度人物花落谁家。业内人士心里早已有一张谱，如果不出意外的话……

“移动流量红利耗尽的今天，新型互联网企业破局困难重重。而他却以区块链、AI、大数据为底层技术，着眼于文娱板块和大IP，为互联网社交持续赋能。

“他注重产品温度和情怀，力图打造一个具有良好内容生态的社区平台。他关心用户的体验和感受，致力于让年轻一代的生活变得更加美好……

“互联网创业年度人物是——”

大家都紧张地等待着主持人的宣布。

“启宴科技，温砚！”

“恭喜，有请上台！”

所有人的目光都落在前排的一个清隽的身影上，只见男人从容地起身，手工剪裁的西装外套妥帖平整。他的步伐迈得优雅沉稳，全身上下透着一股矜贵的气质。他走到台上，接过奖杯，这时相机快门的声响此起彼伏，无数媒体记者提笔准备撰稿。

温砚朝观众席鞠躬，雷鸣般的掌声经久不息。

“很荣幸能够获得这个奖，非常感谢各位对我的认可。”他说，“创办启宴虽然始于一个偶然的契机，但是也符合我一贯的追求，那就是——希望能为这个社会做点什么。”

“在如今这个个性化消费大行其道的时代，我们希望能够提供给用户高品质的生活体验。这四年来，启宴也一直都在坚持朝着这个方向努力……”

温砚的嗓音低沉温润，他将自己的创业故事娓娓道来。

“这个荣誉不仅仅属于我个人，还属于我的合伙人胡昱祈先生，属于启宴科技的每一位员工。因为你们，启宴才能走到今天。”

场中又一次响起热烈的掌声，等到彻底安静下来之后，他的话锋倏忽一转：“除此之外，我还想感谢一个人。”男人望着台下的某处，黑眸中浮现出一丝很柔软的情绪，“她是我的软肋，也是我的铠甲。谢谢你，一直毫无保留地支持我的梦想。”

“……”

“未来的十年、二十年，乃至很久以后，我们仍将在追梦的道路上继续前行。请诸位共勉！”

后面发生了什么纪汀已经不知道了。自打他说出那句话，她便泪盈于眶，胸腔中既酸涩又饱满。会场的嘈杂、人群的喧闹被抛至脑后，她只是眼睛一眨不眨地凝视着台上的男人——她替他感到高兴。

她最知道他这几年是怎么过来的，其中的艰辛虽被寥寥几语带过，但每一个彻夜忙碌的日子，都被皎皎月光铭记。

典礼结束后，纪汀在楼下约定好的地方等待温砚。他已经接受过采访，无须在会场停留。温砚一见到她，便扬起笑意。那笑容极为舒心，纪汀迎过去，用力地抱了他一下。她甜甜地笑："恭喜你啊，我的大老板。"

温砚执起纪汀的手亲了一下，桃花眼微弯："糖糖，晚上咱们庆祝庆祝？"他像个刚考了满分的孩子，迫不及待地和最亲近的人分享喜悦。

纪汀被这种情绪感染，亲昵地挽住他的手臂："走！"

两个人的脸上漾着笑意，他们进了会场的VIP专用通道，朝地下车库走去。

纪汀问："你想吃什么菜啊？"

"都可以，你喜欢的就好。"

"我不要我喜欢，我要你喜欢哈哈哈哈哈……"

温砚笑道："你喜欢的就是我喜欢的，宝贝。"

纪汀仰起头看他，眸中有碎钻般的浮光掠动，心里甚是甜蜜。

"Andrew."

听到有人叫温砚的名字，两个人停下脚步，一起向声源处望去。纪汀明显感觉男人的身体紧绷了一瞬，揽着她的手臂也收紧几分。她抬起头，看见一个浑身高奢、雍容华贵的美丽女人。如果不是因为之前看过照片，单从这张脸上，纪汀很难辨别出岁月流逝的痕迹。

温砚看着游雪琴妆容精致的脸，一时之间有很多话想说。获奖的成就感与见到母亲的讶异相互交织，让他产生了一种近乎惊喜的错觉。他心里复杂的情绪汹涌，全部话语都凝结成了一个问句："Are you here for me？（你在等我吗？）"

母亲曾对着她的另一个孩子温柔地浅笑，这让他相信——她并非骨子里凉薄冷漠。她的到来又像是一个注脚，引导着他朝别的方向思考。也许，时隔多年之后，她终于愿意回头，正视这个曾经被她一再忽略的儿子。

温砚喃喃道："母亲……"

游雪琴的唇边绽开一抹笑意，她仪态万方："Andrew，做得不错。"

温砚的黑眸中燃起一缕光，然后她说："你这个公司，让我入个股吧。

如果以后要上市，也应该交给我们 HAMC 投行部的 TMT 组做。我看了一下大概情况，觉得潜力非常不错，很大概率能够达到双赢局面。”

“……”纪汀不可思议地看着她。许久未见的亲人，开口的第一句话竟然是要股份和项目。她几乎是下意识地看了一眼温砚，不敢想象他是怎样的心情——男人正低着头，眉目敛在阴影之中，表情看不真切。

游雪琴见温砚沉默，又笑了笑：“犹豫什么？你是我的儿子，这种好处不给妈妈难道还能让给别人吗？”

温砚还是没说话，女人便道：“莫不是长时间没见面，生分了？你这样，妈妈就有点寒心了，Andrew，你可是妈妈最得意的孩子，我一直都为你感到骄傲。”

“……”

纪汀只感到温砚轻吸了一口气，然后他缓慢地又呼了出来，很沉重的感觉。半晌，温砚转过头，朝她提了一下嘴角：“糖糖，走吧。”

他面对她的时候，笑容不经伪装，看上去是那么勉强。纪汀几乎被眼前的画面刺痛，心也骤缩起来。仅仅是因为这个女人赋予了他生命，他就永远成了弱势的一方。她曾留给他伤痛，疤痕一直都在。而她还毫不在意地在上面增添新伤。

纪汀的胸口突然涌上一股火气，她扯着温砚的手，把他拉到游雪琴的面前，说：“阿姨，您十多年来对阿砚不闻不问，现如今这副母子情深的模样做给谁看？如果是想挽回他的心，好歹也铺垫几句，您真以为靠着那点可怜的血缘亲情就能够让他任您差遣？”

“你——”游雪琴深吸一口气压制怒意，还没说话，纪汀一秒钟不停地继续开口：“您亏欠他这么多年，已经是对他极为不公。如今他功成名就，您第一个想法居然是向他索要利益，良心难道不会痛吗？”

“……”

纪汀面无表情地说：“我们阿砚之所以现在还站在这里跟您心平气和地交谈，是因为他修养良好，而不是因为您这个母亲做得有多么出色，明白吗？”

被小辈不留颜面地训斥终究难堪，游雪琴终于忍不住了。她忍住破口大骂的冲动，冷笑一声：“你也是学金融的？你信不信，只要我一句话，就能让你在外资圈里口碑跌地，成为过街老鼠？！”

“你敢。”始终一言不发的温砚突然向前一步。空旷的地下车库内，皮鞋在大理石地面上发出“啪嗒”一声脆响，莫名地瘆人。

他的语调没什么起伏，连一丝情绪都不泄露，眼神却冷沉森然，锋芒毕露地刺入游雪琴的心口。她惊得向后退了一步，一时间有点恍惚，这还是不是自己那个乖巧听话的儿子？

“Andrew，你……”

温砚抬眸，目光淡漠锐利，完全不带一丝温度。他轻声道：“你要是敢这么做，我会让你付出代价。”

游雪琴紧皱眉头，意识到事情不是她所想象的这么简单。是有什么东西被她忽视得太彻底了吗？他并不再像以前那样对她唯命是从了，也不会因为她一点施舍般的怜爱就心满意足。

“你为了这个女人，敢对我这般忤逆？”游雪琴镇定了心绪，不轻不重地“哼”了一声，似是觉得有些好笑，“你要怎么让我付出代价？Andrew，你没搞错——”

“是您搞错了。您弄反主客关系了。”温砚的表情恢复平静，“您在我这里也并不是什么值得一看的角色，没有任何选择的权利。”

游雪琴不敢置信：“什么？！”

温砚并未对她剧烈波动的心境感同身受，只是递给她一张黑卡：“这里面是我十八岁后您和父亲给我的钱，如今一分不少地返还给您。”

游雪琴还怔愣着，温砚握紧纪汀的手，一字一顿地说：“她是要与我共度一生的人，而您不过是我人生中的一个过客。”他迈开步子，“以后有事就直接联系公司吧，会有专人负责接洽。”她不必再来找他。

纪汀被男人牵着，定定地望着他的背影。她的目光落下，停在两个人十指相扣的手上。他的指尖原先是凉的，现在也慢慢地回暖。温砚的每一步都走得沉稳有力，他发言时说的那句话又在纪汀的脑海中回响——她是我的软肋，也是我的铠甲。

这样的男人哪，会第一时间站出来挡在她的面前，保护她不受伤害。其实，他也是她的铠甲。他强大到她不需要过分思虑，只要紧紧地牵着他的手，跟着他向前走便好，走过这漫长的一生。

第十六章
爱你就像爱生命

虽然游雪琴的出现让纪汀和温砚二人都心情不佳，但是正事该做还是得做。除了颁奖典礼，接下来另一处地点还有两个直播采访。温砚西装革履地坐在录制棚内，大概看了看问题的提纲，问题都是些有关获奖和启宴的，温砚对答如流，措辞严谨又不失风度。

直播开始后，人气火速攀升，在线观看的人数不一会儿就突破了两百万。

直播屏幕上的字幕越来越多：

哇，好帅啊！这是什么人间仙子？！

同意楼上，这也太帅了？

人家年纪轻轻，公司就这么大了，我真的羡慕了。

五体投地，这是什么人生赢家？

砚总我爱您！偶像啊！

记者问："温总，请问您当初为什么会想到要创办启宴科技呢？"

温砚说："当时是因为参加了学校里面的一个创业计划，我和几个同学讨论了一下，最后决定做互联网社交这块儿。"

记者问：“众所周知，‘互联网创业年度人物’是创业领域非常有分量的奖项，请问获奖后的心情如何？”

温砚说：“感觉非常荣幸。”

记者问：“温总能分享一下创业期间让你印象深刻的事情吗？”

温砚笑道：“项目初期我们都是在校园里工作，但是到晚上不熄灯的地方很少。我记得有一天，我们先去了图书馆研讨间，等闭馆之后又去了一个开到十二点的咖啡厅，咖啡厅关门之后我们又去了教学楼的刷夜自习室。这个自习室开到凌晨三点，三点之后我们实在没地方去了，只能在操场上围成一圈趴着用电脑。”

直播屏幕上的字幕：

哈哈哈哈哈哈哈哈哈哈很悲惨了。

哈哈哈哈哈哈哈哈哈哈哈哈哈哈。

创业真的是很辛苦，但是好想笑怎么办？

温砚是个令人省心的采访对象，温文尔雅又彬彬有礼，女记者对他的好感度疯狂地上升，嘴角的笑容更加甜美：“温总，您是名校毕业，想必对母校也有着很深的感情。请问您对清华有怎样的印象？”

男人沉吟片刻：“求知、沉稳、行胜于言。”

直播屏幕上的字幕：

震惊了！还是清华的！

好看还有才华！我完了！我要沦陷了！

是的是的！［大哭］这就是我们学校很有名的砚神哪！

楼上大佬，膜拜一个［抱拳］。

温砚我的人生榜样。

记者问：“请问启宴未来有什么发展目标呢？”

温砚微勾了一下唇：“下一个阶段，我们要打通上游内容到下游消费的全产业链，让娱乐和社交更加随心所欲。”

全产业链，这是野心勃勃的构想，他却说得云淡风轻，但又让人不自觉地去信服——如果是他的话，他一定可以做到。

直播屏幕上的字幕：

他不笑的时候好帅，一副冷酷总裁的模样，但笑起来更帅，啊，我死了。

不敢相信我居然换本命了。

想知道他单身吗？！

并不，等采访结束后他要带我去吃饭。

谁说的，明明是要带我去逛街。

楼上的姐妹太调皮［狗头］。

然后一排“啊啊啊”令人应接不暇地刷了过去。

最后这场直播累计观看人数超三千万，温砚的人气几乎可以与知名艺人媲美。

启宴给温砚开的官方微博的粉丝也猛地增长到了三百万，“千像”的知名度又上升了一个台阶。

启宴总部正好占据高端写字楼最上面的三层。顶楼打造了一个云顶餐厅用于宴请贵宾，温砚特意聘请了数位米其林三星大厨在这里工作。

温砚把菜单推到纪汀的面前：“想吃什么？随便看看。”

上面的菜式看得人眼花缭乱，她一时间无从下手，便询问一旁的主厨：“能给我推荐一下吗？”

主厨殷勤地说道：“波士顿龙虾、香煎法式鹅肝、焗太平洋扇贝片、澳洲肋眼牛排这几道菜都不错的，您可以尝试尝试。”

纪汀纠结片刻，问温砚：“阿砚，你想吃什么？”

他弯了弯唇：“都行。”

“不要嘛，你就说一个。”她故意嗲声嗲调，“人家选不出来啦。”

温砚低笑一声，点头：“好。”

主厨心想：人生太艰难了，想哭，兢兢业业地工作的同时还要旁观老板和老板娘秀恩爱。

此处视野绝佳，两个人一边享用美食一边俯瞰瑰丽的夜色。不远处灯火璀璨，繁华热闹，而他们两个人则坐在落地窗边，在烛光摇曳中享受着难得的静谧与温馨。

一道道菜肴很快被呈上来，颜色极好，卖相诱人。温砚体贴地为纪汀切好牛排。她微启红唇，眨了眨眼睛：“喂我。”

他笑道：“好。”

纪汀就着温砚的叉子吃了一口，颇有些惊喜，点着头道：“好吃！”

牛排肉质鲜嫩、色香味俱佳，这是一等一的味觉体验。

温砚宠溺地看着她：“那就多吃点，你要是喜欢，我可以把这些厨师请回家，天天给你做好吃的。”

纪汀眨眨眼：“倒不用那么麻烦啦，反正我以后想吃就来顶楼嘛。”

“嗯，也行。”

这里只有他们两个人，没人说话的时候气氛十分幽静。纪汀垂眸半晌，忽然想起白天发生的事情。当时太匆忙，她没来得及和他好好聊聊，如今倒是个不错的机会。她轻声道：“阿砚，我有话想跟你说。”

温砚的动作顿了一下，他拿起纸巾斯文地擦了擦嘴，然后说：“你说。”

纪汀看着他明朗的目光，一时之间又有些犹豫，不太确定到底该不该开口。

温砚看出她的顾虑，把手掌覆盖在她的手背上，温柔地说道：“糖糖，你我之间想说什么便说什么。”他和她之间不应该有任何龃龉。

纪汀反手握住他的手，深吸了一口气：“阿砚。我就是想说，我以后会一辈子对你好的。”指尖蓦地被攥紧，她抿住唇，“在我这里，你永远也不会受委屈。”

“……”

他们的目光在半空中缠绕。温砚的目光幽深，含着纪汀看不懂的情绪。他的眼睛是极为正宗的黑色，像一潭浓重的墨色，深得看不见底。纪汀只觉得失去了思考的能力，几乎要溺毙于其中。

片刻后，男人唤道：“糖糖。”这一声缱绻低沉，几乎烫到了她的心里。

“砰！”忽然，不远处的夜空中炸开一朵绚烂的烟花，接着是两朵、三朵，直至烟火漫天。

纪汀的注意力被吸引，她惊讶地呢喃：“怎么是爱心形状的？”她还没见过这种样子的烟花，说道，“阿砚你快看——”

璀璨夺目的光亮斑斓地映照在温砚的侧脸上，他却没有转头，而是仍旧专注地凝视着她，眼眸中含着令人目眩神迷的笑意。

纪汀的心里“咯噔”一下，突然有了一种微妙的预感。她说不清是兴奋还是紧张，只觉得大脑有短暂的空白，再也听不到烟花绽放的声响。

温砚缓缓地开口：

“糖糖，我曾经独自在黑暗中孤独地行走，是你的到来，让我看到光明，感觉到温暖。

“对我来说，你不仅是教会我爱的那个人，更是爱本身，如果不是你，我无法想象我还会对谁满心赤诚。

“虽然我拥有的有限，但我一定会尽我最大的努力，给你最好的一切。”

他这样的人天生便该受人仰慕，因此，纪汀难以想象他为谁屈膝的模样。然而，在她几乎失神的注视下，温砚臣服般低下身子，单膝跪地。

一个红色丝绒的小方盒出现在他的手中，里面静静地躺着一枚华彩四溢的钻石戒指。戒指的款式简洁高贵，在烟花的映照下，其间光华流转，甚是耀眼。他仰起头，目光虔诚，像是在朝圣。

“糖糖，我想和你一辈子在一起。”

“嫁给我，好吗？”

惊喜来得太过突然，纪汀倏忽掩唇，眼前顷刻之间模糊一片，泪水不受控制地满溢而出。她从未想过他会在这样出其不意的时机，献给她一场如此与众不同的求婚，心“扑通扑通”地跳着，像是要跃出胸口。

纪汀伸出手去，拼命地点头：“好，好……”她哽咽着说，“我要嫁给你，和你永远在一起。”

温砚的眼角绽开不加掩饰的喜悦，他为她戴上戒指。片刻后，他站起身，紧紧地拥抱她，略带一丝急切地亲吻她。爱意喧嚣，那力道之重，仿佛要把她揉进自己的骨血里。

恍惚间，纪汀听到温砚说了句什么，那句话轻得像是一声喟叹：“我好爱你。”

我一生的黄金时代 / 细看过沉默的大多数
验证本质无能的愤怒 / 行驶特立独行的路途
只等有一天 / 你说出水中有蜃楼
我就与你拂袖而奔 / 整个灵魂交付与你
…………
当我跨过沉沦的一切
向着永恒开战的时候

你是我不倒的旗帜

…………

——《爱你就像爱生命》

总有一个人，会跨越艰难险阻来见你。

总有一个人，愿意陪你度过漫长的岁月，同你看尽千帆、历经世事，然后告诉你，你是他此生的唯一。

当那个人出现的时候，不要犹疑，不要怯惧，要勇敢地向前朝他奔去。

你要相信，此刻他定也正是向你而来。

然后爱你如生命。

温砚求婚的消息传到了纪仁亮和苏悦容这里，虽然这在他们的意料之中，但二人仍有一种恍惚的感觉。苏悦容叹道："没想到汀汀这么早就要嫁人了。"

纪仁亮说："哎哎，我可还没同意呢。"

他还是那么嘴硬，苏悦容了然地握住他的手，笑道："行啦，咱女婿多好啊，既然是他们两个孩子共同做的决定，就依着他们吧。"

纪仁亮"哼哼"两声，也没再说话。的确如此，温砚的事业如日中天，连带着他这个准岳父都光鲜了一把。知道这事的亲朋好友纷纷来向他贺喜，言语中多加奉承，话里话外的意思都是羡慕他有这样一个乘龙快婿。

纪仁亮本来就很喜欢温砚，待他一直如同待亲生儿子一般，只不过现下需要点缓冲的时间。毕竟，婚姻不是儿戏。纪汀是他捧在手心里的掌上明珠，她突然要嫁人了，他的心情难免复杂。

国庆期间，温砚和纪汀回来和父母商量结婚的事情。

纪仁亮说："我想单独和小砚谈一下。"

已经到了这个节点上，也谈不上什么为难不为难的，因此温砚笑着摸了摸纪汀的脑袋："我和叔叔去 下书房。"

又是在熟悉的地点，但两个人的心境已经变了很多。

纪仁亮率先开口："刚从北京飞回来，这段时间肯定累坏了吧？"

"还好。"温砚弯了弯嘴角，"也就是采访比较多一些，多谢叔叔关心。"他问，"您呢？最近腰感觉没什么问题吧？"

纪仁亮笑道："没有，好着呢。"

"那就好。"

纪仁亮看着温砚，一时之间感慨万千——他们初见时是在高中的家长会上，当时他就觉得这个孩子性格沉稳、待人接物成熟有礼，对温砚印象颇深，没想到如今，他们竟要成为一家人了。他也从纪汀的口中得知了温砚的家庭经历，唏嘘不已，甚至还为自己之前刻意的刁难心怀愧疚。

"孩子，来，坐叔叔身边。"

温砚依言坐过去。

"叔叔知道你这些年不容易。"纪仁亮说，"普通人很可能因为这些困难丧失斗志，但你坚忍不拔，砥砺奋进，叔叔为你感到骄傲。"

温砚露出一抹真心的笑意："谢谢叔叔。"

纪仁亮也笑了笑，摇头感叹："时间过得可真快啊，一转眼你们就要成家了。"他静默半晌，唤道，"小砚。"

"叔叔，您说。"

纪仁亮缓缓地说："我现在就只要你一句话。你说了，我就把女儿嫁给你。"

温砚的神色郑重起来。这句话是什么意思，他再清楚不过了。温砚目光坚定，语气近乎肃穆："我发誓，这辈子只爱汀汀一人，绝对不会辜负她。"

"好，很好。"纪仁亮的眼中浮现出点点水光，"把汀汀交给你，我是很放心的。"他平复了一下情绪，又笑道，"哎……就是，她毕竟是我唯一的女儿，这么一想的确会有些不舍……"

温砚抿唇，拉住他的手："叔叔，我已经想好了，年后就把启宴的总部迁到深圳，这样您就可以经常看到汀汀了。"

纪仁亮惊喜地问道："真的？"

温砚笑着点头。

"那太好了。"他又叹了一声，"谢谢你，小砚。"

"您不必客气，这都是我应该做的。"

晚上四个人一起吃了饭，然后在客厅里商量婚期和具体事宜。大家一致决定，温砚和纪汀先领证再筹备婚礼。

本来按照习俗，在婚期的前半个月，男方需要先下聘礼。纪汀摆了摆手：

“哎呀，这就不要了吧，多麻烦……”

亏她在这种地方还想着替他省钱，温砚捉住纪汀的小手，笑道：“要的，也是图个好兆头。”

苏悦容说：“小砚，你就随便给一点聘礼就行了，我们家也没那么拘泥于形式。”

纪仁亮咳了一声，补充：“但也别太少，毕竟是我女儿结婚，体面还是要有的。”他对温砚说，“小砚，你多给点，到时候叔叔回礼再还给你就行了。”

“叔叔阿姨。”温砚笑道，“其实聘礼，我早已经准备好了。”

纪汀有些诧异：“什么啊？”

温砚拿出一个棕色文件夹递给苏悦容和纪仁亮。二人打开，发现里面是一份文件和一个红色的小本子。

“房产证？”纪仁亮挑了挑眉，看向温砚，“你已经把房子买好了？”

“嗯。”他颔首，温柔地凝视着纪汀，“不过也不算是婚房，就只是单纯买来送给汀汀的。我已经一次性全款付清，房产证上只写她的名字。”

银湖蓝山，三十万元一平方米，而他购买的建筑面积足足有七百平方米，也就是这套房子价值两亿多元。饶是纪仁亮这种见过世面的企业家，也被女婿的大方出手震惊了。然而，让他更震惊的还在后面。那份文件上，白纸黑字清清楚楚地写着“股权转让协议”：“甲方同意将其在启宴科技股份有限公司所持有的百分之二十股权转让给乙方……”

按照公司目前的估值，温砚无条件地赠予了纪汀三十六亿元。纪仁亮突然感觉自己的手有点抖。“等等，小砚，这这这……”他深吸了一口气，“是不是有点太多了？我的意思是百来万就行了……”

纪汀同样目光复杂，抿着唇看向男人，心里涌起一阵难言的感动，她又有些想哭了：“阿砚，其实你没有必要这样……我们两个在一起就很好了……”

温砚弯起了唇，眸光越发明亮。他抬手抚了抚纪汀的黑发，轻声道：“我说过，我会尽我所能，给你最好的一切。”

她攥住他的指尖，眼神动容，欲言又止。

温砚又道：“别有心理负担，只是因为我想对你好，才这样做的。”

客厅内安静许久，纪汀突然道：“爸、妈，你们不介意我当着你们的面亲他一下吧？”

“……”

女婿做到这样，纪仁亮是真没什么话好说。别说纪汀，连他自己都被打动了。纪仁亮别过头去：“亲吧亲吧。”

领证的日期定在十月十六日。

临走的时候，温砚说：“叔叔阿姨，我和汀汀先回去了，你们注意身体。”

纪仁亮注视他半晌，忽而道：“等一下。”他走过去，倾身拍了拍温砚的肩，摆出拥抱的姿势，“孩子，以后我们就是一家人了。叫我和你苏阿姨爸爸妈妈吧。”

温砚微颤眼睫，维持着那个姿势没动。爸爸妈妈，多么遥远而陌生的字眼。他抿着唇，低声地应道：“嗯。”

苏悦容上前暖暖地笑着说：“小砚，生活中有什么开心或不开心的事，都欢迎你来和爸爸妈妈分享。我们以后就是你最强有力的支撑。”

温砚抬眸，目光微微地震动。他从来没有预设过能在他们的口中听到这番话。已经很久很久没有人把他当作过孩子了。

苏悦容拿起一个包装精美的礼品盒，递给他：“这是我们送给你的礼物。”

温砚看着她，小心地抬手接过礼品盒。女人的眼神里充满了鼓励的意味，他又看向纪仁亮，发现对方的眼里也是含笑的。他张了张嘴，略显生疏地称呼：“谢谢……爸妈。”

“好孩子。”

回程的飞机上，纪汀发现温砚一直出神地望着那个纸袋。他不知想到了什么，嘴边隐隐地挂着笑意。他这副珍重的模样让她感觉心疼，但一想到自己的家人能够弥补他曾经的缺憾，她又觉得满心欢喜。纪汀问：“阿砚，你想打开吗？”

温砚回过神，笑着说：“我挺好奇里面是什么，但又想留着回去再打开。”

“其实我也挺好奇的。”纪汀挽着他的手臂，脑袋在他的胸口蹭了蹭，“要不，咱们现在就看看？”

男人低头，单手将她揽得更紧，笑道：“好。”

深蓝色的透纱被一层层地扯落，纪汀的手伸向礼盒的盖子，又缩了回去，她弯着眼说道：“既然是送给你的，你来开。”

“好。”男人勾起嘴角，学她刚刚的样子，一点点地掀开盒盖。

纪汀偷笑——他们好像两个小孩子，围着一个密不透风的黑瓶子好奇地探究，想知道打开它之后会不会有萤火虫飞出来。她也不知道爸妈会给温砚什么样的礼物，视线随着男人修长的手指落进盒内，她有一些讶异。

和她想象中的名品配饰不同，盒子里面是一本八寸的相册，相册封面的颜色是海一般湛蓝，上面写着三个可爱的卡通字体：“给小砚。”

他翻开相册，第一页是一张合照。少年站在苏悦容和纪仁亮中间，身着夏季学生服，身姿挺拔。他眉眼澄澈，略含青涩，瞳仁里泛着浅浅的笑意。爸妈一左一右地站在他的两边，面容年轻。岁月的流逝并没有惊扰到他们，把记忆定格在了那个明朗的夏天。

纪汀还从没见过这张照片，觉得格外新奇。她抬头看向温砚，发现男人的神色有些怔。察觉到纪汀的视线，他解释道：“这是高中毕业的时候拍的。”

他的记忆倏忽跃回高中毕业典礼的那天。

温砚和纪琛一个上清华一个上北大，是老师最为得意的门生。同学们吵嚷着什么“苟富贵勿相忘”，围着他俩争相拍照。然后温砚看到纪仁亮和苏悦容过来对着纪琛招手。他从来没有羡慕过谁，但是当他看到他们一家三口开怀大笑时，心底涌出一股深切的渴望。

在这样对他意义重大的日子，游雪琴和温伯华没有来。他们似乎总是缺席。温砚平静地看着他们，轻轻地蜷起手指——好像以他为分界，一边是彩色的，另一边则是黑白的。

“是小砚吧？一个人站在那儿干吗？过来照相啊！”

有人喊他的名字。然后，他们四个人合照了一张。肩上搭着纪仁亮宽厚的手掌，温砚略有些不自在，觉得自己格格不入，谁知纪琛说：“阿砚，你和我爸妈再照一张吧，他们可喜欢你了！”

温砚知道其实对方并不懂自己内心的那些不为人知的隐秘，但还是接受了这样随口一提的善意。说来可笑，他把纪琛真正当成朋友，竟是因为这样简单的一句话。

相册再往后翻，还是纪父纪母和他的合照。温砚没想到，原来不知不觉中他们三个人留下了如此之多的纪念——除夕的年夜饭、运动会、温泉山庄、清华毕业典礼……

也有他自己的照片，照的都是比较重要的时刻——比如他“校歌赛”夺冠、作为毕业生代表发言、入选启创计划、启宴第一次年会……还有被评选为“互联网创业年度人物”时的颁奖仪式。每一张照片下面，都标注了日期和寄语。

虽然有些活动，纪仁亮和苏悦容并没有出席，只是从网上整理了照片，但是这样精心准备的礼物让人恍惚，好像他们参与了他人生中的每一分每一秒，一刻也没有错过。

温砚合上相册，垂眸沉默不语。

纪汀不知怎的，竟觉得他有些发抖。她抬起手，想给予他一些抚慰。然而就在她动作的后一秒钟，温砚倾身把她拉进怀里，就这样两个人有了一个心有灵犀的拥抱。

纪汀呢喃道：“阿砚……”

男人声音发紧地说：“别动，让我抱一会儿。”

“……”纪汀轻“嗯”了一声，用指尖摸了摸他的脊背。少顷，她趴在他的耳畔，刻意拿腔拿调地软声说：“我家阿砚哥哥值得世界上最好的东西啊。”

沉闷的情绪被打破，温砚轻笑了一声，捧起纪汀的脸颊，温柔地亲吻她——总有一个人，会治愈你年少的疼痛，再赠予你纯粹的欢喜。

在黑暗中走得再久，也有看到光的那一天。他曾以为自己不幸，如今却觉得他是最幸运的那一个。他何德何能，可以得到这么多的爱？

领证这天，纪汀和温砚早早地便来到了民政局。所幸这是一个普通的日子，又因为时间较早，还没有什么人排队，但二人出色的外形还是吸引了不少目光。

纪汀攥住温砚的手指，踮起脚在他的耳边小声说道：“阿砚，她们都在看你……”

她的话音刚落，一个女生便走上前来，语气艳羡地说：“哇，小姐姐，你男朋友好帅啊！”她的话虽是对着纪汀说的，但满眼都是星星，星星都快冒到温砚的身上去了。片刻后，女生似乎觉得自己的目光太直白了，干咳一声，转而吹捧纪汀：“不过你也好好看哪！都可以去当演员了！”

“谢谢。”纪汀觉得她有点可爱，尤其是她那看向温砚的花痴的眼神，简直和自己当年有一拼。

队伍还在行进。站在女生身后的男人忙不迭地上前来拉她，语气中隐隐地有些不满："你未婚夫在这里，怎么跑去看别的男人了？"

"那人家长得帅嘛。"

"有我帅吗？！"闻言，男人悄悄地打量了温砚几眼，不自然地嘀咕，"也还……还好，哪有那么夸张？"

"你知道我为什么喜欢你吗？"

"为什么？"

"我就是图你有自知之明。"女生认真地说道，"请不要把你唯一的优点也祸害掉好吗？"

"……"

小两口儿在后面拌嘴式打情骂俏，纪汀"扑哧"一声，用指尖挠了挠温砚的手心，说："感觉好不真实啊。"

他牵起她的手在指尖吻了一下，桃花眼明亮。他说："我也是。"

温砚和纪汀走后，那个女生突然一拍脑袋："哎呀妈！我突然想起来了！刚刚那个帅哥——"

男人面无表情地说："怎么？"

"他是启宴科技的 CEO！"

她这么一说，男人也有点印象："好像在新闻上看过。"

然而女生已经根本无心听他说话了："啊啊啊啊啊！没想到能见到真人！他要结婚了！他老婆也好好看哪，简直像个仙女呜呜呜呜！"

他们领完证出来，纪汀还有些飘飘然，问："阿砚，一会儿我们去干什么啊？"

温砚偏头凝视她的双眼，眸光幽深："还这么叫我啊？"

纪汀的脸上浮起粉嫩的薄红色，乍一看像一朵桃花。她眼神闪烁："那……那叫你什么？"

男人微微地俯身，直勾勾地看着她："我是你的谁，嗯？"

他尾音上挑，诱惑人的意味十足。

那两个字在舌尖打了个转，又为难地停下。纪汀实在害羞，咬着唇说："你靠近点。”

温砚照做。灼热的气息洒在纪汀的耳畔，留下一阵酥酥麻麻的感觉。她攀住他的脖颈，很小声很小声地喊道：“先生。”

“嗯？”男人低眸。

小姑娘仰着白皙漂亮的脖颈，眼睛明亮动人，瞳孔里映出他的模样。她羞答答地重复一遍：“我说，你是我的先生啊。”

“……”温砚就这么定定地看着她，倏忽笑了。他凑近她，偏头在她的脸颊上亲了一下，嗓音低沉有磁性：“嗯，太太。”

尽管他们在一起的时间也不短了，纪汀却觉得她和温砚好像还在热恋中一样。他随便一个眼神、动作，都能轻易地俘获她的心。

今天恰好也没什么事，他们领完证后，温砚带着纪汀和纪父纪母去看银湖蓝山的样板新房。

他们一直坐电梯到顶层才停下，楼盘的王经理介绍道：“这是顶层复式豪宅，可以纵览深圳所有的地标建筑物。昨天温总已经让人来打扫过了，您几位放心，里面一尘不染，特别干净……”

温砚推开简约的雕花大门，面前横着一条长长的走廊，地上的瓷砖黑白相间，墙壁的颜色是复古绿和潮流金的经典搭配，视觉冲击效果强烈，墙壁的一侧有透明的落地窗，窗外是一百八十度的阔景阳台和一个长约五十米的私家泳池。梧桐山与笔架山巨龙一般匍匐在脚下，地王大厦和平安国际金融中心占据两侧，自然景观与城市风光兼得。

王经理道：“这个露天游泳池经过特殊设计，冬天自动供暖，可以当成温泉来用。”

纪仁亮叹了一声：“真不错。”

温砚立即说道：“您要是喜欢，我再给您买一套。”

“不用了，小砚。”纪仁亮忙摆手，“本来应该爸爸妈妈给你买的，你要是看中了哪块地就告诉我。”

他们沿着走廊向前走，前面是偌大的会客厅，采用的是复古 Art Deco（装饰派艺术）风格——墙壁上点缀着自然界优美的线条、花草动物的轮廓勾勒、机械几何的排列以及代表东方文化的绘图，色彩亮丽且对比突出。

王经理说：“这些都是法国著名设计师 Gabriel Poquelin 的工作室出品的。”

这里的主色调依旧是绿色和蓝色，结合了大量的铜饰线条，风格复古，会客厅的中央摆着两把雪茄椅，出自意大利百年品牌 Poltrona Frau（柏秋纳弗洛）。

会客厅层高达七米，是中空设计，天花板高悬，上面错落有致地挂着圆形吊灯，看起来精美大气。

纪汀的目光突然被墙壁上悬挂的巨幅动物油画吸引——那是超现实主义画家 Helmut Koller 的油画作品。她曾在逛虚拟画展的时候和温砚提过一句，说非常喜欢这幅画，没想到，他竟转手就把画买了下来。

这种被人捧在掌心里的感觉可真好，纪汀踮脚在温砚的唇上亲了一下。当着爸妈的面，男人有些猝不及防：“嗯，怎么了？”

她笑得狡黠又明媚：“没事啊，就是喜欢你嘛。”

最后一句话她说得小声，像是耳鬓私语，只有离得最近的王经理听到了。王经理心想：现在的有钱人家炫完富又秀恩爱，这习惯可真是不好。

更让纪汀没想到的是，客厅里面竟然有一间阳光钢琴房，钢琴房里摆放着一架高级的钢琴。钢琴房的旁边是全景餐厅，餐厅里宽敞明净，桌上摆放着新鲜的百合花。

纪汀看到这儿，想象的第一个画面是孩子出生以后在钢琴房里弹琴的情景。她和温砚则坐在餐厅里吃早餐。音符跃动，阳光穿过发梢，落在圆润的指尖。孩子蹦蹦跳跳地跑过来，搂着他们叫爸爸妈妈……

哎呀，打住，她不能再想了！她这明明……还没怀孕呢！她偷偷地望向男人俊逸英挺的侧脸，心里不自觉地小鹿乱撞。

纪汀随意地扯了个话题：“王经理，能带我们看看卧室吗？”

“好的，没问题。”

一楼有两间套房，里面都是特大号的双人床。纪汀摸了一下床，觉得手感还挺舒服。她不经意间抬头，眼神和温砚的对上，男人勾了一下眼尾，神情散漫慵懒，含着似有若无的挑逗意味。

纪汀满脸疑惑。虽然很不想承认，但是她秒懂了。

一行人上了二楼。纪汀原以为一楼的格局已经足够让人眼前一亮，到二楼不会再有惊艳的感觉，没想到楼上更加夸张。二楼除了私人 SPA 房、专属书房和优雅的衣帽间，还有一个超大的豪华主卧，主卧占地足有八十平方米。

王经理语气骄傲地说：“从主卧看出去，您会有一种拥有全世界的感觉……”

这样“中二”的宣传词竟意外地没让纪汀出戏。她反而觉得恰如其分——因为，视野真的太开阔了。放眼望去，一片绿意连绵。而她遥遥地望过去，甚至能看到蔚蓝的海岸线。这可不就是拥有全世界的感觉吗？

纪汀摇着温砚的手臂，脱口而出：“老公你怎么这么会挑？我真的太喜欢了。”

“……”温砚有点想笑——早上他哄了半天都没让她叫出来这个称呼，没想到她因为一套房子屈服了。他家小姑娘真是太可爱了。

纪汀还在滔滔不绝地说：“说真的，这里面的所有细节我都好喜欢，比如那个大理石主卫，还有书房墙上的那个不规则切面镜……”

“哦，是吗？”温砚微微一笑，“我也很喜欢。”他的语气里暗示的意味浓厚，唇角的弧度愉悦舒展。

纪汀满脸疑惑。她又秒懂了。主卫，镜子，落地窗，SPA房，书房，钢琴，衣帽间，游泳池……各种新场景是吗？！他是这样想的吗？好像……未来的生活会极其精彩呢。

因为温砚买的是样板房，味道早就散干净了，纪汀提出：“要不今晚我们就住这里吧，稍微感受一下。”其实主要原因是，她刚刚想象了一下各种场景，竟动心了。啊，女人哪女人。

温砚似笑非笑地看了她一眼，纪汀赶紧转向窗外，掩耳盗铃地哼起歌来，男人配合地说：“太太说得对，是应该感受一下。”

纪仁亮眼睛一亮，说道：“那咱们也……”

苏悦容赶紧制止他：“咱们就回家吧，两个孩子新婚宴尔，给他们一些独处的空间。”

“妻管严”纪仁亮才想起这一茬儿：“哦，对对。”

等到爸妈走了以后，纪汀再也无所顾忌，兴奋地往大床上跳：“啊！好软哪！超级无敌棒啊！”

男人站在一旁，含笑看着她闹腾。

纪汀招了招手：“阿砚，你快上来啊，一起感受一下！”

温砚在床边坐下来，转身直勾勾地看着她：“原来你说感受是这样感受——”他意有所指，“我以为是别的呢。”比如说，检查一下这套房子各处的设施耐不耐用。

纪汀不自然地转了转眼珠：“你说的，也……也没错啦。”

“噢，这样。”温砚恢复盈盈的笑意，目光在她的身上光明正大地绕了一圈，“那么，在哪里比较好呢？”

这一眼竟被她看出了些色情的味道。纪汀总被他肆无忌惮地调戏，又被激起了胜负欲。她眨着眼，说道：“都试一遍？”

如果上天再给她一次重来的机会，纪汀发誓自己一定不那么嘴欠。当天晚上，她全方位无死角地亲身“感受”了一下这里的设施有多么高级。

钢琴奏响极度不和谐的七和弦，镜面上铺满纪汀满含潮气的掌印，主卫的瓷砖上全都是溅出来的水渍……

中途，纪汀挣扎着问：“那个，还有多少……”

男人温柔地笑道：“乖宝放心，够用的。”

“……”啊啊啊啊这不是她想听的答案！

最后，纪汀侧躺在衣帽间地板的羊毛地毯上，双颊潮红，她一动不动地思考——到底是谁给她的勇气，让她说出“都试一遍”这种话的呢？

纪汀成为启宴科技空降的金融合伙人是九月份的事情。公司的员工虽然都很年轻，但一个二十二岁的小姑娘当了他们的顶头上司，他们还得叫她一声“纪总”，实在让人心情复杂。但很快纪汀就用自己的业务能力告诉大家，她配得上这个位置，质疑声也随之消失得无影无踪。

纪汀和温砚结婚的事情公司上下都知道——当天，温砚给每个人发了8888元的特大红包。

员工们除了一同开心以外，更多的是对神仙眷侣的艳羡。在他们看来，温总年轻有为、外形出众，纪总又同样才华横溢、美貌过人。这两个人在一起，就是他们启宴的招牌。他们还愁谈不妥项目吗？！他们还怕拉不到融资吗？！不存在的！

但是，启宴的员工心里这么想是一回事，外界的认知又是另一回事。他们对于温砚和纪汀的关注更多地集中于事业上，对于这些个人隐私则知之甚少。因此，总是有怀着心思往上扑的人。

一个闲暇的中午，温砚不在，纪汀便身着商务装在楼下的咖啡厅里小憩。她正思绪放空时，旁边有人过来搭讪。她一看，是梵音传媒的刘总，他也在他们这栋写字楼里办公。据说他年近三十，到现在还未婚配。她隐隐约约地听说过关于这人的一些特别的评价。

刘总问道："纪总，一个人在这吃饭哪？"

"嗯。"纪汀垂眸看了一眼面前的意面，笑了笑，"刘总也来这里吃午饭？"

"本来不是，但是看见纪总在这里，就过来了。"他毫不见外地拉开纪汀旁边的椅子坐下，"哎，我先前只是远远地看见过纪总几次，今天还是第一次跟你这么近距离接触，你真人比照片还要好看许多。"

"是吗？"纪汀淡淡地说，"刘总谬赞了。"

"不知纪总什么时候有空？我手上有两张音乐会的票，前排，希望纪总赏个脸。"在刘总看来，纪汀太过年轻，又是女强人类型，肯定没空找男朋友，因此他也就没有多问。

纪汀放下咖啡，单手把头发绕至耳后，神情恬静："我得去问一问我们温砚总。"

刘总"哦"了一声："是怕到时候给你安排工作是吧？好的好的，我理解……"

"不是。"纪汀终于弯起嘴角，甜甜地说，"他是我先生。"

"……"他仓皇地起身，"呃，打扰了。"

纪汀浅笑着冲他摆了摆手："刘总，您慢走啊。"

"……"

同样的事情，在温砚这边也时有发生。

启宴最近在忙着推出一款新的游戏产品，大家正在马不停蹄地确定最后的细节。会议结束，温砚从会议室内走了出来，身后的副总立即跟上他。一行人走了没几步，就听到背后有人唤道："温总。"那是娇滴滴的女声。

温砚面不改色地回过头来，发现是刚刚被安排为设计师的女经理，她此刻正站在不远处，抱着手提电脑微笑："温总，关于贵公司的产品，我有一点想法，不知能否借用您晚上的时间详细地私聊一下？"

启宴的人的表情都有些古怪起来——本来她的神态语气是完全没有问题的，但是又是"晚上"又是"私聊"的，难免让人想入非非。这女的之前似乎就有意无意地打探过温总的情况，那点攀附的小心思简直昭然若揭。可温总是有家室的人哪。若要说公司里的女员工最叹惋的一件事，那大概就是老板英年早婚了吧？

他们不由得悄悄地看向温砚，谁知男人的脸上并没有任何不悦，他反而很温和地笑了一下："是吗？那太好了。"

这个反应给了女经理莫大的鼓励，她连忙笑道："那您看今晚什么时候有时间？"

"这个啊。"温砚沉吟片刻，"我可能要问问我太太，如果她有时间的话，那我可能就没时间了。"

"……"女经理的表情几经变换，从震惊到尴尬再到难堪，但她还是得体地说道，"那还是——"

她下台阶的话还未说出口，温砚就掏出手机："啊，稍等，我现在就问问她。"

女经理站在原地，走也不是，不走也不是，只能沉默地笑笑——她总觉得启宴的一干人目光如炬，他们的眼神里暗含嘲讽。

过了好一会儿，男人才抬起头，语气里满是歉意："抱歉，今晚可能不太方便。"

女经理明白过来——他这就是赤裸裸地羞辱她。她连下次再约这种客套话都说不出口，匆匆地告别："好的，抱歉打扰您了。"

等人走后，温砚才收回目光。他松了松衣领处的领带，迈开长腿转身离开。

到了晚上，两个人在银湖蓝山顶层复式里欣赏夜景时，不约而同地谈起了这件事。

纪汀窝在温砚的怀里，哼哼道："也不能专门开个记者发布会公开吧，讨厌死了。"

"总有机会的。"男人亲了亲她，重新翻了个身压在她上面，挑起桃花眼，笑道，"比起那个，宝贝，要不要试一下在客厅里……"

"……"纪汀沉默了两秒钟，欣然同意，"好！"啧，他们两个简直是绝配。不是一家人，不进一家门哪。

两人都没想到，温砚所说的那个时机竟然以一种出乎意料的方式到来了。

启宴科技推出了自己开发、设计、运营的一款全新手游《权倾天下》，于十二月底举办第一次产品发布会。发布会定于下午四点钟举办。

由于产品是古风手游，开场表演是战鼓和 cosplay（角色扮演）舞蹈，引得台下掌声连连。

公司宣传片放过之后，主持人上场，对产品进行概况的介绍："欢迎大家莅临启宴科技《权倾天下》精品手游发布会的现场……"

《权倾天下》讲述的是三国时期的故事，游戏类型为回合制 MMORPG（大型多人在线角色扮演游戏），由经典玩法再度升级。

温砚和胡昱祈分别致辞，讲述这款产品的特色和设计开发过程，接着播放了一段游戏的剧情片。人物形象逼真立体，主支线剧情精彩饱满，暖色调的渲染设计使得游戏的画面细腻精美。

这款产品初次亮相颇为惊艳，媒体记者几乎可以料想到这款游戏之后会如何一举攻下市场，感叹片刻，纷纷开始撰稿。

发布会结束之前是提问环节。问题大多是围绕游戏本身的本地化运作过程和相较于其他产品的优势展开，主要由产品总监张景回答。他和记者一来一回，应答如流。

但也有关注点在其他地方的记者。在一个无人说话的间隙，有女记者大着胆子采访温砚："温总，请问您现在是单身吗？"

"……"全场陷入寂静。

胡昱祈听到这句话白眼都快翻到天上了——他为什么不问祈祈我？！是祈祈不配吗？！祈祈不开心！几乎每次两人共同接受采访的时候，那些异性的目光就会落在温砚的身上，久而久之，他都快习惯了。不过——这次他倒有些好奇温砚会怎么回应，毕竟温砚的老婆就坐在边上。

众目睽睽之下，男人轻挑眼尾，朝身旁的金融合伙人勾了勾唇："你说我是吗？"

台下的人满脸疑惑：他这个反应有点让人捉摸不透。

温砚明目张胆地撩拨她，明明四周都是相机的闪烁，他却单手撑着下巴看着纪汀，眉眼间皆是闲散的笑意。

他真好看。纪汀的心跳漏了一拍。耳尖微红，她却面目镇定地转向台下："不是。"

“……”

纪汀想了想，又大着胆子强调：“我们温总不是单身。”

记者一脸震惊：这到底是什么情况？

温砚并没有给大家太多的遐想空间，浅笑着颔首：“下一个问题。”

这个小插曲像是投入水中的一颗炸弹，让记者们嗅到了明显的商机。莫不是温砚和自己的女同事有一腿？

出于对八卦天生的灵敏，众人在活动散场后没有选择离开，而是守株待兔地等在了地下停车场处，过了许久，在他们几乎腿都麻了的时候，有人小声道：“来了来了。”

记者们端起相机，准备记录一手资料。紧张兴奋的等待中，他们看到——英俊优雅的男人步入视野，而他的怀里还揽着一个身材苗条的美女。

噢，大料！她说不准是哪个小艺人！果然他们企业家就喜欢玩这一套！然而，当女人白皙的小脸完全展现出来时，记者们全傻了——嗯嗯嗯？这不就是刚刚发言的 Finance Party 吗？！

他们还没从震惊中反应过来，又听到温砚凑近女人，嗓音中有三分慵懒和七分缱绻：“太太，今晚有安排吗？”

媒体满脸疑惑：他们居然是夫妻档？！

当晚，微博上突然蹿起一个神奇的热搜，名字叫作 # 清华神仙爱情 #。

这个名字有些让人不解其意，而且里面的内容是关于什么《权倾天下》的游戏的发布会，文不对题。然而当网友们在线八卦，认真地把前因后果捋了一遍之后——他们明白了。

网友 A：大家看热搜第一了吗，啥子东东？

网友 B：我现在不想说话，我是一只酸酸的柠檬。

网友 C：请移步营销号哈密瓜娱乐，让你一次吃个爽［再见］。

网友 D：我现在就想先实现赚一个亿的小目标，让我平复一下心情［再见］。

网友 E：别问，问就是温糖是真的！

网友 A 按照网友们的指示操作了一遍。

@ 哈密瓜娱乐：还有人在问 # 清华神仙爱情 # 是什么吗？让哈密瓜君来

给您解释一下。首先，启宴科技你们知道吧？四年内做到互联网社交细分领域的头部玩家，现在五十亿美元估值。然后，他们的总裁温砚，清华本硕，长这个样子。

［互联网创业年度人物颁奖］。

［校歌赛］。

［毕业典礼］。

对没错，这不是明星，再说一遍，这不是明星。但这个颜值，我真的没话说了［流泪］［流泪］［流泪］。然后，启宴的金融合伙人，纪汀，清华本科，长这个样子。

［金融协会讲座］。

［军训］。

［高考采访］。

对，没错，这不是演员，再说一遍，这不是演员。

他们俩的履历都是令人惊艳的那种，可能你们稍微搜一下就知道。

然后，高潮来了。昨天是启宴的《权倾天下》的游戏产品发布会，有人问了一个私人问题——温总是否单身。然后温砚就问纪汀："你说我是吗？"纪汀回答："不是。"

你品，你细品。

这还没完。一小时后在地下车库，有朋友拍到了这个——［视频］。

"太太，今晚有安排吗？"

没错，两个人结婚了［龇牙］。

但这还没完。哈密瓜君历经千辛万苦才挖出——噢，原来，他们就是清华当年的那对很火的校园情侣啊！不说了，上图。

［水木清华论坛聊天截图 1］。

［水木清华论坛聊天截图 2］。

…………

［水木清华论坛聊天截图 9］。

对了，这对高颜值高才华的情侣有个名字——温糖！因为温砚对纪汀的爱称是糖糖。我就问你们！甜不甜？！雪地上背着，然后运动会抱着，再然后天天十指相扣逛校园！甜不甜？！天哪，我上头了！我在嗑企业家的爱情！

哈密瓜君膨胀了！请网友们也跟我一起嗑起来吧！糖不能停！

#清华神仙爱情##清华神仙爱情##清华神仙爱情##清华神仙爱情##清华神仙爱情##清华神仙爱情#

下面的转评有几十万条：

啊，我死了。

温总好帅呀妈呀！我怎么才发现！真的一眼沦陷。

纪汀是什么小仙女？我人没了。

我是清华的！这对情侣我知道呜呜呜，他俩在食堂吃饭都有人偷拍。

这也太成功了。

《权倾天下》是吧？！我记住了！这就玩起来！

天哪校园爱情步入婚姻还这么甜蜜真的是神仙爱情了吧！

比起神仙爱情，我觉得这更应该叫作人生赢家吧[柠檬][柠檬][柠檬]。

就这样，经过一个普普通通的晚上，温砚和纪汀的关系成了家喻户晓的了。

启宴宣传部给纪汀也开了一个官方微博，她立马有了几百万粉丝。下面全是激动的网友们——

啊啊啊啊女神哪！高学历高颜值！

还有比你更完美的人吗？

好羡慕你和温总的爱情啊！祝长长久久！

要一辈子幸福下去！

温糖情侣是真的！

夜幕降落，两人相拥着躺在特大号的双人床上，将全景窗外城市的美好风光尽收眼底。

纪汀搂着温砚的脖子蹭蹭："刚刚PR（公关）让我和你发微博互动一下。"她软软地问，"你想发什么啊？"

"还没想好。"男人温柔地亲她一下，"要不先睡吧，不早了，明早起来回应一下也来得及。"

"嗯，好吧。"纪汀"吧唧"回了一个香吻，在他的怀里找了个舒服的位置，"那我先睡了，你也早点休息。"

"好。"

"晚安。"

"嗯，宝贝晚安。"

熄灯之后，耳边很快传来轻而均匀的呼吸声，温砚维持着那个姿势没动，半晌，手机屏幕在黑暗中发出微弱的光。过了好一会儿，他才放下手机，搂住熟睡的小姑娘，缓缓地闭上了眼。

而彼时的微博界面则弹出来一条新信息。

@温砚V：今天忙完一天才知道自己上热搜了。非常感谢大家对我和我太太的关注，也谢谢你们的祝福！刚刚我看了几条评论，突然有感而发，很想对我太太说些什么。

我刚认识她的时候，她才十六岁，却已经非常成熟通透。可她又全然不世故，反而时常能够带给我纯粹的欢喜。因此，我觉得她很可爱。

有言道，当你总觉得一个女孩子可爱的时候，你多半是爱上她了。但是那时我还没有发觉。因为我，我们的关系一度停滞不前，甚至差点陷入无可挽回的境地。而现在的我太庆幸，那时的我最终追回了她，不然我无法想象此生会有多么遗憾。

她给予我很多，也教会我很多，是我生命中不可取代的人。最重要的是，她让我相信爱这回事，它有无穷的力量，可以支撑着一个人不断地去创造和突破自己的极限。如果没有她，我想我不会走到今天。现在她躺在我的身边睡着了。我凝视她恬静的睡颜，觉得怎么也看不够。

糖糖，我想对你说——感谢你出现在我的生命里，让我获得如此快乐鲜活的人生。只要想到明天早上起床第一眼看到的是阳光和你，我就觉得余生充满幸福和希望。愿你在我这里，可以永远笑得像个孩子。

…………

一室宁静，男人抱着他最心爱的姑娘陷入美好的梦乡。他将给予这个女孩此生所有的动容与依恋。

这世间并没有分离与衰老的命运，只有肯爱与不肯去爱的心。

而我愿意不问前程因果，跋山涉水地去爱你。

你问我爱你什么？

我爱你明媚的容颜，爱你星辰般的双眼，爱你孩子气的笑脸。

我爱你的清澈，爱你的光明，爱你的温暖。

还有你的顽皮和任性，和你所有的脆弱与柔软。

我爱你的全部。

第十七章
我家小朋友

“哎呀，这个捧花不能放这儿……那双高跟鞋拿过来！”

“婚纱……婚纱呢？我们新娘要换衣服了！”

欧式风格的梳妆室中人来人往，大家甚是繁忙。

“哟宝贝儿，您真是我见过最美丽的新娘子了！”美籍化妆师 Thomas 完成了最后的点睛之笔，对着梳妆镜满意地打量纪汀的美貌，“Perfect（完美）。我相信温先生一定会被您惊艳的……”

他很健谈，纪汀一边倒时差还得一边陪聊，倒像个服务人员了。不过，她还挺喜欢这个过程的——因为她要正式嫁给那个心爱的人，所以在这之前的每一分每一秒都值得憧憬和期待。

纪汀抬头，镜子里的女孩有着巴掌大的白皙的小脸，明眸皓齿，顾盼生辉，一颦一笑间摄人心魄。Thomas 在她的眼尾处特意点缀了几颗星星，让她整个人看起来更加神采飞扬，Thomas 不愧是国外顶尖的化妆师。

如今是二月底，新西兰的气温正适宜，微风拂过，令人神清气爽。

整个婚礼的安排纪汀都没有参与，婚礼全是温砚着手操办。按他的意思来说——她只要闭着眼享受就好了。所以对于今天的流程，她还是蛮好奇的。

“来，亲爱的，咱们把婚纱穿上吧。”

纪汀回过神，笑着应了一声。

两个女助理随她进了更衣室，协助她换上设计繁复的婚纱。

“温太太，您这个裙子上面好多钻石啊！”

“对呀对呀，真的好漂亮，听说这是找国际知名设计师 Lowita Hamors 出了很多稿才定下来的呢！仅此一款，绝版！”

“Lowita 还专门给它起了个名字叫作‘星辰公主’……”

“温总对您可真好，太让人羡慕了！”

两个女助理“叽叽喳喳”的话语还在耳边，纪汀不自觉地弯了嘴角。从更衣室里出来之后，她站在全身镜前仔细地打量自己——这个裙子的确让人赏心悦目。

精致的盘发和一字肩的设计显得她脖颈修长、香肩雪白，胸前点缀的大片碎钻勾勒出弧度姣好的形状，收束的腰线衬得整个人越发纤细。裙摆散开，如同九天星河坠落人间，璀璨又夺目。

纪汀爱不释手地抚弄裙摆，越看越觉得满心欢喜。

也许每一个女孩都有梦想中完美的婚礼：高高的穹顶之下，红毯两侧宾客满座，新郎英俊帅气，站在终点处微笑地等待着。而她则挽着父亲的手臂，提着厚重的裙摆，朝着自己一生的幸福奔去。

但当真正到了婚礼现场，纪汀才发觉温砚的安排比她想象中的更让人震撼。

新西兰的一座小岛上，平原辽阔无垠，绿草如茵，生机勃勃。一棵浓荫蔽日的槐树下，种满了绚烂地盛开的玫瑰花和绣球花。簇拥的花朵将整个婚礼包裹起来，显得梦幻又诗意。粉色和淡紫色的气球悬浮在四周，极致地渲染浪漫的气息。一座完全用鲜花打造的拱门立于宣誓之地。

婚礼现场来了不少富商巨贾和业界的名流，他们加起来身家超过万亿。纪汀挽着父亲的手臂走在红毯上时，还有些飘飘然，感觉如在云端。

温暖的阳光从树木翠绿的生机里滚落，新娘洁白的裙摆上的钻石跃动着浮金般的光芒。这几百步很长又很短，纪汀抬眸望着男人含笑的眉眼，在他的眼底看见肆意燃烧的炽热。

他们一眼万年，与乐队演奏的歌词遥相呼应。

I have loved you for a thousand years/

（我已经爱了你一千年）

I'll love you for a thousand more/

（却仍然初心不变）

她不知不觉中便走到了他的跟前。纪仁亮把她的手放进温砚的掌心里，神情郑重地说："小砚，今后我的女儿，就托付给你了。"

温砚紧握纪汀的指尖："您放心，我会好好照顾她一辈子。"

掌声、音乐声、风吹树叶的"沙沙"声悄然地落幕，纪汀的眼里只有眼前的这个男人。这个给予她无限包容和爱的人。

一辈子。这句话他说过很多次，纪汀笃信，他和她一辈子又有何难？

所有的亲友都带着期盼的目光看向他们，纪汀这才恍然地发现现场没有司仪。她还没把话问出口，一阵欢呼声和掌声响起："啊，是沈晋初！""谌欢！我偶像啊！"

平日里只在电视和杂志封面上出现的顶流演员，竟然就在眼前，纪汀不敢置信地捂住了嘴，猛地转头看向温砚，却发觉他一直都在温柔地凝视自己。

"你……你怎么都……没有告诉我？"

他笑道："因为想给你一个惊喜啊。"

这确实是惊喜中的惊喜。由于平日里繁忙的学业和工作，纪汀甚少去追娱乐圈艺人的行程，但真心盼望着能亲眼见一面偶像本人。上次沈晋初来清华被她错过，纪汀遗憾得不行，后来还在温砚的耳边念叨了好多次，没想到他真的听进去了。

纪汀见到两个偶像，腿都有些发软，激动地跟他们握手："啊啊啊我我……我可喜欢你们了！"

婚礼在热闹地进行，而大洋彼端，一张模糊的婚礼的照片流传到了网上，微博上立马炸开了锅。

照片里，沈晋初和电影里一样英俊非凡，谌欢则娉婷袅娜、明艳动人。但温砚和纪汀和他们在一块儿比较起来，竟也是不输半分。

现在纪汀和温砚都是网上小有名气的人物，粉丝足有一两千万，话题讨论度一下子就上来了。热搜第一和第二分别是 #温砚帮纪汀追星# 和 #沈晋初谌欢主持婚礼#。

启宴科技的温总竟然帮太太追星！他还把她的偶像请到了婚礼现场当主持人！这实在是……

评论：真的是有生之年系列，老公帮忙追星，还有比我家汀宝更幸福的小可爱吗？！

我的妈呀我的天啊，我真的不知道说什么了……也许这就是有钱人家的生活吧！

呜呜呜呜见惯温总神操作的我，连酸都酸不出来了。

这个婚纱太美了！是在哪里买的啊？

这个设计师 Lowita Hamors 曾经只为英国皇室服务……你品，你细品。

好的告辞［抱拳］［抱拳］［抱拳］。

他俩的存在就叫作“人生赢家”。

纪汀并不知道自己在网上再度成了焦点。她和沈晋初、谌欢换了很多个角度合照，又加了他们的联系方式，开心得不得了。

许久过后，婚礼结束，宾客散去，徒留一地花香。纪汀看向温砚——他折了一枝玫瑰，笑意盈盈地献给她。这花很美，他的笑颜也很好看，纪汀看呆了片刻。

晚风温柔地拂过，夕阳给天空涂了一抹亮丽的油彩。眼眶氤氲，她扑进温砚的怀里，紧紧地拥抱他。男人的嘴角扬起灿烂的笑意，他用额头抵着她的额头，看着女孩的眼睛说：“我爱你。”

晚上便是各种活动——游艇派对、凫水、沙滩、篝火，还有各种歌舞表演……

众人兴致盎然，纵情地享受着活动带来的乐趣。

田佳慧拿着酒瓶在甲板上蹦迪，在人声鼎沸中一边嗨一边对纪汀喊：“糖糖，我这辈子做过最正确的事情就是给了你一块糖！”

方泽宇看她这样子还以为她喝高了，万分无奈地将人拖了回去。

回到三层的欧式奢华别墅以后，温砚抱着纪汀坐在花园里看夜景。繁星点缀的夜空下，他想起田佳慧的话，笑着问：“乖宝，她说的是什么糖？”

纪汀回忆片刻，也笑了：“其实我和佳慧是小学同学。”她说，“那时我的性格和现在还不太一样，在熟人面前放得开，但是怕生，所以刚入学的时候，大家都觉得我很高冷，不敢和我搭话。”

她回望曾经，真的很难想象像她这样的人也会有那般孤零零的、不知所措的时刻。纪汀的眼神变得柔软：“只有佳慧第一次见到我时，给了我一块糖。”

有时不经意的一个善举，可能会给其他人留下一个刻骨铭心的印记。

“所以我很珍惜她。”

“我明白的。”温砚亲亲她的脸颊，目光映出深沉的夜空，“就像你给我织的那条围巾一样。我也很珍惜。”很多次午夜梦回，他攥着那条围巾，仿佛握着自己唯一的希望。

纪汀像只赖在他怀里的小猫咪，脑袋蹭来蹭去：“那还是有点不同的。”她笑得很甜蜜，“织围巾给你，是因为喜欢你。”纪汀的眼睛亮亮的，像水晶，语调俏皮，“先生，那个时候啊，我的心就已经属于你啦。”所以，她那才不是什么不经意的善举呢。

温砚的睫毛落在眼睑下方，下一秒他便低头去吻她。这个吻不含任何掠夺性，只是温柔，他好像是颤巍巍地把自己的心肝捧到了她的面前。黑眸蓄起湿漉漉的潮气，他问：“我能为你唱首歌吗？”

纪汀笑道：“嗯。”

无边的夜色如轻纱飘扬，星宿变幻，男人低沉有磁性的嗓音多了几分沙哑的质感，更加真实动人。山丘上的大槐树旁，大片大片的红玫瑰迎风摇曳。纪汀想起管家先生跟她说过的话。

“花是先生亲自种的。他把这里买下来了，说您要是愿意的话可以随时回来。他说，他会让这里永远保持这个模样，会让这里保留热烈地爱你的样子。”

有些人把爱情过成了柴米油盐、粗茶淡饭，有些人却把爱情写成了诗、谱成了曲。纪汀从不怀疑自己值得被爱，但没想到命运如此眷顾自己。

她常常在想，她到底有多么幸运——她年少时遇见了那个他，自此一见倾心，往后余生的几十年里，他的容貌在她的生命里镌刻永恒，她与他一起写就一篇浪漫的童话。

纪汀的嘴角弯起来，她安静地听温砚唱歌。

…………

We are still kids/

我们虽仍年少

But we' re so in love/

却已如此深爱

Fighting against all odds/

共同对抗所有逆境

…………

I see my future in your eyes/

在你眼中我看到美好的将来

…………

Now I know I have met an angel in person/

我知道我身边有了一位天使

…………

You look perfect tonight/

今夜你完美无瑕

婚礼之后就是蜜月期。启宴正处于高速发展的快车道，为了空出一个十五天的假期，温砚和纪汀连着加班两个多月。除此之外，胡昱祈也很不幸地被征用了，陪着他们忙前忙后。他对此颇为不满，每天都在办公室里面哭诉："我觉得你们夫妻俩不帮我找老婆都对不起我！"

胡昱祈长得并不难看，甚至可以说是容貌清秀，但是这些年一直都没时间处对象。本来创业就很辛苦，温砚又是个工作狂人，连带着胡昱祈的生活也没有半分闲暇。因此胡昱祈时不时地就问一下纪汀："嫂子，你周围有没有单身的漂亮姑娘啊？"

纪汀沉吟片刻："还挺多的。"

胡昱祈忙问："真的吗真的吗？！那可以介绍给我吗？！"

纪汀看到他这双眼放光的模样就想笑："行，那回头我给你列个名单，你要是感兴趣，我就帮你联系。"

"啊啊啊太感谢了！"胡昱祈一蹦三尺高，过了好一会儿才冷静下来，"回头是多久啊嫂子？"

在一旁始终沉默的温总终于开口："等我们度完蜜月回来。"他用指节叩了叩桌子，温柔地笑道，"我们不在的这段时间，你记得好好工作。"

胡昱祈无语，心想：怎么总感觉自己就是个打工的？

说是蜜月，纪汀觉得这一次出游更像是一次放飞自我的旅行。他们都被束缚在条条框框的规定和沉重的压力里太久了，亟需放松身心。二人商讨许久都没有确定出一个具体的目的地。因为选择实在太多，每一个国家都有别样的风情。最后，他们做出了一个前无古人后无来者的决定——他们要把这十五天当成蜜月的第一站，然后每半年腾出一些时间去一个地方，直到把所有的目的地去个遍。当然，两个人很有默契地没有把这个决定告诉胡昱祈，不然他的心态得爆炸。

经过随机抽样，纪汀和温砚最后定了先去美国。

重回宾夕法尼亚大学的林荫小路上，纪汀感叹："时间真快啊，感觉上次来还是昨天呢。"

温砚牵住她的手："是啊。"

两个人从东往西走，在著名的红色"LOVE"雕塑处拍了合照，然后又进了沃顿商学院，拜访曾教过他们的老教授。

他们转过蔬果超市，纪汀指着街角的一家韩国菜："你还记得Utown吗？"

"记得，我们之前经常来这里吃晚餐。"

"嗯嗯，里面的乌冬面和炒年糕我可喜欢了！"

温砚笑道："那现在进去？正好也到了午饭时间。"

纪汀眨了眨眼，踮脚在他的唇上啄了一下："哎呀你可真懂我，亲亲你！"

男人轻笑一声，指腹摩挲她葱白的指尖，眉梢温柔地舒展。

当热气腾腾的豚骨乌冬面端上桌后，芝士包裹着年糕，散发出诱人的香味，纪汀才真正体会到了时光的飞逝。她记得她几年前过来的时候，这家店的店面并不大，装修和宣传简报还是20世纪90年代港风的感觉。他们的筷子是金属质地，又细又长，有十足的亚洲特色。

而现在，店内窗明几净，显然是经过了彻头彻尾的翻修。菜单推陈出新，各色菜式层出不穷。她忽然就明白了，每个时间段都值得被铭记。

她以前是在求学的途中，忙着开阔视野、申请实习，忙着去看更大的世界。每当从教室里出来，她满脑子都是新学到的金融知识。她边和同学讨论，边吃一碗香气四溢的乌冬面，就能感觉到纯粹的快乐。

现在，她则是学成归来，依旧忙着工作，忙着站到更高的山巅。她退去了年少时那股冲撞的劲儿，多了几分成熟稳重的气质。她身边坐着的是要和她共度一生的爱人，他同样满心幸福。

这家小饭馆实际上见证了她的成长——时间可真是神奇啊！

如果说费城的每个角落都让纪汀和温砚感到亲切，那么纽约对他们来说同样意义非凡。两个人在大三上学期都曾到顶级外资投行的总部参加面试，气势恢宏的大厦、繁华忙碌的 CBD，都令他们印象深刻。

纪汀觉得和温砚一起把这里的情景重温一遍，就有种互相弥补的感觉——就好像在这段本没有对方参与的人生里，他们都没有缺席。

纪汀仰起头，一直看向 MGS 总部的最高层："那里风景很好。"说完，她不知想到什么，又自顾自地笑了，挽着温砚的手臂撒娇，"哥哥，我想喝咖啡。"

街道对面就有一家花房咖啡馆，它看起来颇受青睐，生意红火。

温砚摸了摸她的头，弯起桃花眼："好，哥哥给你买。"他叮嘱道，"路口车况复杂，你乖乖在这儿等着。"

"好。"纪汀愉悦地眯着眼，从男人挺拔的背影上收回目光，再度仰头望向湛蓝的天空——启宴顶楼的风景也很好呢，除了棉花般柔软的云朵，偶尔还有展翅飞过的白鸽。她从上往下俯瞰也能看到一座生命力旺盛的城市。想到这里，她再度笑了笑。

"打扰了，请问你是纪小姐吗？"

她正出神间，一道浑厚的声音自耳畔响起，纪汀收回视线，看见面前站着一个陌生的中年男人。

男人一副典型的亚洲面孔，她不知为何有种熟悉的感觉。在异国他乡遇到华人，这人又认识自己，纪汀便收起了生人勿近的姿态："请问您是……？"

见她没有否认，男人似是松了一口气，开门见山地说道："我是温伯华，温砚的父亲。"

"……"纪汀静默一瞬，眉心隐隐地颦起。

她经提点后，再仔细看，确实能从男人的眉眼中看出他与温砚有三分相似。温伯华相貌儒雅、气质不凡，若非知道他过去的事情，纪汀几乎也要被他的外表蒙骗了。

她的神色逐渐转淡，男人没太注意，自顾自地开口："我最近在网上看到了不少你的新闻。听说你和 Andrew 结婚了，恭喜。"

"谢谢叔叔。"

温伯华这才发觉了纪汀语气中疏离的意味。他短短地停顿几秒钟，突然说："我知道这些年，我和 Andrew 的母亲对他亏欠了很多，但其实，我一直都在后悔。"温伯华说，"如果时光能够重来，我一定会给予他更多的陪伴。"他叹了一声，"人生不管多么成功，都永远不要舍弃亲情。可惜这个道理，我明白得太晚了。"

纪汀打量着他，看到他极为愧疚的模样，在心里冷笑了一声。他虽说是在表露歉意，但话里话外仍旧拿捏自如，高高在上，得体妥帖。从他的眼睛里，她看不出半分后悔，反而尽览昭昭野心。他这样说的原因她根本不用细想，大约与游雪琴的如出一辙。只不过他更聪明点，懂得放低姿态。

咖啡馆里面人头攒动，纪汀的余光瞥见透明的玻璃窗内，温砚刚好结完了账。她微笑道："叔叔，我能否先打个电话？"

温伯华一愣，点点头："当然。"

纪汀走到一旁拿出手机，按了一个快捷键。她隔着车水马龙的街道，遥遥地望见温砚在看到来电的一瞬间绽开笑意。他接起电话："糖糖，怎么了？"

纪汀弯唇道："我突然想吃双层芝士奶酪蛋糕，据说是这家很有名的招牌，你买给我好不好啊？"

虽然又得重新再排一次队，但温砚毫无怨言，宠溺地说："好。"

纪汀松了口气，挂断电话，重新转向温伯华。

对方似乎猜到了什么，神情有些激动："Andrew 他是不是也在这里？"

"没有。"纪汀不动声色，"叔叔，您刚才在说……？"

"哦……我……"温伯华表演到一半被打断，那种流畅的感觉就找不回来了，语气变得有些不自然，"我就是想补偿 Andrew，但是这些年他与我们生分了许多，也不要我们给他的钱。我真不知道该怎么办才好。"

纪汀垂眸，半晌轻笑一声："叔叔，其实深圳也不算远，不过一趟国际航班的距离。"

温伯华的面色微变了变。她这话是在说，他若是真的有心，大可以亲自与温砚见面，把自己的心里话与他细说一番。温伯华看纪汀的态度，她似乎对他们已有成见。温伯华不确定再这样说下去会不会失了面子又讨不着好，便换了一种套路。

“汀汀，其实你不必对我如此生疏……”温伯华看着她，眸中似有浮光闪烁，“叫我一声爸爸吧。我做梦都想有一个女儿，没想到有朝一日能如愿以偿。”

“……”

有人说华尔街是世上最冷漠的地方，这里到处都是权力和金钱的滋味，再难寻觅一颗真心。人来人往之中，人们唇角平直，步履生风，活得急躁又匆忙。

纪汀似笑非笑地看着眼前西装革履的男人——他是上流社会的精英，位于金字塔的顶端，从头到脚的打扮昂贵精致。

“想让我叫您爸爸？”纪汀不紧不慢地将自己被风吹散开的袖口重新系紧，“抱歉，这位叔叔。”她抬起头，目光如炬，一字一顿地说，“你不配。”

温砚拿着蛋糕打包盒和咖啡回来的时候，女孩仍旧站在街对面，侧颜美好娴静。一看见他，她就扬起灿烂的笑脸，像朵小太阳花似的朝他挥手。

“哇这个乳酪好好吃！你快尝尝！”纪汀说，“享受一下你自己的劳动成果！”

温砚看着她，弯了一下唇：“那你喂我。”

“怎么喂？用嘴还是用手？”不等他回答，纪汀就凑上前去，给了他一个甜蜜蜜的法式热吻。

温砚轻捏着她的下颌，眸色渐渐地转深：“订的酒店离这儿不远。”

纪汀一愣，表情有一点点崩坏。哼，她还没往这处去想呢！

温砚的眼中漾开笑，他搂着纪汀的肩向前走：“开玩笑的，我们去下个景点。”

“……”

“怎么？不去酒店有点失望啊？”

纪汀愤怒了起来，杏眼圆睁：“没有！”

男人却仿佛心情很好的样子，说：“Sweet heart（甜心），你怎么连生气的样子都这么美？”

纪汀像一只张牙舞爪的小怪兽，一下子被奥特曼施了定身法，气焰陡然消失。她不自然地垂眸，片刻后又抬头瞋他一眼，嘟哝道：“就你会说。”

“陈述一下我的客观看法罢了。”眸光含着浅笑，温砚低头行了一个吻手礼，“那么，这位美丽的女士，不知今晚我有没有这个荣幸邀请您去水上餐厅一同观赏烟火秀？”

纪汀的目光从自己的指尖慢慢地上移，停驻在温砚高挺的鼻梁和微微地颤动的眼睫上。她抿着唇，改为反手拉他的姿势，表情高冷严肃，说出来的话却是：“走吧，先生。”

温砚勾唇，眼中的笑意更甚。人生中的很多事情是不可避免地会有缺憾的——就像他的生身父母。他永远都不可能再填补曾经的空缺，但他感激她的保护。纪汀的爱像温柔的泉水，像一个襁褓似的把他包裹在内，阻止一切伤害的入侵。她是他的软肋，亦是他的铠甲。

他如今再面对不堪的过去，身旁总是有她的影子。他不仅感觉不到疼，反而还觉得这些全部是她爱他的证据。他想，没有比这更让人感到幸福的事了。

奥兰多有一个很大的环球影城。纪汀对此期盼了好久——因为印象里，她和温砚并没有像普通情侣那样去游乐园的经历。

正值春假，环球影城里面游人如织、热闹非凡，到处都是奇装异服的歌舞表演，街边的商店里吐出一连串的泡泡，大人和小孩的头上都戴着各种新潮有趣的装饰。

他们正好步入哈利波特区，纪汀拉着温砚进了一家精品店：“在游乐园里就要有游乐园的样子。”她拿出一件魔法袍给男人穿上，又给他戴了一顶巫师帽。

温砚很乖地任由她上下摆弄，两个人站在全身试衣镜前，纪汀“扑哧”一声笑了出来：“不行，这个帽子——”

男人看着有些滑稽的帽子，明知故问：“不好看吗？”

纪汀抿着笑搂住他的脖子，一本正经地说：“好看好看，你最好看！”

温砚弯起嘴角。过了一会儿，他突然把巫师帽取下来，把它戴在纪汀的头上。被一下子套蒙了的纪汀满脸疑惑，男人温柔地说：“糖糖才是最好看的。”

纪汀无言以对，心想：讨厌啊，他瞎说什么大实话？！人家会害羞的。

两个人各自买了一件魔法袍，又每人配置了一根魔杖，又排队去买了久负盛名的“黄油啤酒”。“黄油啤酒”不知道是用什么东西做的，喝起来有种汽水的感觉，它“咕嘟咕嘟”地冒着泡，甜甜的滋味一直沁到心里面。

纪汀走着走着，忽然看见一家雪糕店，双眸登时亮了起来。她还没喝完手上的饮料，就又指着香草味的雪糕说：“哥哥，我要吃这个！”

她满眼期盼，谁知一向很好说话的温砚断然回绝她：“不行，你现在不能吃凉的。”

纪汀今天是生理期第一天，这会儿经他提醒才想起来还有这么回事，只好悻悻地缩回了脖子。其实她也不是一定要吃冰激凌，但就是兴之所至，不能如愿以偿还是会觉得有些失落。可她一想到温砚记她的生理期比记自己的事情还要牢，就又感到无比甜蜜。嗐，女人的心思就是这么飘忽不定。

纪汀几经变换的神情落在温砚的眼中更像是怅然若失，他迟疑片刻，柔声地询问：“真这么想吃？”

纪汀“啊”了一声，还有些没反应过来，就见男人迈开步伐去买了一个香草味的冰激凌回来。他抿着唇，神情无奈地说：“只准吃一口。”

纪汀眨了眨眼，笑眯眯地应道：“遵命。”

哈利波特区的两个项目很有意思。

一个项目是游客坐在魔法衣橱形状的座椅里观看隧道中的3D影像，这让人有种身临其境的感觉。魔法衣橱可以随意地上下左右移动和悬空，还模拟了打“魁地奇”时坐在扫帚上俯冲的失重感，让大家直呼过瘾。另一个则是小型过山车项目，其中有一段过山车会冲上断裂的铁轨，快到尽头时才停下，朝反方向加速回程，刺激又惊险。

纪汀很喜欢这种如处云霄的快感，提议去坐最有挑战性的红色过山车——它足有十七层楼高，列车完全垂直于地面上升，再迅速地俯冲下来。兴许是因为这个项目很考验胆量，排队的人并不算多。纪汀仰头看着呼啸而过的列车，耳边传来一阵阵尖叫声。

温砚牵着她的手：“怕的话咱们就换一个别的？”

纪汀咽了口口水——她的确有点临阵退缩，但是又真的想玩。她问温砚：“你怕吗？”

男人噙着笑意摇了摇头。

“那……那我也不怕！”纪汀咬了咬牙，像是壮胆似的小声自言自语，

“反……反正你会保护我的……”

“嗯。”温砚轻笑一声，觉得她怎么看怎么可爱，“我会保护你的。”

两个人跟着队伍行进，纪汀一路上都在积极地给自己做心理建设，嘴里念念有词地说着什么。温砚凑过去听，发现她竟然在背清华的校歌。

“左图右史，邺架巍巍，致知穷理，学古探微……服膺守善心无违，海能卑下众水归，学问笃实生光辉。光辉，光辉，学问笃实生光辉……”

温砚抬手掩唇，纪汀察觉到他的举动，不自然地威胁他：“不许笑！”

男人极力地憋着笑：“好。”

他们终于坐上过山车，在检查安全带的过程中，纪汀越发紧张，心脏打鼓似的跳。靠得近了，她才真切地体会到这个过山车究竟有多高，说它是直上青天都不为过。然而她已经没有后悔的余地了。

鸣笛声响起，过山车缓慢地行进，开始以完全垂直的角度向上攀爬。纪汀总感觉自己要掉出去，全身僵硬地抓着前排的扶手，每一秒钟都觉得度日如年、坐立不安。在过山车上升至顶端的时候，她感到心态慢慢地崩塌——接下来，就是那个魔鬼角度的大俯冲了。

呜呜呜，她瑟瑟发抖。

“别怕。”手腕被修长好看的手指握住，温砚在耳畔柔声地低语，声音混合着“猎猎”的风声，给予纪汀一种不真切但又极踏实的感觉。她张了张口，想说些什么，喉咙却仿佛被扼紧。

她心跳如擂鼓，不安和惊慌的程度达到了爆发的临界值。箭在弦上，过山车在短暂的预告后突然加速朝下。就在这时，温砚说：“看着我。”

他的嗓音低沉坚定，她在失重的一瞬间扭头——那双漂亮的眼睛里映照着朝阳，融杂着云层旖旎的光晕。纪汀迷失在这样的光景里面，忘了自己身处何地，也忘了今夕何夕。时间好像被放慢了，画面一帧一帧地掠过。而她只是眼睛一眨不眨地注视着他。

她突然想起他酒醉生病的那个夜晚，他攥着她的手呢喃："你的眼睛好亮。"

温砚常夸她的眼睛漂亮，但是他大概不知道此刻他的双眸有多么迷人，他的双眸里好像承载了璀璨的光芒。

他的手牢牢地握着她的手腕，以一种无论发生什么都不会放开的姿态。纪汀的心安定下来，她逐渐适应了过山车一次一次地抛起和落下，开始享受这肆无忌惮的跌宕起伏——反正只要有他在，她就什么都不怕。

从红色过山车上下来，温砚和纪汀去自助机器上查看他们的抓拍照片。这种东西一向是惨不忍睹，买回家也就是图个乐。

纪汀已经做好了面对自己丑照的准备，没想到照片出来的时候，完全出人意料——拍到的恰好是他们深情地对视的那一幕，浪漫中还带点唯美。纪汀想买，却又想起田佳慧之前说过的话："这种二十美元一张的照片，傻子才要呢。"她掏钱的手不由得顿了一下。

谁料温砚早已拿出信用卡，三两下地付好了款，纪汀看着他，忽然抿着唇笑了起来。

"怎么了？"温砚刮了一下她的鼻尖，"笑得像个小傻子。"

纪汀不说话，神情狡黠地依偎在他的怀里——可不是吗？

整整一天，两个人玩了多个项目，感受到了久违的充实和自在。

他们从游乐园里出来的时候，纪汀说："那边那个纪念品店好像还挺有趣的。"

对老婆有求必应的温砚立刻说道："那我们去看看。"

琳琅满目的商品让人看花了眼，五颜六色的糖果罐、奇形怪状的帽子、各种酷炫的手办和摆件，都加入了好莱坞电影的元素。纪汀挑了两件可爱的海绵宝宝情侣装，又去看毛绒玩具。

温砚拿起一个卡通发带在她的额前比画："宝宝，你戴这个挺可爱的。"

"是吗？那就买它，嘿嘿。"

纪汀的目光很快被一双小黄人的拖鞋吸引："哥哥，咱们以后在家可以穿这个啊，这个也很可爱！"

温砚瞄了一眼鞋上那双傻里傻气的大眼睛，表情有点抗拒，他几乎能够想象到纪琛、方泽宇等人上门拜访时对他嘲笑的脸孔："一个大男人用这么幼稚的东西……"

温砚打心底里希望纪汀能够回心转意。然而宝贝老婆并没有给他退路，在旁边轻轻地摇着他的手臂，嗓音甜甜地说："哎呀，你就陪人家穿这个嘛。我想看你穿，肯定很帅很好看的！"

空气凝结片刻，温砚沉默地弯下身，把两双鞋拎进了购物车，算了，老婆开心最重要。

付完钱提着大包小包出去时，两个人忽然听到身后一阵骚动。

“啊那是不是温砚哪？！”

“是吧？！我观察好久了，旁边那个应该是他太太！”

“啊啊啊啊温总好帅啊！”

出门在外，纪汀常常会忘记他们已经算是名人了，这会儿突然被认出来，也不知该采取什么样的反应。

三四个华人女生走上前来，紧张又激动地问：“请问能给我们签个名吗？”

温砚笑了笑：“其实我们也不是什么名人。”他这话是在婉拒对方，但对方仍然特别热情地请求他们，于是二人还是答应了。

他们签完名，为首的女生欲言又止。她看了一眼纪汀，小心翼翼地开口：“请问我们能和温总合照吗？”

纪汀无语，心想：嗐，她早该料到的。望着几个女孩子期许的目光，她也说不出什么拒绝的话，毕竟只是合影而已。

倒是温砚又确认般地询问她：“糖糖，可以吗？”

纪汀点点头：“当然。”她退到一旁，看着自己的先生被一群异性簇拥在中间，他对着某种美图自拍的界面扬起笑容，她心里要说舒畅那是不可能的。

纪汀知道在这种事情上吃醋有点无理取闹，索性不看他们了，噘着嘴踢起地上的小石子。过了好一会儿，身前传来动静，纪汀都没注意到温砚那边已经拍完了，收拾好心情抬头，却倏忽愣住——男人拿着三个画着笑脸的粉色氢气球，三个气球争相地飘在她的面前。

“怎么买了这个？”纪汀疑惑地问道。

“这不是，”温砚微微地俯身，似笑非笑地弯起那双好看的桃花眼，“想哄我家小朋友高兴吗？”

两个人还去了旧金山的金门公园，这里有极具现代风情的笛洋美术馆、古色古韵的日本茶园、微缩自然的旧金山植物园等一系列打卡点，这些地方的景色都十分宜人。

纪汀提出想骑双人脚踏车，他们到了租车点后，师傅给他们指出最佳的环园路线。一开始她还没理解对方叮嘱的“小心点”是什么意思，直到脚踏板“吱吱呀呀”地响起来，车轮一圈圈地打着战，纪汀才读懂了对方微妙的表情。呵，这车年久失修哪。

纪汀有点哭笑不得，然而已经花了钱租车，这么快就把车还回去有些不值当。她说：“我们就象征性地绕一圈吧。”

不得不说，这个脚踏板的确很难踩，尤其到了上坡的时候，她简直要使出宇宙洪荒之力。纪汀没蹬两下就蹬不动了，娇气地住了脚：“好累。”

温砚说：“我一个人来就行了。”

他蹬了一会儿，纪汀望着他额前沁出的汗，有点心疼地拿出纸巾帮他擦拭：“算了，咱们回去吧。”

“没事。”男人的眼神很是温柔。纪汀心里有所触动，凑过去亲吻他。

“等一下，你别——”温砚的话音还没落，脚踏车难堪大任，开始向后溜。纪汀手忙脚乱地又去踩自己的脚踏板，两个人铆足了劲儿，才稳住了车。

二人对视片刻，都笑出了声——两个狼狈的企业家，要是员工知道了，得笑掉下巴。

纪汀一脸知错的模样，两根食指在胸前对了对：“对不起，我不应该分散你的注意力。”

对于她这种卖萌的行为，温砚并不打算姑息。他缓缓地倾身，鼻尖离她只有一寸之遥。他眸光低垂，眼神暗潭一般深不可测，纤长的眼睫像是逗弄般上下轻扫，划过纪汀的脸颊。

他们先是嘴唇之间纯粹地相贴，然后唇舌交缠，多了缱绻的欲念。无论多少次接吻，纪汀永远会被撩拨得心跳加速、呼吸急促。她紧张地抓着衣角，如同初出茅庐的新人一般青涩又被动。

不远处霞光万道，夕阳是他们最美丽的幕布，气息交织中，爱意凝结成了永恒。

他们晚上去了旧金山附近的一个温泉度假村。热汤是驱寒的绝佳之物，身处其中，令人感觉全身的毛孔都舒爽万分。

两个人在住处更衣之后，先后进了院中的露天私汤。因为这是蜜月旅行，纪汀带的衣服都没那么保守，她在温泉水池里也只穿了两件比基尼。涟漪从身后一层层地漾开，背部的肌肤上很快传来男人紧实的肌肉的触感，纪汀转了个身，抱住他。

雾气缭绕中，温砚坐下，又扶着她坐在自己的腿上。

不远处的隔壁栋传来有节奏地击打水花的声音，纪汀皱起眉：“那是什么声儿啊？”

温砚不动声色地揽住她的腰：“没事。”

纪汀便心安理得地靠进了他的怀里，双眸微眯，她惬意地望着深邃的夜空和漫天的星斗。

“庭户无声，时见疏星渡河汉。”

她沉溺在温暖的泉水之中，连翻涌的思绪都宁静下来，她极度地放松。她忽然想到了什么，脸颊在男人的肩颈处蹭了蹭：“你记不记得我大一的时候，我们也一起去泡了温泉？”

“嗯。”

纪汀吃吃地笑起来，带着些坏意：“我那时不小心摔在了你的身上，你是什么感觉啊？”

“……”

见他似乎有些不愿启齿，她更感兴趣了，自顾自地说道：“你肯定有些感觉吧？不然之后也不会不理我了！”

“……”

温砚还是不说话，纪汀就开始使出撒娇的绝招，搂着他的脖子亲吻他：“说嘛说嘛，人家想知道啦。”

温砚招架不住，轻轻地吸了口气：“我——”黑眸如墨，他低哑地道，“硬了。”

纪汀满脸疑惑。本来她只是想撩一撩他，听他说些心跳加速之类的话，没想到这人如此坦诚！她有点结巴：“不……不至于吧，我那时候就蹭了一下……”

“至于的。”温砚抬起指尖，沿着纪汀的太阳穴轻轻地抚摩，片刻后又拉着她的手腕到水下，慵懒地笑道，“你看，我对你完全没有抵抗力。”

纪汀满脸震惊。

他在纪汀的耳后轻飘飘地吹了口气，嗓音十分性感：“老婆，其实我还挺好奇在温泉里……是什么滋味……”

纪汀细白的脊背一阵战栗，她感觉到了危险的预警。

温泉之中雾气涌动，小块布料可怜巴巴地随层层的涟漪外扩飘向一旁，她逐渐弄懂刚刚听到的声音是怎么来的了。

事后纪汀浑身酸软，哪怕在热水里泡了许久也得不到缓解。

她躺在床上，两眼发直地望着木质的天花板，连一个眼神都不屑于赏给温砚："你给我过来。"

男人很听话地坐到床边，温和地询问："太太，什么事？"

纪汀说："给我捏腿。"

"嗯，遵命。"

温砚的服务周到体贴，动作又轻又柔，纪汀感觉舒服了一些，但还是想踹他，可纤细的脚踝还没挥舞出去就被他抓在了手里。温砚用修长的指尖缓缓地摩挲着她雪白的脚背，笑道："怎么了，太太？"

兴许是刚刚太过激烈，现下他做什么她都觉得带着暧昧狎昵的色彩，啐道："你怎么这么下流……"

温砚的眼角跳了一下，他缓缓地重复："下流？"

纪汀看着他面不改色的神情，忽地觉得心里发慌，心想这个词是说得太夸张了一点，但她又不好再改口，扭着脸看向窗外。

"宝贝，如果这都算下流的话，我想你对我的认识还不够明确。"

脚背上传来柔软的触感，纪汀倏忽回转目光，正巧看见温砚落下一个吻后抬眸，他的眼睛里闪着漫不经心的笑意。他欺身压过来，挑着气音咬了一下纪汀的耳垂："今晚好好地认识我，好吗？"

不知过了多久，男人仍旧维持着把她紧紧地圈在怀里的姿势，低喘着将汗液一颗颗地滴落在枕边。

纪汀无力地推了推他，温砚却沉声道："喜不喜欢，嗯？"

"……"

她说不出来话，他便又贴着她粉嫩的耳垂，哑着嗓子一遍遍地诱哄她："宝宝，说你喜欢。"

头顶的吊灯来回晃动，纪汀的意识几乎涣散，她带着点鼻音，可怜兮兮地回答："喜……喜欢……"

温砚低低地笑了一声：“嗯，我也……很喜欢呢。”

第二次事后，纪汀痛定思痛，决定以后再也不作死了。

十五天的蜜月旅行说长不长，说短不短，但毋庸置疑，二人过得无比充实。这场旅行以他们在拉斯维加斯大峡谷上空的直升机之旅为结尾，完美结束。

如今再次回归工作，两个人都觉得充满动力。启宴的版图逐步扩大，如今涉及了 IP 投资，包括上游的网文等衍生品，其中的重中之重就是影视部分。

对于影视行业来说，现在无疑既是一个最坏的时代，也是一个最好的时代——监管政策趋严，国产电影自强，观众注重内容，优胜劣汰更加明显。

纪汀最近负责一个 IP 改编的科幻片项目，偶尔会去片场监工。导演对于投资方可不敢怠慢，每次都是撑好遮阳伞，泡好茶，弯腰九十度请纪汀入座。

大概去了两三次，纪汀觉得这个片子的质量还不错，男女主角的演技均在线，剧情连贯不拖沓。

中场休息的时候，导演忙着跟群演讲戏，纪汀灵光乍现，问：“请问我也能去演吗？”

“纪总，当然可以。”导演抹了一把汗，“可是演这……这个部分会有点辛苦，正好是爆炸过后，可能会满脸都要涂上土和灰。”他提议，“您要真想演，我给您找一个更好的片段。”

纪汀沉吟道：“不用了，就这段。”这部电影里，真正打动她的恰是那种前赴后继、无畏无惧的情感内核。

于是纪汀当天狠狠地过了一把戏瘾。令她很意外的是，拍摄完毕后，导演双眼发光地说道：“纪总，您演得真不错！”

纪汀笑道：“是吗？见笑了。”

导演指着监视器的回放：“您看，我在这里专门给了您一个特写，眼神表达得太到位了！”

纪汀也觉得效果的确不错，心想自己今后说不定可以尝试这个方向的工作，她笑道：“您辛苦了。”

“哪里哪里……”导演赶紧又表了一波忠心。

探班过后，纪汀一边上车一边给温砚打视频电话汇报工作，谁知电话一接通她就看到男人骤变的眼色，他问：“糖糖，你怎么了？出什么事了？！”

纪汀愣了半晌，才想起脸上的灰和土，就把拍戏的事娓娓道来。“吓到了啊？”她俏皮地眨眨眼。

“是啊。”温砚这才放下心来，无奈地叹了口气，“去弄那个做什么？”

“就想尝试一下，汪导夸我演得好呢！”纪汀得意地挺起胸脯，像只骄傲的小孔雀，“说我情绪表达得很饱满，还给了我一个特写镜头，到时候电影上映，你就能在大荧幕上看到我啦！”

温砚弯了弯嘴角，神情宠溺地说：“我知道我家宝贝无论做什么都是最棒的。”他柔声道，“一会儿怎么安排？接你去吃饭？”

“抱歉，今天中午不行啦。”纪汀笑眯眯地说，“我安排了我们胡总的相亲局，给他约了镇海集团的千金薛皎。”

他们度蜜月回来之后，胡昱祈天天吵着嚷着要见漂亮的小姐姐，一副不达目的决不罢休的模样。为了表达作为合伙人最大的诚意，纪汀即刻把他安排得明明白白，也算是犒劳这十几天他的辛勤付出。

温砚“哦”了一声，眉目中流露出一点可怜巴巴的意味：“那我就在办公室里吃盒饭吧，你不在我都没有胃口。”

尽管知道他有做戏的成分，纪汀还是心软了，临阵倒戈：“那让胡总和小姐姐单独去吃吧，我就不掺和了，中午陪你。”

温砚的脸立刻多云转晴，笑得无比荡漾：“老婆真好。那我们去哪里吃？百香居？胜记？岭南小馆？翠园？利苑？”

“……”

短短三分钟内，胡昱祈摆弄了十次领结、五次袖口、三次纽扣，以及若干次刘海儿。

高档的餐厅内，氛围十分闲适，只有他一个人严肃得像是来参加面试的。他太紧张了，压根儿忘了自己有对方的电话号码，而是用目光在餐厅内搜寻起来。

落地窗旁坐着一个妆容精致的女孩，姣好的侧脸映在玻璃上，和餐厅内摇曳的灯火融成一幅美丽的油画。胡昱祈想起纪汀的描述：“貌美，腿长，肤白，气质优雅。”

把特征一一对应完毕，他想——没错，就是她了！

胡昱祈松了松勒得很紧的领结，步伐庄重地走了过去，他清了清嗓子，伸出手：“您好，请问是薛小姐吗？”

薛婉怡本来正在百无聊赖地看着菜单，闻言不由得愣了一下，目光移至男人的脸上，她点头：“我是，请问您是？”

“我是胡昱祈，启宴科技的合伙人，想必纪汀也向您提起过我。”

薛婉怡想了一下——确实，她们上次逛街的时候纪汀是说过那么一次。

她抬起眼眸打量着胡昱祈，倒觉得对方长相清秀俊朗，他看上去沉稳持重，不太像纪汀口中的绝世傻子。

胡昱祈问：“不介意我坐下来跟你详谈吧？”

薛婉怡眨眨眼，觉得这个人有些过于自来熟了，但碰巧她今天独自一人，本以为只能吃个寂寞的午饭了，没想到还有这等机缘。

她说：“好。”

胡昱祈展露了一个自认为最帅气的微笑，然后拉开椅子，很绅士地询问：“想吃什么？”

不等薛婉怡回答，他便说道：“噢，像您这样美丽的女士，就应该配上最高级的食物和醇酒。”

薛婉怡满脸疑惑：这个人是学了什么奇怪的翻译腔吗？她觉得他有点天然憨，想笑又憋住了，用英语迅速地向侍者点了单。

金发碧眼的侍者转向胡昱祈：“Sir, may I take your order please？（先生，您可以点单了吗？）”

胡昱祈两眼发黑，没想到这菜单上全是密密麻麻的英文。妈妈呀，就他那塑料英语发音，说出来肯定直接劝退女神了。胡昱祈绷着脸，尽量得体有风度地点菜：“This, this and this.（这个，这个和这个。）”

薛婉怡的目光从他微颤的指尖移至他憋屈的面色，她低笑了一声，用英语向侍者重复了一遍菜名。她发音流畅自然，嗓音细软，听得胡昱祈晕乎乎的。

他认为自己绝对不能露怯，立刻抓住机会切入话题：“听纪汀说，您也是名校毕业，现在从事新闻行业。”

“是的，我毕业于北大。”薛婉怡笑了笑，“准确来说，现在是在传媒行业，主要在做文化产业这块儿，例如 MCN、PGC 自媒体等等。”

这和启宴涵盖的领域还不太一样，胡昱祈没有那么了解，于是决定不班门弄斧，以免弄巧成拙。

“您可真厉害。”他语气真诚，眸中绽开憧憬的光芒，“其实我一直很喜欢北大，可惜没能得到去读研的机会。”

薛婉怡被夸得有些赧然，弯起嘴角：“胡先生，您是清华的吧？我知道您的 CS（汇编语言术语）特别强，技术什么的在您这里都是小菜一碟。”

“没有没有，您过奖了。”

二人商业互吹过后，前菜正好呈上。

胡昱祈正想说些什么，手机铃声突然响起，在静谧的室内显得有些突兀。他带着歉意笑笑，点了挂断：“不好意思。”

薛婉怡问：“您不接起来吗？万一是急事呢？”

“未知号码，应该是骚扰电话。”胡昱祈把手机静音后反扣在桌面上，继续挖掘更多信息，“您平常都有什么爱好？”

“做我们这行的比较忙，也没什么固定的休息时间。但是我有空的时候，喜欢去听音乐会。”

胡昱祈说：“噢，我也喜欢！您瞧，我们可真是太有缘分了！”

他说话的腔调实在浮夸，薛婉怡掩着唇笑出了声：“那……那您平常都听什么风格的音乐呢？”

胡昱祈哪知道有什么风格，刚刚只是单纯在附和她罢了，这一下就把他给问住了。他一边默念不能慌不能露怯，一边昂首挺胸地回答：“爵士。”

“爵士？”

“对，没错。”胡昱祈语气自信地娓娓道来，“相比于后来的布鲁斯，我最喜欢的就是它不规则的切分和自由的节奏，让人感受到一种恣意洒脱的人生态度和不羁的灵魂。”

他察觉到薛婉怡一直在看着自己，她还笑得特别灿烂。他沉醉的同时，心里也万分得意——他还是有那么两下子的！

说了一通以后，胡昱祈问：“您喜欢哪个作曲家呢？”

薛婉怡说：“肖邦和李斯特。”

“噢。”胡昱祈说，“我也很喜欢，尤其喜欢肖邦的《六月船歌》和李斯特的《热情》，那个轮指二十四连音简直绝了。”

薛婉怡不知道他是怎么避开所有正确答案的，但这人实在是太好笑了，简直是她的开心果。她捧着双颊：“您能再多说一点吗？我特别喜欢和别人讨论音乐。”

“当然没问题。”胡昱祈表面镇定，内心慌得不行——他的存货其实也就只有这么一点，都快被榨干了。他一边默念不能慌不能露怯，一边绞尽脑汁地回忆自己曾在网上读过的音乐品鉴评论，最后终于在薛婉怡期盼的目光下开口。

“其实勃拉姆斯的《降 E 大调夜曲》也令我印象深刻，不知道您有没有听过一则轶事，他以前在诺昂的时候很喜欢骑驴呢，大概是师承莫扎特的缘故。因为莫扎特也特别喜欢骑驴。”

薛婉怡笑弯了眼，说：“您可真有趣，和您交谈，我真是太开心了。”

胡昱祈也不知道这怎么就有趣了，但是这番夸奖无疑证明了对方对他的认可。他摆出“一般一般世界第三”的神情：“哎呀，您太抬举我了。”

薛婉怡对他产生了一些兴趣，主动开口：“胡先生，您平常都喜欢做什么呢？”

“兴趣爱好的话，主要是摄影和运动吧，偶尔还喜欢拼装机器人。”

“那还挺特别的。”薛婉怡有些讶异，“您不玩游戏吗？”

胡昱祈笑叹一声：“像我们这种开发游戏的是不会喜欢玩游戏的。”他解释道，“因为太熟悉那些技能操作了，没什么新鲜感。”

“哦哦，这样。”薛婉怡想到了什么，有些不好意思地说道，“其实，我最近刚开始玩一款游戏，但是打得不太好，不知道能不能向您请教一下？”

“当然可以。”

薛婉怡这个月总是收到许若纭的对战请求。她也不知道这女人为什么这么执着，明明以前在高中时她们也是“相看两生厌”的关系。

胡昱祈问：“就这 5V5 对吧？”

“嗯。”

接下来的十分钟，薛婉怡围观了胡昱祈的逆天操作，他的手指在屏幕上来回跃动，让人看得眼花缭乱，许若纭和她的队友节节败退，最终接连被爆头。她甚至愤怒地给薛婉怡发来微信：“老实交代，你是不是请了代练？！”

薛婉怡扬眉吐气了，看了身旁的男人一眼，觉得他很可靠。

一顿饭渐入尾声，结账的时候，胡昱祈抢先买了单。

薛婉怡说：“您这样太客气了，我们还是AA（各人平均分担所需费用）吧。”

“小事。”胡昱祈说，“您要是实在过意不去，待会儿就请我看个电影吧。”

餐费和一张电影票的价格不在一个量级，薛婉怡一边答应下来，一边心想：她还是给他买个专业的摄影装备当作回礼吧。

两个人一前一后地出了餐厅，开始商量着去看什么电影。

而纪汀这头，她正和温砚吃着午饭，一通电话打了进来。

薛皎简直气得头皮炸裂：“汀，不是我说你，你给我介绍的这个人是什么鬼？！放我鸽子，电话不接，短信不回，也太没有礼貌了吧？！不能仗着自己有钱就为所欲为吧！我爸还是薛富城呢！”

纪汀一脸蒙，不知道胡昱祈在搞什么鬼，赶紧哄她：“哎哟宝贝儿，别气别气！我觉得以他的人品，应该不会无缘无故爽约的，可能是有什么突发事件，我现在立刻帮你问问哈！”

薛皎冷哼几声：“最好是这样，不然你们启宴的单子我可能要让我爸重新考虑考虑了。”

商圈里从来没有真正的情谊，所有的东西都是明码标价，纪汀对此心知肚明。她不慌不乱，柔声地哄道：“亲爱的，你放心，这事我一定给你一个交代。确实呢，也是昱祈做得不对，要不这样，启宴这边我给你市场价再让三个点？”

那头静默片刻，声音稍缓：“行吧行吧，也不是什么大事。几个点就不用让了，不过你要知道，我主要是看在你的面子上。”

纪汀笑：“就知道你最爱我了，宝贝儿。”

薛皎“啧”了一声：“肉麻。”

纪汀又说道：“正巧咱们也好久没出去逛街了，今天下午你要是有空，就跟我一起出来？”

“行啊。”薛皎说，“多亏了你们这胡总，把我整个下午都空出来了。”

纪汀听着觉得她心里还是有点芥蒂，又吹捧了她几波才把这件事摆平。她这头刚心力交瘁地挂了电话，那边手机屏幕就亮了起来，上面显示胡昱祈来电。纪汀正着急地想找他，这家伙倒自己送上门了。

“喂，你到底——”

胡昱祈在电话那头眼泪汪汪，感动得涕泗横流：“嫂子，多亏了你，我找到我的命中注定了！她太美了，我对她一见钟情！”

纪汀满脸疑惑：怎么……她还没开口，电话“嘟嘟嘟”地被挂断了。纪汀满脸疑惑。等一下！到底发生了什么啊？！

对于任何一个企业家来说，自己的公司上市都是一件值得铭记一生的大事。

惠风和畅的一天，媒体记者准时到达香港交易所的现场。红色的背景墙上，“启宴科技股份有限公司首次公开发行港股上市仪式”一行大字格外显眼。曾在网上掀起热议的企业家就在眼前，记者们纷纷举起相机拍照。

温砚两年前打通文娱全产业链的宣言还犹然在耳，今天，启宴就以两百亿美元估值的巨无霸体量，成功进驻港交所。

临近早晨九点，嘉宾纷纷落座，等待仪式开始。主持人开场，对现场的重量级嘉宾进行一一介绍，然后便是启宴科技董事长、总裁温砚上台致辞。

…………

“创业很难，很艰辛，这个过程中有很多人问我——苦吗？

“我说苦，然后他们便问我，那你为什么还要坚持？

“为什么呢？”他笑了笑，“因为值得，因为我们做的是有价值的事业……”

纪汀坐在台下，看着男人双眸明亮地陈情过去、描述未来，也激动得难以自拔。为了一个跨越几千个日夜的夙愿，他们奋力拼搏，砥砺前行，终于在今朝得以实现愿望。温砚签下上市协议书的那一刻，有什么东西从纪汀的心里破土而出，缓慢地长成了一棵参天大树。这就是成功吗？毋庸置疑，这是巨大的成功。

但是和纪汀曾经的设想不同，她站在台上，看着从四面八方聚焦过来的目光，心里强烈地涌动着的并非因成功而产生的自得，而是因为终于要有所担当和奉献的热血沸腾。

上市，对于很多人来说是一飞冲天的必经路途，对于那些人而言，这不过就是套现圈钱的工具罢了。然而，对另外的一批人，敲钟鸣锣的这一刻才是真正的起点。他们将在历史的长河中谱写属于自己的华章，要让世界听到他们的声音、看到他们不凡的梦想。

“当！当！当！”空旷的钟声响彻大厅，闪光明灭，快门奏响，眼前明亮的场景成为彩色照片中永不褪色的一幕。

港交所的电子显示大屏正中央是启宴的股票代码和商标，红色的数字闪动，定格在开盘价 88.92 港元，相比发行价上涨百分之六十九点八。现场爆发出热烈的欢呼，震耳欲聋的声音让纪汀有些恍惚——数以亿计的财富顷刻而至。他们是今天最大的赢家。

庆功宴上觥筹交错，不少知名的互联网企业家、投资人受邀出席。对于启宴员工来说，这是拼过的所有酒局里面最舒心的一顿。重温过去艰难的岁月，再联想到今日的辉煌，每个人都是热泪盈眶，心中涌动着千言万语。他们的目光又投注在人群的中心，英俊的男人含笑举起酒杯，对于各种方式的敬酒来者不拒——跟对一个好领导是多么重要，没有温总，就没有他们的今天。是温砚一手带领着他们，开辟出一个崭新的世界。

而温砚作为全场舆论的焦点，此时的心情也并非三言两语能够概括的。他不知喝了多少酒，看着眼前一张张笑颜，他的思绪有些飘飘然。

纪汀挽着他的手臂，唇畔一直挂着灿烂的笑意。她看到在一旁乖乖地坐着的温兮语，便眨眼笑着招了招手："兮兮，过来。"

小姑娘站起来，睁着大眼睛，嗓音清脆："嫂子。"

温兮语是温砚的堂妹。近两年温砚和温伯承有了商业上的往来之后，连带着跟对方的女儿也亲近了些，这次庆功宴还特意叫上了她。

小姑娘跑到纪汀的身边，亲昵地挽住她的手臂，吐了吐舌头："这阵仗好大啊！"她转而看向温砚，"我哥哥可真厉害！"

温砚笑着摸了摸她的头："别一个人坐在那儿了，跟着哥哥姐姐到处走走。"

"好啊！"

今天的庆功宴一直持续到很晚。

深圳湾一号的顶级豪宅里静悄悄的，直至夜深，玄关处倾泻出一束光。两个影子依偎在一起，被头顶的吊灯映射在大理石瓷砖上，拉得很长很长。

温砚刚一进门就坐在了地上，拒绝再移动："糖糖，我头好晕。"

在庆功宴上，他确实喝了不少酒，如今能坚持到回家已属不易。

纪汀关了门，温声道："那我给你去弄点蜂蜜水。"

男人单膝屈起，眼神涣散，他看了她一眼，没说话。

她就权当他默认，径直走开，从冰箱里拿出蜂蜜往温水里泡了两勺。还没等搅匀蜂蜜水，她就听见客厅里传来“乒乒乓乓”的声响。

“我老婆呢？！老婆！”

她三两步地跑出去，愕然地看着温砚半跪在地上，他在鞋柜里找来找去：“糖糖，你在哪儿啊？”

许久没见过他喝醉的模样，纪汀感到一种久违的快乐。她憋住笑，站在墙边端详他。

温砚找不见人，有些懊丧地坐回原地，茫然地看着自己空空如也的双手。他颦起俊逸的眉峰，还是想不通为什么老婆突然没了。他很快掏出自己的手机，开始拨号。

纪汀原本都要去拿手机了，但突然发现温砚并非是打电话给自己。

电话接通，男人的语气很严肃，他开门见山地问：“我老婆呢？”

纪琛在那边都快睡着了，陡然被吵醒，愤怒道：“你老婆你来问我？！”

温砚静了两秒钟，有理有据地说：“她是你妹妹，所以来问你。”

纪琛清醒了一点，这才觉出不对：“你是不是喝多了？今天敲钟你不是和她在一起吗？”

“是吗？”温砚动了动眼睛，“好像是，但是她不见了。”

纪琛皱眉，却没觉得事态有多么严重：“不见了？一好端端的大活人不见了？她肯定是和你一起回去的，你给她打个电话。”

“哦。”温砚缓缓地挂了电话，又开始拨号。

纪汀心想这回应该是打电话给自己了，结果等了半天，他依旧不是打给她的。

方泽宇本来抱着田佳慧睡得好好的，这一下被吵醒了也不敢声张，起身走到阳台上，捂着电话咬牙问：“老哥，你敢不敢再晚点打过来？！”

“兄弟，你看到我老婆了吗？”

方泽宇愣了半晌，凝滞的思维才开始流动，他有些不敢置信：“你老婆你来问我？！要真在我这儿岂不是出大问题了？”

“哦，也是。”醉酒的人的逻辑链条真的很奇怪，温砚表示认可后还不忘回踩他一把，“我老婆才看不上你，不可能在你那里。”

“……”方泽宇忍着把手机摔下阳台的冲动，“你到底喝了多少？！”

“我不知道。我现在确实不太舒服。”温砚说，“但是我记得我是和她一起回家的，然后她突然一下就不见了。”

方泽宇深吸了口气：“不是，那肯定是在家里，她总不可能半夜三更的还出去吧？”

温砚想了想：“你说得有道理。”

方泽宇说：“我要睡了，拜拜。”

纪汀在原地等待了许久，终于等到男人给她打电话。她突然想看看——要是她真不接电话，他会是什么反应。纪汀把手机调成静音，任由来电显示不停地闪烁。

温砚起先还算镇定，后来神情越发焦急，他明显坐立不安起来。通话由于等待时间过长自动挂断，他不甘心似的，又打了一通电话，依然没人接。

温砚垂下眸，机械地重复着拨打的动作。听筒里“嘟嘟嘟”的忙音刺痛着他的神经，过了很久，温砚终于放下手机，不再尝试。他沉默地坐在玄关处，脊背靠在冰冷但价值连城的翡翠雕像上，半个身体都陷落在阴影中。

纪汀根本看不得他这个模样，赶紧走过去，蹲下身子：“阿砚。”

温砚的身体一震，他抬起眼睑，纪汀这才发现他眸中浮动着微弱的光。他哭了——只是因为他一时没找见她。她不知该怎样形容自己那一瞬间的心情，只觉得心脏好软好软又宛如千斤重，她也想跟着流泪。

温砚突然倾身过来抱住她，声音沙哑：“你去哪儿了？”

纪汀摸了摸他的头发：“我去给你泡蜂蜜水了。”

“哦。”温砚颤了颤睫毛，埋首在她的颈窝处，低声道，“我刚刚找你找得好辛苦。”他语气里有点撒娇的意味，又带着委屈，他像个孩子一样，哪里还像白天那个俊朗的大企业家呢?

“嗯，我在这儿，哪儿也没去。”纪汀亲了亲他的眼睛，鼻尖微微地泛酸，半晌，她扯出一个笑，“我去给你拿蜂蜜水？喝了之后会舒服一点。”

谁知温砚对此很抗拒，一把拉住她：“别走！”他目光恳求，“我给你背招股说明书摘要好不好？别离开我……”

本来气氛还有点煽情，结果这下搞得纪汀“扑哧”一声，她破涕为笑，他太可爱了。

她故作严肃地说：“不好。”

男人垂下脑袋，有些失落地“哦”了一声。

纪汀喜欢极了他这副一反常态的模样，目光狡黠地抿着笑：“我要听 MM 定理。”

温砚立刻眉开眼笑：“好。”

大概没有人知道金融在他们生命中的烙印有多么深。DCF 是他们相识相恋的开端，CAPM 则是他们的定情信物——虽然那是未宣之于口的誓言，但就是在那天晚上，两个人确认了要和对方共度一生。而现在，MM 定理见证了他们的辉煌鼎盛和对彼此浓厚的爱恋。

“在完美资本市场的假设下，企业价值就是它未来现金流的折现，与资本结构无关。同时，有杠杆股权成本等于无杠杆股权成本加上债的溢价与 D/E 比率的乘积……”

温砚看着她，很听话地逐字逐句背诵，末了还自证道：“你看，我一直都记得的。”

纪汀笑道：“我知道你一直记得，我老公最棒了。”

温砚勾起唇，颇为自得：“那你肯定很爱我。”

纪汀差点没笑昏过去：“是是是，我爱你，我最爱你。”

“我也最爱你，而且只爱你。”温砚按住她的后脑勺儿，葡萄酒的香气逐渐入侵她的唇舌，她品尝着交缠在舌尖的香气。

纪汀逐渐软倒在他的怀里，被这种温暖的气息包裹着，感到无比安心。

屋内安静得不像话，她抬起头，二人无言地凝视着对方。温砚似乎有很多话想说，最后千言万语只化成一句：“糖糖，我们的公司上市了。”

纪汀敛了笑，静了下来：“嗯。”

他扣住她的手，黑眸似波光粼粼的水面：“我说过要赚钱养你，给你最好的一切。我做到了。”

纪汀眨了眨眼，竭力遏制流泪的冲动。她想说，其实他早就做到了。她和他在一起，就是最好的一切了。

黑暗中，男人的双眼熠熠生辉，纪汀凑上前去，眸光亮得像钻石：“是啊，你做到了。”她摩挲着他的脸，忽然露出一个俏皮的笑容，“我也兑现了我的承诺。”

温砚问：“嗯？”

“我答应过你，给你一个家。”纪汀低语。

温砚看着她昳丽的容颜，目光顺着她嫩白的手指落在她平坦的腹部，神色从最初的怔怔变为震惊。

“糖糖……”喉头哽住，他微微地张了张嘴，却一个字都说不出来，片刻后他颤抖着将手覆在她的手背上。

纪汀笑道：“这是上天赠予我们的礼物。”

温砚的喉结滚了滚，他只觉得嗓子涩得发紧：“什么时候……”

“前天发现的，看你一直在忙，就没告诉你。”

开口的瞬间，纪汀看见一颗晶莹的液体从空中滴落，它落在二人十指相扣的手上，带来温热的触觉。

温砚侧了侧脸，低垂着眼睫，连身体都有些发抖：“糖糖，谢谢你，我好开心……谢谢你……”男人不顾自己的失态，不断哽咽地重复着。

纪汀同样眼含热泪，不说话，只是抿着唇浅浅地笑。

玄关处，借着珍珠粉般的月光，两个影子蜷在地上紧紧地相拥。

温砚亲了亲纪汀的额头，又小心翼翼地俯下身，隔着一层薄软的布料，在她的腹部落下虔诚的一吻。半晌，他哑着嗓子问：“我……能做一个好爸爸吗？”

他能够让自己的孩子不重蹈覆辙，有一个幸福的未来吗？童年那种淡薄的亲情会不会潜移默化地影响他……

“当然。”纪汀用温软的声音拉回了温砚的思绪，深情地注视着他，“相信我，你会是天底下最好最好的爸爸。”

第十八章
此生如一

纪汀怀孕之后，就成为全家老少满心满眼的关注对象。她不能吃冰凉的、辛辣的食物，不能做剧烈运动，走到哪儿都怕磕着碰着——只要她一回头，就能看到自家老公以及爸爸妈妈小心翼翼地注视着她的目光，他们甚至还想要搀扶她过马路。

过了十几天，纪汀实在忍不住了，抗议："如果要这样持续九个月，我就不生了！"她太憋屈了！实在太憋屈了！这也不行，那也不准，整个人生都不快乐，没有意义了！

而且她怀孕后，温存肯定也是不行了，头三个月是最危险的，必须谨慎小心万分注意。可是越是不能做，纪汀就越想做，每天温砚一回家她就眼巴巴地抬头看他，什么话也不说，一双大眼睛湿漉漉的，像被水浸过一般。

男人被她勾得心痒，这对她来说是束缚，对他又何尝不是一种禁锢？更要命的是，她还总是不自知地撩拨他，想叫他丢弃理智，欺身狠狠地压上去，把她要得说不出话了才好。但他一想到现实的状况，就无可奈何地把心里涌动着的欲望压了回去。

当老板就是好，随时都可以做甩手掌柜。纪汀自打怀孕就休假在家，开始了“咸鱼”般躺平、被好生供养着的舒适的生活。

不过这段时间于她而言也不是完全舒心，纪汀开始频繁地孕吐，睡觉也总不踏实。再加上她有踢被子的情况，在夜里总觉得冷。她迷迷糊糊地从床的一边挪向另一边，窝进一个温暖舒适的怀抱。纪汀也不知自己抱着什么，觉得那儿像一个大型暖炉，于是吧唧吧唧小嘴，依恋地蹭了蹭对方。

而被她抱着不撒手的“大型暖炉”就没有那么闲适了，他的怀中是温香软玉，她身上散发着甜甜的奶味，还不安分地蹭来蹭去。这就算了，偏偏他还不能动，只能直挺挺地躺着，任由某处潮起又潮落。

整整一夜，温砚睁着眼睛想，原来日出是这个样子的啊，真美。

第二天一早，纪汀伸了个懒腰起床，觉得自己睡得很香甜，精神格外饱满，窗外的阳光也格外灿烂。她不经意地一转头，讶异的话语脱口而出：“阿砚，你怎么了？没睡好吗？”

是的，尽管挂着两个大大的黑眼圈也不影响他的英俊和帅气，但眼前的这一幕还是莫名地有喜感，纪汀没忍住笑出了声。然后……男人幽幽地说：“宝贝，我记住了。”

他记住什么了？嗯嗯嗯？！

到了晚上纪汀就知道这人到底记住什么了——蓄意引诱的人变成了他，温砚把她圈在怀中，舌尖轻巧地卷过，像吃糖似的反复流转，让她欲罢不能、越发沉沦。

他太会亲了，纪汀不一会儿就浑身酥软，捂着自己的肚子只恨为何不能把孩子直接一屁股打出来。啧，打出来是不可能了，不过……她感觉他好像尽心尽力得过了分？

她知道这人是个奸商，果不其然，体贴有加地为她服务过之后，温砚温柔地笑着握住了她的手腕，神情蛊惑又撩人。他轻轻地舔舐了一下她的耳朵，嗓音低哑含笑：“是不是该我了，嗯？”

纪汀为难地说：“可是你……”

瞧出她的不情愿，男人抬了一下眼睑，眸色黯沉：“嗯，怎么？”

“你太久了。”她实话实说。

片刻的安静后。“谢谢。”温砚微微一笑，吻了吻小姑娘软乎乎的脸颊，“不过这并不是你逃避的理由，宝贝。”

于是第二天早上，纪汀收获了大腿上一块破皮的肌肤和一条废掉的手臂——他果然是经济管理学院毕业的，把所付出的连本带息地讨了回来。

对于孩子是男是女这件事，纪汀实际上没有偏好——男孩和女孩都有各自可爱的地方，就让老天爷随机给吧，反正一切都是最好的安排。可谁知，产检的结果还是给了她和温砚天大的惊喜——她怀的竟然是超级难得的龙凤胎！

人生最幸福之事不过是事业有成、爱人在侧、儿女双全，他们三项都占全了，实在是美哉。

纪汀本以为自己知道结果的时候已经表现得很激动了，谁知道纪琛更绝——他拿着产检报告，一溜烟儿地跑到医院门口："啊啊啊我要当舅舅啦！我有超级可爱的外甥和外甥女啦！"

大舅子这一声吼，搞得全世界都知道了——#温糖龙凤胎#喜提热搜，一路冲上榜首。

不久之后，温砚在一向只有商业观点的、官方得不能再官方的微博上发出了一张照片——他与小姑娘十指相扣，笑意之中尽是恩爱甜蜜，配文是两颗心中间夹着两个可爱的小人儿，小人儿正好是一男一女。

一时之间，祝福的、羡慕的、期待的声音不绝于耳。评论：

我来嗑糖了！啊啊啊啊啊啊果然是神仙爱情啊。

感觉温糖夫妇比娱乐圈的恋爱真人秀好嗑多了！怎么那么甜哪？啊，我死了。呜呜呜呜呜呜呜呜！

天哪！儿子女儿一下子都有了，汀宝真的好幸福啊，要一直幸福下去[拥抱]。

啊啊啊恭喜温总啊啊啊啊，要当爸爸了！

这么好的基因生出来的小孩颜值肯定也是超级超级优越的吧，啊啊啊迫不及待想看崽子长啥样了！

臣附议！

…………

纪汀怀孕四五个月的时候，两个人终于彻底解放了——医生温柔地告知他们，可以同房，但是要注意分寸。

纪汀从未如此怀念温存的感觉，他们两个之间根本不需要言语，有时候一个眼神、一个动作就能明白对方的意思。但温砚到底是顾及纪汀的身体状况，每次都格外温柔，极其照顾她的感受和体验。

某天晚上他们温存过后，纪汀躺在男人的臂弯里小憩——她怀孕之后就格外嗜睡，好像要把之前熬过的夜全部补回来似的。

每天睡前都有半小时的古典音乐欣赏时间，据说这样能促进宝宝的发育和生长，更能提升宝宝的艺术审美能力。今天播放的是李斯特的《大海》，悠扬的曲调四溢于室内，带给人一种平静舒适的感觉。远帆从海平面上扬起，晚风柔和地吹过，月色从树梢滑落，岁月静好。

纪汀跟着曲调轻轻地哼唱，嗅到男人身上清冽的气息，竟也觉得格外享受，怀孕所带来的不适仿佛全部消弭了。忽然，她的眉心跳了一下："阿砚——"

"怎么了？"男人倏忽睁开了眼，神色有点紧张，"哪里不舒服吗？"

"没有，你快摸，宝宝刚刚好像踢我了！"纪汀拉过温砚的手放在自己的腹部，眼神亮得发光，"你摸摸，是不是？"

温砚认真地感受了一下，却没发现有什么动静，正想开口，柔软的肚皮就动了一下。

这种经历对他来说是无比新奇的，男人颤了颤睫毛，俯下身去，将脸贴在纪汀微微凸起的腹部上——他似乎能听到心脏跳动的声音，那声音每一下都非常清晰。这里孕育着可爱的小生命，两个小生命是他们爱情的结晶。

这个认知让温砚心中充盈，他微勾了勾嘴角，闭着眼亲吻纪汀的侧脸："嗯，是啊，宝宝在和我们打招呼呢。"

他们初为人父母，现下所经历的一切都是新鲜的、从未尝试过的，虽然从怀孕到生产期间会面临许多挑战，但纪汀无比期待孩子出生的那一天——她和阿砚哥哥的孩子一定是超级可爱的小天使。

到了七八个月的时候，纪汀的肚子明显大了，她单手撑着腰在院子里走来走去，下午的时候出来晒晒太阳，什么也不干，就这样过完一天，然后临睡前看一眼启宴上涨的股价——嗯，又赚了一个亿，然后她心满意足地入睡，明天起来继续做条"咸鱼"。

纪汀离预产期还有一个月的时候，温砚也不去公司上班了，直接在家里的书房办公，纪汀有什么情况他也能随时知晓。他对产前注意事项熟读成诵，已经早早地就安排好了接产大夫和护士以及医院的一条龙服务，就等着孩子降生的那一天。

除此之外，纪汀每天的起居饮食温砚都要亲自操持，一日三餐都由他严格把控，家里的用人没事干，只好戳在门外，等候老板发号施令。

有些女性怀孕期间会水肿，纪汀不算特别明显的那一类型，但她明显地感觉到自己的身体也是有类似的变化的。她每天一照镜子就觉得自己的小腿又粗了，顿时哼哼唧唧地噘嘴："好丑……"

温砚坐在床沿给她捏腿，边捏还边笑着亲她嫩白的脚背："我老婆永远是最漂亮的。"

他很会讲这些甜言蜜语，纪汀觉得受用，忽然想起了第一次见他的时候，男人身姿挺拔，侧颜清俊，唇边笑意温和，却带着十足的距离感——如今那些生疏早已化为齑粉，他与她亲密无间又毫无保留。因为爱上了他，所以她变得很勇敢，那些未曾经历过的恐惧也不足入眼。

纪汀越是临近产期，温砚越小心谨慎，最后连手机都不让纪汀用了，她无奈之下只好读书。一星期下来，学生时代想阅读却没时间读的书都被她啃完了。纪汀转而攻向画画，本来就有点素描基础，请了老师在家里学了个两三天，基本上能画出简单生动的布面油画了。

预产日当天，一切风平浪静。纪汀提前两天入住医院，虽说她换了个地方，但本质上还是一如既往，有时候眼睛一闭一睁，好几个小时就过去了，因而羊水破的时候，她的感知还有点迟钝，她歪了歪头问："阿砚，床怎么好像湿了？"

男人静了一瞬，而后手一抖，他猛地起身去按铃。医生和护士本就随时待命，因此来得很快，有条不紊地操作。

纪汀靠在床头看着，总觉得温砚好像比自己还紧张——从刚刚开始，他就有些坐立不安，握着她的指尖也跟着发颤。纪汀微微用力地回握了他一下，男人似是有所感知般抬眸对上了她的眼。担忧、惶恐，许多种情绪他无法宣之于口，只轻声地唤道："宝贝……"

阵痛来得比预想中更难熬，羊水破是破了，但宫颈开得很慢。随着时间一分一秒地流逝，纪汀的脸色越来越苍白，一开始她还紧咬着嘴唇克制着，后来实在疼得忍不住了，破碎的呜咽从口中溢出来，刀子般戳在温砚的心窝上。

这种疼痛，他想要替她却替不了，他深深地感觉到自己的无能。他红着眼坐在原位，把手伸过去：“要是实在受不了，随你怎么咬。”他希望这样能分担她千分之一的痛苦。

可纪汀不愿。一个人已经很难熬了，还拉着他做什么？她坚决地把温砚赶出了产房，让他在外头等着，不要让他再看见自己这个样子。

男人沉默地立于产房门外，第一次体会到度秒如年是什么感受。时针一圈一圈地转着，他的小姑娘却还不出来，他的心像是吊在了高高的悬崖边，随时可能坠落。好几次他想生生地闯进产房，却又控制住自己，焦急不安地在外面来回踱步。

纪仁亮、苏悦容和纪琛也早早地就到了，此刻就坐在产房外候着。苏悦容是过来人，知道这也算是比较正常的情况，抓住温砚的手安抚：“小砚你放心，汀汀不会有事的。”

这话像一颗定心丸，温砚抿着唇，在她的身边坐了下来：“嗯，我知道的，妈。”

纪琛探头过来，拍了拍他的肩。兄弟之间什么都不必多说，一切尽在不言中。

不知等了多久，温砚觉得那门都快被自己盯出一个洞了，绿灯亮了起来。医生步伐闲适地走了出来：“一儿一女，大人和孩子状况都很良好。”

温砚这才恍惚地发觉自己出了一身冷汗，喘了几口气，冲进产房。他没看一眼护士手上的孩子，径自去找寻自己的小姑娘。

男人俯下身，小心翼翼地亲吻已经累得陷入熟睡的女孩，护士看着他的神情，心里默默地想：恐怕这位先生是爱惨了他的太太吧？

爱惨了太太的先生在太太睡着时，终于也能睡一个好觉了。他一觉起来，竟然已经下午一点钟了。他刚给纪汀倒了杯水，她就迷迷糊糊地睁开了眼。

“感觉怎么样？有没有哪里不舒服？”

纪汀望着他泛青的眼眶和带着胡楂的下颌，缓缓地定了定神，张了张嘴却什么话都没说。

温砚颦眉，紧张地握住她的手：“还疼吗？”

“咕噜”一声响起，很轻，却让纪汀霎时红了脸。她支吾着说：“我饿了。”纪汀强行解释，“可能是因为肚子空了，所以……”

温砚愣了好一会儿，唇边才慢慢地勾出笑意：“这就给你拿饭。”

怀孕的时候她总是吃什么都没胃口，生完之后她简直吃嘛嘛香，纪汀觉得她甚至还能再来一顿。纪汀捂着肚皮瘫在床上幸福地打嗝，这才想起有两个嗷嗷待哺的小家伙。

“阿砚，你看过孩子了吗？好不好看？”

“嗯，很好看。”温砚弯唇，将她搂入怀中。他抚着她被汗打湿的发端，情不自禁地低头亲了亲她。

纪汀听到这个回答之后，满意了。然而听到满意回答的纪汀见过孩子之后，被结结实实地丑到了——孩子与她想象中的大相径庭，实在谈不上好看，像小猴子一样，全身通红，丑兮兮的，眼睛还未睁开，眯成一条细细的缝。

但是……纪汀长久地凝视着两个襁褓中的小宝贝，忽而感觉心中最柔软的地方被牵动了一下。他们的脸颊软乎乎的，当她靠近时，他们会不自知地紧握住她的食指，全心全意地依恋着她……

纪汀觉得这是比自己的生命还珍贵的两个孩子。她真的真的好爱他们。

取名环节永远是痛并快乐着的环节。作为外公外婆，纪父纪母是非常看重孩子的名字的——名字要有文化，要不落俗套，还要符合五行八卦自然理义。一本《新华字典》被来回地翻，二人每天都在思考和比对各种字音字形，甚至还找了“高人”掐算了一下，金木水火土，缺啥补啥。

纪汀倒觉得大可不必，问温砚有没有什么好想法。男人斟酌片刻，不怎么正经地翘了翘桃花眼，唇边扬起一抹促狭的笑：“温艾糖？温艾亭？”

纪汀无语，心想这样的话孩子长大了可能会打死我们。她娇嗔：“哎呀我认真的啦，老公。”

“我也是认真的。”温砚低笑着捏了捏她的脸，亲昵地埋首去蹭她的鼻尖，撒娇似的说，“我就是很爱你啊。”

夫妻俩起名字起着起着又滚到了床上，纪汀中途忽然又想起这事，挣扎着咕哝：“名字……”

男人哑声道：“宝宝，专心。”

于是这问题不得不被迫搁置。

第二天早上阳光正好，纪汀懒懒地在温砚的怀中醒来。窗外碎金般的暖色日光洒进来，温暖充盈着整个房间——只要想到明天早上起床第一眼看到的是阳光和他，她就觉得余生充满幸福。

她后来在男人的微博上看到这句话，当时颇为感动，也百感交集。她现在想来仍是非常感动。她突然叫道："阿砚。"

温砚闭着眼应了一声，亲亲她的头："怎么了宝贝？"

"不如，"纪汀道，"我们的孩子就叫温黎和温灿吧。"

黎明灿烂，爸爸妈妈也希望他们能够拥有非常美好的明天，希望有人也能像爸爸妈妈一样去爱他们。

温黎，温灿。纪仁亮和苏悦容听到这个提议的时候，也认为寓意很好，没有发表任何异议。至此，全家上下一致通过，这对孩子的名字就这么定下了。

都说孩子越大越不省心，果然如此。

两个奶胖子在襁褓之中安安静静的，到了快一岁的时候就开始闹腾，"咿咿呀呀"地要哄要抱，一旦有屁大点的事情不如意就哇哇大哭，纪汀刚哄完这个，那个又不开心了，小脸一垮，小嘴一噘就开始哭。

纪汀无奈，自己生的孩子，还能怎么办——养着呗！

黎宝和灿宝满一周岁的时候，温砚和纪汀邀请业界的不少好友来参加他俩的一周岁生日宴。

两个奶团子正是最可爱的时候，刚出生时皱巴巴的小脸长开了，皮肤越发水灵白嫩，似乎能掐得出水来。两只大大的眼睛跟黑葡萄似的清澈透亮，他们仰头望着大人时，卷翘的睫毛扑闪扑闪的像蝶翼，他们简直就是迷你版的洋娃娃。

田佳慧和邢予羡这种"阿姨辈"被两个小儿萌得心肝都要化了，撑着下巴，眼睛一眨不眨地看着他们，她们似乎能一动不动地看上几小时。

来来往往的宾客也颇为感叹，满含笑意地献上祝福。

纪汀和温砚商量了一下，还是决定在宴会上设置一个抓周环节。

大大的圆形旋转玻璃盘上放着十样东西，纪汀先把一号选手奶胖子黎宝放在桌上，然后轻拍他的小屁股："宝贝，去吧。"

黎宝很骄傲地环视一圈，然后轻轻地歪了一下脑袋，好似在思考到底该选哪个。

纪汀和温砚目光含笑地注视着软萌萌的小宝贝。

其实一个孩子的成长真的很快，每一点细微的变化都让他们感动又惊喜——孩子从两个月时能发喉音、三个多月时开始会笑、六个月时发单音，到九个月时叫了第一声妈妈、十二个月时叫了第一声爸爸，再到如今，纪汀感觉时光真是在眨眼间飞逝。

说来神奇，两个孩子是一起开口叫妈妈的。彼时纪汀正在陪他们玩小熊玩偶，灿宝睁着大眼睛，“咿咿呀呀”地似乎想要表达什么。她扬起小萝卜头似的短手指，做出一个要抱的姿势，口里含糊地嚷着：“ma……ma ma。”

纪汀那一瞬间都呆了，张了张嘴，小心翼翼地柔声问：“灿宝，你……你刚刚说什么？”

可小孩子的“ma ma”很珍贵，她紧紧地闭上嘴不再说了。

纪汀正怅然若失，后悔没听得更仔细些，身后又响起一声“ma ma”。黎宝手脚并用地爬上了她的膝盖，找了个舒服的姿势趴下了。

一瞬间，眼眶聚集起雾，纪汀喜极而泣——没有人会比一个母亲更清楚，孩子的第一声“妈妈”对她们来说有多重要。

她的思绪又回到眼前的抓周上。

黎宝审视一遍，开始朝某样东西爬过去。那是支鹅毫毛笔，纪汀心想——难道他以后要做个大书法家了？谁知黎宝转了个弯，轻轻松松地绕过了它，然后向着旁边的 CD 进发。纪汀的嘴角欲扬——写写歌做做音乐也不错。然而，这 CD 仍旧没有获得黎宝的青睐，他又换了个方向，爬向一旁的算盘。纪汀几乎要拍手叫好——去搞金融就算继承家业了，有她和温砚在前头带路，根本不用担心了！

但是，第 N 次欺骗母亲大人的感情后，黎宝回到了原来的 C 位，一脸恬静舒适的表情。

纪汀无语，从齿缝里憋出一句话：“有没有人说过孩子啥都不选是什么意思？”

温砚失笑着安慰她：“宝贝，你先别急，有可能黎宝想要的东西并不在桌上。”

那……还有啥啊？纪汀说：“大家有什么都拿过来！”

众人应下，各种各样的物件被呈上来——尺子、书、印章、调羹……

黎宝的大眼睛“骨碌碌”地转着，他忽然笑了一下，朝着某处奋力地爬去，显然已经有了目标。于是，大家眼见温黎小朋友……一屁股坐在了一台笔记本电脑上面。

台下的人窃窃私语起来：“电脑？代表以后会很喜欢玩游戏？”

“不是吧，可能想搞电竞吧？”

有人一语点破：“是以后想学计算机专业吧。”

“计算机好啊，计算机多火啊现在，以后肯定会有出息的——”

纪汀松了一口气——计算机也很不错啊，她小妹温兮语就是做这个的，虽说码代码辛苦了点，但是在这个行业，真正的技术是很被器重的。

于是一号选手完美退场，二号选手奶胖子灿宝被放到了桌上。

灿宝更加活泼，没一会儿就这儿看看、那儿摸摸，很快锁定了目标。她必然是很喜欢那件东西了，因为那狡黠的眼睛里都快发出光了——只见灿宝手脚并用，越爬越快，最后一头扑了过去。

众人一看，傻眼了——灿宝这一扑可不得了，她直接下桌，扑到徐家少爷身上了。

年仅七岁的徐闻煜面对这种情况手足无措，慌忙地去看自己的母亲——徐太太眼含鼓励地望着他。心中镇定了些，他转而注视着怀里的小妹妹。

灿宝“咿咿呀呀”的，两只水灵灵的大眼睛望着小徐少爷，眼珠子一转，她开始“咯咯咯”地笑起来。她是极可爱的，因为还小，身上肉乎乎的，抱起来手感很好。这一咧嘴，黑葡萄似的眼睛弯成了月牙儿，甜得沁人心脾。

徐闻煜垂眸凝视着她，有些怔怔然。半晌，他伸出手，轻轻地捏了捏小包子软乎乎的脸颊。

灿宝继开口叫爸爸妈妈和外公外婆之后，新近学会的字是“yu”。

徐太太因为和纪汀关系好，经常带着徐闻煜过来探望他们。大人们在花园里喝茶聊天，就只留下徐闻煜和两个小奶胖子面面相觑。两个用人站在一旁，显然并不打算介入他们。

“你是哥哥，多带着弟弟妹妹一起玩。”临走时母亲这样叮嘱他。

徐闻煜面无表情地看着他们在地上爬来爬去，心里有一串省略号飘了过去。怎么……玩？他无语凝噎。

黎宝对新来者表现出了微乎其微的兴趣，撅着屁股背对着徐闻煜，自顾自地搭起了软体积木。

他不理自己，徐闻煜倒还松了口气，无视了在另外一边打滚的灿宝，抬起头打量起温家的客厅。客厅的风格简约大气，只不过因为养了孩子，温砚和纪汀在偌大的区域中间开辟了一个专属“儿童区”，铺好了颜色不一的软垫。

沙发的扶手上摆放着两本《经济学人》的杂志，徐闻煜百无聊赖，拿了一本杂志，坐在软垫上看。

空旷的客厅内除了玩具碰撞的声音以及两个孩子发出的不知所云的“咿呀”声外，就是书页偶尔被翻动的“哗啦”声。

看着看着，徐闻煜突然觉得腿上一沉——刚刚还在远处自己玩球的灿宝不知什么时候爬过来了，软乎乎的上半身趴在他的膝盖上。小短手揪着他的裤腿，一双亮晶晶的大眼睛望着他。

徐闻煜呆怔了一下，移开手中的杂志，颦眉低头看她——这是一幅和周岁宴上一样棘手的情景。他没有弟弟妹妹，因而根本不知该如何与小孩相处。

徐闻煜想了想，把书放在旁边的地毯上，然后双手穿过灿宝的腋窝，他把奶胖子整个儿提了起来。小小的身子有点沉，徐闻煜确认自己抱稳她之后，便站起来，走到六七米开外，把她放了下来。而后他又回到原位，专心地看书。

然而，五分钟后，他的膝盖再度一沉。那双眼睛是那么熟悉，竟被他看出一丝狡黠的意味。

徐闻煜无语，闭了闭眼，把人再度抱起来，这回把她放到了她哥哥黎宝的身边，徐闻煜还把所有的软积木都移到了灿宝的面前。

小孩子仰头望他，神情似乎有点疑惑，他干咳一声："你……你就在这儿玩，哪儿也不要去，听到没有？"

徐闻煜说完就走开了，那本杂志每次都是没翻两页就被打断，他也没什么心思继续看它了，把书放回原位，看着窗外的小花园发呆。

妈妈和纪阿姨聊得开心，两个人脸上含笑，表情生动。

徐闻煜垂眸——爸爸总是太忙，三天两头地不着家，妈妈能找到一个谈得来的知心朋友，倒也挺好。他正出神地想着，怀里明显又多了个什么……呼。

不知道第多少次，他低头去看自己的腿上那个执着的小东西，半晌，妥协般叹了口气："你喜欢的话，就待在这儿吧。"

徐闻煜不想管她，目光仍注视着窗外。但是灿宝的存在感太强，她这儿扭扭那儿动动，似乎嫌弃自己不在C位，便晃着身子继续往上爬。

隔着薄薄的一层布料，这不安分的操作弄得徐闻煜有点痒，他深吸一口气，认命般地将她抱了上来，给她找了个绝佳的歇脚地。

于是徐太太和纪汀进屋看到的就是这样一幅景象——黎宝一个人坐在不远处搭积木，阳光洒进室内，灿宝趴在徐闻煜的怀里睡着了，一副岁月静好的模样。

纪汀对此着实有些惊讶——平常灿宝有多调皮她是知道的，灿宝满脑子都是古灵精怪的点子，居然能被徐闻煜哄得睡了。

"小煜辛苦了。"纪汀柔声道谢，想把灿宝抱回她自己的小床上，谁知刚一动作，小家伙就醒了，"咿咿呀呀"地抓着徐闻煜的胳膊不肯撒手。纪汀看着看着就笑了，扭头对徐太太说："看来灿宝很喜欢我们小煜呢。"

徐太太打心底喜欢这两个水灵灵的孩子，闻言也弯唇。

纪汀复而蹲下来，笑眯眯地问："灿宝，你是不是喜欢你煜哥哥啊？"

小家伙眨了眨眼睛，看了看妈妈，又抬眸眼巴巴地看了一眼垂眸不语的漂亮哥哥。

徐太太笑道："小煜，向妹妹介绍一下你自己。"

跟这么小的孩子有什么可说的？徐闻煜腹诽，但到底没有忤逆长辈的意思。他快速地瞥了灿宝一下，略有些不自在地说道："我是徐闻煜。"

小孩一两岁时正是开口说话的黄金时期，医生建议大人最好能不断地与他们交流，促使他们学字音。纪汀说："灿宝，哥哥的名字里有个'煜'字。"

过了半晌，灿宝没动静，纪汀也就站起身。

不多时温砚回来了，几个人又在客厅里攀谈了一阵，少顷，纪汀对徐太太笑："时间也不早了，亲爱的，你们就先回去吧。"

"yu yu——"角落里突然传来一声弱弱的奶音。

众人皆是一愣，过了好几秒钟才反应过来声音来自何处。

灿宝趴在徐闻煜的腹部，嘟着樱桃似的小嘴："yu……"她的声音软糯糯的，小胖手按在他的胸口，粉嫩饱满的唇珠噘起来，"鱼鱼——"

她是在叫徐闻煜。只听过两遍字音，灿宝竟学会叫人了。

徐太太捂着嘴讶异不已，她本就喜欢小孩子，此时心情有点激动，好像见证了自家女儿的成长一般。

“鱼鱼……”小团子还在“咿咿呀呀”地唤着。

徐闻煜被她抱了个满怀，忽然有些不知所措起来。

温黎和温灿这对双胞胎长到四五岁的时候，身上就有爸爸妈妈的影子了。

灿儿她妈是个撒娇精，因此灿儿也全套继承了妈妈的天赋——她从小就特别会讨人喜欢，长辈只要一见到她，那绝对是走不动路了。她对着纪仁亮奶声奶气地说“哎呀外公,你怎么这么厉害啊？又会经营公司还会品鉴艺术……”

纪仁亮说：“哎哟小宝，外公爱你！”

她对着苏悦容可劲儿地撒娇：“外婆，你是世界上最美丽的女人，我的洋娃娃都送给你好不好？”

苏悦容说：“灿宝，过来外婆抱！”

她对着田佳慧拼命地卖萌：“干妈，你这件衣服真漂亮啊，比灿儿所有的衣服都好看！”

田佳慧说：“等着！干妈给你买！”

相较之下，哥哥就稳重而寡言，看见妹妹凭借三寸不烂之舌哄得长辈给买了双倍的零食也无动于衷，自顾自地读着爸爸书柜里的那些难懂的商业报刊。

舅舅纪琛有时候会瞪着眼睛问他：“小不点，这玩意儿你看得懂吗？”

温黎高深莫测地抬眸看他一眼，又低头看书……废话，当然看不懂，他又不是爱因斯坦。他只是不想和“叽叽喳喳”的妹妹一起玩而已。但是眼前的舅舅好像还要更吵一点，舅舅见他一个人在这儿，怕他寂寞，就总是凑过来跟他说话。

温黎脑壳疼，索性合上了书，奶声奶气又神气地问：“舅舅，你要带我一起玩吗？”

嗯，也不是不行，纪琛问：“你知道《王者 ××》吗？”

温黎问：“是一款游戏吗？”

“对，舅舅带你打游戏好不好？”

温黎想了想，点头："也行。"

一大一小坐在家里的真皮沙发上，人手一部手机，纪琛介绍了整个游戏的不同角色，又手把手地教了他各种技能操作。温黎一开始还不太熟练，但很快有了进步。

纪汀回来一打开家门就看到这幅"舅慈甥孝"的场景，直接炸了："纪琛！你居然带坏我儿子玩游戏！我杀了你！"

舅舅被妈妈追得满院子跑，最后落荒而逃。在逃离的最后一秒钟，他朝温黎"暗送秋波"，那眼神的意思是——别担心，咱们维持地下友谊就好，舅舅还带你飞，不会抛弃你的。趁纪汀背过身去的时候，温黎淡定地比了个"OK"，表示收到。

晚上临睡前，纪汀和温砚谈起此事，恨恨地说："我哥真的好过分，要是黎宝对游戏上瘾了怎么办？这么小就让他接触这些东西，亏我还严控各种电子产品——"

温砚倒没有那么担心，摸摸纪汀的头："这件事还是要从源头疏通，在小时候就给黎黎说清楚对游戏上瘾的危害，让他养成自律的习惯。"他顿了顿，"不过我相信，我们的儿子不会有什么问题的。"

纪汀轻颦眉头，半晌也认可道："你说得对。"

一个月之后，纪汀发现，她实在是多虑了。

事情是这样的——纪琛给温黎"暗送秋波"之后，两个人私下里就开始联系组队上分。纪汀发现过一两次，试图阻止他们，也严肃地跟温黎说过道理，但没几天她发现自己儿子的号又开始活跃了。这小不点，到底是谁给他的手机啊？！

纪汀非常崩溃，在家庭聚餐的时候对着大家问了一通。结果——除了她和自家老公，每个人的脸上都浮现出了心虚之色。

纪汀满脸疑惑，没想到儿子也不简单。

然而，出乎纪汀意料的是，温黎玩游戏很快就消停了，她知道原因以后简直啼笑皆非——他学习能力非常强，记忆力也很好，不到一个月他就从青铜打到了王者，并且……碾压他舅舅。他舅舅又是一个幼稚鬼，一看情形不妙觉得没面子，很快就不带他一起玩了。

温黎淡淡地瞥了一眼纪琛——不玩就不玩，游戏有什么意思？

纪汀无言以对，心想：很好，他真有性格，不愧是她的儿子。

她刚为有性格的儿子操完了心，女儿这边的幼儿园班主任又打电话来了：“灿灿妈妈呀，灿灿一直站在学校门口，你们家的阿姨来接她也不走……”老师顿了一下，语气疑惑地说，“灿灿一直嚷嚷着要见什么鱼哥哥，也不知是谁？……”

纪汀一听，心下了然，叹了口气：“我知道了，拜托您先在那边看着灿宝，我一会儿过去。”

在开车前往幼儿园的途中，她拨通了徐太太的电话：“喂，阿苓，有个事可能得麻烦你一下……”

程苓很爽快地说：“你我之间有什么就直说，千万别客气。”

纪汀说：“是这样，我们家灿宝可能又想小煜了，现在赖在幼儿园门口不走，就想见小煜一面。”她无奈地说道，“这孩子，也是任性。”

“哦这样啊。”程苓沉吟片刻，答应道，“小煜现在在我车上呢，那我就直接开过去呗。”

“可以的话就太好了。”纪汀松了口气，感激地道了谢。

到了幼儿园以后，纪汀发现小家伙果然巴巴地等在门口，小家伙一手牵着保姆阿姨，一手牵着班主任老师，小小的身影竟有几分萧索的意味。她哭笑不得，走过去蹲下来，温柔地问道：“灿宝，怎么不回家啊？”

“妈妈！”灿宝松开身后二人的手，向前扑进了纪汀的怀抱。“灿灿想煜哥哥了，”她掰着手指头闷闷地说，“可是煜哥哥好久没来看我。”她樱桃小嘴噘得高高的，语气很是委屈。

纪汀有些心软，但还是强装严肃：“哥哥他很忙，不是总有时间来看你的，下次不可以这样胡闹了，知道吗？”她顿了顿，把声音放柔了些，“如果灿宝想哥哥的话，可以等有空的时候让妈妈带你去找哥哥啊。”

小家伙颇有些垂头丧气：“可是我也要上学，我也好忙的。”她平常都被关在学校里，根本出不去呜呜。

纪汀看她那幽怨的小模样，有点想笑但还是憋住了，拿起橡皮筋，给灿宝扎了两个雄赳赳气昂昂的小鬏鬏。

“嘀嘀——”喇叭声响起，不远处，少年从车上下来。他朝这边望了一眼，很快抬脚朝几个人的方位信步而来。

“灿灿。”少年的声音温和而沉稳。

他这么一唤，正发着小脾气的灿宝突然呆住了，向前走了几步，脆生生地叫:“哥哥！”确认来人真的是她的鱼鱼之后，灿宝迈开小短腿向徐闻煜跑去。快到的时候，她用脚蹬地，一跃而起，与此同时，少年也微弯下腰，然后稳稳当当地将小姑娘接进了自己的怀里。

灿宝眉开眼笑，搂紧徐闻煜的脖颈，奶声奶气地道：“哥哥，灿灿好想你啊！”

少年轻敛眉目，片刻后抬手拨了拨她头顶上可爱的小鬏鬏，很轻地勾了一下唇：“是吗？”

“是啊，哥哥你终于来看灿灿了，我好想你啊，你怎么不早些来看我——”小团子蹭着他的胸口，语气埋怨，声音却是欢喜而兴奋的。

徐闻煜抱着她软乎乎的身子，忽而心想——有这样一个妹妹，感觉似乎还不错。

没过几周就到了幼儿园大班的“家有儿女”运动会了，学校邀请家长和孩子共同参加运动会，让他们享受亲子之乐。

这所学校是贵族学校，来者非富即贵，温灿抱怨：“爸爸妈妈，我有好多朋友的爸爸妈妈都没时间来参加呢。”说完她满脸期待地问纪汀和温砚，“你们到时候会来吗？”

两个人每天的行程都安排得满满当当，他们自觉平日里已缺少对孩子的陪伴，有了这种具有纪念意义的活动自然不想缺席，于是点头道：“嗯，爸爸妈妈当然会来。”

“太好啦！”温灿欢呼一声，像一只雀跃的小鸟一样在院子里撒欢。

运动会当天，夫妻俩打扮成了运动风，带着萌娃靓宝出街。纵使见过太多的上流人士，幼儿园的老师们也不禁感叹这一家四口的颜值实在是高，他们走过去就像是一幅画似的，惹人眼球。

运动会有好几个项目，如“两人三足”“弹弹球”“跳皮筋”等运动，运动虽然很简单，但也很快就将气氛带至高点。大大小小的身影在运动场上跑着闹着，场中很是热闹。

纪汀和温砚手牵着手跟在两个孩子的后面跑着。太久没运动，纪汀很快就有些气喘吁吁，萌生出在一旁歇一会儿的心思。但很快她又想到，自己当年可是带领队伍拿了四人接力跑的团体第一名，无论如何也不能放弃，便咬着牙继续前进。最后，一家四口一起飞冲过终点线。

“第一名耶！”灿宝超级高兴，在爸爸妈妈和哥哥的身边蹦来蹦去，骄傲地挺起小胸脯，“我们好棒哟！”

“是啊，我们好棒啊，尤其是灿宝和黎宝，还带着爸爸妈妈跑，很厉害呢。”温砚含笑摸了摸两个孩子的脑袋。

纪汀凑过来，眼神狡黠地问：“那我呢？”

“你啊……”温砚刻意拉长了调子，望向她的目光温柔又缱绻，半晌，他低头在她的嘴角啄了一下，唇畔漾起笑，“你是我最厉害的宝贝了。”

哎哟羞羞！灿宝连忙用手捂住眼睛，过了一会儿又悄悄地张开指缝偷觑他们——只见爸爸和妈妈相拥在一起，彼此专注地凝视着对方，笑得很甜蜜。她的心里也像灌了蜜似的，过了会儿她轻轻地拉了拉爸爸的袖子：“爸爸妈妈可不可以也亲亲我和哥哥啊？”

夫妻俩愣了一下，又笑了。温砚和纪汀蹲下身来，在小宝贝们白嫩嫩的脸颊两边各自重重地亲了一下。

运动会结束后正好是个小长假，纪汀提议道：“好不容易有空，我想回学校看看。”她说的学校，自然是对二人有着重大意义的清华。

温砚弯唇点头：“好。”

真是光阴似箭、岁月如梭，二人时隔多年重回清华，竟也觉得好多人和事都不一样了。

经济管理学院建起了一栋新的教学楼，来来往往的商务人士昭示着这是一个国际化的学术殿堂。

紫荆园、听涛园等一众餐厅重新被修缮，看上去干净明亮，从很远就能闻到食物的香味。

学堂路西面的小土路如今已经整顿完毕，两旁种满了鲜花绿草……

但还有很多东西没变。

伟伦楼前面的石碑上刻着的“含弘光大”的印拓历久弥新，大厅内朱镕基院长的题字同样振奋人心——办成世界第一流的经济管理学院，愿与同仁共勉之。

大礼堂和二校门还是游客们的第一聚集地，日晷上的“行胜于言”影响着一代代学子。

紫荆操场到了晚上仍旧人声鼎沸，年轻的身影在上面奔跑跳跃，描绘着属于他们的青春色彩。

时间不早了，两个宝贝已经困了，纪汀和温砚便把他们交给了保姆阿姨照顾。他们手牵着手从 C 楼和紫荆操场之间的小路上走过，行至路灯下时，纪汀忽然停下了步伐。

“阿砚哥哥。”她露出一个小狐狸般的笑，“有件事想问问你。”

温砚已经很久没从她的嘴里听过“哥哥”这个称呼了，心中微动：“什么？”

“有个学长在追我，大三的，人不错，成绩也很好，是校团委干部，你希望我答应他吗？”

“……”温砚怔了一下，半晌轻垂眼眸笑了一声，伸出手，直接把人拉进了怀里，抱得很紧。

“不希望。”他声音低沉地说，“哥哥一点也不希望你答应别人。”他只想要她和他在一起。其实那时候，这句话才是他的心声啊。

纪汀抿着唇，甜甜地勾起嘴角，双臂搂住他的腰，她语笑嫣然：“嗯，那好吧，那我们就在一起吧。”

温砚闭上眼，温柔地亲了亲她的眼睛：“谢谢宝贝。”

她知道他回忆起这件事时总是感到遗憾，于是把它填补成这样一个完美的结局。

两个人肩挨着肩躺在紫荆操场上，仰望如水般柔和的月色。夜风拂过，带来了一阵花香。

半晌，纪汀像发现了新大陆似的：“阿砚，你看天上有星星！”

起先只有一颗星星，后来云层散开，更多的星星冒了出来，在墨色的天空中一闪一闪的，像钻石一样，漂亮极了。

温砚侧过身来，揽住纪汀的肩，在她的耳旁轻声地笑起来：“我们终于在紫荆操场一起看过星星了。”

暑期学校是很遥远的记忆了。温暖的夏风，轰鸣的列车，少女酸涩的心事，恣意昂扬的青春。当时的种种缺憾如今变成了让人感动的存在，暗藏于滚烫跃动的心口中。

纪汀不知怎么觉得有点想流泪，眨了眨眼：“那你……是不是还欠我点什么？”

他欠她一个因为胆怯而没有送出去的亲亲。温砚抿着笑闭上眼，接着，很快感到唇角有了温软而蜻蜓点水似的一下亲吻。纪汀的黑发落下来覆于他的耳侧，香甜的气息充斥在鼻间。

她心想——如果她当时真的偷亲他成功，心情大概也像是现在这样小鹿乱撞吧？嘻嘻，如果真的有时间机器，她想要告诉曾经那个患得患失的小姑娘——不需要害怕啊，因为你爱的那个人，他也会一直爱着你。

纪汀窝在温砚的怀里，不自觉地微勾起嘴角，觉得就这样安安静静的，什么都不做，也感到很幸福。夜华流转，黎明灿烂——明天一定会很美好很美好吧。

第十九章
十六岁的相识

“十六岁的相识，太早了。”

秦晓怔怔地看着日记本扉页的这句话，记起当初提笔时复杂的心境，抿着唇翻了一页。

“我以为我们能把生活过成童话，却败给了一地鸡毛的现实。比失望更让人绝望的是希望。

“记不清是第几次试图拨打他的电话，但每当我看着素白的床单和弟弟毫无血色的脸颊，就觉得好像身体又被击碎了一次，偏偏这时还要受到回忆的凌迟。

“我总是想起曾经，美好的曾经。阳光洒落，满脸笑意的少年少女在走廊里肆无忌惮地奔跑着，那时我们的眼里都有着对明天强烈的向往。

“文涛总是拉着我畅想未来：‘以后我们要买一栋大房子，养一条狗，春天来的时候，孩子们就可以在花园里放风筝……’

“我有些不好意思，赶紧打断他：‘说什么呢？哼，我都没答应嫁给你呢。’

“每到这时他就不说话了，但是往往过了一会儿又问我：‘以后我来洗碗，你来扫地怎么样？’

“我不喜欢油腻，因此也极不乐意干做菜洗碗那一类的活儿，闻言满口答应：‘好。’

“过了一会儿，我才发现又进了他的圈套，然后就愤愤地不理他了。文涛眯着眼睛，一个劲儿地在我身边笑……

“真可惜，现在我们都不再是我们了，都变了，也回不到最初了。我也是现在才意识到，我爱着的那个男孩，他曾经把我规划进了自己的蓝图里。”

淅淅沥沥的雨声逐渐唤回了秦晓游走的思绪，总监经过她的办公桌，提醒般敲了一下她的桌子：“发什么呆呢？”

她回过神来，不好意思地低下头：“抱歉。”她试图将目光聚焦在还未完成的word文档上，然而无论如何都集中不了注意力。秦晓自嘲地想，又来了。她又开始怀念过去了。

曾经立志要凭借自己的双手过人上人生活的梦想，随着时间的流逝逐渐湮灭，随之消失的似乎还有面对生活的热情。她随波逐流，在一家不大不小的公司里谋一份普普通通的差事；她安于现状，成为碌碌无为的众生中的一个。

她出神地想——如果她的弟弟没有患上白血病，那么一切会不会不一样？

下班之后，秦晓照旧打算坐公交车回家。

同事魏杰的车停在公司的门口，他摇下车窗冲她扬眉：“送你一程？”

魏杰算是和她关系较为不错的朋友，秦晓应下。她上了车后，魏杰问：“明天放假，有什么安排？”

秦晓迟疑片刻，交代道：“清明节了，要上山去扫墓。”她说，“我打算今晚就住到山上去。”

魏杰“哦”了一声，静默了一瞬，又问：“就你一个女的啊？”

秦晓笑问：“不然呢？”

他挠了挠后脑勺儿：“我陪你一起呗。”

秦晓确实不愿独自面对这件事，想了想，点头：“好，那就谢谢啦。”

“跟我还这么客气。”魏杰“啧”了一声。

车内舒缓的轻音乐流淌，秦晓望着车窗外的蓝天白云，心中终于有了一丝暖意。回到家后，她简单地收拾了一下行李，刚把包的拉链拉好，手机就响了。

魏杰笑道：“在你楼下，下来。”

“这么快?!”秦晓咋舌,“你也太快了!”

那头沉默两秒钟,传来极其微妙的声音:“说什么呢?!”

秦晓“扑哧”一声笑了出来:“我没说什么啊,主要是有些人的脑子里废料太多。而且,一般只有真的快的人才会在乎别人说他快。”

魏杰说:“你再这样我不陪你去了。”

“别别别,我不说了,不说了行了吧,哈哈哈。”

车子逐渐驶离城市的风光,步入泥土芬芳的乡间小路。他们的目的地叫作凉风山,离市中心有近百公里,晚间光线不好,两个人一直到夜里十一二点才到那里。

两个人都有点疲劳了,在山脚下找了家歇息的小旅馆,一人要了一间单床房。

刷卡进门的时候,魏杰打了一个超大的哈欠:“晚安,明天见。”

秦晓说:“晚安,今天辛苦啦。”

他摆摆手说:“小事。”

秦晓回到房间里后,洗漱完毕躺在床上,睡意越来越浓重,将她逐渐笼罩。她迷迷糊糊地想——今年是她来这里扫墓的第一个年头,也是她孤身一人的开端。她明白自己想哭的心情,眼睛却是干涩的——它似乎已经枯竭了,连一滴泪都挤不出来。

白血病是个拖人的病,不仅她花了一大笔钱进去,最后人也没了。

当时站在医院里,看着医生为弟弟惨白的脸遮盖上白布的时候,秦晓先是觉出一阵轻松和解脱,而后才是无尽的绝望和悲伤。

她曾恶毒地诅咒过弟弟去死,也想过拉开煤气阐让所有人同归于尽,但当一切真的结束时,她却觉得一直支撑着自己抗击困难的力量不见了。

那一刻秦晓无比清晰地知道——她是爱着弟弟的。她一直深深地爱着这个夺走母亲几乎全部宠爱的、给整个家庭造成了巨大的负担的人。可如今,连这爱都不配延续了。

秦晓是真的困了,因此想到这里也没有最初那么多怅惘的情绪了,只是觉得脚底下好像有一个漆黑的深渊,深渊把她不断地往下拉。而后她就坠入其中,什么也感觉不到了。

第二天一早，魏杰的敲门声惊醒了秦晓，他说："起床啦！"

她动了动眼睑，才捂着额头坐起来，看了一眼时间——她竟然没听到闹钟响，睡过头了。昨晚的梦昏沉沉的，她好似什么都梦到了，又仿佛什么都记不起来，只有少年越发明亮的双眸在脑海中一闪而逝。

秦晓的脸上划过一丝苦笑。

总说"清明时节雨纷纷"，可今天的天气倒很好，放眼望去，晴空万里，阳光并不毒辣，气温也舒适。光影从繁茂的枝叶里探出头来，洒向这座沉静的灵魂安放之处。

墓园里大大小小的石碑错落有致地排布着，有的上面刻印了好长一段文字，只为让后人记得它的主人一辈子的丰功伟绩；而有的只有寥寥几笔，生不带来死不带走，只有很少一部分人知道他们曾经的存在。

秦晓不禁想，自己是属于哪一种呢？也是后者吧。但也并不是没有人记得她，至少她也交过一两个真心的朋友。

秦晓的步伐追随着灿阳跃动的浮光，转而轻快起来。

两个人一路安静地走着，魏杰跟在她的后面好一会儿，忍不住问："具体位置在哪儿？"

秦晓抬眼，不远处有一棵好大的榕树，枝干粗壮，树荫浓密，冠幅广展。其下的草坪柔软莹碧，倾吐着芬芳的气息。

"在那儿，树下。"她指道。

魏杰走近了看，果然发现了一大一小两个石碑。

"秦云"。

"梁少芬"。

后面跟着的是生卒年月。

秦晓默默地垂眸看着石碑，复而蹲下，把刚刚买来的雏菊放在墓碑前。她怔然许久，半晌才说："弟弟，妈，我来看你们了。"

秦云病逝后，本就暴躁的梁少芬脾气更加令人捉摸不定，儿子的死是压垮她的最后一根稻草。她开始情绪失常、崩溃，肆无忌惮地谩骂、撒泼，而那出气的对象自然是秦晓这个"为什么没先死"的姐姐。

在家庭生活本就不富裕的情况下，梁少芬染上了赌博、酗酒的恶习，在某个下着大雨的夜晚让一辆刹车失灵的货车带走了她，也带走了无止无休的怨怼。

这下秦晓是彻底解放出来了，但同时也陷入了举目无亲的境地。她多么悲戚，连个骂自己的人都没有了。

天光大亮，她像一只在岸边搁浅了的小船，被太阳刺眼的光芒晒伤，突然毫无征兆地放声大哭。

站在她身后的魏杰傻了眼，沉默无措地立在一旁。他多少了解一些秦晓家里的情况，但什么说辞都比不上眼前这两方石头的冲击感来得更加强烈。

说起来令人扼腕，这辈子秦晓只痛快地哭过两次。一次是从医院的天台落进纪汀的怀里的时候，一次就是现在。

她站在母亲和弟弟的墓碑前，隔着生死那条界限分明的线，巨大的悲怆把她割裂、戳穿、捣碎。

“魏杰，怎么办哪？我什么都没有了……”秦晓蹲下来，肩膀一抽一抽，“我什么都没有了……”

在墓园里待了近一个上午，二人原路返回。

秦晓早已收拾妥当，俏白的小脸上看不出任何哭相——成年人的生活就是如此，他们无论内里破碎成什么模样，外表都是一派坚强。倒是魏杰还在一旁欲言又止，想了半天什么也没说，拧开一瓶矿泉水递给她：“润润嗓子。”

秦晓接过水：“谢谢。”

她明白他的用意——因为关系确实比较近，在朋友的面前露出这样的姿态也不会太难堪，她反而笑笑：“你放心吧，我没事。”

魏杰这才呼出了一口气，轻巧地接过话茬儿：“那就好。”

当晚到了家，秦晓刚把行李放好，手机就响起了非常密集的消息提示音。她一看，那竟然来自高中同学群。

刘冰：老贾说的同学聚会是在哪里啊？

贾初望：就“水调歌头”那块儿，是我们家的地盘，可以请大家！

田佳慧：啊啊啊啊贾老板太棒了！

贾初望：小事情。

贾初望：话说 @ 田佳慧，你知道纪汀有没有空参加啊？

解晰：老贾想啥呢，人家已婚妇女了，还惦记着啊？［狗头］。

贾初望：哎哟我去，她啥时候结婚了？！

刘冰：哈哈哈哈哈哈哈你还不知道？人家老公是大企业家呢。

齐悦雯：哈哈也就刚结吧，你还能挖挖墙脚［邪恶］。

程楚明：@贾初望，你让纪汀把她老公也叫来，你俩单挑。

连隐身多年的程楚明都冒泡了，群里的气氛一时之间活跃了起来。

大家看热闹不嫌事大，统一队形刷屏。

单挑！单挑！

单挑！单挑！

单挑！单挑！

…………

@纪汀，快出来冒个泡！

不知是不是大家的热情太过高涨，几分钟之后，纪汀还真在群里冒泡了。她先@了贾初望，然后发了一段几秒钟的语音。

秦晓好奇地点开语音——男人温润好听的声音从手机里流了出来："同学，到时候我们不见不散。"

班级群里有问号。

哇，正主本人出来回应了！好刺激！

听声音是个帅哥哈哈哈哈哈哈。

@纪汀，姐夫，老贾年轻的时候可喜欢我们班花了，天天送情书送花呢［奸笑］！

@贾初望，我怎么感觉你有点凉凉？

啊啊啊啊啊啊啊啊搬好小板凳吃瓜了！［狗头］"修罗场"加载中！

@纪汀，我们汀总也出来说句话啊！

…………

过了好一会儿，大家都没等到纪汀的回复，反而是和她关系最近的田佳慧跑过来幽幽地说了一句——纪汀让我告诉你们，你们把她害惨了［微笑］。

赵培：是我想的那个意思吗？

张倩雨：我这充满黄色废料的脑子它开始自己发挥想象了。

田佳慧：是的，她现在正在疯狂地被……［发抖］。

齐悦雯：我发抖了［发抖］［发抖］［发抖］。

刘冰：猝不及防秀恩爱？！

王濛：哈哈哈哈哈哈哈哈什么啊啊啊啊啊？！

贾初望：我走了［再见］。

三分钟后。

纪汀：@田佳慧，后面跟了一个问号。

纪汀：［猫猫弹鼻屎］。

田佳慧很意外：哎？！你怎么还有空看手机？［狗头］砚哥他是不是不行啊哈哈哈哈？

纪汀：［火冒三丈说脏话］。

纪汀：没有！是什么让你产生了这样的误会？！［微笑］。

…………

群里的聊天热闹非凡，秦晓看着看着就笑了出来。过了一会儿，她像是想到了什么，又往上拉聊天记录，一个一个头像翻看着。没有看见那人，秦晓抿紧了唇，点进了群成员列表，熟门熟路地向下浏览。她看到某处，指尖顿住。

陆文涛的微信头像原先一直都是一只刻意卖萌的布偶猫，那是为了配合她使用的情侣款。如今这青灰色基调的冷淡的油画风令她感到极其陌生。

她的记忆好像还一直停留在她说分手的那一天。

年轻的男孩不知所措地揪着她的衣角，语气几近哀求："为什么要离开？是我哪里做得不好吗？我改……晓晓，有哪里不好你告诉我，我一定改……"

"你没有哪里不好。"

秦晓用力地推开他握着自己衣角的手指，听到自己声音冷静地说："只是我不爱你了。"

她的最后一瞥，是他深深地凝望自己的红着的眼。

指尖被回忆驱使，她不由自主地戳了一下屏幕。秦晓猛地一惊，看到陆文涛的微信界面被点了出来。朋友圈一栏空白，下方写着冷冰冰的几个字："添加到通讯录"。

是了，她都忘了他们分开以后就互删好友了。

秦晓苦笑一声。手机"嘀嘀"地响了一下，她像是倏忽醒了神，很快退出了原先的界面，回到聊天框。

纪汀：晓晓宝贝，同学聚会你去不去啊？［亲亲］。

秦晓想到刚刚群里的危险发言，没忍住打趣她：不是在被……吗？［坏笑］。

纪汀：没有！

纪汀：田佳慧这个狗，我杀了她！

本来她只是图个乐子，玩笑开过也就算了，秦晓转而回答纪汀刚刚的问题：不清楚呢，看到时候有没有时间。

谁知纪汀直接一个电话打了过来："亲爱的，你就去吧！我也好久没见你了！超级想念的！"说完她又撒娇道，"你不去就是不爱我，哼！"

秦晓失笑，心里又感觉暖暖的。她几乎要答应下来，但是话到嘴边她突然哽住，只模模糊糊地发出了一个音节。

那头似乎察觉了什么，过了半晌，轻声道："我问过了，陆文涛不去的。"

"……"

原来他不去，秦晓在深呼一口气的同时又感到莫名地怅惘。她很清楚造成自己这种起伏的情绪的原因不过是"近乡情怯"。

纪汀斟酌片刻，又开口，语气小心翼翼的："你来吗？"

秦晓垂下头，"嗯"了一声："那我就来吧。"

她隔着电话都能感觉到纪汀的雀跃，对方说："行，那就这样，到时候联系啊！"

"嗯，好！"

放下电话，秦晓想了想，又给她发：对了宝贝，到时候咱们在哪儿碰面啊？群里的地点被刷上去了，我没看到。

破天荒地，她并没有立即收到回复。秦晓打开电脑开始工作，忙着忙着就忘了这回事，快到半夜的时候才收到了纪汀的微信消息。

纪汀：就"水调歌头"，望川路店，到了报贾初望的名字就行。

秦晓：［OK］。

秦晓：你刚刚干啥去了啊，这么久才回我［对手指］？

纪汀：别说了，之前群里的话被我老公看见了，他说他要证明他行。

秦晓：所以？

纪汀：所以我真被……了，直到刚刚才结束，现在浑身酸软站都站不起来［大哭］［大哭］［大哭］！

同学聚会当天，秦晓身着一条薄荷绿的商务休闲连衣裙，背着黑白千纸鹤的针织挎包，一头乌黑顺滑的长发披散下来，整个人看起来柔和又随性。

贾初望不愧是富二代，把“水调歌头”整个餐厅都包了下来，大家就在大厅里分成好几组，三三两两地聊天。

秦晓入场的时候，特地暗中扫视了一圈，确定没有看到那个身影之后才落座。

贾初望正好坐在了秦晓这一桌。他微胖，性格大大咧咧又开朗幽默，虽然人还没完全到齐，但席间的话题一直被炒得火热。

彼时有人就之前的群聊天打趣：“老贾，你女神马上要来了，你激不激动？”

大家其实也知道这么多年他肯定早就放下了，再加上关系亲近，玩笑开得就肆无忌惮了一些。

贾初望也不恼，略一挑眉：“我等她老公过来跟我单挑。”

“哈哈哈哈牛还是老贾牛！”

“撬已婚人士的墙脚，不得了哈哈哈！”

秦晓之前收到纪汀的微信，她说公司有点事耽误了，她和温砚正在来的路上，让秦晓代为转告大家一声。

秦晓于是把纪汀的话全盘复述了一遍，众人的眼睛登时亮了起来，他们夸张地说道：“不会吧，汀总还真带人来了啊？”

“老贾，完了完了，你完了。”

大家一阵嬉闹，有女生注意到安安静静地抿茶的秦晓，问道：“晓晓，你和纪汀关系好，她都步入婚姻殿堂了，你也有着落了吧？”

闻言，一桌的人看了过来。

秦晓突然成为目光的焦点，放下茶杯。真实的答案在脑海中盘桓几秒钟，她淡淡地勾了勾唇：“还没有，不过有感兴趣的对象，还在尝试交往中。”

“哇哦，怎么认识的啊？”

“公司的同事。”秦晓又笑笑，没有多说。

大家看她这样子，心里也知道这是个敏感话题，不再继续深问。

当年秦晓和陆文涛堪称郎才女貌、般配无二。女孩温柔恬静，男孩英俊内敛，他们都是不争不抢的性格，也从来没有过任何龃龉。结果某一天，同学间突然互传消息，说他们俩分手了。这消息不知道是谁提的，但大家都实实在在地被震惊了。

纪汀在路上堵得有点久，上了好几道大菜之后，她和她的先生才姗姗来迟。跟在她身后的男人西装革履、样貌俊朗，一下子成为绝对的中心人物。

大家听说他是个事业有成的企业家，再加上纪汀的人缘较好，很多许久未曾见面的老同学围着两人嘘寒问暖。

同学会其实就是个小社交场，大家各自的机缘不同，地位层级也清楚明白，这个时候凭借感情牌拉项目的人不在少数。纪汀手里很快就收了不少名片。

酒过三巡，她终于有机会蹭到秦晓这桌。

“晓晓，好久不见！”纪汀搭着她的肩，模样很是亲昵。

“嗯，好久不见。”秦晓回身抱了抱她，又四处看了一眼，问，“你先生呢？”

“他啊，去找老贾聊天去了。”纪汀吐了吐舌头，“我一会儿把他叫回来和你打招呼。”

两个人都明白老贾命运多舛，摸着鼻子对视，不约而同地笑了起来。

“你刚来，也一直在说话，没怎么吃，肯定没饱吧。”秦晓说，“这家不错的，要不坐下来吃点？”

“好。”

这个当口，一道疾风蹿了过来，有人夸张而肉麻地伸出双臂：“女人，我想死你了！”

纪汀头也没抬，挪身：“我不想你！”

田佳慧在她的座位上扑了个空，差点一头扎进面前的大盘鸡里。

“你不爱我了！”田佳慧声泪俱下地控诉，“呜呜呜女人真的好善变……”

纪汀冷眼觑她：“还不是因为某些人在群里语出惊人？！”

“啊？”田佳慧眨了眨眼，忽然明白了什么，“所以你后来还是被温砚哥……”她意有所指地往下看，“爽吗？”

纪汀说：“一边去！”

秦晓笑着看她们一来一回，竟感到久违的放松和愉悦。不知过了多久，她觉得有些撑了，想去趟洗手间，便和纪汀打了声招呼。

在洗手间的镜子前简单地补了妆，秦晓理了理额前的碎发，转身走了出去。

她由于抽空回复微信消息，手里还捏着手机，不经意的恍神间，目光倏忽锁定在某处。

心头一颤，秦晓还以为自己看花了眼——男人穿着一件深蓝色衬衫，指间夹着一根烟，冒出来的缥缈的烟随着他的侧颜轮廓缭绕，掠过低垂的眼帘。臂弯里挂着西装外套，他一边吸烟一边打着电话："嗯，你说。"

秦晓怔愣的那一刻，陆文涛似有所感，抬眸看了过来。她突然感觉无所遁形，毫不犹豫地转身逃离，姿态几乎可以算得上是仓皇。

秦晓躲在拐角处喘着气，心跳得飞快——也不知他看到自己没有？她跑得那样快，他定是没有看到她。他怎么会出现在这里？他不是跟玩得好的哥们儿说自己不来吗？

秦晓恍惚地想——他看上去似乎真的变了，个子好像又拔高了些，身高腿长，全身上下无一丝瑕疵。原来的那种青涩腼腆的神态退去，换上了独属于成熟男人的魅力。

陆文涛的装扮透着很典型的精英气息。他在从事什么工作，结识了怎样的朋友，拥有何种交际圈，她一概不知。她只知道，自她决然地离开他的那天起，他们已经快六年没有见过了。

六年的时间，可以把一个最熟悉的人变得面目全非。秦晓的眼里微光浮动——她快要不认识他了。她背靠着墙，不知何时冷汗已经濡湿衣裳，高跟鞋硌得脚踝生疼。秦晓往里挪了点，缓缓地蹲了下来，以平复自己有些过于急促的呼吸。

"你说的那个活动在下周是吗？"

后侧方隐隐地传来男人的声音，秦晓一惊，才发觉他还没有离开。

他在跟谁打电话？

以前不用几秒钟，她就能从他的神态语气里判断出对方的身份。而如今，她只能从他低沉的声音中尽力寻找些可能的蛛丝马迹。可惜，除了温和以外，她听不出其他的情绪。

腿蹲得发麻，秦晓顺势坐在了地上，藏在一株茂密的植物旁边。好像从他出现在自己的视野里的那一刻起，她的心就狂跳不止，心跳再也无法降速。而更让她无法呼吸的是，男人的脚步声越来越近，声音也越发清晰，他似乎正在朝这个方向走来。

秦晓瑟缩在角落里，紧紧地抱着自己的挎包，袖子在无意间被捏出一圈褶皱。

“好，我知道了……到时候见。”

鞋底敲击地面的声响让秦晓的脑海中紧绷的弦快要断裂。就像长弓被拉到满月之后突然松开，逐渐远去的脚步声也让她一下子脱力。秦晓喘着气，踉跄着从原地爬起来。

纪汀打来电话，突兀的铃声划破了原先寂静的假面，她赶紧接起电话：“喂？”

似乎是察觉到她声音不稳，那头愣了一下，迟疑地问道：“晓晓，你怎么去那么久？”

秦晓定了定神，尽量保持语气的平稳：“我……我有点急事，先走了，没跟你说，不好意思啊。”

纪汀“哦”了一声：“没事没事。”她说，“本来还想和你多聊聊天呢，那下次再约吧。”

纪汀没有再抓着她细说，秦晓挂了电话，长长地呼出一口气。

坐的士回程的路上，她失神地看着窗外如墨色般的夜景。她好像在这时才彻底明白——她曾拥有过一个珍贵的宝物，但是它后来被她打碎了，虽然她是被迫打碎它的。她仿佛也是这时才意识到，自己心里究竟有多么想念他。哪怕这段感情已经肮脏不堪、伤痕累累，她还是在不知羞耻地想着他，想着这个早已不属于她的人。

秦晓的情绪一直难以保持稳定。她没有任何人可以说这件事，只是任由它藏在心里。以往遇到这样的事，她只要象征性地拨点伪饰的土壤盖住疮口，就会和自己和解。

工作的交接中，魏杰察觉到她心情不佳，借着下午茶轻松的时刻试探她：“又怎么了？嘟嘟不听话了？”

嘟嘟是秦晓两个月前新养的猫，是一只既可爱又傲娇的灰色布偶，总是觉得它是家里最尊贵的女人。魏杰笑道：“你必须告诉它那是种错觉。”

秦晓回忆起嘟嘟那模样，也不由得弯了嘴角：“它是不听话得很。”

两个人聊了些轻松的趣事，魏杰提道：“对了，这周日公司和宏达投资那边有个联合晚会，你要不要和我一起去？”

秦晓有些奇怪：“可是公司没跟我们说啊。”

这晚会是只有公司的高层才能参加的，魏杰眨了眨眼：“我在宏达那边有关系，可以让我们进去。”

她有些踟蹰，问道：“我真的能去吗？”

魏杰说：“哥说行就行。”

秦晓“哦”了一声，上下扫视他一眼，揶揄道：“那就谢谢魏总了。”

临到周日晚上，秦晓去租了一件像样的晚礼服，精心妆饰后到达了指定地点。

魏杰早已身着正装站在入口处等她，秦晓踩着恨天高凑过去，小声说道：“咱们这样，被领导知道了会不会不太好啊？”

魏杰睨她一眼，毫不掩饰眼中惊艳的神情，说：“已经跟周总打过招呼了，他准许我们来，放心吧。”

秦晓这才放松下来。

这次活动更偏向于团建和联谊，宏达投资是公司的股东，员工之间的关系如果能更上一层，将会对两方的关系有很积极的影响。

两个人在场中转了转，拿了点茶点吃。

秦晓的性格文静温柔，但这不代表她不爱和别人打交道。不过半个小时，她已经结识了很多对方公司的人。

魏杰夸她：“社交女王！”

秦晓“啧”了一声，嘴角微翘。

魏杰说：“一会儿舞会开始了，你在这儿等我一下，我先去趟卫生间。”

“嗯。”

秦晓拿了杯红酒捧在手心里，随意找了个位置坐下。思绪放空在一片衣香鬓影中，她举起酒杯轻品了一口酒，那是甘涩的味道。

一杯红酒下肚，那种轻微的灼烧感一直延展到腹部，秦晓起身把空杯交还给侍者，打算也去趟卫生间。

今天穿的高跟鞋太高了，她走了几步感觉不舒服，步伐越来越缓。她低头一看，绑带处似乎裂开了，一直紧紧地勒着嫩白的脚背，怪不得她这么疼。

秦晓把注意力集中在脚下，一时没看路撞到了人，忙不迭地道歉：“对不起，对不起。”

对方没有立刻开腔，她有些疑惑地抬眸，却蓦地怔住。

男人居高临下地看着她，英俊的脸上只有一层若有似无的淡漠，仿佛看见她和看到街边的小猫小狗没有差别。他的神情几乎烫伤了她，秦晓鼻尖一酸，眼底似有潮气上涌。她也没料到自己竟如此没出息，与前男友第一次正面交锋便立刻丢盔弃甲。

作为本能的自我保护反应，秦晓下意识地转身想跑。然而她的身体还没转过去，手腕就被大力地扯住，身后传来陆文涛无波无澜的声音：“秦小姐，你在躲什么？”

秦小姐。这样陌生的称呼对于秦晓来说无异于诛心，她嗫嚅着，居然没能开口说一个字。陆文涛的气息逼近了些：“看到我就躲，已经第二次了。”

第二次？那第一次是……在同学会的那晚，他还是看到她了？

不知为何，秦晓感觉自己好像从这话中听出一层愤怒。这是错觉吧。她甩了甩自己的脑袋，力图让那种不真实感减轻些。

秦晓闭了闭眼，咬紧牙关转过了身，勇敢地抬头看进了陆文涛的眼底——很明显，她期待的那些情绪不可能存在。以往的甜蜜缱绻荡然无存，只剩如今彻头彻尾的冰冷凉薄。

她苦笑了一下，当初为什么说分手呢？因为他家里的条件也并不算好，再加上她这样的拖累，他们两个都永无出头之日。就让她一个人下地狱吧，只要他能去天堂。

而今看来，他确实去到了他们曾经一同梦想过的地方，她看得出来，他过得很好——在离开她以后，他过得很好。

这样的认知让秦晓既痛苦又甜蜜，连带着眼中滚落的泪水也是又甜又涩。

陆文涛紧紧地盯着女人俏白的小脸，终于皱起眉：“你哭什么？”

秦晓已经很累了，没有多余的力气伪装，抬手随意地抹了把眼泪，疲惫地摇头：“没什么。”

可眼泪跟她作对似的断珠般落下，她怎么也忍不住。秦晓心想，自己大约是个极没品的前任，先是狠心地把他推出自己的世界，又在重逢后哭哭啼啼，勾起他不怎么愉快的往事。

思维一片混沌，她只拣着自己想要表达的意思说了：“看到你过得这么好，我也就放心了……我……我只希望你过得好……”

“只希望我过得好？”男人不知被哪个点刺激到了，猛地抓起秦晓的手腕，黑眸逼视着她，“别一副高举轻放的样子。”他狠声地说，“你没这个资格。”

秦晓的心被他的话语陡然刺中，手腕处传来的剧痛让她的措辞更加困难，只是泪水却控制不住似的，不要命地往下掉。

“你到底在哭什么？”陆文涛嘲讽地笑笑，“秦晓，我才是被抛弃的那个——”

他的话还没说完，唇瓣忽然被堵住。女人扑了过来，两片柔软的唇精准地寻觅到他的唇，像是渴求生命的灌溉般热烈执着。

这举动太令人猝不及防，陆文涛向后趔趄一步才稳住身子，单手顺势揽住秦晓的腰。她的气息还是一如当年，香甜芬芳，让他几乎一瞬间就上瘾沉迷。

带着红酒味的吻在彼此唇舌的交缠间更加契合相融，将近六年的时间，原来他们还是摆脱不了习惯的桎梏，更谈不上让心间的创口痊愈。他们像两尾快要旱死的鱼，无度地向对方索求和汲取水分。

思绪停摆片刻后，陆文涛倏忽回过了神，惊怒地握着秦晓的双肩将她推远。他这是在干什么？！他差点被困在回忆的樊笼中无法逃离，她勾一勾手指，他又不知死活地往陷阱里跳。他是嫌上次还不够刻骨铭心吗？

陆文涛吸了口气，垂眸，声音冷淡：“你刚刚是在做什么？”

秦晓不说话，只是怔怔地站在被他推离的位置，泪眼蒙眬。

男人望着她的表情，语气瞬间变得讥诮无比：“别告诉我，你还爱我。”

“是。”

陆文涛抬了一下眼睑，像是没听清她的话：“什么？”

秦晓声音沙哑，她轻声地说道：“文涛，我爱你。”她认命般闭上双眼，“一直都爱着你。”

“……”

她听见男人低声骂了个脏字，然后他扯着她的手腕往一旁的走廊上大步跨去。他的动作和以前大相径庭，一点也不怜香惜玉，甚至可以算得上有些粗鲁。

秦晓被他按到墙上，手腕已经被攥出了一圈红印子，她看着男人山雨欲来的神情，有些怕地挣扎了一下。

这小小的举动像是引爆炸药的燃线，陆文涛攫住她的下巴，力道很重：“你到底想干什么，啊？”

“你想看我被你玩得粉身碎骨，连渣子都不剩，是吗？！”他的额前爆出青筋，这是盛怒的状态，“秦晓，你把我当什么？！说爱就爱，说不爱就不爱，我是你召之即来挥之即去的玩物吗？”

秦晓讷讷地说：“我……我不是这样想你的……”她只是看到他就无法自已，还是想靠近他，还是想拥有他，哪怕前方是燃烧的烈火。她曾经因为不想拖累他而离开，但现在她没有任何负担了，是不是……还有机会和他在一起？如果她向他解释缘由的话，他会谅解她吗？

“够了！”她的耳边猛然响起陆文涛的喝止，他的神色冷厉又压抑，他像是为了尽力平复自己，缓缓地说道，“我不会再陪你玩这种游戏。”

秦晓张了张嘴，看到他望向别处，他说：“我有女朋友了。”

雷劈般的一句话，直接使她的灵魂碎裂成两半。他有女朋友了，秦晓靠着墙的脊背发软，那她对他这样的行为算什么？！这是不知羞耻的纠缠。

她心里的最后一丝希望也湮灭，原来幸福被打碎之后，她不能妄想复原它，他们之间错过的还是太多了。

秦晓蓦地推开他，向前跑去，谁知没两步脚底就传来钻心的疼痛，鞋子的跟太高了，她不慎摔倒在地。

男人就在后面看着她，她好狼狈，尽管没有回头，但也知道此刻他的目光一定是满含冷意。

秦晓啜泣了两下，把鞋子脱了，扶着墙站了起来，艰难地行进着。她的步伐一瘸一拐，但速度不慢，她像是在避着身后的什么洪水猛兽。陆文涛怔怔地看着她的背影，半晌，自嘲地低笑了一声。

他简单地整理了一下被弄皱的袖口和衣领，内心一潭平静的池水被她搅乱，他也没心思继续待下去了。陆文涛单手插兜，打了个电话出去：“喂，你今天不是也来了？”

那头应了一声，他道：“陪我出来喝酒。”

魏杰赶到包间的时候，一瓶威士忌已经少了一半，他走过去把男人手中的酒杯拿下，斥道：“别这样喝。”

陆文涛不甚在意地笑了一下，魏杰坐下看着他，欲言又止，终于还是问道：“哥，怎么了？”他半开玩笑地说道，“你一单身汉喝酒还这架势，不知道的以为你失恋了呢。”

陆文涛的动作一顿，他仰头把杯中的酒一口闷掉。魏杰打量着他的模样，无声地叹了口气，给自己斟了酒，也干了一杯。

瓶中的威士忌肉眼可见地变少，两个人之间几乎无话。少顷，魏杰停了下来：“哥，把我叫过来喝酒，好歹要说缘由，事情哪儿能憋在心里呢？”

“……”陆文涛终于抬眼看他，眼神已失了清明，染上几分醉态。他嗓音沙哑地说道：“刚刚在晚会上遇到初恋了。”

魏杰心中了然——他早知道表哥的心里有个白月光，她甩了表哥还让表哥念念不忘。为了这个，表哥这些年都没有再交过女朋友。

男人望着某处出神，逐渐陷入回忆之中：“她很漂亮，笑起来特别甜，唇边有两个小小的酒窝，眼睛弯弯的像月亮，第一次见到她的时候，我就被她吸引，情不自禁地心动。

“我把她的喜恶摸得一清二楚，每天都蹲点制造各种巧遇，偶尔也以朋友的名义送些礼物。她大概也知道我在追她，有一天就问我，能不能跟我谈一谈。

“我说好，晚自习结束后我带她到了后山，本来想跟她告白，但是看着她，没忍住，直接亲了上去。”

在绵延的路灯的照映下，两个交织的身影被无限地拉长，年轻的男孩热烈直白，将心中的爱恋付诸唇舌。

陆文涛低低地笑起来：“当时亲完之后，她真的好害羞，连正眼也不敢瞧我，只是盯着地面，问我什么意思。

“我说，还能有什么意思？喜欢你的意思。

“她嗔我一眼，说你真讨厌，不经我同意就做这种事。”

少女的脸上粉色云霞烂漫，在昏暗的灯光下也一清二楚。她心中也是喜欢他的，这个认知让陆文涛心生激荡。他不要脸地抱住她，说那我现在请求你，可不可以再亲你一下？

她没同意，也没推拒，只仰着小脸，满含娇羞地看着他。陆文涛没再犹豫，低头重重地吻了下去。

回忆到这里戛然而止。

男人喃喃道：“那时我们真的很好，我不明白，后来为什么……”

曾经的种种甜蜜难道是虚妄吗？为什么他就被那样抛下了？是她不要他了，不是吗？为什么她要回头，再给他难堪？那样痛彻心扉的感受，刮骨都洗不干净，他不想再承受第二次。

他本以为魏杰会笑他为了一个女人把自己折磨至此，没想到对方表情复杂，魏杰半晌说道：“哥，我也给你讲个故事，好不好。”

“嗯？”

“从前有一个女孩，她在高中的时候遇到自己的初恋。两个人爱得轰轰烈烈，女孩很喜欢那个男孩，可是女孩的家里不允许。”

“面对母亲的斥责和打骂，她没有放弃，坚定地要和男孩在一起。”

“然而就在高考结束，要与男孩一同奔赴美好的未来的时候，她的弟弟确诊出白血病。”

“女孩的父亲因公殉职，母亲没有工作，这样的重担快要把整个家庭压垮，她只能省吃俭用给弟弟治病，白天上课晚上打工，有时候连觉都睡不成。”

“男孩的父母本就对她的家庭情况颇有微词，女孩深觉自己配不上他，不愿连累他，便告诉他说，自己不爱他了。”

“……”

随着魏杰的叙述，陆文涛的神情越来越震动，眉心揪成一团。不知过了多久，他翕张着嘴唇，艰难地吐出一句：“你认识她？”

“是。”魏杰叹息一声，“她今晚本是和我一起来的，我看见你们接吻了。”

“她说不爱我只是因为不想拖累我？我不信！”陆文涛连连摇头，神色挣扎而又痛苦，“我不信，她当时说得那么真——”

年少的爱情势不可当，为了彻底斩断感情，她只能用利刃般的话语伤人。她笑他自作多情，说自己其实没当回事，不过随意玩玩而已。

“小打小闹罢了，”秦晓说，“文涛，你怎么还当真了？”

他苦苦哀求仍未能挽回她，她讥讽道：“你是得有多贱，才会上赶着来让我羞辱？”

陆文涛失魂落魄地回到了家，不记得那一夜是怎么挨过来的。

“她是真心爱着你的，哥，作为旁观者，我是看得最清楚的。”魏杰低声说，“离开你之后她就病了，病得很重。”

她多次有过想要轻生的念头，从内到外都是破碎的。

“我开导过她很多次，但治不好她。”他说，“哥，这个人只能是你。”

陆文涛用双手捂住脸，语气凄然：“别再说了。”

如果……他颤抖着想，如果这真的是晓晓所经历的一切，那他之前对她冷淡的拒绝……他太不是个东西了。

“我只知道她母亲脾气不好，反对我们早恋，其他的压根儿不知情……”

陆文涛沙哑着嗓子，“为什么这些事情，她都不告诉我？！”

魏杰说：“也许是想以一己之力保护你罢了。”

陆文涛闭上眼，喉头滚动：“那个小傻子。”她凭什么帮他做决定啊？这些年他离开了她以后，又有多好过呢？没有了她的他，怎么可能会幸福？

秦晓洗漱完之后，抱着双膝蜷缩在沙发上发呆。她望着肿得老高的脚踝，简单地喷了点云南白药，阵阵剧痛传来，苦涩在脸上一闪即逝。她又想起陆文涛的话，他说：“我有女朋友了。”

那个女人会是谁呢？同事？还是以前的老同学？又或者是社交中认识的陌生人……她好幸运，能够被那样的男人呵护关照，那是自己再也没有的福气。

隔壁又开始放音乐，却意外地应景。

我最大的遗憾 / 是你的遗憾与我有关

没有句点已经很完美了

何必误会故事没说完

人在伤心的时候为什么还要听苦情歌呢？秦晓在茶几上抽了一张纸巾，捂着脸崩溃得大哭了出来。眼泪很快浸湿柔软的纸巾，沿着肌肤纹理渗入她的五脏六腑，辣得呛人。

还能做什么呢 / 我连伤感都是奢侈的

我一想念 / 你就那么近 / 但终究你都不能

陪我到回不去的远方

…………

都说人到老年的某个时刻会开始怀念曾经的人生，但她明明还如此年轻，为什么也陷在回忆里出不来了？

文涛说过，以后他洗碗，她扫地。他们要买一栋大房子，养一条狗，春天来的时候，孩子们就可以在花园里放风筝。

秦晓恍然发觉这句话已经过去很多年了，它在时光里留下的轻轻的呢喃声，淡得连印子都看不见了。

我感觉到幸福 / 是看见你幸福

曾经亲手把时间变慢

可惜我们没有等

我们

秦晓把脑袋埋在双膝之间，用尽全身力气嘶鸣出声。他已经不在原地等她了，全是她咎由自取，那么现在只要能看到他幸福，她就满足了。

她听说大雁是很专情的动物，它们一生只会找一个伴侣，如果其中一只死去，另一只也会郁郁而亡。秦晓想，她也是一只大雁，弄丢了自己的伴侣，失去了栖身的岛屿，只能在半空中无助地盘旋，等待死亡来临的那一天。

夜已深了，窗外黑幢幢的树影压在窗沿。门铃乍响，响声在租住的这间小小的公寓里显得空旷寂寥。

秦晓攥紧拳头，没有应声。她这个样子怎么见人？她沉默地蜷缩着，想等外面的人主动离开。可门铃响得急促又催人，那人似乎焦急万分，秦晓深吸了一口气，打算还是开口询问一下。话没说出口，她就听到外面传来陆文涛的声音："晓晓，你在家吗？"

屋内没有任何回应，他直接抬起手用力拍门："晓晓？晓晓，你出来，我有话和你说！"

她住在一个偏僻的小区里，小区里没有保安，房子也没有防盗窗。墙壁老旧得都掉漆了，簌簌地落下白色的粉末，只剩下面前这扇孤独而脆弱的木质门。

"吱呀"一声，门轴急速地旋转，素面朝天的女孩站在眼前，满脸泪痕。

陆文涛的脑袋一片空白，他一句都记不起原本想好的说辞，猛地跨过门槛，一把将人狠狠地拥进了怀里。他急切地亲吻她，吮吸着，啃噬着，要将她吞进腹中。

秦晓被动地承受着他猛烈的渴求，浑浑噩噩地与他交颈缠绵，不知道为什么他有了新欢还要再回来找自己，但是没办法，她真的太爱他了，根本说不出任何拒绝的话。

经年累月的疼痛将神经折磨得脆弱，秦晓迷糊又自卑地想，就让她当个贱女人吧。这最后一次贪恋，就当是她对她的爱情做一次郑重的告别，画上一个残忍的句点。

房门"啪"地被关上，陆文涛想起魏杰的话，她病得很重，纤弱的双肩单薄又脆弱，好像碰一下就会断掉。

他笑了，更加用力地亲吻她，其实他也病了，手腕上的刀疤还在提醒着他年少时为她做的剜心刻骨的傻事。可他就是这样，不撞南墙不回头，爱一个人就要爱一辈子。

陆文涛紧紧地圈着她，心里被空妄洞穿的伤口被逐渐地充盈填满。

他们本是两尾即将旱死的鱼，却在水分蒸发殆尽前的一刻，重新回到了海里，身体和灵魂都得到了救赎和治愈。

清晨来得比往常迅猛，秦晓被刺耳的电话铃声吵醒，迷迷糊糊地去摸床头柜上的手机。

“喂……”她的声音还带着未睡醒的迷糊。电话那头的魏杰大声问道：“你今天干吗了？怎么不请假也没来公司，你看看现在都几点了！”

“几点了？”秦晓的意识清醒了点，眼皮却重得睁不开。

魏杰觉得她的声音“嗡嗡”的，她像是感冒了一样，他皱眉：“你是不是生病了？”

所以说，他哥去找人家姑娘，结果把人搞生病了？！魏杰气结——早知道他就不把地址告诉他哥了。

他想挂了电话问问他哥怎么回事，结果手机里倏忽传来男人熟悉的嗓音，嗓音还带着点哑：“阿杰，帮晓晓给她老板请个假吧，就说她着凉了。”

“……”

一阵寂静后，魏杰迅速地理清了当前的境况，手忙脚乱地挂了电话：“好好……”他叫陆文涛一声“哥”，不是没有道理的。

这边陆文涛放下电话，正好对上秦晓乌黑的眼眸。女孩显然有些惊慌失措，很快转过了头，拉起被子裹住自己的身体，翻了个身背对他，低声说：“你快走吧，要是被你女朋友知道就不好了。”

过了好久都没听到回应，秦晓抿了抿唇，羞耻与尴尬后知后觉地汹涌而来——他就这样不明不白地和自己发生了关系，置正牌女友于何地？他以前是这样随便的人吗，连带着她也轻浮了起来？

男人从后面拥了过来，隔着柔软的被衾，她也能听到他坚实有力的心跳。他说：“我不走。”

秦晓慌了，他不会是还想和她延续这种不正当的关系吧？她挣扎：“你不能这样，就算我再爱你，也不可能继续做第三者，昨天……昨天是我鬼迷了心窍……”

陆文涛朗声笑了起来，没忍心继续让她承受道德上的煎熬，坦白：“我没有女朋友。”

“啊？”

“是骗你的。”他在她耳边温声说，“一直以来，就你一个，没别人。”

秦晓又“啊”了一声，逐渐安分了下来，与外表的平静不同，心跳得飞快，一跃一跃地要跳出胸腔外。她不清楚发生了什么，怎么短短的一夕之间，他的态度就从拒人于千里之外转变成现在这样？她这是在做梦吗？

“晓晓，以前的那些事我都知道了，魏杰告诉我了。”

秦晓一震，在他的怀里转过身来，神色迷茫地喃喃：“魏杰……”

陆文涛似是知道她的疑惑，解释：“他是我的表弟。”

“哦……”

他把话摊开来讲以后，怀里的人儿就有点不在状态，像只愣头愣脑的小鹌鹑。陆文涛捏了捏她的脸，接着扳正她的脑袋，让她全心全意地看向自己。

“我还没找你算账呢。”他眸色幽深，“谁让你擅自替我做了决定？”

秦晓不敢看他：“我……我不想自己对你而言是个负担……”

“傻瓜。”陆文涛叹息一声，刮了刮她的鼻子，“以后不许再这样了，听到没有？”

秦晓委屈地皱了一下鼻尖：“嗯。”

陆文涛展开笑颜，她看得有些呆了，遥远的记忆又浮现在眼前，恍如昨日他们的无数个甜蜜的瞬间。

男人凑近她问道：“爱我吗？”

“嗯，爱。”她缓缓地回答道，“一直都爱。”

陆文涛低头轻蹭她的颈窝，哑声说：“晓晓，我也爱你，一直都爱你。”

巨大的幸福快要把秦晓击晕，她抬手抱住男人的腰，依恋地把脸贴在他的胸膛上。“你不会再离开我了吧？”她的语气小心翼翼。

陆文涛拥着她的双臂收紧：“只要你不离开，我绝不背弃。”

他和她的故事还没说完，怎能如此轻易地就画上句点？

“好。”秦晓热泪盈眶，想了想，认真地说，“那以后我扫地，你洗碗。”

“没问题。”男人在她的额头上亲了一下，心有灵犀地接过话头，“我们要买一栋大房子，再养一条狗，等春天来了，就带孩子们在花园里放风筝……”

第二十章
欢喜冤家

纪琛大学毕业后，几个玩得好的同学说要一起去毕业旅行。大家想了很多个地方，最后拍板，定下了去冰岛。

纪汀不知道，其实这主意是她哥出的——他只是单纯地听说冰岛有极光，和妹子一起看会比较浪漫。最后他是看到极光了，但是妹子也把他拉黑了，因为他喝醉酒之后在酒店的走廊里强吻人家。

方泽宇和温砚知道这件事后的反应就是一个字——该。

纪琛和邢予羡双双保研，本来他们是高中校友的关系，又在同一个学校里，照理说应该互相照应，但那次之后，姑娘就不理他了。

两个人平时也碰不到，偶然遇见，她也会绕道走，像躲瘟神似的。

纪琛对此非常郁闷，但鉴于是自己搬起石头砸了自己的脚，只能发短信解释说，当时确实意识不清醒，多有冒犯，还请见谅。

邢予羡隔了好几天才回了一个高冷的“嗯”，简直让人没法继续聊天。

纪琛觉得拿这件事再去请教方泽宇、温砚或者他妹，有点太过丢脸，于是他上了万能的知乎，字斟句酌后发出问题。

匿名用户：请问强吻了自己喜欢的女生怎么办？

问题描述：本人是清华的，之前和同学出去旅游的时候，喝醉后不小心当着别人的面强吻了喜欢的女生，后面我们就没怎么说话，我也没来得及表白，现在她见到我会躲，可也没有完全拒绝和我沟通，请问她是怎么想的？

问题一发出，他就得到了校友圈的回复。

小九九：哈哈哈哈哈哈你清果然都是人才。

圈圈森：她当时哭了吗？

匿名用户 回复 圈圈森：没有。

我是北大甜甜圈：谢邀！既然是隔壁的兄弟，那我就简单地根据我的经验分析一下吧！首先，你强吻她她没有哭，证明她没有那么生气。后面见到你躲却没有完全屏蔽你，证明她其实是挺害羞的，但你没表白所以也不好意思来找你。而且据你所说，你当时喝醉了，她也不好确定你是真的喜欢她，还是纯粹喝多了。

我觉得她就是喜欢那种霸道路数的男生，你完全可以试试在某天放学的路上把她拦下来，然后再强吻一遍！亲完之后你要马上把她推开，让她感觉一下若即若离患得患失的滋味，这样会更有效果。如果你推开她以后她很生气，那恰巧代表了她喜欢你。

看到这么入情入理的用心的回答，纪琛觉得这好像有几分道理。他回忆了一下，突然想起这号好像是他那个舍友的。之前经常看到他人瘫在床上刷知乎，纪琛去主页翻了一下对方的相关信息，确定自己没记错。那狗东西是个恋爱高手，他说的话应该不会有问题吧？纪琛打字——

匿名用户 回复 我是北大甜甜圈：谢谢兄弟的分析，那我试试？

天外飞星：@ 我是北大甜甜圈？

我是奥特曼：哈哈哈哈哈啊哈哈哈题主请一定要去试一下，然后回来给我们 feedback（反馈）！

北大小可爱：蹲一个后续哈哈哈哈哈哈哈。

爱吃龟苓膏：现在隔壁两家相爱相杀已经这么严重了吗？！哈哈哈哈哈。

匿名用户 回复 爱吃龟苓膏：什么意思？

爱吃龟苓膏：没什么意思哈哈哈，题主加油啊，预祝早日追到妹子！

下面是一排的“题主加油，等你回来！”

纪琛被鼓舞了士气，暗暗地制订好了计划。他挑选了一个良辰吉日，特地叫纪汀过来给自己助阵。

纪汀滑着手机屏幕，确定般地询问："就把予羡姐约出来就行了吧？"

"嗯，你别说是我约的。"

"哦。"看纪琛有点紧张的样子，纪汀打趣道，"是打算表白吗？"

"……"

"我看好你呀哥哥！你就上吧！没有哪个女生会拒绝你的！"

最后一丝犹疑也完全湮灭，纪琛骄傲地挺起胸膛，心想他妹这话还真是中肯，这话还真是令人无法反驳。

根据"我是北大甜甜圈"的分析，予羡那天肯定是害羞了，毕竟在走廊里，人来人往的，所以这次他选了一个相对隐秘的地方——未名湖畔，有了绿树的遮掩，也给两个人一个比较私密的空间。

兄妹两个人到约定的亭子旁坐了一会儿，不远处传来一阵脚步声，纪汀抬头一望，推了推他的手臂，小声地说："哎呀予羡姐来了，准备一下！"

纪琛赶紧正襟危坐，过了几秒钟又飞速地对纪汀说："你先走吧，你在这儿影响我发挥。"

"得嘞！"

他盯着纪汀，警告道："别在一旁偷看哈！"

纪汀本意如此，小心思被他戳穿，她吐了吐舌头，不情愿地说："好吧。"

见她走了，纪琛才放下心来，一转头就看到朝这边走来的邢予羡。

她皮肤瓷白，秀发乌黑，袅袅婷婷地迈着步伐，纪琛差点看入迷了。阳光洒下来，他感觉邢予羡的周围冒出了一串粉红色的泡泡。就在他越发沉沦的时候，对面的人儿看到了他。

邢予羡面色骤变，下意识地提起了手边的小包："你怎么在这儿？"

刚刚的画面太美，他差点忘了她是会抡包揍人的。"啪"，粉红色的泡泡破灭了。

纪琛醒过了神，干咳一声："那个，我妹之前买了两串手环，说要送你一串，让我过来带给你。"说罢，他掏出精心包装的礼盒，"她临时有事，刚发了微信给你，实在不好意思啊。"

邢予羡"啊"了一声，将信将疑地掏出手机。果然，纪汀在十几分钟前才给她发了条信息："呜呜呜予羡姐不好意思啊，这边突然有点事情拖住了，本来约你是想送礼物给你，顺便一起吃个饭。现在只能让我哥把东西给你啦。一会儿要不你和我哥先去餐厅，我这边处理完事情就去。”

邢予羡不疑有他，但是单独面对纪琛还是让她有些猝不及防。她单方面地冷处理和他的关系已经很久了，再次和他见面也不知该说什么，低着头走过去，接过盒子：“谢谢。”

邢予羡的目光匆匆地划过纪琛俊朗的眉眼，转向一旁：“汀汀刚说要一起吃饭，可不巧我今晚也有事情，要不改天再约吧。”

她不是软绵绵的性子，有时候大大咧咧的，很是爽朗。但今天不知为何，她的说话声糯糯的，有一种米糕味儿的甜。

纪琛回想起“我是北大甜甜圈”的强吻策略，一时之间也有些迟疑了。这样真的好吗？会不会不太尊重人？他其实并不想让喜欢的女孩子感到若即若离，摸不清自己的心思，倾心就要大大方方地说出来，不是吗？而且之前她没哭，不代表她就对这件事情很开心，毕竟他被揍得也是蛮疼的，现在还记得那力道。

纪琛正犹豫着，倏忽看见邢予羡的肩膀上方停着一只不小的蜘蛛，头顶上方就是茂密的枝叶，那东西正吊着银丝，逐渐往下降，不一会儿就要落下。他神色一紧，猛地上前一步，把那根蜘蛛丝往外一拂：“别动——”

纪汀接到温砚的电话，被通知自家哥哥落水的消息时，还是很蒙的。说实话，她虽然不对纪琛抱什么希望，但料着结果最多是铩羽而归，没想到事情的发展还能更加出人意料。

人家表白不成，最多被奚落一通，好家伙，他表白直接把自己整进了未名湖里。

纪汀赶到北大的校医院的时候，纪琛正安详地躺在床上，一副“我是谁我在哪儿发生了什么”的表情。

九月的湖水虽未结冰，但也足够“美丽冻人”，最为关键的是，他的游泳考试分数并不高。他掉下去的时候脚踝还扭了一下，剧痛无比，现在已经肿得像山丘一样高了。

纪琛微笑着看向坐在一旁的邢予羡：“请问一下，你为什么要把我推下湖？”

"……"

邢予羡看着他不忍直视的惨状，咽了口口水，理直气壮地说道："谁叫你又想对我耍流氓，我本能的自保反应就是那样了啊！"

"我对你耍流氓？！"纪琛看着她，很轻地扯了一下嘴角，"刚刚你肩膀上有只蜘蛛，我想帮你弄走。"

"……"

邢予羡张了张嘴，好半天才发出一声飘在半空中的、极其富有灵魂的"啊"。

"……"

纪汀听到这儿也差不多理清了来龙去脉。

对面的两个人都一脸复杂地看着她，邢予羡艰难地开口："那……那谁想得到？我……我看到你过来还以为你又要亲我……"

空气安静数秒钟，越发凝滞得无法涌动，就在气氛降至冰点的时候，护士适时地走了进来："来，先贴个退热贴吧。"

男人挣扎上岸的时候像只落汤鸡，腿又一瘸一拐的，好不容易到了校医院，联系朋友送了套干净的衣服，换好衣服，体温已经不太正常了。

邢予羡这才观察到纪琛的脸颊确实有点红，他也不如以往清醒，带着点迷离和脆弱的神色。她抬起手，轻放在他的额头上，感受温度。

纪琛的睫毛颤了颤，但他没有阻止她，低垂着眸一动不动。

他的额头确实是有点烫，一旁的护士撕开了退热贴的包装，邢予羡接过退热贴："我来吧。"

她倾身过去，拂开他额前的刘海儿，很认真地给他贴好，又在四角处仔细地压了压。弄好这一切后，她收回了手，就在她坐直身体的瞬间，纪琛睁开了眼，毫无预兆地与她对视。

他漆黑的眸子十分迷人，邢予羡的思绪恍惚片刻，她很快移开视线。目光掠过他刚上过药的脚踝，半晌，她语气愧疚地开口："疼吗？"

"嗯。"男人沉声说。

他依旧看着她，邢予羡下意识地抬手摸了摸自己的脸，然后又放下手，不自在地说道："对不起啊。"

她本以为这家伙会对她冷嘲热讽，没想到他闭了闭眼，摆摆手说："没事，你也不是故意的。"他补充，"我有我妹在这儿陪我，你不是晚上还有事情吗？

先去吧，别管我了。”

“……”邢予羡抿着唇，突然感觉心中的某处牵动了一下。

寻常人遇到这种事肯定会埋怨她，毕竟的确是无妄之灾，可这人的反应大度又包容，他也没说任何重话，还……蛮绅士的。

本来晚上有事的说辞也是她编的，邢予羡蜷起手指，鬼使神差地说：“还是我留下来陪你吧，让汀汀早点回学校好了。”她低眸，转了转眼珠，小声说，“再说，是我犯的错，还是要我来负责吧。”

纪琛还没开口，纪汀就很有眼力见儿地站了起来：“予羡姐想得太周到了，那就麻烦你来照顾我哥哥啦！”

邢予羡点头：“好，没问题。”

两个女人已经达成共识，结果又是纪琛希望看到的，他自然没有异议。但他也不知道单独和女生相处应该聊些什么话题，只好问：“你吃饭了吗？”

他们见面以后发生意外，到了医院，显而易见是没机会吃饭的，纪琛突然想起这一层，笑了笑：“是我脑子迷糊了。”

兴许是他一直以来展现出的都是毒舌的形象，今日这样温和的态度与往日格外不同，邢予羡呆了片刻，蓦地摇头：“没呢。”

“那叫外卖吧。”纪琛说，“你应该也饿了。”

“啊……嗯，好。”邢予羡赶紧掏出手机，“你喜欢吃什么？”

“都行，随你就好。”

“哦。”

邢予羡浏览了一会儿，挑了一家比较清淡的面食，正想问问纪琛偏好哪种口味，却发现男人已经偏头在床上睡着了。她从未注意过，原来他的睫毛这么长，浓密如鸦羽，随着呼吸的频率轻轻地颤动。

纪琛长了一副极好的骨相，从侧面看去，他额头饱满，鼻梁高挺，嘴唇薄，睡觉的时候就安安静静的，相貌极佳。邢予羡撑着脑袋趴在床沿观察他，不知不觉就有些出神。

屋外秋风拂过，卷起一片金黄的落叶。她的视线也同步似的，在男人侧颜的轮廓上滑过好看的曲线。

数学系的人没那么爱幻想，但对形状和字符有着天生的敏感，邢予羡不自觉地开始目测纪琛鼻梁的斜率以及睫毛的函数系数。

看了他有好几分钟，她才倏忽想起外卖还没点。她这是怎么了？邢予羡摇了摇头，随意地选了两份面下单。

外卖小哥风尘仆仆地赶到的时候扯着嗓子吼："聿白太太！聿白太太在吗？！"

第二声吆喝响起的时候，纪琛就醒了，歪着脑袋，挑眉看了一眼邢予羡，满脸疑惑。

她尴尬地摸了摸鼻子，起身去接过外卖，回到座位上："呃，就是……代聿白是我喜欢的一个男歌手，唱跳歌手……还……还挺帅的。"

"哦，哪几个字？"

邢予羡没想到纪琛对此也感兴趣，顿时将自己的"老公"大方地介绍给他。她给他看百度百科："喏，就这个，是的吧……超帅的吧？！"

纪琛抬眸："嗯。"

邢予羡看着他，一时之间也判断不出来他到底有没有接受自己的推荐，跟着"嗯"了一声，然后打开一旁的食盒："刚刚你睡着了，所以我就随便点了一些。香菇滑鸡面，你看可以吗？"

"可以的，谢谢。"

邢予羡欲言又止，纪琛察觉到，问："怎么了？"

"呃……你能不能别对我这么温柔？"她抖了抖肩，小心翼翼地说，"我感觉好像有点不正常，太诡异了。"

纪琛无言以对，扯了个微笑："给我把面拿过来？"

"哎，"邢予羡轻舒了一口气，拍拍胸口，"这样就舒服多了。"

空气中是长时间的沉默，纪琛咧了个嘴差点气笑："你这是什么毛病？"哪儿有人喜欢别人对自己凶的？

邢予羡还活在自己的世界里，心有余悸地点点头："你早这样不就好了？我还以为未名湖让你脑子也进水了。"

"……"纪琛眉心跳了一下，咬着牙憋出两个字，"吃……饭。"

两个人暗潮涌动地埋头吃面，没有任何交流，饭后纪琛问："多少钱？我转给你。"

邢予羡："不用了，我请你吧。"

"我没有让女人付钱的习惯。"纪琛扬了扬下巴，"多少？"

邢予羡掩面——怎么会有人把这么古早这么霸总的话说得如此流畅自然……她拗不过他，报了个价格。“嘀”的一声，微信很快收到转账，数额是一份面的两倍，纪琛相当于把她那份也请了。

纪琛看了一眼时间，时间也不早了，他说：“你现在回寝室吧，路上注意安全。”

邢予羡看了一眼他脚上层层的绷带，担忧地问道：“那你呢？”

“在这边住两天，叫我舍友来接送我就可以了。”他不甚在意地说，“白天还要上课。”

纪琛这么一说，邢予羡又有点愧疚，紧了紧手中的书包带子，轻声地应下：“嗯，好。”

“你……发烧的话头晕吗？”她又问。

“还好，贴了退热贴好多了。”

邢予羡想了想，还是伸手又去探了探他额头的温度。

隔着一层胶贴，她都能感觉到热气，热气一直从指尖传递到心里。这张退热贴已经没什么用了，她抿着唇，拿过一块新的：“给你换一个。”

“嗯，好。”

明明只是换退热贴这样的小事情，邢予羡却觉得心里压抑不住地跳动，好像两个人在这种无言又胶着的气氛里产生了某种不知名的联系。

纪琛没看她，但是触碰他额头的时候她能清晰地察觉到，他对当下的情况也是有感知的。

空气中好像多了那么一丝说不清道不明的尴尬，邢予羡收回了手，清清嗓子：“那我明天再来看你。”

邢予羡走之后，纪汀打了个电话过来：“老哥，咋样啦，现在什么感觉？”

“没什么感觉，就脚疼。”

对于今天这遭，纪汀也是不知道说啥好，换了个话题：“老哥，其实塞翁失马焉知非福，你现在这样，完全可以试图博一博同情啊。”

“博同情？”

“对啊！予羡姐看你这样肯定心里也很内疚，她就没提出要怎么补偿你？”

纪琛说："她说明天再来看我。"

这是言情小说里经典的走向，纪汀兴奋地一拍掌："太好了！然后呢？"

"什么然后？"纪琛疑惑道，"没有然后了，我拒绝了她。"

"……"

纪汀满脸疑惑，深吸了一口气："能告诉我你是怎么想的吗？"

"她一个女孩子，来一趟医院多麻烦。而且大家课都很多，我这也是节省她的时间。"纪琛的语气颇为得意，"怎么样？我是不是特别体贴、特别细心？"

纪汀在另一头拿着电话，简直要吐血。噢，这无药可救的脑回路。她挤出一句话："呵呵，还真是……体贴细心又为人着想呢。"

个人有个命，她是时候开始思考哪家养老院比较适合他了。

纪琛躺在病床上百无聊赖，想起了自己在知乎上挂的问题，于是点进了APP。问题下面云集了不少答案，不过还是"我是北大甜甜圈"的回答最为惹眼。

评论里都是蹲后续的，纪琛打字：后续……就是我俩谈话的时候，她不小心推了我一下，然后我就扭伤了脚，现在进校医院了……不过她看上去似乎挺不好意思的，一直跟我说对不起，我俩的交流方式好像又回到了以前，大家都没有提强吻的事。

他把这条信息发出之后，很多之前的熟脸纷纷回复他。

这个走向也是我没有料到的。

绝了题主，一波操作力挽狂澜？

聊个天进校医院可还行？！哈哈哈哈哈哈对不起不厚道地笑出了声。

我心里松了口气，还以为题主会听甜甜圈的呢。

兄弟趁这个机会赶紧上啊，刷一波好感！她不排斥你了就好，礼物表白什么的都走起来！

众望所归的"我是北大甜甜圈"再度给出详细的分析：好的呢，兄弟这波也算是因祸得福。我认为现在最主要的就是刷存在感。不要那么着急表白，因为太容易得到就不会珍惜。你可以经常给她发微信，问她"在干什么""吃饭了吗"等等，语气不要太过殷勤，要高冷，以保持神秘感。

如果她说"身体不舒服"，你就关心她"多喝热水"；如果她纠结"不知道选哪个"，你就回复"都挺好的"；如果她早早就说"想睡觉了"，你就夸赞她"好养生啊"；如果实在怕出错，你就发"哦""嗯呢""好"，既显得端庄严肃，又表达了“你说吧，我一直在”这种倾听的感觉。

天外飞星：哈哈哈哈哈哈，甜甜圈你可真是个人才！

森森蝶：每天都在等这俩一问一答，哈哈哈哈哈哈哈哈。

流光儿：还有如果她问“我今天好看吗”，你可以回答“化妆技术不错”，语气真诚而赞扬，这代表你不是直男而且眼力特别好，非常细心，是很强的加分项。

北大小可爱：哈哈哈哈哈请题主频繁上来更新好吗？哈哈哈哈哈哈哈哈。

爱吃龟苓膏：题主加油啊，你是最棒的！

纪琛默默地记了笔记，把这些套路回复都深深地刻在了脑海里。他今天已经刷够了存在感，明天开始也无妨。

第二天上午十一点钟，纪琛打算展开自己刷存在感的大业。他点开邢予羡的聊天框：在干什么？吃饭了吗？

过了几分钟，那头回复：吃了。

邢予羡正骑着车从食堂回寝室，没走两步就收到了一个“嗯”。她边爬楼梯边看手机，打字：你吃了吗？

纪琛：嗯呢。

“……”

他的风格果然非常简约，非常高冷。邢予羡仔细一想，觉出几分深意——这是不是在委婉地提示自己要请他吃饭？毕竟她把他害成那个样子，咯，确实挺过意不去的。不过，只是简单地请一顿饭好像又不能表示诚意，她不如送他个礼物赔罪吧？

邢予羡知道纪琛爱打游戏，于是去网上看了一下，最终筛选出来一个炫酷的键盘还有一把游戏手柄。她发给纪琛：对了，我有个朋友过生日，我不知道选哪个，你能给我点意见吗？

她附上了键盘和手柄的图片。

纪琛：都挺好的。

邢予羡没想到他这种游戏发烧爱好者对这些配件一点都不挑剔，顿时觉得有点奇怪。思绪在脑子里转过一圈，邢予羡灵光乍现——该不会是他猜到了这是自己要送他的，不想拂了她的面子，所以就说都挺好吧？啧，她没想到他还挺贴心的。

邢予羡眨了眨眼，心想那就随便挑一个好了，又问：对了，脚还疼吗？

纪琛：不怎么疼了。

邢予羡：哦哦，那就好。

邢予羡：我先睡个午觉。

纪琛：［哇哦］。

纪琛：好养生啊！［鼓掌］［鼓掌］［鼓掌］。

邢予羡的手指顿了一下，神色一言难尽起来——这是他在暗示说自己连个午觉都睡不了吗？所以他就还是疼呗！之前他说的话也是为了安慰她的！

她登时感到有些愧疚。

邢予羡：纪琛，你有哪里不舒服一定要和我说啊。

邢予羡：还有，明天我去看你，给你打饭。

邢予羡：不许拒绝我了，不然我会寝食难安的！

这头纪琛随意地一扫手机，立刻坐直了身体——啊啊啊啊啊啊啊啊啊啊啊啊，她居然主动说要给他打饭！心情一下子激荡起来，他火速地登上知乎分享战况。

匿名用户 回复 我是北大甜甜圈：兄弟，我试了你的方法！果然是很管用！才没一会儿女神就说明天要来医院看我了！

十几分钟后。

“我是北大甜甜圈”发了一个问号。

我是北大甜甜圈：恭喜！

天外飞星：噗哈哈哈哈哈？剧情的走向越来越迷惑？

我是奥特曼：这兄弟真的有点东西哈。

爱吃龟苓膏：给我整蒙了哈哈哈哈？？甜甜圈快上啊，告诉他下一波操作是什么！

北大小可爱：好奇地问一句……题主你长得很帅吧？

他很帅吗？纪琛把手机锁了屏，借着手机屏幕端详了一下自己的容颜——嗯，确实，他英俊得惨无人道。

他压住喜滋滋地上翘的唇角，平静地回复：也就一般般吧。

北大小可爱很快道：所以你是走了什么狗屎运？

天外飞星：同问。

我是奥特曼：同问。

纪琛满脸疑惑。狗屎运？这也太不礼貌了！唉，这就是人性吧！他起步艰难的时候，他们还加油鼓劲，等到他有所小成之后，他们就开始阴阳怪气了。哼，他们再嫉妒也没用，他就是会学以致用，会撩妹子！

邢予羡拿着饭盒走进病房的时候，纪琛正躺在床上玩手机。不知是不是她的错觉，在不经意地抬眼看到她的时候，男人好似散漫地勾了一下唇角。

邢予羡的脚步停了一下，接着她若无其事地走过去在床边的椅子上坐下："今天感觉怎么样？"

"挺好的。"纪琛说。

她"哦"了一声，转而问道："那个，你不是又在安慰我吧？"

"没有啊，确实好多了，不硬碰它就不会疼，估计没几天可以下地走路了。"

邢予羡松了口气："哦。"

这顿饭她打的是食堂最受欢迎的土豆炖排骨和番茄炒鸡蛋，还附带了一只香喷喷的卤鸡腿，色香味俱全，看得人食欲大增，纪琛拿起筷子，夹起一块排骨放进口中："辛苦你了。"

"啊？"邢予羡赶紧摆手，"呃没什么，这都是我应该做的。"

"瞧你女朋友对你多好，可得宠着她一点。"

她一惊，才发觉护士姐姐不知何时走到了二人身边，护士姐姐笑眯眯地看着他们。邢予羡的心跳漏了一拍，她张了张嘴："我……我不……"

护士姐姐摇着头感叹："年轻就是好啊。"

她说完这句话就出了房间，邢予羡连个能澄清的机会都没有，尴尬得头皮发麻、脚趾蜷缩。她偷偷地抬眼去看纪琛，男人低眸安静地吃着饭，仿佛对之前的对话充耳不闻。他是没听到还是……假装没听到？

不管怎样，邢予羡乐于陪他一起装傻，她干咳两声，开始有一搭没一搭地扯起闲天。

整个过程中，纪琛一直静静地听着，偶尔附和她两句，就这样不知不觉地过了一个小时。

是时候要走了，邢予羡起身："那个，总之你有什么事就随时跟我说。"

“嗯，谢谢。”

邢予羡说：“那行，那我就——”

纪琛叫住她：“等一下。”

“怎么了？”

纪琛拿出两张票，淡淡地说道：“之前你不是说喜欢这个歌手吗？正好不久他就要过来开演唱会了，我朋友临时有事不能去，就把票给我了。”

“啊，真的吗？！”

邢予羡一把接过票，反复端详，确认过后，惊喜地说：“真的是我白白的演唱会！啊啊啊啊好开心好开心！”她前段时间学习太忙，都没有时间去关注这些。

纪琛看她这么高兴，心情也更加放晴，嘴角跟着上扬起来。这抹显而易见的弧度恰好落在了倏忽抬眸的邢予羡的眼里，她似是有一瞬间的诧异，呆愣在了原地。

二人对视片刻，空气凝滞片刻，邢予羡率先回过神来，小声说道：“啊，那个，那你朋友怎么会把票给你啊？这个也不便宜啊。”

“当然不是白送给我的。”纪琛敲了敲她的额头，“我这不是看你喜欢，就顺手买了下来。折价出的，也不是很贵，别放在心上。”

女孩很明显怔住了，纪琛心想，他是不是表现得太明显了？纪琛摸摸鼻子，掩饰般说道：“我……就是觉得你好像挺喜欢这个唱跳歌手的，演唱会一年就来北京开一次，机会也挺难得的……”

好像越描越黑，他索性不说话了，转头看向窗外，假意欣赏风景。四周安静了好一会儿，就在纪琛要坐不住的时候，耳边传来一声细软的“谢谢”，然后是女孩跑开的脚步声。

纪琛这脚养了两周，也算是养好了，他可以下地来去自如地走动，只不过不能走太快。

他出院之后，收到了邢予羡送的游戏键盘，东西虽然谈不上有多么专业，可既然是她送的，他也就抱着爱屋及乌的心思，把它大大方方地摆在寝室的桌面上用。他自己感觉不出来，但是室友明显地观察到——这个憨憨似乎对自己的键盘有一种不可言说的心思。

他每天都要轻柔地抚摩它，以防上面沾染灰尘，有时候发着呆，也像抱古琴一样把它紧抱在怀中，眺望远处的山峦，眉间带着一抹动人的愁思。

室友看着他，欲言又止，终于说道："有件事我想问很久了。"

纪琛不耐烦地问："干吗？"

"这玩意儿是有什么特殊功能吗？"室友颦着眉沉思，片刻后拍了拍他的肩，用一种意味深长的语气说，"玩新花样记得注意分寸，别弄坏了身子。"

纪琛沉默两秒钟，说："滚！"

他当然不会告诉室友——我用你教我的方法撩了妹子，这是我获得的战利品。

一旦室友知道，他宿舍之王的脸面何存？

这段时间他和邢予羡越走越近，纪琛逐渐生出一种迷之自信——他根本不需要知乎，不需要"我是北大甜甜圈"，单靠自己四溢的魅力就已经绰绰有余。唉，谁叫他是这样博闻强识又英俊非凡的男人呢？

于是他没有再上网去更新回答，而是开始了自己的"单打独斗"计划。

一个月以来，纪琛虽时不时地在邢予羡面前刷存在感，但仍按兵不动，没有什么特别大的动作。

他是这样打算的——"我是北大甜甜圈"说的不无道理，这人哪，得到得太容易了就不知道珍惜，所以他决定平缓地过渡，一点点地布下棋子，温柔地蚕食她，待到猎物完全上钩之后，再猛然地收网。

纪琛勾起嘴角如是想——嘿嘿，女人，你是逃不掉的。

邢予羡的生日正好在学期末，她除了邀请比较熟稔的高中同学以外，还邀请了一些她自己的大学朋友。

方泽宇、温砚和纪琛三人打的前往聚餐的地点，途中，方泽宇挑眉说道："纪琛，你这速度不行啊，老半天了连人影都没追到呢。"

"你懂什么？我那是——"布局谋篇、步步为营、心思缜密、城府高筑——他梗直了脖子，忽然又觉得和这厮辩论没什么意思，又把话吞了回去，"嘁，反正你等着瞧吧！"

方泽宇不信，"哈"了一声："行，我等着瞧。"

三个人在服务员的指引下到了包间，邢予羡请了两桌人，还没到点，因此现下人还未来齐。但是纪琛眼尖地发现，有个男的坐在邢予羡的身边，跟她的言谈举止很是亲昵。

那男人眉眼狭长、样貌耐看，与她说说笑笑，神情分外自然，他甚至还在尽兴处倾过身去，在邢予羡旁边温声地耳语几句。

这一幕落到后来的北大同学的眼里，几个女孩在门外窃窃私语："罗进和羡羡还真是般配呢。"

"是吧是吧，我也这么觉得，听说罗进暗恋她很久了。"

"啧，看这样子，他们是不是就要在一起了啊？"

"砰"。纪琛呆站在原地，恍如五雷轰顶。等一等——这不是他拿的剧本。他们说好的温柔蚕食、徐徐收网、布局谋篇、步步为营呢？！他以为自己是棋手，结果一眨眼，他就出局了？！

纪琛眯了眯眼，审视着罗进对着邢予羡微翘的嘴角和荡漾的眼神——呸！这一看就不是什么好人，笑容里明显含着三分戏弄、三分心机、四分不怀好意！他能容得了这样的人在她的面前舞来舞去？！

纪琛胸腔中怒火燃烧，表面却冷静如斯，信步走向热络地攀谈的两个人，然后，"啪"，一屁股在邢予羡的另一边坐下了。

女孩这时候才看到他，缓缓地眨了眨眼："你来啦？"

"嗯。"纪琛颔首，眼睛睇向罗进，"不知这位是……？"

邢予羡说："哦，这是我同系同学，罗进。"

罗进戴着一副细框眼镜，微抬眼眸时镜片反射出些许的光泽，他扶了扶镜架："嗯，我是羡羡的大学朋友。"

一般和邢予羡玩得好的女生都叫她"羡羡"，久而久之几个男生也开始这么叫，她都听习惯了，也没觉得有太大的问题。但是到了纪琛这里，这在他刚受完冲击的心里再度掀起了惊涛骇浪。

羡羡？如果他没听错的话，这狗男人叫他的女神羡羡？啊！啊！啊！羡羡是他能随便叫的吗？！这人是哪家茶楼里的废物点心哪？！啊！啊！啊！

纪琛的内心翻江倒海，但脸上却无表情，他淡淡地"嗯"了一声。

邢予羡介绍完毕后，转而指了指纪琛，对罗进说："然后这位是——"

"我是纪琛，羡羡的高中同学，"纪琛抬起手，扬起一个无懈可击的笑容，"兼大学同学。"

他特意地咬重那个"兼"字，听起来火药味儿极其明显，仿佛在嘲讽——

哈哈哈,你以为就你是大学同学,我告诉你,我不仅是大学同学,还是高中同学!厉不厉害,哦,我觉得我厉害死了耶!

这话他一说出口,空气都安静了片刻。坐在一旁的方泽宇和温砚沉默片刻后,都低下头,放空目光,假装两耳不闻窗外事。

半晌还是罗进先展颜,笑着抬手与纪琛的手相握:“看来我和这位兄弟很有缘分哪,都是北大的。”

谁要和他有缘分?!纪琛倏地抽回了手,傲慢地靠在椅背上。

遭此情景,罗进也不尴尬,又轻笑了笑,举起茶杯啜了一口茶。

“呃,我先去趟洗手间……”“刺啦”一声,邢予羡忽地站起来,她也不等几个人回应,便脚步匆匆地向外走去。

女主角一走,室内的气氛陡然沉闷下来,尤其是纪琛和罗进所在的这块区域,就像掺着冰碴儿似的,靠近一点都觉得凉飕飕的。

纪琛唇角平直地盯着手机,看也没看身旁的男人一眼。他其实心里好奇得要死,又嫉妒得要死,有很多问题想问,但又拉不下那张脸。

这时,有人在旁边开口了:“纪琛,你和羡羡高中就认识了?”

听闻此言,纪琛动了动眼睑,转过头去——罗进面色平和,只是闲聊的姿态。

“是。”纪琛懒懒地挑起嘴角,“认识很久了。”他顿了顿,补充,“我们经常一起出去玩,还去冰岛看过极光。”

“极光啊,应该很好看吧。”罗进叹了一声。

“是啊。”纪琛说,眉间扬起一抹得意——哈哈哈哈羡慕吧……

“我没去看过,以后也想去看一看。”罗进温和地笑,“不过十一的时候,我和羡羡还有几个同学一起去澳洲看了鲸鱼,那边风景也不错。”

纪琛的笑在脸上戛然而止。“哦。”他僵硬地转过脖子,声调平平地发出一个拖延的音。

好一会儿,邢予羡终于回来了。请的朋友们也差不多到齐了,她勾起唇,拍了拍手:“好的,那我们今晚就开始吧!大家放开肚皮吃!今天我请客!”

“哇!”大家发出起哄的声音,包间一下子热闹起来。

年轻的男孩女孩虽还没有完全步入社会,但也学着大人的样子互相敬酒,老成又庄重,这看上去是一幅极为生动的场景。

等主菜吃得所剩无几，粉粉嫩嫩的生日蛋糕也被服务员推了进来。几个女生帮着插了蜡烛。熄灯之后，烛光在黑暗中摇曳，照亮了邢予羡明丽的脸。大家唱起了生日歌。

她闭着眼，开始许下一个个生日愿望，口中本来正喃喃有词，耳朵却捕捉到一个低沉的声音："祝你生日快乐，祝你生日快乐……"

他也在跟着唱。

男人的嗓音平日里总是慵懒又漫不经意，现下却含着万分正经和认真，他似乎在做一件极为重要的事。周遭的声音渐渐地远去，邢予羡觉得自己好像只能够听见纪琛的声音，他一直唱进了她的心里。

他刚刚……为什么叫她的小名呢？在多重干扰的刺激下，邢予羡不由得有些胡思乱想。那一刻她能感觉到，男人好像是在宣示着什么。但他会是她想的那个意思吗？这怎么可能呢？

"羡羡，你在想什么啊？许好愿没有，要开始切蛋糕啦！"

叽叽喳喳的声音响起，邢予羡蓦地回过神来："对对！咱们切蛋糕吧！"

十六寸的蛋糕恰好够二十个人瓜分，邢予羡拿着抹刀，一块一块地分配蛋糕。她被蛋糕占据了全部的注意力，因此也就没注意到罗进对纪琛勾了勾唇，罗进问："可不可以跟我出来一下？"

有很多话当着大家的面说还是不方便，纪琛"嗤"了一声，站起身，表示默认。两个人走到了外面的走廊上，彼时已经过了客流量最大的时候，来来往往的服务员都少了许多。

纪琛单手插兜，淡淡地说道："说吧，什么事。"

罗进站定，略有兴味地挑了挑眉。

"同学，你似乎对我有很大敌意。"他问，"可以告诉我是为什么吗？"

纪琛磨了一下后槽牙，也没跟他含糊："你心里明明清楚，何必再问我？"

罗进轻笑了两声。笑声回荡在空旷的走廊里，分外明显。

"那我就直说了。"他抬眸，微弯了弯嘴角，一刹那把伪装尽数卸下，带着几分耀武扬威的神色说，"纪琛，羡羡喜欢的是我，我们就要在一起了。别的人她是不会考虑的，你就死了这条心吧，别做梦了。"

"……"纪琛猛地攥紧了拳头，扬手拽住罗进的衣襟，一字一顿地说道，"喜欢你？"纪琛冷笑一声，"她不可能喜欢你，你才是做什么美梦呢。"

纪琛出生以来，基本上就不知道“滑铁卢”这三个字怎么写。他从小到大就是天之骄子的类型，一路直升上了北大，名校光环和出众的家世保留了他恣意的锋芒。直到——

“纪琛，你是不是喜欢羡羡哪？”

“不可能，她做什么美梦呢。”

一段录音被来来回回地放，纪琛面色铁青地捏着手机。男“绿茶”，他真的是做梦都没想到对方有这手。剪辑对话片段这种事不一般都是只有小说里才会出现的吗？！现实里还真有这种闲得没事干的人哪？！

事情的起因经过非常魔幻。

邢予羡的生日过后就是寒假，一开始两个人还会时不时地用微信聊天，气氛也非常模糊不清，隐隐地带着点暧昧，但不知怎的，有一天邢予羡的态度忽然冷却了下来。

纪琛旁敲侧击也得不出个因果，每天对着空白的聊天框发呆，焦急却无处下手。他确信自己是在什么地方得罪她了，但绞尽脑汁，无论如何也想不出来原因。这个问题的谜底在一个月后，也就是刚刚开学时揭晓。

某晚纪琛突然收到邢予羡发来的信息，头像闪动的那一刻他欣喜若狂，立刻点开信息——那是一份录音文件。听完之后他的心情无法用任何形容词描述，他甚至还想缓缓地对罗进竖起一个大拇指。

“纪琛，你是不是喜欢羡羡哪？”

“不可能，她做什么美梦呢。”

什么玩意儿啊？！罗进太绝了，“茶”得如此明目张胆，让人无话可说。

邢予羡接着发来一条语音。

“纪琛，”她打着酒嗝儿，颇具声势地嚷道，“你凭什么不喜欢我啊……凭什么啊？！啊啊啊啊！你这个没眼光的衰仔！嗝……”

“……”纪琛维持着听语音的姿势，太阳穴的青筋缓缓地跳动。缓了好一会儿，他才接受了自己被一个男“绿茶”搞得马失前蹄的事实。

真的头痛，纪琛不断地在聊天框内输入文字又删掉，觉得怎么措辞都不对。他先发了个“我没有不喜欢你”。事情到了这种地步，他好像是箭在弦上不得不发了。纪琛盯着光标处踌躇，紧张地想——他该怎么表白呢？

都怪那个罗进，要不是罗进，自己至于这么被动吗？！他真是想想都气啊！下次见面，他一定要让罗进好看！哎……等一下？

纪琛若有所思——予羡她……为什么这么介意这件事？要是其他人被别人说不喜欢自己，应当第一反应是反感吧？如果她不喜欢他的话，可能早就与他“好聚好散”了，哪儿会这样大半夜的发微信来抱怨？

哎，喜欢？

纪琛想——自己怕不是在做梦，为什么脑子里会蹦出来这个词？被冷淡近一个月的心情复苏起来，五味杂陈，讶异、喜悦的情绪接连涌出，充斥着整个胸腔。她喜欢他？

想通了这件事情和邢予羡的心理活动之后，纪琛兴奋到不能自已，一跃而起，蹦上床去打了两个滚。

室友从旁边的蚊帐里探出个头，问他：“你吃错药了？”

纪琛置之不理，又向空中挥了三下拳：“Oh yeah（噢耶）！ Oh yeah！Oh yeah!”

室友心想：他好像疯了！

世上还有哪件事比得知你喜欢的人也喜欢你还快乐呢？纪琛感动地想：没有了，再也没有了！

去他的温柔蚕食、徐徐收网、布局谋篇、步步为营！收起那些拐弯抹角的城府心思，爱就要大声地向全世界说出来！他当即给邢予羡回道——原来你也喜欢我啊！太好了，我们既然两情相悦，就在一起吧！

他发完这条信息后，邢予羡很久没回消息，纪琛猜测她是和同学们又去玩了没看到。

怀着轻飘飘又无比舒适的心情，纪琛优哉游哉地躺在了床上，咂巴着嘴，回味着刚刚激荡的滋味，恍惚中听到两个室友低声地交谈，他们说：“纪琛掉进未名湖之后就不太对劲儿了……”

“谁知道呢，可能脑子真的进水了……”

纪琛对此充耳不闻，得意地想——明天他也是有女朋友的人了，至于这两个人，让他们在这里说风凉话，他们得知真相之后也就只有羡慕的份了吧！哈哈哈哈！

第二天一早，太阳暖融融，天气格外晴朗。

纪琛下床之后，先做了一个转体伸展运动——他的动作虽然慢悠悠的，眼神却紧盯着桌面上的手机，模样有些迫不及待。

他非常克制才尽力让自己拿手机的姿态闲适而自然，嘴角微扬地点开微信，同时心中做好被喜悦填满的准备，已经开始敲起了庆祝的小鼓，放起了绚烂的烟花。

“啊？”

“哐当”一声，小鼓突然停了，烟花也熄灭了。

微信的界面没有一条新消息，聊天记录还停留在昨晚他说的最后一句话上，邢予羡仍旧没有回复他。

纪琛没忍住颦了眉，心里的期待如过山车般坠落。莫不是……她昨晚玩到太晚，还没有起床？他想了想，发了个表情过去。

手机“叮”的一声：“消息已发出，但被对方拒收了。”

纪琛满脸疑惑。

宿醉的感觉很不好受，邢予羡几乎不记得昨晚都做了什么。印象里她和同学去 KTV 唱歌，大家边嗨边喝酒，不一会儿就东倒西歪。由于心里有事，她也不由自主地多喝了几杯，因此记忆也有点断片了。

小的时候总听妈妈告诫爸爸说在外喝酒不准贪杯，邢予羡这才明白保持清醒理智的重要性。

“啊啊啊啊！你这个没眼光的衰仔！嗝……”

她捂着脸锁上了手机屏幕——这简直令人窒息。

不仅如此，纪琛的回复更是让她心情复杂。原来他是喜欢她的吗？邢予羡知道纪琛这种人是不会耍任何花招或者玩任何套路的，他说两情相悦，那必然是喜欢她了。

啊……啊？啊！原来他是喜欢自己的！心短暂地停跳了一拍，随之而来的更多的是羞愤——啊啊啊啊啊啊这个人怎么可以这样？！他居然这么草率，连表白都没有就想和她在一起！

而且本来她是喝醉了，才忍不住把这件事告诉了他，他居然还这么明晃晃地把话挑明！什么“原来你也喜欢我啊”？！正常的表白方式是这样的吗？啊啊啊啊啊气死了！什么宇宙无敌旋转大直男哪？！

邢予羡在心里崩溃了一阵，然后很冷静地微笑着点了拉黑。不仅是微信，还有电话、支付宝、闲鱼，所有可以聊天的东西，通通拉黑纪琛。啊，世界真是一片清静。

相比于强吻之后不尴不尬的研一上学期，这次纪琛的速度非常快，在邢予羡不理他的第二天他就把人堵在了教室门口。

彼时她刚上完一门令人头疼的数学课，题目太难没来得及消化，眉间的“川”字还蹙着，她就看到了纪琛。这下就变成了邢予羡皱着一张巴掌大的小脸，手里拎着包，她虎虎生风地站在门口与男人对峙。

没见到她之前，纪琛原本有很多质问的话，看到这张生动的脸之后又忽然说不出口了。气焰肉眼可见地夙了下去，他指了指来往的人流：“可不可以……到外面跟你说几句话？”

邢予羡勉强“哼”了一声，也不说话，绕开他往教学楼外走。

纪琛沉默了一下，转过身亦步亦趋地跟在她的身后，一边走一边小心地观察她的脸色。她到底怎么了？女人的心思可真难猜，他怎么看都看不出原因。

“你……”

“啪。”

邢予羡停下脚步，终于忍不住说道：“你再这样盯着我看我要报警了。”

“呃——”纪琛不知道接什么话，灵机一动突然想到了“我是北大甜甜圈”之前支过的招，点点头，真心实意地夸赞她，“因为你好看。”

邢予羡惊讶于他的进步，面色稍霁。

纪琛松了口气，补了下一句话：“你化妆技术不错。”

邢予羡微微地抬了抬眼睑，面无表情地说道：“我没化妆。”

悄悄是离别的笙箫。沉默是今晚的康桥。救命啊，两个人无言地对视，空气里的尴尬几乎可以被实质化。

邢予羡斜睨着他，继续保持着平静的微笑：“既然你没话说，那我就走了？”

“等等——”纪琛一大早起来想了很久，觉得她拉黑自己唯一可能的原因就是那段录音。她心里有芥蒂，不会那么轻易就冰释前嫌。不管怎么说，他还是先把这事解释清楚。

纪琛飞快地把来龙去脉说了一遍，强调道："那录音里的话不是我的意思，你别当真。"

邢予羡一开始本还不想理他，但她听着听着，面色逐渐地暗了下来。早上她听到纪琛的告白，心情太过凌乱，以至于她忽略了这个重要的点——罗进发过来的这段录音到底怎么回事？

她现在想来，这不仅荒谬，且已经到了有点匪夷所思的地步。邢予羡仔细地回想起罗进以前的种种表现，恍惚之中发现对方好似确实有着伪饰的端倪。交心的好友竟然是这种人，邢予羡觉得实在颠覆印象，一时之间无话可说。

纪琛看她的神情，以为她是不信他，急忙说道："真的，我敢发誓，我没有说谎。"

男人的眼神里有着显而易见的紧张和无措，很明显，他是害怕她误会。邢予羡的心像被猫爪轻轻地挠了一下，他的话有一种很奇特的顺毛的作用。她望向别处，半晌高冷地"嗯"了一声："我知道了。"

"……"

"还有事吗？"邢予羡斜睨着他，"没事我就走了？"

"等一下！"纪琛猛地拉住她的手腕，"我都解释清楚了，你怎么还是这个态度？"

邢予羡轻扯了扯嘴角，无语地问他："你说呢？"

"我不知道。"他的语气是真心实意的不解，半晌他又不自然地咳了一声，"那什么……我喜欢你，你也……喜欢我，为什么不答应和我在一起？还拉黑我？"

他真是哪壶不开提哪壶，她压抑着的情绪终于爆发了，邢予羡飞起手敲他一个栗暴："啊你说呢？！有你这么和女生表白的吗？！人家好歹有些表示吧？礼物鲜花！再不济，你约我在唯美的月光下漫步，再告诉我也比较好！啊啊啊啊啊要气死我了！"

不说不知道，一说吓一跳，纪琛被当头一棒后，突然感到新世界的大门朝他徐徐地敞开——噢！原来女生的内心世界这么丰富！邢予羡拉黑他是因为他的"态度"问题，她嫌他不够正式。纪琛张了张嘴——当时他太高兴了，没来得及想那么多。

"那……"他摸了摸鼻子，认真地提议，"那我追你三个月好不好？给你补偿。”

邢予羡无语，别人两句甜言蜜语能哄好的事情，他非要大费周章地折腾自己，脑回路就是清奇得这么令人望尘莫及……唉，她捂着额头想，谁让这憨憨是自己喜欢的人呢？再艰难她也要坚强地走下去啊！

“随你。”邢予羡皮笑肉不笑地说。

“谢谢你！”他中气十足的一声把她吓了一跳，她下一秒就看见纪琛退后两步，郑重其事地向她鞠了个躬，“感谢你愿意给我这个机会！”

邢予羡无语，这下不仅是空气凝滞，她觉得时间也静止了——周围的同学纷纷停下脚步，扭头满脸问号地看过来。邢予羡僵硬地想，她已经可以预料到未来生不如死的生活了。

说是要追她三个月，纪琛居然一点也没含糊。他每天早上给她买新鲜出炉的生煎包和蛋饼，中午护送她上下学，晚上深情地捧着一束玫瑰花站在寝室的大门口。他还隔三岔五地给她身边的朋友熟人带礼物，把他们都收买了一通，他们在她的耳边为他说尽好话。

邢予羡纵使再怎么故作高冷，也实在是有些受不住这样直白热烈的架势。他是真的喜欢自己吧？她心里最后的那点犹疑也消失殆尽。但一想到之前纪琛的种种直男行为，邢予羡又有点不想答应他。

室友知道了整个事情之后差点把头都笑掉，一边拍大腿一边说：“羡羡，别挣扎了，你就从了吧！”

这天中午，刚在食堂里吃完饭出来，邢予羡就看到纪琛站在食堂的门口等她。

男人正低眸看着手机，纤长的睫毛垂下，双腿修长，出色的外形惹得来往的女生驻足，她们时不时地偷觑他。他安安静静地不说话的时候，确实是一道赏心悦目的风景。邢予羡看得微微地有些出神，心跳也加快了些。

“那边那个就是化学系的纪琛吧？”

“他好帅，是我中意的那一挂！”

“别想了，听说他已经有喜欢的人了，现在在追一个数学系的妹子……”

“啊……真可惜……”

窃窃私语的声音随着人潮远去，邢予羡的耳尖微红，像是傍晚时天边降落的霞云，她的眼神染上了些温柔，正准备开口唤他的时候，男人倏忽抬起头来。

只听纪琛故作姿态地干咳一声，邢予羡一脸疑惑。

在他清嗓子的时候她就觉得不妙，果然下一秒，纪琛缓缓地开口，含情脉脉地当众唱了起来："你问我爱你有多深，我爱你有几分……我的情不移，我的爱不变，月亮代表我的心……"

邢予羡无语。后来纪琛追着她上了宿舍楼，一脸委屈地问："怎么又不理我了？是我哪里唱得不好吗？我特意去学了好久呢，一个音也没有跑！"

邢予羡已经被磨得没脾气了，冲他微笑："三天之内，不要再来找我。"

纪琛开口想说什么，她抬手制止他："别问，问就是想静静。"

匿名用户：喜欢的男生是个直男，怎么办？

问题描述：我和我喜欢的男生双向暗恋，但是现在还没在一起，因为他太直男了，想问一下有没有姐妹们遇到过这种情况。

我们是大学同学，本科毕业的时候我们和几个朋友一起去旅行，当时的一天晚上，他喝醉了就亲了我。他后来解释是意识不清醒，跟我说对不起，我挺尴尬的，不知道该怎么办，就尽量避免和他正面接触。

结果研究生开学后，有一次还是在校园里碰到了，因为某些事情，我不小心推了他一下，结果他脚崴了，还进了校医院，我心里挺内疚的，但是他态度很温和，也没有责怪我，后面甚至还送了我喜欢的歌手演唱会的票给我。这之后我们的关系就正常了许多，我也对他有了一定的好感。

后来发生了很多事，我就挑重要的说吧。有人转告我，说他不怎么喜欢我，我当时已经对他有些感觉了，有一天喝醉了酒没忍住问了他为什么不喜欢我，然后……

他语气恍然大悟地说道："原来你也喜欢我啊，那我们在一起吧！"

这就很窒息，我第二天早上起来听语音回放的时候都可以用脚趾抠出三室一厅了。

他想和我在一起都不带表白的吗？我心里就别别扭扭的，把想法告诉了他，结果他挺认真地说要追我几个月给我补偿，搞得我哭笑不得。

然后就是他层出不穷的直男操作了……他站在教学楼前向我鞠躬说"感谢你愿意给我这个机会"，夸我"好看"并告诉我原因是"化妆技术不错"，在食堂门口等我顺便给我唱了一首《月亮代表我的心》……

我……对不起……我说不下去了，我要去静静……

邢予羡在知乎上发了帖子后，连刷几集大热的综艺和连续剧冷静了一下，在晚上临睡前登上知乎看回复。

评论：

糖工程：对不起，题主喜欢的这个男生笑死我了哈哈哈哈哈。

咪喵：什么时候能改掉替人尴尬的毛病？

樱子哒：哈哈哈哈。

Biubiubiu：《月亮代表我的心》可还行？

续一秒：太真实了，我男朋友就是这样，我一生气他还不知道为什么，搞得我只想揍人。

皮皮是猪：小姐姐，别谈恋爱了，独美吧。

八错：题主喜欢他什么？人间迷惑。

匿名用户 回复 八错：这也正是我疑惑的地方，很想回到过去敲开看看那个时候的自己的脑子里面都装了什么。

除了这些评论，邢予羡还收到了其他一些奇奇怪怪的回复。

我是北大甜甜圈：这个故事的走向好像格外熟悉！

天外飞星：我正想说！

我是奥特曼：好像围观了厉害的院校了不得的八卦。

爱吃龟苓膏：哈哈哈哈。

北大小可爱：啧啧啧。

剧情走向熟悉？而且这些用户里头好像有不少北大的？这该不会是被熟人解码了吧？这可就不太好了！邢予羡眉头紧皱地思索片刻，为了保险起见，还是删掉了原问题。

纪琛在宿舍里苦闷了好几天。他发现在这个过程中，室友看自己的眼神越来越爱怜，对方的眼神带着三分关怀、三分同情，还有四分泛着母爱的光辉。

纪琛翻白眼：“张狗剩总看我做什么？”

张怀远温柔地笑了笑：“没什么。”

纪琛“哼”了一声：“有话快说有屁快放，总是这样欲言又止是什么意思？”

张怀远本来一直在想知乎上清华的那个愣小子是谁，还托了几个朋友去问，结果没想到这人就在自己的身边，也是一时之间心中百感交集。

他是在看到《月亮代表我的心》时才将正主儿对上号的——前几日纪琛那一首曲子可谓是名扬天下，北大的树洞和论坛都在广为传播此事。

本来很羡慕数学系小姐姐来着？但是食堂门口唱歌？真的大可不必，哭笑不得的表情。

这个情景哈哈哈哈哈哈哈半夜笑得我脚抽筋，怎么会有这样追人的？

想问一下这就是化学系的憨憨级草吗？

楼上在说什么，不清楚不知道不要问，化学系同学装不懂嫌弃脸。

只有我觉得这个男孩子可可爱爱吗？！哈哈哈哈。

张怀远面对着纪琛坐在凳子上，拿着手机，眼神还是很温柔："好吧，就有点好玩的事情要跟你分享。"

纪琛抬眸："什么事？"

"就我在知乎上不是有个号吗？之前看到有人邀请就回答了一波。"张怀远娓娓道来，"那人是清华的，强吻了妹子然后妹子不理他了，他不知道怎么办。"

纪琛的表情迅速僵住，但他面上故作镇定："噢，然后呢？"

"然后我就写了点傻话忽悠他，让他再强吻一遍妹子，然后推开，说什么这样能够欲拒还迎啥的。

"我还教了他一些聊天最容易把天聊死的方法，没想到他信以为真，还真的用了一波。"

"……"

"但不知道后来怎么回事，他都这样踩雷了妹子居然还理他。"张怀远摇了摇头，"还真是幸运呢。"

纪琛的脸上细看像是结了一层冰霜，接着他狠狠地磨了一下后槽牙，微笑："哦，是吗？那还挺有趣的。"

张怀远点点头："是吧，我也觉得挺有趣的。"他像是叹息一声，"清华果然傻子多。"

纪琛愤怒地想：啊！啊！啊！我认真地把你说的话当攻略，结果你告诉我你在玩我？！而且我还不能说出来，太丢人、太耻辱了啊！

纪琛微笑着从齿缝间挤出一句话："给我看看。"

张怀远把手机递给他，在知乎的界面上滑拉两下："你看这儿，强吻了妹子绝对不能推开，什么欲拒还迎都是假的。而且，千万别强吻，除非到了双方都很暧昧的那个点，不然这举动就是赤裸裸地耍流氓。

"还有这儿，跟妹子聊天千万别问'在干什么'，有话就说有屁就放。

"'身体不舒服'回答'多喝热水'，死路一条，对妹子有意思就主动一点，多表达关心，能送个药照顾一下是最好。

"如果问你'哪个好'，千万不能泛泛地说'都挺好的'，人家想听的是你的建议，你最好有理有据地分析一下，给她参考。

"'先睡了'这句话背后的含义就是'我不想和你聊了'，至于为什么，要对症下药。有可能是你们之间关系还没到位，有可能是真困了，但无论是啥，'好养生啊'这话一出，必死。

"最后，'嗯呢''哦''哈哈'这类词就是让人完全聊不下去的节奏，代表你想结束对话，如果你真的想表达'嗯'的意思，要不就发'嗯嗯'，要不就发个表情包。'哈哈'也是，字数长短含义不同，短了代表嘲讽，如果你确实想表达在笑的意思，最好发'哈哈哈哈哈哈哈哈哈哈哈哈哈哈哈哈哈哈哈哈哈哈哈哈哈哈'，不然不够诚恳。"

一口气说完这些以后，张怀远感到心里的愧疚减少了些，一边拍着胸口一边抬头——纪琛会不会羞愤至极然后起来暴揍自己一顿？唉，谁让他们是室友呢，良心使他不得不道出真相。拯救傻子室友，他责无旁贷——然而，事情似乎和他想象的有点不一样？

面前的男人微张着嘴看着他，一脸完全呆怔的模样，好像……三观生生地被颠覆了。

好半天，纪琛才从嗓子里发出几个干涩的音："你说真的？"

"是啊，不然呢。"张怀远问，"你这么惊讶干什么？"

纪琛倏忽回过神来，掩饰般摸了摸头发："没……没什么，我觉得你说得挺有道理。"

"嗯，那当然。"

张怀远继续看电脑去了，纪琛起身走到外面的走廊上，连着深吸了几口气之后才平复了自己一言难尽的心情。他掏出手机，翻开自己和邢予羡的聊天记录：

在干什么？

吃饭了吗？

嗯呢。

多喝热水。

哈哈。

…………

纪琛的身体再度僵硬起来。他原本以为现实已经很骨感了，没想到现实原来还能更悲惨。予羡说想要静静，本来他还想时不时地给她发点微信消息刷一下存在感的，现在看来这好像是个雷区。

他憋屈地咽下了一口气，心想是得改变一下和她之间的相处方式了，不然绝对是在作死。

冷静了三天的邢予羡再度收到纪琛的微信消息，发现画风突变：

给你买了个礼物，不知道你喜不喜欢，之前看你朋友圈说过［脸红］［脸红］［脸红］。

五道口新开了一家很好吃的日料，你要是想去的话我请你啊［猫猫弹球］。

今天课上到这么晚，你回去要早点休息，别熬夜了［晚安］。

身体不舒服是吗？我去给你送药，等我，很快就到［拥抱］。

这件事好好笑哈哈哈哈哈哈哈哈哈哈哈哈哈哈哈哈哈哈哈哈哈哈哈哈哈。

邢予羡一脸疑惑，想说纪琛你要是被绑架了就眨眨眼。

他一这么说话，她就觉得浑身发麻、通体不畅，像身上长满了跳蚤。

邢予羡：你能不能把你对话里所有的“我”都改成“老子”？这样我能看得自在点……

纪琛打字的手指顿了顿——这是什么奇怪的要求？不过恋爱军师张狗剩告诉过他，如果女生提出了什么要求，一定要全心全力地满足！满足！满足！

纪琛：好的，老子知道了呢。

纪琛：［可爱］。

邢予羡觉得她还需要去冷静三天，并试图拯救自己破裂的三观。

第二天是个周六，一周繁忙的学习过后，邢予羡约好了晚上和朋友去KTV唱歌。KTV距离学校两三公里，几个人是骑着单车去的。这个KT里的V音响不错，曲库也全，几个人狂喊乱叫地唱了五六个小时后，时针已经指向了凌晨一点钟。

作业还有很多，她不能再待下去了，再加上纪琛总是叮嘱她“少熬夜”，邢予羡对朋友们说：“咱们回去吧。”

她们从KTV里出来，正想找车的时候，邢予羡却发现自己停在街边的自行车不见了。车子是不是被保安挪走了？她在附近转了半天也没找到自行车，朋友皱着眉问：“该不会是被人偷了吧？”

不会吧？！她本来刚放松完心情正好，现下心情直接跌进了谷底。出来玩一下还能丢一辆自行车，这是什么破运气？！

邢予羡懊丧地挠了挠头——早知道她就不骑自己的车来了！她本想随便扫一辆小黄、小绿，谁知道竟也没有，这片街区空荡荡的，只有零星的几台老旧的电动车停放在树下。

邢予羡正着急地琢磨着是不是应该打个车时，听到有人唤她的名字。

“予羡。”他说，“我载你回去吧。”

邢予羡猛地回头，只见身姿颀长的男人站在树下，月光透过树梢的缝隙洒落下来，温柔地拂去了他脚边的阴影。

“纪琛……你怎么在这里……”她讷讷地问。

“你不是跟我说了你要来这里唱歌吗？”纪琛推着自己的那辆自行车走了过来，抿着唇道，“担心你回去太晚，不安全。”

那他怎么知道我打算什么时候回去……邢予羡忽然想到了什么，嘴唇微张——所以，他就这么干站在KTV门外等她？

心里的酸意和感动蔓延，她知道，如果今天她的自行车没有丢的话，他必然也只是默默地跟在她的身后，不会让她知道自己的存在……他真是个傻瓜。

她低下头，声音很轻地说道：“嗯，谢谢，那咱们回去吧。”

“和我还说什么谢谢。”纪琛抬手揉了揉她的头，仰起下巴，“上来吧。”

男人俊朗的容颜在路灯的微光下忽明忽灭，他脸上的笑容照亮了邢予羡的双眼。她咬唇：“嗯。”

她抱着他劲瘦的腰行驶在扑面而来的晚风中，发丝也被撩起，邢予羡把脸贴在他宽阔坚实的后背上，忽地感觉到了一股安全感，这是一种很可靠、很安心的感觉。她把他抱紧了些。

那天纪琛送邢予羡回宿舍以后，两个人的关系由量变达成了质变。虽说他们还没有完全说破，但二人的情侣关系已经八九不离十了。

纪琛就算再直男，对此也能感觉得出来——予羡应该是挺喜欢自己的。她想要一个正式的告白，那他就一定要好好准备，不能再像上次一样闹出笑话，还惹她心里不快。鲜花、礼物这些必须是要有的，最好还能给她留下深刻的印象。

纪琛绞尽脑汁地想了许久，觉得有几个方案比较可行，但还没有完全决定下来。

邢予羡读的是统计方向，不久前刚找了一份暑期实习的工作，跟公司那边商量五月底就可以开始工作。公司在中关村附近，离北大也不远，每天晚上她都步行回校。

她一周去公司三天，除了学习、工作两边倒有点麻烦以外，这家公司的文化还颇有一种“拼命三郎”的精神，基本上邢予羡一去他们就让她加班。

这天恰逢周一，成堆的工作涌上来，再加上调试又花了很长时间，邢予羡收拾东西的时候已经将近夜里一点了。

公司里还有两个同事，不过他们暂时还不打算走，她实在困得不行，打着哈欠说道：“那我先走啦。”

夜里十二点的时候纪琛曾发来一条微信：回校了吗？

邢予羡：现在回，抱歉刚刚工作太多没看到。

她想了想问道：你睡了吗？

邢予羡站在电梯口等了一会儿，纪琛的微信就回了过来：还没呢，需要我去接你吗？

就千百米的距离，还麻烦他从宿舍出来跑一趟有点太矫情了，邢予羡下了楼，走在空旷的街道上：不用啦，你早点休息吧。

纪琛：嗯，那你回到宿舍了给我发个微信。

邢予羡：好。

她回完这条消息之后，不由得有些出神，嘴角微微地翘起来——这种被人一直牵挂着的感觉还挺好的。

纪琛虽然有点直男，多了点大爷做派，但是当他认真地喜欢一个人的时候，他也会全心全意地捧出自己的心。这让他的那些奇奇怪怪的直男行为也可爱了起来，邢予羡想。

不知不觉中，前方的路越来越黑，她因为想早点回宿舍，抄了一条近道。白天这条小路树木茂密青葱、阴凉宜人，但到了晚上，平常熟悉的一切似乎变得有些陌生，风中摇曳的枝干好似成了幢幢鬼影。

邢予羡感到有些害怕了，正犹豫着是不是应该回去绕大路，身后却传来“啪嗒啪嗒”的脚步声。脚步声并不轻闲，又沉又重，很明显那是男人，而且还不止一个。

一阵鸡皮疙瘩从手臂上冒出来，邢予羡不自觉地打了个哆嗦，掏出手机拨通了纪琛的电话。

“喂？”男人很快接起电话。

“纪琛！纪琛——”

电话里传来女孩微微有些颤抖的气声，纪琛的心蓦地提了起来，他捏着手机着急地问道：“怎么了？出什么事了吗？”

“后面……后面好像有人在跟着我，我不敢回头……”

邢予羡心里怕得要死——早知道就找个人陪自己一起回宿舍了，她一个女孩子，这里黑灯瞎火的，也没见几个人影，要是遇上什么情况怎么办……她实在是太大意了。

后面的脚步声近了些，邢予羡缩着肩膀，纪琛在电话那头沉声说：“你不要挂电话，一直跟我保持联系。”

她嗫嚅道：“好。”

过了会儿，他那边传来自行车链条的声音，混着些风声：“你把免提打开。”

“好。”

男人的嗓音清晰地从扬声器里放了出来：“我现在在往你共享定位的方向走，应该三分钟之内就能到，等我。”

什么共享定位？她还没开啊？思绪一转，邢予羡反应过来——他这话是说给她身后的人听的，同时也提醒了她要发定位过去。

邢予羡操作完毕之后，装作语气轻快，大声地回应他：“好的，我知道啦，等你过来！”

“嗯，乖。”

这一声缱绻的回复熨帖在了她的心上，邢予羡含着鼻音答：“嗯……”

身后的脚步声轻了，但并没有消失，她加快迈腿的速度，抓紧时间往前赶了几步。纪琛有意扯闲话逗她开心，邢予羡紧捏着手机，强打精神给予他回应。

“小姑娘，跟谁打电话呢？！”

浓重的酒气袭来，呛人得很。电光石火间，邢予羡的手臂被人用力一拽，手机“啪”的一声被甩到了地上。

她借着昏暗的路灯抬头一看，那是两个花胳膊黄头发的男人，他们居高临下地笑着，眼神不怀好意地上下打量着她。

“我男朋友很快就来了。”邢予羡故作镇定，双腿却不自觉地发颤。

“你觉得她说的是真话吗？”男人语气轻佻地询问身边的同伴。

“肯定不是了，刚我听那小子说什么三分钟到，现在都五分钟了，连个人影都没看到，吓唬谁呢？”

男人“呵”了一声，朝邢予羡逼近一步：“小姑娘，别指望他了，他不会来了。”他指了指旁边的小巷子，里面是浓稠黏滞的黑暗，看得人心惊胆战。

“去那边，陪哥俩快活快活去？”男人咧嘴笑，被烟熏得发黄的牙齿露出来。邢予羡心里一阵恶寒，吓得连连后退。她没料到背后实则是面墙，退无可退，被两个男人围夹在中间，彻底被断了后路。

会发生什么，邢予羡不敢想，巨大的绝望感和窒息感迎面击来，她快被这个汹涌的浪头淹没。

“不……不要……”

平时看过的那些自救的方法在这一刻都是无稽之谈，真正的恐惧缠绕而上，邢予羡的大脑一片空白，四肢绵软无力。包里只有零食和化妆品，根本找不出一样能够让她脱离险境的东西。

“走啊，愣着干吗？”男人对同伴说，“把这女人抬进去，哥用完了你再用。”

他伸手来抓她，邢予羡瑟缩着朝墙角躲，一屁股坐在地上：“别过来……”她哭喊道，“我有钱！你们想要钱我可以给你们！”

“有钱哪……钱当然是要了。”男人蹲下来，攫住她的下巴，笑得猥琐的意味十足，“但是，人我也想要啊。”

这张丑恶的嘴脸近在咫尺，邢予羡恶心得想吐。她试图挣扎，可是于事无补，男人和女人的力量悬殊，他轻松地钳制着她，眼看着脏手就要摸上来。

“不……别碰我——”

就在这千钧一发之际，“砰”的一声，面前的男人被谁拽着头发掀到了地上，力道之大，她光是听着就觉得骨骼隐隐作痛。

邢予羡泪眼蒙眬，咬着唇看着挡在自己身前的人，哭道：“你终于来了！”

“别怕，我在呢。”他逆着光背对她，声音却沉着清晰地传进她的耳中。

同伙一看形势急转，嘴里骂骂咧咧地冲着纪琛扬起拳头。

邢予羡从小到大都被保护得太好了，身旁的人多是谦和有礼，连重言重语都不曾有，更谈不上拳脚相向。直到现在她才明白，真正的干架是招招致命，挑着对方的弱点往死里揍，空气中都染上了浓重的血腥味和暴虐感。

地上的那人撑着爬了起来，满脸阴沉地朝缠打的两人逼近，暗夜之中，他手中的寒芒一闪即逝，邢予羡慌忙大喊：“小心，他有刀——”

“刺啦！”纪琛险险地避过那一刀，腹部却不防挨了重重的一下，他闷哼一声，踉跄地后退两步。

领头的男人目露嘲讽，嗤笑：“就你一个人还想单挑我们两个，别到时候交待在这儿了，最后你女人还是落在我们手上。”

纪琛的眉目本还敛在阴影中看不分明，听到这话他缓缓地抬头，嘴唇翕动：“去你的。”

他的嘴角还带着点血，眼中一直压抑着的戾气却呼啸而出，汇聚成疯狂的激流。纪琛冲上去，单手格挡住男人的胳膊，另一只手掰住它向里用力一折。

手腕处袭来剧痛，男人高喊一声，一下子脱力松开了刀，刀“当啷”一声掉在地上。

纪琛踩住那刀，抬脚狠狠地往男人的腰腹踹。与此同时，另一人从他的背后袭来，纪琛抓住他的衣领，将人拎起来，一个过肩摔甩下去。

惨叫声此起彼伏，纪琛攥着拳头，眉眼狠戾，他一下一下地朝两个人身上招呼，这是完全不要命的打法。

一开始地上还有愤怒的骂声冒出，而后那声音越来越小，变成了求饶：“别打了……”

纪琛一脚踩在其中一人的腿上，撑着膝盖弯下腰去，额头有血珠滚落，胸膛上下起伏，他喘着粗气："给老子滚！"

两个人屁滚尿流地互相搀着跑远了。

眼前的这一幕太有冲击性，邢予羡瑟缩在墙角，整个人都蒙了。好一会儿，她才反应过来，抽抽噎噎地起身扑向他："纪琛，你没事吧？！"

触目惊心的血自他脸颊的侧面滑落，一路流进了衣领里。纪琛唇角乌青，身上不少地方也挂了彩。

邢予羡心疼得眼泪直流："对不起，都是因为我你才这样……"

她说出来的话被打断，男人倏忽捧起她的脸，神色紧张地问："你有没有事？"

"伤到哪里没有？他们没把你怎么样吧？给我看看——"他的语气焦急又担忧，他拉着她细细地检查全身上下。

"我没事啊，你……你怎么样啊，脸上这伤……"

邢予羡抿着唇哽咽，抬眸看他，却突然被他的神情震住。

纪琛看起来都快哭了，紧颦着眉，眼角泛红："刚摔地上疼不疼啊，你要吓死我了你知不知道……"

他喘着气，握住她的双肩往怀里按，力道大得惊人，开口的声音却很温柔："没事了，没事了。"他不知是在安慰她，还是在安慰自己。

纤瘦的女孩被他紧紧地圈住，纪琛弯下腰，额头靠在她的肩颈处，他努力地平复着过于急促的呼吸。只要一回想刚刚的场面，他就一阵后怕，冷汗浸透他后背的衣襟，他连伤口的疼痛都可以罔顾。如果他晚到那么一会儿，那她……他不能再想下去了。纪琛用力地抱住她，缓缓地呼气。

邢予羡在他的怀里，听着他的胸膛处传来的有力的心跳，铺天盖地的安全感将她密不透风地包裹在内。汗液和血腥味调和了两个人心跳共振的频率，她颤抖地搂住他的脖颈，踮起脚吻了上去。

双唇相接，舌尖缠绕厮磨，她闭着眼喃喃："纪琛，我喜欢你。"

事到如今，是谁表白、用什么方式，全然不重要了。重要的是，她想要和眼前的这个人在一起。

"纪琛，我喜欢你。"邢予羡带着哭腔重复了一遍。

高大的男人脊背一顿，他颤着眼睫抬头。"我也喜欢你。"他的声音很低，又很哑，仿佛一声叹息，"很喜欢很喜欢你。"

抱了他好一会儿，邢予羡才想起来纪琛额头上的伤口，手忙脚乱地从书包里掏出备用的酒精消毒片，小心翼翼地为他擦拭伤口。

“嘶——”

男人皱起了眉，邢予羡紧张地问：“很疼吗？”

“还好，皮外伤。”纪琛展颜，故作轻松。

邢予羡自然看得出他眼中的勉强，眼眶不由得泛起潮湿，她眨了眨眼，按着他的脑袋：“你低点。”

男人听话地弯下腰，任由她给自己贴上创可贴。

“贴好了吗？”纪琛想抬头，脸颊上却倏忽一软——她凑过来亲了他一下。

“贴好了。”邢予羡的眼中跃动着光，她抵着他的额头蹭了一下。半晌，她伸出手，与他的十指紧紧地相扣：“男朋友，我们回去吧。”

纪琛怔了一下，很快笑起来：“嗯，我们回去。”

月光照到他们身上，似温柔的泉水，两个人的身影被拉得很长很长，缱绻又依恋地交缠。

“我试图用那些漂亮的句子来形容你。但是不行。我字字推敲写出长长的一段话。你眉眼一弯熠熠生辉。就让我觉得。不行。这些文字写不出你眼里的星辰。写不出你唇角的春风。无论哪个词。都及不上你半分的惊艳。”——《鲨鱼》

一看到你，我就情不自禁地想笑，无法抑制地感到心动。

你就是我的年少，我的月光，我最纯粹的欢喜。

番外一
娱乐采访

温总是启宴科技的董事长兼CEO，除了商业活动平常甚少露面，但不少粉丝还是强烈要求他和纪总一起接受娱乐采访。于是，二人商量以后，决定来参加我主持的《最好的爱情》。

PS：见过真人的我表示——他们实在太好看了呜呜呜！俊男靓女简直不要太般配！

"喀喀"，言归正传。

下面是我整理的采访回忆录，我偷偷地给你们看一眼。记住，不要外传，不然我会被扣工资的哈。

Q1：什么时候对对方动心的？

纪：第一眼。没错，我就是这么颜控。（笑）

温：我是日久生情。也不知道是从什么时候开始的。

纪：（威胁脸）不是第一眼吗？应该是第一眼吧？你敢说不是第一眼？

温：（笑着迅速改口）嗯，是第一眼。

Q2：列举对方最突出的一个优点？

纪：温柔。

温：可爱。

Q3：再多列举几个吧？

纪：沉稳，上进，自信，富有学识，很有风度，专一。

温：善解人意，独立坚强，有生活的智慧……这我可以列举很多个，不如私下慢慢地给你们补充？

纪：哎呀，你这样说我会不好意思的。

Q4：清华除了是顶尖学府以外，还有哪些特色？

纪：食堂！食堂我超爱！十九个还是多少个来着，数都数不清，每天都在甜蜜地纠结去哪里吃饭！超级好吃！而且食堂师傅有超强的心算能力，只要扫一眼就知道餐盘上的菜一共多少钱！

温：而且很大，学校里基本上没有车，可以每天走一万步。

纪：对对对，我刚来的时候每天都在迷路，用手机 GPS（全球定位系统）导航都能走错。

温：（笑）小迷糊。

Q5：听说纪总的哥哥是温总的好友，能稍微评价一下他吗？

纪：（对着镜头）哥，在电视上我给你留几分薄面。

纪：他呢，长得马马虎虎地帅，然后成绩普普通通地好，人呢平平凡凡地出色。

温：他人很好，仗义又真诚，（意味深长地笑）缺点我就不说了，没有他就没有我的今天。

Q6：私下会怎么称呼对方？（我露出意味深长的笑容嘿嘿嘿）

纪：阿砚，哥哥，亲爱的，老公，先生。

温：糖糖，乖宝，宝贝，亲爱的，太太。

其实到这里我已经有点顶不住了，因为酸度和甜度都太高了！但我为了你们，还是咬着牙继续整理采访！

Q7：这个问题单独问纪总，温总创业的时候你是什么样的态度？

纪：只要是他想做的事情，我都很支持。

温：（温柔地笑）我可以补充一下吗？

我：当然没问题。

温：那时候还挺艰难的，整宿整宿地没觉睡，工作很忙很累，但是只要一看到糖糖，我就觉得什么都不是问题了。

我：是她给了你力量。

温：（拉纪汀的手）嗯，很感谢那时她陪在我身边。

纪：（软声）嗯，干吗跟我这么客气？那是应该的啊。

Q8：什么时候计划要二胎？

纪：顺其自然。

温：我是想说不要，因为怀孕很辛苦。但还是看她的想法。

Q9：说一件对方为你做的让你感动的事。

纪：经济管理学院学生节彩排的时候下大雪，我的自行车坏了，他在雪地里深一脚浅一脚地背我走了好远。

温：我生病的时候，她专门从学校跑出来照顾我。那时候太晚，我让她不要来，可她还是来了。

Q10：当初为什么会选清华？

纪：你先说。

温：好，主要是觉得清华的学风比较符合我本身的性格。

纪：我呢，（指温砚）是因为这个坏家伙蛊惑我。

Q11：温总在微博上提过，当时你们差点走向无可挽回的境地，请问能稍微讲一下发生什么事情了吗？

纪：嘿嘿抱歉，这个就不说啦，说起来也比较复杂。

温：我只是想告诉大家，无论发生什么，都不要弄丢了你最爱的人。

Q12：对方说过的最动听的情话？

这两个人异口同声地说“太多了”，呵呵，就这么不客气地秀恩爱呗？

Q13：对方生气了怎么哄？

纪：我们好像很少和对方生气。基本上不会把问题留过夜，会好好地沟通，站在对方的角度上换位思考。

温：对，一般我们生活上没什么矛盾。

我：一次争吵都没有吗？（八卦脸）也没有吃醋之类的？

纪：（笑）哦对，他吃醋的时候会生气。

我：那你怎么办？

纪：（软声）亲一亲他啦。

然后他们当着我的面进行了现场示范。我没要求你们，能不能别这么主动啊？！

Q14：请问你们人生中有什么失败的案例吗？

纪：让我想想。

温：让我想想。

我：省略号。

一分钟以后。

纪：（小心翼翼地问我）我高三的时候有一段时间状态不太好，总是考第十几名，算失败吗？

温：研究生时没拿特等奖学金，很遗憾。

我：省略号。

这就是你们花了六十秒钟想出来的东西吗？！啊？！

Q15：听说清华有夸夸群，请你们模仿相似的风格夸夸对方。

纪：他全身上下的每一个细胞都在散发着优秀的气息。

我：哈哈哈哈哈哈哈哈哈哈！温总有请！

温：我认为她是新时代思想独立的卓越女性，完美到让人无可挑剔……

纪：哎呀，你夸我真的可以不用那么夸张啦。

温：（笑）是事实啦。

Q16：座右铭是？

纪：热爱可抵岁月漫长。

温：行胜于言。

Q17：最喜欢听对方唱哪首歌？

纪：《陪你度过漫长岁月》。

温：《老公老公我爱你》。

纪：等一下？我什么时候给你唱过这首歌？

温：（面不改色）上次你喝醉我哄你唱的。

Q18：猜猜对方最喜欢自己身上的哪个部位？

纪：眼睛。

温：嗯……我不知道，可能是手吧？

纪：嗯？哎呀，讨厌啦！

我无语，心想：纪总，你脸红什么？！你到底在脸红什么？！

Q19：马上就要高考了，有没有对学弟学妹们说的话？

纪：想说的是，其实每一个学霸都并不轻松。尽管他们看起来好像随便就能得满分，那也一定是因为他们背后付出了辛勤的努力。没有什么是唾手可得的，当你感到疲累的时候，请记得，你是在为自己未来的人生奋斗！

纪：哎呀，我说得好像有点像鸡汤了，其实我就是想说，一两次的考试失意真的没关系，我们要把目光放长远一点。当时高三我的压力也很大，但是现在回过头来，觉得那些所谓的“滑铁卢”都不算什么，甚至是特别珍贵的回忆。

纪：所以，人生的奋斗永无止境，以梦为马，不负韶华！加油！

温：（温柔地笑）她说得对。

Q20：您二位的履历都非常出色，似乎在中学时期成绩就一直名列前茅，请问有什么诀窍吗？

纪：找学习好的同学组成学习小组，经常沟通交流，互相帮助。有时候对于难题的探讨会给大家新的思路和灵感。另外就是多刷题找感觉，可以把错题装订成错题本，便于归纳总结。

温：多听，多记，多思考，下课多找老师请教，绝对不要把问题留过夜，有什么疑惑的，当场就要问懂。

Q21：有没有哪个瞬间让你觉得很幸福？

纪：（笑）有很多啊，数不过来了呢。

温：她看我的时候。

Q22：未来有什么打算？

纪：永远陪着他。

温：和她在一起一辈子。

你们猜到结局了吗？没错，做完这个采访之后，我年纪轻轻就得了糖尿病，每天都在补充胰岛素（哭泣）。但是……“嗑嗑”，节目的播放量骤增，我被台里的领导重点表扬，升职加薪走上人生巅峰！

温糖是真的！我是你们当仁不让的头号情侣粉丝！温糖要在一起一辈子，给我锁死，冲啊！

番外二

冰岛之旅

高考完的那个暑假，去冰岛旅行的短短十天，是纪汀心中难以忘怀的美好记忆。

那段时间并非看极光的最佳时机，但他们还是异常幸运，遇上了极光。碧绿色和蓝紫色的光带游弋而来，像是垂临的神明赠予他们的福祉和爱。

前一天晚上在酒吧里闹到很晚，第二天几个人不约而同地睡到了中午。

很久没有这么随心所欲过，纪汀换好衣服收拾行李时，有一种轻飘飘的愉悦感。

随后几天的行程并不密集，除了让人叹为观止的瑰丽的风景之外，大家晚上在酒店里闲聊和游戏的过程同样有趣。

八月的时候日夜长短的变化极快，到了行程的末尾，入夜的时长基本也就从三四个小时恢复到了七八个小时。这一晚他们住的酒店叫“The Retreat”，入睡前，几个人相约明天早上起来到蓝湖温泉去看日出。

临近行程结束时，赵承志和周敏因为有事提前离开，只剩下三男三女。因为订房间订得晚了一些，所有的三人间都没有了，要订只能订三间双床房。按照现在的情况来讲，只能是纪琛和纪汀两个人凑合住一间，其他同性各自为组。

纪汀很久没和哥哥睡一间房了，颇有微词，但还算能接受，谁知纪琛比她还嫌弃，拎着行李进房间的时候用一言难尽的表情看了她好几眼。

纪汀选择无视他，率先挑选了视野最好的窗边的床位："我要这个。"

纪琛冷笑一声："凭什么你要这个？"

"爸妈不是说了让你照顾我？"关上房门，纪汀毫不掩饰小人得志的嘴脸，"你要是欺负我，我就给他们打电话。"

纪琛太阳穴的青筋直跳，一瞬间表情都狰狞了："你——"

"干吗？你以为我想和你住？"纪汀悠悠然地斜了他一眼，"要不是予羡姐不能换过来，我才不想在这里碍眼呢。"

纪琛像被人打了一拳，张了张嘴竟没说出话来。

"……"

掐哥的软肋，她感觉倍儿爽。纪汀笑嘻嘻地占据了那张大床，把自己的东西拿出来，宣示领地一般铺在床上。

日出很早，纪琛定了早上六点钟的闹钟，结果第二天早上闹钟响的时候，被他习惯性地按掉了。不知过了多久，门口传来温和有礼的敲门声，纪琛嘟囔了一句什么，拿被子蒙住了头，不打算理会那个声音。

可那"笃笃"的声音不曾间断，一直颇富耐心地重复着。

纪汀睡眼蒙眬间，听见纪琛重重地呼出一口气，接着他猛地坐起了身。他抓了抓头发，带着起床气去开门。

"就知道你们还在睡。"一个"嘘"声从门口清晰地传来，"昨晚我和阿砚打赌，他还说你能起得来。"

"是我输了。"旁边的男人含着浅浅的笑意，从容地说道，"我以为有汀汀在，会不太一样。"

纪琛拿清水冲了把脸，算是彻底清醒了，侧眸看向房内，嘲笑道："你指望这小兔崽子？她自己根本不定闹钟，你看现在还睡得像死猪一样。"

话音刚落，房间里传来纪汀细细的声音，声音里含着害羞和愤怒："哪儿有？我已经醒了！"

纪琛翻了个白眼，没理会她，侧身让他们进来。因为要去泡温泉，然后顺道看日出，两个人都已经换上了泳衣，外面裹着酒店提供的浴袍。

他们这个房间正好在最拐角的地方，因此外面的阳台面积挺大。方泽宇的注意力被窗外的风光吸引过去，他边往阳台走边“啧”道：“阿琛这地方景观还挺好，赚了。”

温砚跟在他的后面，大略对整个环境扫了一眼。纪汀刚从床上坐起来，头发睡得乱七八糟的，翘起来几根，眼神还很茫然，一张白净的小脸上睫毛无意识地轻眨几下。

温砚一眼扫过来，见她微敞着的衣领里露出一截好看的锁骨。他的桃花眼微扬，语气里调笑的意味明显：“小懒猫，起床了？”

像是有羽毛轻扫心尖，纪汀这才反应过来，自己当下的形容怕是不怎么“端庄”，指尖蜷了蜷，她蓦地重新沉下身来，钻进了被窝里。

“是我哥……”余光瞥见纪琛正和方泽宇聊天，纪汀把责任全推了过去，小声地嗫嚅道，“他自己关了闹钟，还叫我也多睡会儿。”

男人轻笑起来，胸腔轻振，好听的磁性嗓音低低地传来：“嗯，不是我们汀汀的错。”

心口怦然地跳了一下，纪汀启唇想说什么，就被一旁的纪琛懒懒地打断，他说：“还坐着干什么？就数你最慢，赶紧去换衣服。”

阿砚哥哥也在，纪汀就不想破坏自己的淑女形象和哥哥吵架了，将这口气忍了下去，欲掀开被子下床。

她这一动却感觉不对。腹部微紧，似有热流缓缓地滴落。她再一垂眸，看见白色的床单洇出了好大一片红，红色很是刺眼。她竟然在泡温泉之前来月经了。而且她看这样的量，裤子上应该也沾染了不少血。

纪汀还从未遭遇过这么尴尬的情景。当着屋里的三个成年异性的面，热气冲上脸颊，她几乎是一下子就慌乱起来，当下动也不是，不动也不是。

几个人的注意力还在她这边，纪琛不明所以，有些不耐烦：“你僵着干吗？大清早的表演行为艺术？”

“我……”纪汀不知道该怎么说，一向转得飞快的思维也陷入了停滞，她绞尽脑汁也想不出一个好的借口。她慌乱间抬头，意外地又撞上了男人的目光。

温砚凝视了她一会儿，神情平静自然，他微微地勾起唇，笑了。他转头对方泽宇说：“咱们先回房间吧。检查一下东西有没有带齐。”他接着又看向纪琛，“阿琛，你来我们这边换衣服吧，别跟妹妹抢地方，还能节省点时间。”

温砚说话从来都是温煦柔和，不会让人反感。纪琛瞥了缩在被子里的纪汀一眼，先嘀咕几句，而后道：“你快点啊。”然后他就拉上门出去了。

房门发出沉重的一声响，确定关紧了门，纪汀才暗暗地呼出一口气，赶紧跑到卫生间换下脏了的裤子，清洗了一下自己。但她的心还没完全放下来——如果她没记错的话，因为算错了时间，所以她没有提前准备卫生巾。

她抱着酒店卫生间的护理用品中可能会有卫生巾的期盼去看，结果却让她大失所望，纪汀迫不得已，准备打电话问前台要卫生巾，还未拿起听筒，又听到有人敲门——他们这么快就回来了吗？

手指稍稍地攥紧，她提起一口气，扬声道：“哥哥，你等我一下，我还没——”

“汀汀，是我。”门外传来邢予羡的声音，“你开一下门，我把东西给你。”

纪汀一愣。

邢予羡神神秘秘地站在门外，手里提了一个小塑料袋，门一打开她就塞给了纪汀：“你先拿着，不够再找我要，我带了很多。”

那是卫生巾。纪汀说不清自己心里是什么感受，像是夏天的一杯桃汁气泡水层层叠叠的冰块轻轻地摇晃，“叮咚”作响，凉得羞人，却也悄悄地渗透进一丝甜意。她攥着卫生巾回到卫生间，脸还是红的，但嘴角控制不住地扬了起来。

等到六人集合的时候，太阳早出来了。可因时间尚早，蓝湖温泉里面还没有什么人，所以大家决定先去吃早餐，然后再按照原计划去泡温泉。

纪汀知道自己这个状况肯定是不能去泡温泉了，失落的同时也觉得当着大家的面说明原因有点尴尬。木屋小餐吧里面很暖和，隔绝了外面的寒意，她埋着头喝牛奶的时候，对面推来了一碗热气腾腾的燕麦粥。

纪汀抬眸，对上温砚漆黑漂亮的眼，他说：“尝尝这个。”

他的眉目清朗英挺，笑颜好看得晃人眼，一旁的几个人闻声看过来，她故作镇定地应一声：“哦。”

第一口燕麦粥抵近舌尖，是甜的。热意暖融融的，化进心间，她细细地品尝，粥中好像还有姜茶的味道。纪汀抿着唇，假意地品味许久，才提起劲朝他弯了弯眼，酒窝微陷：“好喝。”

“嗯。”

纪汀方才用的是新勺子，只尝了一口粥便礼貌地推回去：“阿砚哥哥，你吃吧。”

窗外的日光慵懒地洒进，温砚的食指轻叩桌面：“喜欢就多喝一些。”

“……”

他稍顿一瞬，笑意悠长：“本来就是给你点的。”

呼吸凝滞片刻，心跳又不规律了几秒钟，纪汀沉默半晌，再度“哦”了一声：“谢谢哥哥。”

纪琛迫不及待地要去泡温泉，一直在催促着大家赶紧出发，别再坐着闲聊。纪汀觉得是时候摊牌了，趁方泽宇几个人聊天的时候，轻轻地拉了拉纪琛的袖子。

纪琛回眸，大大咧咧地问：“干吗？”

他完全没控制音量。纪汀无语，好家伙，一桌的人都看过来了。她又感觉有点尴尬了，尤其因为对面的某人无法忽视的目光，纪汀做了一下思想准备，才小声说道：“那个，温泉我可能去不了了。”

她试图用眼神隐晦地传达中心思想，结果过了半天，纪琛依旧满脸不解加迷惑，当着众人的面问：“啊？为什么？”

纪汀无语！

还是邢予羡替她出面解了围，猛地敲了纪琛一个栗暴：“不方便哪，你不会想一想，问问问，是不是没带脑子？！”

纪汀发现她哥就是个欺软怕硬的㞞货，他在喜欢的人面前一点都不敢反抗，捂着脑袋忍气吞声。过了半晌，他终于反应过来，恍然大悟：“哦，你是来……”

纪汀眼看他马上要把那几个字讲出来，瞪大了眼，赶紧撕了一片面包塞进他的嘴里。太尴尬了。她不敢去看任何人，尤其是对面的人。

纪琛咀嚼咽下面包，也意识到自己说的话对于妹妹而言有点直白，干咳一声，放低了声音：“没不舒服吧？”

纪汀的耳尖红了些，她嗫嚅道：“还好。”

“哦。”纪琛摸了摸鼻子，不自然地问，“你一个人待在酒店，行不行？”

纪汀也不知道自己一会儿能干什么：“我……”

“我陪她吧。”温和磁性的嗓音把话接了过来，男人平静地说，“正好实习公司那边临时有点活儿需要我做。”

温砚和上一次实习的团队的关系很好，虽说他已经离职，可公司还是会时不时地有些工作让他帮忙。他还要读研，以后少不了要向同事们请教的地方，自然乐得做这个人情。

方泽宇感叹：“打工人就是辛苦，不像我，佛系生活，屁事没有。”

目送几人离开后，纪汀乖巧地说道：“阿砚哥哥，那我们回去吧。”

温砚转过身，微微地侧眸，散漫地挑了一下眼尾：“想不想去小镇里逛一逛？”

纪汀一愣：“你不是还有工作……”

温砚看了她一会儿，蓦地眯起眼，笑道：“这不是怕某个小朋友待在房间里无聊吗？为了这个，哥哥也得抽出时间。”

“……”

“好了，其实没那么急。”他的逗弄和亲昵自然地融为一体，他笑意不变，蛊惑似的低声重复一遍，“想不想去？”

冰岛地域辽阔，人烟稀少。这个镇上不过几百个傍海而居的住民，清爽的海风和着柔暖的阳光，依稀还能听见几声海鸥的鸣叫。

镇上有各式各样的房子，红蓝绿橙，颜色各异却排列整齐，给这一片苍白到有些苍茫的世界平添了一种宁静祥和的感觉。

海边的港湾里停泊着小船，两个人迎着金灿灿的日光往前走，穿过小巧庄严的教堂，终于找到一家甜品店。

在冰岛这个地方，生活方式像纵横平直的街道一样简单，连甜品店这样富有生活气息的场所的墙壁纹饰都是大方简约的冷调蓝，像是夏天偶一回眸的干净少年。

纪汀随便地看了几眼，这里除了冰激凌，还有几种口味的淡奶昔，但无一例外都是冰的。纪汀嘴里寡淡，忽然想吃甜的，直接对店员说道：“我想要一杯香草奶昔。”

她心想温砚也许并不会在意她身体的状况，毕竟连她哥对于女孩子来月经时的保养护理的措施都不甚了解，谁知她话音刚落，身旁的男人出声：“等一下。”

接着她听到他用英语问店员，奶昔能不能做成热的。

“热奶昔怎么喝啊？哥哥。”纪汀试图撒娇，“那还不如不喝呢。”

温砚睨过来一眼，轻轻地笑了：“那就不喝。”

“那要常温的行不行？”她仰着脸和他谈判，见他似乎仍旧不为所动，便可怜巴巴地摇了摇他的手臂，问，“好不好？”

温砚没说话，倒是一旁的店员说：“抱歉先生，热的我们做不了。”

他抬起头，平静地回道：“那麻烦不要加冰块好了，谢谢。”

…………

心愿达成，纪汀满足地沿着海湾边沿平直的街道散步。一块一块的格子砖，她学着儿时跳房子的方法，一下下地踩着玩。

微凉的风拂过面颊，温砚低缓含笑的嗓音自耳边传来，夹杂着几分温柔：“冷吗？”

纪汀“嗯”了一声，舔掉唇边的一丝奶渍，小声地回道：“手冷。”

他似是想要脱下自己的外套给她，纪汀却挨近一些，将不握杯子的那只手伸进温砚的大衣口袋里，眨了眨眼，软糯地说道：“哥哥不用那么麻烦，这样就可以啦。”

温砚愣了一下，没制止她，反而顺从地刻意放慢了步伐配合她。

这几天他换了一种香氛，身上隐隐地传来香根草和加州柑橘的气味，清新干净，他们挨得那么近，连风都寻不见罅隙。

口中也是甜的，纪汀知道，自己正在变得越来越贪心。她想时时刻刻和他并肩走在一起，占据他身边那个无可取代的位置，又因为那种不确定性更加患得患失。

但不论怎么说——她眯着眼看向二人因走路似有若无地贴碰在一起的手

臂，嘴角抿出一个极浅的笑容——她在他心里终究是不一样的，不是吗？

途中纪琛在群里发来几张泡温泉的合影，像是故意炫耀似的，还特意地@了他们两个。奶白色中透着碧蓝的湖泊冒着氤氲缥缈的云气，像是仙境似的。

纪汀一边喝着杯中的奶昔，一边欣赏着绚烂的朝霞和波光粼粼的水面，余光瞥见身边的人额边的几缕随风扬起的细碎的黑发，她心想，这个误打误撞的早晨，过得意外地还不错。

午后的阳光透过浅白色的帘幔，室内微亮，纪汀刚翻了个身，腰侧便搭上一条修长有力的手臂，紧接着背后有了清缓低哑的嗓音："醒了？"

"嗯，做了个梦。"她仍旧闭着眼睛，呢喃道。

一个悠长绵软的梦，把她带回了海风吹拂的冰岛小镇，带回了那个刻骨铭心的十八岁的夏天。真奇怪，时隔多年，那段记忆却仍像昨日一样鲜活明艳。

"梦到什么了？"耳侧传来轻笑，接着是他落在其上一下一下的浅吻，亲昵又缱绻。

不等她回答，男人又问："梦里有我吗？"

室内光线昏昧，温度也舒适，极适合小憩，纪汀懒懒地翻了个身，抵着他的胸膛，吃吃地笑："你猜猜啊。"

温砚的吻接连落在她的眼睛上，含着淡淡的古龙水的气息。他勾了勾唇，语气笃定："我猜，有的。"

纪汀不说话，只是笑嘻嘻地钻进他的怀里，蹭他的颈窝。这是她惯用的撒娇手段之一，虽不怎么高深，但他总是全盘接受。两个人打闹般亲热了一阵，温砚按住纪汀的肩，垂下眸凝视她，又问道："到底有没有，嗯？"

他漆黑的眼眸中有着清晰的笑意，纪汀故意打趣他："那我如果说没有呢？"

"没有的话……"温砚佯装失落地叹一口气，"哥哥只好平时再努力些，让你牢牢地记住我，做梦的时候就不会忘了。"

他话里话外似是有别的暗示的意味，纪汀愣了几秒钟反应过来，有些羞恼地推他："你——"

他的吻却在这时候落下来，他逗弄似的吮她的耳尖，带来细微的刺痛，但她心里更愉悦。温砚倾下身，手指恶意捉弄般流连过她身上敏感又怕痒的部位："有没有？"

纪汀忍不住想发笑，一边躲一边含混不清地回道："哎呀我承认，有的啦。"

他这才停下来，像个终于得到嘉奖的孩子般得意，把她往怀中紧紧地揽过："我就知道。"

纪汀贴着温砚的胸膛，听到里面一下一下笃定有力的心跳声，也安静了下来。她伸出手，用和他一样的力道紧紧地回抱住他。

与他相爱是她此生最幸福的事。

"不仅梦里有你，"纪汀弯起眼，伸出食指在他心口的位置画了一个圆，轻声道，"春夏秋冬，四季轮转，余生都是你。"